KEY·可以文化

刘轼聿作品

哈尔滨的冬天

刘轼聿 —— 著

图书在版编目（CIP）数据

哈尔滨的冬天 / 刘轼聿著. — 杭州：浙江文艺出版社，2023.8（2023.9 重印）
　　ISBN 978-7-5339-7239-4

Ⅰ.①哈… Ⅱ.①刘… Ⅲ.①长篇小说 – 中国 – 当代 Ⅳ.① I247.5

中国国家版本馆 CIP 数据核字（2023）第 082709 号

策划统筹　曹元勇
责任编辑　苏牧晴
责任印制　吴春娟
装帧设计　道　辙 at Compus Studio
营销编辑　耿德加　胡凤凡
数字编辑　姜梦冉　诸婧琦

哈尔滨的冬天

刘轼聿　著

出版发行	浙江文艺出版社
地　　址	杭州市体育场路 347 号
邮　　编	310006
电　　话	0571-85176953（总编办）
	0571-85152727（市场部）
印　　刷	上海盛通时代印刷有限公司
开　　本	889 毫米 ×1240 毫米　1/32
字　　数	390 千字
印　　张	15.5
插　　页	1
版　　次	2023 年 8 月第 1 版
印　　次	2023 年 9 月第 2 次印刷
书　　号	ISBN 978-7-5339-7239-4
定　　价	69.00 元

版权所有　侵权必究

王上已知道他们的图谋,他们做梦也没想到信被截获。
——《亨利五世》,莎士比亚,1599 年

目　录

序曲 / 001

第一章　通往世界的尽头 / 007

第二章　伏尔加河上的谋杀 / 019

第三章　鲸鱼的故事 / 030

第四章　死于贪婪 / 045

第五章　贝加尔湖 / 054

第六章　"蝉"之诞生 / 070

第七章　哈尔滨 / 079

第八章　遗失的银圆 / 087

第九章　神秘之人 / 098

第十章　危险的眼神 / 105

第十一章　为王者无安宁 / 115

第十二章　密匙 / 125

第十三章　偷窥者 / 139

第十四章　索菲亚教堂 / 149

第十五章　会狙击的小提琴家 / 160

第十六章　时间盲目，人类愚蠢 / 176

第十七章　墓园 / 185

第十八章　消失的足迹 / 202

第十九章　潮湿的鱼 / 211

第二十章　中东铁路俱乐部 / 222

第二十一章　国际象棋 / 231

第二十二章　暗杀 / 243

第二十三章　端倪 / 252

第二十四章　污浊之地 / 261

第二十五章　太阳岛上 / 274

第二十六章　必死之人 / 286

第二十七章　报应将至 / 300

第二十八章　关川夏央 / 312

第二十九章　江畔之鬼 / 319

第三十章　乌鸦 / 329

第三十一章　智者与勇者 / 337

第三十二章　猎人的故事 / 349

第三十三章　音乐会之战 / 357

第三十四章　黄雀 / 366

第三十五章　未来的阴影 / 373

第三十六章　血色夜晚 / 388

第三十七章　生死之卦 / 401

第三十八章　命数 / 411

第三十九章　遗言 / 422

第四十章　丧家之犬 / 431

第四十一章　梦一场 / 441

第四十二章　复活节 / 448

第四十三章　人与神 / 460

第四十四章　灭 / 470

第四十五章　风息，城现 / 479

后记 / 483

序曲

  大多数人对悄然逼近的凶险浑然不觉,也会大意地认定今天是个稀松平常的日子。

  中国北方,几天大雪之后,碧空如洗。雪原千里,冰河蜿蜒,杳无人烟。

  傍晚时分,一列火车从开阔平原驶入长白山余脉的广袤山林。

  这是一趟货运列车,十几节密封的深色车厢在白雪皑皑的世界相当惹眼。火车和铁轨有节奏的撞击声从沉寂的山谷中传出很远,蒸汽机冒出的浓烟在高低起伏、植被茂密的山丘上喷薄而起,直插苍穹。

  天色渐渐暗淡,火车急速前进,前面呈三角状分布的三盏探灯发出强烈的黄色光线,劈开浓重的黑暗,照出一道让人震撼的光之路。

  这景象因皎洁新月的衬托而显得神秘和庄重。

  在山林里行驶了不知道多久,火车突然减速,不断发出特有的泄气声音,最后完全停下来。

  一棵不堪大雪重压的松树正好倒在了铁轨上,这让人不愉快却不意外。列车长扯着嗓门儿招呼司机和司炉工一众人都跳下车,试着齐心协力把大树挪开。

  他们没有注意到,火车恰好停在几条铁路并轨的岔口处。

  一颗耀眼的星在天幕猛闪了几下,然后绝望地急速划过苍穹,留下一道让人心碎的光影。它转瞬即逝,消失在茫茫天幕之中。紧接着又有几颗稍微暗淡的星也变作苍穹之泪,以各种姿态坠落无影。

不远处森林里传来一声狼嚎,刺破夜空,呼啸着消失在辽远的林海里。瞬即,又有几声狼嚎从不同方位附和着响起,只是稍微短促了一些。随之,森林里传来一阵阵谨慎行进的声音。

这几个人不约而同停下手里的活计,气喘吁吁地扫视着幽暗的森林,眼神里流露出警觉和忐忑。几个鬼火般的亮点不时在密林里闪现,似乎正在观察他们。

一个人半开玩笑地给自己和同伴壮胆:"娘的,好像鬼来了。"列车长低吼一句:"快!快点干!"

这提醒了大家,他们又弓下身,迈力将粗大的松树慢慢拖离了铁轨。

一阵踩在雪地上"咯吱咯吱"的脚步声迅速传来,他们没来得及反应,一个嘶哑的声音幽灵般浮现,比天气还冷:"别动!"

同时,十多支枪从天而降,分别抵住他们每一个人。

列车长和同事们被勒令双手举起跪在铁轨旁,面朝着车厢,随后又被命令脱下制服。

这伙人中的一个点起根烟,在黑暗里抽了几口,看着森林里那几双鬼火般的狼眼,露出一丝轻蔑并且悠闲的笑。他身着单薄的长衫,和此刻严寒的天气格格不入。他头戴一顶圆形阔边礼帽,在脸上投下一片阴影。

他看着扔在地上的列车员制服,然后扫视了长长的列车,最后命令属下收集这几个人的工作证件。他拿到手里,挨个翻了一下,然后把烟头吐在雪地上,又对着属下轻轻挥了下手。几声震透山林的枪响之后,密林里的狼群受了惊吓,它们在一声来自头领的悲怆召唤下,落荒而逃。

雪地上,几个人的头颅还在不断地向上蹿着血注,热水一样泼洒在厚厚的雪地上。列车长的眼睛圆睁着,盯着一节深色车厢,死不瞑目。

枪响之后，这群人亢奋起来。

他们中的几个迅速换上列车员的制服，然后从长衫人手里接过证件，各自放在身上。长衫人对着森林的一个方向，打了一个响亮的口哨。

没多时，有车轮声缓缓传来。

有人把地上的铁轨道岔搬动了一下，几匹马拉着一节车厢在铁轨上缓缓行进过来。车夫轻车熟路，驾驭马匹把这节车厢利索地接驳到火车尾部，发出让人精神一振的清脆声响。这节车厢和其他车厢外表没有任何区别。

一个人把枪斜背到身上，从怀里拿出一个货运标牌，跨过列车长的尸体，把一节车厢上的标牌替换掉，然后把换下来的标牌安到新来的车厢上。说巧不巧，正是列车长盯着的那节车厢。

准备停当，除了长衫人肃立一旁，像一棵冰冻的树，其他人弹冠相庆。他们脸上露出无法抑制的兴奋表情，那是一种被理想鼓舞的、激进而雀跃的欢乐，带着一般欢庆时刻所没有的荣耀。他们互相告别之后，几个穿着列车员制服的人兴高采烈跳上了驾驶室。

火车闷响了几声，开始冒出浓烟，徐徐开动起来。剩下的人看着火车消失在密林里，对着挂上的车厢，满怀希望地挥动着手中的帽子。

长衫人这时才动了动，对着一个背着大包的年轻人示意了一下。年轻人爽快地答应一声，跑到铁轨旁边的一处木制电线杆下面，掏出两只电信工人专用的铁质攀登环穿在脚上，双手抱住电线杆，三下两下就爬到了最上面。他借着月色，打开上面的信号交换盒，拔出一根略粗的红色电线，电报局的专用线路，插在他随身带的一个电报机上。他双腿盘在电线杆上，撑住身体，经过一番非常熟练的操作后，他敲击键盘发出一份电报。因为压抑着兴奋，他一字一顿念出打字的内容,提醒自己不要忙中出错:"我将顺利启程,按照预定日期抵达哈尔滨。3428 车厢,请来接。"

这世道,死人都会知道,世上总有看不到的眼睛。

重新踏上旅程的火车里,几个人沉浸在得手的喜悦中,唱着节奏铿锵的歌,兴奋异常。

他们身后的一节黑洞洞的车厢里,一个人蜷缩在冰冷的角落,瑟瑟发抖,因为恐惧还是愤怒不得而知,只是眼睛里发出让人不寒而栗的恐怖之光。

这世上,死人都会知道,世上总有听不到的耳朵。

数里之外,是一片因为火山爆发形成的巨大湖泊,处于群山环抱之中。

湖畔最高的山峰上,有一扇毫不起眼的铁窗。

一个人听到响彻荒野的枪声,放下手头的几张写着密密麻麻小字的稿纸,沉思了一下,又重新拿起笔,在纸上匆匆写下一行字:"质数是最孤独的数字。最孤独的,就最安全。"

然后,他才挪动着贴到铁窗上,向枪响的远方张望着。这是一个晴朗的夜晚,能见度极好。没多久,他看到一阵阵火车的浓烟从树林中升起,逐渐渺无踪影。

月光照在他的侧脸上,可以依稀看到,这是一张虽然暗淡沧桑,但依然英俊优雅的脸。他戴着一副锈迹斑斑的铁架眼镜,厚厚的镜片后面散发出一种沉郁的悲伤,并因此而显出一种凝重、严峻的深思神色。他的眼睛不大,倒更加重了某种天才的、智慧的印象。从侧面看,他的轮廓立体而精致,上唇中间的笔直线条散发着果敢的气质。

他在月光下的身影颀长挺拔,昂首而立。

他抬起头,望着深沉幽静的夜空。

北半球,四季中最美丽的夜空就是在冬日,因为有数目最多的星星。

现在，月圆如盘。在月亮北边上方，天王星熠熠生辉，这是天王星合月，通常会出现在年初。火星从月亮的西南方向就可以看到，比较昨天，它的位置更靠近中天，几乎和猎户座星群成平行位置。在一年中只有一天晚上会达到这样的状态，明天它们就会渐行渐远。

他暗自感叹了一下，这和多年前那天晚上的星象完全一致，是同一个日子。按照经验和学识，他判断这几天夜里，大概率会出现流星雨。

似乎是听到他的心愿，在西北方向，一颗颗流星开始滑落，慢慢地多了起来，让人目不暇接。他知道这种绚烂的天象在遥远的距离以外，目前看到的实际发生在很多年以前。此刻让人热血澎湃的无限壮观，其实是久远的过往无数惊心动魄的爆炸、撞击，乃至牺牲造就的。

突然，心里有个声音问他："今夕是何年？"

他双手握紧冰冷的铁窗，把身子往外面探了一探，一阵冰凉的冷风吹过他的面庞，身后传来铁链拖动的声音。

他用只有自己才能听到的声音，果断而勇敢地说："1932年……公历1月14日……俄历，1月1日。"

这时，挡在月亮一角的云彩飘散了，月光完整地落在了他脸上，石破天惊地颠覆了刚才的印象。他左边脸上似乎是一大片浅色树脂壳，沿着他高耸鼻梁的曲线和右半边脸僵硬地结合在一起，恐怖万状。而上面的眼睛，是画上去的。

他把右眼从流星雨的景象挪开，深情地眺望着北方，似乎那里有比此刻天象更让人感动的存在。

突然，他脸色一变，方才的平静倏忽消失了，他拼了命不让眼神暗淡下去，陷入绝望的死寂，他双手死死攥着铁窗，好像要渗出血来……

　　这个人眺望的方向——万里之外,莫斯科此刻正是夕阳余晖的时候。

　　天气苦寒,大雪纷飞,站台上挤满了送行的人们。

　　一列火车正缓缓驶出站台,它发出让人敬畏又疑惧的巨响,冒着磅礴又叵测的烟雾,装载着骇人的阴谋、悲悯的爱和无上的使命,不可一世地向暗流涌动的远东方向驶去。

　　火车将在十几天后抵达中国北方一座繁荣美丽的城市。

　　人们称它为"间谍之城"——哈尔滨。

第一章　通往世界的尽头

就当时而言，世界上没有一条铁路可以与之比肩。

西伯利亚铁路从波罗的海之滨一路向东，穿越欧亚大陆，直到远东的另一端——日本海，在这个星球划出一道激动人心、蔚为壮观的弧线，世界上再没有可以与之相提并论的铁路旅程，漫长得好像要抵达世界尽头。

从列宁格勒开出的列车短暂停留莫斯科，就一路向东，让旅客在足够漫长和苍凉的时空里周而复始地体会等待和希望，并在其中摸索出什么非同凡响的意义来。

天色渐暗，高轶珩悠然坐在餐车里。

一个男人，如果不幸有着一个四分五裂的祖国，那他通常会有着一览无遗的破败个性和单薄孑立的气质，再伪装也会被人觉察出张皇的神色和草率的思索，是缺乏魅力的。

轶珩却不是。

他三十岁出头，坐着沉稳如山，但没有表现出任何压力。他潇洒地跷着腿，肩膀处在放松状态，带了一点自然随意的玩世不恭，准确说是富家公子的骄矜。修长光洁的手里是一支德制斯克维纳石楠烟斗，"S"形的黑色长柄，赭红的斗身布满木质纹理，是花了心思才选到的上乘好物。

这人轻轻一口烟吐出来，把自己棱角分明的面庞变得朦胧起来。烟雾稍散，露出了他清爽利落的精致五官，较多数人更为立体，但不缺少中国人大都有的和善，只是眼神里的坚毅更多些。薄薄的嘴唇线条明晰，不干也不湿。人是瘦削一点，说不清楚是战士的瘦削，还是艺术家的瘦削。那双东亚人的黑色眼睛，即便在昏暗的环境里，也带着熠熠光芒，像珍贵的黑宝石，深不见底，有着令人心疼又难以言表的忧伤。

这是一节沙皇时期留下的豪华车厢，豪华得让人忘记了旅行的存在。因为空间开阔，除去列车固有的蒸汽供暖系统，中间还加装了一个暖炉。

两年前，美国金融市场天塌地陷似的崩盘，把全世界带入史无前例的经济萧条之中，一战后的好日子已经一去不返。至于另一个大国苏联，刚开始的第一个"五年计划"效果如何尚未可知。暗淡拮据的年代，能买得起包厢票的旅客寥寥无几，更多的人，在豪华车厢前面一眼看不到头的硬卧车厢里。

这列火车的尾部是豪华车厢，十九号车厢是专门的餐车，二十号到二十二号是旅客车厢，二十三号是供客人消遣的沙龙车厢，二十四号是行李车厢。

轼珩一手握着烟斗，另一只手端着一份《哈尔滨新闻时报》。上面的报道让人忧心忡忡——"日本僧人上海遇袭，日军提出严正交涉""国联成立调查团，学良发表救国宣言"。铅字下面的狰狞面目，一望便知。他心下一沉。

餐车的就餐时间是固定的，少顷，轼珩这张餐台就坐过来几个人，大家互相打着招呼。漫长旅途让交流变得自然和必需，价格不菲的车票让陌生人之间也消除了几分隔阂。

身份，是世上最容易让人彼此产生认同感的东西。

轼珩对面是一位拄着拐杖的绅士，他穿的绛紫色西装是一种类似天鹅绒的质地，光泽细腻柔和，看款式是意大利货。斜对着是一个日本人，笔挺身材，一派大和民族的执拗和骄傲。日清战争以来，他们是愈发自信了。这人着素色亚麻外套，里面是一件羊绒高领毛衣，藏不住浑身健硕的肌肉。他平素应该很注意运动，不高的身躯爆发力应该极强。

他为淡淡的一丝清香吸引，是中国独有的古老香气。这是一位垂垂老矣的女士，戴着金边雕花眼镜，在端详着什么，时不时用手扶一下。她手里拿着一只法国女式包，粉红色小牛皮，黄铜色纽扣，银质拎手。这位太太手上戴着几个不同颜色的宝石戒指，造型色彩都可圈可点，细看还带着岁月的沧桑感。修身的蓝色短大衣被侍者取走后，她就穿一件西方宫廷折花衬衫。虽然她的眼睛藏在褶皱的皮肤里，但还是能从中看到高寿之人独有的、阅尽人间百态的从容和睿智。老人的亲随站在身后，一位干练粗壮的中国女子，像呵护孩子一样小心地注视着主人。

挨着车窗刚刚坐下的这一位，似乎有些来头。他看着四十岁上下，上嘴唇微微上翻，有些天生的傲慢。他脸色惨淡，有一些病态的苍白。他穿着深色长褂，蓝色夹袄；鼻梁很高，一双三角眼犀利无比，只是有一点雾蒙蒙的颜色，愈显得冷漠。他的表情有一丝特别的疏离感，与其说是一种倨傲，不如说是藐视。他的手有点不自觉的轻微抖动，摆弄刀叉的时候就更明显。他还有些中国富人所特有的气质——骄傲、戒备和深沉。他的随从站立在餐车入口，衣着风格随这位先生，不同的是随从身上有枪——他腰间凸起的部分。身穿这种中式长褂不适合在腰间挂枪，因为紧急情况下要从长褂右侧开口处伸到腰间拔出，太费时间。轼珩暗想，他拔枪耗时这么久，还能活到现在，那他的敌人一定不是像自己一样的人。

"我听说啊，最近朝鲜军，足有四千人越境进入了满洲，这是给关东军助威啊。国联的调查团正准备去满洲调停，看来，人家日本人根本不把国联放在眼里啊。我看远东，苏联和日本还可能像三十年前一样，在东北开战。"对面的绅士自我介绍叫陈怀山，他注意到轼珩手中报纸的标题，就声如洪钟，滔滔不绝。说完又扭头对桌上唯一的日本人说："哦，对不起，山口先生，我无意冒犯。"

轼珩知道苏联也已在东部边境增兵，远东的局势剑拔弩张。不过刚才报上看到的新闻明显是日军设计在上海挑衅，他们似乎想在华东有所动作。那样，在远东再和苏联人大动干戈的可能性就不大。这种紧张的对峙状态可能会持续下去，日本人还没那么傻，也没那个实力腹背两线作战。只是一旦淞沪失陷——他没有再想下去。

"不，不，先生，当然——不会！"山口中文不错，他毫不在意，语气轻松，像个见过世面的人，"我们家族在大阪从事酒类贸易已经五十年了，从来不涉足政治，从来不。而我母亲的家族是山崎县的工匠，祖祖辈辈都是，为江上的渔民提供最好质量的渔船。我们家的人和政治没有关系，也没有兴趣。至于我，嘿嘿，只是对旅行充满热爱。"说罢他亲热地伸手拍了一下陈怀山的肩膀。

"那就好！那就好啊！"怀山笑笑，语气有些不甘，说到底是有些愤懑，"只是啊，贵国近期在满洲，或者说在中国的一些行径——有些让人担心。"说着他轻轻摇摇头。

"对不起，这我不知道，"山口摆摆手，一副漠不关心、超然世外的神情，"我也没问，谁知道呢？你知道，明治以来，日本的政治正在走向一种什么主义？我在欧洲听过的，不过，对不起，我忘了那个词。"

"波拿巴主义。"优雅的女士慢悠悠开口。

"是！对！是波拿巴主义。"山口尊敬地看了一眼老人，脸上露出钦佩的笑。三十岁左右的人，在这老人面前就是个孩子。尤其是一个富家公子，又比同龄人保留了更多单纯。

"你们看看，列宁主义，放弃了在国外的一切利益，这才是崇高的！为了无产阶级、工人阶级，以解放为名，一切都可以舍弃！"陈怀山的语言简单，但带着某种煽动语气。轼珩对这种语气早习以为常。

"面包来喽。"长褂男子并没透露名字,扭头看侍者端来的琳琅满目的面包,轻咳一声说。

"都是俄罗斯面包,大列巴的切片,太硬了,这些日子受够了,很难消化。那个是什么?"山口看着面包篮,皱皱眉头。

"噢,这个是塞克面包,比大列巴在烤箱里面的时间更长,发酵时间更短。"陈怀山好像在补偿刚才的冒犯,关切地回应,"不过,也更硬一些。"

"喏,小伙子,你可以尝尝牛角包。"高龄女士拿着叉子轻轻指了一下。

"嗯,这个还不错,很软的,您也试试。"山口尝了一口。

"唉,"女士叹了口气,表示遗憾,"我年纪大了,这种松软的面包看着好消化,实际热量太高了,加了很多黄油,好像还有起酥油,我不是很喜欢。最重要的是,糖分也有点多,我已经过了吃糖的年龄了。"

"不过,太太,"山口想起什么,"我倒觉得欧洲的面包啊,就是那个法棍面包,很不错,在巴黎时我真是大快朵颐。"

老人柔声说:"你这个年轻人还真是见多识广。法棍是小麦粉加蚕豆粉和大豆粉制作的,我在巴黎好多年,每天的早餐都是它。小伙子,我考考你,你知道法棍的由来吗?"有时候,一个人对另外一个人的赞扬其实是对自己的肯定,而对一个人的测试是在回味内心深处的一种记忆。

"这个嘛,这个——我还真不知道,请您指教!"山口挠挠头。

"法国大革命以后啊,政府就规定工人不能再通宵工作了,也不知道这都是什么矫枉过正的政客伎俩。这样做呢,对于大多数面包房来说,很多面包的发酵时间就不够了。怎么办呢?很多地方开始做这种法棍面包,因为这种面团发酵只要三个小时,所以面包师四点钟上班,就来得及在早餐时段供应面包,慢慢地,就这么流行开了。"

长褂男子此时喝着汤，又拿了一块切片面包吃了起来，听到"革命"两个字，眼神是一种不屑，也有一点警惕。轼珩又用余光瞄了瞄陈怀山，不出意料地看到他有点兴奋。

山口打开了话匣子："我这次欧洲之行，历时一年多，攀登了很多欧洲的高山，真是收获不小。尤其是那个中欧的多洛米蒂山，高山上战壕纵横，还有很多铁索以供攀登，听说都是一战时候奥地利和意大利军队战斗的遗存，不错的体验。"

老人悠然说："那里现在是奥地利和意大利共管的区域了，离威尼斯很近，风光优美，只是知名度不是那么大。威尼斯的光芒太强烈了，把周边的美景都压下去了哟。"

轼珩抬抬头，桌上所有人都对老人的博学感到惊讶，心里在思量她的身份。可老人似乎浑然不觉，扶扶花镜，抬起头眯着眼睛看侍者端上来的牛排，露出生活优越的人独有的挑剔眼神。

轼珩又不动声色用余光打量了一下站在餐车门口的那位随从，有点担忧。他的眼神冷冷的、有一点杀气，但是缺少内涵，属于锋利的、见过血的刀子，但不是上等的钢材，没有不容置疑的霸气，轻浮了些。他守着的门，通往车厢前端，是厨房，再往前是望不到头的硬卧车厢，中间还有列车警察把守，以便隔绝两个世界。他的眼神过于警惕，这持续不了多久，反而会让自己因疲惫而反应迟钝。

餐车的门被推开了，进来一男一女。

他们注意到轼珩，露出一丝惊讶。两人对视一眼，然后匆匆坐到了预定好的座位上。

轼珩第一时间也注意到了，但是神色平静如水，低头拿起汤匙，慢慢喝着红菜汤。

这二位之前在苏联内务人民委员部的同事出现在这里非比寻

常。"格别乌"是目前苏联国内最让人心惊胆战的名字。

因美丽而闻名遐迩的女人叫娜莎，绯闻在卢比扬卡广场人尽皆知。她比轼珩年轻，职级比他高出三级。而一个办公室待了三年的佐西莫夫还是一身土气的灰色西装，和豪华的车厢完全不搭。轼珩觉得他除了制服以外只有这套衣服。不过，娜莎的长款制服式黑纽扣大衣很漂亮，她踩着崭新的黑色皮靴，手里挎着一个褐色真皮手袋，显得典雅又干练，看上去像个在重要领导身边工作的行政人员，或是刚晋升的名牌大学毕业的外交官。佐西莫夫呢，作为一个护送女士的下属或者武官，还说得过去。

他们旁边的餐台坐着个中国贵妇。这女人进了餐车后，就吸引了包括轼珩在内很多男人的目光。她是那种让别人看不出年纪，只能看到艳丽和性感的女人。镶满水晶的紧身长裙是对自己身材非常自信的女人才能穿着的——她的自信确实是罕有的，百里挑一。她长臂外露，洁白泛光，腕子上是名贵的钻石手镯。她坐在那里，上身的曲线几乎让任何一个男人都想帮她挡起来。

轼珩蓦然觉得，世上有一种女人，她在哪里，哪里就是享乐之地。

她对面是位年轻的男士，或者说是个大男孩，和轼珩当年出国读书时候的年纪相仿。他穿着得体的格子西装，有点青春色彩，还有些纨绔子弟气质。他们偶尔对视说几句话，母子之情溢于言表，他们看着彼此的眼神有着世上最温柔、最信任的光芒。

这时唐先诺才匆匆进来找个空位随便坐下。他和轼珩共享一个包厢，两人年龄相仿，他自我介绍是哈尔滨《满洲评论》的记者，也是合伙人。

先诺看了一眼轼珩，举手示意了一下，轼珩微笑还礼，就低下头自顾自吃着牛排，偶尔抬头看看窗外的风景，玻璃上还能看到餐车里面的倒影。

天色渐渐全黑了，玻璃上映出了更清晰的车厢景象。大家酒足饭饱，酩酊畅聊着没有什么心理负担的话题，尽量延长晚餐时间，打发漫长的旅途，也是在享受这亘古荒原上的舒适时光。列车旅行最大的好处就是可以在自身处境不变的假象下，尽览时空变幻，风云起落。尤其是外面一片苦寒，而车内温暖舒适，这种反差就更让人享受。

晚餐后，大家寒暄着告别。今晚来来回回就餐的一共二十七个客人。他想起爱好文学的妻子跟自己说过，每一个旅途中的人都有不能言说的秘密。他拿起刚才的报纸起身，回到了自己的包厢，回想着佐西莫夫整晚不停盯着那位神仙般的女士，觉得他积习难改，苦笑了一下。

"高先生，感觉刚才的晚餐怎么样？"先诺已经躺在自己铺位上读书，看轼珩进来说道。

"唉，列车上，已经很不错了。你说呢？"轼珩坐到自己床铺上。

"嗯，这么说比较客观。以前沙皇在的时候，条件会更好些。对了，你拿的《哈尔滨新闻时报》？他们的消息比较注重时效性，深度就远远不够了。不过，受众也不同。"先诺有些清高。

"是吧。"轼珩心里在跟妻子说，时局艰难的时候，每一个付得起大价钱享受的人，都有着秘密使命。他躺下来，又翻起报纸。离开哈尔滨许多年，他对这方故土已经有了强烈的陌生感。他要尽量吸收信息，从而让自己彻底地、快速地融入其中。

轼珩的目光掠过报纸，注意到床铺上面的行李架，透过木质横梁，可以看到一个大大的德制行李箱，还有他的"弥赛亚"，装在琴盒中，作为一个从小学习小提琴并且在德国进修音乐多年的人，这是他最为看重的东西，而旁边是他之前从行李箱里拿出的洗漱包。是列车的晃动，导致这些东西的摆放稍微有些变化？轼珩在脑中搜索对照一个多小时前的影像，印证了自己的直觉——它们移动了，轻微的移动！他有着让人匪夷所思的记忆力。

轼珩放下报纸，起身，伸手摸向德制行李箱，试着往里推了推，这当然是掩人耳目，他趁机看了一下箱子的把手，他放置的时候，有着折叠金属扣的皮质把手向左耷拉着，现在则是向右的。轼珩瞥了一眼先诺，他还在津津有味地读书。

火车突然进入了一条隧道，风噪变得很大，车厢内的灯光被隧道的墙壁折射回来，在玻璃上形成一道道刺眼的、剑一样的亮光。月色星光瞬间消失，没有了参照物，列车是在向前，还是向上，甚至是向下坠入深渊，都取决于旅客的想象了。外面走廊很安静，靠着先诺那一侧的隔壁包厢传来开门、关门的声音。从上车后，那个包厢门就没开过，他本来觉得是没有客人的。

出了隧道，噪音就消失了。轼珩又拿起报纸，看到社会版上说某人在旅馆偷情，被捉奸在床，厮打之中，他光着身子跑到冰天雪地的马路上，又怕冷，回去取衣服，走错房间，进了一个粗心没锁门的女子房里，那女子尖叫，这人被后进来的男伴撞倒，又被痛打一顿，还被踢伤了下体，一怒之下他告到警局，媒体惊动，来采访花边新闻，一番调查，发现这打人男子也是一个偷情郎，从长春到哈尔滨想着掩人耳目，好好逍遥几天，未想刚刚入住，要行好事没成，遇此一出，惊动媒体，家里闹翻了天，而他幽会的荡妇又是哈尔滨警察局高官的小老婆，真是捅了马蜂窝，满城风雨无法收场。

轼珩想着大千世界的荒诞闹剧，嘴角露出一丝微笑。这时，包厢门被轻敲几声，先诺放下书，起身打开房门。

"您好！我是这趟列车的铁路警察队队长，我叫郑墨。"一个粗粗的严厉声音传来。

"噢，您好，请问，有何贵干？"

"请配合我们查验护照，谢谢。"

国际列车上的旅客十几天里会被车上还有各车站的巡警数次查验护照，司空见惯。轼珩取出随身护照，递给郑墨，他身后的年轻警察举着煤油灯，毕竟走廊里的灯光不强。两人刚走不久，走廊里又喧闹了一会儿，是有人去沙龙车厢聚会。没多久，就恢复了安静。先诺有了鼾声，轼珩也有了困意。

火车的晃动是很好的催眠药，半梦半醒间，一种舒适和惬意驱散了轼珩心中的警惕，让他想按照本能就这么舒服下去。但是，他的耳朵没有完全休息，走廊有声音，不是警察，是一个人在蹑手蹑脚。他不能做到了无痕迹，这和之前有人翻弄自己皮箱的结果是一样的。难道是同一个人？轼珩想知道究竟，睡意顿无。

他没有动，只是手肘向腰间挪了挪，一种力量被调集到了全身，蓄势待发。刚才包厢门被先诺随手锁住了，此刻那儿传来一点点声响，那个人应该是想打开门。轼珩还在想着，突然左侧远处传来车厢连接门被推开的声音——应该是二十号车厢和自己所在的二十一号车厢的连接门，声音也不大。这时，门前的人突然快速向反方向——餐车方向，迅速移动，而那打开车厢连接门的人似乎停顿了一会儿，想了想又折身回去了，因为之后没有人走过来的脚步声。

轼珩摸摸自己的耳朵，回想起在捷尔任斯基学校的时光。

在那里，他接受过专门的听力训练课程。

轼珩连续很多天被关在一个不隔音的伸手不见五指的房间里。

周围不同方位、不同远近会有各种精心设计的、由易到难的用于进行听力锻炼的声音——各种物体、各种动作、各种场景，时而万籁俱寂，时而喧闹震天。与此同时，会有一个聪慧的盲人住在隔壁房间，参照进行考核。

这种训练分为三个阶段，每一个阶段考试合格后才能进入下一个阶段，准确率低于百分之八十就会被判定不合格，不合格则要重复受训。这种测试曾经让一些人被送进了医院，因为一旦视觉和所有辅助认知的渠道消失，认知系统就完全被孤立了，难以适应自身和外部世界间只有一条通道。唯一的听觉会让人进入另一个完全陌生的时空，所有熟悉的声音或者其他声响都会被人当作挽救自己的上帝之手，它们变得陌生而且神奇，甚至恐怖。时间久了，这种虚无的情绪和频繁的误导声音会很容易让学生的神经系统崩溃，出现可怕的幻觉，甚至出现自残现象。

在第一阶段的结业考试中，轼珩已经能够在数十种不同噪音组成的喧闹环境中泰然自处。当有一种或者几种声音开始向他逼近的时候，他能够以最短时间判断哪种声音是离他最近的、传播最快的，并且告诉考官，这个声音第一次出现是在几分几秒之前。

第二阶段的考试只有一道题，他顺利通过。只要有上楼的脚步声，轼珩就能知道这人的大致身高和体重，以及他大概属于哪一种性格、他的情绪处于什么状态，并且计算出以这种速率还有多久就会到他所处的房间。

在学习完最后阶段的课程后，他已经能根据关门的声音判断大门用的是何种木料，并且能够屏蔽所有和自己无关的声音，迅速判断在喧闹环境里突然小声说出自己名字的人在什么方位、距离自己多远，以及大概多大年纪。课程的结业考试之后，隔壁听力超群的盲人得分八十四分，而轼珩是八十五分。教授兴奋地说轼珩胜出的一分是由于他超群的音乐天赋。

后来，教授发现这个学生在嗅觉、视觉、触觉等各项针对人体天生赋能的极限训练中都获得了相当不错的成绩，于是跑到教务室，找来轼珩其他学科的成绩，发现除了手枪射击、体力测试差强人意，其他各项学科成绩都极优异，他的记忆力科目和耐力、专注力评估更是获得了惊人的满分。

即便在人才荟萃的俄国，每项都如此出类拔萃的确实是凤毛麟角。这名教授拿着他的材料，用了很长时间仔细阅读，不由想起曾有一个同样天赋异禀、卓越无双的学生，那是很多年以前的事情了。

　　教授放下材料之后，自言自语说了一句话，然后为这个钟爱的学生担忧地摇了摇头。

　　轼珩想着往事，透过车窗看着外面的星空。

　　他神奇地发现，在西南天际，出现了灿烂的流星雨……

　　这让轼珩有些感伤，那是比学校时光更为久远的过往。

　　大概过了十几分钟，隔壁突然传来一阵搏斗的声响，时间很短，最后是一声清脆的撕裂响。"咔嚓"的声音不大，但轼珩听得很清晰。没有对话，没有争吵，见面就是你死我活。而此时，先诺还在轻轻打着鼾，和火车行驶的车轮声形成和谐的旋律。

　　轼珩又仔细想了一下，判断刚才是利器劈开骨骼的声音，而且利器凌空而落未被阻挡，所以是痛快凌厉的致命一击。

　　他缓缓坐起来，双手从额头划过，拢了一下头发，长吁一口气，是被搅动睡眠的无奈，也为那人的头顶感到一点痛。

　　过了一会儿，一阵急促的脚步声传过来，隔壁包厢吆五喝六冲进去几个人。

　　刚才那人动作不慢，轼珩听着他也是往餐车的方向跑了。他眼睛轻轻眯了一下，面无表情，转动了几下脖颈。

　　抬头看到天上的流星雨消失了，轼珩重重闭了一下眼睛。

　　这时，敲门声又响起，从不久前的例行公事变成了迫不及待。

第二章　伏尔加河上的谋杀

火车就是钢铁巨兽。

它有钢铁之躯，又有泼天动能，足以藐视严寒，轻视天堑。它在拼搏，在奋进，在战斗。它的终点是光明，还是黑夜，却没有人可以预知。

随后几天，豪华包厢的气氛有些紧张，大多数乘客都多少带着忐忑不安的神色。现场很快被清理，尸体在下一个车站被抬走，但死亡的气息并没有销声匿迹，各种各样自以为聪明的传言不胫而走。整列火车的人都在小声嘀咕，尤其是在豪华包厢的客人。毕竟，大家多少都注意过那个面容冷峻的随从，还和他严肃的年轻主人或多或少打过照面。

那天，通过警察的集中盘问和彼此沟通，旅客之间熟悉了很多，这位贴身随从惨遭不幸的男士姓齐，而那位令人尊敬的太太是郭魏氏，那位格子西装的小伙子叫罗再成，与他一起的女士，他的妈妈，除了绝美外貌，还有个动听的名字——韩玫。

沙龙车厢是三十年前沙皇时期，由德国铂尔曼公司特制的。车厢装饰的是深色椴木、宽大的镜墙，天花板上绘着古希腊神话中的人物；车厢里还有俄罗斯的手工绣花窗帘、金饰橡木宫廷家具，吊灯是威尼斯的奢华产品——想不到世界上还有什么别的地方可以生产出如此复杂精细的玻璃吊灯。

晚餐以后，几乎所有的客人都聚集在沙龙车厢里。也许是为避嫌，也许是想抱团取暖，寻找安慰。一把利器瞬间劈开一个坚硬而年轻的头颅，凶手像风一样迅速消失，时间空间如此近，谁都会觉得自己身犯险境。

再成和妈妈坐在一侧的沙发上,手里拿着一本俄文版的《罪与罚》——关于一个大学生杀人犯的故事,封面是一个人拿着斧头朝一个老人劈过去。

这个帅气的年轻人身上有一种烦恼,青年人独有的烦恼。这也是一种特殊的气质。这种烦恼并无任何特别刺激人和令人痛苦不堪的东西,似乎是因为一种少年时期持续不断、永无休止的隐痛,导致了这种不快乐的情绪。他看上去并不痛苦,但是很寂寞;同时,他手里拿的小说也侧面印证了这种猜测——那个忧郁而又善良的主人公因为理想与生活的极大落差而去杀人,不是为钱,而是为了证明自己拥有拿破仑一样的权力——可以把人命当作虱子一样轻贱。这种看似幼稚的思维,被作家引申出了深邃而震撼的思想。

轼珩斜坐沙发一侧,跷着腿,手搭在沙发扶手上,叼着烟斗,出神地听着大家闲聊。他通过镜墙的反射看到山口正手舞足蹈说着什么。他的手臂坚强有力,做出的手势潇洒飘逸,如果拿起利刃,也会干净利落。

"这次旅程真是太漫长了!沙皇其实不是个坏人,"陈怀山又在演讲,他的语气和腔调具备很大的蛊惑性,会让人有一种顺从的冲动,想拍案而起、奋不顾身,"虽然有些暴躁和傲慢,但是还算开明、仁慈。可是他过于单纯!他是个单纯的人。现在的世界,需要先知一样伟大的人!"

轼珩听到"先知"这个词,不由地把身子缩了一下。

有一个人曾被称为"先知",但是在苏联,和这个名字稍微沾边都会大祸临头。那是个比"撒旦"还让人畏惧的名字。无畏的战士此刻也重重抽了口烟,回避着怀山的眼神,嘴角微微抽动了一下。

"是啊!相对于革命党,皇室总是单纯的。"郭魏氏说,"当年啊,这段铁路,还有一段要修在我们中国,这在当初是个石破天惊的想法,朝野上下掀起来轩然大波。"

"沙俄财政大臣维特搞定了李鸿章,三十六年租期,到期赎回的话,中国政府要付出天价。"怀山说。

"是!是啊!太漫长了,好像能写尽一切阴谋的小说那么漫长。"再成拍了拍手中的小说,"欧洲人——有时候非常,非常精明,和他们的外表很不一样。"

怀山在酒精的作用下,更起了兴致:"我这次来俄国,听说过一个故事,是说俄罗斯幅员辽阔的,我也说给大家听听。说十八世纪的时候,女沙皇彼得罗芙娜曾邀请六位姑娘到首都圣彼得堡来见她,几位贞洁的少女在帝国官员的护送下,据说到了贝加尔湖的伊尔库茨克——我们要经过的地方,才过了一小半旅程的时候,就已经怀上护卫官员的孩子了。"

众人轰地笑了起来,怀山兴高采烈地继续说:"后来,这些渎职的护卫被更为可靠的官员取代,当这些年轻的母亲又跋涉上万公里抵达首都的时候,她们早已经怀上了生下来的孩子们的弟弟妹妹们了。是不是啊,朋友们,他们太幸福了啊。"

众人的笑声大了起来。他讲了一个美妙的故事,关于爱情和背叛,关于皇权和疆土,很精彩。

轼珩注意到山口在用余光不经意地打量自己。

气氛终于好转了些,轼珩的烟斗也要燃尽。

那位现在孤身一人的长褂男士——齐先生和郑墨坐在稍远一点的沙发上,警察给这位幸存者多一些保护是应该的。

今晚,韩玫穿着一件藕荷色紧身长裙,从肩头到脚跟,遇山清风拂面,见水涟漪微波,轻轻终结在一双淡紫色的高跟鞋上面,那儿有一条脚链,是金银双色吊挂拼接的,点缀的亮色水晶不住摇曳,不停碰撞。韩玫柔软细腻的脖颈戴着一串珍珠项链,乳白色光泽是高贵的,只是她的肤色太白了,只一串珍珠显得单薄弱势,所以,珍珠项链的正中间,还拼接了一小段钻石镶嵌的圆形吊坠,熠熠光芒才让珍珠的装饰意味有了底气。她的头发是浓重的颜色,用淡紫色丝带扎起来,下垂一丝鬓发,好像悬崖之上飘落的爱的羽毛。

轼珩多少回避着韩玫,这种太耀眼的光芒对一个男人来说,通常意味着黑暗、失明。

轼珩走到吧台,坐在高脚凳上,跟侍者要了威士忌。

真不愧是国际列车,有三个侍者为沙龙车厢的人服务——一个中国人,一个日本人,一个苏联人。日本侍者的中文不是很好,但态度谦恭和善,低头在操作台上倒了酒,放在轼珩面前,轼珩看看他,点了下头。

郑墨走了过来,端着一杯咖啡,挨着轼珩坐下,说:"高先生,也要尝尝威士忌?"

"你——不来一杯?"轼珩微笑着说。

"噢,那可不行,先生。现在是工作时间,我不能违反纪律。"郑墨遗憾地笑笑,用手扶了扶警帽。

"那真是遗憾。"轼珩端起酒杯轻轻闻了一下,并没有急着品尝。

"我们的沙龙车厢怎么样?感觉如何?"

"嗯,不那么苏维埃,或者说不那么像传说中的苏维埃,是吧?"轼珩说。

"唉,过段时间就要换掉了,有人说这是资产阶级的腐朽表现,所以,现在——尽情享受吧。"郑墨轻叹一口气,无奈地说。

"您——也是哈尔滨人?"轼珩问道。

"噢,听出口音了?哈,我,我是哈尔滨人。"郑墨自嘲地笑了起来。

"您这趟辛苦了,有些——"轼珩说。

"习惯了，现在毕竟不是太平年代，经常有这样那样的案件。"郑墨皱皱眉说，"国际列车嘛，情况总有些复杂，要不一列车怎么会安排二十几名铁路警察。"

"看来是不太安全，需要这么多警察。"轵珩说。

"其实啊，危险也不全是在列车上，进入中国境内后，沿线的土匪极多，打劫列车的事经常发生。他们的火力不小，我们也需要严阵以待，否则，没办法保障铁道线顺利运营下去。"郑墨在公事公办的语气下保持着亲切和耐心。

"当时在中国境内抄近路，一是想缩短距离，节省造价，另外是考虑到中国的劳工多而且便宜，不像俄国，尤其在西伯利亚地区，人比狗熊还难找。之前倒没预料到这些问题，有点儿讽刺了。"虽然这样说，轵珩心里知道沙皇俄国当初绝不只是为了获得一点点经济上的利益而在中国东北修铁路，其中还有着对中国领土的觊觎。

"哈！"郑墨听了就笑，"是啊，没预料到的太多了，从通车那年就这样，几十年喽。如今，你也知道，国际形势变化很大，就更需要小心提防了——"他观察着轵珩，感慨万千地说。

"嗯。"

"高先生，我这几天盘问了车厢里的所有人，当时，只有你和唐先生在包厢里，而且就在隔壁。你真的睡着了？没有看到凶手，或者听到什么？"郑墨又重复了问过许多遍的问题，这是警官的技巧。

"郑警官，我想我已经说过了。"轵珩有些无奈。

"对不起，高先生，您知道，如果当时有人哪怕只是听到什么，比如他们之间的争吵，对我们的帮助都会很大。"郑墨语气有些疲惫，"其实，这种命案时有发生，如果在平时，只要列车安全抵达，也不算什么大乱子。"

"是，这样的富商——需要带着保镖的富商，盯着他的人肯定不少。"轼珩看一眼坐在远处的齐公子，他正像个雕像似的一动不动，不知道是还没从惊吓中缓过来，还是在思考着什么。这个人并不张扬，话也不多，在人群中却非常扎眼。

"这个人身份特殊，所以——"郑墨说道，"你是哈尔滨人，一定听过他的名字，不，他父亲的名字。"

轼珩知道那长褂男子姓齐后，心里已然有数，这应该是齐之山的家里人。齐家控制着哈尔滨桃花巷几乎所有的色情产业，还有傅家甸大部分的戏院、影院、赌场，是城市里日进斗金的富豪家族。齐家不但在黑道上纵横捭阖，在官场也是盘根错节，多年来在华洋不同势力中间长袖善舞，在哈尔滨声威显赫。

"哦，你的意思是——"轼珩说话永远不紧不慢，温文尔雅。

"对！那就是齐之山的大公子——齐彦强，齐公子啊。"郑墨压低嗓门，惊叹又尊敬地说。

"怪不得呢……"轼珩豁然开朗，艳羡地说，"大名鼎鼎，大名鼎鼎啊！怪不得能劳驾警官大人贴身关照。人家匪徒看到这家公子，那还不动了劫财之心？"轼珩端起酒杯和郑墨碰了一下，喝了一口。

"哼！我看他不怕劫财，但这也不是劫财！"郑墨喝了口咖啡，冷冷地说。

"嗯，这个我就看不出来了。杀人？不为财杀人？"轼珩有些诧异。

"在现场，大家也都看到了，凶手没有拿走任何财物，而且，齐公子的保镖身手不错，寻常盗贼哪能应付啊！"

"哦，也是。"

轼珩那天看了现场，悄悄打量了受害者的伤口。郑墨的猜测不错，但推理却差强人意，这就像很多人的人生，对也不清楚哪里导致的对，错也说不准哪里犯下的错，浑浑噩噩地用不正确的经验应付生活，最后还自命不凡地振振有词，自圆其说。

齐公子的保镖谈不上身手很好，但杀手确实厉害，证据是双方打斗过程极短，而且根本没有太大的动静，应该是几下过招就让受害人彻底失去防卫能力。凶器瞬间就果断砍入天灵盖，位置极准——是天灵盖最脆弱的部分，头盖骨彻底裂成对称两半，这就能推出两点结论：一是只有斧子才有如此力道，二是需要很大的挥动空间施展力道，而这需要受害人被击倒并且难以迅速起身。那时自己听那利斧"咔嚓"一声也觉得清脆利落。破门而入，在狭小空间缠斗，能迅速准确地解决问题——是个高手。而不用手枪，一个是他应该也观察到这保镖拔枪需要不短的时间，他很自信自己够快；另外一个就是不想有大的动静，他想要全身而退。还有一点，根据头骨创伤呈微小向右角度，能判断这人应是习惯左手的。在围观现场的时候，轼珩还发现一个小皮箱被打翻在地，里面一些深色的小玻璃药瓶在地上摔碎了，药水四溅。

"齐公子运气不错，他没在包厢里。"

"是，运气不错啊。"郑墨暧昧地看看轼珩，露出一丝神秘吊诡的笑，轼珩自然就明白了。

"不过，杀手为什么不用枪？"轼珩转动了一下酒杯。

"嗯，厉害，高手！"郑墨扭头看了一眼轼珩，喃喃说道。

晚餐后先诺就没出现，这时他才轻轻进来。他尽量不引起别人注意，坐下后要了日本威士忌。

轼珩起身走过去，郑墨也回到齐公子的旁边，心里对刚才的试探似乎很不满意。

"不错，不错的酒。"先诺招呼轼珩坐下。

"你在日本喝过？"轼珩问道。

"嗯，经常喝，喝得习惯了，在哈尔滨的日本商社也能买到。"

"那比日本贵了很多吧？"

"是，要贵一些，不过，这种烈性酒，也喝不了许多。"先诺很享受地又喝了一口。

轼珩抬头看看先诺，看他也在注视自己，就笑笑说："我们这些留洋的人，都被国外的环境同化了。"

"是啊！你在德国十年，我在东京七年，"先诺的语调有些伤感，酒精的刺激很容易把人带入回忆之中，"都是人生最好的时光。你呢，感觉这酒怎么样？"

"我喜欢苏格兰威士忌，日本的——"轼珩说，"嗯，还是觉得口感太细腻了些，少了一点什么。今天也是第一次喝，不习惯。"

"哈尔滨的秋林公司好像有苏格兰威士忌卖，你到时候可以去看看。"

"噢，谢谢你的建议。如果没有苏格兰威士忌，我的日子可就难熬了。"轼珩笑笑。

"哈尔滨——"先诺说，"哈尔滨很不错，东方小巴黎，声色犬马，应有尽有。这是俄国人在远东给中国人送的大礼哟，虽然是醉翁之意不在酒，是吧？"

"政治的事情，我不明白，"轼珩说，"不过，听说当年中东铁路很多建设资金都投入哈尔滨的教堂和道路建设中去了。"

"是的，这是事实，没错，否则这个城市不会发展这么快。这需要大笔资金，起决定作用的还是沙俄时代的逃亡资本，很多钱，其中也有很多黑钱。"先诺压低声音说。

见轼珩没说话，他又恢复了平常的语调："我喜欢这座城市各种文化流派融合到一起的独特味道，还有那种新兴城市的朝气，新生的感觉——让人着迷。这里有美丽的建筑，还有无处不在的音乐。"

"唐先生，你这次苏联之行收获怎么样？现在的苏联，可是全世界瞩目的国度啊。大家都想看看布尔什维克的本事呢。"轼珩笑着说。

"我是跟随日本文化访问团进行的这次苏联之旅,是一次官方行为,至于您刚才问起的收获,"先诺笑着说,"一句话两句话也说不清楚。我准备回去写个长篇报道,就叫《俄国纪行》,会刊登在《满洲评论》上,到时候还请高先生指正。"

"我在苏联只是转车回国,待了几天而已,没什么发言权。不过,一定会拜读。"

先诺说道:"刚才听列车员说,现在我们行驶在伏尔加河流域,马上要跨过伏尔加河——苏联的母亲河,时间应该差不多了吧。"

轼珩扭身朝窗外看去,正是暴雪天气,狂风咆哮着在天地撒野。隔着厚厚的玻璃,都能感受到这种冲天怒气,听到撕心裂肺的吼叫。他心里想,伏尔加河今天是看不到了。

突然,车厢猛烈地摇晃起来,灯光随之熄灭,车厢内陷入一片黑暗,人们刚兴起的谈兴戛然而止,刚埋在心底的恐惧瞬间又破土而出,一种死寂笼罩着车厢内的每个人。列车剧烈地抖动,外面狂风的吼叫声好像清晰起来,似乎要冲进来,和人类厮斗一番。

列车在短暂地前进一点之后,传来车轮在铁轨上急停发出的尖锐噪音,似乎要穿透耳膜。接着又猛烈地震颤几下,才停下来。旅客的心倒是稍微安定了些,在黑暗中前进就觉得前方是地狱之门,速度越快就越能听到剧烈的心跳声;停下来好一些,可转瞬又意识到外面是万里无人的冰天雪地,气候恶劣,夜色浓重,自己仿若是孤零零迷失方向的荒原乞儿,刚才那种恐惧又来了,还带了一点悲怆,仿佛一出悲剧马上要拉开帷幕。

轼珩走到车窗前才看清楚,此时列车停在一座巨大的铁索桥上,应该是以亚历山大大帝二世命名的伏尔加河大桥。要是天公作美,此时倒可以看看伏尔加河的模样了。

他的眼睛慢慢适应了黑暗,列车员、侍者、警察拎着各种强度的煤油灯在车厢里穿梭。郑墨叫来两个警察守着齐公子,自己抽身指挥下属查看情况。他的脸色不好看,焦虑重重。

沙龙车厢处于整列车的尾部,加之前部的硬卧车厢旅客很多,赶到列车头需要一段时间。一片黑暗之中,这样的奔波更不容易。郑墨干脆掏出随身的钥匙,打开车厢连接处的门,招呼几个人下车,从外面跑步去前面查看情况。

外面凛冽的风汹涌着进到温暖的车厢来,好像要开始一场吞噬温暖的盛宴。侍者将诸位客人带回各自包厢,并体贴地关好门,关照旅客不要出来,这样能保证温度,而且安全。轼珩从列车门跳了下去。这是一座单一用途的铁道桥,边缘过道并不宽敞,刚刚够一个养路工人走过。轼珩下车后就贴着大桥的金属围栏,脚下是厚厚的新雪。桥上的风是凌空的风,更冷,更强,轼珩的衣领被掀起,脸上感到刺痛。他摸摸腰中的枪,旁边还有一把"芬兰刃",是命案之后从行李箱找出来带上的。那个凶手考虑得对,列车里面过于狭小拥挤,拔枪,举枪,瞄准一番周折,给自己留的时间太少,目标很容易消失。

雪花打在脸上,他的眼睛有些睁不开。大雪反射着微光,远处风雪中还有几盏摇曳的煤油灯。轼珩爱雪,爱桥,更爱这寒冷,他无法抗拒这些事物对自己感官的刺激和对自己想象力的激发。他知道这座桥不短,而且很长,如果在空中俯瞰,将会是一番摄人心魂的雄美。他贪婪地想尽可能看清楚这座桥,想慢慢走过,好好玩味这暴风骤雪。下面就是冰封的伏尔加河,看不清楚,这里太高了,但是能感觉到冰面上升腾的寒冷。

他在桥上静静地看着,感受着,长长地吸气,吐气……

好一会儿,轼珩看见一个黑影扶着栏杆跑过来,手里没有煤油灯,隐约看清是一名警察,正冲他喊:"你出来干吗?危险!"大风把他的声音吹丢了很多。

"噢，前面，前面怎么回事？"轼珩无法解释自己贪恋暴风雪的凛冽，贪恋这看不清楚的冰河与长桥。

"有人破坏了照明电线，又拉了紧急制动闸，应该没事！"那人喊道。

"你确定？"轼珩本不该问这话，但还是问了。此刻的气象和景象以及某种特殊的气氛，让轼珩沉迷其中，无法自拔。这话一出口，他心底突然升起一丝凉意。他又莫名地感激这个警察，好像他拯救了自己。

"应该是！"

风雪中的世界让味觉和触觉变得麻木，也会模糊周边的景象，更模糊了声音。这话还没落地，轼珩隐约听到车厢内的一声惨叫，慢慢地传来，又很快消失，但确实是惨叫——韩玫的声音。

轼珩蓦地转身，踉跄着跑向车门，左手扣住大衣，右手向腰间摸去……

第三章　鲸鱼的故事

韩玫包厢门前的走道里，一众人聚拢着。

昏暗的煤油灯摇曳不定，从列车门闯进的寒风吹得豪华车厢的窗帘沙沙作响，车厢的温度很低了。轼珩的睫毛上、头上、衣服上都是雪片，他借着灯火，看见佐西莫夫身子半靠在车厢过道一侧的墙壁上，已无生机，同时闻到一股浓烈刺鼻的血腥味。而韩玫晕倒在车厢门口。娜莎也站在人群里，她美丽的双眼死死盯着佐西莫夫，似乎对突如其来的变故毫无准备。

一身寒气的轼珩警惕地审视着周围，外面是无边的黑暗，眼前杂乱的走道人影憧憧，这对于警察是最麻烦的现场，却是杀人者最理想的现场。他要来一盏灯，轻轻低下身，仔细查看这位共事多年的同志。他的灰色上衣不见了，穿的是一件淡色衬衫，伤口不难找，脖颈下被鲜血染红一片。轼珩把光亮凑上去，用手轻轻抚弄了一下他的头部，定睛细看，要不是斜卧在地上，他的头似乎可以和身体分离，锋利的凶器生生把佐西莫夫的喉部从中斩断，近乎把头全部割了下来，这死法实在是太疼了。

轼珩倒吸一口凉气，伸出手用最恭敬的力道把佐西莫夫的双眼合上，起身看看目瞪口呆的娜莎，没拿定主意要不要和她说话，也不知道该说什么。

山口走了过来，轻声安慰娜莎，他把手轻轻搭在娜莎的肩头。先诺手上拿着相机，似乎想为这个现场拍照片，但是瞄着比量了一下，周遭的光线太弱了，叹息一声作罢。

齐公子的包厢门开着，陪着他的两个警察坐立不安，齐公子蜷缩在床铺的里面，看不清楚神情，安静得像个兔子。还有一些人，离着佐西莫夫有些距离，眼光却不时地投向惨不忍睹的尸身，小声嘀咕着，语调中都是瑟瑟发抖。

"有人！"旁边的车厢传来大叫，在昏暗的列车里显得凌厉而惊悚，让本来就阴沉异常的气氛雪上加霜。二十号车厢，轼珩迎着叫声箭步冲了过去，拉开房门，几个警察也蜂拥着跟着冲了过来。陈怀山的拐杖扔在门前地上，这位绅士已经换上了装饰着金线花纹的真丝睡衣，他面色惊恐地趴在地上，好像被刚才的喊叫耗尽了元气，但还是摸索着够他的拐杖。而包厢的窗户被向上打开，风雪鱼贯而入。轼珩顺手捡起地上的拐杖，在手里掂了掂，递给陈怀山。他一手握紧拐杖，另一只手指着窗口，那里窗帘被寒风卷起，狼狈得不成样子，半响他才捂着胸口喘着粗气说："有人出去了！我看见了！"

轼珩看了一眼他真丝睡衣上的精美标志，又抬头看着黑洞洞的窗外，眉头皱了起来。

大概过了一个多小时，电路才被修复好，列车恢复了照明，制动闸被重新启动，这风雪中的巨兽好像恢复了生机，徐徐开动起来。随着一声长笛高亢响起，车速开始加快，轰隆隆地动力十足，好像刚才什么也没发生过。列车在黑夜中，在风雪中气壮山河地撕开一道缝隙，将伏尔加河远远地抛在了身后。

直到第二天傍晚，风雪才小了些，列车这时已进入乌拉尔山区，欧亚大陆正是以乌拉尔山分界，终于，列车进入了亚洲。

晚餐时，列车穿越人民峰。这是乌拉尔山的最高点，俯瞰着欧亚两方，雄壮无敌。乘客们余悸未消，没有心情领略风景。餐车里过分安静，要不是想找个人多的场合寻求安慰，大概没人会来享用晚餐了。

轼珩这桌冷清些，只有他和郭魏氏。山口陪娜莎坐在一张双人台，怀山自己坐一桌，面无表情瘫坐着，齐公子和郑墨还有两名警察坐在另外一张餐台。

轼珩端着报纸，虽然是列车停靠的时候新补的，但也有些时日了。报纸上的消息让人触目惊心：张学良滞留北平不归，向日本提出严正交涉；日军登录上海，吴淞口被日本军舰扼制，国民政府表示一旦开战，要血战到底；日军在哈尔滨郊外遭遇不明势力抵抗，张景惠维持会态度暧昧；关东军宣布司令部将在近日从旅顺迁移至奉天。

任何人都能从这些报道看出来这块土地正值多事之秋，各方势力的敏感神经都是高度紧绷，危机一触即发，满洲已是凶险之地。

"太太，您介意吗？"轼珩拿出烟斗跟郭魏氏示意一下。

"噢，当然不会，请自便。"郭魏氏摆摆手，"先夫君在世的时候，天天拿着这个不放，我早习惯了。"

轼珩划着一根火柴，点燃烟斗，重重地咂了一口烟嘴，看着落日在人民峰的一侧渐渐落下，而自己在列车上渐行渐远。这种感觉很奇怪，就像自己在和落日告别，也像在告别过去的一天；而在以往看到落日，总觉得是落日在跟自己告别。在此地——欧亚大陆的分界线，更像是在告别欧洲，告别旧世界，在迎接新的一天，新的世界。

"太太，"轼珩说，"坐在您身边真是一种享受，很美妙的香味。"

太太在读报，听到这话，看了一眼轼珩，脸上露出得意的笑。女人多大年纪都喜欢被夸赞，这是年轻女人的陋习，年老女人的优点，太年轻会为此失去很多，老了会因此得到许多。郭魏氏说道："年轻人，这是咱们中国的蜡梅花，混合了一点点普罗旺斯薰衣草的味道。"

"怪不得是种很有中国特色的香气，"轼珩想想说，"但我没有闻到薰衣草的香味。"

"薰衣草这个花啊，你见到很多，才能闻到它的味道，因为这种花的味道很清淡，但是特别能烘托别的植物的香气，所以啊，加一点，蜡梅的味道就更重了。"郭魏氏伸手在衣摆下解下一个香囊，递给轼珩，"你看看？"

轼珩以后辈应有的耐心和谨慎配合着太太，表现出极大的兴趣，仔细端详：这是一个黄缎面平金香囊，软软的，葫芦形状，垂下的两个摆穗是褐色和黄色各一半掺杂，虽然不是很新，但贵气逼人。看形状，是为老太太贺寿的寿礼，王室虽然已退位，黄色的禁忌少了些，但能用此物的也是清室遗老或者达官显贵，普通富庶人家还是得避着的。他恭维老人一句："这是名贵之物，和太太相得益彰。"

"年轻人，有眼界啊！"太太说着就在女佣的帮助下，小心把香囊戴了回去。

郭魏氏端茶略饮，打开了话匣子："光绪二十二年，上谕夫君赴任法兰西公使，那年你也知道，李中堂来俄国出席尼古拉皇帝的加冕典礼，顺带访问欧洲列国。我随夫君正好借了光，跟着李中堂一行访问，最后再到法兰西就任。李中堂说是出席加冕典礼，实际啊，带着的事情多了去了，也大了去了。"郭魏氏说起李中堂，表情庄重严肃了很多，还有一种老年人少有的恭敬。"中堂年迈了，那次是豁了命的啊……我们一行三百人，最大的行李你知道是什么？"郭魏氏眯着眼看着轼珩问道。

"噢……什么？"轼珩附和着说。

"你猜不到，最大的行李，是李中堂的装老棺材，要十多个人抬着走。李中堂怕这一趟天高地远地折腾在半截道儿，他不想躺在异国他乡。中堂啊——要咱大清的棺椁，那是要躺在咱大清的土地上面。"说着，郭魏氏眼睛有点湿润，女佣赶紧上前帮忙擦拭，以埋怨的语气安慰道："太太，您说，这都多少年前的事儿了。"

郭魏氏并不理会，叹了口气，说："咱大清没了，一转眼儿的工夫，可李中堂忠君体国的心，还是让，让我们这些遗老们佩服啊。后来，不就是民国了嘛，人家新政府有新的公使来，我们索性就定居在法兰西了。回来做什么？都是伤心事儿。这一晃儿，二十年了，阿囡，是不是？"郭魏氏抬头看看旁边站着伺候的女佣，女佣点点头。"唉——二十年来，夫君驾鹤西去这也有些年头了，前些年，孩子也回到了北京，对，现在叫北平了，给民国政府办差了，和我们这些人不一样喽。我寻思着，自己也没几年阳寿了，回去看看旧居，住上一阵子，也算叶落归根吧。"

轼珩的茶见底了，日本侍者过来给他续满。

这时，韩玫和再成坐到了轼珩这桌，他们来晚了些，韩玫显然昨晚惊吓过度，没有休息好，脸色稍微有点憔悴。她穿一件淡色翻领大衣，没戴首饰，却还是美貌脱俗，让人顿起怜惜之心。

"两位，没有打扰吧？"韩玫的语气有些疲惫。

郭魏氏看看他们，没言声，轼珩伸手示意，请他们坐下。

齐公子在远处总不时扭头看看韩玫，流露出一丝关切，甚至是有些莫名其妙的感激。

母子二人的关系似乎并不融洽。过去的几天，轼珩已觉察到这对母子之间的某种紧张情绪，而这种情绪似乎由来已久，并不是一时一事所造成的。这两人之间有一种习惯性的沉闷和拘束，感觉中间有一道无形但是厚重的墙，让母子二人隔阂很深以至于无法亲密无间地交流。郭魏氏以一个不凡老人的敏锐和阅历，也注意到了这一点。她思忖了一会儿，缓缓说："有一年，我和夫君从马赛坐邮轮去美利坚公办，那真是浩瀚无边的太平洋啊，当时我们遇到个新奇事儿——"

韩玫和罗再成好奇地看着郭魏氏，起了兴致。

"也不知道是在航程中的哪天，我们在甲板上闲聊天儿，突然就看见远处海面巨浪翻腾，一派热闹。海上一群虎鲨足有百十条，在围攻一条大鲸鱼，这鲸鱼比那些鲨鱼不知道要大上多少倍，可左突右窜地，就是摆脱不了它们——这些狼一样凶猛的虎鲨。直到后来那海面都被染红了好大一片，就有明白人说，这些虎鲨啊，早就盯着这条大鲸鱼很多天了，是等到合适的时候才动手的。这鲸鱼真的是大，看着像一艘船。那些鲨鱼个头虽然小，但是行动迅速——我们在船上都能看见一排排大牙——好像它们有着阵法，轮番袭击，真是瘆人。人家说，这群鲨鱼也是饿疯了，否则是不敢攻击这么巨大的鲸鱼的。"

郭魏氏咳嗽了几声，女佣上前给拍了拍，端起茶水小心翼翼递给太太。

"就这样缠斗，从大早上，一直折腾到下午，我们这邮轮开着，那鲸鱼也是顺着一样的洋流方向跑，边跑边打。往回看过去，两条线，一条是我们那船带动的波浪，一条就是血水，分不清是鲸鱼的还是鲨鱼的。后来，鲨鱼群好像累了，慢慢就散了，这条鲸鱼真是顽强，拼了命地翻起巨浪，那大尾巴掀起来好像有万钧之力，经常有几条鲨鱼被打晕在海面上。大鲸鱼真是神力！匪夷所思！让人惊叹。"

轼珩等听着唏嘘，都盯着郭魏氏，想着那惨烈场面。

再成也禁不住说："这是人间奇观！了不起！真精彩！"

韩玫眼中带着一丝焦虑，在思索着什么，似乎惊讶于郭魏氏精彩的故事，又试图在其中捕捉到什么。

"其实啊，了不起的还在后面呢。"郭魏氏意味深长地看了一眼再成，轻声说。

"鲨鱼散了，你们猜怎么着？邮轮离那鲸鱼近了些，我们才看到这鲸鱼遍体鳞伤，惨不忍睹。而且这时我们才发现，她背上原来还驮着一条刚出生不久的鲸鱼，是条小鲸鱼啊。我们这才醒悟过来，那些鲨鱼啊，是想抢那小鲸鱼，那就够它们吃的了，所以这才合着伙儿和大鲸鱼玩命。就这么着，我们那船啊，和这条鲸鱼有时候远，有时候近，慢慢地啊，我们才确定，那个小鲸鱼，早就被那群鲨鱼给咬死了，一动不动的，白肚子都是朝天的了。但是呢，这个大鲸鱼就是不放弃，就这么一直驮着。那小鲸鱼是死了的，有时候会掉到海水里，往下坠，那大鲸鱼啊，就潜下去，给它托上来。海水深处氧气少不是，这鲸鱼都知道，还记挂着呢。就这么好多天啊，这鲸鱼是喜欢顺着洋流前行的，我们这船也是借着洋流走，所以离得也不远。十几天吧，那鲸鱼不知道托起小鲸鱼多少次！我们看着啊，都是揪心不是。再后来，有那么一天，海上的阳光那个晒啊，小鲸鱼看着都有些腐烂了，大鲸鱼这才明白过来，才放弃，任小鲸鱼落入海水深处。那时候，这大鲸鱼绕着小鲸鱼掉落的方向，游了很多圈，很多圈，不断地掀起巨浪，又冲天喷出水柱，发出那声音啊，很大，很响。咱也不知道这是不是动物的哭声，可我们这些乘客，很多人都哭了出来。人啊，有时候会被动物感动。世上万物啊，这理儿，这情儿，那时我才明白，都是相通的啊。唉，这过去多少年了啊，怎么也忘不了，忘不了啊。"说罢，郭魏氏难过地摇摇头。

几个人都陷入了沉思，郭魏氏停了一会儿，又说："我那时就想，我们朝廷，我们这大清国，就是大鲸鱼不是！这太像了。这老百姓，这土地，就是小鲸鱼。皇上、老佛爷，还有李中堂，不是没法子嘛！这些道理啊，那些革命党不懂的。现在怎么样？还不是不如从前。民国民国，真的就是人民的国了吗？我看，这真不一定。"郭魏氏脸上露出了不屑的神情。"我听路上人闲言碎语的，说宣统爷要回满洲，如果是真的，那不是坏事儿！但是啊，要是靠着日本人的势，那就糊涂！当年吴三桂也借咱们满洲人的势，怎么样？对不起列祖列宗啊！"

太太长叹了口气,看着韩玫和再成,说:"或许啊,我这老太婆啊,见识短,老了,天下大事,不懂了!但是母子一场,我是过来人,是明白的,有些芥蒂,有些过往,那是小节,要向前看。老拿着过去的事儿争个对错,拿着过去的事儿折磨着过日子,那老了要后悔的啊!一家人,有事情要商量着办,相互体谅着慢慢来。世道艰难,多灾多难的,这份情啊,老天爷给的,咱都不易!"

郭魏氏这么一说,韩玫和再成的隔阂好像瞬时消失了,彼此说话也多了。

轼珩重重抽了几口烟斗,眼睛在烟雾的掩盖下露出一丝惘然。他想起了自己,像个风筝被放得高高的,突然就断了线,孤独地游荡在虚空里。他的家庭往事如今就像永远不会醒的噩梦,除非有一天水落石出。

正是明月当空,列车已经奔出群山,疾驰在一片沉睡的古老土地上。

这是西方人眼中神秘而富饶的远东。

一顿静悄悄的晚餐草草收场。醇厚的鲟鱼鱼子酱、上等西伯利亚黄油烤制的吐司,还配了新鲜的烤肉。餐车今晚提供的是乌拉尔红酒——厚重绵长,味道特别,但车厢内没有高谈阔论,没有碰杯尽兴,只是偶尔有几声刀叉碰撞的声响,间或还有某个客人的叹息声,仅此而已,一顿静悄悄的、有些沉闷的晚餐。

这样的氛围似乎不会被打破了。

第二天晚上,轼珩觉得胃有些不舒服,这是他多年前就有的毛病。尽管他其他方面很优秀,但就体质来说,并不出类拔萃。也许是从小的条件过于优渥,他虽然能坚持过相对清苦的生活,但从未真正适应。他在餐车草草吃了几口,就跟郭魏氏和其他几人致歉说身体不舒服,先回去了。

轼珩倒了杯热水,就躺了下来。胃部的疼痛加剧,他在行李箱里找到药，塞到嘴里。他皱着眉轻揉着胃部，听到过道里走过来两个人，那个本没有客人的包厢传来开门的声音。又一会儿，一个人好像在地上抽搐，一个女人尖叫了一声，是韩玫。然后一阵手忙脚乱，她冲出包厢，那人在地上痛苦地挣扎着。过了一会儿，韩玫跑回来，高跟鞋发出的急促声响让人心旌摇荡。又过了一会儿，一切安静下来。轼珩听到激情四射的接吻声，他犹豫着想走出包厢，突然传来一阵敲门声。

郭魏氏正在二十二号车自己的包厢里等他。轼珩忍着不舒服，恭敬地说："您找我？"

郭魏氏指着桌子上的水果："本来想请你吃上次靠站时买的水果，让阿囡去叫你了，才想起来你身体不舒服。我年纪大了，糊涂了。"说罢，自嘲地笑笑。

"哦。"轼珩接过阿囡递过来的热水，喝了几口。

"年轻人，我也曾经年轻过，那时候跟着先夫君在国外。当时电报在欧洲是重要的通讯手段，我也要学会，帮衬着先夫君公务。先夫君也给我起了个代号，叫'沉香'。"郭魏氏轻轻说着，唠着家常。

轼珩看着郭魏氏，静静听着。

"那时候啊，年轻，一晃儿多少年了，还挺怀念的。我这一辈子，见过无数人，数不清的、各种各样的人，慢慢地，自己也老了，看人就越来越不会走眼了。可是，老了，也没有大用了。"说着，她拿出自己的香囊，充满感情地端详着，又放到唇上，露出满足的神情。

这时，轼珩脸色苍白，额头冒了虚汗，胃疼加剧了。郭魏氏忙叫阿囡去找随车的医生。

"没事，不用麻烦。我这是老毛病了。"

"那你在这里休息吧。年轻人，先不要乱动，要保重自己。"郭魏氏的神色没有变化，语气还是轻柔舒缓，却含着让人无法拒绝的某种威严。

轼珩听到这话猛抬起头，看着郭魏氏笑盈盈的脸，眼中出现了一丝波动。

连续几声枪响突然传过来，打破了两人之间微妙的气氛。

轼珩胃部一阵痉挛，额头的汗滴落下来。

他看着云淡风轻的郭魏氏，心头一震，恍然大悟，确信自己刚刚逃过一劫。

过了两日，轼珩的胃疼终于痊愈。他想回新换的二十二号包厢里，做几个俯卧撑活动一下身体。刚拉开门，看见先诺正在小茶案上伏案写字，觉得不便打扰，就出来走到车厢尽头处，抽上了烟斗。这个小空间封闭不严，偶尔还有些冷空气进来，倒是轼珩喜欢的凉意。

他正想去再观察一下原来包厢那扇被打烂的门，韩玫走了过来，打开小包，取出烟盒掐出一根烟，轼珩就掏出火柴，小心帮忙点上。在韩玫把烟盒放回手包的时候，轼珩隐约看到手包里有一个深色的小玻璃瓶。

"谢谢。"韩玫吐出一个烟圈，方向是地面，但升起来，飘到轼珩的脸上。轼珩看着韩玫，吸了一口烟斗，两股烟交织在一起。

"韩小姐——那天晚上受惊了？"轼珩淡淡地说。

"唉，哪天？这几天的事情太多了！您才是大难不死！"

那天晚上，一个枪手在轼珩包厢外面，对着他的床铺位置连开四枪。

轼珩惭愧地笑笑："我说的是您那天，晕倒那天。"

"那么多人，能有什么事儿。我只是推开门，看见那一幕，吓了一跳。"韩玫的掩饰表露了这个女人柔美艳丽外表下的坚强和城府。

"我想，那位先生当时可能是要取他的衣服。"轼珩推测说。

"嗯,是吧。停电的时候,车厢门被警官打开了,温度降了很多,那位好心人把外衣披在了我身上,我很感激。没想到——"韩玫遗憾地说。

"我想,像韩小姐这样的女人,任何一个男人都会怜香惜玉,只是谁也没想到会这样。"轼珩说。

"也许,对女人的善意其实恰恰是男人的虚伪,甚至是懦弱。哦,我不该这么说,是吧?"韩玫紧皱着眉,吐了一个烟圈,带着些歉意说,"我,我有点内疚,我也觉得他可能是去取他的衣服,没想到就遇上歹徒了。"

"嗯。"

"后来晕倒了,不知道怎么回事了,就是天旋地转、半梦半醒那种,但还有一点意识,很奇怪的感觉。"韩玫说。

"噢,那您看到什么了?"轼珩问。

"嗯,我注意到高先生冲过来,您看着文质彬彬的,原来也有一手。这车上还真是藏龙卧虎。"韩玫弹了一下烟灰,有些自信和感慨地说。

"这怎么讲?"

"我倒在地上,恍惚看见高先生腰间有一把很漂亮的手枪,要是你拿着它,会显得更帅。"韩玫的笑大方得体,还带着些女士常有的谦卑和恭顺。

"出门在外,总是要有防身的。"轼珩不在意地看着烟丝轻轻燃着。

"男人有很多种,高先生这种,深藏不露,是上品,是不是极品就不知道了。"韩玫颇有见地。

轼珩看着韩玫的眼睛,烟雾缭绕中不失明亮光芒,似乎升腾起一种摄人心魂的力量,让人无法抵抗。

轼珩抽着烟斗,看见齐公子和郑墨走了过来,齐公子嘴里叼着一根雪茄。

齐公子看了一眼轼珩，并没说话，向韩玫点了一下头，一双三角眼盯着窗外的茫茫夜色，似乎这几天的心事一直缠绕着他。他的手还是会不自觉抖动。

"两位昨天休息得怎么样？"郑墨问。

"托警官的福，还算平安。"韩玫还是一副绝无轻浮的洒脱神情。

"是我们失职！我们的责任啊！真的抱歉。"郑墨身上有一种警察的严肃，一种并不高深的严肃。

"哎呀，哪里哪里。"韩玫笑着，看向齐公子，齐公子也正回头看她。

"高先生——"郑墨对着轼珩问。

轼珩无奈地摇摇头，笑笑。

"如果您知道什么情况，应该告诉我们。"

轼珩抽了口烟斗，然后双手一摊："郑墨，好名字啊！这里真是需要您镇魔啊！"然后笑笑，转身走了。

午夜时分，他注意到门口有动静。略一思忖，是高跟鞋，脚步声有种职业化的一板一眼的节奏。来人在门前站住，没有任何其余动作，肯定在等这包厢里的人，但是犹豫着不知道怎么不惊动先诺而叫醒他。轼珩拉开包厢门，娜莎站在昏暗的灯光里，面色沉静，但是流露出一丝困窘，她双手抱着肩膀，像个受了惊吓并感到十分委屈的小鹿。

他默默跟着娜莎去了她的包厢。

月光照在昏暗的过道上，好像浮在漆黑水面的冰凌。

"没到目的地，我们就失去了同志！我想我们处于危险之中。你也差点——"娜莎关上门就迫不及待地说。

"我和佐西莫夫共事五年多，他是个不错的人。"轼珩语气有些伤感。娜莎是训练有素的职业特工，身手也是一流，但此时似乎惊慌失措。要从容处理很多真正有难度的事情，并不是可以跟别人学习的，这是一种天生的素质，而不是一种可以习得的能力。

娜莎没有说话，她无奈地闭上眼睛，用胳膊撑住小桌案，双手扶在头上绞在一起，过了一会儿说："你，觉得是——？"

轼珩低着头盯着地板，没有出声。

"山口？"娜莎怔了半响，从牙缝里挤出两个字。

轼珩抬起头，迎着娜莎冷冷的眼神在思考着什么。

"他最近一直盯着我，那天晚上停电的时候，他却突然消失了。直到我听见韩小姐的叫声传出来，才看见佐西莫夫躺在地上，又过了一会儿，他才出现，就是在你上车之前。"娜莎思考着说，"刚才他又在这里和我纠缠了很久，很讨厌，我费了好大劲才把他打发走。"

"嗯，日本人？"轼珩的语气很奇怪，有点疑惑，但也有点笃定。

"他虽然个子不高，但是想突袭佐西莫夫应该不难。我没有听到外面有打斗声，说明袭击佐西莫夫的是个熟悉的面孔，他才让那人走到近前，没有防备。"

"尤其是一个心里想着和美丽的韩女士搭讪的男人，还担心着自己的语言障碍，所以心思不定、毫无防备是吗？"

"难道不是吗？"

"勒住佐西莫夫的不是刀，应该是一根绳子之类的东西。"轼珩说，"伤口两侧受力虽然有不同，右侧更深一些，但是那是惯用右手导致的，凶器本身是个受力平均的东西，刀显然不是，不会有那么深的切入口，力量也不会那么均匀，刀的力量是有杠杆的。"

"然后呢？"娜莎觉得轼珩同意自己的判断，希望他能进一步印证这个结论。

"山口先生第一天晚餐谈到了他母亲的家族是做渔船的工匠。我白天问了唐先生，他说山崎是有很多渔民世家，他们的手工艺很发达，做渔船的、编渔网的，都是精益求精的工匠，祖传的，所以——"轼珩说，"所以他有极其锋利的渔网线也在情理之中。"

"那就对了！日本人派来的！"娜莎言之凿凿。

"目标是你？你们的任务？"轼珩没有娜莎此行的准确信息，这就让他对任何推理都保有一种本能的怀疑。

"不然呢？"娜莎索性摸出一把红色弹簧匕首握在手里，来回把弄着，"他们还想杀了你。"

轼珩对一切都不确定，表情似乎静止了，柔和地看着一个方向，显得专注，却又很淡然，完全看不出他正在复盘所有细节，在一团迷雾中，审视着凶手的模样。

"我觉得山口就是那个人！可恨的日本人！你不也说凶器来自他。"娜莎笃定地说。

"来自和就是，并不是一个逻辑。"轼珩收回眼神，看了一眼娜莎，喃喃道，"况且你的意思是我们都暴露了？我们不在一个系统。"

"你是捷尔任斯基情报学院最优秀的毕业生，你不应该对这种危险犹豫。可能莫斯科方面出了问题，现在的托派分子还没有清洗干净，无处不在，什么都做得出来。"

轼珩摸了摸口袋，没有带烟斗。他淡定地说："也许托派那些人能找到日本杀手，据说他们很有钱。不过，我们没有证据，甚至没有完整的逻辑佐证这一点。"

"可是，这说明我们的行动暴露了，这已经很危险，为了追求某一种自己思维体系内的确认而耽误战机，这不是一个明智的决定。"娜莎毕竟军衔要高过他，厉声说。

"那你的意思是？"轼珩问。

娜莎不说话，盯着手中精美的匕首。

"不要轻举妄动。"轼珩叹了口气。

"你要是不同意,可以保留你的意见。我自有办法!就这样吧。"她站起身来。

轼珩也站起来,不太客气地说:"这是国际列车,我们不能轻举妄动,可能会影响我们各自的任务,娜莎长官。"

娜莎并不说话,逼视着轼珩。两人对峙了一会儿,月光透过高速移动着的车窗间断地照在他们脸上,形成一道道栅栏,好像把他们关入了深锁的黑暗牢笼里。

轼珩觉得她有些紧张,自忖情况不能更糟了。对于自己曾经的上级,他无计可施。

"这是佐西莫夫的枪。"轼珩收回自己的目光,低头拿出一把没了光泽的手枪递给娜莎,有点伤感地说,"那天趁人不注意,从他衣服里拿出来的。要是让有心人发现苏联军队标配手枪出现在这里,而持枪的苏联人被害,组织上会很被动。最重要的是,他是战士,人可以亡命天涯,配枪要回到家乡,交还组织,这是战士的尊严,娜莎长官!"

娜莎的目光并没有缓和,反而更加咄咄逼人。半晌,她才不情愿地接过手枪。

轼珩转身拉开包厢门,走了出去。

第四章　死于贪婪

之后几天，一切都显得平静，包括窗外的景色。

除了胆小的驼鹿、啸聚一处的狼群，还有零星的狐狸远远看上列车一眼。偶尔，还有猎隼在天空划过，用上帝视角跟着列车飞上一段，没有收获，也就算了。

晚餐之后，乘客们三三两两、身心俱疲地聚在沙龙车厢。谁能摆脱这铁盒子？就像那个在伏尔加河大桥上跳车的神秘人一样，那是怎样的勇气啊。

人除了冲动以外的任何勇气，都是可贵的。

车厢里每天都有提前安排的轮换曲目。今晚响着舒伯特的《小夜曲》——浪漫乐派最杰出的作品之一，独特的节奏和变幻多端的曲风让倾诉从诅咒变成情爱，让浪漫从梦幻变成现实。音乐自有魔力。

轼珩想，人们称这首曲子是"天鹅之歌"恰如其分，一个美丽的生灵在叵测的世间，历程不会是轻松的。从这首曲子的演奏来说，也是这样的，上手很简单，但是想得到舒伯特的真谛，行云流水地演绎它真是需要下绝大的苦功夫。

唱片里的小提琴曲带着若有若无的钢琴伴奏。

他的耳朵似乎微微动着，手指在腿上惬意地微微敲着，不过好像并没有合上旋律。

轼珩记得，初学《小夜曲》还是读小学的时候。那也是冬日，温暖的壁炉"嚓嚓"响着，爸爸妈妈还有哥哥围坐一旁，小轼珩站在中间，胆怯新奇又有些小小骄傲地展示着自己的学习成果。温馨的洋房里，轼珩纯真青涩的琴声流淌着，又调皮地钻到窗户外面，和淡淡的炊烟飞向天空深处。一曲终了，大家的掌声里，小轼珩扑到妈妈的怀中，把头埋到妈妈的臂弯里。那是一个人最可贵的童年美好，终生难忘。

怀山手里掐着根雪茄，轼珩则抽着烟斗。他坐在昏暗里，本来就沉稳的气质更有了魅力，他的性格似乎特别适合黑暗的背景。棱角分明的脸看上去就像个暗黑风格的剪影，一口烟悠悠吐出来，再配上小提琴曲，整个人还带了些神秘莫测的性感。

"要到齐齐哈尔了，这段旅行，我有些够了。"怀山一路的情绪要么亢奋要么倦怠，这让他绅士的做派多少打了一些折扣。

轼珩收回思绪，眼睛望向别处，两只手攥在一起，掰动了几下。

"哎，那天，我回到房间，换上睡衣，就去解手。大概十分钟吧，从洗手间出来，正好看见那个黑影从我包厢的窗户跳了出去。那儿方圆百里没有人烟，他会被冻死吧？"怀山抽了一口雪茄，有些漫不经心又有些探询地问道。

"嗯，如果他想徒步穿越伏尔加河流域，可能会的。"轼珩扭头看着窗外说，"估计那晚，外面有零下四五十度。"

"他好像穿得不多，一定会的。"怀山果断地说。手里粗壮的雪茄会给享受它的人一些底气，这是雪茄的妙处。

"你没有印象之前见过这个人？"轼珩知道这个老套的问题不会有答案，而之所以这么做，是想让怀山对这个回答过很多次的问题产生自信，从而失去一些警觉。

"没有，郑警官已经问了很多次了，可是我想来想去，没有，真的没有见过。"怀山遗憾地说。

"陈先生，"轼珩突然探身问道，"您觉得他从车窗出去的动作像什么？"

道,"再说,哈尔滨现在的局势更复杂了,不同往年喽!这碗饭越来越难混。"

"那我们搞音乐的,是不是更没活路了?"轼珩佯装担忧地问道。

"那——倒不是。哈尔滨人,那是真热爱音乐,各种剧院、音乐厅你就说有多少吧——还有洋人的好几个音乐学校,再加上什么国际饭店、马迭尔宾馆,各种餐厅、酒吧,都是音乐家谋生的好地方不是?你们艺术家,我们比不了,你们是上帝的宠儿,不缺饭吃啊,兄弟。"郑墨羡慕地说。

"这还算不错的消息,谢谢你的宽慰。"轼珩吐着烟圈,又低头看着手,修长的手指动了几下,似乎还在忧心着自己的前程。

"不过,我说句玩笑话啊,高先生,您气质高贵,像艺术家,但胆识过人,又不像艺术家。"郑墨微低了一下头,马上又抬头说,"为什么要杀你?"

轼珩看郑墨说这话也是下了一点决心似的,他看着吧台里面苦笑了几下:"不知道,也许是找错了人?"

"你说那位唐先生?"

"我不知道。"轼珩直面着郑墨的眼光,又笑笑说,"郑警官怀疑我?怀疑我有什么秘密?"

"每个人都要怀疑,起码,现在是的。"郑墨的眼中闪出一道寒光。

轼珩慢慢喝酒,懒得搭话,也没看郑墨。

"第一起命案,您和唐先生就在隔壁,其他的人,都在沙龙车厢,对吧?"郑墨轻轻拍了一下吧台。

"你不是之前说过,山口也不在。"轼珩提醒说。

"可我后来又问啊,"郑墨挥了下手说,"人家山口先生说他在包厢整理个人物品呢。当然,对此我也要存疑。不过,有一点,我得说,你就说那么凶残的场面,唐先生也吓得不轻啊,而你呢,太冷静了,而且就在隔壁。所以,你说,我不能不怀疑啊。"郑墨笑里藏刀。

"嗯,有道理,见财而起贪念,"轼珩点点头表示赞同说,"只是没偷到什么——可惜。"

"也有可能是他,"郑墨望着远处埋头看小说的再成,"他看的那本《罪与罚》,我也看过,凶手也是拿斧子劈死人的。我看这第一起命案,凶器就是斧子!"

轼珩低头笑笑,没说话,想着——斧子。

"我们过去得很快,来不及,那么短的时间,我们在车厢过道里没有看见别的什么人,所以啊——"郑墨也知道他的推论并不严谨,但是他要亲自盘问,虚张声势,察言观色,这是他一贯的手法。

轼珩看看郑墨,这个人并没有马上采取行动的意思,心里就明白了八九分,于是轻松地说:"也是!有道理!"

"要不啊,"郑墨又轻轻拍着吧台,自问自答地说,"是凶手杀完那个保镖,就从某个窗户爬出去了,不在列车里了,就像陈先生那天看到的那个人一样。"

"这要是爬不出去就难办喽。"轼珩说。

"什么难办?"郑墨感兴趣地问。

"我啊,被你抓到了。"说罢两个人都笑起来。

"还有伏尔加河上那天,"郑墨收起笑容说,"我们列车警察习惯了,也没有办法,但你敢独自一人在桥上站立,那样的天气,那样的气氛,普通人是绝对不敢的,不是吗?这种胆气有点像亡命徒啊,我说!"

"然后,我又上车杀了那位苏联外交官?"轼珩苦笑着说。

"这就是我没有逮捕你的理由!韩小姐叫声传来的时候,你从外面冲上来,很多人都看见了。而且,我开始也看见你啦,你从沙龙车厢直接下的车，没有去软卧车厢。"

"我只是想看看伏尔加河，尊敬的郑警官。"轼珩无奈地说。

"高先生，那样的胆子，可不是艺术家能有的。"郑墨想通过这种对话发现整个事件的逻辑漏洞。

"那我怎么才能被逮捕？郑警官。"轼珩放下酒杯，挠挠头说，"又为什么有人在我的包厢外面开枪？四枪啊！"他伸出四根手指，比画了一下。

"如果我确认你有同伙的话！"郑墨的脸色阴晴不定。

"不过，我怎么看，那个苏联人都不像有钱人啊。"轼珩说。

"对！"

"那动机呢？我，不对，我和我同伙的动机呢？"轼珩笑着问。

"我做警察二十年，见过凶案无数，有时候，凶手杀人也不需要多大的动机，可能因为话不投机，也可能因为被害人偶然看到了什么，说不清楚。动机很重要，但不是全部。或者说，有时候，是抓到人，就自然找到动机了。"郑墨硬硬地说，他不想被轼珩牵着鼻子走，"你们之间有冤仇我不管，但是命案，我们要管！"

"那我的同伙在哪里？"轼珩冷冷地说。他看着日本侍者在对面背着手站立，等着客人的召唤。

郑墨喝了口茶，并不言语。

"你们现在首要的任务是找出我的同伙，你看我需要帮你什么吗？"轼珩说。

郑墨不理轼珩的揶揄，眼睛突然死死盯着黑漆漆的窗外，似乎想到了什么，脸上出现了几分惊讶，手不觉抖动了几下。

轼珩百无聊赖地四处打量，心里突然轻松了一些，意识到郑墨和自己一样，在某一刻获得了某种答案。

吧台在沙龙车厢的头部。每个车厢门都有一块玻璃，能模糊看见相邻的车厢走道的情况。轼珩看见一个性感的身影，敲敲门，进了山口的包厢，包厢门一瞬间透出的亮光让他看得清楚，是娜莎。于是，刚刚有些释然的心又绷紧了。

轶珩和郑墨有点无话可说，沉默久了，郑墨反倒有点尴尬，沙龙里面，喝酒的就是比喝茶的有主动权。先诺走了过来，站着靠在吧台上，并不避讳郑墨，对轶珩说："高先生，知道了吗？日本人，日本人在上海和国民军动手了，陆军、空军、海军全都上了，把中国的民运轮船炸毁无数，彻底封住了吴淞口。"

"你们记者在列车上消息也快。"轶珩不清楚先诺的立场，平静地说。

"唉，什么消息快啊，刚才停靠车站，听候车室工作人员的收音机来着。"先诺说。

"日本人真是厉害！满洲的形势如此紧张，又在上海生事。"郑墨有些惊讶，插话说。

轶珩看看吧台里面的日本侍者，又看看先诺，想想说："醉翁之意不在酒啊。"

"哎，别说，你倒看得明白。"先诺笑笑。

轶珩喝干净了杯子里的威士忌，招呼侍者加了一点。

郑墨嘴里哼了一声："我不觉得，什么醉翁之意不在酒？就是贪得无厌，欺负中国没人吧！"

轶珩似乎忘了刚才和郑墨的一番较量，但也顾及先诺和日本人千丝万缕的联系，和善地看着郑墨说："国际大事，咱们也搞不太明白，这就是男人之间的八卦而已，随口说说。"说完，露出了笑容。

郑墨看看先诺，低头想了想，又盯着轶珩说："高先生的意思，日本人是借机生事，转移注意力，在咱满洲要搞更大的事？"

先诺听了点点头，没等轶珩说话就说："看来不会善罢甘休，这盘棋下得大啊，开局落子就是挡不住的杀气。"

轼珩看着杯中刚倒好的酒说:"中国有一句话,'独上高楼,望尽天涯路'。"

"王国维,《人间词话》,'昨夜西风凋碧树,独上高楼,望尽天涯路'。"先诺饶有兴趣地说。

"嗯,是吧。"轼珩对这个消息其实是震惊的,离故土越近,某种亲近感也逐渐清晰起来,同时对这块土地的眷恋和担忧也变得真切了。

"高先生的意思是——"先诺说,"这开局,没有王国维先生说的境界,没有他说的人生第一就是境界,没有格局,成不了大事。"

"境界,境界,我也说不清楚,"轼珩有些悲伤地说,"总觉得境界是正义的——"

轼珩不再说话,两人都陷入沉思。这时一个警察跑过来,磕磕巴巴地跟郑墨说:"队,队长,刚才我们查房,例行,例行检查护照,那个,那个山口先生……"

"怎么了?!"郑墨脸色陡变,顿有不祥之感。

"他,他死了,在房间里。"

郑墨撂下茶杯,嘴里骂了一句,起身往软卧车厢跑去。轼珩没有动,喝着酒,看着先诺,心里想,那是一具裸体男尸,有好几处刀伤,有的致命,有的只是划伤。醉生梦死、正行极乐之人,突然遇难,眼睛是大大圆睁的,嘴是张开的;因为汗水刚刚流出太多,身体急剧变冷,皮肤会干燥,颜色会马上呈青色;下身呢,肯定污秽不堪,所谓"牡丹花下死,做鬼也风流",实在是不准确。

不去看了,给自己音乐家高贵的心,留一点体面吧。

第五章　贝加尔湖

从斯堪的纳维亚半岛开始，世上最大的针叶林带在北半球顶端横亘沃野，穿越山川，无休无止，跨过东西伯利亚，一直延伸到太平洋之滨。在针叶林带经过的地方，造物主恩赐一块蓝色宝石。夏天从山峦望过去，那是一望无垠的海；冬天从天空望去，那是一块蕴含魔法的蓝冰。那是贝加尔湖——亚欧大陆最大的淡水湖。

欲抵圣地，必经磨难。

暮色时分，山势陡峭起来。列车擦身掠过无数峭壁，再潜行穿过无数穿山越岭的长短隧道，才在贝加尔湖的岸边——伊尔库茨克站，充满敬意地缓缓停下来。

很多旅客都下了车，吹吹贝加尔湖的风，瞭望一下冬日的蓝冰，舒展一下筋骨。本是美好的旅程，却接连出现那么多血腥场面，任谁都会惊恐不安，需要放松。

轼珩路过沙龙车厢，看见齐公子和郑墨等几名警察坐在里面，没有到站台上转转的意思。齐公子的脸色更苍白了，手里紧紧攥着一个东西。他的身体蜷缩着，好像要把体内的热量死死留住。他一定在紧张地思考，计算列车进入中国国境还要多久，真是度日如年。

轼珩下了车，外面气温极低。车站的信号兵在站台上笔直站立，这是一个帅气的俄罗斯小伙子，大概二十岁年纪，虽然风不大，他白皙的脸庞还是被冻得粉红。

"您好，先生，欢迎来到伊尔库茨克。"小伙子说话干脆利落，让人听着就提神。

"士兵同志，你好！"轼珩笑笑，语气充满尊重。

信号兵的笑纯真灿烂，说："贝加尔湖附近气温很低的，先生，请注意保暖。"

"送完这趟车，你该吃晚餐了吧？"轼珩看着车站穿梭的旅客问道。

"是啊！都站了一下午了，您知道，这趟铁路线很繁忙，一刻离不得人。"小伙子骄傲地说。

"下雪了？"轼珩观察到站台上是很厚的新雪。

"噢，先生，早上就停了。不过，听说晚点要有暴风雪，气温还会下降呢。"

"嗯，这不是好消息。不过，对我们这些过客来说倒没什么。"轼珩同情地看看信号兵。

小伙子笑了起来，灿烂阳光，让人感觉到温暖。冬日里，和这样的人对话很舒服。只是无法想象，这样朴实的孩子，是不是早晚会有一天冲锋在枪林弹雨里。

轼珩远远看见娜莎，又跟信号兵说："你背着步枪的样子很帅。"他拍拍士兵的肩膀，往站台远处走去。

他和娜莎坐到站台一隅的长椅上，望着远处的贝加尔湖，脸上挂着一丝轻松惬意的笑。人见到壮阔的景色，总会是这样。

不一会儿，暮色越来越重，气温下降之快身体都能感觉得到，开始起风了。

"唉，哈尔滨到底是个什么样的城市，我越来越好奇了。"娜莎满腹心事，盯着站台上熙熙攘攘的人群。

"很冷——很冷——跟莫斯科一样。"轼珩的眼睛轻轻眯了起来，观察着周围的环境。

"同志——"

"我现在叫高轼珩。"

娜莎轻轻重复了一下，从大衣口袋里拿出一把口琴，握在手里在轼珩眼前晃晃问："喂，你想听什么？高先生。"

"你会这个？"轼珩问。

"俄罗斯的女人都是音乐家，你没听说过吗？"娜莎笑道。

"看来果真如此。这算给我的补偿？让我不要太失望？"轼珩苦笑一下说。

"你的小提琴不在，我只能独奏了。"娜莎明白他所指，两手一摊，表示自己毫无过错。

"《山楂树》。"轼珩轻轻笑笑，神色变得温柔。他也喜欢口琴，虽然他擅长的是另一种更高贵的乐器。口琴可以把音乐放在口袋里，可以把音乐轻轻握在手里，可以把音乐放在唇间亲吻，就像对妻子周孟蕤一样亲近。

轼珩跟着娜莎的口琴轻轻哼唱：

> 歌声轻轻荡漾，在黄昏的水面上。
> 暮色中的工厂，在远处闪着光。
> 列车飞快奔驰，车窗的灯火辉煌。
> 两个青年等我，在山楂树两旁。
> 大地已经盖上了，一片白霜，
> 但是这条崎岖的山间小路上，
> 我们三人到如今，还徘徊在树旁。
> 那茂密的山楂树，白花开满枝头，
> 可爱的山楂树，你为何要发愁……

那天，在莫斯科车站，大雪把哥特式的尖屋顶染成白色，像一把冲天的冰刃。站台上很多送行的人，拥挤不堪。他们穿着珍藏的大衣，那是结婚时订购的意大利大衣——花了好大一笔钱，那时他们说到老了的时候,还要一起穿着去参加孩子们的婚礼。轼珩的是灰黑色的,珍贵的羊驼绒在雪中闪着一种特殊的、有些接近银色的光泽,有一种深沉、奢华的细腻。孟蕤那件是鲜红色的,是新年的颜色,是火焰的颜色,白色的浪漫的雪里,像极了跳动的火焰。美丽的女子身着剪裁得体的名贵大衣,白色的天空,红色的女子。他们旁若无人地拥吻在一起,紧紧抱着。冷酷世界变成了童话仙境,这是女人的妙处,爱情的魔法。

轼珩俯身看着婴儿车里咿呀学语的孩子,脸上是一丝属于他的高雅的、淡淡的笑——音乐家的笑,或者说,是一个父亲的笑。夫妇二人拉着手晃动着,轻轻给孩子唱着歌,就是现在这首《山楂树》。

轼珩的脑海里突然出现一丝诡异感,眼光变得锐利起来。这种电光火石的感觉是不会错的。他隐隐感觉,那温馨的场景中曾有某种不和谐出现,在片刻间转瞬即逝。有个人在注视着他们一家,随后转身走了。他是苏联人,还是中国人?他也上了这趟车,还是……?

轼珩不能强求那瞬间的感受被全部复原,但这是某种不寻常。他的大脑已经有了提示,只是,太微弱了。面对妻子和孩子,面对注定漫长而且危险的分别,他当时草率地没有做出反应。

现在,一切回忆对于顶级特工也只是亡羊补牢。

娜莎的口琴水准相当不错,站台上弥漫着忧伤浪漫的气氛,信号兵不停地往这边打量。远处,一个水鹤缓缓驶到前方列车水箱处,水鹤上部是高高的弓形喷水嘴——头部转向一百八十度向下。车厢顶部有工人打开列车上盖,一股蒸汽升腾开,发出"嗞嗞"的响声。水鹤往前开动,喷水嘴前端正好对上列车上部,驾驶水鹤的工人下来压动水鹤一侧的压力阀,源源不断的水流冒着热气从上方注入列车水箱。

过了好一会儿，水鹤才完成工作，转了方向，缓缓向着列车尾部开过去。水鹤和列车平行有两三米的距离，这种新奇的庞然大物吸引了不少目光，几个孩子围着看，跟着跑。

"女人啊，美丽有时候也是一种悲哀，"轼珩若有所思，神情有点凝重地说，"人们会忽视她付出的一切，把所有的成果都归结到美丽上面。这其实是一种嫉妒。"

娜莎摆弄着口琴说："有道理，不过，我可以认为这是一种表扬吗？"

"请把口琴放好，娜莎！"轼珩脸上流露出一丝厉色。

轼珩看着水鹤驶过来，慢慢地，在落日的余晖里，很有一番情调。

他盯着水鹤缓缓碾压在雪地上的车辙，像僵硬了一样。

驾驶水鹤的人穿着棉大衣，他厚厚的钟形帽子在耳朵两侧放下来，把脸紧紧藏起来。水鹤刚到沙龙车厢的位置，那个年轻的卫兵表情疑惑地走过去，大声喊着："换司机了吗？"同时，伸出一只手，像是在跟那人要证件。

那人迅速跳下水鹤，向反方向跑去。

不知道什么时候，轼珩已经把柯尔特手枪拿在手里。开水鹤的人刚刚跑出没两步，轼珩已经单膝跪在地上，左臂横架右肘——他最舒服的开枪姿势。因为此时那人离着轼珩并不远了，而且轼珩早有准备，所以——弹无虚发，那人应声倒地。轼珩随后厉声喊："躲我后面！"

轼珩迅速移动，他觉察出自己所在位置的巨大风险——他坐的长椅在站台中间，并无遮挡物，无论上车还是冲入候车室，都有不短的距离，都有不测之虞。但是，不能静止，这是最关键的，否则他会被精良的毛瑟步枪打成筛子。他决定赌一把，他带着娜莎向列车冲去，并且不断向天开枪，大喊："炸弹！躲开！"这就在站台造成一阵巨大的恐慌,本就是惊弓之鸟的乘客们乱作一团,惊叫着像没头苍蝇一样到处乱跑。

沙龙车厢里郑墨一听到枪声,就和一群人迅速把齐公子向前部车厢推搡。他是尽职的,声嘶力竭喊道:"离开这里!快!"

千钧一发的时刻,车站广场上几个执勤的士兵突然朝水鹤跑来,边跑边卸下背上的毛瑟步枪,不断冲水鹤射击。那水鹤起先是四壁冒出水来,紧接着似乎动了一下,瞬间发出一声巨大的轰鸣,一团火球腾空而起,巨大的爆发力把挨近的沙龙车厢玩具一般整体掀起又落下,其中半截连带着后面的行李车厢被甩向了铁路一侧,火焰浓烟混成一团。

英俊年轻的信号兵被甩到站台下面路基一侧,挣扎了几下,不动了。

一众警察从列车里跳了下来,没来得及取步枪,端着手枪,瞬时和那几个士兵就交起火。

爆炸之后,凌乱尖锐的警哨声、交火的震天枪声、旅客的叫喊声和哭声交织在一起,现场一片狼藉。但在轼珩眼里,此刻周围寂静一片,只是山林魔影绰绰,开阔湖面幽光冥冥,天上乌云密布,北风愈加凛冽,一场暴风雪转瞬即至。他在找寻着什么,刚才对莫斯科车站送别的回忆,改变了后发制人的设想。

他们随着慌乱的人群上了车。在十九号餐车车厢,挤满了惊慌不安的旅客。郑墨声嘶力竭的喊声从站台传进来:"司机!司机!死哪去了?让他开车!快!开车!"

轼珩透过车窗看着血迹斑斑的郑墨,觉得这个警察的应变能力还不错。他安顿好娜莎,脱下大衣交给她。他挤到了餐车的头部,在身侧悄悄给手枪上了膛。他和日本侍者同时发现了对方,轼珩稍一低头,发现他露出的右手里侧有一道未愈合的血淋淋的伤口。就在一刹那,轼珩举起了手枪。个子不高的日本侍者一缩头挤到人群里，向车厢门跑去。轼珩紧追不舍，但是攒动的人群中根本没有开枪的机会。

日本侍者跳下火车，玩命似的跑到了站台以外，轼珩连续两枪都没打准。日本侍者跳下站台，逃出了轼珩的视线。

他并不急，因为站台以外，过了那遮挡视线的雪堆，就是一望无际的贝加尔湖。虽然此刻狂风大作，雪花密集，视线并不好，但是击毙一个无处躲避的人，不成问题。

他双手举枪，站到雪堆上，随后又退了下来，那一刹那他观察到湖面上根本没有人，也就是说这个狡猾的人藏在雪堆后面。果不其然，日本侍者纵身从雪堆后面猴子般扑了上来，直接打落了轼珩的手枪。地面结了冰，两人也顺势滑倒在地上。日本侍者试图去抓枪，轼珩身高臂长，明显比他占据优势，他却非常狡猾，看着抓不到，干脆用勉强够到的手把枪又打出去很远，然后果断起身向列车跑去。轼珩站起来捡起手枪，他已跑出很远。他是想跑到列车另一侧，从而消失在那边的树林里。

千钧一发，轼珩计算了自己追上他需要的时间和距离，决定赌一把，刚才两枪没有命中，此刻的视线已经很差，一旦开枪没有命中，耽误的时间足够他彻底跑掉。

轼珩是在将到铁轨的地方气喘吁吁追上的，直接把他扑倒在了铁轨上。轼珩在暴风雪里不太能看清楚日本侍者的脸，只听见他说："别杀我！"轼珩正想问什么，铁轨开始震动，一束强光透过暴风雪照了过来。火车已经开动了。

轼珩站起身来，想把他拖离铁轨。轼珩琢磨着怎么把他带上行进的火车，毕竟留在伊尔库茨克，自己凶多吉少。这时，他意识到周遭有人影，是在不远处的雪地上，站着一个人，正在盯着自己。这时，轼珩脚底下一软，日本侍者把他摔倒在地上，他的上身被压到了铁轨上。火车正在加速，铁轨震动得非常剧烈。轼珩看到了车头的影子，一刹那使出平生最大的力气猛击日本侍者肋部。他一声尖叫，轼珩趁势把自己全身缩到了铁轨中间，同时双手死命把日本人拖住。列车"轰隆隆"迅疾驶过，日本侍者在轼珩手里变成了三截。

轼珩盯着列车在身上驶过，想到尾部的沙龙车厢已经断成两截，有巨大的残片拖在地面，不消多久，他也会被重击而死。他屏住呼吸，侧脸看着外面，风雪卷到车轮下，吹得他脸生疼。

他鼓足勇气，瞅准一个空隙，一转身向左滚出了铁轨。他知道右侧有个人在注视着他。这已是倒数几节车厢，轼珩马上站起身来，勉强拽住沙龙车厢的外门，攀附在了高速行驶的火车上。

轼珩的毛衣被路基边的干树枝刮开了几道口子。经过了一番打斗，轼珩已接近筋疲力尽。他大喊着，声音随即被黑暗和风雪吞噬了。也许是受到了惊吓，司机已把火车速度提升到最快，再加上猛烈的暴风雪，他想自己就快掉下去了。

前方隐隐约约是个隧道，轼珩还没看清楚，就感觉进入了巨大的风洞，整个人稍有差池就会撞到近在咫尺的隧道墙壁上。而隧道和列车中间形成的猛烈气流，力量之大超乎想象。

轼珩看到前方有个竖起的铁架，应该是养路工人维护隧道临时搁置的。他知道这样下去自己会被撞得粉身碎骨，比刚才那个日本人还惨。

一刹那，车厢门猛地打开，一只手把轼珩拉进了车厢。两个人躺在只剩半截的沙龙车厢里，对视着，惊魂未定地大喘着气。

过了一会儿，轼珩才回过神来，在娜莎的搀扶下，站起来。他的余光注意到一个闪亮的东西正在车厢尾部滑动，马上就会掉下去。他猛地冲了几步，扑倒在地上，把那个就要掉出去的闪亮东西握在了手里，自己险些被甩了出去。

车厢内并不太平，横七竖八躺着尸体。轼珩想，他们真是下了血本。

轼珩送娜莎回到包厢，想自己去前面看看情况，他不想让人猜测他们之间的关系。他看见一个身影挣扎着进了二十号车厢的一个包厢，刚想掏枪，又打消了念头。他快走几步跟了进去，手中多了一把闪亮亮的漂亮匕首，他用尽力气刺向那人腰部，随后又狠狠地重复了两次，自己也瘫倒在了地上。齐公子倚在包厢的桌子上，脸上余悸未消。他显然是这场战斗的焦点，这几天贴身不离左右的警察都已倒在了地上的血泊里。

齐公子盯着被刺死的人，双手剧烈颤抖着，大口喘着气，然后慢慢摔倒在地板上，两腿不停乱蹬着，好像被人勒住了脖子。他的手艰难地指着桌子上的抽屉，轼珩打开抽屉，看见了两支崭新的深色小药瓶。轼珩拿起来，敲碎了一个开口，往齐公子的嘴里倒了下去。看他有些好转，瞳孔慢慢复原，轼珩又把另一支也给他喝了下去。

过了几分钟，齐公子竟神奇地痊愈了。他看着轼珩，雾蒙蒙的眼睛又像平常一样深不可测。他慢慢爬起来，双手在身上摸索了一阵，似乎意识到丢了什么，又凝思了一下，焦急地向火车后部跑。

轼珩一把抓住他，从兜里掏出了个镶嵌着宝石的十字架，在他眼前晃了晃："你想要的太多了，先生。"

齐公子如获至宝地把十字架攥在手里，放在胸口，大喘了一口气。

轼珩弯身在死人身上拔出芬兰刃，清洁干净，插在了腰间的皮质刀鞘里。

"你想要的也不少。"齐公子难得地笑了一下。

"先生，谁出生时都不是孤儿。"轼珩刚才注意到，那是女信徒喜欢的精美十字架，而且已经有些年头。

"谁都会成为孤儿。"齐公子有气无力。这个人，应该是胆小的，但这也并不代表他不危险，因为他似乎冷漠到了极点。

暗夜，火车不顾一切，夺命狂奔。

轼珩在娜莎的房间里和衣睡了一会儿，在夜半时分又醒了，他非常疲惫，本不该醒的。

　　"那个日本侍者——"娜莎正抽着烟，坐在椅子上，腿放在小桌子上，盯着外面出神。

　　"他杀了佐西莫夫。"轼珩揉揉眼睛，沉默了一会儿，轻轻说。

　　"不是山口？"娜莎的眼睛瞪了起来。

　　"佐西莫夫是被渔网线勒死的。"轼珩说，"我后来在山口的行李中看到了渔网线——那天郑墨收拾他的行李，我正好看到。他是用来登山的，这种渔网线是非常好的登山安全绳，对一个登山爱好者来说是好东西，尤其是家乡生产的，更值得信赖。"说罢长长叹了一口气。

　　"那也证明不了不是他。"娜莎不服气地说。

　　"佐西莫夫的伤口非常深。"轼珩深沉地说，似乎在紧张地思考，"他被人从后面勒住，右侧伤口深，说明杀人者也觉得这种渔网线很锋利，所以左右手无法完全使用均力。如果戴着手套就不会，会均匀用力，勒到底。"

　　"可杀死他的一定是他熟悉的人，否则怎么会靠近他却没有引起他的警觉。"娜莎说。

　　"那时候车里停电，大家一片慌乱，侍者走过来——"轼珩慢慢说道，也在验证着自己逻辑的合理性，"这很正常，他心思在那个韩小姐身上，不会多想。"

　　"你怎么证明？需要证据。"娜莎长长吐了口烟，把烟头掐灭。

　　"噢，你现在要证据了？"轼珩笑笑，"那么用力，那么锋利的渔网线，杀人者的手会有伤，而山口没有，不是吗？"

　　"嗯……那你为什么不告诉我？"

　　"我无法确定，"轼珩失落地说，"直到看见水鹤在车站加水我才想明白。那个侍者前几天给我倒酒放在我的左手边，显然，他惯用右手。这几天在吧台倒酒,他却放在我的右手边,用的是左手,说明他不想让人看见他的右手,而且他站立的时候总是背着双手。很遗憾,这一切蛛丝马迹,在那一刻才连成了线。就在刚才,局势混乱,他没有注意隐藏,我看到了他手上的伤口,很深。"

"可,可是他为什么杀人?这要有动机的。我们这次出行是绝密,是最高密级。不可能,不可能有人知道!"娜莎斩钉截铁地说。

"第一天,佐西莫夫就被韩女士迷住了。我了解佐西莫夫,伏特加、女人,他不坏在这两样东西上才奇怪。"轼珩看了一眼娜莎,小心措辞着说,"他在沙龙车厢没有看见韩女士,就想去人家包厢搭讪,但是他看到我包厢门前有个人影,应该就是这个侍者,在观察我的动静,找机会下手。那时候,我想其实佐西莫夫没有注意到日本侍者,他并不是个特别敏锐的人,况且心里有着对女人的欲望。他只是看见了一个黑影而已,毕竟如果他真发现什么端倪,肯定会对我和你说的,这对吧?"轼珩看着娜莎,娜莎点点头。"所以,他只是恰好走到那里,想想又不是很妥当,他就是这样,有色心没色胆,总是犹犹豫豫,所以才转身回去了。日本侍者当时看清楚了他,但是他并没有看清楚那个日本人。我能确定这点的,但是很可惜,那个日本人不这么想。"

"天啊,我的天啊,然后呢?"娜莎皱紧眉头问。

"佐西莫夫那天不断在看韩女士,那个日本侍者以为是在看我,因为很巧,我和韩女士坐在一张餐台。他以为佐西莫夫是想把看见他在我包厢门外鬼鬼祟祟的事情告诉我,毕竟出了人命,大家很紧张,这也是人之常情。所以他一不做二不休,就利用他对列车的熟悉破坏了线路,拉了制动闸。"轼珩说,"他想在路过伏尔加河那天晚上,趁乱结果我,或者佐西莫夫。外来的杀手很难搞清楚列车照明线路,也不好找到制动闸,这是一个太过明显的漏洞。很多人想走捷径,实际都是在作茧自缚。"

"难道，是日本侍者偷了山口的渔网线？他针对的是你？不是我们？"

轼珩点点头："对！"

"为什么？你……"

"那是不错的凶器，这个人知道山口爱登山，觉得登山的人的行李中，会有不错的凶器。"轼珩把放开的双臂收拢了一下，沉思了一会儿，幽幽说道，并没有直接回答娜莎。

娜莎的眉头皱了起来。

"算了，人都死了，没用了。"轼珩有些轻松地说。他怀疑莫斯科车站那个盯着自己的人也许是山口，娜莎多此一举实际断了这条线索。但他从来不对覆水难收的事情有一丝一毫的抱怨，甚至懒得再提起。

娜莎看着窗外，远方一条狼在月色中若隐若现，它蹲了下来，看着娜莎，好像和她见过，一双野火般的眼睛满是贪婪和凶残。娜莎的心沉了下去，听着一声长长的嚎叫，感觉额头冒出汗来。

"可是，从那个陈怀山，陈先生包厢里跳出的人是谁？目标是齐公子，还是——？"娜莎看着远方的那匹狼，沉思良久，她的疑惑和不安中甚至还有一点恐惧，都交织在了一起。

"美丽的女士还能有好的记忆力，确实难得啊。"轼珩掏出手枪，摆弄着。

娜莎盯着他，觉得奇怪。

轼珩突然跃起身来，左手背撑住右臂，向包厢门外利落开了一枪。

在娜莎的惊愕中，他拉开包厢门，一个大个子警察倒在血泊里，他的胸口处不断流着血，手里的枪也掉在了地上。此时，整个车厢竟然没有一个包厢门打开，旅客们已经被吓破了胆。

"说曹操曹操到。"轼珩回身跟娜莎轻松地说，"喏，他就是从陈怀山包厢里跳出的人。陈怀山回了包厢就到洗手间里,他好像肚子不舒服,所以这个人以为没人,就进了包厢,打开了包厢窗户……"

"是,是警察?你,你怎么知道?那个跳窗户的和杀死佐西莫夫的不是一个人?"

"对。伏尔加河大桥上的人行道太窄了,"轼珩的推断因为屡屡得到验证,愈加清晰起来,"他跳出去不被发现不可能——当时郑墨带着好几个警察在外面巡视,除非,除非他就是个警察,跳出去时外面的人没注意,混在人群里,大家更不会注意。"

"他开窗户干吗呢?"

"他注意到我下车了,他在等我走过去,打我黑枪。"轼珩心里想,有时候死里逃生的当事人并不知道自己有多么幸运,所以在生活中总显得不那么懂得感恩,"人啊,总是要有一点运气。"

"可,可那个陈怀山怎么会认不出那人是列车上的警察?"

"何必难为他,他也有秘密,不想蹚我们的浑水。"轼珩说,"所以,我当时问他,如果比喻成一个动物,那个人跳出去的姿势像什么?狼!那就是跃出去的。如果临时打开窗户想出去,姿势肯定像猴子,爬着出去。只有打开窗户等着干什么,突然被人发现了,才会跃出去。而只有熟悉这座大桥的人才知道跃出去会撞在护栏上,所以才有这个胆量。其实,他也已经说得很明白了,没有必要去难为心中背负着巨大压力的人。"轼珩叫娜莎关上包厢门,他知道郑墨被枪击中了腿,失血过多,有些昏迷了。他们损兵折将,明天早上才会再来调查。

"你要怎么说?你杀了警察!"娜莎有些急。

"我的公开身份是德国回来的音乐家,"轼珩说,"在魏玛念书的时候,参加过青年军,会用枪很正常。况且这个警察企图谋财害命,我有证据。"

"什么证据？"

"那天在包厢外朝我射击的人就是他，郭魏氏救了我。"轼珩对老人充满感激，她是唯一洞若观火的人，"我找到了留在我床上的子弹，是他手里的TT-33手枪专用的七点六二毫米子弹，车上的配枪都是这种型号。我那天看见郑墨摆弄他的枪，发现他们的弹夹容量只有五颗子弹。他连开四枪，那天之后应该会再编理由跟郑墨申请子弹。否则这一路凶险，只有一颗子弹说不过去。"

"可是警察多了，怎么就一定是他？"娜莎又点燃一支烟。

"那天打穿门的弹道！我仔细研究过，只有双手握枪，才能对着准确目标连开四枪。那种枪后坐力非常大，再加上向下四十二度倾斜角，可以推算这个人身高在一米八二到一米八三之间。车上的警察，大多一米七左右，只有他最高。况且走廊的宽度有限，用他的身高、臂长，再加上目标点，反推的话，也一定会出现那样的弹道。"轼珩看娜莎慢慢地点点头，又说，"况且，我相信我的直觉。他的脚步、他在门外的动作，我的直觉都告诉了我。"轼珩想着，等一会儿要破财了，得把钱包里的钱塞到门外的人身上，这样更稳妥些。否则他无法解释为什么能听到这个人蹑手蹑脚摸到门口，正在掏枪，这太难了。

"我还是不明白，你怎么知道那个水鹤有问题的？"娜莎似乎感觉有些冷，把身上的衣服裹紧了些。

轼珩使出耐性，说："小姐，那个水鹤平素的路线不是那样的，不需要到车尾来。看雪上的车辙就知道，之前刚刚过去的列车也要补给，但没有车辙到尾部来，所以他的目标是我们的车厢。在列车上，他们怕无法脱身，所以用斧子，那在车站，有很多逃跑的路线，他们可以用枪，用热武器，但是那个人看见车厢里面的齐公子，丢下水鹤没有开枪，说明水鹤里面有炸弹，他要跑远一点，用枪去引爆，这是要彻底置齐公子于死地。"轼珩索性和盘托出："还有啊，就是那些护路部队士兵，身上背着的是崭新的毛瑟步枪。我想，护路部队还没有富裕到这种程度，连在莫斯科，车站的卫兵用的都是老掉牙的装备。"

"可这和我们有什么关系？你为什么冒死帮他们？"娜莎接着问道。

"我没有冒死！况且，留着齐公子也许会有用，我是哈尔滨人，我知道他家的能耐有多大。"

"一列火车，两拨人分别针对你和齐公子。为什么有人针对你？你怎么会暴露？"

"是！想杀齐公子的人多了，只有这两位，针对我。"轼珩调侃地说道。

"为什么？难道你暴露了？"娜莎担忧地说。

轼珩眼中发出一道寒光："不一定！警察、侍者，这两个人都是列车上的工作人员，和针对齐公子的那些亡命徒不同。针对我的人，没有提前准备，索性买通车上的两个人，他们很匆忙。"轼珩想起在车站和孟甤分别的场景，又想起在远处窥探的山口，还有晚上在伊尔库茨克时站在雪地上的人，他确认那个人一直想打他的冷枪，只是没找到机会。

"你说，齐公子这一路上还会有危险吗？"

"不会了！"轼珩为齐公子长舒了一口气，"再过一两天就进入中国国境了。我想，在满洲里车站，齐家人正严阵以待，他们家出大事了，应该是等着太子还朝呢。那些人之所以在这里布下天罗地网，是料定进入中国就没有机会了……"

"我们的任务不会有问题吗？"

"你的我不知道，我的，起码现在来看，一切照常。"轼珩判断的依据不会告诉娜莎，但是他确定这一点。

娜莎似乎有些安心，看着轼珩，眼中出现了一丝稍纵即逝的怜悯。

轼珩敏锐地想到，她的权限很高，也许关于自己的过去，她知道的比自己还多。

"万一……"

"什么？"

"会不会还有人针对你，现在还没露面？"娜莎有些担心地说。

轼珩笑了一声，把弹夹拔了出来，在娜莎眼前晃了晃，空空如也，他自嘲又有些反讽地一语双关："那——就等死呗！"

第六章 "蝉"之诞生

中苏边境的满洲里车站并没有国门的庄严,只是几趟矮小的平房。旅客们大多会下车走走,毕竟,脚下已是中国的土地。还有一些外国乘客拎着行李,到一侧的矮房子前面排起队来,这是办理中国签证的地方。

迎接齐公子的阵势不小,数十人早早围在简陋的站台上,似乎要把站台的顶棚挤掉。阳光有点刺眼,齐公子戴着一副圆形墨镜,显得脸色更白了。他下车和其中几个人拥抱、寒暄,有的就是握手然后拍拍肩膀,一副久别重逢的场景。这时的齐公子时而开怀大笑,时而大声说上几句,精神状态好了很多。

郑墨一瘸一拐凑了上去,有些人和郑墨是认识的,似乎对郑墨一路的周到表示着某种感谢,郑墨的脸笑开了谦卑的花。

远处树林里耸立着一个破旧的洋葱头,轼珩隐隐看见那是个小教堂,年久失修,要过去都没有路,全是厚厚的积雪。他在雪中踱着,慢慢向那个小教堂走去。

穿过树林,一群乌鸦正停在树上。过了好一阵,他才走到近前。教堂破旧不堪,早没了鲜艳的颜色,门前是个小院子,栅栏东倒西歪,院子里有几个墓碑,平添几分萧瑟。

"有人吗?"轼珩推开栅栏,走了进来。

没多久,一个外国人慢慢开门,顺着门缝打量了轼珩一下,才出来。他上身套着一件破旧的灰呢西装,下身穿着厚厚的棉裤,走路颤颤巍巍,一看就是个落魄的、对生活没抱太大希望的俄国老人。

老人的嗓子有很重的浊音,他打量着轼珩说:"咳,这位先生,您……什么事？"

"有咖啡吗？"轼珩小心说。

"什么咖啡？"老人眼中有了一点亮色。

"浓厚的、地道的黑咖啡？"轼珩说出来两个形容词，特意加重了语气。

"有，明天才有，你能等吗？"老人说这话也加重了语气。

"那要看列车等不等了。"轼珩答。

老人微笑着，轻轻"哼"了一声，如释重负。

他回头指了一下教堂倾颓的大门，说："进来坐？"

轼珩看看周围浓密的树林，除去乌鸦，没有生气："院子里吧，挺好，难得好太阳。"

"好！"老人的身子非常重，过来一屁股坐在木凳子上，好像百十斤的石头压在上面。

轼珩也坐下，看着老人，从没有浊色的眼睛看，这人其实并不像外表显现的这般老弱不堪，他的衰老应该完全是生活的不幸所致——历经风雨磨难的人生。这样的人，临终的时候还会赞美生活吗？

"对不起，没有什么可以招待你的。"老人自己掏出怀里的酒壶喝了一口，浓重的烈性酒味扑面而来——劣质的伏特加。

"没关系，列车比预计的可能晚了几天。"轼珩有些歉意。

"几天有什么关系，几年也不见得是坏事，都是命运，都是命运，年轻人。"老人颤巍巍地说。

"是。"

"在哈尔滨站，会有你的堂姐，高兮楠小姐到车站接你，她是你在哈尔滨的接头人。她的先生，是政府的一位高级官员。这位小姐有能力安顿好你的一切，尽管放心。"老人的语调踏实沉稳，似乎进入了一种严谨的工作状态。

"好的。"轼珩也挺挺身子，认真地答应。

"她在关东州长大，从哈尔滨工业大学毕业，那时候你在柏林学音乐。她和她的先生四年前结婚，你上个月前从柏林发电报给她，希望回到家乡，投奔她，毕竟，你在哈尔滨没有别的亲人了。"老人看轼珩不说话，接着说，"在站台，她会拿一束鲜花等你，还有一份当天的《霞光报》。"

"好。"轼珩忍着劣质的酒气，仔细而恭敬地听老人讲话。

"你的任务，会由她替你布置，其他的，我想你们都会有安排。"老人说完了话，眼中的一丝光亮逐渐消失，样子更颓废了。

"我，我有十年没回去了。"轼珩说。

老人说："十年？那么久，那么美丽的城市，你不想念吗？"

"您去过？"轼珩好奇地问。

"很多年噢，住在哈尔滨很多年呢——"老人打开了话匣子，缓缓地说，"我就是顺着这条西伯利亚铁路来的，和你一样。只是我那趟列车的终点是大连，亚瑟港，后来，你也知道了，1905年被日本人打得稀里哗啦，人家改名字叫'关东州'，叫'旅顺'啦！我是想着到哈尔滨做点生意，听说那是新兴的城市，很多俄国人都在那里做生意，还有发了大财的。也就是在哈尔滨，我结了婚，有了三个孩子。生意做得不好，就得另谋生路啊，哪里都有发财的，也有，哼，像我这样落魄的。总要生活啊，1918年我们两口子参加了布尔什维克，搞点地下工作，还行，还能赚点小钱过活，也算过得去。1928年，日本人炸死了张作霖，在东北牛气得不得了。突然有一天，他们对我们在哈尔滨的情报网动手，那，那真是一个惨哪，小日本他妈的不是人，抓一个毙一个，都不审啊！人家是早有准备啊！"说罢老人沮丧地摇摇头，眼中满是愤恨，似乎并没有因为时隔多年而有所缓和。

老人歇了歇，猛地仰脖喝了一口酒，把酒壶"啪"的一声重重撂在桌面上，说："也是命啊。那天，我正好在满洲里执行任务，逃过一劫。可有什么用呢？老婆孩子都没了，都他妈让日本人害了啊！唉，后来我知道，咱们在哈尔滨的特工损失殆尽，被连根拔啊！彭杉彬这个王八蛋，出卖了咱们所有人！所有人！"

"恶有恶报。"轼珩觉得此时不说点什么就显得残忍。他已经在莫斯科知道了情况，彭杉彬是共产国际重点培养的情报人员，据说在密码破译上极具天才，也正因此被委以重任，成为哈尔滨地下情报机关的主要负责人。他的叛变几乎造成当地苦心经营多年的情报网灰飞烟灭，之后共产国际也对他执行了高级别的"锄奸行动"。

"是！恶有恶报！后来这家伙想带着家眷逃到日本去，在亚瑟港上船时，被咱们的锄奸队全歼了，一个不留，上到九旬老母，下到他四岁小儿，一家子十几口，全被我们结果了！当时觉得报仇雪恨了，可是后来想想，有什么用呢？冤冤相报，我们的亲人却不会回来了。这是报仇吗？能报得了吗？只是警示他人不要步他后尘而已吧。"老人说起这些话，愤怒似乎被一种绝望取代，他又说，"但是很奇怪，那天在哈尔滨有两个共产国际派来的人，坐车经停哈尔滨，要去南方。本来他们第二天要给我们开会，但是日本人行动之前突然消失了，没听说他们遇难。我就不明白，这是得到消息了，还是人家运气好？或者，是我们这些人的命不值钱！"说罢，他又冷笑了几声。

轼珩没有听莫斯科方面说过这些，但觉得事实显而易见。来不及的可能性不大，只有一个最接近真实的答案：彭杉彬出卖同志，日本人的行动计划提前被我方知晓，这个信息很可能来自共产国际潜伏在敌方特务机关的特工。如此机密的行动，能够经手的人层级一定不低，而且位置关键。但是上级组织为了保护这个人，不能通知全体撤离，否则倒查下来，这个人肯定会暴露，所以只能保全那两个莫斯科的人，毕竟是途经的，不会招来日本人的怀疑。在上级眼里，这个人的分量比整个哈尔滨地下情报系统都重要，但是这个话又怎么能说出口？

"哼！"老人看着树枝上站着的乌鸦，"那个姓彭的，确实是个天才！他设计的密文无人能够破译，我甚至觉得，几乎可以与十几年前的'风息城'相比。没想到还是在其他方面出了问题，我们本以为万无一失。"

"我们的工作，没有万无一失，从来没有。"

"不重要了，今天，算是完成了。让我退休回苏联，"老人的笑有些悲凉，"什么组织会信任一个潜伏他国多年的人呢？多好听的话都是掩饰，也是欺骗。"

轼珩听这话绝望伤怀到后背有一丝凉气，他看看老人，想着什么。"即便我，也是在列车上才得到情报，知道与您的联系地点和方式。"

"算了！都过去了，老了，什么都没有了。"老人说着，仰脖喝完酒壶里的最后一滴酒，起身往屋子里走。路上他喃喃说："除了孤独——除了孤独，一无所有了。"

"'蝉'，祝你好运！你是天上的蝉，地下的蝉，人间的蝉。"老人的话随着门关上的声音一起传出来。

轼珩往车站走去，想着老人的话——"除了孤独，一无所有了。"是啊，人，有时候除了孤独，一无所有。

他想回头看看，但是又觉得不需要了。

身后传来闷闷的一声枪响。在这深深的树林里，在破败的教堂里，在消音手枪的滑膛里，只是一声低低的、闷闷的响声而已。

乌鸦敏感，一起飞了起来，呱呱叫着，地上一道道扑闪着的黑影把"蝉"重重围住……

没多久，列车就深入兴安岭的无垠密林中。出了森林，就是一马平川的呼伦贝尔草原，肥沃的嫩江平原也不远了。

"听说马占山将军在嫩江江桥上和日本人打了一仗,很扬眉吐气啊。"怀山因为要到家了所以兴致盎然。

"可是在军事上,除了不必要的伤亡,不见得有什么意义。"先诺在一旁淡淡地说。

"哎呀,也许吧,不过呢,总是比没有好!哈,哈!"怀山并不在意,"让世界看看,我们中国人是有骨气的!不过,听说半个月以前的大雪也帮了忙的,据说下得很大,日军后勤补给跟不上啊。"

"是!"轼珩想着哈尔滨的大雪,心里有一点激动。

"报纸上说,哈尔滨周边的铁道线全部停运了,很多火车都被耽搁了半个月左右,市区内物价飞涨。不过,这两天开始逐渐恢复了。"先诺插话道。

沙龙车厢没有了,大家聊天也就不方便。怀山要在齐齐哈尔下车,他是提前来轼珩的包厢和两位话别。

"以后我们在哈尔滨还会见到的,两位先生。"怀山说。

"嗯,一定会。"轼珩心想,他晚上穿的睡衣是哈尔滨马迭尔宾馆给贵客专门在欧洲定制的,上面有这个宾馆的标志。偶尔住上几天,享受不到这个待遇。

"终于要回家了!"怀山边感叹边兴奋着,挂着拐杖要到下一个包厢去话别。

这时一阵枪声传来,是机枪的声音,雨点一般,频率极快。接着列车猛地失去动力,巨大的惯性下,所有人都被剧烈震动了。怀山被重重摔在地上,手里还紧握着他的拐杖。

刚刚平静几天的车厢又骚动起来,跨越国境的安全感一扫而空,旅客们的神经顿时又紧绷起来。郑墨行动不便,但还是和前几天一样声嘶力竭,他的部下们听从指挥,迅速冲入餐车前部的一个设备间,拿出步枪来,然后叫骂着分散冲入不同的车厢。外面的枪声接续不断,乘客们都趴在地上,没人敢抬头看。轼珩也冲了出去，抢过一把步枪，趴在枪响一侧的车窗向外望去——几挺机枪，几十个人影埋伏在路基不远处的土包下。他们向列车开火，并没有聚焦点，火力是震慑性的。列车警察的枪法不赖，显然受过针对性的训练，间或可以看到那群人中有几个中枪不起。

轼珩看看方向，端起枪向前面的硬卧车厢跑去，那边的敌人似乎多一些。前方车厢也早就乱作一团，这里乘客很多，本就乌烟瘴气，此时过道中已挤满了蹲下的人，座位上也蜷缩着乘客，鲜血遍地，哭声和密集的子弹呼啸声充斥着车厢。

轼珩找好方位，趴在车窗底部，虽然没有瞄准镜，但是凭借这把步枪不错的光瞄，轼珩的射击还算得心应手。郑墨赶了过来，怒火冲冲，挨着轼珩一侧趴下，嘴里骂个不停，手里的枪却不闲着。

"土匪！这帮天杀的土匪！隔段时间就抢铁路，恨死人！妈的！"

"他们哪里来的？"轼珩听到"土匪"，心又沉了下去。

"不知道，铁路开通这几十年，土匪就没断过！天杀的，劫火车是土匪，劫到日本人就说是抗日武装！不要脸！有本事真和关东军去干啊？见到正规部队早就跑了！"郑墨青筋暴起，面色狰狞。

郑墨说着就打中一个土匪，子弹似乎直接贯穿肺部，能看到一股血爆出来。郑墨得意大笑："这次配了新步枪，这帮人抵抗不了多久，老子就等着他们呢！"

过了一阵，轼珩看见土匪的火力弱了下来，他打死的几个机枪手并没有人接替，这是溃败的节奏。在满洲里车站上车的齐公子的保镖们立了大功，他们的步枪压制住了冲锋的土匪。只凭他和郑墨一群人，不可能利落打掉如此众多的土匪，这些人一旦靠近车厢，就是灭顶之灾。此时，这些倒霉的家伙已经开始溃退，他们没有预料到这列车上多出的一众武器精良的乘客。

好一会儿，轼珩才松了口气，他看见对面的座位上，一个婴儿在母亲怀里大哭。母亲的乳房是露着的，也许刚才正在哺乳，但是现在血水多过奶水流在身上，婴儿哭得鼻涕横流，嘶喊着使出了浑身的力气，而母亲的头侧在一边。她带着孩子无法挤到过道中间躲避，被子弹正中右侧太阳穴。婴儿抓着妈妈的头发，使劲拽着，使劲叫着"妈妈"。

"列车司机被打死了，副驾驶还好，马上就能开车。"一个警察跟跟跄跄跑过来跟郑墨说。

"好！快开车！此地不能久留！"郑墨果断命令。

郑墨看看轼珩，拽了他一下："听天由命吧，在满洲，这种事情太多了，大家都是自求多福。唉！"

轼珩还是盯着孩子不动，郑墨又使劲拉了一把："越看越难受，算了吧，列车员会处理。看看你那边情况去。"

轼珩的眼睛像冒着火，他走到豪华车厢，看到一群人围在郭魏氏的包厢外面。轼珩扒开人群走了进去，看到太太躺在床上，脖子以下的衣服已经被鲜血染红。如此大量的出血对老人就意味着死亡，轼珩知道，那位跪在床前的医生也知道，弹片击中的部位，只是简单地做了包扎，并没有进一步处理。看轼珩近前来，医生就默默退到一边。

太太的气息很弱了，她示意阿囡把她扶着坐起来一点，这样她的呼吸就略微顺畅了一些。她奄奄说："阿囡，咱们主仆一场，三十多年了，山河故人一场，好啊！"

阿囡沉静的脸流下泪来，低声说："太太，好！阿囡上辈子修的福分，知足！太太！知足！"

"不，不哭。"太太似乎想伸手擦去阿囡的眼泪，但是抬不起手臂。

阿囡自己擦了擦眼泪，强忍悲伤，尽量恢复原本的平静和警醒，她要记住太太之后的话，最后的话。

"三十多年，总算回来了。你啊，你给我放在，高一点的地方，我要看看咱们的江山，看看咱们的河流，多好啊。"

太太看阿囡重重地点头，放下心来，她的呼吸声变得粗重，好半天才用微弱的声音说："当年，当年，隆裕皇太后说，不让咱们孤儿寡母陪侍了，让咱们回满洲去，回盛京去。宣统爷要是回来，我们满人乐得见的，但是，宣统爷回来，不能靠小日本儿，不能靠外国人，那不行，那服不了众啊。如果是那样，我们这些人，就都是孤魂野鬼了。"郭魏氏已是老泪横流："宣统爷，还是个孩子，打小儿没个亲近的人，可怜哪。您不能糊涂，您不能啊，我们不能认啊……"

太太的脸上已经没了生机，将去之人的脸都是这样，变成了相片，变成了画片，无力而且单薄。

太太看见轼珩，伸手勉强摸摸香囊，阿囡赶忙帮助解了下来，按照太太的示意递给轼珩。太太说："尊敬的高先生，很荣幸遇见你，你和我，我的儿子一样大。那天，我看到你注意这个香囊的时候眼中有了柔情，我想，这种老物件，可能是你的长辈也用过的，你们感情很深呢。送给你吧，也是个念想。"

轼珩俯下身，握着香囊，抓紧太太的手，头感动地轻轻动一下，没说什么。她已经说不出话，气息似乎没有了。她的手指在轼珩的手背上微微敲打着，轼珩感觉一股电流席卷全身，他被震撼，身体不由地微微颤动着。他被感动，克制着不让眼泪流下来。

尊贵的太太。一朵泪花散落，闭上了眼睛。

这是数十年前大行其道的恺撒错位电码——最早的加密电码之一，在更为专业和精深的美国密码学兴起之后基本被废弃了。那是一段最终密电，轼珩将永生难忘："我听到警察和长衫人密谋害你，请保重。谍报人员，为国而战，为上而荣，为道而枯，为爱而死。"

第七章　哈尔滨

生命是高贵的还是卑微的，这样的判断是上帝的事情，不是人类的权力，何况一列终究要驶往目的地的火车呢？钢铁巨兽一声长鸣，打乱乘客们的思绪，火车速度有些减缓，发出"咣当咣当"有节奏的声音，要通过一座桥了——松花江大桥。

这座桥通车的时候，轼珩还很小。通车典礼那天，全城的人都聚集在岸边，他和妈妈还有哥哥挤在人群里，看着一列火车从远方驶近。到江上，车就驶入这座凌空而起的大桥，这座桥的钢梁崭新得像刚刚离开熔炉、还待在工厂的库房里，淡黄色的巨大石墩依次呈梯形矗立在江面上，好像江面浮起的神龟的背甲。桥上方的多边形骨架好似巨龙鳞羽，灿耀生辉，两头的守桥碉堡敦厚严厉，就像它忠诚的列兵。火车一声长鸣，似乎飞了起来，观礼的人群开始躁动，无论是中国人还是俄罗斯人，都脱下厚厚的棉帽，肃然起敬，如目天神般看江面的巨兽喷薄澎湃蒸汽，腾云驾雾轰鸣而过，人们对于世界的认知因为这座宏伟的桥而刷新。

过了桥，没多久，列车进站了。

那是一座巨大的车站，两侧高耸的沙俄风格的米黄色候车楼在冬天里给城市带来一丝温暖，中间横跨着黑色罗马式穹顶。站前广场开阔得有些夸张，拎着行李的人如果不是乘车抵达入站口，那横穿它确实是个不小的挑战。乘客们从这里去关东州，经奉天去北平，或者再向东去往海参崴，再向西通往莫斯科，甚至欧洲某个地方。

站台上挤满了旅客。二十年前，就是在这个站台那小小拐角处，安重根用一把小小的勃朗宁手枪轻易结果了伊藤博文的性命，那五声清脆的枪响，那混乱的人群，那刺骨的冬天……

十年前，在这里，哥哥把围巾摘下来，给自己戴上。哥哥顾长俊逸，成熟稳重。所有人都说，轼珩和哥哥长得相似，所以轼珩看见哥哥就觉得那是自己长大的样子。父母是山，哥哥就是山前那片温馨的小树林；父母是江，哥哥就是江边浅浅的小溪流。哥哥是离自己最近的人。

一位穿着貂皮领大衣、气质优雅的女士走过来，一手捧着鲜花，一手拿着《霞光报》。她的表情生动而又恬静。轼珩瞬间露出一丝微笑，两人礼节性地拥抱了一下。就是这个时候，轼珩感觉到了一丝凉风，是一缕目光，从远处过来，一种似曾相识的不适感油然而起。他扭头望去，人太多了，转瞬就没了踪迹。

"轼珩，十几年没见了，都变成大人了。"堂姐感慨道。旁边没有人，但他们必须加倍小心谨慎。

"嗯——是啊。"

"快走吧，天气冷，司机在外面等着，我们快出去吧。"堂姐说，"来得还正是时候，今天是除夕啊，你真有福气。"

两人并肩跟着人流往车站外面走，他用余光搜寻着，想找到那种不适感的源头，可是接踵摩肩的人群挡住了他的视线。

"姐夫今天回来早，大家一起吃年夜饭。"高兮楠收敛了一点笑容，看看周围说，"他是秘书官，跟着张景惠七八年了。这些年，局势不稳，满洲各国势力盘踞，张司令也就越来越信任他。他是日本早稻田大学回来的，这些年，喝过洋墨水的人在满洲越来越得势，尤其是日本回来的。"

"哦，属于——亲日派？"

"唉，说不清楚啊，说不清楚——"堂姐拖着长声说，"在一起生活久了，有些事，还真就越来越说不清楚，就像爱情一样。"

轼珩呼吸着哈尔滨的空气，仿佛能闻到当年的味道。十年了，可真的回来了，反而忐忑不安，所谓"近乡情更怯"。

他断定，有个人是存在的，就在人群中，并不远。

"他叫陈卫卓，字泰初，山东临沂人。"

"嗯。山东人好啊，敦厚踏实，不错。"轼珩应和道。他在莫斯科接受过有关国内政经情况的短期培训，此人大名鼎鼎，是张景惠最信任的助手之一。

"我们感情很好，只是追求不同而已。"兮楠抿了抿嘴唇，眼中流露出一丝不明显的遗憾。

这时，一个黑影迅速从兮楠身边掠过，又闪电般挤入人群中。兮楠惊慌喊道："我的包！"

轼珩注意到那个人手里多了兮楠的手袋，但一种警觉压过了追上去的本能反应。他迅速观察了周围，确定这不是调虎离山——此刻要对自己和兮楠动手，不必费此周章。他看看人群流动的方向，迅速观察了一下地形，马上判断出这个小贼会在人群中穿行一会儿，之后向西侧的铁道线逃跑，在那里从车底下穿过一列停靠的火车，他就安全了。轼珩把行李放在地上，说："请帮我看一下。"也没顾兮楠说什么，他迅速避开人群，向西侧铁道线跑去。

人流还是向出站口涌动，铁道线一侧反而显得冷清。轼珩紧紧看着人流，扶了扶帽檐。他突然看见一个报童模样的十五六岁孩子蹿出人流，又跟跄摔在地上，凌乱的头发和头顶的热气说明他的帽子刚刚掉了。他斜背着的帆布包也被甩在一旁，掉落出很多崭新的报纸。

孩子跺脚大骂："你这个王八犊子，抢人东西，老子和你拼了！"他挣扎着起来，向那贼奔去。乘客们都是春节急着归家的人，似乎不想被这骚动惊扰，于是尽量避开，不想惹麻烦。人群中一人衣衫褴褛，手里正拿着兮楠的手袋，斜刺着跑出来，正向着轼珩这边铁道线方向。那孩子一跃上前,想把这贼扑倒在地,这贼身子倒是灵活,跑出了一个出其不意的变线,孩子猛摔在雪里。这孩子穿的棉衣棉裤破旧且都是不合身的,裤裆几乎到了膝盖,袖口也因为过长挽了几折,现在都甩了出来,狼狈可笑。

那贼没了命似的狂奔,并不回头,孩子急速爬起身来,也不顾报纸散落一地被人踩得一塌糊涂,又冲那人奔去。那人突然回头,挥出一记老拳,孩子迎面就被重重一击,接着两人就纠缠在一起。孩子伏在地上抱着那贼的大腿,用着稚声直嚷嚷:"抓坏人!抓坏人呀!"

那贼也不含糊,腾出一手摸到裤兜,登时手中多了一把闪亮匕首,情急之下冲着孩子弯腰狠扎下去。轼珩恰好赶过来,一脚踢中贼人手腕,匕首在孩子脖颈上方几寸处飞了出去。那贼见状不妙,又继续跑出去,轼珩紧跟几步,飞起一脚,正中那人腰部。他哪里经受得住要害部位被如此猛击,"咔嚓"一声之后,一声惨叫,整个人直愣愣飞了出去,落在地上,挣扎几下,已是不能起身。小报童跑出去几步,捡起跌落的手袋,不顾满身是雪,冲着远处的兮楠蹦着喊:"女士!女士!包抢回来了!"一派喜形于色。

轼珩知道那贼受这一脚,腰椎已是骨折,断然无法起身。看见这孩子雀跃兴奋,他掸掸裤腿,笑了。

兮楠拿到报童交还的手袋,打开拿出几枚银圆,说:"小兄弟,这个给你,包赔你那许多报纸。姐姐谢谢你。"

报童倒没了刚才的勇敢,脸上刚才被贼人打了一拳,眼眶已是一片乌黑。他有些不好意思地说:"我叫三猴子!钱就不要了,您刚才还买过我的报纸呢!"

"让你拿着就拿着,快去那边铁路医院看看去,别影响了视力。"兮楠急切地说。

"真不用,没事儿!我上次让人打得比这重,过几天就好了,没事儿,没事儿……"三猴子倒是大义凛然,一派英雄气概。

"别人?别人为什么打你?"兮楠怜惜地说。

"哎呀,常有的事情。我上次卖报纸,不小心踩了一个老爷的新皮鞋一下,就被打了几拳。"三猴子说着,挠挠头,又想起什么,一拍大腿惊慌地说,"哎呀!哎呀呀!我帽子!我帽子!"说着就急匆匆跑去找刚才掉落的帽子。

轼珩远远看着,三猴子在地上找了半天,才捡起一个棉帽子,已被人踩得不成样子。

远处,急急过来一个推着小推车的商贩模样女人。女人干脆停下推车,不顾路滑,慌慌张张紧跑着上前,担忧地上下打量三猴子。他们打着哑语交流了几句,她用手擦去三猴子脸上的雪,把他拥在怀里,轻轻抚摸着。这时,三猴子又挣脱妈妈,跑着去捡报纸,妈妈也朝四周弓着腰帮起儿子来。

轼珩想,如果需要一位善良的妇女让一个孩子来到世上,那么,还需要很多摆渡人,需要同样善良的男男女女在这世上陪伴他,陪他度过漫长的冬季。在此之前,善良的妇女要用爱发出无限的光和热去温暖他,让他成长。

车子离开站前广场,沿着霍尔瓦特大街,向城市南侧一处高地开去,路上绕过一个巨大的教堂。

"轼珩,还记得这里吗?"

"小时候我们经常去这个花园玩,捉蜻蜓什么的,那里的教士们还会给我们糖吃。"

"听说是尼古拉二世敕建的大教堂,也有三十年了。"

"嗯,三十年了。"轼珩看着这座壮丽的帐篷式教堂,论规模和精美,不逊于莫斯科任何一座教堂,承载着沙皇在远东的勃勃野心。

教堂熟悉的钟声恰好悠扬响起,他觉得——别来无恙。路旁等着教堂布施的人们,排起了长长的队伍。

"前面，花园街，就到家了。"兮楠指着不远处的路口说。

"这里变化很大，以前建筑还比较少，现在真是漂亮多了。"轼珩看着周围鳞次栉比、气派豪华的一栋栋住宅说。

"这边都是北满铁路会社的家属住宅，咱们家在花园街东侧。"兮楠说。

花园街在尼古拉大教堂后侧，是条东西贯穿的街道。路边都是高大的榆树，隔几个路口就有一个漂亮的街心花园，花园街也因此得名。因为位居哈尔滨地势最高点，上风上水又交通便利，所以很受青睐。西侧被满铁占去了很大一块地方，兴建了高层官员的别墅、公寓。而路东侧则是中国达官显贵的地界，东省最高行政长官张景惠的公馆就坐落于此，其余的地方被一些富商兴建了气派的官邸，有些耗资巨大，从欧洲、美洲运来建材，聘请世界顶级建筑师设计建造，修建的周期甚有十年之久。

车子快到目的地，司机打着转向灯准备停在一个折中主义风格的公寓门前。轼珩看到前面先停下了一辆轿车，车门打开，两个穿黑皮衣的人下来，在车子两旁警惕地打量周围。随后，一个黑影从车里下来，那是一个毫无具象的影子，从停车的地方到公寓大门大概有两米的人行道间隔，他疾风一样穿过。隔着有几十米，轼珩看不清他的样子。换成别人，会怀疑适才是不是有个人直接冲进了大门。他太快了。轼珩把手里的皮手套轻轻甩着，拍在自己手掌上，琢磨着那个黑影。

兮楠的家，进门就是宽大的门廊，偌大的客厅和饭厅连在一起，并无额外的装饰，也没什么其他的家具。一架漂亮的钢琴放在客厅一角，另一侧的展示柜里面都是些夫妇亲密的合影，不见什么昂贵的摆设。除去房屋本身的宽敞和大气，这家人的生活看上去简单朴实。

轼珩在沙发坐下，女佣王妈殷勤地端上茶。

"泰初说，我们这个家，在外面衣着一定要体面，这是对别人和对自己身份的尊重，但是生活要简单。这是他一贯的为人哲学。"兮楠说，"和现在的潮流，有些格格不入。"

轼珩应着，端起杯喝茶，看到面前的茶具也都是普通货色。

"泰初是张司令最得力的人之一，虽说是秘书官，但是兼着军政委员会顾问，替张司令管着外交、情报之类的工作。"

轼珩想，兮楠是要在泰初回来之前，尽可能没有痕迹地透露给自己一些有用的信息，而这些信息，共产国际在莫斯科并没有透露给他。这是因为在哈尔滨，能潜伏在要害位置的特工已是凤毛麟角，这个高兮楠实在太重要、太宝贵了，一切都要按部就班，万般谨慎。轼珩看了她一眼，知道堂姐一定在狐疑，这个共产国际精挑细选的号称"王牌特工"的人，能为哈尔滨已经被动难堪到极点的情报工作注入起死回生的血液吗？

王妈正在续茶，门口有些响动，就急匆匆迎了出去。

"欸，应该是泰初回来了！"兮楠也站起身来。

轼珩跟着站起来，对着门口，整理了一下上衣以表示一种恭敬。兮楠和王妈把泰初迎进来，后面跟着副官，泰初转头低声交代几句，那人就把手中的公文包交给王妈，利索说了一句："是！长官！祝长官阖家春节快乐！"

泰初的个子不高，或者说是适中，跟高挑的堂姐站在一起，是差不多的。这男人的脸着实让人一惊——一张极漂亮的脸，五官长得清晰立体，鼻子、嘴唇、眼睛，甚至额头都是完美的，令人过目不忘。他眉宇开阔而又有些含蓄规矩，没有表现出明显的正气或者邪恶的气质。嘴唇很薄且明晰，能看出一丝勇敢来。俊美的脸，还能看出一丝勇敢，也算泄露了内心的天机。从长相来比较，泰初和轼珩都无可挑剔，一个是完美无瑕，另一个是回味悠长。

泰初娴熟地伸出手臂，和轼珩坚定握了握。他想，这是东方政治家的风度,严谨有力又含蓄沉稳。

"欢迎你啊——轼珩。兮楠多次提起你啊。"泰初的声音柔和亲切。

"姐夫好,给您添麻烦了。"轼珩诚恳地点点头。其实提起也就是这两个月的事,但是,这样的话又怎么会让客人反感呢?

"不要客气!千万不要拘束!"泰初向四周一挥手,"一家人!今天正好是除夕,难得团圆!好事,真是好事!"

外边的鞭炮声慢慢多了起来,夜空中不时飞起一些焰火,泰初抬头往窗外看了看。轼珩注意到,他脸上露出了一丝不易察觉的惆怅。

第八章　遗失的银圆

轼珩对故乡某种不安的思绪因为这久违的味道，稍稍缓和。

世上大多美食，倘若换了地域，即便食材相同，都会失去原有的味道。轼珩觉得，是水的原因，一方水有一方独特的成分。水的差别是微乎其微的，但是是有的，人的嗅觉对此还不敏感，但在食物烹调里面，差别就显而易见。一方水土养一方人，老人的话，总是不错的。水有印记，人也有。对这种特殊的印记的描述，任何语言都是乏力的。

"泰初在东京生活多年，好久没吃日本菜了。本来啊，我说今晚是除夕，想给他准备些东洋食材，奢侈一下。"兮楠对轼珩说，"他说今天赶上你回来，要吃家乡菜，不搞那些。"

"你啊你，这两年就爱唠叨。家里也没那些东洋东西，大过年的，又去哪里买？"

"是，是没有，多余的吃食咱们可是一点没有。"兮楠感慨地拖着长声说，显然她和泰初是默契无间的，"咱们哈尔滨，冬天天气冷，鱼啊肉啊的都不坏。这公寓里还有专门的储藏室，每层每家都有，没有供暖的那种，冬天存些食材，用着也方便。咱家那间可倒好，用不上！"说罢她豁达笑了。

"怎么用，不是塌了吗？"泰初抬头疑惑地问。

正赶上王妈上菜，这老太太听着也忍不住跟着兮楠笑了。

兮楠说："可不是，楼上警察局蒋局长家那个，一天到晚的，送礼的人来人往，放的东西实在太多了。有一天啊，突然把楼板压塌了，行，整个儿全掉咱家储藏室来了。"

轼珩听着也笑，想起在火车上看到的这位蒋局长的桃色新闻。

王妈插上一句："可不是！那真真是打扫了好几天。我看他们家那些东西啊，很多都长毛了、变质了，顾不上整理，都浪费了。"说罢可惜地摇摇头。

"说人家那些做什么？过好自己的日子就好了。一个人有一个人的活法。"泰初的语气让人无法辩驳。

王妈听了忙点头称是。

轼珩一直注意着泰初面前的青边瓷碗，因为这和桌上的餐具不是配色一致的，显得很突兀。虽然洁净，但这碗看着也有些年头了。泰初不用餐盘，就用这造型简陋的碗夹菜、盛饭，甚至喝汤。

"轼珩不要奇怪，泰初这个碗啊，可是宝贝，名贵着呢！"兮楠看轼珩疑惑，解释道，然后对着泰初说，"这个我们认识时候就在用吧？"

"嗯。都用了十几年了，时光飞快啊，一直在用。"泰初放下碗筷，看着轼珩说，"我啊，可能你堂姐没来得及跟你说，自幼家贫，那年，回国之后，幸为张司令景惠所器重，就这样，算是走了仕途……老父亲那时就一再叮嘱我，说你啊，既然选择当官，就要为民做主，当官就不能想着发财，这世上的好事不能一个人想着全给占了，那是要遭天谴的。咱是给人家拉套的，不能胡思乱想！如果违背，死了不能葬祖坟，不认我这个儿子。父母目不识丁，但还是开明的，让我惭愧啊……我啊，后来索性上瓷器市场，多加了几文钱，请瓷器店的人给专门烧制了这碗，每餐用之，每哺念之，断不敢忘！"说罢，他把碗转了个方向，给轼珩看，果真居中烧制两行小字：体国以忠，恤民以廉。他又铮铮说："家父之言，终生不忘！"

"哎呀！泰初就这么个性格，轼珩莫要见怪。"兮楠说。

"哪有，哪有！忠于国家，孝敬人伦。姐夫忠孝两全，让在下佩服。"轼珩为泰初的一番话触动，心想政治家的言语感染力也是魅力中重要的一部分。

"我和你们不一样，"泰初说，"寒门出身的穷学生而已。当年啊，是考取的奉天学堂奖学金去的日本。我还记得那年，坐船从旅顺到釜山，又换船到长崎，再坐火车去东京。路上和同伴饿得不行，就两个人凑钱买了个便当充饥。没想到人家便当上就放了一根筷子，我就和子舟——我的同行，也是奉天的同学，小声嘀咕，说日本人这是吝啬还是瞧不起我们啊，一根筷子，怎么吃饭？后来，你们猜怎么着？"

轼珩和兮楠面面相觑。

"我们初到日本，也不好与人争论。索性把那木筷子一折两段，将就着用。后来啊，又怎么样？"

轼珩也猜不出所以然。

兮楠有些气愤说："日本人是不是欺人太甚了！"

"后来啊，我们吃完了，看周围的旅客也在吃便当，才看明白，人家那叫'方便筷子'，就能用一次，是从中间掰开变成两根用。我们真是窘迫到了极点。"泰初笑着说。

饭桌上登时笑成一片，泰初又说："所以，我们的国家贫弱成了什么样子！两个奉天学堂还算优秀的学生，居然没有见过方便筷子！格局视野差到了哪里去！我们的隔阂又到了什么地步！一根筷子，让人生出多少猜忌。"

轼珩和泰初一见如故，三人的年夜饭吃得尽兴。

客厅的电话铃声急促响起，王妈匆匆走过去，接起电话问了几句，忙到泰初身边说："老爷，说是办公厅的电话。"

泰初愣了一下，起身过去接起电话，听着那边说了几句，他回头看看饭桌上的人，果断清晰说道："请转达司令，明天一早，立刻安排。之后出城面见浦田司令官。回来之后，向司令汇报！"

泰初回到座位上，有些心猿意马，自己喝了口茶，稍稍安定了一下。

"这大过节的,也不让你休息一下。明天不是放假吗,还要出门?"兮楠问。

"哎呀,非常之时,"泰初眉头微皱答道,"张司令都成立了'维持会'代行政府职责,还放什么假啊,哈尔滨的事情要有眉目了。"

"张司令下决心了?不是昨天让日本人进来一些了吗,说是维持治安。"

"唉,维持治安有警察局,让他们进来是想先和他们缓和一下,毕竟日本人催得紧。现在看来啊,人家不行啊。明天,明天!也罢,当断不断,反受其害。"泰初思量着,轻拍一下桌子。

轼珩觉得,这人做出这样的动作就已经是情绪到了极点。

"不是听说周边有些抗日武装很厉害,我看日本人的轰炸机这几天天天在头上飞,双城那边天天有炸弹声。"兮楠说。

"关东军,关东军下午已经占了双城了,现在哈尔滨城外又增兵了。那些所谓的抗日武装,都是些散兵游勇,日本人不想有人员损失,所以就动用了飞机。另外,也有震慑咱们司令的意思。"泰初面无表情。

"那哈尔滨——"兮楠有些紧张。

"哼!明天见分晓吧。"泰初冷笑一声,似乎不想多谈局势了,换了语气说,"再说,前一段时间赶上大雪,现在局势不稳,北满部分铁道被军方阻断。哈尔滨火车站压下了多少货运列车,很多都是国际列车,这交通枢纽,俨然已经瘫痪了。这么耽搁下去,会造成多大的国际影响!"说罢,泰初放下了手中的筷子,似乎觉得语气有些重了,于是轻缓一点又说:"等下呀,你和王妈收拾一下,准备半夜的饺子馅,我和轼珩到书房坐坐。过会儿,一家人一起包饺子。"

轼珩跟泰初来到书房,同样陈设朴素,只有两组榆木书柜。墙上空荡荡的,一幅中堂孤零零地挂着,上面写着:立言者,未必即成千古之业，吾取其有千古之心；好客者，未必即尽四海之交，吾取其有四海之愿。落款是泰初的印鉴。

"你在德国十年，一个音乐家，怎么——？"泰初语气悠然，似问非问。

"毕业之后，德国经济不好，找不到工作，生计都没着落。您也知道，现在的德国虽然受着凡尔赛和日内瓦两个公约的限制，但国内还是厉兵秣马，人民好战情绪高涨。我也受了影响，所以改弦更张了，想着乱世之下，能有个更稳妥的出路。"

"在哪里？"

"一直是在柏林，其中进入德军莱比锡军事训练基地接受了两年培训。"轼珩解释道。

"哎哟，啧，那可是了不起的地方。兮楠只说你参加了预备役，没想到还有这一出。看得出来，你虽然是个学音乐的，但还是个军事人才，文武双全，好！"

轼珩知道，他习惯居高临下审视别人，也一定知道莱比锡军事训练基地——德军培训特情人员的重要机构。

"姐夫，您谬赞了。您知道，我是个孤儿，现在——"轼珩有些哀伤地说。

"算了，今天不说这些。兮楠说小时候在关东州，你们家没少关照她们。前段时间你想回国，还能联系上，也是缘分。今天不说这些。"

轼珩则想，兮楠之前跟他提起过在哈尔滨曾有亲属，应该是为以后的需要铺垫。这些谋划，苏联情报机关是轻车熟路的。

"本来，是抱着试试的心态，毕竟父母去世以后，很多年没联系了。如果不行，就自己回来，做个音乐教师或者类似的工作。离故乡近些，总是好的，只是孤单一人，还是想家，虽然——"

"你在莱比锡受训过密码课程吗？"泰初感同身受地点点头，然后换了话题。

"嗯,有的,但没有实战过。"轼珩答道。

"苏联大部分密码系统是波兰人帮助建立的,波兰人中的很多技术中坚力量,在德国受过教育,这——你知道吗?"

"好像是,我不确定。"轼珩在莫斯科被交代了莱比锡军事训练的全部科目,早就烂熟于心,但是泰初提到苏联,还是让他心里一惊。而且,密码自己是懂一点,但绝对不是行家,学艺术的人对数学多少有些排斥。

泰初想想,拿起王妈刚才放在房间里的公文包,打开,取出一枚小心包好的银圆,递给轼珩看。

"这是什么?袁大头?好多年没见过了。"轼珩接过就觉得这枚银圆的手感和重量不对,感觉有点蹊跷,但没有表现出来。

"嗯,是袁大头。你再仔细看看?"泰初看着轼珩说。

轼珩对这种雕虫小技不好露怯,拇指稍微用力,袁世凯头像一侧的银圆壳就掀开了,里面是空的。轼珩又仔细端详了一下,在另一侧同样用力,"民国"字样的一面也打开了,就说:"嗯,这个技术不错,一枚薄薄的银圆,两侧都可以打开,有意思!"

轼珩把银圆小心交还给泰初,表面沉静如水,心里暗流涌动。组织上曾经跟他提起过这枚丢失的银圆,虽然没说明这枚银圆的情报内容,但据说这事惊动了叶若夫将军,让他大发雷霆。

"这枚银圆是两个月前一个人力车夫送到警察局的。他无意间收到这枚银圆,不小心掉在了地上,就有一面开了个缝。他觉得奇怪,可能也是害怕,就送来了警察局。"泰初说,"我们的人啊,搞不懂,就层层上报,一直到了哈尔滨特别市警察局。技侦科的人一看,才看出端倪,说这是特情人员传递情报的工具。他们猜测啊,不知道是哪个粗心的情报人员弄混了给花了还是怎么的,总之这银圆在市面上流通,最后到了一个人力车夫手里。"

"这个，这个有什么用处呢？"

"是，这枚银圆用处不大，但它里面的东西却似乎来头不小啊……"泰初看看手中的银圆，来回把弄着，悠悠说，"一面放的是一张微缩胶片，一面放的是一张叠起的纸。"

轼珩静静看着泰初，端起茶喝了一口。

"你不想知道是什么内容？"泰初问。

"长官的命令就是我想知道的。"

泰初听到这话，似乎才彻底把轼珩从音乐家的身份中剥离出来，露出满意的神色。

"哎，一家人，哪有什么命令。"泰初还是和蔼如常，"好家伙！那微缩胶片上密密麻麻全是电文，而另一面的纸上，是密写的钢笔字。"

轼珩看着泰初，嘴里干咽了一下，喉结无声地动了动。

泰初站起来，叹了口气："可惜啊！这电文，这密写，警察局那些基层人员也搞不懂，就到了情报局手里。他们呢，研究了大半个月，也是一筹莫展。不过，现在，有了一点点进展，初步判断这种密码是一种高级别的多重加密，是用数学公式反复推算，形成一个复杂的数学模型，从而对已经加密的电文进行二次加密。听说这种加密方法最早来源于德国？"

"是。德国柏林大学数学系的洪堡教授在一战后研究出数学加密方式，五年前情报部门开始应用。"轼珩说。

"对，目前，这是德国和苏联在使用的最高级的加密方法。在远东，德国人没有利益诉求，所以应该就是苏联了，应该是这些人啊。哼！如此伎俩。"泰初不屑地说，"听说啊，是几个在德国留过学的波兰数学家帮助苏联人搞的。不过，情报局的人找到了一个数学专家，据说最近有了一些进展，看看情况吧。"

"姐夫的推断有理。"轼珩的手也轻轻地、有节奏地击打着桌面。

"我没有这本事,是丁局长他们的本事。但是,现在的问题是,我们都不认识这个密码,破译不了啊,丁向他们眼馋啊!"

"如果这银圆已经遗失几个月了,这电文的用处应该不大了。"轼珩微皱眉头说。

"我们也这么想过,毕竟,到我们手上之前,这枚银圆不知道流通了多久。"泰初说,"但是,我们密切关注了全体军队、警察乃至政府的各个部门,这几个月的人事变动,起码在东省,在松江省,没有出现异常。你知道,现在这年头,能有口皇粮吃,不会有人轻易离开。"

"那怎么会——苏联会这么大意?"轼珩困惑地说。

"他们不是大意,是自信!"泰初果断地说。

轼珩不语。

"他们自信我们没有破译这个电文的能力!自信!厉害!"泰初意味深长地笑着说。

"也许是,毕竟几个月来我们也没有动静。"轼珩说。

"但是,也许他们本来是对的,只是没有想到政治局势变得太快了,日本人竟然能在满洲有这么大的动作。过一段时间,如果真和日本联起手来,那局势可就不一样喽。"

"日本人不一定具备这个能力,他们的密码系统好像是完全不同的。"轼珩试探说。

"你说得对,"泰初指了一下轼珩说,"是不同,但听说他们有个人——"

桌上的电话铃打断了他,泰初接起电话,身子靠在椅背上,看着想起身出去的轼珩,伸手往下压了压,示意他坐下。对方似乎说了一些祝贺新年的话,他随意应和了几句,然后凝神听对方讲话。听了一会儿,泰初的神色严峻起来,显然进入了深邃的思考。

"从日本海?!"泰初浓眉稍皱,似乎在定夺什么,又止住了话,过了一会儿，慢慢说，"不惜一切代价——"他定定神，看着坐在沙发上的轼珩，恢复了云淡风轻的表情。轼珩听到电话那头干涸沙哑的声音又说了几句话，似乎是说忌惮什么。泰初听后，轻描淡写地说："无须多言，相关人等，格杀勿论！"

轼珩听到电话里面的声音稍大了些，那是一种低沉狠绝的声音："遵命！"

"对了，丁局长，今年春节就不让你上楼坐了，你也休息一下。有个人——我看不错，就到你麾下历练吧。"

放下电话，泰初又看了一眼手里的银圆："算了，不说了。我就是听说你是在德国受训的，想请你看看，但是苏联的密文早就从德国那里被升级多次了，你没有实战过，也确实没什么帮助。"说罢把银圆小心地收好。

轼珩的心慢慢沉下了。自己不具备破译的能力，况且即便破译又有什么用？现在的问题是如何销毁它。在莫斯科的时候，共产国际的人提到过这枚包含重要信息的银圆，认为它可能丢失于市井，但不太可能被中国情报系统得到，他们没有想到人力车夫的多事。即便被得到，他们也自信密码不会被破解。日方又有什么人呢？据说这种加密电码的破译难度在当今世界都属于最高的，没听说过日本人具备破解能力，否则，莫斯科方面怎么会如此疏忽大意？应该不会。会不会是日本人虚张声势，泰初被蒙在鼓里？

轼珩想着上次除夕包饺子的情景，如今已物是人非。那时候的光景没有了，亲人的味道没有了，只剩下熟悉的饺子馅的味道。

"等下包完饺子，王妈煮饺子，兮楠当听众，我和轼珩——咱们德国的音乐家，来一曲怎么样？"泰初兴致很高，提议说。

"那敢情好！"兮楠说，"不过你这三脚猫功夫，和人家音乐家合作——这是不是不协调啊？"

"那也不能完全这么说吧。咱们哈尔滨是音乐之城，城市里到处是音乐家,不是吗?会点儿乐器的人随处可见。音乐再高雅,在咱们这儿,也是道不远人。"泰初说。

"马迭尔宾馆的凯斯普那个公子是法国有名的钢琴家,我听说,了不起的。那样的人和轼珩合作,我看才搭配。"

"好,那今天就让你看看,你夫君能差到哪里去!"泰初有点不忿地说。

"好,好,你准备演奏什么?"兮楠一边包着饺子一边和泰初斗嘴。

"那问问轼珩,反正我是奉陪到底,一定奉陪到底。"泰初说。

"我听姐夫的。"

"嗯——你是从德国回来的,今天是除夕,德国有个曲子特别适合此情此景。"

兮楠自然不知道,就盯着轼珩看。

轼珩一边包着饺子,一边轻轻说:"是舒曼的《梦幻曲》吧?"

泰初笑道:"音乐家就是音乐家!说我是三脚猫,某人啊,唉,不知道该说她什么。"

泰初的琴声大气,虽然不那么完美,但是演奏必备的气质是有的。况且,《梦幻曲》在技术上并不难,泰初的演奏是合格的。小提琴刚拿出来还有些凉意,轼珩与它依偎着,用体温一点点温暖它,琴声就听话,就来了。

《梦幻曲》是舒曼写给孩子的,写给节日的,写给辽阔的生命长河的,曲子里面有妻子,有孩子,有爱情,有希望,还有追求。曲子在这大大的房间里响起时,不能不佩服泰初的鉴赏力,那么应景,那么融洽,那么温馨。窗外的鞭炮声远远地传来,并没有影响曲子的流畅和意境,反而平添了许多欣慰,许多欢愉。兮楠看着两人,都是那么帅气的人,正陶醉在无边的音乐里。她轻轻随旋律摇晃着,这又是多么高雅的人;她的双手轻握在胸前,这又是多么美丽的人……

零点，王妈准时煮好了饺子，摆放在餐桌上，热气腾腾。她在一旁放好碗筷、调料，还有滚烫的饺子汤。轼珩看着桌子上熟悉的几样，想起妈妈曾说，这是一年又一年的希望，一年又一年的酸甜苦辣。

他还记得，有个德国音乐评论家说过，《梦幻曲》的旋律是递进的，但不是步步升高的，是神奇的、有着回旋的阶梯。那音乐是个孩子，他推开门，走到客厅，又进入一个房间，打开一个个温暖的世界，是玩具的世界，是爸爸妈妈的世界，是自己的世界。那曲子啊，不要用悠扬去形容，用轻扬吧；不要用感动去形容，用生活吧；不要用悦耳去形容，用家庭吧。所以，在冬天温暖的房间，你和家人正度过一个美妙的夜晚，而且是个重要的节日，就听听《梦幻曲》吧。如果，你的家人还会演奏它，那你就尊贵如公主，幸福如天使了。

第九章　神秘之人

哈尔滨的城区规划要考虑两个重要因素，一是松花江的走势，二是中东铁路线的原始规划。因此这个大体坐落于平原上的城市就呈不规则的形状发展，这就很难在地理上为这座城市找到一个中心点。

但凡城市都是有一个中心的，即便在地理或者交通上有些偏差，但是在城市生活中，一定会有一个核心，这是城市的灵魂所在，也是市民心中的一种寄托，而这个中心往往也会凝聚这个城市历史、商贸、生活、感情的全部含义。

在哈尔滨，这个中心毫无疑问就是中央大街了——松花江南岸的南北大街，人们也称这里是"万国建筑博物馆"。

在这条当时远东地区最为繁华喧闹的街道上，马迭尔宾馆无疑是星光闪耀、引人注目的。

马迭尔的舞会颇具欧洲风情。宾馆一楼的舞厅，每天晚上都是灯火通明。有华尔兹，有探戈，还有让舞客们在热烈奔放之余窃窃私语的舒缓音乐。那时，挑逗的激情、邂逅的心动，又会变成浪漫和温存，适才来不及感受的那双手、那腰肢，才可以仔细地端详一下了，只是，肾上腺的躁动反而更激烈了。

娜莎的美丽无须多言，她有基辅姑娘的大方气质，还有见过大世面的超然。即使在哈尔滨的舞池里，娜莎也是出众的。她坐在角落里，穿一身黑色晚礼服，跷着腿，显露出一双美腿，不单是修长，而是粗细适中带来的一种曲线的延伸感。跷起来，人们只能看到那腿的曲线，那种无限的延伸感令男人想入非非。

娜莎偶尔也会恩赐般答应某位男士的邀请——共舞一曲，否则，就这么坐着，时间久了，倒是更容易变成传说。

哈里先生就是其中幸运的一位。

"娜莎小姐，我很荣幸，很荣幸认识您。"哈里的嗓音因为面前的美色而格外娓娓动听。

"谢谢。在这个美丽的城市，人自然会有些浪漫。"娜莎带着一丝傲然说。

"是，这没错的，小姐。"哈里盯着娜莎，比他真诚的语气更真诚的是他的眼神，"美丽的城市，美丽的、有爱情的城市。"哈里强调了"爱情"这两个字。

"您的父亲是英国人？"娜莎问道。

"对的，前几天给您介绍过的。"哈里答道，"我母亲是俄罗斯人，出生在圣彼得堡。"

"我记得，只是确认一下。噢，英国和俄国的联姻？"娜莎是女人，再美的女人也是女人，她能从哈里的眼神中看到一种清澈，她确认这个阔绰的富商是迷恋上自己了。匆忙而来的迷恋总是让人愚蠢的。"那您是贵族？"

"噢，别那么说。娜莎小姐，我以为，今晚我会看到你戴上那条珠宝项链，我可是费心选出的，作为一个做珠宝生意的商人，我对那项链是自信的。"哈里说道。

"哈里先生，对不起，"娜莎略带歉意地说，"我没有合适的礼服去搭配。明天，我会去附近的里维奇裁缝店看看，听说那里的犹太裁缝曾经为欧洲皇室服务过。"

"千万别这么说，是我疏忽了。送礼物却考虑不周全，这是失礼的。真的，对不起。"哈里有些卑微但真诚地说道。

"真不知道说什么好，"娜莎说，"您太体贴了。您是孤身一人吗？尼采有句话说……"

"对不起，让我想想，我猜您是想说，'每一个未曾起舞的日子，都是对生命的辜负'，是吗？"哈里说。

"是啊！"娜莎的眼睛亮了，她笑了。这是一位有风度，有教养的男士。他英俊、高大，还有一头红色的头发，显得他可爱而率真。

"不过，我想说的是，每一个未曾见您的日子，才是对生命的辜负，娜莎小姐。"哈里不失时机地回应。

"您是一个人来哈尔滨做生意？"娜莎问。

"我和马迭尔的老板凯斯普先生很熟悉，所以，他会照顾我在哈尔滨的生活。"哈里想想说，"否则，我自己就不太安全了。"

"那可是声名显赫的朋友。"女人对马迭尔的第一印象往往并不是恢宏的建筑，而是它靠街一侧开设的华贵非凡的珠宝店，那里的珠光宝气对女人有着致命的吸引力，而且那里还有数量不菲的黄金，真是琳琅满目。

"是！凯斯普先生很好，和我母亲有很深的交情，早年他在欧洲学习艺术，拿到过母亲家族的资助，所以也算世交。"哈里说。

"他一定有非凡的经历。看这远东最奢华的酒店，看看这儿的气魄和奢华就能猜出来。"

"我想，假以时日，马迭尔会超越巴黎的丽兹酒店。您知道，那家酒店和马迭尔有些相似。不过，凯斯普是个更伟大的商人。"哈里赞赏地说。

"应该会吧。你喜欢威士忌？"娜莎突然问。

"很喜欢，可是酒量就……刚才餐后在房间里喝了一点，对不起，让您闻到了。"哈里说。

"不，不，很好的味道。"

哈里是用了男士香水的，可以适当地掩盖威士忌的味道，可是他们的距离太近了。

乐曲终了，在众人艳羡的目光里，哈里把娜莎送回到座位上。

他贴耳跟娜莎说:"如果可以,欢迎您等一下到我房间来共饮一杯,房间号是6001,谢谢您。"

娜莎盯着舞池不置可否。哈里翩翩离去,他此刻是舞厅里最不可一世的男人,对这光辉的时刻乐得享受。

娜莎确认无人注意之后,坐着德国克虏伯的豪华电梯上到宾馆顶层。按动黑色门铃,房间门应声开了。映入眼帘的是三组或者是四组巴洛克式圆顶窗户,眼前是开阔奢华的客厅,红色地毯来自中东,繁复的深色花纹一直延伸到里间,那是卧室。地毯太厚了,踩上去好像走在云端,比门外地面高出去不少。屋内的灯光是暖色的,或者说是主人有意安排的。两瓶苏格兰威士忌摆在屋内中央的桌案上,旁边并排放着两个酒杯,还有一个金属小圆筒,里面放的是冰块。

哈里已经脱下了外套,穿着一件真丝白衬衫,衣领处的两个扣子解开了,露出有些泛红的胸膛,这人还是凯尔特人的基因多一些。

他殷勤地把娜莎迎进来。

"娜莎小姐,我一直担心,您不会赴约。"哈里加上冰块,倒好酒,和娜莎碰了一下,一饮而尽。从这个稍显急切的动作来看,哈里是热衷于杯中物的。

"哈里先生,我很抱歉,让你久等了。"娜莎的笑是羞涩的。

"我真希望自己是个画家,能拿起画笔,端起油彩。此刻,您和华美的马迭尔宾馆相得益彰,太美了。"哈里热切地说。

"是吗?"娜莎也轻轻喝了一口,"不过,我不胜酒力,请见谅。"

"您随意。唉,可惜我不是画家。我现在有点恨自己。"哈里的手有些颤抖,但还是又喝进去一大杯烈性威士忌。

"您的房间真不错,如果再有些鲜花就更好了。不过冬天的哈尔滨,那些东西肯定很昂贵。"娜莎看看房间的陈设说。

"娜莎小姐,您真是有眼光。前几天有的,今天恰好被搬走了,明天一早就会送来新的。"哈里又斟上酒说,"美好的生活,怎么能缺少鲜花。"

没过多久,两人已喝下了不少酒。哈里的脸开始发红,面对娜莎,他的紧张加剧起来。他的眼神已经不是绅士的了,清澈慢慢消散。娜莎暗想,这男人心中的欲望之火开始失去控制。

娜莎双手伸到哈里的红色头发里,又分开,滑落到哈里的脸颊上。她看着哈里,就像从天而降的女神。哈里感受到了娜莎修长的手,他的战栗到了极处,他抱紧娜莎,像个孩子似的把头贴在娜莎的腹部。他闻到了更真切的体香,激动地哭了,更像个孩子。

"娜莎,我爱你。请务必允许我这么说。"哈里仰着头说。

"哈里先生,您可以。"娜莎俯身下去,她的头发垂落下来,碰到了哈里的脸。

"您确定吗?"哈里说。

"噢,当然,先生,当然。"

哈里把娜莎翻身就势放在床上,床上的丝织物感受到了激情,轻轻地颤动着。哈里狂热而投入地吻着娜莎,他闭着眼睛,持续而陶醉地吻着。娜莎觉得人们此刻是怕睁眼就会梦醒,也许正是因为这个原因,陶醉其中的男女都是闭着眼的。他开始脱掉娜莎的礼服,毛手毛脚的,但还尽量保持着英伦绅士的风度,生怕弄疼她。

娜莎迎着哈里吻着,之后大声呻吟起来,让哈里脱掉她的衣服。这些天被马迭尔社交群无数人憧憬的肉体,就在此刻,骄傲地展现给了哈里。

他不能再保持绅士了。娜莎知道他即便坚韧如普罗米修斯,此刻也愿意在维纳斯的长弓下被射穿心脏。他疯狂地抽动,开始是匍匐的,紧紧贴合,后来就更放纵了,双手端起娜莎那无限延伸想象的双腿。这男人此刻的肌肉在汗水的浸润下显得光泽四射。

此刻,她尽情享受着年轻的胸膛结实的撞击,她是一艘船,在风浪中一往无前,哪怕即将坠入深渊,也是快意地前进着。男人啊，怎么会那么不同。她被送上浪头，又被扔入波涛。她幻想着，那团红色的头发也变成了火，是那晚狼的眼睛，山口的惨叫……

他们不知怎么又到了客厅，哈里拿起酒瓶一饮而尽，然后又慌忙打开另一瓶，咕嘟喝了一大口。他嘴角的威士忌流到了胸膛处。

娜莎在沙发上，在地毯上，都是那么纵情，她的叫声盖过哈里，哈里的叫声就会更猛烈。他又坐到了巴洛克风格的窗台上，娜莎低头吻着他的下面。她的手碰开了窗户的锁栓，轻轻的一下，窗户就动了，外面的冷风顺着一点小缝就冲了进来。他们更激烈了，他们太热了，这点凉意像刀子割开皮肤，让他们流出血来，因而气氛更浓烈了。他的腿劈着，现在是娜莎在举着他的腿，跪在他下面，那么温顺。他叫了，双手插到娜莎厚厚的头发里，用力抓着。她的手臂用了最后一点力气，把他掀了起来，帅气的幸福的哈里在寒风中摔落出去。娜莎听到沉闷的一声，想着他已扭曲在中央大街的条石路上。

娜莎瘫坐在地毯上，知道汗水把妆容搞得一塌糊涂。她急急喘着气，眼睛重重地闭了一下，手也不自觉抖起来。她还是迅速站起身，尽量齐整地穿好衣服。她走到保险柜前面，这是市面上常见的单拨盘商用保险柜。娜莎很小心，仔细在保险柜四周查看，确认没有电线连上报警系统。她看看拨盘锁，并不复杂，不需要钥匙就可以开启，只要对齐六个密码就可以。她耳朵贴近密码锁，重新戴上黑色手筒的手轻轻转动，让锁内齿轮滑动。

这种拨盘锁内里置入的齿轮是正反向交错运转，如果数字对上，齿轮就会在那个数字的位置正向契合，变成一致方向运行，从而打开一级密匙。六组齿轮全部打开，再扭动门锁就会开启。

齿轮在逆向转动和瞬间契合反向转动的一刹那，声音会稍有不同，这是机械构造的缺点。精密的车床技术可以尽量降低这种声响的差别，但是正向和反向交错的声音一定会不同，这是规律。寻常人遇到这种保险柜，无从听出差别，但这难不倒苏维埃内务委员部的特工们。他们在受训的时候见到过无数比这还要精密、复杂的保险柜，很多甚至有内置报警系统。他们会用数百个课时研究它们，用更长的时间千次万次地辨别齿轮声音，这是特工最基础的课程。

两分钟，娜莎就打开了这个虚张声势的柜子，密码是190011。哈里还是很年轻的。里面不出所料，豁然是琳琅满目的各式珠宝。娜莎拿出最上层的文件，迅速地翻看，很多合同，价值不菲的珠宝的出售合同。这个哈里先生简直富得吓人，难怪出手如此阔绰。其中一张收据引起了她的注意："收到马迭尔宾馆凯斯普先生黄金预付款六万银圆。落款：哈里-文森特，1932年1月25日。"娜莎仔细地记住这些信息，然后把所有文件重新整理好放回原处，扫了一眼那些珠宝，把保险柜小心关好，重新锁上。之后，她回忆自己进来的过程，只有在床上的时候短暂脱下了手筒，还算好办。她把手可能碰到的其余几个地方逐一擦拭，又仔细查看了一下床上，最后倒掉自己用过的酒杯，清洗了一下，放到酒柜里。

哈里先生喝醉酒后迫不及待自慰，然后失足坠楼的场景就出现了。

她还是忍不住好奇心，缓缓走到窗口，掀开窗帘观察下面。

正是夜最深沉的时候，从马迭尔门前一直到松花江边，都没有人。只有哈里先生扭曲在雪里，一丝不挂地趴着，身下的血还热乎乎地流着。

大街上的路灯是昏暗的，但她还是看到了哈里身旁有淡淡的脚印。远处，一个人正在黑暗里一瘸一拐地快速走着。他穿着长长的深色斗篷，即便在黑夜里，也能感觉到那是件破旧不堪的衣服。大大的斗篷帽子把他的头藏在厚厚的阴影里，他驼着背，手里拿着什么，好像慢慢放到自己的怀里。

那人突然回了回头，似乎看了一眼娜莎这个亮着暖色灯光的房间。然后他向东边的新城大街走去，一会儿，又拐向商市街方向，隐入凛冽寒风里，看不见了。

第十章　危险的眼神

马迭尔宾馆斜对过的万国洋行，在中央大街上独树一帜，它没有和大街上其他的建筑并排，而是从人行道后退了一些，让出了一个凹字形的街心花园，就显得格外温馨。

万国洋行二层靠里面一点，有个分割出去的独立小店铺，因为这里陈列的布料太多了，显得拥挤逼仄。平素打理店面的是一个中国女孩儿，这姑娘有十七八岁年纪，正是青春跃动的时候，总穿着得体的制服，黑白相间——犹太人喜欢的颜色，算是压制了一点这女孩出众的美丽。

顶尖裁缝家里的孩子，儿子都是清秀的，女儿都是端庄娴雅的，即便是从小领养的也是一样。

"美丽的小姐，我能为您做些什么呢？"小小的店面里，杜鹃还是和娜莎保持着得体的距离并且微微鞠了一躬。

"你好，我想做一件礼服，耳闻里维奇先生的手艺在哈尔滨很有名气，所以过来看看。"娜莎知道这小店铺的名气，进来之后就感觉小小天地，包罗万象——非常用心、专业的生意人，名不虚传，心中生出了一些尊敬。

"小姐，谢谢您的赞誉。其实哈尔滨有很多优秀的裁缝，俄罗斯的、日本的，甚至有些中国人的手艺都是让人赞不绝口的。不过，我们里维奇裁缝店开张有二十年了，口碑也是不错的。"杜鹃得体又熟练地回答，眼睛闪着聪慧伶俐的光。

"哇！年龄要比你还大，真的够久的。"娜莎对很多面料都爱不释手，边观察揣度边和杜鹃说话。

"是的,小姐。我是在这里长大的,我喜欢制衣。"杜鹃又看了里间一下,小声说道,"在偷偷跟爷爷学手艺呢。"

娜莎扑哧一笑道:"哈,你不错,真是聪明的孩子。我是想为一条项链专门做一件礼服,我觉得红色搭配古典主义风格的宝石制品是合适的。"

娜莎挑选了一块德国产的红色布料,但是对款式犹豫不决。鼻子上架着花镜的里维奇先生适时地出来了,他刚才长时间低头工作,所以眼镜离眼睛的距离有些远。他一见娜莎就说:"天哪!最近中央大街上都在赞美的美丽女士出现在了寒舍,我真是怠慢了。"

"里维奇先生,您好。我希望您给我一些建议。"娜莎对这位先生的赞美安之若素,她是个自信的女人。

里维奇认真打量了一下娜莎的曲线,裁缝的眼神无论多么亲近,都不会让女士感到冒昧,这是裁缝的特权。里维奇绕着娜莎转了一圈,听娜莎描述了珠宝的颜色和款式,很快就在店里的大图册中找到一款礼服,又在一旁找来一张纸,用彩色铅笔仔细地画了一张图,并认真地做了一点修改,然后拿给娜莎。娜莎的审美是极好的,她看到裁缝的自信熟练和纸上的草图就知道这个裁缝的手艺一定差不了。短短时间无须多言就能做出判断,可见他对工作是那么娴熟和老到。

这笔生意很顺利就谈成了。

杜鹃殷勤周到地送娜莎下楼,娜莎喜欢这个脸上洋溢着青春笑容的女孩儿。因为祖孙东西方面孔的差异和情感上的默契真挚,她疑惑地问道:"里维奇先生——是你的爷爷?"

"是,我是这么叫的。爷爷一个人在哈尔滨很多年了,十七年前,他在马街自己的公寓楼下捡到了一个襁褓里的婴儿,好心的他把这个女孩子养大成人,那个女孩儿就是我啊!"杜鹃说这些的时候都带着满是纯真的笑,毫无悲伤神色。在爷爷的悉心照顾下,本来准备好上演一场悲剧的命运之神退却了。

哈尔滨的气温到了晚间开始骤降。娜莎不想出门，看天色阴沉，一会儿应该要下雪了，她索性打扮一番，在二层的俄式西餐厅定了个位置——一个人的晚餐。

进到餐厅里面，虽然乐队的演奏是温暖祥和的，但她有些不舒服，感觉有个人在盯着自己——一种让人很不舒服的眼光，并不是寻常男人见到自己的暧昧。在角落里，有点远，她看不清楚，那儿有几个西装革履的中国人，感觉面目都有些模糊，似乎有一种无法言说、莫名其妙的神秘气息笼罩着这群人。

她定了定心神，感觉得到，是坐在最里面的一位男士——对着自己的方向，一直在看。是看自己的打扮，看自己美丽，还是——？

生活总是无巧不成书。

另外一侧，一位衣着寻常但气质极好的男士站起身，他戴着黑边眼镜，步履轻快，远远冲她打着招呼："哎呀，娜莎小姐！我们在这里见面了。"

娜莎索性就和先诺还有他的日本太太川口一叶坐在了一起，这让她稍微平复了心中波动不安的情绪。

正宗的俄国菜式很快送了上来。马迭尔的老板凯斯普是犹太人，更是俄罗斯人，自然不会让自己宾馆的俄式菜肴逊色。就着佳肴，娜莎编排了一个投亲不遇的悲凉故事。

"对不起，打扰了，是唐先生？"马迭尔那声名赫赫的老板凯斯普先生和他的儿子来到了先诺的桌前。

"哟，是凯斯普先生啊，这位是——？"先诺认识凯斯普。

"唐先生，您的到来让我们蓬荜生辉啊。这位是我的儿子，小凯斯普。"凯斯普骄傲地介绍说。

凯斯普的身材矮小肥胖，身上的西装倒是名贵，几十年的商海生涯已经让当年在法国学习艺术的文艺青年彻底换了面目，精明、强干、铁腕、财富成了这个人明显的标签。不过，他的举止还是很得体，毕竟，他掌管着远东最豪华的酒店，品味还是有的，这多少弥补了他外表的不足。

"要不要一起坐坐？凯斯普先生，见到您很荣幸。"先诺客套说。

"唐先生啊，我们之前见过一次，是在《满洲评论》的成立酒会上，哈尔滨的各大商会都凑齐了。我啊，就知道您的期刊会成为哈尔滨最有影响力的刊物，最近看，确实如此！在满洲，甚至在中国，您的媒体资源一定很多的，对不对。"凯斯普笑着说，又用手轻轻拍了一下先诺的臂膀。

"远远谈不上，您过誉了。"先诺谦虚说。

"这是我的儿子，我希望啊——您能接纳他。他呢，之前在法国学习音乐，刚刚回国，需要您的关照。宣传对于艺术家来说，太重要啦！对了，要额外一提的是，在巴黎，他的独奏音乐会可是获得了很高的声誉啊。"凯斯普提起儿子的事如数家珍，"所以我想最近，在哈尔滨、奉天、北平、上海都要开音乐会。希望您与他认识，也希望唐先生发动您的朋友，在媒体上给予必要的帮助。我就感激不尽了。"

"我一定尽力，一定尽力！一起坐吧。"先诺似乎觉得凯斯普老练油滑，显得有些市侩，看上去有些不舒服了。

"我就不坐了。"凯斯普浑然不觉先诺的想法。娜莎想，他或许觉得这种交际中短暂的不适过后就会烟消云散，不值一提——最关键的还是利益。他转身对小凯斯普说："亲爱的儿子，如此美妙的夜晚，博学的唐先生，两位光彩照人的女士，你们可要好好聊聊啊，度过一个幸福的晚上。"说罢又对着先诺说："我还要去珠宝店里看看，今天有点特别，需要叮嘱一下。这就失陪了，唐先生。对了，今晚十二点以后会有一段时间不能自由出入，不过，那时间大家也都休息了。"

"这是什么意思？"先诺困惑地说。

"其实我也不知道。你知道现在的形势，我们是商人，不能多问什么。或许是我宾馆楼上飘扬的三色旗的缘故吧？"凯斯普挤了一下眼说。

凯斯普大腹便便地走了出去，娜莎看到，远处那个神秘的目光跟着他也有一会儿了。

"真的没有打扰你们吗？"小凯斯普是个有风度的人，个子不是很高，但是眉宇之间有一股傲气，再加上迷人的黑色眼睛，还有音乐家的自信和优雅，都让他显得别具魅力。

"当然没有，快请坐下。"先诺笑笑说。

"父亲远远看到您，非要让我认识您，说您是哈尔滨最有学问的媒体人，他非常钦佩。"小凯斯普奉承说。

"谬赞！都是客套话，我惭愧啊！"先诺忙不迭说，他很不喜欢这种奉承。

小凯斯普在座位上又伸出手来和先诺紧握一下，表示进一步的亲切，双方因为这个动作倒变得近了很多。娜莎看到小凯斯普的手的确是钢琴家的手，是这帅气年轻人身上最迷人的地方，修长而有力，苍白而清瘦，稳健而俊秀。这是和钢琴耳鬓厮磨许多年才能获得的美丽的手。她想，这双音乐家的手又是从多少女人身上得到安慰和浸润，才获得了演奏的灵感，从而让自己的作品又去打动更多的人。

"娜莎小姐的中文也很好，应该不是和一叶小姐一样，是从夫君那里学到的吧？"小凯斯普盯着娜莎说。

"我小时候就去了莫斯科的中国语学校学习，所以就是现在这样了。"娜莎轻描淡写。

"那您单身？"小凯斯普问，随后也为自己的失礼而露出了一丝惭愧的神色。

"是。"娜莎说。

"这是今晚第二好的消息了,除了认识唐先生夫妇以外。"法国文化教育出来的人说话总是带着那么一点自以为是、拐弯儿的幽默。

"凯斯普先生的中文也很好。"娜莎礼貌地回应了一句。

"我就出生在哈尔滨,我想,中文说是我的母语也不为过。"小凯斯普自信地说。

"法国不错,我和一叶蜜月就是去的法国度假。欧洲大陆最有艺术天赋的法兰西,梦幻般美丽的城市,现在回想起来,真是太美好的回忆了。"先诺向往地说。

"梦幻般美丽——您是说巴黎?"小凯斯普沉吟一下说。

"是的,巴黎的建筑美轮美奂,走在塞纳河边上,觉得走在天国的建筑艺术馆里。"先诺对建筑的向往溢于言表。

"是啊,我就住在塞纳河边上的公寓里。请问,您是学建筑的?"小凯斯普问。

"是的,但是现在改行了,觉得新闻可能对我们现在这样的国家,更有帮助。"说着扭头对着一叶笑了笑。

"我是学音乐的,相对于建筑,我可能更喜欢易于消失的东西。"小凯斯普说。

"哦?这话怎么讲。"先诺问。

"比如建筑可以千年在那里,但我喜欢的音乐,还有诗歌,就像蚊子一样,到了冬天就不见了,哈!"小凯斯普被自己的比喻逗笑了。

"这个比喻有意思。"先诺也跟着笑。

"建筑你每天都能看到,音乐和诗歌就是该来的时候来,该走的时候,了无痕迹。"小凯斯普洒脱聪明地说。

他的幽默活跃了一桌人的气氛。

"您喜欢的是——法国的诗歌?"娜莎问道。

小凯斯普显然更愿意看着娜莎,他不由自主地盯着娜莎,这话正中他下怀:"是,是的,法国有很多伟大的诗歌。有的诗人到过中国,为这片土地写下过很多不朽的诗作。"

"这我还不知道。"先诺有了好奇。

"比如圣-琼·佩斯,在中国游历后,回到法国发表了很多关于中国的诗歌,影响很大。"小凯斯普说着就背诵起来,"'听到独行的足音,很多事就在黑暗里记起／干涸古老的河床,阵阵陈旧的灰尘泛起,宛若飘荡于诗集里的衣角……'还有,'流亡并非始于昨日／沧浪之水将洗掉过往的美好／我现在回到了家乡／我知道心灵的历史才是历史,心灵的自在才是自在／在故乡,在时光的流逝中／与卑微和虚幻做伴／历史逐渐衰微,世纪将暗淡无光……'"

"凯斯普先生真是博学。"一叶艳羡地说。

"谢谢您,尊贵的太太。这么美丽的诗歌送给我的哈尔滨,还有两位美丽的女士。"小凯斯普有些得意地说。

这时娜莎注意到远处角落里那种瘆人的目光动了。一个男子先起身,随后跟着两个人,桌子上其余的人似乎也要站起来,那男子的手指轻轻竖起来两根,像掸灰尘,那些人就又恭谨安静了。所以,他率先过来,后面只有两个人。

他走过来的时候,路过的桌子谈兴正浓的气氛好像突然变弱了一些,其实他只是看着娜莎这边。他走路很轻,很慢,身子有一点摇晃,轻微的、怡然自得的那种,但是他的眼睛一直看着这边,或者说看着娜莎。他走路的样子谈不上帅,他比身后的人都要矮不少,但是很有魅力,或者说是一种诱惑感,无法准确说清楚。他们都是中国人,但是却带着强大的气息,甚至有一点蛮横。他就这样走过来,头也不是直挺着那种,而是稍微向一侧轻偏,有了点审视的感觉。他再走近一些,眼光就更近了,是看着娜莎的。没错,那种不安就来自这个男人。

他长得不难看,直直的剑眉,高耸的鼻梁,尖尖的鼻头因为过于锐利会让人有一丝不安感。可是看到他的眼睛，这种不安就不算什么了，那双眼像雷电一样犀利，黑夜一样浓重，深渊一样宁静，荒野一样沧桑。娜莎仿佛看到了荒原上的那匹孤独的狼，那谜一样的野火似的眼睛。不安，来自那种兽性的凝视。

他的呼吸是均匀的，人也是平静的。有时候蛮横和粗野不是表面上的，而是血液里的。两个随从都很高大，在一米开外站着，娜莎能看出来他们是这几天见到的最训练有素的中国人。

他过来，先把手伸向了先诺，声音不响亮，但坚定而且自信："唐先生，你好。"他一张嘴，黑黑尖尖的牙齿硬是把冷峻变成了阴森。

先诺的自在洒脱在这人面前就弱了三分，虽然他站起来比对方足足高出一头。他有些紧张，要不是太太在，可能会更失态："您好！"

之后先诺就不作声了，没有介绍别人的意思，因为主动权在对方手里，要听人发落。"你们的《满洲评论》我读过，刚才听同事说你就是主笔人唐先生，过来认识一下。鄙人不才，情报局，丁向。"

这名字轻轻说出来，还有一点谦虚的味道，倒是先诺的表情变得很不自然，匆忙说："久仰久仰！请丁局长指教。""丁向"这两个字是哈尔滨夜空里飘荡的幽灵，是个暗黑色的名字。

先诺带了官称，自是知道丁局长的身份，这就算表示了敬意。

丁局长嘴角上扬了一下，表达一下友善，可是脸上并没有笑容："现在日中友好，贵刊又是日本著名学者创办，希望以后多交流。"

"是。"先诺应着。

丁局长这才看了一下娜莎，那种逼人的、让人不安的能量在这人眼里似乎无穷无尽，并没有因为走近了就消失或者减轻了。丁局长向娜莎点点头，又跟先诺拖着长音说："唐先生——是不是请给我介绍一下这位女士？"

第十章 危险的眼神

"好，好！这位是娜莎小姐，从莫斯科过来寻亲的。"

"嗯，寻亲？寻亲不遇的事情现在很多，但愿娜莎小姐不要遇到。"说着手就动了一下，要放回去，娜莎见了，就伸手过去，丁局长才抬起手轻轻握了一下。他的手冰凉，又有一点柔软，瘦骨嶙峋，像深入猎物血脉的鹰爪，长而尖，戾气自掌中四散。

"好，"丁向似乎习惯了用判断的语气说话，让人无法违拗，"今天就这样，不好打扰。娜莎小姐，我想，我们之后还会遇到。幸会。"说罢就转身回去了，那刀刻一般的脸部轮廓深深烙印在娜莎的心上。这是什么样的感觉，她说不清楚，他明明转身走了，眼睛似乎还在盯着自己，这种感觉让人忐忑，甚至心悸。

众人之后就草草结束晚餐，送别先诺夫妇。小凯斯普要送娜莎回房间，娜莎拒绝了。

她脑海里还是想着丁向的眼光，他是发现了什么，还是在试图发现什么？

丁向这个名字她在莫斯科临行前是听说过的，哈尔滨的情报头子，张景惠的嫡系，是从南京政府来投靠的张景惠，至于原因，不得而知。据说这个人手段非凡，深不可测，在哈尔滨五年，用各种手段压制住了各路情报机关，连南京方面的人都不给面子，而他唯张景惠是从。日本的"间谍之王"土肥原贤二都曾对他赞赏不已。这样一个人，外界传得神乎其神，甚至有说张作霖皇姑屯遇袭之前，他是有耳闻的，只是不知什么原因才并没有最终避免。这么一个人，莫斯科的资料却极少，只知道是苏州人，连从南京政府出走的原因都不知道。今天和他不期而遇，还是以这样一种方式，真是撞了邪似的。

本来这几天还算是顺利的，意外遇到小凯斯普，省去了很多工夫，自己是有一番如意打算，但此时的思绪被丁向的意外出现彻底打乱，一种危险的第六感越来越清晰。她想静一静，仔细地思考一下，权衡一下。

丁向的眼神从进到餐厅开始就困扰着她。她的房间在四层，刚下了电梯，娜莎猛地听到一声巨响，以为电梯在身后掉了下去。她本就高度紧张，霎时惊出一身汗来，随后又是接连"砰砰"几声，她这才听清楚，是枪声，从二楼顺着电梯井传上来的。

娜莎感觉到了危险，身上出了虚汗。她跟跟跄跄地走到房间，掏出钥匙慌乱地打开房门，想进去马上拿到手枪，让自己觉得安全一些。

她推开房门，地上放着一个信封，似乎是从门缝塞进来的。她低头捡起，才看清楚信封上面画着一棵圣诞树，上面挂着三个巨大的铜钟。

她拍拍胸口，心里说："终于来了。"

第十一章 为王者无安宁

一个晦暝、廓落、云幕低垂的日子。

齐彦强和一群人恭谨地站着，注视着父亲齐之山的车子驶进桃花巷深处的这座宽大庭院。

齐之山依然腰身挺拔，表情若霜，但眼神是随和的，是老人的眼神，是看惯风云变色、人间悲欢的眼神，平和睿智，云淡风轻。这也是功成名就、了无遗憾的老人的眼神，眼中虽有些浊色，但并不有碍威严观瞻，反而让人很容易想到——王者。

他的步子不大，走得也不快。他并不用拐杖，上台阶就有人恰到好处地搀扶一下，多数时候，随从们都在身后亦步亦趋。他进了一个房间，脱下皮帽，被人接了过去。老人头发非常稀疏，加剧了苍老的观感。

因为天色阴沉，房间里光线不足，空间又过大，就有种压抑的气氛。还是白天，虽然打开了所有吊灯照明，还是于事无补，反而更加重了某些沉重的色调。

之山没有坐到雕花大班台后面，而是坐在房屋中间的松软沙发上。彦强和随从们站立一侧，随时观察着之山的脸色，唯恐遗漏什么吩咐。

之山喘气的声音有些大，他抬头扫视众人，眼光又落在面前的茶案上，两手向后放开撑着沙发，缓缓说道："又是几天没来，有见的，整个浪儿地见，叫吧！"

房间里的人听到老板要谈事，悄声避了出去，就剩彦强在一旁站着伺候。

李掌柜蹀躞着进来，她的神色是拘束和严肃的。虽然之山让她坐在对面，但她必须用足够的笑容来面对这种礼遇。只是因为身份过于悬殊，她的笑反而变得更为拘谨不安，带着点儿谄媚。

"老板啊，我来给您添麻烦了，您老身子骨还好吧？"李掌柜年轻时是涵芬楼的头牌，一夜千金的身价。她是个见多识广、长袖善舞的主儿，这会儿见到之山，她精明的眼神中还有一丝尊敬和感激。不过对于这样和无数达官显贵有过交往甚至交易的女子来说，这种真诚也可能来自真实客观的恐惧。

"咳，咳，好啊，好！就是比较容易犯困，年纪大了。"之山眼皮抬了一下，咳了几声，看看面前这女人。他的身子塌陷在沙发里，但是显现出来的轮廓还是山一般的宽大和坚硬。"托你的福——李掌柜。"

"您可别这么说！那天我掐指一算，一眨眼的工夫，您说多少年了！"李掌柜娇声说，"我来桃花巷二十多年了，当年还是个十四岁的雏儿呢，那还是宣统爷坐殿的年景呢。您说，"李掌柜掏出手帕擦擦眼角接着说，"我做头牌，做鸨母，再盘下这个涵芬楼，哪个不是靠您照应啊，要不，要不我算什么啊，早被破草席子裹着抬哪里去了，您说——"

"这赖不着你，很多年前我也会这么认为，"之山说话就像一个人站在山巅俯瞰着山谷自言自语，沉稳浑厚而又不容争辩，"但是，现在，我不这么认为。人——各安天命，谁也无法改变谁，可劲儿弄，也无法改变谁，我也一样。"

"老板，您这么说，我们这些人心里可是难过。"李掌柜攥着手帕说，"没有您，哪有桃花巷这名震满洲的大事业，多少人在您这里发大财啊。您这么说，我不同意，我第一个不同意！"说罢，她抬头看了一眼彦强，彦强双手抱肩，背靠在之山的大班台前，并无任何表情。

"老话儿说,江山代有才人出,都是过去的事儿了。"之山看着李掌柜,就像审视一个物件,而不是一个人,他或者听进去了,或者没听进去,从他的回答里似乎难以判断。

"您说说,这俄国人、中国人,还有各个衙门口的,"李掌柜谈话绝无冷场,这也是多年欢场混迹的特点,"现在还有日本人,想想都头疼。可这么多年,城头大王旗一茬又一茬的,谁跟咱们过不去啊,还不是托您的福。要是不这么想,哪还算个人啊。兵荒马乱的,啧啧,谁不说咱桃花巷名字起得好,世外桃源一样啊。"

"听说,"之山用手轻轻拍拍大腿,无意地说,"你那个相好的跑了?"

"唉,老板,"李掌柜说,"别提了,丧良心的,我们这些女子命苦啊。唉……"

之山的身子一直没动,眼睛一直淡淡看着李掌柜,只是手微微抬起示意一下,彦强过来为他点燃了一支雪茄。

"我找您不是为这事儿,也没卷走多少钱,不能劳烦您,老板。"李掌柜叹了一口气说,"知道由您做靠山,这些年在咱们这里玩幺蛾子、卷走钱的,哪有好下场呀,都没有。有您在,都得悠着点儿啊。我这个事情,是情债,算了吧——天要下雨,娘要嫁人,随他去吧,去吧,以后自己过,也挺好。要是您有空,过来陪您聊聊天,也是我的福分。"

之山不再说话,抽了口雪茄,重重的一口,嘴里发出了"啪"的一声,本是无礼,在他身上却是显得气场十足,不让人反感。

"这次来,我,我是想跟您说个事情,"李掌柜似乎懂得之山的心思,赶忙怯生生说,"我自己一个女人家,不知道怎么办。忍了吧,但是这要传出去,这种事儿多了,坏了规矩,以后可怎么得了啊!"

"规矩,规矩好啊!"之山吞云吐雾地说。

"就是说呢!"李掌柜的语速急了些,"您说,您说说,天下哪有这个理儿?！我养个姑娘，天天伺候着一百个小心，才养到十四岁，琴棋书画样样往里扔着钱，好不容易到了十四岁能接客了，准备见红要卖个大价钱的。您也知道，那姑娘，这都是日后涵芬楼的头牌苗子，要不我也不能这么赔着心思。"说着李掌柜又用手绢擦擦眼角，脸上都是揪心，"本来开春就接客了，按照咱们这儿多少年的规矩，这姑娘正式接客前可以去大户人家唱唱曲儿，出席个堂会，一是能有些收入，二是也见见世面，但是绝对卖艺不卖身，不能碰的，这是规矩。第一次接客，那要商量大价钱的，要有各家的仪式的，对吧？老板。"说罢，李掌柜的身子往前凑了凑。

"嗯。"之山的嘴唇紧抿。

"谁承想，前些天，有个客人给请了去家里唱曲儿，唉，这太过分了！"李掌柜说着，语气就带了一丝愤怒和委屈，"去了，就没给放回来！强行占了咱们姑娘的身子，折腾了姑娘好几天，玩够了，还把姑娘给他的兄弟们凌辱，您说说这不是欺负人吗！姑娘给送回来的时候，浑身给打得遍体鳞伤，那叫一个惨啊！那是个娇生惯养的雏儿啊，哪见过这场面啊，被这么一刺激，吓得不敢见人，魂不附体的。郎中说得了失心疯，怕是治不好了。您说，我这个心疼啊！实在气不过，真的，实在是来气……"她的语气有些急促，"我就带着人去他们家理论，没想到被人打了回来。您说说，这么欺负人，这是不是太让人，太让人——"说着，李掌柜哽咽起来。

"嗯，"之山说，"规矩都该懂的。"

"是啊，坏了咱们的规矩！"李掌柜委屈地说，手指拿捏着比画说，"就这么一点点道理，一点点道理都不讲，太过分了！"

"人老了，动弹不动了，就爱说个理。为啥？老了啊，就怕小年轻的不讲理。"之山干笑了几声，似乎在安慰李掌柜，"世界上有时候，道理是讲来的，更多时候，是打来的，归根到底啊，就是争来的。人不讲道理不奇怪，人不争道理，就奇怪了。"

"可是，老板啊，"李掌柜仔细听着，又跟着说，"那个人身份不一样啊，我们担心啊，一是担心惹不起，二是怕掌握不了分寸，给您惹上麻烦。真不知道如何是好哟！这些天，想着这些事情，我都揪心死了，这个火又压不下，唉！"

李掌柜透过雪茄的烟雾，看之山的脸色平静而安定，继续说道："那个遭天杀的畜生，是，是警察局王巨鹿的小舅子，仗势欺人！"

之山的眼睛微微闭了一下，然后睁开，缓缓地看了一眼站在一旁的彦强。彦强走过来，从父亲手里接过雪茄，放在茶案上的烟灰缸上面。之山腾出手轻轻摸了摸额头，又把手放在沙发的扶手上，看看彦强。

"父亲，要不我私下跟王局长沟通一下，看看怎么处理。这么坏了规矩，不行。"

李掌柜抬头看看彦强，又把眼光投向之山说："那也好！那也好！起码给我们个说法啊。您说这姑娘可怜见的，怎么遇上这么大势力的流氓、恶霸，也是倒了血霉了。"

"咳。"之山轻咳一声，还是面无表情盯着彦强。

"那，父亲，您的意思是——？"彦强俯身问道。

之山拖着长声："人家敢干——就是不怕你找。不怕就没意思了，不怕就争不来道理了。"

"嗯——"彦强沉默了一会儿，看看外面的天色，轻声说，"对！按规矩办吧！按照这姑娘接客之后的大概年例，赔涵芬楼五倍。而且这姑娘又被凌辱，还要多给。"

"算了，算喽，得饶人处且饶人！"之山缓缓说，不顾两人惊异的神情，"跟他要十倍吧。你去办！"

"那我明天就去办，直接找那小子。"彦强的眼神没有父亲老练内敛，此刻锋芒外露，有一种让人不寒而栗的杀气。

"嗯，好啊，人为财死，死得其所。"

之后又是陆陆续续的一些人进来。当一个人拥有无上的权威和无尽的权势，那么他就理所当然要承担起更多，因为很多致命的纠纷只有他能轻易化解，很多不共戴天的仇恨只有他能主持公道。他是这里的王者，他一手经营起这个王国，并庇护着这里。可是，他终于发现没有人能轻而易举地走完人生，即便已是苟延残喘。

所有人都心满意足、有所收获地离开了。之山站起身来，活动了一下筋骨，缓慢地走到班台前面，拿起一个相框，双唇紧闭看了看，用低沉的语调说："人的一生，就是告别，一个又一个。你妈妈，你弟弟，都走了，我们都没有好好说过一声再见，这实在是——让人不舒服。"

彦强没有说话，他甚至没有凑前去看看那张照片，只是轻轻叹了一口气，走到门口，往外望了望，又折身回来："估计杜医生就要来了。"

"嗯——"之山放下照片，看着这个和自己在外表上并不相似的孩子说，"你为什么这么瘦弱，像你妈妈吗？你妈妈，身体不好，过得并不好。"

彦强强忍着手上的颤抖，搀着父亲坐在沙发上说："您不要担心，我都好，都好呢。"

"去年秋天，你弟弟出了事之后——"此时的之山扮演着父亲的角色，和众人面前那个颐指气使的神一般的存在大不相同。

彦强早觉察出他已衰老很多，明显有些力不从心。虽然父亲从来没有跟任何人说起过，但是在自己的面前似乎并不掩饰。

他告诉彦强，越来越觉得命运无法抗拒——会在某个时候让一个人不声不响地改变，不声不响就告别了很多曾经习以为常的东西。曾经错以为天长地久、天经地义的东西，其实和自己推崇的风格一样——残酷而不动声色。

"他喜欢游泳，喜欢在松花江里玩儿，从小就这样。他更像您，威武高大,强壮而有智慧。"彦强望着窗外,似乎历历在目的都是美好的过去,"谁知道会有那样的悲剧,他水性那么好。"彦强的手轻轻攥了起来。

"现在,"之山没有理会彦强的话,他似乎真的有些疲惫了,声音变得断断续续,"我希望,你和振铎能联手。他不是我的亲生儿子,可这二十年来,你知道,你妈妈也对他视如己出。你还有一个弟弟,你们在我们眼里都是一样的。这是我的希望,也是你妈妈的希望。"

"父亲,我知道,我明白。"

"你们需要谈谈,我听说你回来这段时间,你们还没有好好聊一聊,这——不行!"说罢,之山的眼睛眯了起来,让人看不清神色。他似乎有些困倦,出现了迟暮的老相。

"父亲,怎么不行?"彦强没看之山,而是小心给父亲新倒了杯水,俯身放在茶案上,转而说,"我刚才看见振铎的车子进来了,应该是接来了杜医生。现在首要的事情,是您的健康。"

"嗯,我们家,人家也是立了大功的,你知道的,他救过你妈妈的命啊。不过,其实,还有一件事你不知道,我们齐家最大的收益并不是这些明面的生意——"之山看了看窗外逐渐开始喧嚣的桃花巷,轻轻指了指说,"女人的事情,要么在这里,要么是生孩子。"说罢,自己呵呵笑了几声。

彦强看着父亲,跟着笑了几声。

"那笔生意,多亏了人家不是,振铎这些年立了汗马功劳。要结束了,做了十几年的大生意,我平生从没做过的大生意啊。是啊,该结束了。"之山咳嗽了几声,说不清是留恋还是哀伤。

深夜时分,桃花巷愈加车水马龙。街面上迎来送往,川流不息,虽是寒冷冬夜,依旧一派繁华喧嚣。

彦强是见惯了大钱的公子哥,但还是为刚才父亲提到的巨大利益和背后的莫大关系所震撼。他坐在车子里思考良久,直到车子在正阳街的一处公寓楼停下。

彦强示意保镖在车里等,一个人上了二层,整整衣装,抬手敲响一扇门。门开了,里外一阵静默,许久,里面的人才开大了些门,把彦强让了进去。

房间宽敞豪华,硕大的客厅显得冷清。一面墙边上的供案上方是彦锡的遗像,案上的香还在燃着。

"回来有些日子了?"女人说。

"嗯。"彦强盯着女人,三角眼里有一丝愧疚,这让他本不明亮的眼神更加暗淡。他想了想,自己点燃三支香,对着彦锡,恭敬地鞠躬上香。彦强看着墙上的照片许久,然后才四周打量了一下客厅。

"坐吧。"

"远航睡了?"彦强问。

"嗯,孩子睡得早。"女人和彦强在沙发上坐下。

"你……"彦强沉思一下说,"过得还好吗?"

"没什么好不好的,"女人说,"一个寡妇,什么好不好?"说着双手把头发拢在一起,轻轻叹了口气。

"日子还要继续,"彦强双手绞在一起说,"父亲自然会有安排。"

"对,你说得对,"女人说,"过去就过去了。"

彦强听出话外之音,觉得手抖动得有些厉害,就往里收了收。"我回来这些日子,觉得气氛——你明白我的意思。"

"嗯,我永远都明白你的意思。"女人低头摆弄着沙发桌上的水果刀,干笑着说,"这点,你好像没意识错。"

"是啊,没有错,"彦强站起身,踱起步来,沉思着,"才几年的工夫,除了老爷子没变,一切其实都变了,只是因为老爷子在,才都是暗地里在变……"

"老爷子,"女人把手中的水果刀扔下,在桌上发出了"当啷"一声,"哼,老爷子,谁也看不透啊。"

"你——这话,"彦强疑惑地问,"似乎,有什么不对吗?"他抬头看看墙上被烟雾缭绕的遗像。

女人看了一眼墙上的遗像,又把涣散的眼神投向彦强:"那么爱水,一到夏天,得空就在松花江里泡着,没承想能被江水夺去了命,不是太荒唐了吗?"

"是。"彦强了解这女人,知道她的敏感远远超过自己,她的话,在很多年前,他就很是往心里去的。此刻,他的声音自己都几乎听不见。他似乎有点怕她,觉得自己今天不该来。

"身边伺候的那几个人,"女人悠悠说,"我都仔细问了,没什么不对。"

"哦。"彦强心里放松了些,这些日子他已经觉得疲惫至极,潜意识里不希望再面对什么变化,毕竟摊开阵仗的对弈,已经够棘手了。

女人走到一个红木酒柜前面,拿出来一个空了的红酒瓶,在彦强面前晃了晃,

"他就是这样,喜欢喝酒。喝了酒又去江里耍,太危险了。"彦强接过酒瓶,看了看,就放在一边。

"我自己——"女人说,"拿着这个酒瓶去新城大街上日本人的私人诊所,请他们做了个化验。"

"然后呢?"彦强的精神紧张起来。他又想,已经是黑暗之中的人了,还怕再黑一些吗?其实,不该怕的。

"也没什么。"女人嘴撇了一下,把酒瓶拿起来随手扔进一旁的废物篓里。

彦强站着不动,看着这女人。

"就是,"女人手一挥说,"人家告诉我,我也不明白那些什么

词，就是这里面有一点药物成分，肯定不是这种酒原有的成分。"

彦强似乎定住了，毫无表情。

"这种药物，可以让人在运动的时候，出现肌肉麻木的症状，然后就是心肌缺血，最后就会陷入昏迷。"女人淡淡说，"如果这个人正好要去游泳，在江水里，那就——"

彦强看看废物篓里的空酒瓶，身子微微颤动了一下，还是没有说话。他看着眼前的女人，似乎某种长期被掩盖的情绪在这番话的刺激下腾空而起，遏制不住了。他被一种强烈的空虚感紧紧包围，眩晕、魔幻、惊诧、愤怒，这导致他需要什么东西来支撑一下自己，他的手似乎完全失去控制，已经不属于自己。

彦强哆嗦着拿出口袋里的小药瓶，让女人帮着倒进了嘴里。之后，他就势紧紧抱住面前的女人，然后情不自禁地低头吻着她的头发，一种久违的味道让他进入了某种曾经熟悉的场景里面。这个女人一动不动，借着彦强的力气把自己最大程度地收缩起来，尽可能地变得小一点。

彦强又开始吻着女人的脸颊，两人的眼睛都是紧闭着的，彦强感到她已经流下了眼泪。

他喘着粗气，用了力气，似乎要把这女人和自己合成一体，喃喃说："小冬，小冬。"

突然，彦强听到动静，他松开女人，转身疾步拉开虚掩的房门，看见侄儿正目瞪口呆地看着他和妈妈。

第十二章　密匙

步步惊心的年代，哈尔滨——这个城市盘踞了许多势力，制造着，同时也面临着太多暗流凶险。

"奉天事变"之后，城市的街头巷尾，几乎每天都有意外殒命的人，他们的身份也许不同，死因也大相径庭，但是明眼人都知道，其中很多都和情报工作多少有些关联。

在哈尔滨特别市警察局，本有专门负责情报工作的力量，但在1926年，这部分力量突然被单独剥离，成立了一个单位——外界称为"情报局"。这个机构不只承担秘密警察的使命，更负责着哈尔滨当局的情报工作。哈尔滨是闻名遐迩的远东谍报中心，这类工作的繁重复杂可想而知。也正因为这样，这个神秘的单位也拥有不能言说的莫大权力。

传说1926年的这次重组，起因是一个人，他就在那时被张景惠信赖，招募。市井传说他有千里眼、顺风耳，嗜饮人血以补身，自然是当不得真的。不过，也从侧面证明他工作成绩显著，能力非比寻常。他的名字让人不寒而栗、噤若寒蝉——丁向。

"这位啊，是高轼珩先生。"丁向坐在会议桌中间，神态自若，两手放在桌上握着面前的茶杯，话音落了但面无表情，还是犀利地盯着某一个点。众人齐整地鼓掌，之后，丁向的嘴角松了一下，表示话说完了。

"感谢诸位同仁。丁局长谬赞，不才十年海外漂泊，才回旧地，请各位日后多担待。"轼珩站起身来，向众人行礼。

"根据局长的指示，轼珩担任咱们情报局的总务处处长，协助局长和我处理日常工作。初来乍到，还要一段时间磨合熟悉，各位同僚也请多关照轼珩。"总是衣冠楚楚的副局长缪道楚紧跟着说了话，招招手示意轼珩坐下。

"给你介绍一下咱们的几位干将。这位——这位是情报处的张侍尧，侍尧是奉天讲武堂首期毕业的，可是了不起。论资历是老情报了。"侍尧坐在轼珩左侧，一副钻研气质，还有些卑微，客气着笑笑。

道楚指着轼珩右侧的干瘦汉子，说："这位是秦贻直，行动处处长。上次张司令褒奖咱们，亲自跟丁局长说：'万军丛中取上将首级如探囊取物，贻直也。'"贻直倒不看轼珩，巴巴盯着丁向，丁向却视而不见。

"轼珩啊，那位呢，是刘厉行，侦查处负责人，咱们的福尔摩斯啊！"厉行一脸肥肉，显得眼睛更小了，戴一副金丝眼镜，对着道楚、轼珩满脸堆笑，点头招呼。

"还有就是咱们情报局的副局长，周迪。巾帼英雄，很有内秀啊，跟着丁局长从南京到满洲，是咱们的幕僚之首啊。"道楚语气中多了几分尊重。

丁向盯着这个五官立体的美女，她常让人觉得难以亲近，其实并不是的。丁向想着，女人就是用来亲近的，外表越冷漠，实则越有味。

"行。"丁向听着道楚没完没了，脸上并没什么表情，心里觉得有些耽误自己的时间，就轻声说了一句。这轻轻一个字，就让屋内各路神仙的所有权归属了自己，他觉得自己的话才是真正'取人首级如探囊取物'。

道楚忙终止介绍，看着丁向等着吩咐。丁向沉默了一会儿，也不看谁，只是盯着门外。会议室陷入尴尬的沉默，稍一会儿，一道门缝轻轻打开，来人看到正中坐着的丁向，知道长官也在看自己，就把门开大闪身进来。是个副官,他疾步过来跟丁向耳语几句。丁向点点头,又扭身看了一眼道楚,说:"就到这儿吧。"

众人起身要出去,道楚知道丁向今天接下来的行程,又趋身问:"您看——周局长、侍尧、厉行是不是——留下?"

"嗯。"丁向的眼睛闭了一下,停顿了片刻才又睁开,"还有轼珩、贻直。"

众人刚散去,走廊里就响起一阵脚步声,副官引进来一位学者模样的人。

厉行先打了个招呼,似乎满怀希望:"王教授来了,辛苦了。"说完就跟屋子里的各位介绍:"这位是哈尔滨工业学校的王建宇教授,在美国学数学回来的,曾经在欧洲的《数学理论》杂志发表过好几篇论文,天才,天才。"厉行能力中庸,没做出过什么太好的成绩,但是人有时候有点油滑市侩,这样的男人格局小,难堪重任。至于优点,丁向又琢磨了一下,就是也不会出错。

王建宇穿着蓝色长身棉袄,右腋下新旧不同的扣子整齐系好,戴着一个八角毡帽,镜片极厚,显得人不够精神。他有些拘谨地坐下,打开随身带的公文包,拿出厚厚的一叠资料,看着众人,又看看居中的丁向。

丁向头低垂,右手在额头轻柔,遮住了他的脸。好半天,他才抬头盯着王教授,缓缓说:"怎么样?"看建宇对这个似问非问的句子有些茫然,不知如何作答,丁向就加重问询的语气又说了一遍:"怎么样?"

"哦,有进展,有进展。"建宇才回过神来,忙着回应。

"嗯,说。"丁向像之前一样,惜字如金。

"这些电码,确实是根据数学方程建模加密的。"王建宇说。

厉行插上一句:"那就是说丁局长之前的判断没错,没错啊。"

"对,是的。"建宇看一眼厉行接着说道,"也就是说——如果找到生成电码的方程式,也就是这套密码的密匙,就能译出电文,之后根据电文再进行内容破译。是这样的逻辑。"

"内容破译不是你的事情,但是这个方程式——也就是密匙,要是破不了这个二级加密,电文都还搞不清楚啊!还是要请王教授帮忙,是不?不过,你这么判断,也就是你所说的逻辑,理由是什么?"道楚问。

"理由是——等一下。"王建宇这时全神贯注地在资料里翻找起来。

"这里。"王建宇说着,抽出几张纸,看着纸面说起来,"从这些电码中的阿拉伯数字和英文字母的排列来看,并没有出现线性分布,也就是说——是没有规律可循的。"

厉行皱着眉头说:"难就难在没有规律。这不是我们处里十几个人搞了好久都没有眉目,才找的你吗。"

王建宇想了一会儿,小声嘟囔出一句:"没有规律就是规律。"

丁向抬头,认真地看了王建宇一眼。

"哦,哦,是这样的,世界上所有有目的排列,无论看着多么混乱,其中一定是有规律的,这是肯定的。即便是没有目的的排列,其实也是有规律的,否则离散数学、概率数学又是怎么来的?就是在漫无边际中发现规律。"说起这些,建宇才一板一眼,有了些教授上课的风度。

"你的意思是——?"丁向饶有兴趣地问。

"看着没有规律,那就只能证明一点:密匙并不是冷加密。冷加密,就是利用人的认识行程的加密方法,因为人的思维是线性的,简单说,就是有显而易见的逻辑,这符合大多数人思维的特点。如果人的思维不是线性的,那就是疯子或者是真正的天才了。我认为这些电码如此复杂,但是其中只有阿拉伯数字和英文字母,那就只有一种东西能产生这样看着没有规律,实际却能被反向正向有序地推导出来的电文,可以被接收的人读懂。"建宇侃侃而谈,从刚才的紧张中镇定了一些。

"嗯,就是数学方程,无论多么复杂都是英文字母和数字是吗?"道楚想想说。

"对!非常对!"建宇加重语气说,"其中涉及一些数学代码,那就是方程模型自带的,也是设计者,或者说数学家的事情。"

"可是密匙在哪里?人家自己发明了什么高难度的方程,我们怎么找啊,找不到不是白搭吗?"道楚问。

王教授又翻出几张纸,边看边说:"我带着几个同事研究了一周,把这些字符根据离散理论进行推演,也就是你们说的——根据概率推演,发现了它们的分布规律。不,不对,是分布特点。"

房间里的人盯着这个数学家,全神贯注。

王建宇接着说:"其实,这是根据波兰华沙大学几个密码学教授的研究成果形成的一种加密方法,就是用传统的密码加密后,再利用数学模型,也就是道楚说的方程式,进行二次加密,这样可靠性就大了很多。而波兰人的成果完全建立在德国人的数学理论基础上,德国人早已经开始使用这种加密方法。"

丁向咳嗽了一声,屋里的气氛有些紧张,道楚忙示意王建宇尽量言简意赅。

"好!好!"王建宇忙不迭点着头,扶了扶眼镜,"就这个本身来说,微缩胶片上的电文,哦,还有另附的一张手写电文,我判断它们的加密方式是一样的。两份一共1322个字符,其中英文235个,其他是数字,英文占比约18%,这就完全符合数学方程的特点。而更关键的是,这些英文中只出现过16个字母,有10个字母并没有出现。"王建宇说说就停住了,众人的心都揪了起来,一直没有说话的周迪开口了:"教授的意思——这就是破绽了?被你抓到了?"

王建宇没有什么得意神色,也没有直接回答周迪,只是盯着纸上的各种公式说："不是抓住了，是发现了，对不起，只能说是发现了。这也不算是破绽，只是他这个密匙设计的特点。"他又停顿一下说："特点来源于英文字母没有意义——我们很难在缺少10个字母的情况下产生连贯的意思——少了将近一半啊。所以，只有数字才是电文的内容，英文字母完全是数学公式自身推演计算所需要的，同时又起到了迷惑敌方的作用。"

"那就是说我们可以抛弃英文字母不管它喽？"厉行说道。

"不，不，英文字母是找到这把密匙的钥匙。您注意它有16个字母，"王建宇喝了一口水，自言自语似的说，"16，4的平方。这个方程假设被推演了两次或者一次，假定为两次，每次推演产生新的字母，那就是代数二次积分。"

"高斯方程？"轼珩这时才说话。

王建宇看着轼珩，好像看着天外来客。丁向的眼光跳动了一下，马上又恢复若无其事的神色。轼珩欠欠身，轻轻笑着说："我是从德国回来效力的。听您的说法，二次积分最有难度的方程就是德国数学家的高斯方程，字母变化呈平方状，而数字变化就是无尽的。高斯在德国太有名气了。我蒙对了吗？"

"对！高斯方程，用高斯方程再适当修改其中的变量，就是这个！应该是这个规律！"建宇咬咬牙，下了很大决心似的说。

道楚问道："这，这难道就是密匙？！"

"对，但也有偶然性，我用二次积分的几个著名方程推导过，只有高斯方程能算得通，不过有差别，这是由于密匙设计者改写了其中的变量，又有意识地替换了英文字母的含义导致的。这个工作量也是不小的啊，对于设计者来说。"建宇感慨道，眼神里有一丝钦佩，"对了，这种复杂的情况非常罕见，设计者算力惊人，惊人啊！更神奇的是思路玄妙，这种人太少了！我倒是以前在北平认识一个搞数学的同僚，应该有这样的能力。"他赞叹地摇摇头。

"那个人在哪里？"厉行忙问。

"不知道，可能早出国了吧！"王建宇说，"这些年，很多数学人才都去国外了。"

"可是，高斯方程的计算过程极其复杂，会生成更多代指新方程运算过程的字符，工作量之大，无法想象。如果让这些字符代指电文，这计算量是不是太大了？"轼珩拽回了话题。

"对啊，这就是密匙设计者的工作，他们替换了方程式的某些变量，使得得到的数字都是有规律的，或者说对于一次加密的电文是有规律的。这么做的难度不小，但是是有意义的。"建宇解释说。

"您的意思是——现在可以找到这些阿拉伯数字的规律，大致分清楚了？"轼珩问。

"是的，阿拉伯数字没有出现英文那样集中在一部分字母的情况，但是你知道，面对一组混乱的数字，人脑会认为是混乱，但数学不会。"建宇说。

"可是您没有完全找到改写高斯方程的变量不是吗？您用离散数学得出的结论未见得准确啊，起码对更复杂的数字来说。对不起，我只是乱说，请您不要介意。"轼珩问。

"不，不，您说得对，想来，您也是受过相关培训的长官。"建宇忙说，"所以我用了离散的方法计算这些数字，或者说每一组数字出现的大致次数，然后再套用高斯方程，就能找出其中对应的一次加密的电文规律。也就是说，我们目前大概可以知道这1322个字符对应的一次加密电文字数是722个，也可以冒险一点得出结论，汉字是722个。"

众人听着都很赞叹，毕竟获得这枚神秘的银圆至今已经有两个多月，如果王教授的论述靠谱，那这是最关键的发现。

周迪想了想说："汉字的数量如果是对的，您的意思是，其实，它已经被解开一半了，或者说接近了，对吗？"

"噢，女士，我觉得从逻辑上，可以这么讲，但是，您知道，行百里而半九十，不到水落石出的那一刻，就——"建宇有些为难。

厉行急着说："王教授，如果要彻底解开密匙，还需要多久？有可能吗？"

丁向露出一丝无人能察觉的笑。今天早上的五根金条，属下应该是办妥了的。

"工作量很大，还需要时间。如果我们的猜测全是对的，那就做大量的变量带入测试。说不好，也许十天，十天吧！"王建宇想到什么，还是把话咽了回去，"就是十天！"

丁向的两根手指在太阳穴上缓缓揉压着，冷冷看看众人，似乎魂游天外。过了好一会儿，才在一片静寂中略有些沙哑地说："王教授，您刚才说用了离散方法测试了这些字符，那么如果已经假定汉字的数量了，那我想，针对这个结果，将这个代表汉字的数字分组带入，现在应该还有更好的结论。毕竟我们常用的汉字只有四千到五千个，能够出现在密电里，还能够形成逻辑关系的，也许是个相对更小的范围。"

"对，我们确实这么做了，也是有结果。"建宇说着，有意无意地打量了一下丁向和道楚，接着说，"嗯，就是利用汉字的特点做了计算。您知道，挨着的汉字很可能是连贯的词或者是有不冲突意义的汉字。"

"对，您的意思，也可能是名字？"轼珩说。

"如您所言。但是汉字的变化太多，计算量太大了，我们的推论总显得不那么可靠。除非它出现的频率太高，那么我们或许可以冒险地判断。可是，在这个电文里是没有的。"建宇又挤了挤上额说。

"总会有些端倪的吧？"轼珩也想尽可能地了解建宇的思路。

"是，我们采取了很多方法来试验，这个工作量太大了。"建宇长吸一口气说,"不过,昨天晚上,我得出了一个似是而非的结论,就是,应该可以觉得有一组 8 个数字,无论在哪种推演方法里的出现频率都是最高的。您知道,根据我们的计算方法,4 个数字代表一个汉字或者一次加密中的一个汉字的可能性最高,我是这么假设的。"

"那你的意思——?"道楚也在紧张思索。

"就是这个电文的关键或者说中心内容,可能在这里。"王建宇思忖着说,"这两个字在微缩胶片里也出现了,而且多次出现。在手写电文上,是最开头的两个字。"

"难道是个人名?几个月没有动静,没听说莫斯科搞什么暗杀之类的大动作啊。"厉行疑惑地说。

大家都陷入了沉默。

"厉行说得对,那绝大可能是个人,是个名字。"轼珩的眼睛露出一丝冷光,又看看丁向和众人,加重语气说,"准确地说,是一个代号——一个密级极高的特工!"

丁向回到办公室,在房间里踱步良久。你死我活的官场,不进则退,想偏安一隅是愚笨者不切实际的幻想。搞政治的人就像水里的鸭子,看着不动,下面的脚要不停划拉,才能不沉下去。短短几月,张景惠如自己所料,在变动中得到保全,而且权力似乎更大了,地位也更稳固。满洲这些大帅留下的人,绝大多数都是纸老虎,一碰就倒。张景惠不同,外粗内细,见风使舵,身段很软,有今天的局面,也是应当应分。吉林那个熙洽,上蹿下跳的,对日本人也使出十万分热乎,但是,比起这位,无论手段和身段都差着段位。张景惠和南京的蒋介石、胡汉民、汪精卫都是不同的,这个北方人虽然粗粝些,但更现实、更精明。有时候又觉得他们这几个人其实逻辑都是相似的,半斤八两,只是表象不同,和自己也没什么区别,都是乱世中的赌徒而已,只不过人家做的是春秋大梦,命格更高一些。

他走到墙上的世界地图前面，背着手端详着。

他的目光在日本海的区域仔细观察着，然后又走近了一些，把手指在香港岛的地方点了点，又摇摇头。他试探着看看美国的海岸线，从东到西，然后把眼光投向了宽广的太平洋，用手在夏威夷群岛的方向点了点。最后，丁向把手滑到上面，回到了日本海，在北海道往北库页岛的位置看了看，然后向西，眼睛死盯着海参崴一带。他的眼睛变得有些明亮，双手按在地图上面，探身把眼睛离得很近。然后好像考虑到什么，退后一步，手指沿着从海参崴出发的铁路线一直弯弯曲曲画到牡丹江、长白山、横道河子，最后落在哈尔滨。丁向看着由哈尔滨出发的很多条铁路线，手指不再移动，只是在哈尔滨的位置点了点，嘴里嘟囔着："再出去，就麻烦了。"

秘书通报道楚和轼珩候见，丁向止住思路。

"局长啊，咱们今天收获不小，是个新年好兆头。"道楚还没从刚才的喜悦中出来。

"哼。"丁向冷笑一声，"这个世界啊，有无数秘密，只要是人脑子设计出来的，就没有破解不了的。"

"局长这话在理！有见地！提气！是不是？轼珩。"道楚紧着奉承，轼珩听了也点头称是。

"不是我有见地，我是没正经读过几年书的人，但是爱翻些奇闻野史。我以前看过一本美国人写的小说叫《金龟子》，这是那里面说的话。"

"《金龟子》我没读过，"道楚捧着笑说，"局长这么忙，还有时间读书，佩服。"

"我是看名字好听就拿来翻翻，这世上谁还不爱金子啊，金子是好东西啊！"丁向说着就惭愧笑笑。他的话绵里藏针、虚虚实实，任谁都不好应付。

"要不是当初丁局长交代刘厉行说这个密码需要去请数学家来参谋,就指着他们那些人,这情报现在八成要给日本人了,咱们搞不定。"道楚知道轼珩刚来,不见得知道来龙去脉,就解释说。

"唉,现在在日中一家,给谁不给谁都一样。"丁向点燃一支烟,倒在沙发椅上说,"他们不是有个关键人物熟悉莫斯科的密电系统吗,等我们这里差不多了,交给他们,那一级加密就迎刃而解。现在这个二级加密,我们遇到个天才数学家,搞搞也好,要不这个东西,中看不中用,废纸而已。"

"我看是有眉目了。"道楚说。

"叫你们来,是要叮嘱一句,"丁向没搭道楚的话,说道,"轼珩要跟道楚多学习,道楚对哈尔滨的情报工作很熟悉。你呢,以前是在德国学音乐的,道楚是英国伦敦大学学院学绘画的,你们都是艺术家,投笔从戎,了不起!南京那个陈立夫,留洋学矿山机械的,殊途同归啊。"

丁向以前觉得道楚的气质是出众的,虽然在自己面前点头哈腰、不敢造次,但是还是有一些气质,举手投足是艺术家的派头,身上的西装也通常是英国人喜欢的条纹格子。但是如今,轼珩的气质略胜一筹。

"轼珩刚才的见地才了不起,日后啊,我看就是丁局长的左膀右臂。有前途,哈,有前途!"道楚伸手跟轼珩紧握一下说。

"还要请丁局长和缪局长多栽培。"轼珩忙说。

"春节第一天,关东军就进了城,陆陆续续的我看有一个师团吧?"道楚问。

"是!关东军第七师团全进来了——"丁向拖着长声,又抬起眼皮扫了一下道楚,伸出两根手指,然后又马上放下,"城外,人家还有两个师团。"丁向跷着二郎腿,抽着烟看着天花板,让人看不到脸色和眼神,又问道:"那些个抗日武装的情况你清楚吗?"

"前些日子自城外被日本飞机炸跑了,剩下的退到佳木斯、牡丹江山区去了。实力差距大,闹什么闹啊!"道楚答道。

"嗯,要留意关东军在哈尔滨的动静,警察局王巨鹿那边要打招呼,有什么消息要碰头,汇总,及时报告给上面,请泰初帮忙斟酌,看看到时候是不是报给司令。"丁向吐了个烟圈。

"我马上去安排!局长放心,关东军现在也不能太猖狂,咱们哈尔滨还有五个旅呢,真要太过分,那也有麻烦不是。"

"这是哪里话。"丁向看道楚还不清楚上层的动向,觉得有必要渗透一下,否则看不清大局,会有麻烦,于是又举重若轻地说了一句:"宣统在旅顺!"

这话一说,轼珩和道楚脸上都是惊讶之色,轼珩说:"他,他来做什么?"

"你们猜猜嘛。"看二人都不说话,丁向索性又卖个关子,"这是满洲——人家的老家啊。"

旅顺是关东州重镇,关东军的老巢,一句"在旅顺"已经完全说明宣统在日本人的控制下,而这一个"老家",隐隐透出了满洲山河要变色的惊天消息——"奉天事变"并不是和以往一样,只是一次夺取经济利益的短期军事行为。

"所以,你们做任何事情都要慎之又慎,尤其是对日本人。"丁向威严地说。

道楚半晌才反应过来,他的脸上露出一丝丁向意料之中的惊愕。

"轼珩怎么看?"丁向扭头看了一眼轼珩。

"不才初来乍到,一切听局长安排。政治的事情,我也不是很明白。学了那么多年艺术,当了几年预备役,也是马马虎虎。尤其是目前的时局,不得要领,惭愧啊。"

丁向知道,轼珩当着道楚的面也不好多说话,毕竟他和自己的隶属关系还隔着道楚。

"慢慢学习，很多事情不要急。"丁向看着轼珩那张平静又有些高傲的脸，心里有种说不出的感觉，就观察他的眼睛，忧郁又有一些灵性，艺术家的眼睛就是这样的吧。道楚眼中也有忧郁，但其余是聪慧，比轼珩的灵性似乎差一些，缺了缥缈一类的东西。道楚比轼珩更有烟火气，似乎更好掌握一些。但再仔细观察，轼珩的眼睛更深邃些，似乎隐藏了什么，不是危险的，但是是有隐藏的。每个人都是有隐藏的，道楚也有，道楚隐藏的，应该说是恶，是欲望——每个人都有，并不奇怪，而轼珩就让人捏不准，这个人——自己更倾向于认为并不像他的履历那么简单。

"最近，北郊皇山上面那个线索还没查出来？"

"哎呀，已经把下山通道全都堵住了，现在进城就是这一条路。弟兄们每个过路的都检查，现在还没动静啊。"

丁向抿抿嘴唇，然后死盯着地板一动不动。

道楚明显有些慌张："我再加派人手，再细细查。如果不是雪藏了，一定能找出来。"

丁向嘴里发出一声怪声："什么人都没抓到。"他是重金买到的这条线索，军统在东北一直有一条隐秘的情报传递渠道，把大量中东铁路的运行情况报告给南京，同时也暗中监视哈尔滨以北到俄国边境的动静。他跟泰初汇报之后，得到的命令是按兵不动，毕竟名义上已经改旗易帜，华夏一统。前些日子，丁向接到命令，要端掉他们。可是道楚并没有根据自己情报中的线索搜查出任何可疑分子。丁向有些恼火，不知道怎么跟泰初交代。

丁向余光看到道楚要开口说话，一挥手。道楚马上起身，和轼珩走了出去。

丁向起身走到电话机前面，想给王巨鹿打个电话，请警察局协助排查哈尔滨火车站所有进站、滞留和出站的火车。但是他马上又犹豫了,王巨鹿现在和蒋敏传斗得两败俱伤,警察局本就不安宁,现在城市治安更是让他焦头烂额,他不见得会帮自己。最重要的是,中东铁路有自己的警察局,虽然说是隶属于王巨鹿,实际上是俄国人的天下。上次查个走私案,中东局连个运输单都不给提供,王巨鹿亲自上门,人家干脆给他吃个闭门羹,他只能在报纸上骂娘,最终俄国人还是不买账。

他犹豫了一会儿,拿起电话机,想拨给泰初,请他出面协调中东铁路局,但是听到话筒那头机要员的询问,最终还是放下了话筒。这件事关系重大,并不知道后面的利益方,虽说肯定是日本人的对立方,但是涉及国际纷争,谁知道最后日本人会不会翻脸不认人呢?而且,这批货中东铁路局是不是确切知道,还是两说。这弄不好会给张司令添麻烦,那就也连累了泰初。这是官场大忌。摸不清深浅,不是不动,而是要悄无声息地动。

他又坐回到沙发上,想着王建宇的家就在大直街附近,一排灰色平房中的一间。此刻他一定坐在床边摆满书的小桌子前,辛苦地工作着……

一想到他是惶恐的、痛苦的,但又必须这么做,丁向咧开嘴,露出黑黄不一的难看牙齿,笑了。

十天,丁向觉得正合适。

他盯着地球仪上的中国北方,露出复杂莫测的神情,用一只手捶捶自己的脑袋,然后捏紧鼻头,一使劲,甩出一趟鼻涕,落在地板上,才舒服了一些。

当着别人的面,他从来不会这么做。

第十三章　偷窥者

　　花园街上这栋公寓楼，是哈尔滨常见的古典主义风格建筑，外墙有些罗马风格的浮雕，题材取自古希腊传说。颜色是浅绿色的，整体看上去比较简约。这样的住宅在欧洲任何一个城市都不少见。房子共有四层，一层是收发室和候客室，二层住的是丁向，住四层的是蒋敏传，时任哈尔滨警察局副局长。泰初在三层，从客厅望出去，能看到尼古拉中央大教堂的尖顶。每天几个固定时刻，教堂的钟声都能准时清晰地传来，听久了，成了生活的一种情调。

　　公寓楼的大门是里外两扇毗邻的，拉开第一扇门进去，再推开第二扇门，这样就有效地隔绝了哈尔滨冬天刺骨的寒气。三位都是哈尔滨的政坛新贵，年富力强，手握大权。三人的级别是差不多的，但政治地位有不同：泰初离首长近，自然高些，也让那两家人礼敬；丁向似乎是这城市阴暗角落的耳语者，别说普通百姓，就是政坛上的同僚看他也是云里雾里，看不清楚；至于蒋敏传，保定陆军军官学校二期毕业，他的同学在中国军界盘根错节，他自己也是曾参加北伐、得过国民政府二级云麾勋章的人，自然不可小觑。

　　这日，轼珩下班回来，路过霍尔瓦特大街，看见兮楠从秋林公司出来，拎着刚买的香肠往家走，就招呼兮楠上车，一起开车回去。

　　"堂姐怎么不叫个马车？"轼珩问。

　　"哎呀，没有多远的路，走走逛逛，看看哈尔滨的街景，多美啊。"兮楠看着车窗外说。

　　这是家乡，别人的赞扬都会让自己有一丝欣慰。轼珩也想着，泰初是有福气的，这个气质不凡的女人，内里难得是一颗淡雅平静的心，没有一点虚荣和浮躁，只是……

"轼珩，最近这些日子，你的工作有进展没有？"兮楠指的自然不是每晚在家里和泰初三人一起聊天时说起的"工作"。

"除夕那天，姐夫给我看了一枚银圆，确认是我们特情人员丢失的那枚，微缩胶片还有一张写着密文的纸都在丁向那里。"轼珩说。

兮楠是知道这个信息的，也知道因为这枚银圆的丢失，相关责任人的上线下线全部被召回莫斯科。虽然没有关于这份情报的进一步的信息，但是她知道这份资料非同小可。听说这枚银圆落在了丁向手里，兮楠心中还是一惊，原有的和莫斯科方面一样的侥幸完全消失了，就有些急切地说："怎么之前不告诉我？需要向莫斯科汇报的！"即便是夫妻，泰初也很少跟她谈起工作上的细节。

"觉得时机未到，还不能确认。"轼珩淡淡说。

"什么不能确认？"兮楠神色凝重地说，"如果密文被破译，我们的损失将是场灾难！大灾难！我们都不想1928年的事件重演。"

"已经两个月了，如果要发生，早就该发生了。现在需要进一步的信息。"轼珩解释。

"哈尔滨的情报工作非常复杂，你看看马迭尔宾馆就知道，每天穿梭着十几个国家的客人，舞厅、影院、餐厅里面人流不息，你以为都是去消遣的？"兮楠说，"这个城市的各国领事馆在做什么？我看都是打着为侨民服务的幌子心怀鬼胎吧。"

"哈尔滨现在有三四十个国家的领事馆，并不奇怪。"

"既然你清楚，那更要迅速。这枚银圆事关重大，需要及时、马上向上级组织汇报。"兮楠心里是放不下的。

轼珩把着方向盘，看了兮楠一眼说："再等等，情报工作中比快更重要的是准确。一份错误的，或者说是含糊不清的信息，比传信延误造成的损失更大。"

"是。会影响上级领导判断的准确性。"兮楠对这点非常认同。

"哈尔滨的苏联电台这几年大多数时候都是缄默的,所以,发一次报不容易,要慎重。"轼珩说。

"那你准备什么时候?"兮楠沉默了一会儿,还是憋不住问。

"也许很快,也许——根本就不需要汇报。"轼珩说。

"万一电文被破译怎么办?"兮楠想到这儿,又着急了。

"他们请了一位数学教授叫王建宇,有了一些进展。"

"这种人,一旦钻进去,难保会真的误打误撞搞出什么。"兮楠越想越有些焦灼。

"也许会,也许不会。"轼珩模棱两可。

"王教授自己怎么说?"兮楠问。

"他说十天,但我觉得……"

"十天?只要十天!那要真被破译了,就麻烦了。"兮楠漂亮的弯月眉低垂下来。

轼珩转了个弯,汽车就到了花园街上。路两边的树银装素裹,在晚霞的辉映下焕发出一种童话般的意境。车内陷入了沉默。

"你啊,有时候很好,有时候就像个闷葫芦,不知道你是怎么回事。你和泰初都是,说话要让人猜。泰初的话吧,猜完就是要执行,你呢,猜完更让人迷惑。"兮楠无奈地笑着说,"泰初天天要么在办公室忙到深夜,要么一回家就闷在书房里。你呢,倒是不看书也不读文件,要不拿个琴谱,要不叼个烟斗,看着窗外一站就半个钟头。我真是没办法。"

"我看——丁局长的房间倒是安静。"轼珩想着楼下从无动静,反而楼上,每天人来人往的。

"他就一个人住,哪有什么声音。"兮楠说。

"局长——他太太、孩子没在哈尔滨?"

"应该不在。具体怎么回事,泰初也没说过,我也不好多问。

做特情的人,谁背后没有故事呢。"兮楠提起丁向,似乎也有一丝不安,这可能是在哈尔滨活动的特情人员的本能。

"嗯。"轼珩想着什么。

"对了,轼珩,他那个副局长,叫缪道楚那个,要小心。"兮楠提醒说,"那人从伦敦大学学院毕业后并没有回国,而是去了中南半岛,听说是给法国人做事。他曾经在河内大都会酒店只身暗杀越南高官,也是个勇武的人。你知道的,印度支那那边的形势不比哈尔滨简单,在热带雨林里拼杀过的人,不是那么容易对付的。"

轼珩想着道楚的眼睛,忧郁也高雅,但是举手投足却有一些俗气——可能是因为他对丁向过于毕恭毕敬所带给人的印象。也许兮楠说的都是真的,这个人和自己一样,也是个矛盾体——艺术家转行谋生都是艰难的。

"对了,还有那个周迪,和丁向是死党,一起来的哈尔滨。大美女一个,三十几岁还是单身,不知道怎么想的。你都要小心的。"兮楠说。

"嗯,她没有堂姐漂亮的。"轼珩说。

兮楠看轼珩有几分调侃,倒笑了:"你看,你看,你有时候也是挺会说的。周迪是哈尔滨官场闻名的美女,惦记的人不少呢。不过,都是忌惮着丁向,谁也不敢轻举妄动。对这个人,我确实知道的不多,泰初啊,也基本没提起过。"

轼珩把车停在公寓门前,两人上楼梯。轼珩听到一辆车子也停在了楼下,他微微侧头看了下,丁向还是风一样地下车,进了楼内,才传来轻慢的脚步声。

过了一会儿,丁向的电话就打了进来,让轼珩开车带他出去转转。

轼珩看丁向从家里带出个望远镜,手里拿着,跟着轼珩上了车。

"丁局长这是德国蔡司望远镜,可是好东西,在柏林也不是随随便便能买到的。"轼珩回头看着丁向手中崭新的望远镜说道。

"你还真识货啊,蔡司K3-3的,三十倍变焦,老朋友送的。"丁向说完,看了轼珩一眼。

"局长,咱们去哪里?"轼珩问。

"附近转转。秦家岗被规划成哈尔滨新区以后啊,这些年变化大,快成小巴黎了。我就喜欢在周围逛逛,看看。"丁向看着窗外说,"不要走远。"

轼珩开着车顺花园街向西就是中东铁路的家属区,建筑间间距很大,大多是俄式风格的庭院。花园里大多有喷泉和草坪,虽然不大,但还是有官邸的气势。

"停一下!"丁向让轼珩停车,也不下车,就端起望远镜向远处仔细看去,有时候又固定在某一个方向很久,嘴里偶尔会发出一声满足的"嗯——"。他有时又放下望远镜,仔细思考一会儿,然后摆弄一下望远镜,调整一下焦距,再看过去。过了一会儿,他又让轼珩开车往前,换个地方,再重复一次。他的身子缩着,根据角度调整坐姿,后座的空间被他充分利用了。

"往前开,右转。"

丁向指着一栋日式建筑说:"这个不是铁路的住宅,是近藤先生的。这家伙这几年在哈尔滨做贸易可是发了大财,在哈尔滨的日本商会里面很有发言权。哼,这些人也不忌讳,占地快赶上那边张司令的官邸了!"

轼珩看这栋房子红砖绿瓦,足有三层,门前的花园有一千平方米左右,后面应该还有个小花园,就说:"这是刚建的吧,我离开哈尔滨时好像是没有的。"

"是!他的公司就在那边。"丁向指着东西大街上一栋硕大的办公楼。说完,他让轼珩停车,又拿着望远镜看了一会儿,跟轼珩指着不远处一栋俄罗斯风格的房子说:"那个黄色的别墅,上面有尖尖绿色顶的宅子，是谁的，你知道吗？"

"这个啊，这个我知道，是中东铁路总督赫尔奇家。"轼珩很快就认出了这个曾在哈尔滨权势滔天的大人物的家。

"现在不是喽，现在是他们西伯利亚铁路哈尔滨局局长家。"丁向说，"不过，现在啊，俄国人在哈尔滨日薄西山了。"

"很漂亮的房子。"轼珩赞叹道。

"这家啊，有三个漂亮的小女孩儿。孩子的房间在三层，两个小的和保姆住一间，大的单独在南侧房间里，那小女孩儿喜欢看童书绘本。假期啊，经常来个小男孩儿，住在一楼的房间里，应该是赫尔奇的亲戚。"丁向如数家珍地说，很享受的样子。

轼珩也不从后视镜和丁向对视，只是丁向示意哪个方向就开往哪个方向。

按照丁向的吩咐，车子向南绕过尼古拉大教堂，停在颐园街上。丁向从望远镜向一栋恢宏的官邸看着，嘴里说："这是老葛的宅子，了不起啊，真漂亮！就是院子里面的榆树太高了，挡住了一些。不过，倒增加了很多趣味，有意思。"丁向的语气就像在把玩评鉴一只古董花瓶。

"这个房子我离开哈尔滨的时候就在修，现在看上去刚落成不久啊。"轼珩说，"听说设计方是巴黎最有名气的事务所，石材、家具都是从欧洲定制的。"

"修了十年啊，"丁向幽幽说，"这是要在咱满洲扎根喽！颐园街一号这个，算是秦家岗这一片儿的豪宅之首了。"他似乎在望远镜里仔细端详着这房子："看这个石材——难怪大老远运来——光泽度很好，罗马柱的雕工——精细，窗帘也不错，不知道是不是意大利的。不过，我看吊灯肯定出自威尼斯的名师。"

轼珩知道，偷窥是人类最古老的本能之一。一个婴儿没有明确自我意识的时候，就会从某个角度偷偷观察别人，并当作乐趣。但有个别人成年之后还是乐此不疲,一般来说都是童年时期受过重大心理创伤的人——他们失去了很多信任的能力,甚至已经把不安转变为一种强烈的攻击性。一个沉迷偷窥的人通常是个观察力极强、智商极高的人,他们把生活的意义归结为不被察觉的观察,把生活的乐趣归结为不被防备地实施攻击,他们的推理能力也是让人害怕的。而一个擅长偷窥的人,就是特工的上佳人选,因为这样的人心中是死寂的,他不愿意融入人群,总和人群保持距离以便实施观察。

"我见过这个大富豪,这个人不像马迭尔的凯斯普那样好说话。"丁向撇了一下嘴,表达的不知道是为难还是轻蔑。

轼珩轻咳一下,点点头:"这栋豪宅即便放在柏林的菩提树大街上,也是够奢华的——让人瞩目啊。局长,我可以抽烟斗吗?"轼珩掩盖住了厌恶,就压不住烟瘾。

"可以,你抽。"

丁向看着轼珩在前面点起烟斗,贪婪地抽了一口,一股烟升起来,轼珩在后视镜里的面目模糊了,他喃喃说:"没带烟来。两手拿着望远镜,抽着不方便啊!"

丁向又沉静地看了一会儿。比起刚才,天色又暗淡了许多,晚霞好像对哈尔滨恋恋不舍,尼古拉大教堂传来悠扬的钟声。

丁向正盯着一个远处楼宇的窗户仔细看着,那是一对情侣在亲热,忘记了拉窗帘。轼珩看不清楚,干脆四顾着街景。丁向的脸在望远镜后面扭曲着,露出丑陋的牙齿。他似乎沉醉在里面不能自拔,又过了一会儿,才回味悠长地说:"带劲!过瘾!"

丁向过完瘾,把望远镜换了个方向,思索了一会儿,指着远处另一栋住宅楼,轻声说:"开过去。"

车停在这栋白色的多层住宅楼下。丁向叫上轼珩,指指轼珩的腰间。轼珩想把烟斗熄灭,丁向又摆摆手。轼珩嘴里叼着烟斗就想抽出枪，丁向还是摆摆手。

丁向带着轼珩上了三楼，是对开门的两户人家，都是普通的木门。丁向嘴里轻轻地吹着口哨，一下下有节奏地点着头，伸出一根手指，左边点点，又右边点点，然后肯定地指了指，迅疾抬起一脚直接把门狠狠踢开，竟两手空空冲了进去。

轼珩愣了一下，也没掏枪，尾随着进去。丁向竟然找准房间，直接冲到右手边一个屋子里，一脚踹飞愣着的男人，又抄起一个凳子，疯狂猛击倒在地上的人。旁边的女主人吓得连声尖叫，瘫坐在地上。

"这是什么书？"丁向打够了，指着书架吼道。轼珩看到他指着的那几本书是很厚的精装本共产主义著作——自己都读过，书脊上写着名字，发出金光。

"你，你是谁？我，我要告你！强盗，你是强盗！"地上的人有些委屈，似乎还剩些倔强。

听到这话，丁向嘴里骂着"思想犯"，用凳子又狠狠的一下把他头上打出血来，然后把凳子扔在那女人身上，哈哈笑起来。一会儿，笑声停了，暴风骤雨瞬间平息下来。他对着镜子，整理整理衣装，坐在这个雅致的画室里，拿起桌上的烟点了一支。他抽着烟，又随意拿起桌上的一卷纸，有些悠然自得又有些专心致志地看了起来，突然他又跳了起来，声色俱厉斥道："这是什么纸？"

屋里的一对男女瘫在地上看着站在房间内的轼珩，而不敢看坐着的丁向。

"这种纸张很细腻，很少见，很白啊。"丁向皱着眉，把手上的纸用力抖抖说。

"先生，先生，你到底要干什么？"地上的男人服软了。

"哪里来的啊？大画家！"丁向阴阳怪气地问。

这位画家满脸是血，视线已然模糊。他颤声说："这个，这是日本的竹尾纸，是作画用的。"

"你刚拿到它吧，哪里来的？"

画家眼中更惊恐了，说："刚从邮局取的包裹，日本朋友寄来的，我这有邮局的通知单，还有包裹单。"说着要爬起来去取。轼珩看见包裹单早掉落在地上，丁向已经注意到了。

"不用！这种纸在中国没有卖吗？"丁向死盯着画家，连轼珩都觉得这眼神里的威吓会让人不寒而栗。

"中国不产的。因为听说是作画写字的上好纸张，我也是耳闻，就托日本朋友买了一些寄来。这——刚刚想打开看看，你们就进来了……"说罢，画家情绪崩溃，哭出声来。有的艺术家，尊严呀，骄傲啊，都是样子货。

"多少钱？"丁向问。

"不，不贵的，只是知道的人不多，所以中国没有卖的。"画家哽咽着。

丁向的目光低垂下来，盯着这纸又思量一会儿，卷起来扔给轼珩，然后站起来，拿起书架上那几本厚厚的著作，扔在地上。"烧了！现在！"

那个女人似乎被激怒了，突然站起身朝丁向扑过来。轼珩赶紧上前抬起一脚把她踹倒在一旁，然后从腰间掏出抢来，指着女人的头。

"5——4——3——2——"丁向慢慢数着。

轼珩盯着女人的脑袋，余光看见那男人迅速起身把那些书扔进了房间的壁炉里，他扣在扳机上的手指也在慢慢用力。

轼珩拿着枪的手被丁向挡了一下，他松了一口气。

"走吧。"

到了外面，轼珩才拿出烟斗点燃，重重抽了口烟。天色已经全暗了。

这时，楼前的榆树上飞起了一只乌鸦，飞到空中后不再扑扇翅膀，只在低空滑翔，呱呱地凄惨叫着。丁向看着乌鸦，似乎听得懂它说的话。那乌鸦并没有飞走，又落在树杈上，公寓里面的灯光照射过去，能看到它的眼睛，在和丁向对视，像在做梦的魔鬼的眼睛。灯光把它的影子投射在雪地上，是一团黑黑的、张牙舞爪的影子……

丁向盯着乌鸦，右手慢慢举起来比画着手枪形状，眼睛瞄着乌鸦，嘴里发出一声有意思的长声："啪——"。之后，手一抬，又放下了，像个坏孩子。

轼珩回到泰初家里，男主人还没回来，他把兮楠叫到一个安静的房间。

"兮楠同志，请马上向莫斯科发电。"轼珩严肃地说。

兮楠纳闷轼珩的态度一顿饭的工夫就转变了。轼珩并没有解释，全神贯注、胸有成竹继续说："请记好电文：冰，马占山已和板垣哈尔滨见面，对其军援斟酌。新都定为长春。遗失银圆被起获，电文无虞，然手写纸有泄露危险。蝉。"

兮楠迅速记下轼珩的话，然后疑惑地看着他。之前在回家的路上，他还是没有把握的，只是短短工夫，如此巨大的转变的确让人惊诧。

轼珩端起烟斗，轻轻抽着，看着窗外夜色中尼古拉大教堂的轮廓，黑影憧憧，不再说话。

第十四章　索菲亚教堂

这一天，是普通的一天。

没有风，漫天飞雪不急不缓，城市的景色庄严而梦幻，街上川流不息。

如果一座城市有很多美丽的教堂，在市中心，在山坡上，在住宅区里，在郊外，那这里的人们，性格里一定有很多虔诚。

这种宗教建筑即便年头不长也是沧桑的，因为大多数信徒的心总是愤世嫉俗，显得饱经风霜。他们忽视人生本已去日无多，不过短短几十年而已。

哈尔滨教堂的风格是多元的，通常都由红砖垒砌外墙，一层层堆砌到很高的天上，引导人们去仰视它的屋顶，哥特式的、巴洛克式的，甚至拜占庭式的。红砖年代久了，就显得发黑，走近看看，有一种陈旧的味道，加上教堂里面的光线都是昏暗的，这样就有了神秘的感觉。偶尔听到弥撒的歌声，从里面幽幽地传出来，路过的人们就更加尊重这些漂亮的建筑，也会猜测，这里面会有多少神的传说，多少惊心动魄的故事。

人们的猜测不都是无中生有，因为，在那个年代，在哈尔滨，总会有些事情匪夷所思，比传奇更传奇。

热闹的商市街快到地段街的地方，就有这么一座美丽庄严的教堂，呈拉丁十字状的建筑群很有层次感。外面看过去，造型是复杂的，层层叠叠堆砌出了雄伟的样子。墙上繁复的棱柱、雕镂装饰接连不断，但是在整体的宏伟中还很协调，紧凑而不混乱。俄国教堂的精华都在上面，帐篷式的尖顶此起彼伏，恭维着一个傲然天际的硕大"洋葱头"造型拱顶,是绿色的,充满希望的颜色。最上面,金灿灿的十字架天威凛然,尤其在下雪的寒冬里,这样出挑的金色谁都会多看一眼。

很多年前,奉沙皇陛下旨意驻防于此的帝国步兵师建造了它,并在盛大的命名仪式上以"索菲亚"为之命名。又过了十几年,一个富有的俄国茶叶商人慷慨解囊捐出巨资,将原本不算高大的木造建筑改建成如今的壮观模样。

教堂是信仰上帝的人所建,更是时代的产物。看到它,谁都会想起兴建时大兴土木的时光,那个时代的故事和传说也镶嵌在教堂的石墙里面了。总之教堂是因神而生的,是人类创造的梦幻之地,神奇而有力。同样,它又像所有梦幻一样,永恒而多变。

教堂的灵魂是神,不过,对于一个城市的人们来说,是它的钟声。

他每天都敲响它。

索菲亚教堂进去,在大厅尽头一个不起眼的地方,有一扇低矮的门。因为小小的,人们在瞻仰教堂的富丽和恢宏时,会自然忽略它。

推开门,就是一个曲折的楼梯,窄窄的,一个成年人想上去要弯身才有可能。光线也是很弱的,只能凭感觉知道这是木质的阶梯,还要紧贴墙壁而过,所以是看不清墙壁的。大概要凑身上去拐十多个弯,才能到钟楼的顶部。在这里有一个同样狭窄的房间,高度正好位于"洋葱头"的下方。光线从外面的大钟折射进来,可以略微看清楚些:地板是木质的,只是看不出原本的颜色来;有一张小床占据了绝大部分空间,地中间是一个小小的煤炉,旁边有些取暖、做饭的物件;屋子一角放着一些煤块,另一面墙有个斑驳的柜子,看着比教堂的历史还久。上下组合的柜子是不一样大的,中间伸出的空间正好做了主人的小桌子,放着碗筷还有一些杂物,一个破旧的收音机被擦拭得很干净。主人的床头散落着几本书,有《圣经》,最下面是《神曲》,旁边还有几个小笔记本。

他坐在床边,披着敲钟人习惯穿的斗篷,老旧得和他的年纪差不多,斗篷帽子放下来,能看到他花白的头发已经寥寥无几,勉强没有露出头皮。老人面色苍白,可能是在昏暗的房间待久了,表情也有些迟滞,毕竟,这里不会常有人来拜访。十几道转弯的逼仄楼梯是够麻烦的,也婉拒了所有可能有些好奇的信众。

他的表情也是怪异的,让人不愿意过多注视,但是这怨不得他,问题是他脸上几道深深的疤痕,其中有一道从额头越过眼睛延伸到下巴。老人的斗篷空荡荡的,里面的身体一定是瘦弱的,不过仔细看,空荡荡还有一个原因,就是他的左臂已经不在了。他的背驼得厉害,他枯坐在那里,眼神掠过金色大钟看着教堂外面的街市,纹丝不动,像欧洲博物馆里面残缺的罗马塑像。床上的墙面上挂着一个计时钟,下垂的钟挂摇摆个不停,是这房间里此时唯一的生气。

这里,视野是极远的。敲钟人俯瞰着城市的天际,雪不大不小,不急也不缓,并没有遮挡视线。

一辆黑色的轿车从傅家甸方向沿着石头道街驶来,速度极快,很快穿越了中东铁路的跨线桥,然后绕过汇丰银行门口的大石狮,在教堂的广场停了下来。车上下来一个穿着长袍夹袄的人,他的脸被帽檐遮住,从空中丝毫看不清楚。他的步伐并不矫健,他左右张望一下,试探着缓缓上了台阶。

老人想,今天不是礼拜日,来这里的人多是到一层的忏悔室,他们直视内心,一吐为快,从而期望获得主的宽恕,能得解脱。他们一定要说出自己的秘密,不会欺瞒上帝。

老人还依稀记得,这是齐家的车子,以前的主人是意外身亡的齐家二公子。那个年轻人的招摇,哈尔滨全城都曾有目共睹。

这时，又有一驾漂亮崭新的马车从中央大街赶过来，正向着教堂的方向。她来了。

不久前的一天，街上多了很多关东军，气氛格外诡异。他预感到某件大事将要发生，有些担心，于是在夜半时分，避人耳目地走出了教堂。午夜时分，中央大街出现了几辆没有标志的特别运兵车，车上下来一些荷枪实弹、东北军打扮的士兵，在关东军已经控制哈尔滨全域的局势下，这样的景象实在匪夷所思。这些装备精良的士兵布防在马迭尔宾馆附近，神情相当紧张。他在一个街角观察着，但是看不清楚这晚上会晤的主角。每个客人下车的时候都被士兵团团围紧，还有人撑着伞。那晚上雪没多大，显然为了遮人耳目。这个秘密的活动持续时间不长，随着一辆辆黑色轿车驶离宾馆，那些气势汹汹的士兵也都迅速消失了。

随之，他看到了宾馆六层房间的一幕，一个裸身男子掉落雪地。

此时，他听见一个人轻轻推开了那扇低矮的门。

"咳，您好，尊敬的先生，我看到了圣诞树和美丽的铜钟。"娜莎的装扮和这里格格不入，但是她的态度是恭敬的。

"四个美丽的铜钟？"敲钟人问道，他知道自己的表情并不让人舒服。

"两个，您可能记错了。"娜莎马上答道。

"再一次欢迎您！我等了很久了。"

"对不起，我想我也是。"

他理解她语气里的感慨，这个美丽的姑娘失去了同志，她一定是孤独的。

"你知道，对我来说，现在没有太多可以隐瞒的了，也许只有这一次机会了。毕竟，希望之火燃烧得太久了，也该熄灭了，就像人的生命一样，不是吗？"敲钟人努力压抑住自己的激动，字斟句酌，但是最终说出的话还是带着很大的压力。

"是的，先生。我已经调查了凯斯普先生的珠宝生意伙伴，还有，接触小凯斯普先生，然后，然后，等着美丽的钟声响起。"这个姑娘的自信让人五味杂陈。

"是的，您做得很不错。"敲钟人坐直了一点身子，长舒了一口气说，"您知道，莫斯科在远东的工作，或者说情报工作都转交给了共产国际，可是这件事，必须是内务委员部出面，您明白吧？"

"是的，那是共和国的财产。我们有义务。但我想，您知道的一定比我还多。"娜莎美丽的眼睛专注看着敲钟人，似乎不介意他外表过于丑陋。

敲钟人抬起头来用一只眼睛斜着看着她，默不作声，只是呼吸有些杂音。他又把目光转向窗外，看着远处的街面，沉思了一会儿："托洛茨基同志，哦，对不起，他现在已经不能被称为同志了——我一直留在这里，或者说活到现在，就是为了这个事情。"

"列宁同志和斯大林同志 1919 年击垮了高尔察克政权，但是卡佩里将军的部队突围了。他们在 1920 年初，也就是现在这样的季节，在贝加尔湖被红军围歼，卡佩里阵亡，余部，无关紧要的，很多逃到了哈尔滨也就离散了。"

"您说得对，小姐。"敲钟人说，"但是在这之前，1919 年年底，在喀山，撤退的卡佩里将军可没有客气。"

"难道，难道发生了战斗吗？这教科书倒是没有。"娜莎疑惑地问。

敲钟人笑了笑："那是一场红军的惨败，世上哪有百战百胜的部队啊，只有传说里有，神话里有。"他脑海中闪过曾经历过的无数次胜利，还有无数次失败，发觉最终都是只有血腥的味道。他觉得，只有没参加过战争的人，才会计较谁是胜利者，谁是失败者。

"是的，您说得对。"娜莎也被敲钟人的话逗笑了。

"不愿意提起啊，其实还有一个重要的原因——除了吃了败仗以外。"敲钟人声音不自觉放低了一些，"那支喀山红军是在执行一个秘密任务——守卫保存在喀山一个山区的秘密仓库。那里有很多沙皇的黄金，他本准备把这笔财富最后投入欧洲战场中，显然他没来得及做这些。唉，我们不必管这些了——沙皇犯下的错误太多了，您只要知道，这笔财富被红军缴获后，转运到喀山。没想到，被卡佩里抢走了。这就是所有的起因，就是这样，小姐。"

"先生，您知道具体数字吗？"娜莎问。

"六百吨黄金。"

"六百吨！黄金！"娜莎一直在苏维埃高官身边工作，可是却从未听说过如此庞大的数字，也正是因为她见多识广，所以相对于普通人——他们可能对这个数字无动于衷，她能迅速地知道这个数字代表的是何等惊人的财富，拥有它们的人，甚至可以幻想拥有整个世界。

"六百吨黄金，比我们共和国一年的财政收入还多。"敲钟人说。

"后来呢，不是托洛茨基的部下追回了一部分？"娜莎睁大眼睛问。

"那批黄金最终进入了哈尔滨。我们在这座城市死了很多人——像佐西莫夫一样，各种各样的死法，那真是恐怖的年月。我们夺回了一部分黄金，可我没有看到一点金色，没有金色你懂吗？只有黑色，魔鬼身上的黑色。"敲钟人有点愤怒，也有一点羞耻，"我们的同志，还有我们的敌人，让松花江染成了红色！"他的右臂在斗篷里不甘心地扭动着。

"目前的情况是——？"

如他所料，娜莎的上级在她和自己成功见面之前，为了安全，不会跟她透露过多的信息。"哈尔滨是冒险家的乐园，在过去几十年里，出现了无数的大班、富豪，他们的财富来得神秘而且迅速，他们是成功者，而且有那么几个似乎和这笔财富有莫大关系。但是有一个人，俄罗斯人，也是犹太人，他却是我们所有线索里最明确的一个。"敲钟人以嘲笑的语气又说："对了！我忘了，听说他和他儿子最近加入了法国国籍。"

娜莎点点头，自然知道他说的是凯斯普先生。

"对！这位先生啊，你也许不了解他的往事。"敲钟人说，"他是日俄战争后来到哈尔滨的，起初一文不名，但是很快就开起了一个珠宝店，虽然规模不大，但是贩卖着价值连城的珠宝，而且很多都是欧洲宫廷的物品。这些，年代太久了，我们不去追究，毕竟是1906、1907年的事情了，只是听说是一位嫁到英国的沙俄贵族为他提供了大部分珠宝。总之，他的生意背后，有很多故事。"敲钟人透过窗外能隐隐看到远处马迭尔宾馆上方飘扬的三色法国旗帜。"他——才来到哈尔滨三年后，就买下了哈尔滨中央大街上最贵的地皮，投资了远东最豪华的宾馆，就是您下榻的宾馆。这个故事即便在这个神奇的城市，也是一个神话不是吗？"

"你知道，豪华宾馆投入极大，虽然赚钱多，但是回报相对投资来说，周期过于漫长了！所以，他的资金更多还是依仗他的珠宝生意，那才是快钱、大钱，而他的珠宝生意最大的店面就是宾馆楼下的店面。"

娜莎去过几次那个珠宝店，那里只陈列出来的珠宝总价值就是个自己算不清的天文数字："我去过那家珠宝店——宾馆的一楼，他店里的珠宝从设计和年代看，很多确实来自欧洲皇室。不过，如您所讲的渊源，也可以推测是沙皇宫廷的东西。"

"你很聪明，因为革命以后，我们的新政权也需要钱，你也知道，那时候托洛茨基亲自管着圣彼得堡贵重物品处理委员会，负责把那些没收来的东西变现。名贵的收藏品对我们没有大用，钱对我们才重要。但是,一战后,欧洲很贫困,很少有人出得起大价钱。所以,我们的同志会请远东的凯斯普先生帮忙,变现一部分作为资金,支援国内建设。"

"哦,我明白了,凯斯普也在其中大发其财。"

"对的,这个人在远东有复杂的生意网络,尤其是奢华物品,况且他是个把资金改头换面的天才——这是犹太人的金融天赋。我说的奢华物品,也包括黄金。"他把语气加重了些。

"您的意思,您的意思是——他变现了那批黄金,那些沙皇的黄金?"娜莎认为变现六百吨黄金简直是异想天开。

"不,不,不,"敲钟人摆摆右手说,"准确地说,他参与了一部分的变现。哈尔滨各国的金融机构、银行有三四十家,美国的、日本的、朝鲜的、法国的、英国的,其实从各个渠道都有份参与,但是份额比较小。如果这样数量的黄金出现在市面上,只要短时间内流通出去,都会引起世界经济的大幅波动,甚至引发战争。而且,哈尔滨所有的银行家们,都不具备凯斯普先生那种让资金改头换面的能力,严格地说,是偷天换日。"

"他和托洛茨基有关系?"娜莎警觉地问,和这个名字有关联意味着灭顶之灾。

"他是个商人,来者不拒。他通过那个沙俄贵族和托洛茨基的手下取得了联系,然后开始构建自己辉煌无比的商业版图。那是一位女士,虽然出身宫廷,但是同情革命,在伦敦时就资助了托洛茨基的早期革命活动,他们是莫逆之交。"

"那些黄金目前,还在哈尔滨?"娜莎很聪明。

"当初我们夺回了一大部分,剩下的失踪了,无从追查,也许都变成了这座美丽城市的一部分。可就在处理这批黄金的过程中——那需要好几年的工夫,你知道后来的事情,托洛茨基被挖了出来,然后流放到阿拉木图。"

"您的意思是——托派分子？"

"对！我们本来是同志，"他遗憾地摇摇头，"后来大家兵戎相见！他们把剩下的所有黄金藏了起来，似乎偷运出了哈尔滨，总之失踪了！"

"您留在哈尔滨这么多年，就是为了这批黄金？"

"那些托派分子，成立了一个反动组织，叫'龙堡'，一直在秘密活动。"他没有直接回答，而是徐徐说道，"托洛茨基被放逐到伊斯坦布尔之后，我们获得密报，他正准备成立'第四国际'，以和我们苏维埃对抗。"

"这笔钱？"娜莎惊讶起来。

"对！同期，我们的情报说，近期会有金色火车驶入君士坦丁堡的博斯普鲁斯海峡，和他们的活动有关。"他想着，又庆幸地出了口气，"亏着他们没有用那个传说中的'风息城'电码，否则我们还浑然不觉。"

"在沈阳事变之后，凯斯普先生的珠宝店突然出现了大量黄金，也许，是哈尔滨的富人对局势感到不安而变现家产，这是有可能的，现在很多人都想跑到外面去。但是，一个只有一件破斗篷的人，偶然路过那里的时候，哆哆嗦嗦地往里张望了一会儿，发现那些黄金很多不是中国人喜欢的马蹄形，而是，而是沙皇年代国库特有的两边凹陷的金条形状。这就奇怪了。你知道中国人计量黄金是按克，而那批黄金，我们知道，统一是三盎司的重量，在中国，这是个奇怪的重量，三盎司，不到一百克，不是正好的一百克。或许他们没有时间和条件对这些金子进行重新铸造，又或者他们认为内务委员部已经忘记了他们，他们不知道还有我——这个老驼子在这里哟。"说着老人干笑了一下，露出所剩不多、东倒西歪的黑牙，又说，"更凑巧的是，我在索菲亚教堂还见到了来做礼拜的英国先生，他似乎叫哈里，是那位神秘女士的儿子。我见过他，他有几年没来哈尔滨了,他的母亲就是早年帮凯斯普联络莫斯科的人,那批黄金,她应该也有份。"说罢敲钟人意味深长地看了娜莎一眼。

"可是,先生,我想知道,为什么不去英国找到那位女士?也许,症结在那里呢?"

"当然会,我们去了的,可那位女士恰巧病故了,就是这样,很遗憾。在英国,我们不能过分行动,你知道,不列颠的外交能力远比他的军事能力强。"敲钟人苦笑了一下。

"那批黄金和我们预料的一样,并没有出境,也没有办法出境,情况比以前更难,满俄的边境现在是重兵布防。如果那列金色火车来自哈尔滨,我还不确定它怎么能出境。海参崴是我们的地盘,他们只能是自投罗网。现在我们必须行动起来,找到那批黄金,一旦出境流到托洛茨基手里,那简直是灾难!"

"天,可是哈里先生——"娜莎痛苦地摇着头说,她似乎在后悔。

"这不要紧,不知者不怪。猜测有时候于事无补,猜测有时候是强者的陷阱,弱者的借口,就是这样。"敲钟人说,"那不只是珠宝的货款,因为他箱子里的珠宝还没来得及交割。所以,一定是他们的黄金。我以前只是怀疑,现在更断定,凯斯普和那位英国的女士一样,都是托洛茨基的拥趸,他一直在隐瞒什么。"说罢,他咬紧牙关,脸上露出一丝狰狞:"时间不多了!必须阻止黄金出境,必须!"他觉得有必要重复。

敲钟人这时掀起床铺的一角,拿出几根金色的头发递给娜莎:"物归原主。如果被人发现,那醉酒坠楼就说不通了,如果有人警觉,说不定我们就要先去见马克思了!"敲钟人说罢露出了宽恕而和蔼的神情。

娜莎的马车走远了,敲钟人不需要看表,就知道到时辰了——该敲响大钟了。

他打开通往大钟的木门,走出去,站在寒冷的天气里,缓慢地举起钟槌,重重地敲了下去。

钟声与雪花一样,飞扬在城市的上空,让这城市因这美妙的声音,被赋予灵性与魔幻。

这样的人就算不是那么美丽和完整,也进入了一个严整的世界,拥有莫大的尊严。他看着街上的人群,露出复杂的神情。他藐视街上的一些人,在日军进城的时候,还会去街口围观甚至迎接,他知道,卑微者永远只是盯住脚下的方寸之地,久而久之,终将失去自己的立锥之地,更大的侵犯会接踵而至。可是,他饱蘸深情的、警惕的、来自神的钟声,有些人就是听不懂。

索菲亚的钟声敲响了,全城的教堂也随之敲响了钟声,悠扬的、沉甸甸的钟声,穿越哈尔滨的大街小巷,无处不在。

敲钟人沉醉在钟声里,他和很多人一样,爱着哈尔滨,爱着哈尔滨的冬天。

那扇低矮的门被推开了。他觑见,一个年轻的神父弓身走了进来。神父低沉地说:"齐公子说——他爱上了弟弟的妻子,他为之忏悔。他很痛苦,他的弟弟死于谋杀,而父亲正死于谋杀——"

他对这一切都不感兴趣,所有的注意力都在那批黄金上。但是之后的话让他的眼睛亮了起来——"他说,一切和'龙堡'有关……"

第十五章 会狙击的小提琴家

清晨，轼珩一出门就被丁向叫上了车。

皇山附近有好几个村子，也是哈尔滨连接宾县、佳木斯、绥芬河等北部地区的唯一通路。近期因为关东军实行军管，铁道全部被征用。要想从上述地区进入哈尔滨，只有这个通路。

山下的卡口设了路障，情报局有好几十人荷枪实弹挨个排查进出城的汽车、行人。

丁向带着轼珩下了车，看见道楚和贻直也在。两人的态度都不好，尤其是贻直，对着众人骂骂咧咧，意思是数九寒冬，这么多天，查个地下交通线都没收获。

"局长，是不是最近他们雪藏了？"

道楚是第二次说这话了。丁向看了一眼鼻子冻得通红的道楚，没理睬。

轼珩觉得，丁向应该是有渠道了解这条交通线没有断，还在正常运作。搞情报的人，心事都要靠猜。

轼珩观察着进进出出的行人，发现大多数都是附近的山民和脚夫，而且大多数是男性。一到兵荒马乱的年月，妇女很少出门的。这些人通常衣衫褴褛，表情麻木，有一种逆来顺受的气质。

贻直的人几乎每个行人都查，帽子也要脱下来，仔细看。有头发长的，还伸手扒拉扒拉。至于行李之类的，更是毫不放过。遇到可疑的，就带入路边临时征用的农房，进行详细的盘问。

"这都多少天了！"贻直凑到轼珩身旁，低声发牢骚。

轼珩跟着丁向到的，自然就在现场多了一些权威。他叹了一口气，盯着来来往往的人："几天啊？"

"快一个月了。"

轼珩挠挠头，想着从春节前就开始了。

丁向似乎觉得情报就在正被盘查的人身上，他背着手、微微驼背在附近转圈，边走边打量每一个人，好像一头心事重重又老练沉稳的狼王在观察羊群的动向。

道楚和贻直也算是恪尽职守，他们之前不知道丁向要来，也都早早到了现场。

这时，又有几个人被带到了小房子里。轼珩跟着走了进去。

贻直轮番问了一圈，也没发现什么破绽。他看了一眼站在一旁的轼珩，又扭头朝几个人骂道："滚！滚！快滚！"

几个人陆陆续续出去。最后一个人捡起掉在地上的帽子，甩也没甩，扣在头上。又蹲身扭头把扁担搁在左肩上，再一缩脖，右手按了下棉帽子，往后一甩右手反扣身后扁担，双腿并拢再一蹲，腰上一向前，就熟练地把两筐粮食扛在肩上站了起来。

轼珩突然掏出手枪，温文尔雅的人此刻大喝一声："不要动！"

……

哈尔滨的冬天，黑夜来得急。

还没到下班时间，天色已是一片暗淡，情报局会议室早早开了灯。

贻直和厉行小声嘀咕着一些风流韵事。轼珩坐得不远，他们虽然没说名字，所指应该是丁局长。他们说着南方姑娘的娇羞和小巧，然后又猥亵地笑了几声。轼珩想到昨天在江边碰巧遇到的那个姑娘，她和丁局长在散步，皮肤极好，身材窈窕，有种说不出的清秀之美，那是个兰一样的女子。

丁向出现在会议室里，还是往常模样，冷冷的表情，像冬夜里的寒冰。七个人坐在会议桌前，气氛瞬间显得压抑和沉闷，他似乎把空气挤压着，紧逼在每个人周围。

丁向抽烟卷，道楚抽雪茄，轼珩端着个烟斗，屋子里的气味和烟雾让不吸烟的人难受。

"王建宇——好几天了。"丁向跷着腿，长长吐出一口烟雾，看烟不看人。

"去问了，有些进展，就这几天，估计会有结果。"厉行知道是问自己。

丁向安静沉稳，但坐姿却不是，他在椅子上缩作一团。他扫视了众人一圈，不说话。

厉行又说："王建宇那里，要不要还是请贻直派些人手，保护一下。毕竟，关系重大。"

贻直插话说："早就要安排的，那天你不也在，老学究说要是咱们派人去他就不接这个活，说是影响不好，怕人说他和咱们走得近。还有，他姑娘明年上大学，现在备考呢，怕影响孩子。"

"可是我这心里就不踏实，这几天也没睡好，觉得有些不安全，要不咱们暗中派几个人？"厉行挠挠大脑袋，小眼在镜片后面挤了两下，露出些为难神色。

轼珩想说什么，看道楚要说话，就止住了。

"嗯，也有必要，只是贻直那里最近事情多，兄弟们，要辛苦一下。"

丁向抽了口烟，在烟灰缸里弹弹烟灰，手又夹着烟轻挥一下："算了，上周端了那个国民党的交通线，审了好几天，可算上线下线一起抓获。人困马乏，折腾什么？也没人知道那个姓王的，派了人，反而引起注目。"

道楚自然不敢坚持："也是，这个电文不重要，原件在我们手里，关键是破译啊。不过，就我们几个人知道王建宇，也是安全的，安全的。"

周迪说:"局长正好给个指示,那几个人怎么处理,交给日本人?"看丁向不说话,她又说:"要是再拖几天,他们知道消息了,反而会怪咱们不把人交给他们,是不是影响中日合作大局,请局长考虑。"

轼珩知道日本人的特务机关手伸得长,现在这个时候,听到风声说这边有国民党特工,会来要的,不给,就有可能捅到张景惠那里。这几个人其实价值不大,但是如果给了,局势风云突变的,谁知道过段时间上面的风往哪边吹。

丁向掐了烟卷,看看周迪,又看看贻直,右手在桌面上果断地挥了一下,语气倒是云淡风轻:"当场被击毙的,审讯自尽的,了了吧。"周迪听了,和贻直对视一眼,微微点点头。

轼珩这时说:"局长,我还是觉得应该派人保护一下王建宇,毕竟这个情报,厉行、侍尧那里跟了很久,别出什么差错。贻直那里人手紧,实在不行的话,让警察局出两个人。"他在皇山口那一声断喝,让人刮目相看。一早上的工夫,就解决了困扰众人日久的难题。

丁向想想说:"那也好,警察局那帮子虚张声势的,明天让贻直派人去。"

轼珩没再说话,抽着烟斗扭头看看贻直。

"局长,您都看到了,那枚银圆的做工很好,上次想跟您申请点经费,也改善一下咱们的情报工具,不知道有消息没有?"张侍尧的情报处做得更多的是技术性工作,说话顾忌没那么多。

丁向自嘲地笑了一下:"你上次说完,是春节前吧,我就打了报告,还把那枚银圆给泰初长官送了过去,就是希望上边看人家的情报工作精益求精,也给咱们多批点经费补贴一下。"

"有消息没有?局长,您说这俄国人都搞上数学模型了,一枚银圆藏两份情报,咱们现在还用着把银圆边刻上摩斯电码的老办法，费时费力，还没效率，跟人家比差太远了吧！"侍尧有些迫切地说。

"最近的局势，大员们哪还顾得上啊，咱们下面办差的也要理解。不过，现在轼珩在，也要请轼珩多给惦记一下，毕竟轼珩离得近。"丁向扫一眼轼珩，语重心长地说。

"一定！一定！局长，我记着。"轼珩客气应着。

"今天，上面叫我开了个会——"丁向拉着长音，似乎拿捏着用词，半天才继续说，"前两天，中共红军和国民党在赣州动手了，红军现在势头很猛啊，共产主义那一套的影响力越来越大。东北这边呢，苏联红军在黑龙江一线已经布设重兵，来头不小啊。"丁向说到此处，手指在桌面上敲出有节奏的声音，加重语气说："上面很重视，特意关照我，要小心俄国势力。在过去几年，我们对付他们有成效，但是最近他们似乎有抬头的趋势，证据就是这枚银圆，要不——"

轼珩想他可能要说"要不日本人也不会对自己满意"。

"侦查处和情报处合作这么久都没有进展，这个王建宇能耐真这么大？"道楚就说。

"姓王的搞不出来，给日本人也没有用，日本那边的人破译俄国人的一级加密没问题，他们对那套路数太熟悉了，即便俄国人换了加密方式，也是问题不大的。可这个二级加密，难啊。"厉行说。

"咱们搞出来，俄国人这次麻烦就大了。"侍尧把手里的笔往桌子上一撂说。

"现在，就是现在，他们未必没有麻烦。"丁向轻飘飘一句，也不管别人是不是能听清楚，好像在回应，又好像自言自语。

"我是觉得，局长说得精彩，"道楚跷起大拇指说，"只要是人想出来的事、设计出来的事，就有答案。难不成有天神帮忙吗？不会的，天神不管咱人间的事。"

大家就笑，这打破了一点沉闷的气氛。轼珩吸着烟斗，看着道楚，若有所思。

丁向难得神情轻松些，把头扭向了轼珩："你那天，火眼金睛啊，给我们讲讲，你怎么发现的。"

轼珩不好意思地笑笑，喝了口水说："那天我看那些行人啊，一般衣服破烂，而且是好长时间没洗澡，没理发的。春节刚过去，即便理发也是节前理，现在没出正月，按照北方人的习俗，正月不理发。何况，他们这些老百姓生计都成问题。可是，那个人，小平头，一看就是刚长出来的。年轻人，头发长得快，我觉得用不了半个月就能长那么长，所以我就有疑问。可短头发又藏不住什么情报，要藏也是用长头发啊。我也没想明白，不过事出反常必有妖。我突然拔出枪，其实是没办法了，想诈诈他。"说到这里，轼珩自己倒笑了。"没想到啊，这家伙抽身就跑。这跑啊，有学问，要是条件反射的跑，是往远里跑，如果是受过训练的跑啊，是躲到周围哪里，本能是要还击的，虽然可能没有武器，但这本能一般不撒谎。这个人就是往桌子后面跑，不是往屋外跑，这就是受过训练的人和普通人的区别，因为他知道跑到屋外也没用，跑不过子弹的。所以，抓到他后，秦处长仔细看他的头发，发现了这找了许久的秘密。狡猾啊！他们先把情报员的头发剃光，然后用针把密文刺在头皮上，之后，等过了十天半个月这头发长出来，再把密文送出去。这样就很难被发现！"

丁向脸上露出一丝看不清意思的笑，盯着道楚。

大家都是沉默，都在琢磨什么。轼珩觉得，有些事，有些话，随时要提防着过犹不及。

"局长，我这一想，这和咱们眼下这个密电也有关联。第一，这两件事儿都有一样的逻辑，就是传输方式诡异，出人意料。"道楚咽了下唾沫，"第二就是条件反射有意外。敌人的反应就类似于那个躲避我掏枪动作的人，那种本能的反应藏不住。大家想想，是不是这样？第三呢，就是他的很多信息就像那个少有的短头发的人一样，其实啊，已经暴露在我们眼皮底下了，只是我们视而不见啊！"道楚加重语气说道。他又想了一下，接着说："我觉得我想到的，局长早就想到了，咱们大家伙儿听听局长高见。"

"我们这里藏龙卧虎，请轼珩继续说说吧！"丁向没有接道楚的话，看着轼珩。

"丁局长，诸位，我听了缪局长的话，也觉得有些启发。"轼珩推开面前的笔记本，端起烟斗抽了一口，"第一，缪局长的意思是这种出人意料的方式就是俄国所为，这个我们之前根据电文加密方法做了判断，这一点也是有初步结论的。第二，就是电文丢失，我们的政府系统没有出现大的变化，最近也没有什么大的不利于我们的动作。当然如果是行动指示的话，可能取消了。不过根据王教授已经得出的结论，我觉得这个微缩胶片上可能是对他们潜伏在我方的人员下达的对某个人的服从指示。反复提到的这个人，两个字代码的人，应该是共产国际在哈尔滨的新任领导，几个月前新授权的。这么推论下去，我们的系统没有大的人事变化，那就是潜伏的人没有撤退。他们不觉得这枚银圆落在我们的手里，又或者自信我们不能破译电文。所以，起码现在，他们还在我们周围。这也是一种条件反射，对吗？丁局长，缪局长。"

会议室一片缄默，各自想着轼珩的话，没有人发言。

丁向看看轼珩，又看看其他人，慢条斯理抽出一根烟，周迪在一旁拿起洋火帮忙点燃，他深深吸了一口，喃喃说："不错，你们二位说得都不错。那下一步怎么办？"

道楚就说："对还是不对，看王教授这两天的结论就知道了。他不说十天，是吧？快到了。"

轼珩心里有些担忧，也有些可惜，但又想这种恻隐之心非常不吉利，就压了下去。他突然想起哥哥曾经写过的一段文章：人，这个物种是古老的，但却是幼稚的。在漫长的进化史中，为了安全和繁衍，他们结成团体，开始发展壮大。可惜，万物生灵都有无法更改的古老缺陷——自私和贪婪。人类受益于此，也受制于此。有人就是基于这样的原始的性格，利用了更多人这原始的性格，他们编织了梦想，发明了思想，铸就了国家，于是人们起初想拿出一点自由、一点财富去成就一个庞大的组织，以换取更多的庇护，却最终被国家所制。国家蓬勃，他们劳苦；国家邪恶，他们劳苦；国家破落，他们更劳苦。

……

泰初最近极少回家，一家人难得坐在一起。他坐在饭桌旁，平素紧绷的神经也放松了，俊美的脸上能看出几分倦怠。

"姐夫，报上说'建国方略'已定，这可是咱们满洲的大事啊。"

"这些报纸比我的太太、妻弟消息都要快，真的假的东西一大堆，不过大半都不是空穴来风。"泰初有些不屑地说。

"咱们这里千不好，万不好，党禁、报禁都是没有的，什么消息都有。"轼珩这时在想，苏联的党禁、报禁确实真的像铁幕一样严丝合缝。

"也是表面文章，哪个当权派不对这些警惕，看局势，看风向，松一点，紧一点。其实，古往今来，当权者和百姓就是个压弹簧的游戏，老百姓退一点，当权者进一点，直到忘了原则，压得狠了，到头了，老百姓一反弹，就把他掀翻了。只是都不知道这弹簧的临界点在哪里。压得越狠，最终的反弹就越大。"泰初的眸子射出一种精光。

"对的，你还忘了一点，就是啊，反弹之前啊，弹簧让你感觉不出来快到临界点了。所以，你看满族人，甲午之后，痛定思痛，搞得还是不错，民生、经济，一切好好的，君主立宪也在紧锣密鼓筹备着，谁承想，两三个月就变天了。两三百年的皇室，贵不可言的，还不是转眼就成了丧家之犬。"兮楠给泰初夹菜，跟着说起来。

泰初放下碗筷，端起白水喝一口："最初，东京那边搞了个《满蒙问题决定》，其实心里也是没谱的，尤其是对这个政治制度的问题，投鼠忌器是一方面，权衡未决是根本的。这几个月，也要看看国内的风向，但是终究要借溥仪的力，这是不错的。"

"最近很多地方，在搞什么'建国促进大会'，给日本人摇旗呐喊，我们情报局都是在关注的。"

"是的，这是日本人主导，做的场面，也搞一些舆论，算是投石问路。尤其是，张司令、熙洽、臧式毅、马占山这四个人去了沈阳，不，刚改名叫'奉天'了，去奉天拜会了关东军之后，这个事情就迫在眉睫了，大家的底牌露出来了。"

"什么底牌？让溥仪当咱们这儿的皇帝？"兮楠急着问。

泰初夹起菜，慢慢吃了，接着说："最近四处奔波，日本的、地方的人，没少见，张司令面子上坚定支持日本人，可日本人没表态之前，他私下也是要多方了解，做到心中有数的。上周，奉天的土肥原市长去了次东京，面见了天皇，参加了内阁会议，也和军部的人沟通了，最后回来拿出了意见。"

兮楠和轼珩都看着泰初，最终的情况社会舆论是全然不知的，这是目前世界政治局势的绝密。

"过两天就公布了，也不用和你们瞒着。"泰初考虑一下说，"最后的意见就是实行执政制，溥仪做执政，任期五年。军事、外交日本人办，其他的，溥仪说了算。"

"这是什么制度？那五年后怎么办？"兮楠问。

"就是基于君主制和共和制的一种中间制度，在政治史上也是出现过的。五年后？按照政治演变来说，执政制的结果是共和制，但是，这也不符合日本人的利益，他们本身就是君主制，应该不会把权力交给共和政体,那样就难控制了。溥仪也不傻,不见得就此甘心,他是想继续当皇帝的,天下皆知。"泰初不置可否地说。

"那张司令怎么安顿,还在黑龙江?"轼珩问。

"新的国家,百业待兴,立法也重要,听说要搞个《六法全书》,责任是不小的。"泰初对人事安排很敏感,就这么说一句,也就不多说。

"姐夫,我们这个国家,叫什么名字?"轼珩明白这是要让张景惠负责立法方面的工作,八成是个议长。

"'满洲国'。"

"日本人能琢磨啊!"兮楠感叹一句,"首都我看八成选在沈阳,日本人给改了名叫'奉天',听听这名字,谁不知道土肥原贤二是满洲的'中国通',最大的间谍头子,这是给新政权保驾护航呢。难不成咱们要搬到奉天去?"说完,看了一眼轼珩。

泰初笑笑:"夫人这分析有道理,我初时也是这样想。倒是要看看轼珩怎么认为?"

"姐夫,我不认为是奉天。"轼珩笃定地说。

"何以见得?"泰初饶有兴趣。

"关东军司令部去年十月就从关东州迁址到沈阳,也许最初他们是有这个意思的,或者关东军就是这个意思。"轼珩看着泰初侃侃而谈,"但从这几个月的局势看,满洲建国已是日本天皇和内阁军方达成的一致国策,军方的意见很重要,也要掺杂更多政治的考量,也许结果就不一样。"

"奉天固然在辽东半岛位置关键,但并不是远东最理想的地理位置,相对于辽阔的满洲地区,它太偏向于山海关了。溥仪的老家在政治版图变化很大的今天,已经不是中枢。"轼珩琢磨着说,"如果,如果要控制东方,应该选个更中间的地方。而且,奉天以北热河一带,虽说掌握了辽东,那里就是手拿把掐,因为那里完全没了军事屏障，但现在还是国民政府的地盘，陈兵数十万，卧榻之旁岂容他人酣睡，这不是建都上选。还有一点，就是奉天原来北洋势力盘踞，经营多年，一时是很难清理干净的，土肥原先生当这个奉天市长，恐怕从这个角度考量得更多。"

泰初含笑不语，兮楠倒说："那你说说，选哪里？哈尔滨？"

轼珩接着说："哈尔滨倒是不错，但是各国侨民太多，还有中东铁路问题没有解决，这是未来满洲国工作的重中之重，即便苏联人不想要或说保不住中东铁路，看你定都在中东铁路枢纽，也是要漫天要价的。再者，这里俄国文化盛行，已经是繁荣的新派城市，并不是新都规划的好地方，而且日本人可能是想把更多的日本文化赋予新都。最后一点，哈尔滨离苏联太近，一旦边境有事，红军坐火车一两天就可以到达哈尔滨，过了黑龙江，三江平原一望万里，没有任何屏障，简直是太被动了。这也是为什么苏联政权把首都迁回到莫斯科，而不是留在圣彼得堡的原因吧，离德国太近了。姐夫，您说我说得有道理吗？"

"不错，接着说，你姐姐想知道要选在哪里，想知道以后去哪里安家。"泰初看一眼兮楠，明白妻子的心思。

"奉天和哈尔滨的缺点在满洲只有一个城市可以规避，而且还有这两个城市没有的优点，就是离长白山近，一旦日本人有事，可以向东南经通化越长白山进入朝鲜半岛，那里是他们的地盘。而且位置处于中枢，又能远离山海关和中俄边境。"轼珩用近乎下结论的语气说。

"长春？"兮楠问。

轼珩说："对啊，我是这么想的。长春在日本人控制的南满铁路上，更安全，而且人口少，不成规模，日本人可以好好规划，建一个让他们骄傲的、日本文化照耀下的新都城。"

"不错。我也可以补充一下，日本人对自己的文化很自豪，希望他们的文化能在新都城发扬光大，这个你说得对。日本历史上啊，都城的名字中都有'京'这个字，平安京、京都、东京，都是这样的。所以，沈阳这次恢复旧名'奉天'，实际就是否决了沈阳的新都位置，给溥仪面子而已。至于哈尔滨，确实是，更像个属于俄国人的欧洲城市。"

轼珩觉得，泰初说话的习惯是要么关键地方简短几个字，让人去揣摩，要么迂回而谈，让人顺着他的逻辑想，但是自己又不点破。

泰初吃好饭，突然面无表情地感慨："一个人，是一个奇特的、独立性和盲从性的混合物，在这个风起云涌的时代，被某种或者某几种神奇的力量控制，在潮头和深渊之间，顶峰和大地之间，上升与下沉之间，最高与最低之间。这是他的命运，也是这块土地的命运。"

轼珩能看出他最近的压力非常大，内心也是极为挣扎的。

泰初端着白水，招呼二人坐到客厅沙发上："丁局长来电话，说端了个国民党交通站，跟我表功呢。"

"对了，姐夫，丁局长还惦记跟您春节前申请了一笔经费改进情报工具的事情呢。"轼珩这才想起来。

泰初就笑："这个人，你以为真是想申请什么经费，他在乎那点小事？这个人不在乎钱的，倒和我一样，不爱钱。只是我不要，也不用。他呢，用得不少，但是不爱钱，殊途同归啊。"

"那是想围魏救赵啊。"轼珩也笑，随口说道。

"那枚银圆是个重要情报，现在有日本人的势力在，他不知道该不该跟日本人通报，正好你们有个什么情报处，要申请经费，索性把银圆送来了。表面上是给我看看，申请公事经费，很有诚意，实际呢，让我拿到实物，确认知道此事，以后给不给日本人的责任就是我来背。"泰初长出了一口气，"好，他没错，不好，他也没错。

丁局长可老练呢。"

"丁局长虽说对咱们彬彬有礼，可不知道怎么的，我看着就觉着心里瘆得慌。"兮楠说。

泰初看了一眼兮楠："他刚才来电话，表扬了轼珩，实际啊，是看我跟轼珩说不说，也看轼珩会不会就此提起他让你催下经费的事情。我想，他在单位是跟你提了吧？"

"是的，姐夫。"轼珩说。

"如果我跟轼珩说了他表扬轼珩，那就说明我和轼珩的关系很好、很近，轼珩又提了这个事情，就算买他的账，他就会更信任轼珩。"泰初双手握住水杯放在腿上说。

"丁向怎么知道呢？"兮楠说。

"他无须验证，看我批不批他这笔钱，他就全知道结果了。厉害不厉害？"泰初看着兮楠莞尔一笑。

"阴险！"兮楠脱口而出。

轼珩想起兮楠说他家总飘出中药味，自己早就知道，那都是些壮阳的大补之物。

泰初思量一下，看着兮楠，眼神里都是关爱："兮楠，我们搞政治的，很多事情说不出口，但是要有容乃大，什么人都要用的。这世界很多邪恶，就要邪恶的人来压。但最终，人间正道是沧桑，还是要以德服人，邪不压正啊，就看你的道行够不够。要做大事，要有这个心胸，是不是啊，轼珩？"泰初看轼珩点点头，又说："孙子说，守正出奇，用实力出手，借天道寻找时机，才是不二法门。古往今来，心黑手辣的多了去了，哪个有好结果？道不远人啊，无道者走不远的。"

"那轼珩这个事情，怎么处理？你讲什么天花乱坠的，都要解决眼前问题不是？"兮楠此刻是心里欣赏泰初，嘴上却不饶他。

"他那个报告我从春节压到现在，不就是为了给轼珩——我这个妻弟，留一个见面礼给丁向吗？"

"姐夫，那这个情报是不是交给日本人呢？"轼珩问。

泰初又喝了口水说："再给他几天时间，如果确实不行，就转交给日本情报机关吧。我以前听说过他们有个什么人，很神秘，很厉害，但我并不确定。前阵子见到日本几个情报大佐，听他们的意思，是对破译苏联的密文信心满满，凭我对他们的了解，他们不像在吹牛。"

轼珩看到泰初的细眉轻轻皱了起来，表示虽然为难，自己还是能轻松驾驭。

他缓缓说："看来这个神秘的人，是真实存在的。既然上了一条船，空手不好，就送个礼吧！"

轼珩和兮楠对看了一眼，也没说什么。泰初看兮楠在跟王妈交代明天的餐食，就叫轼珩到书房里继续聊天。

"刚才说起丁向这个人，你如今在他那里，还是有些他的事情要跟你交代一下。"

"前些年，张学良易帜，我们那时候和南京政府一个锅里吃饭，再加上有些老同学的关系，多少听过一些他的事。所以，我今天跟你说的，都是道听途说，不是我们档案室里面记载的，也不算坏了规矩。"泰初解释说。

轼珩看泰初说这些，条理清楚、一板一眼，而且一贯地恪守原则，心里觉得，这个人真的是个杰出的政治人才，俯仰之间，自说自话，天衣无缝，这是绝深的涵养功夫。

"他是苏州人，家里有些资财，但是没有正儿八经读过书，不过这人天资极好，偶尔自修一下，看上去，还有几分儒雅，也有一些见识。也许你不这么认为，但我只能这么说。对了，我听说丁向的国际象棋是专业水准，在咱们军政两界，没有对手。"泰初说。

轼珩想，这不是儒雅，这是一种把儒雅碾碎无痕的凶狠，只是狠到了极致，变得沉静了。但他又想，泰初不会不知道，他也只能这么说。

"姐夫，既然家境不错，他为什么没有读过书？江南人家是比较注重读书的，何况，还是个男丁。"轼珩有些疑惑。

"因为他的家庭，很特殊，所以对他的性格可能也有一些影响。"泰初双手绞在一起，放在腿上。

"什么家庭？"

"'赶尸人'。他家世代是赶尸人。"泰初语气寻常，"每个城市其实都有类似的人，就是在人死之后，帮助逝者清理身体、打理容装的人，不过人们不会叫他们赶尸人。赶尸人呢，其实也做这些工作，但是他们还能做些难的，就是处理意外死亡的人。从太平天国开始，苏州就有很多死于非命的人，这些人有些是支离破碎的，如果想体面下葬，就需要赶尸人。他们把尸体缝合整齐，或者把面容残缺的部分，用各种方法拼凑完整，以便来世投胎。"

轼珩明白了为什么泰初在兮楠面前回避说这些。

"哦，原来如此，那丁局长怎么进入情报系统的呢？"

"他小时候，就是跟父辈做这些工作。这也是一门祖传的手艺，术业有专攻嘛。所以他们不去读书。"泰初说，"一般来说，你也知道，这样的家庭也难得在官场上有什么进步，毕竟这是一个与暗黑世界打交道的工作，和阴间太近了。但是丁向自小聪明过人，还和他的父辈一样，有一些这个职业的特点——冷漠、无惧、孤僻。这些特点啊，让他抓住了一个机会。"

轼珩终于知道丁向身上的阴寒之气来自何处，怪不得，让人心生恐惧，又看不清，想不透。

泰初停顿了一下，继续说："他十几岁的时候，给人家赶尸，正赶上一个国民党特工任务失败，躲避到他那里。抓捕的人四处找，被丁向看到，他就把这个特工藏到棺椁的下面，里面是一个受绞刑而死的人,舌头还在外面,没来得及处理。丁向面对追捕的人很冷静,很巧妙地把他们引到别处,救了那人一命。那个人是陈立夫的亲信,后来就把丁向带到了南京,让他辅助做些情报工作。没想到,这个小孩子因为特殊的家传职业,做情报工作是个天才。"泰初说到这里,自己也点了点头。"一个优秀的特工不知需要吃多少苦头才能锻炼出的优秀品质,人家简直天生具备,而且更出色,比如冷静、沉稳、果敢、凶狠,还有敏锐的观察力。这种人家传和阴气极重的死尸打交道,天生是阴鸷里的阴鸷。我们对阳光习以为常,他们反倒是不适应的。"

轼珩轻轻抽着烟,又拿起水壶给泰初续了水,他知道这时候自己最好只听不说。

"对了,轼珩,"泰初看似无意地说,"你的狙击技术怎么样?"

"还不错。"

泰初喝了口水,感叹一声:"丁向就缺这种人啊。"

那是很多年前,轼珩第一次拿起步枪,他瞄准时,竟然回想起小时候第一次拿起小提琴的感觉。他的手枪射击非常一般,无论怎么努力也是差强人意。而狙击,就大不一样,可能正因为那种最初的感觉。

第十六章　时间盲目，人类愚蠢

"乱世藏金"，这道理放在世界哪里都是。

不知道是不是远古的时候，人类就痴迷于这种稀有金属的魔力，不惧烈焰岁月，始终光芒夺目。人类对永恒的追求化作了对物件的痴迷。即便在二十世纪的时候，这金属依然是所有社会生活、经济活动的终极目标，而且最被信赖。没有人去剖析其中的意义，或者结论都是悲观的，所以也就懒得去争辩了。黄金如果有生命，一定金口金牙在嘲讽：时间盲目，人类愚蠢。

马迭尔的黄金销售量是惊人的，全球经济危机之后，黄金的价格几乎一直在上涨。沙皇的金条也在其中，独特的形状，每块三盎司的稀罕重量，都在表明这金条来历不凡。人们的注意力往往集中于黄金的成色而不是来源，偶有懂行的，看到反倒是高兴的。人心不古，也许沙皇更诚实些，他的黄金多一些品质保证。

罗曼诺夫王朝的各种物件都在这个城市被肆意贩卖。从哈尔滨建城之初，到现在，一直是这样。马迭尔的老板据说和皇室有着各种隐秘的关系，那这东西出现在这里，也就不意外。更重要的是，中央大街上其他几家银行无法提供如此便捷的黄金兑换服务。

晚餐后，娜莎在马迭尔一层的珠宝店闲逛。这些天，这里的黄金交易比以往热闹了许多。

"这个金条的形状很特别！"娜莎的眼光落在一个沙皇金条上。

"是的，每种黄金的铸造年代不同，来源不同，所以外形就有些差异。但是我们都保证品质，您知道，'马迭尔'三个字就是信誉保证。"一边的店员说，"我们这种是三盎司的。"店员戴上白手套，小心把金条取出，放在一个棕色的木盘上，推到娜莎近前，请她仔细看看。

娜莎用手拿起，认真打量了一下——和敲钟人的描述完全一致。这东西来源于一个隐秘的所在，它的背后是无数俄国人民的血汗，还有红军的血，牺牲的人中也有娜莎的同志。

"这个倒不错，是好东西。"娜莎不动声色，放下了金条。

店员凑近小声说："如果您需要的多，我们可以提供足够让您满意的数量。规格一致，重量一致，品质无可挑剔。您知道吗，目前在哈尔滨，如果需要大量的金条，只有我们马迭尔能提供，没有一家银行可以与我们媲美。"

娜莎微笑着告辞，进了舞厅，这里已经人满为患。不过，经常来的住店客人，早就预定了位子。

一个衣着光鲜、笑容满面的人老远就迎着娜莎走过来。娜莎在马迭尔这些日子，有些面孔很熟悉了，这位自称"张佑恩"的干瘦男人就是一位。

"请问，我可以坐下吗？"张佑恩看看娜莎面前的椅子问。

"当然啦，感谢您给我讲述了很多关于哈尔滨的故事，"娜莎倒是神情轻松，觉得他是哈尔滨众多情报贩子里面有趣的一位，"很有意思，让我对这个城市多了很多了解。真要谢谢您。"

"嘿，那不算什么，关于这个城市的故事太多了，说不完啊，尤其是对我这种以卖故事为生的人来说。"张佑恩摆摆手，打趣道。

"您太客气了。不过，要不是您，我都不知道哈尔滨有那么多地下黑市，甚至可以买到枪支弹药，我那天听了都不敢入睡。这是真的，不骗您。"娜莎笑道，"还有，在这舞厅里，这么多各个国家的人，原来很多人不是像我一样在打发时间，而是，在接头。真的，开眼界了。"

"娜莎小姐，准确地说，不是接头，只是交易情报，各种各样的情报。在这里接头,那太危险了,那不行,咱这里是个市场,只是交易。"佑恩纠正娜莎。

"哦,哦,我有点明白了。"娜莎语气有些俏皮。

张佑恩给娜莎点上烟,嘴里忙着答应:"嗯,嗯,有时候搞笔大的,给老婆孩子能攒下点儿。你看那边坐着的那个美国人,对关东军进入哈尔滨之后城市的民生情况非常在意,什么米面供应啊,治安情况啊,都是些鸡毛蒜皮的事儿。但是毕竟是老外,想掌握具体情况有困难,我就他妈整理了不少自己看到的,还有报上登的,混吧混吧,都给他了。这老外乐坏了,你猜,他给我多少?两百啊!"张佑恩伸出两根手指头,自得地在桌上晃了晃。

"这些,这些有什么用?"娜莎来了兴趣。

"我猜这家伙是给国联工作的,不像是给美国政府效力的。听说最近国联就要来了,有个什么远东军事调查团。咱们不是在国联抗议了嘛,人家来调停的。提前打听打听情况呗。"佑恩换了语气,又说,"我跟你说,这些美国人,看着人高马大,有时候莽莽撞撞、大大咧咧的,实际啊,精着呢!这点你们俄国人还真比不了,人家外粗内细。"

"这倒是好事,也许会有和平的曙光呢,那样就好了!"娜莎感叹说。

"和他妈什么平啊,东北军不战而降,都散没了!你没看报上说各地都搞了'建国促进会'什么玩意儿的,一群狗汉奸跟着起哄。这大势都定了,没戏喽。"佑恩嘴一撇说。

"东北军?五十万!全散了,这么快?"娜莎相当惊诧。

"您以为呢,跑没了都。那天我去沈阳,对,现在又叫奉天了,老百姓都他妈让他们弄糊涂了。"佑恩抱怨说,"哎,还没说完呢,我在沈阳办完事儿回宾馆,走在个小街上,手里拎着点儿吃的,一个人冲出来就挡我前头,差点儿没把我吓死,一个劲儿跟我鞠躬,说让我给他点吃的，快饿死了。"佑恩脸上有些愁苦，"您猜怎么着？我这一看他还穿着破军服呢，灰不拉几的，这是东北军的人啊。我就说你怎么不上街自己买啊？他说让日本人看见就死定了。我这人心软，一看这老大不小的人了，我就赶紧把吃的全给他了。我说你赶紧跑啊，别在沈阳了啊，他说瞅机会就跑出城去。我说你去哪儿啊？他说上冀中，跟吕将军打游击去，吕将军是他们东北讲武堂毕业的，肯定收留他，跟他妈小日本儿干，宁死不当亡国奴。我一听，兜里俩钱儿全给他了。我就说，兄弟，我上有八九十岁老母，下有八九岁孩儿，也没你那骨气，都是中国人，兄弟就能帮到这儿了。得，沈阳一趟挣这俩钱儿全给他了。唉，咱东北男人那点儿脸让那么一帮子人给他妈丢尽了！咱们这老百姓就混个吃喝保命，行了！"佑恩说完把杯里的威士忌一饮而尽。

娜莎听了这些话，也陪着沉默了一会儿。

"政治局势这东西，是真复杂，我跟您说，太难整明白了。"佑恩感慨说，"做这行久了，反而越来越糊涂，看不明白个左右前后。不过啊，咱也不管了，自己能赚到钱就行啊。"佑恩属于天生就话多的人。"对了，你看那边那个穿西装的中国人，这家伙有钱啊，趁着现在局势不稳，银行头寸紧张，出手就把华道夫银行给买下来了，据说价格特别低，那可是咱哈尔滨银行业的巨无霸。听说他以前在哈尔滨的协和银行还有几家都有股份，但是是小股，这家伙现在一跃成为哈尔滨的银行大班了，大富豪啊。"张佑恩羡慕地往舞池另一侧小心指着。

娜莎远看过去，陈怀山叼着雪茄正和一旁的再成交代什么，她想起他的母亲——自己见过的最美丽的中国女人。怀山说完就拥着一位性感的女士尽情跳起来，娜莎又想，无论长成什么样的银行家都是风度翩翩的。

娜莎知道自己就像万花丛中一只美丽的蝴蝶，走到哪里，注视的眼光都是不少的。有的眼光是不安的，比如在大堂角落里压低帽檐的陌生人；有的眼光是欣喜的，比如此刻，在一边坐着的小凯斯普先生，他周围的女人来来往往，来握手打招呼的人也不少，可是他的眼光有意无意地总是瞥向娜莎。还有的眼光，说不清楚，比如这时走过来的一位男士。

"您好，您叫娜莎是吗？久仰您的美丽，也见识到您的舞姿可以让整个舞池都黯然失色。"这人一身浅色套装，身材健硕瘦削，显然是坚持运动的结果。他面部白皙，眼中有一种聪颖但不锋利的光芒，稍微有些厚的嘴唇显得温柔诚恳，整个人看上去精神、干净、整洁。

"噢，请问您是？"娜莎问。

"在下叫白慕维，斗胆希望您——您能赏光。"慕维落落大方地说道。

"嗯，拒绝您，可能是对家乡的不礼貌是吗？"娜莎笑了一下，她对这个中国人并不排斥。

"如果是这样，这首《春天的声音》将因为您而倍添光彩。"白先生是帅气的，至少，是一位优秀的男士，是让小凯斯普先生心生不安的那种，而不像身边的佑恩。

马迭尔的乐队是自信的，他们配得上这个远东最豪华的舞池，当然，也对得起这座音乐之城挑剔的名流们。谁都知道，这首技术难度极高的曲子就像娜莎收到的那条精美绝伦的珠宝项链一样，如果不是绝色的美人，最好不要碰。

娜莎跟着骄傲的白先生进入舞池，在灯光逐渐暗了一点的时候，他们二位就像吹过湖面的风，在水中荡漾出了美丽的涟漪。他们的舞姿，就像天鹅游动的幻影，在湖面画出美妙的曲线。曲子在明快处就有了稍重一点的节拍，层层在耳边响着，当人们陶醉的时候，突然就回转起来，是小小的波澜在湖面调皮地打转。深沉的湖水笑他们，微风看他们，就这样，慢下来，悠扬的曲调又来了，湖水就跟着他们，微风就领着他们，直到小提琴的声音响起来，他们又嬉戏在一起。他们是美好的生灵，懂得风的倾诉，水的爱意。他们在不停的舞动中，还要窃窃私语，让旁人羡慕地聊上几句。

"娜莎小姐，您的祖国真的是天才的国度，伟大的艺术家层出不穷。"慕维的手柔软适度，握着娜莎的力度也恰到好处。

"谢谢您，白先生，"娜莎感觉到这个男人的得体，"我们也因此而骄傲。"

"如果广而言之，全人类都因此而骄傲。"慕维带着娜莎做了个幅度不小的滑步，这种姿态让观众和他自己都很赏心悦目。

"是的，您这么说，让人觉得很智慧。"娜莎搁在慕维肩上的手能感受到这个人身体的硬朗。

"倒是谈不上，不过——"慕维带娜莎旋转了一圈，又盯着娜莎接着说，"最近您的祖国似乎情况不那么好。"

"此话怎讲？白先生。"娜莎在白慕维高抬的手臂下优美地画了个圆，再看着他，有些惊讶的神色。

"我最近看了《满洲评论》上一篇连载报道，叫《俄国纪行》，似乎对红色国度，有些不利。作者在俄国旅行了一个月，虽然他的态度是客观的，但也难免，难免以偏概全。"跳舞的两个人，最暧昧的其实并不是外人观察到的肢体接触，而是很短距离内两个人的眼神一直在交流，这种对视才是世界上最暧昧的事情。

"一个月？可能对于那么大的一个国家来说，并不能说是很漫长的时间。不过，对于一个工作繁忙的记者来说，可是不短的了。"娜莎因为慕维的眼神，语气变得温柔清扬，"我能知道，这是哪位先生吗？"

"好像是叫唐，唐先诺先生，是这个名字。"音乐的快板让气氛变得欢愉和明快。

"嗯，不错的名字。"娜莎点点头，想起了火车上那位大记者。

"有时间的话，建议您阅读一下。"慕维的眼神晶莹透彻。

"关于我的祖国，我是感兴趣的。您的舞技很娴熟，力度也刚刚好，准确地说，很体面。"娜莎牵着白慕维的手，跳出一小段舞曲中间的过渡舞步。

"谢谢。我在很小的时候，就学会了华尔兹，那时，还是个懵懂少年。"

"在哈尔滨，那个年代，很难得。"娜莎欣赏慕维的修养，对她来说恰到好处，有些修养过好的人反而会让她觉得不舒服，不自由。

"抱歉，女士，我不是哈尔滨人，我在国外长大，只是偶然来到这座城市。"慕维说。

双簧管的伴奏总让人觉得有点震动，即便在优美的组曲里面。

娜莎和慕维的距离保持得很好，这是一段曼妙舞蹈成功的前提，不过这分寸其实是很难被掌握好的。

"我的父母在唐人街开了很大的餐馆，他们跟我说，自己拼尽力气远渡重洋，为生计奔波，就是为了后代能很好地学习艺术，学习哲学。"慕维笑道。

"这真是有智慧的父母。"娜莎闪着眼睛说。

"是啊，我很尊重他们。您听到了吗？这个竖琴的演奏很有水准，演奏者很懂《维也纳之血》。"

"我也有同感，哈尔滨的音乐人才实在太多了。"娜莎说。

"不过，我后来没有学习艺术，倒有点遗憾。"慕维故作一点落寞神情。

"那是您的选择，可是，您还是对音乐和舞蹈很在行。"娜莎微笑看着慕维。

"是啊，不过我热爱我现在的事业。"慕维轻轻说。

"对了，您还没有说，您是在哪个美丽的国家长大。"娜莎随音乐有节奏地摇摆着。

"美丽的英伦三岛，才是我的家乡。"

"怪不得，您很绅士。我想您来哈尔滨，是去了英国领事馆吗？我路过的时候，惊叹英国人的建筑是那么优雅大气。"娜莎不想多思考什么，这会在如此近的对视中轻而易举被人看穿。

此时是长号的声音，它把乐曲变得舒缓起来，两人的动作也慢了些。

"我在哈尔滨站下车的时候，远远见过，就在广场附近不是吗？"慕维似乎也有同样的心思。

"是的，原来您不是去那里。看来，一定是为了生意而来，还以为您是个外交官呢。"

"对，是生意。"慕维轻声说。

长号恰到好处地停止了，中号和小号，还有小提琴一起为这段乐曲的高潮而奏响。天啊，风急了些，水深了些，有些忘情了。

娜莎踩着节奏向前一步，白先生就准确地后退一步，随后他又一条腿迈前一步，另一条腿稳稳地跟上来，踩到小号的节奏上，完美。娜莎也不逊色，她的长腿就像和音乐融为一体，她适时跟着退后一步，节奏也是完美的，给白慕维向前的空间，否则，白先生也不会做出如此优美舒展的动作来。

"听闻哈尔滨的有钱人很多，生意应该好做呢。"娜莎说。

"很遗憾，我好像赚不到哈尔滨人的钱，"慕维说，"我是受英国人的委托而来。"

"对了，您学的是什么专业，您还没有说。"

"娜莎小姐，"慕维的舞步受过很好的训练，这让他游刃有余，边说边聊，同时还让自己的舞伴在曲子中很轻松惬意，"我热爱的是一门古老的手艺，比音乐似乎还要古老。"

"白先生，您真的很会设置悬念。"舞曲即将结束，舞者最美丽的动作都表现了出来。

"您很聪明，几乎说出来了。"在一系列复杂的舞蹈动作中，慕维的语句还是很清晰平和，"我很喜欢读侦探小说，所以就进入了皇家警察学院学习。"

"很有名的学校，您现在是——在做生意？"娜莎问。

乐曲在高潮中终结了，舞池的灯光慢慢亮了些，人们都在为这精彩的演奏鼓掌，向乐队致意，向舞者欢呼。至于舞者，他们都互相致礼，男士一手背在身后，一手轻按胸膛，诚意地鞠躬。女士们，她们的纤纤玉手一手捏住裙摆，一手抚在胸前，轻轻屈身。

娜莎和白慕维也不例外，他们致礼的姿势也是舞池里面最优美的。

白慕维轻声说了一句："您猜得不错，这是生意，伦敦奥利弗侦探事务所的生意。"

第十七章　墓园

车子在东南方向出城，开不多久，就是阿什河。

这是一条古老的河流，也是松花江的一条支流，在哈尔滨城外蜿蜒而过。

一千多年以前，女真人在这里生息壮大，直到出现了一个武功赫赫的英主——完颜阿骨打。他在这条河边上，建立了一个庞大的都城——金上都。再之后，他的部落一路向南，没多少年，就攻陷了北宋汴京城。"徽钦"二帝被作为战利品掳回北方，曾在这里囚居过不短的时间。又过了几百年，他们的后裔，彼时被称为"满人"，在辽东兴兵，再度南下逐鹿。

他们的故事，起码现在，1932年初，还远远没有结束。

过了阿什河，不高的山脉也算是绵延不绝。在一处背山面水的风水宝地，不知道是哪年，修建了一处豪华墓园。轼珩和兮楠就在这处墓园大门前下车。

"你就不用进去了，在车里等我吧，天冷。"轼珩看看四周，寂寥无人。

墓园空寂无人，寒风在这里徒然吹过，萧瑟冷清，人间极致。

轼珩的步履很慢，十数年，几万里的距离，此刻，咫尺之遥。只是，这几步的距离，是地上地下，是人间黄泉，是天人相隔。

世上最远的距离，莫过于此。

并排的两个墓碑，父母一座，哥哥一座。轼珩知道，这里很久没有人来过了。世上的人最终都会变成土，人与人都是一场尘缘，就是这个意思吧。

他的记忆之门重重推开，昔日的欢乐和温馨，还有那气氛中的父亲母亲和哥哥，恍若就在眼前，这时他们的轮廓都闪耀着金光。

他第一次去学校，一家人陪着他，他是那么新奇又紧张；第一次拿起小提琴，是父亲送的礼物，他是那么爱不释手；第一次当众演奏，羞涩惶恐，是一家人深切的眼神在鼓励他。第一次，很多的第一次，直到第一次远行，也是第一次远离家人，许多第一次不知怎么变成了最后一次。

轼珩站在墓碑前，一眼阅尽山脚下辽阔的黑土地，轻易越过宏大的城市，直抵天际云边。

他摘下手套放进大衣口袋里，又摘下帽子，虔诚地祭奠了家人，把父亲母亲最爱的蜡梅摆放在墓碑前面，在哥哥的墓碑前面放了他最爱喝的"哈尔滨啤酒"。很多年来，今天此刻这一系列的动作，轼珩默默想了很多次，但从来没有和别人说起过，包括妻子。他真的想过很多次。

轼珩点燃烟斗，慢慢坐了下来，在两座墓碑之间，和他们并排坐着，看着一样的风景。他慢慢地抽烟，家人肯定看到了，第一次看到轼珩抽烟的样子，第一次看到，不再是孩子的轼珩。

他觉得，孩子对至亲的回忆肯定是主观的，但在某种意义上，对于亿万众生来说，其实这就是盖棺论定，别的什么人的看法就不是主观的吗，他们甚至连评价逝者的资格都存疑。母亲出身书香世家，端庄仁厚，慈爱宽容。轼珩的性格，甚至艺术天赋，最像她。母亲告诉过他，离乱艰难不折坚毅，猝然变故无损心志。她总说，这世上有很多的恶，但是，一定还有更多的善。哥哥就像父亲多些，博爱智慧，犹善数理，也爱交朋访友，不像自己，总是喜欢静静待着。

轼珩的烟斗燃得快，一阵阵烟雾升起，然后，他又重新放好烟草再点燃，安静地吸着。他默诵着母亲给他写的信。平素家书都是哥哥代笔的，母亲在轼珩出生后，身体有恙，动笔是很少的，这是唯一的一封，时间正好是十年前的这个季节。之后不久，日子突然就断了。

轼珩吾儿，

睽违日久，无恙安否？

前日家书收悉，父兄相阅，知儿柏林安顿顺意，且琴艺精进，愈得欧罗巴大师之妙，喜悦之心，溢于言表。为母知之，亦欣慰矣。近汝兄忙于与维屏婚事，今启程南地，拜见亲家高堂亲朋。思儿心切，索性我提笔叙之。

万里之遥，欧亚相隔，念你之心，我们三人每每念起，反而挂怀倍增，所谓至亲之情，舐犊之心，就是如此吧。

世上人，难得本性和谋生职业完全符合，这是人生莫大的福分。吾儿潜心艺术，尤爱乐理，甚具灵性，是为有福之人。所谓艺术，母亲以为，无非美之精研，人性之探源，生活之洞察，所以为万千艺术。艺术者，给人以享受，给人以感动，给人以启迪，甚给人以奋进。如此而言，艺术家，不可自视高于众人，不可自以为翱翔于天上，反而要深入人群，深入人心，要落入大地，植根于大地，才有成长之可能，才能于艺术有益，于世道有益。王国维先生说："昨夜西风凋碧树，独上高楼，望尽天涯路。"真是一语中的，这说的是为人要有境界，有寂寞孤独看遍世间沧桑的境界，无境界无以成高格，所谓站得高，人的心胸才豁达，才包容，才有事业、人生让人艳羡的成功。没有境界，学问精了，心胸反而更小了；财富多了，反而更加吝啬了。这境界上要多留意，自修之心，时刻念兹在兹，不可身在异国，左近无约束教化之人，放纵本性，而有懈怠。

吾儿沉毅专注，敏感多情，所谓有赤子之心者，须将赤子之心化作对生活、对学业的追求，成就大事，为期不远。为人者，赤子最久；为母者，赤子最爱；为事者，赤子最坚。吾儿资质不凡，且珍重之，珍重自己的才华，珍重自己的时间，珍重自己的感情，让赤子之心伴随终生，于为母就是最大的安慰。

吾儿不喜政治，和兄长大有不同，为母本不该多言，然而国家多难，局势堪忧。中原烽烟不断，满洲也是民生凋敝，举目街头，乞儿孤老，屡见不鲜。可能是妇人之仁无足轻重，然吾儿潜心演奏，也是华夏之子，尚有数言望吾儿思之念之。

为一国之民，犹如为一家之子，爱我之国如母亲，护我河山如居所，这是天命所在，万古不变之理。国无尊严，艺术家何来尊严？国无主权，海外游子何来家园？国之不国，你我芸芸之身，与孤魂野鬼何异？

假以时日，学成归来，以音乐为生，也要以音乐报国，此乃人生大义，吾儿不可不知。山河破碎，人心却莫散，这音乐，这艺术但凡能为人心聚力，就是对国家最大的贡献。人心不散，图强改良，再兴吾邦，只待时日而已。吾儿小时常和兄长争辩，乐理乃至理，凌驾于数理之上。为母要告诉你，民族凌驾于国家，人心凌驾于时事，吾儿之乐理再大大不过此理。列强欺我辱我，我不可自欺自辱。吾儿身在德意志，不可一日忘却你是华夏之子，远东之子，不可忘本，一事一物，牢记我华夏儿女尊严。你是一人，千千万万的这样一人，民族就有希望，一定有！

落笔至此，千言万语，不能叙尽。期盼吾儿切记为母的嘱托，保重身体，精研学业，踏实为人，广开眼界。家人盼你学成之日，为国尽力，这是父母和兄长最大的心愿。

吾儿保重，余事再叙。家中一切安好，父亲、兄长都问你好，莫要惦记。

母亲
书于1922年3月

轼珩有天纵记忆力，他一字不差地默念着母亲十年前的信，一遍又一遍，似乎领悟到新的意思。人有时候就是这样，同样的文字，给智慧的启迪却会历久弥新。轼珩想，马克思说，世界上一切的事情都不以人的意志为转移。那么，世界的一切事情，就是以时间、地点、条件为转移。

轼珩这样静静想着，脑海里似乎有着准确的影像，又会突然没有，总之这是一种让人神思恍惚的、无依无靠的状态。那天他正趴在母亲怀里，哥哥则坐着倚靠着母亲。母亲说她刚和父亲成亲的时候，有一次两个人和一些朋友去长白山游玩，在一处山麓正好看到一对梅花鹿母子从瀑布旁边的树丛中跳出来，母鹿带着小鹿没命似的跳跃着跑。转瞬的工夫，两只豹子也窜出来，追着过去。眼看就要追上了，那只成年梅花鹿突然停住，看着小鹿不停地往前跑，母鹿就站着，脖子伸得很长，一直看着。后面两只豹子马上就扑过去，那母鹿却没有倒下，倔强地站着，两只豹子玩命地撕咬它，母鹿浑身是血，仍然死命地想站住，伸着脖子，脑袋一动不动，看到小鹿跑得远了，不见了，才倒在血泊里。母亲说，这母鹿知道如果她继续跑，死的就是自己的孩子，只有自己停住了，才能保住小鹿，所以，她选择自己去面对噩运。

轼珩感觉时光和岁月就在自己身边，感觉自己慢慢和这冰冷的空气融为一体，感觉自己变成了这墓园的某一块石头，自己本来就是这里的一部分。

刚才过来的路上，兮楠告诉他，组织上临时派孟蕤去中国南方执行任务，她会带着孩子经停哈尔滨，那时候他们可以见上一面。他没有想到这么快就会见到他们，他想这是组织上的关心。他感到欣慰，而在目前危险莫测的局势之下，他也很担心。

天空不知道什么时候，轻轻落下一片片雪花。

轼珩长长叹了一口气，又站起身来，对着墓碑喃喃说："父亲、母亲、哥哥，我有妻子了，她叫周孟蕤。我们的孩子快三岁了。过一段时间，我会带着他们一起来。"

"维屏"——他只在书信中听到过的人，她去哪儿了？

电光火石的念头在轼珩心头划过，他没有错过这么重要的信息，只是，现在还不是时候，他不会浪费自己的任何精力和情感。如此复杂的迷局里，他明白等待和慎重是唯一选择。轼珩伸手在碑文上面轻轻抚摸着，滑动着，彻骨的冰凉从手指传来，他不觉咬紧了嘴唇。

轼珩把大衣的领子竖了起来，遮住了自己大半张脸庞。他是个特工，而且是情绪控制力超一流的优秀特工。但是，在莫斯科接受任务之际，组织上和他进行的一席谈话，却让他的情绪在那一刻陷入平生最大的混乱。

"你在柏林学习音乐期间，家中罹遭变故。1925年你和妻子投身革命，当时我们调动了哈尔滨的情报系统对你的家庭做了一些调查。可惜，事情过了好几年，而我们的系统在满洲不是非常得力，但我们还是得到了一些资料，被定为'绝密'。"那时，他想着那座似乎已经陌生的城市，眼神里是一种复杂的情绪，他默不作声抽着烟斗，嘴唇抿了一下，轻轻点点头，示意自己在听领导讲话。"我请示以后，现在可以告诉你，这对你个人很重要，毕竟这一路……那年，绑匪把赵家偌大家产勒索一空，然后撕票，不久你哥哥又病逝。这是公开的，报纸上的消息。但有一个意外，我们的情报人员调查了当年中东铁路医院的资料,没有发现他的死亡记录。你知道,从1910年哈尔滨爆发大鼠疫以后,尸体处理是非常严格的,不会落掉一人。在他的墓地也找不到下葬当天的资料,这很不正常。所以很对不起,没有经过你的同意,我们的特情人员私下出了一些钱,请人偷偷挖掘了一下。"对面的领导停顿了一下,他那时看上去也是困惑的,而且语气中有些身临其境般的慌张,"发现……下面什么都没有。"

那一刻,轼珩的眼神就像平静的湖面被从天而降的陨石击中,无辜的水浪翻腾而起然后汹涌地喷射出去。他猛地吐出刚吸进去的烟雾,不自主地俯下身,剧烈地咳起来,竟然停不下来。

他回忆着,在墓园慢慢走着,看着一座座墓碑在夕阳下默然无声。他想,这世上的人没了,有人给他立碑,他的死就是为爱人、为家人在天上点燃了一盏灯,以其柔和的清辉照亮通往再相见的路。不过,在这之前,他还有很多的事情要做……

墓园的乌鸦在雪中飞着,白雪黑乌。他想起满洲里那个小教堂那位老人说的话,除了孤独,一无所有。自己比他幸运,自己是孤独的,但不是一无所有。

雪下得不大,但路上还是多了新雪。进入城区,车子开得慢,轼珩索性打开收音机,里面正在播放张景惠发表的《满洲国建国宣言》。

"奉天、吉林、黑龙江、热河、东省特别区、蒙古各盟旗官绅士民详加究讨……满蒙旧时,本另为一国,今以时局之必要,不能不自谋树立,应即以三千万民众之意向,即日宣告与中华民国脱离关系,创立满洲国……凡在我国家领土之内居住者,皆无种族之歧视,尊卑之分别……即其他人国,愿长久居留者,亦得享平等之待遇,保障其应得之权利……"

车内的气氛沉默又忧伤,两人都没有说话,与其说是在见证一个国家的诞生,不如说是在见证自己家乡的沉沦。在目前的政治局势下,无论欧洲,还是中国,甚至就是脚下的这块土地都充满了变数,任何人都无法准确预知未来。这种感情是复杂的,尤其是对两个身份特殊的人,他们只能确定,现在的情感绝对没有广播里刻意渲染的喜悦,对很多人一生都无法听到的什么《建国宣言》,没有喜悦。

"下面播放关于国体和国旗的布告……"收音机继续喋喋不休。

"我还没和你说,上级复电了,"兮楠的语气有些谨慎,也有一些轻松,"对你的情报表示肯定,并依据电文,已提前重新评估对马占山的军援。这些日子新闻也能验证,这次建国,马占山无论出于什么本意,是表态支持的,也去了奉天关东军总部。我之前可是没有听到一点风声,泰初你是知道的,说话很谨慎,尤其是这种涉及绝密的内容,即便烂在心里,也不会说出来。"兮楠斟酌着问:"这种事情,你初来乍到,是怎么知道的?"

"马占山,他的态度非常关键。去年九月嫩江的军事行动之后,他声名大振,日本人是有些忌惮的。"轼珩看着路上匆匆的行人,陷入了思考,其实自信做出这种推断,他是有依据的,只是也没有仔细总结过。目前苏联对东北抗日武装的支援是迫在眉睫的,作为一个潜伏的特工,他有责任尽快把这种重要情况和自己的判定传递出去,让上级斟酌权衡,所以,那天他才临时决定让兮楠发出信息。

"事情的转机——是和丁局长出去散步的时候,我平时就发现,丁局长是不爱带枪的,这也许和他的出身不是职业特工有关,也可能是因为他的个人喜好,或者说习惯。"

"轼珩,你知道丁向的背景吗?"兮楠对丁向一直有些好奇。

轼珩想着泰初的话,也不愿意提起什么让兮楠感到害怕,毕竟是楼上楼下住着的邻居,就没搭话,继续说道:"而且他平时都是有警卫员的，片刻不离，所以也是正常的。但是，那天晚上，我发现他即便没有警卫员，也不带枪，他上楼回家拿东西，是要和我出去，我确定，他也没有带枪。"轼珩想着丁向用手作手枪打向乌鸦那"啪——"的一声，似乎现在还有回响。"但是，我听行动处的秦贻直说，那天晚上在马迭尔宾馆，他和丁局长执行任务，内线报告可能有国民党特务在马迭尔餐厅接头，丁局长发现他们之后亲自连开数枪，带着兄弟们很快就把几个特务清除了。秦贻直还夸说平时没见丁局长开过枪，枪法却还很不错。还发牢骚说，那天晚上一夜未睡，丁局长一直都在，也不能开小差睡一会儿。堂姐，你知道这代表什么？"轼珩扭头问兮楠。

"那，那应该代表任务很重要呗。"兮楠说，"丁局长平时自己也练枪的。"

"对，姐夫也说，这个人是有自修的习惯的。"轼珩点点头说，"不过，那么一个餐厅，距离那么近，我们那么多人，其实，枪法谈不上好坏。秦贻直那么说是捧着丁局长，我倒觉得他的枪法实际应该不怎么样。"轼珩看一眼兮楠，然后车子在教堂街转了个弯。他觉得丁向不爱带枪，就是潜意识对这东西还是疏远的，不爱不亲近的东西，其实枪法不会有多么精进，又说："这件事有两个不寻常的地方。一是一个从来不是事必躬亲的人亲自带着行动处出勤，而且是通宵任务。二是从不开枪的人开了枪，还开了数枪。那么多兄弟在，不需要他亲自动手的。这就说明这个任务，非常重要，甚至可以说是目前哈尔滨天字第一号重要的任务。所以呢，就是丁向是有意在突出自己，在表现，想让什么人注意自己。"

"嗯，似乎是。那你就能判断那晚板垣征四郎和马占山见面？"兮楠有些狐疑地盯着轼珩，说，"这太冒险了，太冒险了，你的判断如果是这样，那就太冒险了。这份情报有问题啊，轼珩。你知道吗，也可能是张景惠和什么人见面，点将让丁向去啊。这个，这个,太牵强了。"

"马迭尔宾馆——"轼珩并没有被兮楠的情绪影响,还是慢条斯理地说,"堂姐,您想那是什么地方?上面挂的是法国的三色旗,是说明凯斯普现在是法国籍,但这不是炫耀,在现在的哈尔滨,这代表中立,这是护身符,所以哈尔滨最活跃的情报交易市场也在那里。"

"我还曾经去过两次,买过情报。"兮楠仰起头,想想说,"你的意思是会面地点透露出来了重要的信息,是吗?"

"对!"轼珩语气坚决,说,"现在的哈尔滨,重要的会晤,还能劳动丁向的,应该是中日、中俄、日俄三个方面对吗?"

"嗯——应该是的,没错。但是日俄现在没有会晤的条件,而且俄国方面如果有此项安排,我们一定会知道的。"

"对,也就是中日会晤,只有这个选项。但是,中日会晤是张景惠和日本高层见面?我想——肯定不是的。"轼珩看着哈尔滨的街景,表情似乎很惬意。

"对,对。他们会面可以在政府地点,在特别公署,甚至张景惠家里,没必要非去个宾馆招摇,现在毕竟是多事之秋。你聪明!"兮楠一只手握成拳头,轻轻捶在另一个手掌上。

"所以——只有一个可能,就是那天在哈尔滨发生了一件事——日本人和抗日武装的会谈!分析一下现在的局势,只有在哈尔滨,在马迭尔,才是双方能接受的地点,合情合理的地点。"轼珩的语速稍微快了一点,"而之前说了,堂姐,丁向的露面和不寻常举动,说明此次会见规格极高,又有他想邀功的人,那这个人就是关东军的高层。而关东军总司令本庄繁在奉天坐镇,负责黑龙江军务的最高长官是板垣征四郎,也只有这个人能让丁向处心积虑巴结,不是吗?而那是局势的焦点,也就是抗日武装问题,其中最忌讳的就是马占山,也只有马占山的实力才能让板垣屈尊亲自去谈,不是吗？"

兮楠恍然大悟："你这属于隔山打牛，隔空抓物，可是很了不起啊。"

"见微知著，可能好些。"轼珩也轻轻笑。

"那能不能跟姐说说，那个'电文无虞'是什么意思？"兮楠问，"莫斯科回电对这点的指示，就是'知道了'三个字，并没有具体表态，这也让我觉得有些诧异。这枚银圆丢失直接导致原来的联络员和一些外围的潜伏人员被召回莫斯科，也正是因为这点，上级才破天荒启用了我做你的联络员。但是，那个电文的指示上级再没有提起过，既然是那么重要的内容，为什么？"

轼珩表面平静如水，心里也在等着莫斯科的回电，等待的并不是什么表扬，而是希望上级对自己关于这枚银圆的短短一句话电文说些什么。他也预料到了，有可能只是一句"知道了"，甚至什么话都没有。而这个意思就是，上级认可自己"电文无虞"的判断，双层加密的电文，想破解难于上青天。但事无绝对，并不代表绝对不能，除非出现极其意外的情况，现在只能这么认为，或者说大家都在赌一把。从莫斯科撤换交通员和一部分潜伏人员来看，丁向他们猜测这个电文是名单，这是不假的，而这件事情的赌注就是政府内部的所有潜伏人员。丁向他们很清楚，这段时间政府内部并没有关键人物离职。莫斯科为什么没有撤走他们，是因为实在是太难了，这些潜伏人员对于莫斯科来说是残存在远东的火种。他们这才下了重注，赌这种意外情况不会真的发生。万一发生，撤掉那些外围人员，也算减少损失了。况且，那些关键位置的潜伏人员就算安全撤回，也前功尽弃，并无大用。那天会议上一再强调的出现多次的两个字代码说明了一切，这可能是一份重要的任命文件。

至于"手写纸有泄露危险"这几个字，他只是推测，莫斯科毫无反应，恰恰证明自己的推测可能就是对的。

车子路过大直街上的哈尔滨工业大学，轼珩看见情报局的两辆车子鬼鬼祟祟停在路边。他往不远处的平房看了一眼，知道那是王建宇的家，在心里过了一遍周遭路线。

"嗯，我坚持判断，那个王建宇在说谎。"轼珩肯定地说，"他的眼神告诉我，他在说谎，起码那个时候，他心里不是'十天'。"轼珩掏出怀表，看了一眼。其实，看表只是一个下意识的动作，特工对时间非常敏感，尤其是轼珩，能在任何时刻知道当下大概的时间，偏差最多不会超过两三分钟。他看表，其实心里是算了一下天数，快十天没动静，今晚可能是个不眠之夜。

轼珩小心把表放回去，感到踏实。这是一块伦敦巴罗德公司生产的金壳表，维多利亚时期的设计风格，带着一根爱尔伯特金链，乳白色的刻盘满是对时间的致敬和谨小慎微，表背上的编号是"5254"。这块表是1925年在柏林圣菲尔大教堂后面的旧物市场买到的，那是他们结婚的年份，

两人到家，各怀心事上楼，迎面遇到下楼的蒋敏传，就寒暄了几句。

"蒋局长，这时候还出去？"兮楠笑着客套。

"陈太太，没办法，这几天事情太多，建国了，治安压力太大。"敏传中等身材，相貌英气，腰身坚挺，很有军人风度。他又说："太太身体不好，回来看看，还要出去，熬了几个通宵了。"

"蒋局长来了哈尔滨几年，哈尔滨的治安情况可是今非昔比，民望高着呢。"兮楠倒是转身看着轼珩说这话。

"哪里，哪里，都是泰初关照。轼珩有日子不见了？"敏传说话是广东口音，语气也带着爽快。

"是的，蒋局长，都是为新国家尽力。"轼珩笑笑，应景地说，"您忙大事，我忙小事。"

"我们都要谢谢蒋局长了，我说最近楼下人见多呢，都是您那

里的便衣啊。"兮楠说。

"没法子,泰初在这里住,更要小心。还有人家丁局长,官也比我大半级,都要照应着。"敏传看看兮楠,往楼下走了几步,就要告辞。

两人进了房间,兮楠坐到沙发上,喝着王妈递来的热茶。"你来的时间短,是不知道,蒋局长这个人少年得志,到咱哈尔滨本来要大展宏图的,谁承想就不走运。年纪轻轻,就在吴铁城手下做了上海警察局的治安处处长,其实挺得赏识的,而且他和张景惠的四姨太有亲戚,不知道怎么,大老远的,就调哈尔滨来了。当时张大帅还在呢,本想着他来,先当哈尔滨警察局副局长,然后现在这个王巨鹿王局长调到奉天去当警察局局长,王巨鹿和张作霖关系好着呢。没承想,刚来几个月,这王局长调动手续还没办完呢,大帅出事儿了,这王局长就耽误了,小张又不用他,这王局长没地方去,腾不出位置来,好,蒋局长就没办法上位了,所以一直窝在副局长任上。"兮楠声音放低了些说,"你说,他们这两位这关系还能处好吗?"

"不过,蒋局长口碑好像还不错。"轼珩说。

"是,听泰初说,工作能力还是强的,管那些警痞子,手腕是有的。"兮楠想到什么,倒笑了,"为人爽快,收钱办事,这样的官儿就算好人。你瞧,不是跟你说过,人家收的东西把我家天花板都压塌了吗!"

轼珩刚才在敏传的眼睛里看到了某种心焦,回想起来,虽然一身官威,仔细也能看出他诸事不顺的丧气相。轼珩思索着什么,就抽起了烟斗,不再说话。

夜里,泰初叫轼珩到书房聊天。

轼珩点上烟斗,坐在沙发上,正对着窗外。雪夜,还能看见尼古拉大教堂的轮廓,重重叠叠的,有几分神秘玄幻的感觉,轼珩很沉迷于这种幻象。

泰初坐在对面，缓缓说："怎么样，聆听张司令的《建国宣言》了？"

"是的，姐夫，和堂姐一起听了。"轼珩知道这份宣言一定有泰初的心血。

"不顺势而为——不搞新政府——怎么办，指望东北军回来？指望蒋介石挥师北进？日本人不是北洋啊，不跟人家搞新政府，那就真是日本人的天下了，那就成第二个台澎了，连朝鲜都不如。我们这些为政的人，有选择？"泰初把头仰到沙发后面，长声说，"没有——没有！一个战士，真为理想而战斗，就不要管死后的墓碑是鲜花，还是——"泰初轻咳一声，冷冷地说，"骂名！"

"姐夫，那以后，咱们这个政府机构里，日本人也不会少吧？"轼珩不想激发泰初的情绪。

"恐怕是的。"泰初舒了口气说，"但是，你也要注意，和日本人务必要小心，这些人——"泰初想起什么，突然问："你，在德国，知道有个叫巴登巴登的地方吧？"

"知道的，是在德国南部，温泉很多，是个度假胜地，我也是去过的。"轼珩答道。

"1921年，就是你刚去德国的时候，三个日本人，一个叫冈村宁次，他是正好去欧洲出差，那个永田铁山当时是驻瑞士的武官，小畑敏四郎呢，是驻俄国的武官。他们三个人以前也认识，就约着去那个巴登巴登度假。这三个人啊，很投脾气，政治主张一致，就结拜为兄弟。你知道，这三个人如今在日本军政界，都是了不得的人。"泰初接过轼珩探身递来的水杯，喝了一口，接着说，"他们被称为'巴登巴登三羽乌'。日本文化中，乌鸦是神鸟啊。这三个人当时都不到四十岁，回国后就广募志同道合的人，成立了一个政治团体，叫'二——叶——会'。"

轼珩听着这个名字很陌生，显然这个组织并不为人熟知，而从泰初嘴里这么说出来，那来头一定是不小的，轼珩就问："这个二叶会和目前的满洲国，关系——很大？"

"这是一个政治团体！他们的主要成员，除了这三个人，还有现在的关东军司令本庄繁和他的前任河本大作。"泰初的语气深沉而悠长，他说，"这个人，你应该知道的，很多人都说他是1928年张大帅遇刺的决策者，毕竟他是当时的关东军司令。所以，你就应该知道他们对我们这个新国家有多大的影响力了吧。"

"嗯——都是赫赫有名的大人物，实权人物。"轼珩说。

"以后和日本人打交道，小心二叶会的人。"泰初谈起政治，眼神炯炯，极具风采，他又说，"他们才是对日本对华政策最有影响力的政治势力，这个团体中的很多人是可以直接面见天皇的。"

"谢谢姐夫指点。"轼珩若有所思，看泰初喝水，眼神就掠过泰初，看着外面。屋内开着灯，外面只能看见影子——黑漆漆的教堂的轮廓，和平时在自己房间、在客厅注视的轮廓因为角度的偏差稍有不同。

"他们企图在满洲布下另一股势力。"泰初放好杯子，跷着腿，深深靠在沙发里，头搁在沙发背上面，接着说，"这个和你的工作息息相关。"

"哦？"轼珩的眼神从窗外收回，看了一眼泰初。

"二叶会有个成员，你，一定听过！"泰初的头放累了，自己就轻扭了几下，这是长期伏案工作的人的通病。他又说："坂西利八郎！"

"他是——北京坂西公馆的——"轼珩作为一个潜伏在满洲国的特情人员，自然知道坂西利八郎，何况这个名字，他在莫斯科受训的时候就如雷贯耳。这个人被称为"日本在华间谍之父"，在世界谍报领域都是大名鼎鼎，他创办的坂西公馆在后期已经取代上海的同文书院，号称日本在海外顶级的间谍学校。

"是的，你应该听说过他。"泰初说，"但是你可能不知道，他有很多徒弟在满洲工作，控制了满洲所有的日本谍报系统，这是一股更莫测、更强大的势力。"

轼珩有些惊讶，坂西利八郎，这个教科书上的神秘人物，竟从泰初这么一个温文尔雅的人嘴里说出来，还是在这个时候。轼珩看着窗外，还是像以前一样，对尼古拉大教堂神秘又魔幻的轮廓总是看上半天，只是这是在泰初的书房里。但他隐隐觉得这个轮廓和平时不同，仔细一想，又不是角度的原因，因为尼古拉大教堂的轮廓是完美的，是和建筑本身浑然一体的，然而它在星光下呈现的模样，此刻却有些不同。

"坂西利八郎有个得意门生，听说近期要从东京调到新京。"泰初说着就要站起来，想走几步，舒缓一下脖颈的不适。

他刚刚起身到一半，轼珩顾不得这种令人震惊的隐秘关系还有泰初要说出的今晚谈话的真正意图，突然猛扑过来，像蛰伏很久的豹子，直接抓死泰初，把他连同自己狠狠摔在沙发和茶几的中间。就在同时，先是可以看到窗外教堂轮廓的某个边缘处闪出一团团火焰，刺眼地穿透黑暗，接着就听到玻璃破碎的声音，再接着就是子弹打到沙发上、水杯上、书柜上的各种声音，炸裂声、爆响声、破碎声混成一片，轼珩和泰初被各种碎片打在身上。

轼珩扑倒的时候不自觉就把泰初压在了身下，此刻，他在一阵阵乱响中并没有辨别出别的房间有同样的声音，他脑袋里的念头就是：兮楠，必须趴下，不要跑动！趴下！

紧接着，还没等人缓过神来，街道上一阵阵警哨歇斯底里地响起，强光电筒照向空中，照在教堂上。一阵枪声又响起，但是没有打向这个房间了。

一阵慌乱过后，轼珩扶着泰初站起来。兮楠冲了进来，她的脸色煞白，直到看见泰初和轼珩并没有受伤，才瘫坐在被打烂的沙发上，捂着胸口，粗粗喘气。

很快，门外传来一阵喧闹声，很多警察冲进屋内。他们也是乱作一团，四处查看，然后带头的匆匆进到书房，跟泰初汇报说，火力点在教堂上，应该是针对泰初的书房射击，别的房间并没有任何损坏，也没有任何人伤亡，只是楼上蒋太太受了点惊吓。二楼的丁局长不在家。

泰初也不说话，坐在一旁，劫后余生，虽然有些心悸和愤怒，总体还是很克制镇定。而轼珩则在盯着角落的电话，早就知道今晚可能不会安宁，没想到这就开始了。

如他所料，也是如他所愿，电话铃响了。王妈吓得站不起来，在用人房躺着。轼珩自己走过去，接起了这个注定不寻常的电话。

第十八章　消失的足迹

轼珩很快到了现场。

王建宇倒在书桌前面，仰面朝天，双目圆睁，没有出现黑斑或者白膜，说明眼球并没有因为缺水和空气发生氧化反应，这是很短时间之前的事情。

他蹲身查看了一下王教授的致命伤，颅骨深度开裂，利刃重击天灵盖！裂缝整齐，又是斧子。基本相同的出刃力度和习惯。创口有向右的角度，是个用左手的人。对于一个专业人员来说，作案现场，也是答案现场，区别只在于答案是显而易见或者草蛇灰线，又或者玄影重重。

桌子并不乱，轼珩看见上面有几张白纸，拿起来在灯光下扫了一眼，上面有一些笔痕，浅浅的，似乎过一会儿就会消失。显然，王建宇或者他的家人刚才曾在这上面写字。

贻直这时过来拍拍轼珩肩膀，说："高处长，都检查了！院子里待会儿，味儿大！"说罢，用手在鼻子底下扇了扇。

外面雪已经停了，月光水银一样泻在地上，也覆在雪上。

"高处长啊，"贻直抱歉地说，"对不住，大晚上的，还折腾你过来。"

"也不赖你，大半夜的，谁都有犯困的时候。"轼珩看着贻直道，"而且，这家伙用的是斧子，没声音，千钧一发的事，防不胜防。"轼珩眯起眼睛冷冷地看着夜空。

"嗯，话是这么说，但还是够憋气的。"贻直在院子里挪动几步，又举起双臂伸了个懒腰说，"干咱们这一行，有时候就要有运气。暗中保护，又不能让王建宇察觉，要不人家不同意，怕影响不好。几个兄弟就在路边的车里盯着呗，他家后面是野地，也没办法停车，这天冷得撒个尿都要带个棍儿，边尿边敲，野地里车开不过去，谁也不能在那里蹲着啊，你说是不是。"

"算了，秦处长。"轼珩拍拍贻直的手臂，安慰着说，"也不知道电文是不是被抢走了。"

贻直的眼睛闪过一丝担忧："说不清楚啊——"

"咱们情报处、侦查处，再加上哈尔滨最厉害的数学家——人家还是喝过洋墨水的，"轼珩瞅一眼里屋，脸上有一丝遗憾，接着说，"折腾这么久都没结果，拿走有什么用，不过废纸一张。"

"真他妈狠——把王建宇老婆孩子吓傻了，孩子她妈当场晕过去了，孩子在里屋哭呢，到现在情绪都没缓过来，哭哭啼啼的，一问三不知，什么也没看到。你说怎么整？"贻直双手一摊，"说这些天，他回家就在那小桌子旁发呆，也不让人靠近，跟魔怔了似的。"

"嗯——家人是最难过的！"轼珩抬头看看残月，若有所思。这时，不出所料，刚停了一会儿的雪又下了起来，比上半夜更大了。"要不是他在书桌旁边，家里人性命都要不保了。"

"嗯，是！那是一定的！他在书桌旁，那家伙没被别人看到，这算是刀下留人了。哎，你说，高处长，这能是谁干的？"贻直把衣领竖起来自言自语道，"日本人？不是。他们想要，正大光明跟丁局长说啊。国民党？他们知道信儿吗？况且，他们保护俄国人有什么用啊！我看就是俄国人，俄国人干的！"贻直撇着嘴肯定地说。

"谁干的——没有证据，还不好说啊！"轼珩在院子里轻踱几步，轻笑一声说，"但是啊，只能确定一点——"他注意到贻直的大衣口袋里露出一些纸角。

"什么，哪一点？"贻直盯着轼珩，显得有点迫不及待，立功心切。

"我觉得啊——"轼珩这时候点燃烟斗，吸了一口，慢悠悠说，

"内鬼！"

"高处长，你，你可别吓我啊！"贻直看着月光下半隐半现的轼玡，惊讶地说。

轼玡就笑，淡淡的、让人看不出深浅的笑。他抽着烟斗，看雪花落在烟锅上，瞬间化作无形，就像此刻脑海里丁向那张脸。

两人说完话，轼玡又屋里屋外看了一圈。贻直所言不虚，杀手在院墙后面留下了脚印，雪地上，浅浅的。他沿着后院墙仔细端详了一会儿，凭痕迹判断出了杀手翻墙的位置，自己也爬上去，反复试了两次。墙不高，但是翻身上下，也颇为费力。这个人似乎没用手力，直接跃上墙头，是有功夫的人。这一处就是整个杀人过程对杀手来说，最费力的地方，只是留下一来一去两处脚印而已。不过，根据脚印，轼玡大概清楚了这个人的身高。在捷尔任斯基情报学院的时候，这不是一个高深的教学科目。只要不断地练习，所有人都能根据脚印的大小、相隔的距离，以及在雪地或者泥地里的深度，大致测算出这人的身高。

一阵风吹过，刮起了一阵轻雪，一个东西借着风力在院墙的一个缝隙竖了起来，不大的东西。那是围墙的一个凸起，围墙砌得马马虎虎，这样的凸起不少。这是什么？轼玡拿在手里，小心看看，没作声，就放在了兜里。围墙外的脚印直接通到一片树林里，轼玡沿着看，树林里有几个人影，见到轼玡就打招呼，都是贻直行动处的人，他们也沿着脚印在查看，这时又折返回来。

"高处长，那边是条小河，脚印到那里就不见了。"一个人认识轼玡。

"不见了？"轼玡有些疑惑地问，"雪地上？"

"是啊！肯定不是雪盖上了，在这里还清晰呢。"一个行动处的人拿着手电照着地上，招手请轼玡过来，"您看看。"

轼玡过去看，发现脚印在小河岸边确实消失了。在哈尔滨的冬天，小河早就封冻，顺着月光看，冰面上的积雪根本没有足迹。

"这就怪了——"轼珩举目四望，四周都是平滑光洁的雪地，只有那一行戛然而止的足印，其余的，都是自己人踩出来的。他又问："这附近有没有住宅？"

"报告高处长，除了王教授家那几排，没有了！"

"搜过没有？"轼珩厉声问。

"报告高处长，全都搜过了，但是没什么发现。"那个行动处的特勤人员挠挠头，说，"只有这段足迹，但在这里断了，太奇怪了。"这让所有人都觉得匪夷所思。

轼珩抽着烟斗，身子斜倚在一棵树上。雪越来越大，但不至于把足迹这么快就掩盖住。

轼珩跟身边拿着手电的人示意了一下，往树上指了指，登时大家就把手电筒冲向天空，挨个树仔细查看起来。冬天的树枝都是光秃秃的，虽然有些积雪，但一目了然，除了几个鸟巢孤零零挂着，并没有人影。

轼珩带着这队人回到王建宇家院落的时候，天已经蒙蒙亮了，雪稍小了些，又起了浓浓的雾气，北方的空气只有这个时候才变得湿气大些，否则在冬季，无论下多大的雪，空气都是极其干燥的。

雾很大，人和人一米距离都看不清楚对方的表情。

轼珩进到房间，很多同事在里屋和外屋拍照，取证，留档。

"高处长，有什么发现没有？"贻直扭身见到轼珩回来，就问。

"没有啊——秦处长，脚印突然就消失了。"轼珩带进房间一身寒气。

"难不成会飞？"贻直疑惑地看着轼珩说，"真他妈撞邪了，这房间也没留下任何有意义的东西，这家伙，很神啊！"

"兄弟们用手电筒都看了，树上没人，就有几个鸟巢。"轼珩说到这里，心里不知道怎么，哆嗦了一下。

"那怎么回事？"贻直的表情有些痛苦，眉头紧紧皱在一起，说道，"这是活见鬼啊！我说，活见鬼啊！"

丁向带着两个人像鬼一样从浓雾中现身。

他的脚步太轻了，走路还是很慢，不急不缓，好像外面潮湿阴冷的雾气和躺在地上凄惨的尸首都和他没有一点关系，或者说，他的状态，就像是一个鬼，诡异的天气、惨烈的死尸，才让他舒适安逸。

他让众人在外面等着，自己在王建宇的尸体周围徘徊了一会儿，又进了厨房，拿出个什么，又是好一会儿。

丁向再出来，两手轻搓了几下，表情很轻松，说："轼珩啊，这也不是你的本职工作，泰初那边还需要人，你还过来？"

轼珩在浓雾中看不清楚丁向的脸色，只是一团黑影。"是啊，临时接到电话，我想，还是过来看看吧，毕竟，这事情我之前也参与过，想着如果您在，"轼珩拿起烟斗，抽了一口说，"就及时听听您的意见。姐夫那里，来了好多警察和同事，也是安全的。"

"嗯——建国第一天，刺杀新政府要员！这事情马上就要传遍国内外，我们和警察局的压力很大啊！"丁向也点燃一根烟，淡淡抽着说，"实在太恶劣了，这些人，活到头了！"

"是，丁局长，我看这是预谋已久的。"轼珩同仇敌忾。

"嗯，正是因为这个时间点，的确可以说——是预谋已久的。"丁向吐了一个烟圈，消散在面前的浓雾里，又说道，"我们这个情报局，也失察了。不过，你立了功，我听说要不是你，泰初可就——"

"不平静的一晚上。天亮，我听听贻直那里的汇报，走吧！"丁向说完，又跟身边的副官说："让殡仪馆的进去抬走吧——这主家孤儿寡母的，也要照看些！"丁向用"主家"这个词，显得怪怪的。

一早，丁向就召开了专门的会议。

"局长，如果王教授破译出来的电文，被，被那个杀手抢走了,"道楚很焦虑,他看着丁局长说道,"那我们不是白忙一场了!"

丁向没有答话,手指在桌面上轻划,看看周迪,又看看张侍尧、刘厉行。

"这份电文,是有两级加密的,破译了,也还有一级加密,他们也不见得有什么办法。"

"是,丁局长说得对。"侍尧这才战战兢兢说话,"其实,就我个人看法,也许,也许不成熟,别说破译了也没有用,这个王教授,根本不可能十天之内找到密匙,我看,像是吹牛的。"

"是,是啊,"厉行的胖脸也全是焦虑,"情况确实是这样,这块肥肉,不好吃到嘴里,缪局长也是乐观了。况且,那电文丢了也无所谓,不重要,跟天书似的,拿了有什么用!"

"是,是!局长,前天日本特务机关哈尔滨那个负责人,船桥先生,给我打电话,我看意思是知道了这枚银圆的信息,"道楚诚恳地看着丁局长说,"他一个劲儿说,要是有重要情报,要跟他们共享,要是有隐瞒,对新国家这个日满友好的气氛是不利的。"

"哦,他知道了这份电文的存在?"丁向面无表情撩了道楚一眼说。

"他一个劲儿说他们有个什么技术力量,能攻克欧洲的密电。"道楚挺直腰身,急忙说,"对,对,特意强调俄国,说能攻克他们的二级加密。哎哟,我也没有授权,听着这个难受,不知道怎么接话呀,想着十天马上到了,到时候万一译出来了,再听局长定夺,到那时候再交给他们,也显得局长有面子不是。"

"嗯?"丁向深闭着眼,用手轻轻捏着两眉中间的位置,说道,"他们等不及了,主动说了——说他们能解决俄国的二级加密?以前不是听说,他们有人能破译俄国的传统电码,现在——说二级加密也可以?他们还听说过二级加密?"

"是啊,局长,"道楚把面前的杯子往前一推,身子在会议桌上前探了一下,说道,"我也纳闷呢。这两天没看见您,就没跟您汇报。这日本人太精了,好像什么都知道,咱们得出这二级加密的判断就用了很长时间,可人家全知道,还信心满满的,说东京参谋本部有这个力量!"

丁向下了决心:"那也好,既然他们东京有技术力量,你就跟他们明说,这份情报事关俄国在哈尔滨的全部人员信息,甚至可能包括在日本方面的高层潜伏人员,事关重大!请他们的人员来哈尔滨直接参与工作,以免有任何意外。我们——将全力配合!"

轼珩觉得如果真的有这种破译力量的存在,根据莫斯科最近的指令,必须马上行动了。

散会时,大家都起身往外走,丁向本来瘫坐在椅子上,死盯一处,一言不发,突然,他猛地站起身,声嘶力竭喊了起来。大家毫无防备,都看着丁向,目瞪口呆。

"混蛋!王八蛋!你们这帮混蛋!"丁向用手来回指着所有人,脸上青筋凸起,大声怒骂道,"昨天晚上!谁?是谁?是谁干的,是谁?!"

大家没搞明白丁向指的是昨晚哪件事,毕竟这一晚上的意外有两个,而丁向在刚才的会议上绝口不提,现在突然爆发,大家不觉面面相觑,大气都不敢出,会议室内一片死寂。

丁向看着这群人,怒火好像在瘦弱的身躯内炙热燃烧,他又拿起桌上的烟灰缸,狠狠地摔在地上,骂道:"谁?谁在尼古拉大教堂上暗杀要员?在我家楼上!!在建国第一天!谁?你们这些饭桶!去查!告诉我,是谁?!"说罢,他的手重重拍在会议桌上,目光阴森寒冷,像一匹马上要吃人的狼。

轼珩下楼回办公室,看见贻直有意思跟过来,手就轻摆了一下,示意他先不要来。这个人,在昨夜的某个时候让自己意识到了某种价值,自己一语双关的"内鬼"两个字也是想让他感觉到什么。

但是现在,还不想和他谈话,一个是不到时候,其次,轼珩需要自己静一静,这漫长的一天,让他没有时间沉下来。

思考,对于现在,是非常必要的,也是迫切的。

轼珩倒了杯威士忌,坐在办公桌前面,大大地喝了一口,又闭上眼睛,仔细咂摸着味道。

王教授必死。轼珩的直觉准确判断出他在说谎,他说十天,其实自己就定下了死期。丁向的反应也证明了这一点。王教授至死都蒙在鼓里,支使他说谎的人,用他做了一个诱饵,用他的死引蛇出洞。这个人除了丁向没有别人,他是在等,等不想让这个密文露出真面目的人出现,或者他要验证,这个人存在不存在。"十天"这个期限,只有那天在会议室的七个人知道,并被要求严格保密。如此,丁向和自己一样,知道在他们中间——有个人。

他看出了丁向的棋路,是想让对手得逞的,希望他的自信膨胀下去。

可以判断,这个凶手就是火车上杀害齐公子保镖的人,手法、伤口、攻击风格如出一辙,而自己的第六感,从不出错的第六感,直接调动了记忆中列车上的那个现场,对比之下,特征完全一致。这个杀手身手不凡,善用斧头,就像在火车上一样,最小地发出声音,以便有充裕时间离开。昨晚他更是如愿,外面路边,贻直的人在车上浑然不觉,而他的足迹离奇消失在那片树林里,更是狡猾到了极致,几乎可以骗过所有人,但不包括自己。这一切都验证了自己在火车上的判断:以他的身手和智力,绝不会是个用钱就能支使的普通杀手。

轼珩又喝了一口酒,轻轻从衣兜里拿出他凌晨在王建宇家院墙上的发现——一根布条。院墙刮破衣服,扯了下来。轼珩仔细用手捏了捏,又用双手展开,在光下端详了一会儿。崭新的青色布料,纺工很精细,是金贵的料子。可以想象,这个杀手是个特别的人,穿如此昂贵的衣服翻穷教授的院子。衣服撕开一个小口子,如此冷血而心思缜密的人却没有发觉，那只有一个结论：那是一件青色长衫。另外，这种颜色做别的衣服也是不合适的。

根据杀人手法是可以推断一个人的大致性格甚至相貌的，这是心理课程的学习成果。轼珩又抽起烟斗，另一手插兜，思考着。他应该身怀绝技，经济条件极好，所以这种时候还穿这种名贵的衣服。当然，在现实中，能如此聪明冷静的人，都是穷不了的。他也是自信的，月黑风高，一身长衫翻墙而来，对自己的功夫，绝对是自信的。那林中消失的足迹，他的计算更是周密。他的眼睛一定极黑，透着炯炯的光，因为这是一个非常聪明的人。这种绝对的自信加上凶残的行为，说明他是个阴鸷的人。而且他应该有个帽子，阔边的，遮住脸。

所有信息在轼珩脑海里形成了一个略微具体的形象：长衫配上圆形礼帽，一顶深灰色的帽子，和青色很搭配。他是很瘦的，再加上一身功夫，所以步伐很轻，声音很小，斧子藏在身上也不容易看出来。他的脸是瘦削的，鼻子笔挺，有一种坚毅，嘴唇很薄，带一丝凶狠，眼睛不大也不小，精光四射。最后，根据来自脚印的信息，他身高一米七左右，印迹很深，说明身材精壮。还有一个佐证：火车上那个保镖个子不矮，他被杀手先踢上一脚倒在包厢床铺上，那个脚印在胸口往下，可以断定那凶手个子也大致如此。

这个人和齐公子家有什么关系？为什么出现在这里？轼珩没有结论，这些也都需要时间，才会有更清楚的线索。而现在，还有更迫在眉睫的事情需要自己思索。

轼珩给组织的电报上，"电文无虞"四个字，是对目前形势，尤其是王建宇所说的"十天"的判断。

这封密电，是共产国际头上挥之不去的乌云。

刚才，丁局长要邀请那神秘的破译力量来哈尔滨。如果日本人所言不虚，后果将不堪设想。

不过，也正是时候，装着魔鬼的瓶子，要打开了。

第十九章　潮湿的鱼

离情报局不远，王爷街上，有个巴甫洛夫咖啡馆。

宽大的落地窗，高高的玻璃门，离得很远，就能闻到咖啡的香味。咖啡馆的豪华毋庸赘言，这里提供上好的咖啡，还有些简餐，所以，无论什么时间，客人都不少。不过，对于一个坐落在哈尔滨的、有品位的咖啡馆，音乐也是重要的。经营者是花了心思的，钢琴、提琴，还有萨克斯演奏，不同日子，轮番出现。

周迪是苏州人，闲暇时习惯穿旗袍，可是，在哈尔滨的冬天显然不行。入乡随俗也妨碍不了女人打扮的心思，她外面套一件裘皮大衣，戴着貂皮暖帽，进来再让服务生帮忙脱下挂起来，里面穿的就还是旗袍。旗袍最衬江南女人，不论秀丽还是风骚，女人身着旗袍都像咖啡配上奶，味道就加倍出来了。如果这女人再有恰到好处的丰腴曲线，跷着白皙的腿坐下，抽上一支烟，端起一杯咖啡，人们脑子里就会想起一个时髦的词——女郎。

周迪常来这里，听听音乐，也放松一会儿。独身女人嘛，搭讪的人不会少，她要么冷若冰霜，不理不睬，要么被纠缠得烦了，就拿出穿起制服时候的眼神，男人自然就胆怯了。久而久之，男人们习惯了巴甫洛夫咖啡馆这个高傲又性感的女郎，也就像看世界名画那样，远远打量，看不懂，也不敢说什么。

咖啡馆有时会请个女子演奏小提琴。这女子的技术好，总选些舒缓的曲子，符合周迪的心境。遇见的次数多了，周迪才知道这女子也是苏州人，怪不得自己对她青眼有加，两人自然就熟络了些。隔三岔五，演奏工作结束，女子就过来点个简餐，和周迪闲聊几句。

女子叫邱紫茵，穿得淡雅大方，看着还是个学生，实际也差不多。她刚从久负盛名的哈尔滨格祖诺夫音乐学校毕业，又在那里当小提琴老师，才半年。学艺术的年纪都小些，大学的周期也短，算算，紫茵才满二十岁。女孩子花销大些，就偶尔来巴甫洛夫玩个票儿，打个散工，赚些零花钱。其实，她也知道，自己这种年龄、这样状态的女子，最让男人按捺不住。

紫茵也有江南女子的清秀和俏丽，气质也好，和小提琴蛮搭的。但是，要说这女孩子长得还有排场，江南女子就少见。大家闺秀还不算，"大家闺秀"这个词落在"秀"上，排场，说的是个场面。

周迪是梅，紫茵是兰。

如果芸芸众生真有千里眼，丁向算一个。他坐在车里虚开着窗帘向外看，路过巴甫洛夫咖啡馆，索性叫车停在路边，走了进去，两个随从就守在门口。

"这位是——？"丁向气色不错，却不看周迪。

"局长，这位是邱紫茵小姐，哈尔滨格祖诺夫音乐学校的老师，我的朋友，偶尔在这里演奏的。"周迪从注意到丁向进来，情绪就变得有些紧张。

"您好！邱小姐，在下丁向。"丁向坐下来。

她想，这个人或者说这种人，礼数再周全都有种不可一世的气场。这是霸气吗？

"丁先生，幸会。"紫茵有些惊讶，美丽的兰花小小摇摆了一下。后来知道丁向也是苏州人，在这远东的城市，难得，紫茵倒觉得也算有缘。

"什么时间，要聆听一下紫茵的琴声，一定是天籁之音。"丁向习惯性地轻敲着桌面，词儿老套，语气更老练。

"远远谈不上，大家对音乐各有所爱，这种艺术的包容性很强的。"紫茵见怪不怪，显得从容。

"为什么来哈尔滨学习？"丁向领导当惯了，问话就习以为常。

"因为这里有最好的音乐老师，有俄国的，有英国的，还有很好的音乐氛围，所以，就来了。"

"还因为这座城市很漂亮，有很多美丽的房子。"丁向扫一眼窗外，又扭头盯着紫茵。

"是啊，是有很多美丽的建筑。可是建筑和音乐还是不同的，丁先生。"紫茵娓娓道来。

"这话怎么讲？我是听说，建筑是凝固的音乐。"丁向的神情有些很自然的亲和。

"丁先生，如果音乐凝固了，那音乐还是音乐吗？"紫茵反守为攻，打趣道。

三人就一起笑了，周迪这才有了些存在感，少了点尴尬。

丁向说："那个果戈理怎么说的来着？哦，对，他说，当音乐和诗歌缄默的时候，只有建筑还能说话。"

紫茵看见他的眼神里有了些权欲。

"请允许我举个例子，也许不太好，两位介意吗？"紫茵清清嗓子，细语道。

"您请。"丁向瞥了一眼周迪，又望着紫茵说。

"假设，几百年以后，这座城市没有了，所有的建筑都成废墟了，又过了很多年，建筑师们其实是可以复原这里的建筑的，一模一样，一样的街道，一样的楼宇。可是，再多的钱，再多的人，都不能复原这座城市最普通的街道里，最普通的一个房间里，一个破旧的书桌的抽屉里，一封暖心的情书，不能复原哪怕一个字，没有就是没有了。也不能复原这座城市街道里曾经飘荡的每一段音乐，哪怕一个音符，都不能再复原了。所以，音乐就是音乐，音乐有感情，无可取代，不是吗？"说完，紫茵脸上露出一丝天真自得又俏皮的笑。

丁向伸出两根手指，并拢着在眉心间揉揉，却是个手枪的形态。那两道凌厉的眼光就合成一道落在紫茵身上,他说:"建筑就是权力术。"

话震动了紫茵,她的眼光竟有些弱了。

后来三人聊得不短,气氛从尴尬转向熟悉,就这么认识了。

又一日,丁向约紫茵在中央大街吃完饭,就到万国洋行的里维奇裁缝店,想为紫茵挑些上好的料子做衣服。初时没说,到了店里,紫茵明白了就推辞,觉得这里太贵,有些不太高兴。但是名字叫杜鹃的店员态度热情,似乎和丁向熟悉,说话周全又贴心。于是,紫茵就不好再推辞,勉强选了个相对便宜的料子,做了件大衣。紫色的,是丁向挑中的颜色,款式倒中规中矩,他说紫茵太清新,繁复的样式反而多余了。她暗暗想,这先生的审美是好的。不过,有人说,检验男人的审美,首先要看他身边的女人。

她觉察出丁向觉得花的钱不够多,但遇到自己这么个倔强的姑娘,虽有些不尽兴,但也是高兴的。两人出来,看到裁缝店外站着一个日本尉官,年轻英俊,身材笔挺,丁向似乎警惕了一下,又马上看出这人是等人的,眼神热切地看着店里的杜鹃。杜鹃注意到,就过来打了招呼。这两人都有些腼腆,说话的距离却很近,这是一对恋人。丁向想牵着紫茵下楼,她借口要扶楼梯,手就挣脱了,丁向笑而不语。

紫茵和轼珩认识,是偶然,很偶然。

哈尔滨格祖诺夫音乐学校的琴房临街,琴声从楼上传到街面,有一种特别的声场。高处的乐声对于低处的人,就像山丘上吹来的风,麦浪随风,万木也随风——这就是倾倒吧。一周有那么固定的几天,琴声听着就总是一个人的,不错的小提琴,技法也好,是女子的技法,因为清秀一些。琴声有些惆怅,和曲目无关。但凡能让听众在严谨的演奏之外还能感受到演奏者自身的情绪,这琴者就是不错的。

小提琴是舶来品,西方人擅长,东方人也喜欢,所以学琴就爱去西方。在中国,哈尔滨是一座西化的城市,所以,出于各种原因不能去国学习的，来这里也算不错。哈尔滨的傍晚，路灯刚亮起来，行人雪中往来，房屋上的积雪和冰凌被昏黄的光线着上一层橙光，音乐就更容易让人动容。她常看见有辆车子停在路边，车窗摇下来一些，似乎在听自己演奏。

这时候，她一般练习门德尔松的《乘着歌声的翅膀》，她最擅长的曲子。

三楼琴房的灯是亮着的，她站在窗边，演奏的姿势很美，也是忧郁的。

她练琴的时间有规律，车子也差不多的时间停在楼下，听上一会儿，再离开。紫茵练完琴，离开学校后的方向不固定，有一个方向，是去往巴甫洛夫咖啡馆。有一次正好遇见这辆车子，她确定跟着自己有一小会儿。

她不穿貂皮，爱的大衣有几件，其中紫色的那件算最名贵，其余的倒普通，款式都是流行的样子。戴的帽子，最爱是一顶装饰着紫色蝴蝶结的淡黄色宽檐圆帽。

有一天，雪下得大，冷风也烈，街面上的积雪都被吹起，气温也下降得厉害，街上早早就没了人影。她出了学校，路上的雪都冻成了冰壳。风大，走路都艰难，她索性一手扶住路灯杆，一手举着手袋在路上舞动，还要偶尔按一下帽子，希望叫到一辆马车或者出租车。这样的天气，遇到空载车辆的概率太低了。

一辆早在街角停着的黑色轿车开动起来，在她身边停下——是个以前的追求者。紫茵犹豫着就上了车，毕竟一个南方人实在受不了这天气。没想到那男人上来就动手动脚，她有些恼火，就推开车门下了车。那男人显然有些不甘心，就跟着下车把她往车里拉，两人就撕扯起来。

紫茵使出浑身力气挣脱开，跑到路对面的一条小街，那人又转身回去开车掉头过来追她。紫茵对学校附近的路是很熟的，于是在小街区里东拐西拐,跑得上气不接下气。刚到马街上,想着运气好能拦到车,没想到那人的车正在这条街上慢慢移动着在找自己。她刚想折身回巷子里,看见那人正扭头望向自己这边。她心跳到了嗓子眼,一着急,差点摔倒。就这工夫,一辆车停在自己面前,也挡住了那人的视线。

"谢谢您,先生。"紫茵上车带进来一身寒气,她的身子因为冻得久又遇到热气,有些止不住发抖。她倒没有过于惊恐,因为知道这就是常听她弹琴的那位男士,她连连说道:"真抱歉,遇到个,遇到个——谢谢您的帮助。"

"没事。"他说,"去哪里?我送你吧。"

"那真是,我——"紫茵想推辞。

"算了,也找不到车,看这雪,"轼珩望望天色,"这在东北叫'大烟炮',真是能冻死人的。去哪里?"

紫茵这才答应了。

"在下姓高,叫——轼珩。"他看了一眼紫茵,把车往紫茵说的方向开去,那是外国三道街上的一栋公寓,"你的门德尔松——很不错。"

"我是邱紫茵。"紫茵整理了一下帽子和衣领,双手交替紧握,让手心的温度传递到手背上,"哈,先生,您,您好像对门德尔松情有独钟。"紫茵的语气告诉轼珩,她早就注意到了这个在街旁偷听演奏的不速之客。

"我更喜欢舒曼一点,门德尔松——"轼珩似乎倒不惊讶,目视着前方,"门德尔松,可能最喜欢这个《乘着歌声的翅膀》,有时候,说不清楚。"

"如果是这样,那我没猜错的话呢——"紫茵在音乐里会很快平静下来,一向都这样,她用双手捂着冻得通红的面颊说道,"因为——海涅的诗?门德尔松这首曲子的灵感来自他的那首诗,对吗？"

"嗯，也许。"轼珩摇上车窗，说道，"我不太懂诗作，但是，有些东西，因为一个人，就会记忆深刻。"说着，他想起和孟蕤在柏林的街头，也是这样飘雪的晚上，一起背诵这首诗的场景。那时两人在勃兰登堡门的门柱下，他们看着菩提树大街寂寥无人的夜景，一起向往未来的生活。轼珩说幻想和现实不一定是一回事；孟蕤说，也许幻想更美一些，所以幻想让当下变得更美好，幻想也是伟大的。轼珩说他无法理解，于是孟蕤背诵了这首诗，说海涅没有去过印度的恒河，但是他凭借幻想创造了伟大的诗歌——《乘着歌声的翅膀》，也给门德尔松以灵感，就有了这首伟大的同名乐曲。

幻想也是不朽的，是有意义的。没多久，他们就能重逢了。

"我想，高先生一定有很浪漫的回忆，"紫茵说道，"肯定是——小布尔乔亚的爱情，对吗？"男人，尤其是优秀的男人，一向喜欢聪明的女人。

"嗯，也许哟，"轼珩看着车外的漫天飞雪，眼神因为回忆变得有些温暖，他双手紧紧握住方向盘，说道，"也许您是对的。您是个敏感的人，搞艺术的话，需要敏感。"

"先生，高先生，您谬赞了。"紫茵笑着说，"您的大轿车每当听到这个曲子就会停下，这是显而易见的触动，对吗？这，对于演奏者来说，是音乐的幸事。"

"真是冒犯了。"轼珩只是轻轻地笑，并没有因为被戳穿而有一丝尴尬。

"您现在感动了我。"紫茵完全忘记了刚才的不快，"高先生，现在，最关键的是，您是个好人，拯救了寒冷中的我，危急中的我。"

"我很荣幸。"轼珩道。

"偶然认识的一个人，纠缠不休的，唉——没办法。"紫茵皱着眉很无奈地说。

"嗯，"轼珩说，"没人纠缠的女人，其实，不见得就好，对吗？"

"也许吧。您这么说，我倒有些释怀了。"紫茵好像被启迪了，神情有些轻松。"到了，到了，就是这里，"紫茵指着一栋黄色的公寓楼说，"谢谢您，高先生！我不知道怎么说，不过真的谢谢，谢谢您雪中——送炭。哈！"

"不用客气，希望还能听到您的门德尔松。"

"嗯——您看这样，"紫茵把要推开车门的手缩了回来，"我应该感谢您，但是，如果只是'谢谢'两个字的话，总让人觉得没有诚意，无论说这两个字的语气多么真挚，是这样的吧？高先生。"

"噢，这个——"轼珩看着紫茵，脸上没疑问。

"乘着歌声的翅膀，亲爱的随我前往，去到恒河的岸边，最美丽的好地方，那花园里开满了红花，月亮在放射光辉，玉莲花在那里等待……仰望着明亮的星，玫瑰花悄悄地讲着她芬芳的心情……"紫茵冲着轼珩笑笑，说道，"这首海涅送给您，还有您的那个——她！我觉得，很多时候，与其幻想，不如行动起来去实现它！谢谢您！请您路上小心。"

紫茵回到房间，不大的屋子，井井有条。她小心把鞋子换下，精心擦拭后，细心摆在鞋柜里。她走到窗前，看到心里挂念的几只小猫不在，想是雪天找地方取暖去了。这些小家伙有时候可怜，有时候也聪明，不过要熬过这个冬天，还需要好运气。她看到轼珩的车子在路角转弯不见了，这个车子的车牌有点特别，是和丁向的车牌号接近的，之前，没有看清楚过。

小猫都没来，她也不着急做饭。独居的人，这点小权力是有的，这小权力给人的是大自由。紫茵泡了杯咖啡，双手握杯子淡淡喝着，站在窗前，看着窗外迷雾般的风雪，城市都变得梦幻起来，连片的楼宇在这样的天气，好像都有了很多年的历史，显得沧桑和沉重，甚而有点压抑和悲怆。紫茵来哈尔滨之前，没有见过雪，

《红楼梦》里有雪,是碎玉,但是,真的雪,更多时候是寒冷,是压迫,是雄浑,是壮烈,甚至——是牺牲。

这时候如果有音乐,那该是贝多芬的曲子最合适,紫茵家里没有唱机,那东西太贵了,但音乐家的耳朵是有特权的,所以此刻,心念一动,激昂的乐曲就召之即来。此刻耳边响起的,就是《命运交响曲》。

哈尔滨的美女多,紫茵独树一帜,物以稀为贵,南方的美人儿在这城市就显眼。紫茵的追求者多,从读书时候开始,准确地说,在苏州读国中的时候就多。在哈尔滨,周围的男士不少,但是紫茵知道自己的资本,也知道自己的处境,更知道自己的理想,所以,都是轻妙地把握着处理,若有若无的,从没招惹什么是非。她珍惜自己的感情,就像每个音乐家都知道珍惜自己的才华,她把自己的身体和感情,也当作艺术来看。她想,女子遇到痴心的,由着他欲罢不能就是了,好过单着招来另一只偷腥的猫。若是最高明,生死相许跟电影似的,还会让旁人觉得是值得的。

周围的人,了解紫茵的,都说她分寸掌握得好,即便有些交往的男士,别人也说不出什么。她得出一个结论:人们总以为自己敏锐,无所不知,实则差之千里。

夜深了,紫茵知道等不来小猫,就放弃了,自己简单弄了点吃的。她一个人躺在床上,想着另一个人。是在想,还是在恨?是应该,还是不应该?矛盾到了无法自己调和的地步,女人的思维到了极处总是这样。

隔了几天,她又遇到轼珩,又搭了顺风车。临别,面对他的邀请,她想想说:"要不周日去酒吧?"

轼珩眼睛一亮:"潮湿的鱼?"

紫茵知道"卡巴莱"风格的这间酒吧最近很有人气,羞涩又兴奋地笑了。

轼珩掏出一块有些年代但还是非常精美的怀表,看了看,算了一下时间:"周一晚上可以吗?"

卡巴莱酒吧音乐于二十世纪二十年代兴起于巴黎,是美国爵士乐各种流派集大成的改良形式,随后就风靡欧洲。近两年,这股风潮也传到了哈尔滨。这种音乐形式带着美国牛仔的奔放粗犷和巴黎的奢靡性感,配着酒精的刺激,非常容易调动人的情绪,让买醉的人陶醉在节奏感极强的爵士乐里。而这种改良的音乐中经常出现极具想象力的快节奏钢琴伴奏,间或有各种不同乐器的参与,使得曲调丰满而且玄机重重。萨克斯其实还是占主导的,长号短号不规则地,甚至破坏性地出现。随着音乐起舞的男女踩着诡异但亢奋的节奏,做出各种各样奇怪而且魅惑的动作。当然,高潮的时候还有各种鼓点。这时,一群衣着性感的女郎会降临舞台,她们神奇地带动着客人们,做出壮观而又颓废,高亢而又压抑的舞蹈动作,成全每一个销魂夜晚。

他们的大衣被寄存在门房,她穿着绣满蕾丝花朵的连衣裙,轼珩穿着马甲,嘴里叼着烟斗。

她开始的矜持马上就没有了,和轼珩完全融合在浓厚的、纸醉金迷的气氛里。演奏区足有十几个乐手,他们独树一帜的音乐让人震撼。两人面对着跳舞,交缠扭动,四肢协调地做着平时绝不会有的动作。他们对视着,就像行将交欢的神秘动物。

酒吧的客人极多,大多数在舞池里,兴奋着,间或尖叫着。舞蹈间歇,两个人拉着手挤到吧台,痛饮威士忌,没多久,就喝得醉眼迷离。

"你常来?"紫茵凑近轼珩耳边大声问。

他不断随着音乐晃着头,尽兴地跳着,似乎没听到。

性感女郎在午夜时分登场了,场内的气氛达到了高潮。紫茵注意到他的眼光不时往二层的包厢看一眼,她刚才去洗手间路过,注意到那个包厢外面站着好几个暗藏手枪的神秘男子。她不经意听到酒吧的工作人员小声议论着:"知道吗?今晚蒋局长来捧场了。"

人们在女郎的鼓动下似乎失去了理智,就像被刺激感驯服的怪物。所有人的眼光都看着舞台中间,但是肢体倒向一侧,学着女郎们,随着鼓点,像机器人一样做出间歇性的跑步动作,手掌张开,一卡一卡的,腿也是一样。他们的侧身方向都是一致的,嘴里跟着抑扬顿挫唱着:"你是你,我是我,今夜醉,只为我。爱是爱,恨是恨,明日罪,全因你……"

轼珩的眼光突然闪动一下,看了舞台下方的布帘一眼。她也扫了一下,那儿有个半大孩子,大部分身子藏在幕布后面,他嘴里叨咕着什么,然后低头记一下,他似乎盯着二层包厢的位置。

一阵密集的鼓乐开始了,然后刺耳的金属敲击声传来。人们抛弃刚才的动作,疯狂起来。轼珩把烟斗递给她,然后手掌下垂不断拍着身体一侧,似乎追随着某个乐器的节拍,已不再是平日里的优雅做派。他的眼睛是那么迷人,性感地看着紫茵,无须言语,她感觉那里有世上最刺激的挑逗语言。

他突然原地跳了几下,在空中连续三百六十度转身。然后他稍一用力,对着墙壁猛跑一步,就在墙上弹起,空中翻滚一周,落地后拽着她,叼起烟斗,把自己疯狂的节奏传染给她。两人的动作未经彩排却出奇地一致,像张牙舞爪的蝎子。人群哄笑着,发出各种下流的喝彩声。

轼珩的手没有停,继续拍打着身体一侧,身子却和她协调地扭动在一起。这时,有人在舞池里和女伴做起了污秽的动作,这更刺激了现场的气氛。

舞台上的女郎已经近乎全裸。轼珩不再打拍子,他最大程度贴近紫茵,双手挨着她的身体曲线移动着。他觉得自己似乎不受控制,她也和平时完全不同,发现了另一个自己。

她觉得很渴,很热。她癫狂着,觉得自己像一条"潮湿的鱼"。

第二十章　中东铁路俱乐部

从尼古拉大教堂顺着霍尔瓦特大街往站前广场方向走个二十分钟，过了英国领事馆，就能看到中东铁路俱乐部。

这是一栋俄式风格的气派建筑，只有两层，但占地很大。大门占据着两条街的交叉口，外国人就不信中国风水。绿色门廊由阔气的落地玻璃组成，门拱是硕大性感的圆形，人在进门的时候，会错觉正受到一种宫廷式礼遇。

酒店二层的一个房间，情报局的人安装好了监听设备，隔壁的一举一动都能清晰听到。

"这次不能有疏漏——"轼珩一说这话，大家似乎都想起那天丁向突然的发作，屋内的气氛骤然一沉。

厉行两晚没睡好，他脸色憔悴，压低声音说："现在真不敢松懈，火车站离这里不远，人要是偷偷溜了，咱们可麻烦大了。"

贻直不自觉摸了一下脸，掩饰着紧张说："昨天晚上，他在尼古拉大教堂开火后，就跑回这里了。亏着一个正在执勤的警察看到了，这不就摸过来了。从昨天开始，连续两个大案，这新国家开局不利。"贻直说完，叹了口气。

"兄弟们别消沉，只要能迅速找到人，什么都好说。"轼珩拍拍贻直肩膀，环顾了一下房间内的同事，毕竟他是那晚暗杀目标的亲属，而且就在现场，所以他说这话，对大家的情绪还是有一些安慰作用。"哎，他什么时候入住的，叫什么名字？"

"登记的名字是——是郁新，前一周就来了。"贻直一屁股坐在房间的沙发上，手里拿起一旁的监听耳机，边摆弄边说，"确实是策划已久啊，在咱们眼皮底下。怪不得局长发那么大脾气，让高处长也受惊了！"

轼珩接过厉行递过来的材料，边看边说："有惊无险而已！局长脸上有些挂不住也正常，建国第一天啊！第一天！"

"听说，下周新京要办什么——对！溥仪登基就职仪式。"贻直把耳机随手扔在桌子上，"到时候可别再出什么纰漏，那是满洲的大事啊，要在咱们地盘上再出什么事儿，那咱们可是吃不了兜着走了！"

厉行听隔壁没有动静，摘了耳机插起话来："我看啊，上面的意思是这一周要把这事情查个水落石出！赶在登基仪式之前一定得办了。"

"实在不行——"贻直的性子急一些，在沙发扶手上用力拍了拍，说道，"实在不行，我看就收网吧！这家伙也不和别人联络，别弄出什么幺蛾子。"

"那不行，绝对不行。他在这里不走，"厉行摆摆手，露出不满神情道，"不走，就有文章。上面的意思是要水落石出啊！"

"对，厉行说得对。"轼珩看完了手中的资料——这两天的监控记录。如此波澜不惊，他直觉隔壁这个人应该察觉到什么了。轼珩跷起腿，点燃烟斗，抽上一口说："事情闹得这么大，舆论纷纷，只抓一个刺客，恐怕交代不过去，不行！"

"那怎么办？"贻直双手反复搓着，"厉行也在理，这明摆着，就职大典前得给个说法。还让他待着，兄弟们在这里陪绑？他要待到哪天啊？就职大典那天？咱们得在这儿一直陪着不成？唉，这他妈也太憋气了。"

"确定是他？别弄错了。"轼珩苦笑了一下。

"不会！那不会！"厉行脸上的神情倒是轻松，自信地说，"他把武器扔在尼古拉大教堂了，我们提取了他门把手的指纹，比对之后，完全符合！就是他，这没跑。"

"他一直没出去吗？"轼珩问，"那怎么安的窃听器？"

"还得是咱们这个福尔摩斯有招。"贻直起身，叉着腰在房间里踱起步来，又走到厉行面前，按按厉行的肩膀说道，"得亏厉行，让酒店前台给他打电话，说月底酒店结算。虽然这小子交的押金够，但是得先签个字，把之前的房费结了，人家财务方便入账。就这么着办的。厉行又安排个姑娘中途给截停一会儿，非赖着跟他回房间做生意。这么折腾一下，才算留出点时间。这个厉行得记功，高处长往上报报！哈！"贻直皮笑肉不笑，眼睛盯着墙壁，好像要穿透这堵墙看清楚隔壁的活动。

"你可算了。"厉行把贻直手拿开，笑着说，"我这临时找我们处室的女同事假扮的，怕找真的会穿帮。我心里啊，就担心这小子真给带回房间咋整啊你说。"

"这，这，"贻直一听，坏笑一声，两手摊开道，"这不明摆着吗？以身报国啊！'满洲国大案'首功啊！对不对啊？"

轼珩也赔着笑，想想就说："厉行，脑子转得真快！你觉得，目前是什么情况？你这侦查处处长，肯定有高见啊，我也听听。"

"哪里有行动完不开溜的啊，你说，这是罕见的事儿啊。"厉行眼睛深闭一会儿，睁开又盯着对面墙壁，露出一道阴森的目光，轻轻点着头说，"他一定在等人接应！"

"我还是那句话，不行，就突击抓了审他！"贻直眼睛一亮，说道，"什么人能扛得住咱们情报局的审讯？我倒要看看！难不成最近又见鬼了？他熬得住，他就是他妈鬼！"

厉行揶揄说："可这死人不说话啊！你就说，咱们这几年也没少遇到这种事儿吧，有熬不住死了的，还有自杀的！这个案子要这样，咱们都吃不了兜着走！"

"那你说怎么办？他在那屋里，"贻直头往隔壁房间抬一下说，

"要是来个自行了断,那麻烦更大,还不如咱们搞呢!"

"我看不会,不会,"厉行思索着说,"他要了断,早了断了。"

"不过万一拖得久,别让同伙什么的偷袭了。"轼珩语调轻松,看着二人说,"这地界,这时候,打起枪来,别说人跑了,人就是没跑,局长的脸上都挂不住。"

"高处长,说这个,这个嘛,"厉行似乎没有想到,有点犹豫地说,"这个我倒没想到。唉,你说上面也不给指令啊。"

"是啊!咱们兄弟想来想去的,还是不敢办啊。不行,就——请示一下缪局长?"贻直试探着轼珩的意思说。因为轼珩和泰初的亲戚关系,大家虽是平级,心里都高看轼珩。"跟领导说说,现在收网算了吧!稳妥啊!"

"没用,一点用没有我跟你说。"厉行了解贻直的心思,在一旁扶扶眼镜说,"那天咱们盯上这人了,缪局长给丁局长打电话汇报,觉得是要记大功!你们猜怎么着?"

"怎么着?"贻直听着这个有兴趣,大手一挥道,"那还用说,表扬呗!那天散会,丁局长发多大火!这么快有消息,还不是记功?"

"别提了。"厉行摘下眼镜,用眼镜布擦擦,叹口气小声说,"缪局长打电话的时候,旁边副官在,能听见。后来他偷摸告诉我,说丁局长就说了三个字,'听戏呢',电话就挂了。就这三个字。牛吧?"

"三个字!"贻直伸出三根手指头比画一下,不说话了。

"所以啊,贻直兄,"厉行打了个哈欠说,"咱们这碗饭不好吃。要不是你和高处长都不是外人,我也不敢泄露领导之间的谈话内容啊。"

"就不要给缪局长添麻烦了。"轼珩抽着烟斗,思量着什么,慢慢说道,"抓吧!回去审审!"

轼珩看贻直本是有勇气的，可知道了丁局长没有意见的意见，心里有些怯了。贻直此刻也不说话，狐疑地看看轼珩，又盯着厉行。

　　轼珩拨开窗帘，看见已经是夕阳西下的时候，兮楠恰巧在对面的契尔科夫茶庄买茶叶，他就跟屋内人打了招呼，下楼走了出去。

　　他见到兮楠没顾得上寒暄，小声直直问："带化妆镜了吗？"看兮楠惊讶地点点头，又说："别直接看，在对面铁路俱乐部楼上三层，左数第三个窗户，窗台上有盆花，用化妆镜避人耳目对着夕阳折动一个微小的角度，就能照到那个窗户。我现在要回去，然后和对面几个便衣闲聊。你趁着他们背对着和我聊天，重复照射那个窗户，直到他窗台上的花搬走。"轼珩又想想说："也不能太久！就看他的造化了。我和那几个便衣聊天结束，你就可以停止了。我们就能帮他到这儿了！"

　　"难道有情况？"

　　"敌人的敌人，就是我们的朋友。"轼珩接过堂姐手里的茶叶，仔细看了一下，闻了闻，就过路朝着几个便衣走去。

　　大概没几分钟，他远看见兮楠拿着茶叶叫了出租车。抬头看了一眼那个窗户，发现那盆花已不见了。

　　"处长，他出门了！"轼珩正在房间内闲聊，一直在边上监听的人突然说。

　　三个人在车里从远处监视着郁新。他走得不快，好像珍惜脚下的每一步。他是个年轻人，穿得朴实无华。这身装扮住到铁路俱乐部这么豪华的地方，本身也蹊跷。

　　他往秦家岗方向走了一会儿，路过尼古拉大教堂，站在远处看了好久。之后就进了莫斯科商场，找到一个鞋帽柜台，挑选了一阵，似乎没什么收获，就上了二楼，他在乐器柜台前面看了很久，对一把小提琴爱不释手，摆弄了好一会儿才放下。

　　之后他就在街上闲逛，东看看西看看，这么着就耗了大半天工夫。之后,他又转到巴甫洛夫咖啡馆附近,在橱窗外看了一会儿。他似乎喜欢里面传来的音乐声,也享受浓郁的咖啡香气,脸上都是满足的神情。之后他又转身离开,脚步就快了些,似乎决定了什么。轼珩明显感觉到,贻直和厉行都有些紧张,眼睛死死盯住郁新。

郁新似乎往秋林商场走去,那里人非常多。几个人商定,在商场门前要动手,因为如果他进去了,情况就会非常难以掌控,而且里面的客人很多是达官显贵,如果造成什么混乱就不好了。郁新在真美照相馆前停了下来,看着橱窗里面的婚礼照片琢磨了一会儿。这照片是很摩登的,两个人的穿着都是西式的,男的着深色礼服,女的穿婚纱。一人多高的大相片挂着,在街上密集的店铺里,尤为显眼。

郁新站定了一会儿,路上过来一辆黑色轿车,慢慢停住,挡住了跟踪人的视线。贻直示意人手包抄过去,自己也用手握住了腰间的手枪。大冷的天,厉行的胖脸上竟有些汗滴了。可是没多久,轿车开走了,郁新还站在那里。轼珩想起曾在格祖诺夫音乐学校门前见过这部车子,心里想,他放弃了最后一次机会。目前来看,这是个勇敢的孩子。

郁新的表情有些坦然,并没有再往秋林商场方向走,而是折到建设街上。他的脚步本来很快,渐渐地又慢了下来。他在一栋灰色楼宇前面停下来,然后转身对着跟踪过来的散布在街道不同位置的一众人,怔怔地站住,缓缓地,双手举了起来……他身后的楼,让跟踪的人都惊诧万分——哈尔滨情报局。

审讯室是一个四面不见光的房间,中间挂着一盏太阳灯,让人无法分辨出目前的时间。四周在人能够到的高度以下,都用海绵垫子包裹得严严实实,之前,发生过犯人趁机撞墙自杀的事情。

屋子中间,有一个生铁焊成的笼子,郁新在里面,手在栏杆外被铐了起来,搁在一个焊死的生铁横管上。他坐的是一个生铁凳子，很重，要几个大汉才勉强抬得起来。在他双腿上面，还放了一块小心叠好的毛巾被。

"怎么样？缪局长，"轼珩进来就坐在审讯台一边，看着道楚说，"有进展没有？"

"没有，嘴还挺硬的！"道楚笑笑说，"轼珩有没有好办法？还没见过轼珩审讯，让我们领教一下，怎么样？"

轼珩摇摇头，摆摆手，轻轻笑。

"这个人，"贻直把头扭向轼珩一边，眼睛还是看着郁新说，"就承认行刺我国要员，其余的都不说！哈——哈——"能看出来，因为抓到嫌犯，贻直的心情放轻松了许多。但是，因为这个人出人意料的归案方式，大家都相当尴尬。

"对！对啊！就自己一人，好好的书不读，从上海过来，说什么要为国捐躯，什么乱七八糟的！"厉行喝口水，说道，"我们是满洲国！你们是中华民国！你说，你捐躯上哈尔滨捐什么？满口胡言！"

"他妈的，在外面溜了我们大半天，"贻直拍了一下桌子，骂骂咧咧说，"去了十几个地方，真当是来旅行的了。有上海好玩吗？说！说！"

那学生不说话，只是直勾勾看着地面，目光并不是呆滞了，而是似乎在想着什么。

"去过的地方，"道楚听着也纳闷，问道，"都仔细盘查了？"

"缪局长，都查了，没什么端倪。"厉行又仔细想想，"兄弟们刚才全都仔细查了，莫斯科商场那里的柜台全问了，再三了解，没什么接头的人。"

"要不我看这样，缪局长您先回去休息，"贻直说，"我们三个人就够了，有什么情况，随时跟您汇报！这都几点了，也该下班了！"

"嗯！"道楚想了一下，点头说道，"那你们三个来搞！但是，要留活的啊，这种人，要公开审理，以儆效尤。太恶劣！太不像话！"最后几个字，道楚特意加重了语气。

几个人答应着，道楚起身出去，又想起什么似的，回头跟轼珩招招手，淡淡说："轼珩，你出来一下，我有几句话。"

轼珩和道楚站到审讯室外面，道楚拍拍轼珩的肩膀，压低声音说："老弟啊，那日受惊了！"

"没有，过去了。谢谢缪局长关心。"

"唉！"道楚叹口气，"惭愧啊！惭愧！天天一百个小心，谁承想，在这个关头出了这么恶劣的事情，惭愧啊！"道楚低头摇摇说。

"您——"轼珩握了握道楚的胳膊，盯着道楚说，"您别在意，您这忠心体国、兢兢业业的，大家都知道。"

"哎呀，兄弟，你说这话大哥心里真是踏实多了。"道楚的表情变得轻松而喜悦，说道，"别的不多说，泰初先生什么时候有时间的话，帮忙给引荐一下。这次你说，让泰初先生，你们一家人——这算什么事儿！"道楚似乎是真的觉得有些抱歉。

"嗯。"轼珩模棱两可。

"兄弟肯定能帮大哥，"道楚看着轼珩，眼中满是真诚，说道，"我听说啊，过几天就要公布内阁名单了，张司令那可是了不起，开国元勋！"

"您消息灵通！"轼珩定神说。

"哪里话，哪有你那里方便。揶揄我。"道楚倒赔着笑，好像谈话陷入了被动，说，"但是，咱们东省的一把手人家还是兼着呢，不放！你说牛不牛！以后，还得靠你照应啊，老弟。"

轼珩摸摸鼻子。

"这样，改天！改天咱哥俩喝顿酒，好好聊聊，好不好？"

"好，看缪局长方便！"

"对了，"道楚贴近一点说，"里面那个，我看不用太上心，费太大劲，没什么戏！这小子是抱着必死的心。实在不行，请示丁局长，交哈尔滨法院公开审理就算了！"

轼珩觉得，道楚并没有因为丁向的态度暧昧不明而六神无主，这几句话说明他其实有自己的主意，这就是聪明人。

他回到审讯室，里面是一阵沉默。贻直看轼珩进来，挠挠头扬声说："高处长，有没有什么办法？我看不行就上刑吧，啊？"

"这个——"轼珩面无表情坐下，看着一言不发的郁新，一个斯文瘦小的孩子，一副大学生模样，说道，"也行，我也见识一下咱们情报局的花样。"

"最近可有好东西，我跟你说，"厉行一听这个，肥胖的脸上有了新奇的表情，眼睛也睁大了很多，说道，"最近，丁局长从欧洲引进了不少好东西，那叫绝啊！比咱们之前那些强太多了，是不是，贻直，要不咱试试？"

"好，好！"贻直有些不好意思，双手合十猛搓一阵，大声说，"你要这么说，我没话说。我以前那一套太硬，还总出人命，让你笑话，哈！但是局长这些，效果怎么样，也没试过，正好现在试试呗，反正这套路数是局长交代你落实的。行，那最好！我啊，是没话说。"

"不是，你那套吧——兄弟们都能累死，整个儿一体力活儿！"厉行跟贻直说完，又看看屋子里几个同事，把头扭向轼珩说："最近咱们学会的这些，那叫学识，绝对是学识！"

轼珩就笑，也不说话。

"行，先去那个新搞的房间，给这个——"贻直指了两下郁新，又拍了一下脑袋说，"对，郁新！带过去！"

贻直话音刚落，过来两个看守，小心地把郁新腿上的毛毯拿起来，放到一个密封的玻璃罐子里，然后把他带了出去。

第二十一章　国际象棋

早晨，轼珩开车上班，特意绕了路。

他在尼古拉大教堂周围绕了一圈，薄雾正笼罩在木结构建筑上，各种颜色的尖顶虽然看不清楚，但是都发出了不同的光晕，给人海市蜃楼的幻觉。

那天夜里，他发现了这座教堂的尖顶轮廓在某个交叉处出现了一个微小的凸起，和平时见到的不同，救了他和泰初的命。

晨钟敲响了，天地一片和平。

轼珩的目光停留在某个红色尖顶的下方，那里和教堂高墙的连接处平缓些，一个人勉强能在那里躲藏。郁新躲在那里，手里是汤姆逊冲锋枪，几秒内打完了全部二十发子弹。那里离三层的书房直线距离不过一百米，但对于汤姆逊差强人意的精度来说，太远了。要不是他们是趴伏状态，有强力的支撑点，天知道，那些子弹能打到哪里去。这个地点选得巧妙。如果是个稍微职业的杀手，用一支不错的步枪，只要三倍瞄准镜，泰初在劫难逃。显然郁新不具备这个能力，所以用汤姆逊，希望强大的火力能弥补能力的不足。

轼珩又开车来到莫斯科商场，在郁新停留过的柜台看了一圈，要来货架上一顶装饰着紫色蝴蝶结的淡黄色宽檐圆帽，看了看，没有和营业员搭话。之后他开车到巴甫洛夫咖啡馆，在车里坐了一会儿，咖啡馆还没有营业，没有香气，没有音乐。来到真美照相馆时，他下了车，在那幅结婚照前面站了一会儿。这是寒冷的早晨，照片上的两个人都带着很温暖的笑容，女士手里的玫瑰花轻轻放在自己膝盖上，另一只手牵着男士。

轼珩把车开到单位，上了楼，要来郁新的审讯记录，翻了翻，信息很简单，姓名、籍贯、学校，都是些粗线条的内容。

他在办公桌前面静静地坐着。

人这种动物，之所以会痛苦，是因为生物体本身有很多缺陷，无论是视野、性格还是智力；让痛苦施加于自己，甚至毁灭自己美好的感情，就是一种缺陷。归根结底，自己的感情只是自己的，当它产生的时候，自己就应该保护它不被伤害，因为也只有自己才有这个责任。还有一种痛苦，自古对此就没那么多高尚的描述，是身体上的。如果只是肌肤和血肉乃至骨骼上的痛苦，那是容易被理解的；但是，还有很多利用人的神经系统施加的痛苦，往往被忽视了，这种痛苦对于大多数人表现为一种感情的伤害。很多时候，这种伤害在病理学和神经学上都有合理的解释，这是人类缺陷的一种，缺陷本身就是无法避免被伤害。

在此刻，郁新承受的就是这样茫茫无边的痛苦。是因为他在神圣的教堂打响了杀人的枪，还是因为某种他的过往？此刻，他在人间就堕入炼狱。

厉行叫贻直和轼珩来到后院一处小楼的二楼。"打药了吗？"厉行的胖脸上总挂着一丝笑。

"报告长官！已经注射了，"看守笔挺站着，"甲基苯丙胺，双倍剂量。"

轼珩知道这种剂量的甲基苯丙胺可以让一个正常人处于亢奋状态，在相当长的时间内根本无法入睡。

"嗯——不错！"厉行让看守打开房门，眼前的景象让人目眩至极、头重脚轻，就算轼珩——意志极为坚强的人，也感到昏天黑地，不由自主想退出去。

一般房间都是六面，而这个房间，准确来说，这个空间，也是六面，或者说，有六面画。一样大小的黑色和白色方格密密麻麻铺陈在六面,上下、左右、前后,很小的黑白方格铺陈在这个没有窗户的空间,有几万个,或是十几万个?连房门的后面也是,只要睁开眼睛你看到的全是,全是这种图案,就像坠入了梦幻的多维空间。它们在一起给人视觉的幻象仿佛多少亿个,乃至无穷。时间似乎可以在那里扭曲,变成无边无际起伏的波浪。当然这里的墙壁是处理过的,想自杀是不可能的。图案就像无数个在不同空间内以各种形态拼叠在一起的国际象棋棋盘。房间内上下总共八个墙角,每一个角落都装了刺眼的太阳灯,八束灯光在空间的中心处汇聚,将整个空间变成了一种白色发光体,亮度接近人的视觉神经所能承受的极限。

人,是可怜的,视觉神经和大脑海绵体被轻松攻陷后,就变成了一个躯壳。

他的脸色是苍白的,但不是那种躺在棺材里面的苍白,而是一种灵魂刚刚离开,弃居的身体还没有成为街头皮囊的那种苍白。按照心理学的理论,人在受到极端伤害的时候,会向角落躲避,他却没有。可能是因为角落的太阳灯炙烤难耐,也可能是因为周围扭曲空间带来的刺激,他的眼睛充满血丝,透出惨白,就是没有黑色,眼睛本来的黑色。他的身体是僵硬的,好像在和要离开的灵魂对峙,头上渗出大滴的汗水,耳朵似乎听不到一点声音。他在全神贯注挽留嫌弃他的灵魂,挣扎着,这个可怜的人,站在这个空间的中心,脚下的呕吐物早就干了,他在扭曲的时间和空间里,站着,一动不动,所有的知觉都在背叛他,欺压他,榨取他。

"我也受不了,太难受。"贻直头扭到一边,露出恶心的神情。他在门口指着看守说:"你,你给他带出来!赶快的!"

"是!长官!"看守戴上一副墨镜,和另外一人把毫无生气的郁新架了出来。

"审讯室!"厉行在一旁自得地看着贻直说,"走吧,这地方能让人变成鬼。"

贻直眉头紧皱，头使劲一扭，就跟着走出来。

郁新被扔进审讯室的铁笼子里，他的身上被上了刑具，双手双脚上了镣铐，两串镣铐用一根很长的粗铁链子连着。这样，犯人四肢活动的空间就最大限度地缩小了。

一盆冷水浇在他头上，地上流的是冷水和汗水。

"怎么样？兄弟，"厉行盯住郁新，悠然自得地说，"我们满洲国讲法制，新国家嘛！没打你吧——兄弟！"

"快说吧！"贻直眼睛不自主地眨个不停，还没从刚才的眩晕中恢复过来，他帮腔道，"受哪个人的蛊惑蒙骗，说出来，就没事儿了，对不？"贻直说完就看轼珩，轼珩在想些什么，没搭腔。

郁新听了这话，低垂的头在僵硬的躯体上抽动了一下，这个人脸上原本无畏的英气和俊朗的模样一夜间消失殆尽。

"这，"贻直扭头看厉行，"这他妈能听见咱们说话吧？"

"说！"厉行猛地一拍桌子，指着郁新，"这兄弟清醒着呢。这算什么，啊？这算什么！再待几天，你个狗东西能把胃吐出来，然后再吃进去！告诉你，你听好了，我们不动你一下，让你比油炸火烧还遭罪！"

"听见了吧，什么叫九层地狱，这就是！明白吗？不要以为没搜到你什么东西就拿你没办法！做青天白日梦呢——你！"贻直似乎也是气愤不已。

郁新的头不自主地轻轻抖动，手指也一样，哆嗦个不停，但身体还是僵硬的。

"哎，我们可是对你仁慈至极啊！"厉行嘴角露出一丝坏笑，一拍大腿说，"贻直，你听没听说，蒙古那边儿现在对叛乱分子，那是炮决！那个过瘾，啊？"

"我知道啊，咳，"贻直装模作样撇撇嘴说，"就是把人绑着固定在炮筒上，然后，'砰'的一下子。"说着双手向上一挥，"不人道！不人道！咱们是王道乐土，不人道，不好！"

"怎么就不好？"厉行皮笑肉不笑，"咱这个更狠啊！他要不说，咱们再搞几天！"厉行提高嗓音，"然后呢，还有新办法！再然后，送哈尔滨特别市法院，咱们讲法制，对不对？"

"哼，他能——熬到那时候吗？"贻直故作疑惑，拉长声音说。

"看他造化了！"厉行又盯住郁新说，"怎么样啊——还犹豫呢？我们这里可是忙啊！"

轼珩点燃烟斗，默默抽着，他知道，无论审讯结果如何，这个人必须在溥仪登基大典前处决，减轻哈尔滨方面的压力。丁向那天当众发怒就是想把压力推给下面，同时表明自己愤慨忠诚的态度，通过属下各自隐秘的渠道把这层意思转达给窥视他的上级各个方面。有了线索不表态，是把压力全推给道楚，不想沾边儿，结果好，功劳是自己的，出现差池，也有腾挪的空间，让道楚背。如果道楚反驳，对簿起来，他可以说当时在房间"听戏呢"，没听清楚道楚的话。

这个不怕死的学生自己送上门来，实际是给丁向增加了麻烦，所以丁向让道楚昨天亲自审他，就是要把道楚牢牢拷死在这个敏感的案子上动弹不得。道楚也精明，昨天和轼珩套近乎，也是想准备个后手，他不像表面对丁向那么忠心恭顺。

早上绕了一圈，轼珩对这个人有了一些判断。他能扛得住吗？只是个二十岁出头的年轻人，对爱情的残酷，甚至是人身的痛苦，是没有概念的。

"高处长，"厉行看轼珩抽着烟斗不言声，问道，"你什么意见？"

轼珩没看厉行，头冲着郁新抬了一下。厉行一愣神，看过去，郁新的头又摆动起来，艰难抬起："水——水。"

贻直赶紧招呼看守送上杯水，给他喝下去。

"我，我为了主义，主义而死。"郁新眼皮翻了一下，喘着粗气嘶哑着说道，"东北是中，中华民国的，你们是汉，汉奸，你们要，要钉在历史的耻辱柱上，你——你们——"

"哎哟，兄弟啊，他妈的——"贻直本要发作，被厉行的眼神制止，马上换了语气说，"你，你说你年纪轻轻，管这个干吗？咱们就是混饭吃！再说了，人家宣统爷都来新京要即位了，这天下本就是人家的天下，这东北是人家老家，天经地义啊，不是吗？"

"不是，现在是民国，四万万同胞说了算——"郁新干笑了一下，脑袋又无力地垂了下去。

"你这兄弟，是中邪了，"厉行笑着说，"像恋爱中的年轻人，爱上什么主义了吧——啊？！"

这话似乎有了效果，郁新又粗着气，艰难地一字一顿地说："爱，爱上一个人，她，她不爱我，我为她而死，为她而死！"

轼珩心一紧，下了决心。

贻直听着云里雾里，问道："你爱上谁了？"

"我爱她，她不爱我，她为国家，我，我也为国家，也为国家。"郁新的嗓子完全沙哑了，但是似乎有了一些力气，说道，"人为爱情而死，人，人为国家而死，人总有一死！总有一死！"

"这他妈是中邪了，"贻直疑惑地半笑不笑看着厉行说，"你说得对，中邪了这是！"

厉行的眼中露出一丝狡诈，似乎想起什么，他扶扶眼镜问道："郁新啊郁新，我们都是男人，我们不能为了个女人丢了性命！还有父母，还有亲人不是吗？"

"哼，你不懂，"郁新的眼睛似乎有了一点生气，他看着厉行说，"你们不懂，为爱而死，得，得偿所愿。我要让她知道，我，我是爱她的！"

"你说说，"厉行紧跟着问，"我们帮帮你啊，小兄弟！这种事儿，我们是过来人，我们擅长啊！"

"为主义而死，我，我为主义而死，"郁新似乎有一点警觉，他的眼中露出一丝和他年龄不相称的凶光，"就是主义！就是我一个人！一，一个人！"

"他妈的，"贻直按捺不住，起身走到铁笼前面，怒视着郁新，手伸进栏杆，重重地不停打着这个年轻人的脸，训斥道，"满嘴胡说八道！看看你，真是活够了！"

"别，别的啊，"厉行在座位上伸了下手，做着阻拦贻直的意思，"等等嘛，贻直！"贻直听了，还是狠狠盯着郁新，一言不发。

之后无论问什么，郁新都一言不答，他的眼皮合上了，似乎沉沉睡去，药物的作用开始慢慢消退。

"再搞两天，"厉行琢磨一会儿，抿抿嘴唇，跟轼珩说，"还有时间，这个不行，还有别的办法，大典前可以拿下，我看他扛不住了。"厉行说完断定似的点点头。

"嗯，应该是，"轼珩也看看厉行，又看了一眼贻直，说道，"应该是顶不住的，丁局长这些方法了不起。"

"那，那就送回去，再遭一天洋罪。"厉行长舒一口气。

"我和贻直去吧，你抓紧跟缪局长汇报一下，"轼珩对厉行说，"他等得急呢。"

"对，"贻直在房间里来回走着说道，"厉行，你去跟缪局长汇报，我俩干这苦差事，谁让昨晚喝了你的酒呢！对不对？高处长。"

两个看守架着郁新，轼珩和贻直紧跟在后面，可能是药效衰减的缘故，也可能是他脱离那个空间有一会儿了，他摆脱看守，自己踉跄地走着。

"唉，这些办法确实管用，"贻直轻叹一声说，"省得兄弟们费力气了。国外这些东西确实好，丁局长有眼光啊！哎，你觉得这小子能挺住吗？"

"嗯——挺不住,"轼珩看着前面跌跌撞撞的郁新,眼神里透出一丝难以觉察的忧郁,说道,"没人挺得住!这次可能要抓到大鱼了。"

"那就好,"贻直说,"借兄弟吉言啦。"

"嗯,顺藤摸瓜,要不政府养我们做什么。"

走到楼梯口要下楼时,郁新突然剧烈地干呕起来,身子也站不稳了。他倒向一侧,借墙体勉强支撑起来。

"不管他!让他吐一会儿!"贻直被打断有些烦躁,跟看守说。

"你去拿东西来打扫一下,"轼珩也皱眉,用手在鼻子前面扇扇,对一个看守说,"这味儿太大了。"

"高处长说味儿大,"贻直厉声跟剩下的一个看守说,"快啊!把窗户打开!"

"难闻!见鬼了!"轼珩捂着鼻子,笑了一声。他瞄了一眼郁新的背影,能感觉到他内心的悲怆。

"你说,那天晚上,那个脚印在河边说没就没了!是不是鬼啊你说!"

"哪有什么鬼啊,"轼珩背过身,走到一旁,悠悠说,"都是装神弄鬼而已。"

贻直似乎非常紧张,也凑到轼珩身前,低声说:"我也是这么想,你说说,咱们这不是有内鬼吧?"

"不好!你干吗!"一阵骚动传来,看守大喊。

看守开了窗户,郁新紧跟着,竟用尽最后一点力气撞开那人,挣脱开看守试图拽住他的手臂,跳了出去。

贻直本来全神贯注在和轼珩说话,也忙向窗户扑过去,但是晚了,他探身看下去,盯了一会儿,嘴里嘟囔说:"他妈的,五楼啊,就是只猫也摔死了!这可咋整?!"

无论室内温度如何,大家都说丁局长的办公室有寒气,寻常人进去，总想打冷战。轼珩也有同感。

丁向在办公室，摆弄着桌子上的国际象棋，一个人在黑白格之间思考着。

"局长，郁新跳楼的时候，我也在旁边，我，我也有责任。"轼珩平静又诚恳地说。

"算了，"丁向手里拿着"兵"，自言自语，"我给你来个后翼弃兵！"说着，"啪"的一声在棋盘上落子。他点燃支烟，抽了口，拿烟的手臂挂着办公桌，两根手指夹着烟，大拇指轻揉着脸颊，似乎在沉思，好一会儿，他盯着棋盘说："这种事情，常有的，也好，了了，了了好。"

"多谢局长关照！那，那局长您找我有什么吩咐？"轼珩心里纳闷，也盯着黑白棋盘看。

"过几天就是登基大典，泰初最近几天都在新京吧？"丁向盯着棋盘，随口问。

"是，"轼珩说，"好像要待上几天，都去两天了。"

"泰初辛苦啊——"丁向低下头，想了想，又抬起头说，"这次，溥仪做了训政，他选了郑孝胥做总理。你——怎么看？"

"唉，"轼珩脸上有些不在乎，说，"人家肯定选自己的人，听说郑孝胥是溥仪的老师。"

"嗯——这我知道，他以前是张之洞的幕僚，是有能力的。"丁向掐灭烟头，双手抚在腹上靠到椅背上说，"张司令做参议院议长，还兼着咱们东省的首席行政长官，也是好事。"

轼珩说："姐夫最近还要在东省过渡一下，帮助张司令处理东省事务，过段时间什么情况就不知道了，要看上面安排。"

"来！下一盘！"丁向示意轼珩坐下。

"找你来，是——"丁向执白棋，先走，"兵"进两步，威风凛凛，"关于那份情报，日本参谋本部的人下周就会到哈尔滨！"

"哦？那么快！"轼珩的语气是惊讶的，但脸色没有变化。手里的黑"兵"则放弃了进两步的权力，只走了一步。

"卧榻之旁岂容他人酣睡，"丁向又点了支烟，好像在凝神思考棋路，"人家对这份情报很上心，这也可以理解。"

"那我们——"轼珩沉思说，"是不是严密部署一下？这么多日本人，还是人家的精英……"

"对，找你来，就是要你负责安全工作，在日本高层面前露露脸。贻直配合你，但是——人不多，"丁向的棋风相当老道，没几步就放出了"主教""城堡"，大杀四方，"就一个人！"

轼珩在棋盘上也能感受到这个人身上的阴森之气，他的思路相当诡异，而且计算很准。

"也不是什么日本人——"丁向弹弹烟灰，连走"骑士"，越过轼珩的几道"兵"格，"中国人。"

"中国人？"轼珩控制着自己的情绪，但是脑海中迅速想起一个名字，如果是他，那最坏的结果就在眼前。此时，他的"城堡"连续被丁向的"骑士"拿下，这是一个惊险连环局。

"是啊，"丁向手里拿起"骑士"，思量着什么，悬在半空中没有放下，"中国人！小日本儿精啊，一直装什么神秘，眼看着要来了，要咱们交情报了，早上，今早上，才告诉我。"

"哦，那也好，"轼珩琢磨着丁向的"骑士"赚了几倍的收益，如果再孤军深入，他的"主教"会伺机而动，"一个人，安全工作比较好办。能不能告诉我他的代号，我这边工作也有个称呼。"

"没有代号，"丁向终于放回"骑士"，换了"城堡"，准备侧翼包抄轼珩的三个"过河兵"，他落下棋子，手指敲敲棋盘说，"人都来了，日本人也不跟我保密了，彭——杉——彬。"

轼珩克制着在丁向面前做任何深入的思考，只是应允着，心中却波澜起伏，三个"过河兵"被连续吃掉，显然自己破防在即。

"要不说，家贼难防啊。"丁向盯着完全占据优势的盘面，"日本人不说我也知道，这个彭杉彬，就是1928年叛变投日的俄国特工，大家都以为他死了。一家十几口人，在旅顺港，全都为这个人做了烟幕弹，我还以为——日本人——心机深啊。"他边说边盯着轼珩手里的"主教"。

"还有三天，"轼珩说，"我回去抓紧安排！要和贻直也商量一下！"

"对，有什么情况，"丁向又连灭轼珩"城堡""主教"各一，"可以随时找我！"胜利在即。

"局长棋艺了得啊！"轼珩赞叹。

"谈不上！你也不错啊！"丁向眯缝着眼，对轼珩完成了合围，"听说——你的狙击技术不错。"

"嗯，还过得去。"轼珩记得只和泰初说起过。

"日本有个高官，你不必知道是谁。"丁向声音压低了许多，同时把两个"马"和一个"主教"围在最有攻击力的黑"王后"周围，而另一侧布设了有纵横东西能力的"城堡"，即将展开完美一击，"他过些日子会从佳木斯经哈尔滨，然后再回新京。估计当天会下车去市里礼节性地拜访一下。"

"非常重要！"杀掉黑方威力最强大的"王后"，丁向又补充了一句。

轼珩已经猜到，这个人就是上次泰初说起的二叶会在中国布下的重要人物。之所以确定，是因为他查遍最近公布的满洲高官名单，又通过兮楠私下打探，只有此人的背景和那晚泰初说的背景资料对得上。兮楠还告诉自己，泰初曾拿着这个人的资料在书房里思考到凌晨。而根据轼珩的估计，这个人在新议会任职，一定会威胁到张景惠的权力，而张系人马应该明面上扳不动有这么大背景的人。

"请局长吩咐！"轼珩出了错棋，"城堡"陷落，只剩下一个"兵"，还有"王"。

杀他个"过路兵"！这是非常经典的国际象棋走法，敌方的"兵"被己方利用合理规则，出其不意吃掉。落下棋子，丁向笑了起来。

轼珩重重点点头，自己的棋盘上只有一个"王"，按照国际象棋规则，他并不能"自杀"——这是违规的。

轼珩知道丁向已看到自己点头。他没抬头，又满意地上下看着棋盘，自己还有"王"和"王后"以及"骑士"三个威力无双的武器，轼珩只剩一个"孤王"，走投无路，自己稳操胜券，不觉又自得地笑了起来。轼珩想，也许还有对自己刚才明确表态的满意，这是他的大任务。

这时，电话铃响了，是高官专用的"红色电话机"。"什么？全部美械……"他抬头看看轼珩，示意他出去。

轼珩走出局长办公室，回味着刚才的棋：丁向百密一疏，在自己的诱导下，"王"和"王后"处于"2×3"骑士方格的两角，而"骑士"处在和另一个骑士方格的重叠部分，也就是说，他只要挪动一步，丁向的三个棋子无论怎么走，都会个个对自己形成压倒性的"必杀"，也就是说自己再下一步，怎么走都是死棋。

按照国际象棋的规则，这种局面下，黑棋并不算输，棋局结束，双方战平。

第二十二章 暗杀

轼珩想得多，丁向，也不比他少。

回家后，丁向刚上楼就遇上蒋敏传，他脸色不好看，"噔噔噔"下楼，两人正好撞个满怀。敏传眼神跳过丁向，丁向神色如常，一刹那的工夫，敏传也不停步，丁向就退了一步，让身在楼梯拐角处，看着敏传擦身直直过去，只甩给自己脚步声。

丁向知道那天的刺杀案彻底激怒了他，敏传当场就埋怨情报局工作不力。后来，他的人注意到了凶手，还是泰初出面协调，让情报局接手，去中东铁路俱乐部负责监视抓捕。按理说，泰初不分管警察局，但是毕竟是当事方，让自己麾下的情报局查办，蒋敏传也无法拒绝。他们这是结下梁子了。

这重要吗？丁向想，不重要！早晚的事！

丁向家里布置极简单，除了浓浓药味挥之不去，几乎像个空房子。

他直接进了卧室，这里是有些特别的。一张普通的硬板木床，被褥打理得利落，好像随时准备打包带走。床头柜上方挂着一幅钟馗像，柜子上有一台带唱机的美制超短波收音机，这物件儿可是很罕见的欧洲货，灵敏度极高。据说全国也就区区几台，南京军统有两台，皇帝陛下办公室有一台。丁向晚上常打开，自己调试电波，有时甚至能听到格林尼治的报时钟声。更多时候，他能听到隐藏在哈尔滨各国地下电台的加密呼叫，各种声调、各种电文加密、各种代码称呼，丁向觉得比那些荒腔走板的新闻有意思多了。听着这些，他睡觉都踏实一些。

屋内的窗帘是三层的，一层白纱帘，其余两层是厚厚的隔光布料，分别是黑色和红色。丁向平时很少打开窗帘，所有房间都是，他不会犯泰初的错误。要说特别之处，倒不是床上枕头下面那把马牌小手枪，而是房间一个角落，摆着两个真人大小的人体模型，男的高些，颜色重些，女的矮些，颜色浅些。模型做工逼真，要不是身上有各种骨骼、神经的示意文字，一打眼儿会让人看错的。

他在床头坐着，看着床柜上面的三个小摆件——老鼠、狐狸和狼。他挨个儿摸了摸，嘴里嘀咕着："我是你！还是你！"最后拿起狼又放下："还是你。"

丁向拧开一盏绿色小台灯，打开唱机，放上一张"苏州评弹"的唱片，整个人躺在床上，双手绕在脑后抱着，黑漆漆的眼睛盯着那两个人体模型。

丁向从不带人回家，女人也一样。

那天自己在外面正玩得兴起，副官的敲门声让他心中一紧。私人时间，他是有固定的秘密渠道接收外部信息的，但一般的事情副官不会来通报，都会等到天亮再说，敲门就是三个字——"出事了"。他赶回来时，警察、特情围住了整栋楼，枪手却没了踪影。他也是这时候，知道轼珩去了王建宇命案现场。

轼珩这人，在浓雾里看，倒比平时更舒服，在命案现场看，倒比平时更帅气。有点意思。

自己设的套子，有人钻了，熬不住诱惑啊。人这个东西，有时候，怎么说，和贪食的畜生也没什么区别。

丁向每个人都怀疑，怀疑他是不是坏人，但是也都会怀疑他是不是好人。这个游戏好玩儿极了。王建宇真是俄国人杀的？他是怀疑的。很多事情，不能简单地去推理。情报是俄国人的，但是自己的敌人还有国民党，还有盘踞在哈尔滨、在收音机里天天斧光烛影演戏的各国谍报机关，还有能和自己争夺名利的各位同僚，太多了！他们出于某种目的，甚至在误导自己，也不是不可能。

既然怀疑，就不要相信，连尝试都不要尝试。

这份情报，最核心的秘密到底是什么，自己算知道还是不知道，这是个问题，很大的问题。他想着，又把身边的一本书拿起来，打开，在《金龟子》故事的那一页，夹着一张质地特别的纸，还能看到深深的叠痕。

丁向听着评弹，慢慢开始陶醉了，手也从脑后抽出来，轻轻拍着床板，脑袋一摇一摆，跟着哼唱起来："劝世人，莫把君王伴，伴驾如同伴虎狼，君王是个薄情郎。倒不如，嫁个风流子，朝欢暮乐度时光，紫薇花，相对紫薇郎，啊——啊——啊——"

这时，电话响了。丁向赶忙接了起来，嘴里不断卑微地说着："是！"

丁向这天准时从情报局出发，刚出门，恰巧遇见紫茵。

他让车子停下，招呼她上车，说道："哈尔滨警察局副局长母亲的生日宴，不去，也说不过去。"说罢，两根手指在额头揉了揉，

紫茵懂事地说："那里人太多了吧，我去——合适吗？"

丁向看紫茵犹豫，就扭过头看着窗外，手指轻轻敲着起雾的玻璃，说道："这个人——借着老妈生日宴，请了不少名流，还有日本人。现在哈尔滨的天变了，去看看这些所谓的名流们，也好！"

"最近在上映一部电影，"紫茵看着丁向说，"叫，叫《巴黎屋檐下》，据说是欧洲的新片子，我一直想去看。"

丁向说："我让电影院给你放专场。"

车子驶入江边公园，看见一栋紧邻江堤的俄式花园建筑。灯火通明，车来车往，各种人员门里门外忙碌不停，这和苍茫冰冻的松花江形成鲜明的对比。大自然很多时候都是无言的，但是人类，非要在一个小角落里嘈杂不停，再归于沉寂，周而复始。车子在专人的引导下，停在军官俱乐部门前，透过大门上的玻璃，能看到里面

华丽闪耀，人影晃动，一场盛大的宴会正在举行。

紫茵挽着丁向进去。

丁向打量紫茵一下，看她穿的正是自己送的紫色大衣，戴着他最中意的圆帽。

"那要谢谢丁先生啊，"紫茵跟着丁向上了几步台阶，在侍者的恭迎下，往宴会厅走去，"这是我最贵的衣服了，让您破费了。"

这走廊着实不短，可是四周装饰着俄罗斯的油画，头顶是一盏挨着一盏的精美吊灯，脚下还有厚实的地毯，就不显得那么长了。

"哪里话，我还觉得——"丁向边走，边不停地观察四周，说道，"我还觉得，配不上我的紫茵。"这时，他们马上就要到宴会厅，鼎沸人声听得很清楚了。丁向看到一扇小门，比其他的门窄一些，上面也没有其他门上标注的名称，就打住话头，问路过的侍者："你好，请问这个门通往哪里？"

"噢，先生，这个服务通道通往外面的后花园。服务人员下班或者运一些物品，会从这里走，这样便捷一些，也不会打扰我们的客人。"

丁向停住脚步，拧动把手，轻轻推开门，果然是个通道，没有建筑内的豪华装修。不等完全推开，就有一阵冷风吹来，凭着气流的温度和劲道，他知道侍者所言不虚，又关上了。

"你，你问这个干吗？"紫茵有点疑惑。

丁向没有答话，他的脸色大多时候是冷峻的，眼神里随时都有警惕，而骨子里的警惕就更多。此时，并没因为这奢华的环境、嘈杂的人群，甚至是身边美若天仙的女子而有变化。

丁向刚进宴会厅，蒋敏传就迎了过来，他显得兴致勃勃，似乎最近和丁向的嫌隙是不存在的。丁向想，一是因为今天的特殊场合，二是自己代表泰初，他也不敢造次。

"丁局长，您大驾光临，"敏传笑着和丁向紧紧握手，"寒舍蓬荜生辉啊！"

"哪里，哪里。"丁向脸上此时有了一点笑意，不动声色说道，"对了，这位是邱小姐，给你们介绍一下！"泰初来电话让自己代他出席寿宴，是让双方缓和一下关系，这自然是个台阶。泰初电话里说，楼上楼下住着，再见面也能避免些尴尬。一般情况，泰初无暇出席的场合就让副官代替，这次让自己来也同时给了蒋局长面子。

敏传和紫茵客套两句，心思显然在丁向身上，他底气十足又神秘兮兮地说："丁局长，今天您来，我等一下要给您介绍一位贵客，没人知道他今晚会来，马上就到。"

"噢，好。"丁向看着敏传，轻轻点头，也没问。就让蒋敏传炫耀得意一次，也是应该的，胜负手要看结局，而不是一时，这是真正的现实。

丁向和紫茵在主桌坐下，敏传也陪着跟过来——这是对泰初的礼数。

丁向注意到远处一个身着长衣夹袄、公子模样的人走进来，随口问道："那位是谁？怎么从来没见过？"

敏传马上说道："这是桃花巷齐老太爷的公子啊，齐彦强！刚从欧洲回来没多久，所以，没见过，不奇怪。"

"给令慈道喜了！"齐彦强面色苍白，眼神的光芒也暗淡。他跟蒋敏传拱手，丁向发现这个人的右手在轻轻抖动，并不是情绪使然，而是病态的、神经性的。

"齐公子客气！"敏传打着哈哈，说，"桃花巷少东家赏光，我也高兴！"

"贺礼我差人送到府上了，这里就……"彦强声音本就不大，此时听着格外小些。

丁向说道："对了，怎么不见寿星老太太？"

"马上就到了！老太太昨天才到哈尔滨，舟车劳顿的，在家多歇歇。"

丁向看着蒋敏传方正的脸,想着,他是出名的大孝子,不知道白发人送黑发人那天是什么光景。自己要动手,帮他整理好遗容。

这时门口一阵喧闹,敏传忙起身引丁向往外走,语气有些紧张,也有些兴奋:"涩谷三郎先生来了!"

丁向示意紫茵坐在这里等他,然后朝周遭扫了一眼,看见刚才路过的侍者站在不远处——这年纪应该在上学。

"今天啊,特意请了马迭尔的乐队,"敏传边走边说,"就是因为听说啊,涩谷先生爱跳舞,咱们现在不能不供着人家啊。"他的言辞里有一种坦诚相见的亲近。

"嗯。"丁向想,涩谷三郎虽然名义上是关东军的将官,但实际是日本特务机关在哈尔滨和吉林的最高长官。刚刚建国,自己和他还不熟悉呢,蒋敏传就请了来。即便今晚自己不出席,过后一定知道,这是给自己下马威吗?又一转念,他想,关川夏央在东京根基更深。

涩谷年近五旬,中等身材,穿的是黑色绸缎礼服,跳舞正合适,人家是乘兴而来。这个人除了一个鹰钩鼻子有些咄咄逼人,面相倒是和善的,眼神里不见冷峻,反而有一种拘谨,一种被日本文化深深熏陶的礼节性的拘谨。这种拘谨一旦出现在位高权重的人身上,反而更有震慑力。他被一群人围在中间,见敏传过来,就打招呼,敏传万分尊敬地陪着客套。他刚示意丁向过来说话,发现涩谷又被几个日本来宾围住低语些什么,就回头跟丁向说:"见涩谷先生不容易啊——等一下吧。"

话音未落,宴会厅的灯光突然齐齐灭掉,马迭尔乐队的演奏也稀稀拉拉停了,一些女士的惊叹声、疑问声不断冒出来。

接着,爆豆子一样的枪声响起来,初始只是几声枪响,接着就是人群的瞬间沉默,马上又是反应过来之后的尖叫大喊,室内混乱起来。枪声突然又变得密集,一阵阵地在大厅内激起刺耳的回声。人们四散奔跑着,撕拽着,对于大多数人来说,这时候的反应都是原始的本能。

丁向听着不远处急急的脚步声,冷静而迅速地判断着细节,然后,悄声蹲身躲到一旁的桌子底下。如果,这次只是意外的停电,这个动作就太滑稽了。但丁向是不出错的。他同时听到各种玻璃器皿破碎的声音,然后不出意外,是连串的枪声。他弓着身往主桌方向挪动,尽量避开刚才的位置,因为那些枪声就在刚才自己站立的地方响起。

丁向在混乱的人群中保持着弓身的姿势,他脚步很快,但是并不避开人群,动作非常熟练,像蛇一样在人群中移动,双手有节奏地在身体两侧轻快划动。丁向平时很少配枪,一个是因为他不是职业军人出身,对手枪没有什么亲近感,而且他的习惯就是不喜欢身上或者身边有什么多余的东西。他自然知道自己的工作始终处于一种不安全的状态,所以经常带着警卫。更重要的是,手枪这东西,有时候只能救急,并不能真的救命。救命靠的是自己——卓越的心智和超凡的应变能力,能够随时对于危险做出预警和处置,这些远胜于一把冰冷的手枪。

他,越危险,越冷静。

丁向观察到,这些杀手都很年轻,而且装扮成了宴会服务人员,他们用的是适合隐藏在餐盘下面或者藏在身上的不太引人注意的驳壳枪。看开火集中的方向,是对着涩谷去的,这让丁向有些定心。

他移动到主桌位置时,发现已经没有人了。紫茵呢?他已经闻到了血腥的味道,有人倒地了,枪声比刚才密集了很多,是更多人在还击。紫茵呢?

丁向这时有点急了,他身子稍微直了起来,视线变得开阔,黑暗中的宴会厅已乱作一团，无数人都往大门挤去，而涩谷三郎和蒋敏传的身影早就不见了。他迅速观察四周，好像有双狐狸的眼睛，在黑暗中敏锐无比，狡猾万分。终于，在不远处一个角落里，他看到紫茵瑟瑟发抖地缩作一团，双手把女士包紧紧攥住，挡在胸前，她帽子上的蝴蝶结在微微抖动。

丁向几步过去，使劲才扳动紫茵冰凉的手，她已经吓呆了。他悄无声息又用尽力气拉紧紫茵往大门一侧的小门跑去，那是侍者的服务专用门。丁向早就注意到了，从这个小门出去，就是刚才进来的走廊。此时人们拥挤在宴会厅正门口，这里反而没有人。丁向动作非常敏捷，他拽着紫茵跑到走廊上，这里挤满了逃命的人，还有端着枪往里冲的警察，甚至有端着步枪的日本兵，应该是涩谷带来的。丁向扭头看了一眼身后的紫茵，这女子的眼睛里全是恐惧，也在盯着自己，似乎充满着依赖。丁向这时的脚步慢下来，他示意紫茵也弓身，顺着墙边很快就到了那扇刚才进来时推开查看的小门，他拧开门把手，轻轻推开，闪身带着紫茵进去，再转身把门关好，尽量不发出动静。再之后，丁向猛地开始在黑漆漆的通道里不要命地狂奔，一边拽紧身后的紫茵，直到看到外面的月光、萧瑟的树木，他才拉着紫茵停了下来，和紫茵干脆坐到暗处一丛灌木里。两人头上全是汗水，不停喘着粗气。

"你——你，你刚才去哪里了？"丁向粗着嗓子，大口喘着气，压低音量，恶狠狠地问。

"我，我，我……"紫茵摇着头，好像失去了神智，也不看丁向。

丁向双手抓紧紫茵的肩膀，好半天说不出话来。"不要离开我！不要——不要离开我的视线！听见没有？"他又厉声问，"听见没有？！"

"好——"紫茵喘着气，眼神呆滞，咽了一口唾液说，"最后一次！"

丁向抖动着紫茵的肩膀,死盯着吓坏了的紫茵,嘶哑着说:"什么时候都不要害怕,害怕会死!"

"好!"紫茵还是双手掩面,抽动着哭出声来。

丁向的情绪有些平复,松开紫茵,听到室内枪声依然密集,于是瘫坐在雪地上。他一直看着紫茵,过了好久,狠狠说:"好。"

第二十三章　端倪

娜莎坐在沙发上，手里是张名片：

伦敦奥利弗侦探事务所　　白慕维

他也住在马迭尔宾馆，那天舞会结束，他和娜莎谈了很久。

哈里在舞会上追求娜莎人尽皆知。白慕维对于自己的目的毫不隐瞒，相当自信。他的眼神和谈吐都证明这是一个不可小觑的人，还有他的手，总是插在裤兜里，稍微往上一点，就能看出那里有一把手枪，这对于一个在异国办案的人不可或缺。

娜莎自忖不是轼珩，无法从一个人的举止中获得特别多的信息，或者说她缺少轼珩身上某种特别的天赋。不过，白慕维此时出现的危险性和导致这种危险性的逻辑，她非常清楚。

哈里在哈尔滨进行的是长期的珠宝生意。最近因为局势原因，他决定就地出售一笔寄存在哈尔滨的大宗黄金，准备做完这笔之后就远离这里，毕竟远东局势对于西方人来说，越来越不可预测。白慕维接受了哈里家族所托，专程来保护哈里，谁想晚到了几天，就遇到如今的局面。

英国驻哈尔滨领事馆介入调查过，结论就是哈里酒后失足坠楼。他们还检查了哈里的全部遗物，这些都是哈尔滨警方和凯斯普先生提供的。从哈里遗留的账目看，他的珠宝和账单全部相符，基本没有任何出入，只是少了一条皇室珠宝项链，虽然价值不菲，但这是小问题。而之前已经出售给马迭尔珠宝店的部分珠宝，也是银货两讫。所以，英国领事馆除了向哈里家族表示遗憾，似乎没有什么办法。

娜莎把名片夹回到书页里。她知道白慕维的房间号码，白慕维说如果有什么新的回忆，可以随时找他或者留言。娜莎于是起身，补了妆。午夜的马迭尔十分安静，她自信地走出欧洲女人的臀摆，来到白慕维的房门前，深呼了一口气，露出一种复杂又有些抱歉的眼神，看看左右无人，按响了门铃。

娜莎把耳朵贴在门上，没有听到任何动静，她想了一会儿，决定回到房间。

如此深夜，一个女子在宾馆走廊站着是让人困惑的，当事人自己也会不安。娜莎刚站在电梯前面，电梯井里传来几个人的低语声，似乎有些耳熟。

这是最先进的克庞伯电梯。这种电梯没有按键也没有电梯门，它不间断地周而复始上下运转，运行速度并不快，到达每一层的时候，客人看准时机上下。

娜莎决定等一下，她躲到电梯的一侧，只是盯着代表楼层的类似于钟表的指针在电梯门上方移动。指针在最右方停住，是七层，马迭尔宾馆的最高层。不过，那是这个建筑的阁楼层，并不是客房，听说是宾馆的管理人员办公的地方，也有一部分空间是设备间。

在这样的时间，如果有人去了办公的地方，是不太寻常的。听声音，也许有小凯斯普先生。娜莎找到宾馆的楼梯，一手拿着手包，一手摸着扶手，借助楼梯间的微弱灯光，和自己被拉长的身影做伴，小心翼翼地上到七层。

七层的格局和客房楼层完全不一样，被隔成各种用途的空间，走廊也是曲折回转。员工已经下班了，这个楼层关了灯。娜莎很快确定，在某个转角的房间有人，因为那里有模糊的谈话声，在这个悄无声息的楼层显然容易听到。

娜莎脱下高跟鞋，握在手里，静悄悄靠近房门，熟悉的声音，都是熟悉的声音。

凯斯普的声音显出一丝疲惫："白先生，我觉得，您的信息并不可靠。虽然我很理解哈里先生家人的感情，但是，您知道，不可靠就是不可靠，不能以我们的意志为转移。"

"我不明白您的意思。"白慕维说，"我们不能怀疑一个英国贵族家庭的嘱托，我觉得，也许——您不明白，在英国，名誉对于贵族比生命还重要，这点毋庸置疑！"

"所以，我不清楚白先生的工作意义何在，"凯斯普似乎用手拍着沙发扶手，"不幸的哈里只是喝多了酒而已，这是个不幸的事件。"

"是的，我相信您。我知道，他的母亲，也是你们的朋友。"白慕维淡淡地说。短短的句子通常在表达重要的意思。

"嗯，当然。"凯斯普的眼神变得有些阴郁，"唉，这的确是的！您说得对，这不是什么秘密。当您提起这位可敬的女士，还有她儿子的遭遇，我真的有些悲伤。"

"凯斯普先生，"慕维的语调少了适才的拘谨，显得有些冷峻，"相对于一笔数量庞大的黄金——"

"我刚才已经说了，不存在的，"凯斯普的语气也开始有些强硬，"没有黄金！哈里先生的遗物，除了一条宝石项链，全都交给了英国领事馆。这事有哈尔滨警察局的见证，账目清楚，什么都不少，只少一条宝石项链。"

"也许——您说得对，"慕维很好地控制着自己的情绪，他试图反客为主，"但是，关于那些黄金没有任何信息！如果您能原谅我的莽撞的话，就是说，关于这批黄金，哈里先生的遗物中没有任何资料！这——是不是，太——巧——啦！"他的语气像书里描述的伦敦凌晨的雾气，慢慢升腾起一种神秘来。

凯斯普重重拍了一下扶手,似乎要驱散开慕维语气中的阴冷雾气,严肃地说:"不存在的!如果这世界以阴谋论来解释,那一切都太巧合了!如果以阴谋论的视角看待这个单纯的世界,所有的,都太巧合!这简直是笑话,不应该出现在我们这样的人的对话里。您不觉得,这是一种冒犯吗?"

娜莎盯着走廊一角,门里透出的微弱光线下,她看到有个蜘蛛网,黑色的线织出一个八卦图的形状。一只紫红色的蜘蛛在上面颤巍巍地爬来爬去,似乎对这个工作很满意。还没等它躲在一边耐心静候猎物,就有一只飞蛾莽撞地栽了上去,蜘蛛看着扑腾扑腾的猎物,并不着急,而是躲在一边,等着飞蛾把自己的力气耗尽。

"亲爱的儿子,你看到了,在哈尔滨经营生意,有多么艰难,尤其是面对委屈,我们必须学会承受。承受委屈,也是一种代价,情意的代价。"

显然小凯斯普一直在旁边听他们的谈话。

"哎,对了,凯斯普先生,前段时间,华道夫银行,一笔六万银圆的海外汇款被撤销了,那可不是一笔小数目啊。"慕维似乎意犹未尽,丝毫不急。

"什么?"

"六万银圆啊,本来是要从马迭尔诸多银行账户中的一个汇到哈里先生名下的英国账户。现在海外付款很复杂,单是银行的程序就要很多天,中间还要经历几家中转行。"慕维停顿了一下,"但是,这笔汇款被申报给了华道夫银行,在他们走内部程序的时候,被撤销了,准确地说,是被马迭尔出面取消了。"

"天哪,你暗地里调查我!可是,并不存在六万银圆——又或许,只是财务人员的疏忽。"

"嗯——也许吧。"慕维的语气很平淡,但是带着某种主动,"凯斯普先生,我是华裔,但我是受英国领事馆保护的英国公民,而且您知道哈里先生已经出了事,如果我——"

"您当然安全,"凯斯普说,"我们只是商人,无辜的商人。您在想什么啊!荒诞的思想可不好,对前途不好,年轻人。"

"这批黄金可以买下他所有的珠宝,所有的,即便是他以前每次跟您交易的珠宝价格再翻五倍的话,也足够了。是吗?凯斯普先生。"

娜莎盯着那张蜘蛛网,那只蜘蛛已经爬在了飞蛾身上,咬住了它,一点一点,把它带到安全的地方,拖离这个弱不禁风但是难缠的丝网。

"我想,"凯斯普的语气中似乎有了一丝恨意,"这是我的事情,我不想此时解释。"

电梯间传来一阵脚步声,似乎是好几个人,他们在走廊里急匆匆走着,声音越来越近,手电筒的光线都可以看到了,显然是奔着凯斯普办公室去的。娜莎对所在的位置毫无概念,尤其在黑暗中,她躲无可躲,登时紧张起来,当下她的武器只有手里的高跟鞋,可一旦被发现,最近所有的打算就彻底落空了。

一声轻微的响动在身后传来,娜莎惊恐之下完全顾不得了,转身就想把手中的高跟鞋向身后砸去,她蓦地听到一个声音就停住了——"姐姐,跟我走"。

她跟着杜鹃藏到了另外一个黑暗的角落里。她们听到,一群人急着跟凯斯普汇报,说白慕维的房间被盗了,房门开着,一片狼藉,有客人看到就通知了一楼的保安人员,而他们知道凯斯普正好和那位客人刚才上了七层,就急急赶来。

娜莎在他们下楼之后很久,才悄悄带着杜鹃回了自己的房间。原来,杜鹃和日本军官三浦约会的时候,意外看到了英国领事馆发给日本方面的协查通报,希望他们协助调查娜莎的情况,怀疑她和哈里被杀案有关。毕竟,现在的哈尔滨,日本人拥有更强的话语权和调查能力。

她决定悄悄通知娜莎，让她早做防范。杜鹃直接去了娜莎的房间，但是她和娜莎错过了。整个酒店找不到娜莎，听门童说没看见她出去过。这么晚的时间，她愈加担心起来。那时，她心念动了一下。她对七层是非常熟悉的，多次去给凯斯普父子送衣服图样，所以小姑娘被友情激励，鼓足勇气从楼梯上了七层，直到她发现一个美丽的身影在聚精会神听房间内的人说话。正好有些人似乎来者不善，她就带着娜莎躲过了危险。

只有多次来过七层的人，才能在这黑暗曲折的走廊里，找到安全的藏身处。

杜鹃走后，娜莎一再提醒自己，处理很多事情，相比厉害的手段，对情绪的控制更为重要。

她思考着现在的局面。白慕维的出现出乎意料，这个人的做派就是西方传统侦探的风格，缜密、迅速，而且——理所当然的——以保护自己为前提，这和特工的风格是完全不同的——总会为了什么而不顾一切。他的进展之快使人刮目相看，不费一枪一弹，似乎正在接近目标。与此同时，娜莎感觉到有一双眼睛总在盯着她，这是一个非常让人不安的局面，自己完全在明处，人家在暗处，而且只是盯着你，没有任何动静。但自己没有时间等——不能让托洛茨基得到黄金。

"娜莎小姐，我很感谢您再约我见面。"和所有的英国绅士一样，慕维的衣着一尘不染，这和中央大街上随时会擦肩而过的绅士是不同的，慕维的每件衣装都很耐看，不只是质地和款式，还有熨烫的手法，都是细腻工作的结果。

娜莎对慕维说："白先生，从您的自信来看，您是个优秀的私家侦探，那您可以猜猜我的来意，让我也见识一下神探的功力。您看，怎么样啊？"

慕维的眼睛因为阳光照射而眯起来,他压低了一下帽檐:"我很不安,这个赞誉我承受不起。"

"我是真的这么认为的,白先生。"娜莎看着慕维说,"您看着就像一位神探,或者有一点理性地说,您给我的感觉是个特别足智多谋的人,否则哈里家族怎么会信任您呢?对吗?请不要跟我说,女人的分析总是很差强人意,我真是不太希望听到这个话哟。"

"娜莎小姐,当您说这些,比如谈起女人,"慕维看着娜莎说,"我,我觉得我没什么发言权,比如对美丽我可能有一点认知,但是深入内心的话,我很真诚地说,我一无所知。"

"您谦虚了,白先生。"娜莎觉得这话有额外的意思,但是不能准确地捕捉到。

"其实没有,但我不想解释。"慕维倒有一些因为被夸奖而不安的神色,说道,"不过,就您刚才讲的话题,足智多谋和分析能力,作为一个职业侦探,我倒是应该有一些认识。"

"我很希望听您的高见。"

"就我个人认为,"慕维在"个人"两个字上加重了语气,这个人的谨慎细致不只在衣着上,"分析能力和足智多谋似乎有很大的不同,因为我曾经认真思索过这个问题。"慕维的不安神色已经消失了,像所有善于思考的人一样,神态自信,"善于分析者,必然足智多谋。不过一个显然足智多谋的人,大多数情况下可能并不善于分析,甚至缺乏分析能力。足智多谋更多是一种智力游戏,这大多是一种天赋,是智力在头脑思维方面的体现。有的人并不是杰出的人,甚至,就是白痴、笨蛋,或者一事无成者,但这样的人也可能是个足智多谋的人。单独地看,他是个聪明人,甚至主意很多,事实上,他可能就是个白痴,一事无成。这很不幸。"

娜莎侧耳听着,又重重点了点头,说道:"有的人,缺乏深入思考能力。没有分析能力,就是个足智多谋但不会取得成就的白痴。为他的足智多谋买单的人很可怜，不知道他只是个白痴。"

"足智多谋，仅仅是这个特点的话，我觉得——这更倾向于一种原始能力。"慕维看了一眼娜莎，贴心地轻拉了一下她，让她避开一旁匆匆而过的孩子们，"但是分析能力不是，分析能力需要教育，需要学识，还需要培训，最重要的是，还需要时间。如果缺乏以上任何一点，这种能力就是有缺陷的，不能说是杰出的。从这些特点，娜莎小姐，您可以知道这个能力和那种原始能力有多么大的不同。"

"当然。我是第一次听到这种观点，我觉得——嗯——有种受益匪浅的感觉。"

"这是鄙人自己的感受。这两种能力差距非常之大，但是因为只在行事中表现出来，甚至具备某些类似的特征，所以会被很多人忽视，因此，就会导致一些问题。但是作为侦探必须要看得清楚，两者的差距太大了，比如幻想和想象，也许类似，但差距是天上地下，不可混为一谈。"

"幻想和想象？"

"足智多谋者比较喜欢奇思妙想，而真正富于想象力的人——必善分析！"

娜莎此时的摇头表示若有所思和深以为然："我觉得您说得很好——真的很好！"

"我们——您和我，都刚来哈尔滨不久，"慕维的眼神是真诚的，"从英国人的习惯来说，我不能无端猜测一个小姐的来意。请您谅解，这是我的习惯。"

"白先生，您是寻找凶手的，我是来投亲的，差得好远不是吗？"

"我去了哈里先生住过的那个房间，如果侍者没有说错的话，我无法找出任何疑点。"慕维的神情有些严肃，"也许，这是事实，就这个问题来说，我可能要接受哈尔滨警方和英国领事馆的说辞，这是事实！很遗憾。"

"那，那不是很好！您的任务完成了，您可以凯旋了，不是吗？白先生。"娜莎确定，英国领事馆的协查通报就是白慕维发起的，而自己是经不起调查的。她压抑住了自己的恼火。

"娜莎小姐。"慕维沉默了一会，"我还是必须追查哈里的真正死因，我和我的委托人确信，这涉及一笔巨大的财富，数额无法想象。"

"我在舞厅听说，桃花巷的齐家好像经常运送一些珍贵的东西，而且他们的马队在春节前，曾经去过很遥远的地方。"娜莎决定透露敲钟人送来的情报，她欣赏这个侦探的思维，"好像——齐家三少爷还因为这次行动摔坏了腿。"

第二十四章　污浊之地

载着娜莎和慕维的马车驶入桃花巷。

"谢谢您的提示，娜莎小姐，我之前花了大价钱，确实有所收获。"

"这是对我的奖励？"娜莎拍拍马车的座椅，她对慕维的邀请并不意外。

"谈不上。只是我也需要帮手，最后，我们还可以分享那份丰厚的报酬。"

桃花巷的街道盘根错节、宽窄不一，转了两个弯，车夫就找不到方向，两人索性下了车。

天色已经擦黑，哈尔滨的白天总是短暂的。

慕维和路人打听着，又走错了几个路口，终于在一处狭窄巷子的尽头找对了位置。看着是堵高墙，到尽头才发现一侧还有一个小路口，再前行，是一栋破旧不堪的二层楼，木质的楼梯似乎腐朽多年，早失去了原来的颜色，露出的都是木材接近腐烂的灰黑色，斑驳不堪，与桃花巷街面随处可见的阔气门面迥然不同，似乎摇摇欲坠。而附近的建筑也多是这样破败，让人感叹任何繁华的背后都有不为人知的阴暗。

桃花巷是哈尔滨最繁华奢靡的地方，其中隐匿的黑暗和不堪可能也是最多的。

慕维带着娜莎沿着楼梯上了二楼。两人是前后有几步距离的，但楼梯还是发出"嘎吱嘎吱"的声响，似乎对这种重量也不堪承受。

慕维找到一间屋子，敲了几下门，没有任何回音。他看了一眼娜莎，又看看门。娜莎知道因为冬季御寒所需，这木门里面被钉上了一层棉被之类的东西，否则凭外面这看似单薄的木板根本无法在冬季御寒。正因为这一点，木门也有非常好的隔音效果。娜莎用力拽了一两下门，门是锁着的，拽门的震动显然起到了效果，门内传来了窸窸窣窣的声音。

又过了一会儿，门开了，是个精壮的汉子，他的衣着和这栋楼非常相配，与眼前的两人似乎不是同类。

"请问张把式在吗？"慕维问。

"嗯，"汉子打量了一下慕维和娜莎，显然被交代过此事，就把门推得大了一点，"进来吧！"

这扇门上钉了一层棉被，而门后还有一床棉被悬挂着做门帘，勉强抵御住外面的寒气。汉子帮忙掀着门帘。娜莎注意到慕维小心翼翼地使身上任何部位不接触这床棉被，棉被的颜色证明它从很多年前就在承担这个冬季任务了。

房间内几乎是黑的，汉子在前面引着两个人穿过厨房，进了一个比较大的房间。因为不通风，和厨房又挨着，屋内有一种陈腐的饭菜气味。

房间靠里摆着一张小桌子，桌子上有一盏灯台，烛火在这个不小的房间里显得势单力薄。

"是——白先生？"小桌子后面的人这时往灯台前面凑了凑，用浑浊不清的嗓音说道。

"我是白慕维，这位是——"慕维似乎被杂乱肮脏的环境弄得有点心烦。

"嗯，女士。"从那人的声音不难推断出这是个粗鲁而且难以接近的人。

"好吧，我想一切都在您的掌握之中。"慕维尽量平静地说道。

刚才的汉子拎来两把椅子，放在小桌子前面约两米的地方，又看了一眼桌子后面的人，那人似乎点了一下头。

"坐——"汉子出了房门，那人才说话，"嗯——"他的脸布满皱纹，精光四射的双眼代表他并不苍老。这是个长年经受风霜的人。在东北，长年奔波各地运送货物的人大多是这样的。他的实际年龄可能跟白慕维差不多，但看外表可是天壤之别。

"我是想跟您请教个事情——"慕维开门见山，他希望能尽早结束这次谈话。

"咳，咳，多少钱？"张把式在微弱的烛光里拍着桌面，他和他的随从似乎都不太喜欢听人讲完话，这真是个让人恼火的毛病。

"我觉得，似乎应该把这个问题先说清楚——"慕维不想被他牵着鼻子走。

"你给了中央大街那些情报贩子很多钱吧？"张把式晃着脑袋，不以为然地说，"有人跟你说起了我，我是哈尔滨地界上最好的把式，连中央大街上的外国银行很多到牡丹江、佳木斯、齐齐哈尔的钱款都是我押送的，这没毛病！在这个地界上，尤其是这几条路线，你知道，哼哼，马匪遍地，也就我——张把式能搞得定，他们都要付大价钱给我哩！哈，哈！"他的笑声也是沙哑的。

"是的，您说得对。我知道行规，为客人保守一切秘密。"娜莎双手紧紧握着手包，神色也因为这里阴暗的环境而显得疑虑重重。

"是的，是的！这是行规，算你明白！"张把式阴森森地说，"除了特别少的几个人，任何人都得滚出去！都他妈的滚蛋！"

"所以，我找对人了，张先生。"慕维说。

"不要这么称呼我，这么说话我感觉很假，明白吗？虚伪！"张把式根本不吃这一套。

"哦，对不起，对不起，张把式。"慕维忙不迭地道歉。

张把式"扑哧"笑了一下，他拿起一支旱烟锅子，掏出一小把烟丝捏了捏，在烟锅里放好，凑到灯台前借火点燃，说道："中间人说你很大方。还好,你是英国人,办完事就走了,很好,也不会毁了我的声誉。当然,如果——你知道后果,是吗?"张把式自言自语、自以为是地说罢,重重连抽了几口烟。

"我不会跟任何人说起,我以英国人的身份担保。"慕维拍拍胸膛说。

"收起你那一套,不就是个假洋鬼子吗,我见多了!我见过大钱!哼!我有东北最有力气的良马,最让人放心的马队!"张把式拿烟锅敲敲桌子,"你要知道后果。我只是可怜你,至于钱——说吧,多少钱?"

"我不知道从何——"

"哈,哈!"张把式重重抽了一口烟,旱烟刺鼻的气味让这个房间污浊的味道更重,"无论你打听什么——小气鬼,洋人都是小气鬼,哼,都是,只有那帮情报贩子才看得上你的零钱钢镚儿。我明告诉你,无论你问什么,你给中间人的钱——我这儿五倍起!"张把式腾开抽着旱烟的手,伸出手掌比画着五。这斑驳不堪的手比画的价值甚至超过了这栋房子。

"好吧,好吧!"慕维试探着,又似乎下定决心似的说,"没问题!只要得到有价值的情报,我可以提供现钞!"

"别他妈到时候说话不算话啊!我可不是好惹的,别他妈夜壶镶金边儿——就嘴值钱。我们做这个生意,一直受着齐家的保护,当然也要听人家的!信用?跟齐家合作这么多年还不是靠信用!"张把式谈好价钱,语气还是很不耐烦,"说吧!"

"我知道,大概从十几年前起,您装备精良的马队曾经陆陆续续护送一批货物,或者运抵什么距离遥远的地方,又或者在深夜时分抵达哈尔滨的某个地方。那是很重要的任务,我觉得,应该——"

"对了!我们是经常半夜赶路的,不过不要打听银行的运送情况，有关银行，我无可奉告。那是我的老主顾，他们很有钱的。惹到他们不值当的！"张把式警觉了一点，扬了一下手臂说。

"哦，不是银行，真的不是。只有您的马队才有胆子、有关系在深夜的哈尔滨穿行，因为哈尔滨的夜晚是不平静的，警察、日本宪兵都盘查得很紧。我知道这也依赖齐家的庇护。"

娜莎听着他们的对话，心底一沉，面前这个人看着行事不经、言语粗鄙，但极其狡猾，而且反应敏捷。

"是，所以都来找我。知道是我护卫的这不难，这一切只有我——张把式做得到，我和齐家是什么关系！"张把式大大咧咧地说。

"我想问的是——"慕维又看了一眼娜莎，似乎有些犹豫。娜莎也在看着他，显然，娜莎对此茫然无知，帮不了他什么。

"快说！"张把式用旱烟锅子的长杆在桌子上敲了两下，"除了银行！那是不行的！"他语气里带着点凶狠。

"哦，好。"慕维下定决心说道，"我知道您曾经运送过一批黄金。"

张把式的脸在烛光中突然放大，眼睛似乎突出来，神情变得震惊，随之脸上又出现了狰狞的怒气，他叫道："天杀的！他妈的！这个当然不行，这他妈比银行重要！这是谁告诉你的？这帮龟孙子，为了钱命都不要！我要杀了他们！！告诉我，谁告诉你的？！"说罢他腾地站起来，盯着慕维。

"先生，噢，张把式，我觉得这个事情如您所言，"慕维倒吸一口冷气，似乎不是因为害怕，而是因为张把式的突然变脸让事情的进展受到了阻碍，"知道这个不难，只有您的马队能承担极其重要的秘密运输，外人大概都知道的。"

张把式把烟锅重重摔在桌子上，发出一串决绝的怒吼："这个生意不能做！我不知道！你们可以走了！"

"我觉得我们可以谈谈价钱。"慕维此时真的平静下来了。

"什么价钱？！我不会出卖主顾的信息，多少钱都不行！"张把式嘴里发出"哧"的一声。

"您看十倍可以吗？"

娜莎知道，这条线索实在太重要了，况且之前慕维用钱在哈尔滨办成了很多事情，是很有效的。

"嗯——"张把式在地上踱了几步，嘴里发出长长的一声，"站起来，退后！退后！站起来！"

慕维和娜莎无奈地站起来，退后了两步，慕维手伸进了大衣，而娜莎打开了手包，在黑暗中，这一切都不会被看得清楚。

张把式突然弓身俯向小桌子下面，他摸索了一阵，地板上似乎有个不起眼的开关，他使劲掀起了什么，地板下面传来铁链子拖动的声音，紧接着，发出"嘎吱——咣"的大动静。慕维和娜莎本是看着张把式的，这时才低头看脚下，刚才坐的地方，一大块地板整个儿向下翻了过去，而那两把椅子瞬间告别了多年的住所掉了下去；中间能听到两把椅子互相碰撞的响动，许久，传来了"咚——咚"跌入水中的声音，房间内吹来阵阵寒风；再仔细听，地下很深处传来水流的"哗——哗"声，因为地板上这个大洞的原因，听得还算清楚。

张把式起身端起灯台，疾步走到大洞的边上，把烛火悬在洞口上方，蛮横地抬起头。

两人借着烛火的光线，看到下面是很深的一条暗道。因为水流反光的原因，他们能看见湍流，从中升起一股比这房间的味道更让人作呕的气味。

"你们看到了，这是一条暗河，地下暗河，桃花巷所有的污水都从这里进入松花江厚厚的冰层下面。现在，松花江上的冰层起码有一米厚！可能还不止呢。"张把式蔑视地看着两个人，慢慢端着灯台回到小桌子旁,把灯台放下,沉沉坐下,拿起烟锅抽了起来,"你是英国人,这个身份救了你的命,我不想惹这个国际麻烦!但是——"张把式拿着烟锅指着慕维说,"有些事情不是能随便问的,钱再多,也他妈没有命重要!我知道你们有枪,没狗屁用,在桃花巷,亮家伙,你们会死无全尸!赶快走吧!这是免费的,免费忠告!滚蛋,滚蛋吧!"

如果灯光再亮一点,可以看到,张把式的狰狞神色里也出现了一丝恐惧。

华灯初上的时候,两个人走在桃花巷的街巷里。

这里的喧嚣刚刚露出一点眉目。夜的魔力激发了人性中最原始、最张狂的欲望,这里的夜以此为燃料,刚刚燃起的一点火苗,将在之后,在漫长的黑夜里变成熊熊烈火,吞噬金钱、人性,等等——一切白昼里很可贵的东西。这里的赌场、妓院、桑拿、夜总会等一切场所也都是分档次的,小巷子里的就便宜一些,主街上的就奢侈一些。冰冷的空气开始骚动起来,各色人等渐渐出现,寻找着属于自己的去处。除了寻欢的男人,街面上偶尔有从黄包车甚至马车上下来的女人,都有不寻常的性感,摆动着腰肢进入一处大点的门面。这是夜总会陪酒的女郎,她们身价不菲,平时都有住所,只在这个时候才会上班。

新奇感不能压抑两人内心的惊悚和失落。他们好不容易拦到一辆马车,这是一辆哈尔滨街头拉客马车里比较豪华的一种,车夫坐在前面高高的车辕上,离后面的车厢有点距离,所以客人谈话的隐私性就很好,车资也较普通的贵一些。

在车里,二人起初都是心事重重,没有说话。

过了好一会儿,慕维才内疚地说:"唉,我似乎轻敌了,是吗?"

娜莎一手握着手包,另一只手臂拄在车厢的窗户上,同时用手扶住扭向窗户一侧的头部,看着窗外的热闹景象,眼神里都是凝重。沉思了许久,她才开口:"白先生,我很佩服您的胆识,我不知道,您带我来这里——对,这里,做什么?"娜莎欲擒故纵。

"只是生意而已。"慕维双手搓了一会儿,又紧紧握了几下说,"娜莎小姐,就像我跟您说的,我们需要协力。"

桃花巷里的车辆开始多了起来,马车走走停停,突然猛地震动一下,传来马车夫的叫骂声,显然是有人突然在车前冲过去,造成了险情。这个震动似乎中断了两人的谈话,车厢内又归于沉寂。

"也许——也许您觉得我还不值得信任,"慕维还是忍不住说,"但是,我给了您信任,就像两个人遇到,我是先伸出手的人,这很真诚。我的意思是,我理解您。"

"您很聪明,是的,我承认这一点。"娜莎收回手臂,两手都放在手包上,这是个非常淑女的坐姿,"您似乎正在逼近目标,虽然您没明说,但是,事实似乎是这样的。可是,您现在很沮丧,离伦敦的豪宅好像更远了一些。"

"哈!是哟——是这样的。"慕维这才看着娜莎,脸上是自嘲的笑,"在哈尔滨,我第一次发现金钱失去了效力,本以为足够多的钱,可以买来一切信息。"

马车终于出了桃花巷,奔驰在许公路上。看样子,车夫是想从沿江警察街跑上一段,再在中央大街上从北向南到达马迭尔宾馆。

"您的手段很有效。"娜莎说。

"娜莎小姐,我跟您说过的,"慕维沉思着说,"善于分析的人——"

"那您的分析是什么呢?"娜莎反问,"现在似乎,我们都遇到了一个缺少基本礼貌的人。"

"我和您一样,在马迭尔珠宝店逛过。"慕维打定主意开门见山,"只不过,您的注意力在上层,您觉得那些决策者或者大老板会带来线索,而我呢,和您不同,没有那么多耐心,也没有那么多时间。当然,也没有您的资本——您明白的,这些人,很不巧,很不巧都是男士。娜莎小姐，希望没有冒犯您。"

娜莎看着慕维，脸色如常说："当然没有。这是您，一个自以为善于分析者的推断，我当然不在意。白先生，没关系，请您继续。"

"哦，那就好，请原谅我的冒犯，我只是想说清楚我的意思。"慕维有些不安地说，"总之对于我来说，我需要现场的线索，但我更需要现场！"娜莎注意到，慕维说到"现场"两个字，眼神中有了一丝犹豫。"当然，现场我都说了，没什么，什么都没有。那我的目标就转到了这笔财富上面，我有义务拿到这批黄金，完璧归赵，我也可以获得丰厚的收入。现在，我更坚定地认为，这笔财富流到了凯斯普先生和他那自命不凡的音乐家儿子的口袋里。"慕维果断地说。

"我不明白这点，即便马迭尔有一些不想为人所知的黄金，又怎么一定是您的委托人——哈里家族的呢？这分析恐怕不是那么严密吧。"

"我当然有我的线索。"慕维并不知道娜莎偷听了他们的谈话，"凯斯普先生的一系列反常举动，都在证明这点，而在哈里先生抵达哈尔滨之前，马迭尔已经十年没有出售这种沙皇时期的金条了。十年，整整十年！"慕维看了一眼娜莎，接着说："于是，我追查了这批黄金的来源。花了不少钱，才知道哈尔滨最安全、最昂贵的押运人是谁。您知道，无论怎么保密，那些黄金不会从天上降临到马迭尔。"慕维说罢，似乎想起刚才的挫折，轻轻叹了口气。

"张把式以为您要买的是寻常的信息。"娜莎宽慰说，"没想到啊，唉！"

"真是没想到，这批黄金怎么会如此敏感，不过也没什么，这可是在哈尔滨啊。"慕维似乎在给自己鼓劲。"这些天，我感觉到，这批黄金确实不简单，这后面可能有更大的秘密。"慕维盯着娜莎说，"我是通过华道夫银行的一个线人知道的——"

"哦？"娜莎此时在佩服慕维的分析能力的同时，明白了自己和慕维行事不同的根本原因，并不只是性别的差异，而是慕维一心只想寻找哈里的财富，只是生意。娜莎甚至觉得，慕维就像童话里那个为了找一把金钥匙而误入山洞的孩子，不知道这把钥匙可以开启山洞中无穷无尽的宝藏，而无穷的危险也必然降临。

"娜莎小姐，您想知道？"慕维问。

"您随便——"娜莎心想慕维只不过是要说那笔巨额汇款的消失，她已经知道了。

"噢，您的态度，让我觉得多此一举。"慕维看着窗棂上的冰霜，在月光的照射下，出现了很美丽的图案。

"对不起，我的意思是，对您应该是尊重的，而不是一味索取。对吗？"

"您真是太客气了。"慕维说，"对于我来说，尤其是这种涉及巨大财富的案子，查阅近期的商业新闻是必备的功课。在哈尔滨，我也是这么做的。我很辛苦的，好久没看那么多中文报纸了。"慕维沉思着说，"您知道，最近哈尔滨发生了一起重大的收购案，一个齐齐哈尔富商收购了华道夫银行，非常大金额的收购，从小股东变成了控股股东。您认识那位先生。很抱歉，我是在餐厅遇到您二位曾共进晚餐的，您不介意吧？"

"嗯——是的，陈怀山先生，优秀的银行家，我的朋友。前几天偶遇，就吃了个饭。他也住在马迭尔宾馆。"娜莎想想又说，"听他自得地说，是用了华丰银行提供的黄金进行了全额支付，我想您的线人一定告诉您了。"

慕维的脸色变得有点捉摸不定，他看看外面，马车正准备从警察街拐向中央大街："我想陈怀山不会告诉您，他的黄金全部是沙皇时期的，那种有特殊重量和铸造方式的金条，很容易鉴别。我的线人恰恰是具体交易团队中的一个人，我付了大价钱才买到这个消息。"

娜莎愣了一下，不知道该说什么。如果是这样，这批黄金牵扯的人和事远比自己设想的要复杂，那把金钥匙不能轻易直接开启宝藏的大门。

"另外，我的委托人跟我讲过，哈里的母亲是托洛茨基的密友，她不只和凯斯普交从甚密，还有一位神秘的中国先生。他是坚定的托派分子，比哈里的母亲还坚定。根据译音，姓陈。我想，备不住就是——陈怀山。"

娜莎睁大眼睛，看着慕维，手在黑暗里轻轻颤抖着。

慕维的表述能力非常强——不急不缓，条理清晰，这凸显了一个侦探超群的逻辑思维："哈里太太——可敬的沙皇贵族，虽然倒向了托派，但这无碍她的高尚名声。据来自她家族的消息，她在多年前曾经帮助托洛茨基的忠实拥趸们处理过一笔巨额财富，非常庞大的数额。作为酬劳，她获得了其中很小的一部分，就是我要找的这部分。"

"我不明白，您为什么能确定那是很大，很大一笔财富？"娜莎说。

"当然，否则凯斯普父子也不会不认账了。他们只是商人，我无意诋毁他们。"慕维轻轻一笑说。

"但是，我不明白您为何如此推断，是因为陈先生？陈先生能够从华丰银行调动黄金，是他的能力，也许只是巧合，都是沙皇时期的黄金，这是哈尔滨啊。"娜莎看着慕维，似乎是想纠正慕维的分析结果，"也许您不知道，在哈尔滨，沙皇时期的财富并不罕见。听说，这里很多漂亮的建筑要是追根溯源，所耗费的资金可能都来自沙皇的宫廷，请您注意这一点。"

慕维不为所动，继续说："线人还告诉我，陈先生很有钱，他从华丰银行提取的黄金并不是借款，而全部是他个人的。"

"很多钱，这又能说明什么呢，一个有钱人？"娜莎说。

"在银行业，黄金的收存和提取，出于各种原因，其实大同小异，都是采用瑞士银行业的方法，就是认文件不认人。意思是，任何人只要提供存入黄金时候银行出具的文件，就可以提取。银行只核实材料，而不是来人身份。"

"这个，我倒是知道的。"

"而陈先生——"慕维看着娜莎，坚定地说，"他的提取文件上清楚地标明，这批黄金的存入时间是 1921 年，这就和我在英国听说的哈里太太获得黄金的年份完全一致。哈里太太去年病逝，把所有的财产交代给了哈里，这就是哈里这么多年出售的珠宝，当然还有此次亲自来处理的黄金！"

"陈先生管理着这些黄金？"娜莎的脸色已经不平静，心中闪过很多念头。

"我想，陈先生已经交付给了凯斯普父子，是在凯斯普和哈里交割的过程中，发生了哈里的意外死亡！"慕维用手轻轻捏着下颌，意味深长地说。

"你说凯斯普杀了——"

"那不确定，因为凯斯普提前汇出了部分款项，如果想图财害命，这个举动就说不过去了！也许，还另有隐情，凯斯普父子才见财起意。"

"难道不会是陈先生？"娜莎问。

"不会！否则不会有那么诡异的被撤销的汇款，也不会有凯斯普的反常表现。我相信自己的直觉。"慕维把皮手套放在嘴边，轻轻摩擦着，"再说，陈是政治家！那些钱，和他手里掌握的相比还是少。"

"他是政治家？他不是银行家吗？"

"如果哈里家族说的陈先生就是他，那他就是政治家！听说，这个人掌握着托洛茨基坚定的支持组织——'龙堡'。"

娜莎看着车厢前方，那是一幅油画，借着透进车厢的一点月光，勉强看清楚是一幅俄罗斯风情的油画：浓重的夜色里，一驾马车在冰冻的河边奔驰，马车没有轮子，取而代之的是长长的、锋利的铁刃，这样就有利于在冰面上和雪地上快速行驶。画面的背景是无边的原始森林，而在天空，画着一个飞翔的影子，眼睛正牢牢盯住地上的马车。

慕维也看着这幅画。

两个人的目光又碰撞在一起，然后，两个人同时去拉车厢内的铜铃。不知道是谁的手先拉响了，马车在中央大街上离马迭尔只有一个街口的地方停了下来，车夫下来打开车门，以为两位要在这里下车，但是他得到急促的指令，双倍酬劳，以最快的速度回到刚才的地方——桃花巷。

他们没有耽误一点时间就找到了刚才那栋小楼，门没有锁，两个人不约而同掏出手枪，冲到房间里。

那盏烛灯势单力薄地苟延残喘着，那个地板上的大洞没有盖上。

慕维蹲下身，碰到一个金属的东西，他隐约看到这是张把式的烟袋锅子，它躺在地板上，一多半已经悬空在那个黑洞上方，差一点就要掉下去，消失在不见底的暗河之中。

第二十五章　太阳岛上

江面开阔风就大，雪刚下来不久就被大风吹到两侧的堤岸上。冰封江面，积雪不多，这是天地仁慈的一面，冰层看着坚硬，但再厚也是透气透光的，水下生物都能熬过漫长的冰封期。但在哈尔滨，这个期限大概是半年。雪，看着柔软疏松，但是不太厚的雪就能完全阻隔住空气和阳光，不消多久，冰面下的生物全部会窒息而死。

这是风的初衷，天地的善意吗？谁也说不清。

天气特别好，阳光也足。冰面上一览无遗，上游下游都在很远处才蜿蜒消失，尽头闪耀着反射的光，金灿灿的，有些刺眼。江面星星点点有几撮儿人影，那是凿开冰窟下网打鱼的人。冬季，江鱼活动范围很小，但从一个不到一米的洞里撒下网，等上一夜，总有些收获。

冰面下的可是另外一个世界，水流非常急，完全不同于冰上的安静和沉寂。水流会带动深处的鱼流动，水从网眼中流走，鱼却不能，越着急，缠得越紧。

"这地方上面选得不错啊！岛上闲杂人少，好警戒。姓彭的这待遇让人羡慕。这年头——真是得有一技傍身！啧。"阳光有些刺眼，厉行戴上了墨镜。

"密电天才，现在这形势，比什么都值钱。"情报学院的教授曾说，一个密电天才抵得过十个将军，一百个参谋，一千个神枪手，一万辆坦克，十万大军。如果是战时，这个数字还要乘以三。当时，教授还对着优中选优的特情班的学生们，意味深长地说："一个谍报天才，再加上足够的好运气，十个密电天才都换不来。这种人是从天堂来，往地狱去——向死而生。"

"哼，他要了不起，那个，叫什么——'风息城'电码，那不更值钱啊！我听侍尧说，那个电码，真像风一样，不知道哪里来的，不知道在哪里消失，是密电之神！"

车子从松花江铁路桥靠傅家甸一侧下了江堤，开到了冰封的松花江上，太阳岛就在江对面。轼珩看到江上一侧聚拢着几个警察，就拐了弯，开了过去。

这是一处暗河在松花江上的汇入口。因为暗河里有不少居民、工厂排放的废水，温度就稍微高一些，所以这个地方冒着雾气，并没有结冰。一个上了年纪的死尸被冲到了冰面上，被清晨的拾荒者发现，报了警。警察正等着民生部门来人把他拉走，这样的无名尸体，没人会多在意，要么送到卫生学校，要么就是葬在西郊义地里。

"这个人我认识——"厉行在人群里小声说，"他不怎么露面，可'张把式'三个字名头不小，是齐家的人。"

"你认识？"

"对！以前办过一个银行劫案，和他打过交道。这家伙专门负责贵重货物的运输，很多见不得光的财产都是通过他运送的。各地的黑帮，甚至山里的土匪，都会找他。他仗着有齐家撑腰，各地界的人都给面子。军火、药品、珠宝什么的，没少干！"

"哦——"轼珩不置可否地答应着。他仔细研究过哈尔滨的市政管网图，知道面前这条暗河通往桃花巷方向。

"哎，我说，你也弄个墨镜戴上啊，这江上阳光最刺眼。"两人重新上了车，厉行说道，"两岸看过去都是雪，最伤眼睛，看久了容易暂时失明，老话儿说，那叫'雪瞎子'，好了以后，视力也会下降很多。"

"嗯——我疏忽了。"轼珩说。

"要不,把我这个给你吧,你还开车呢。"厉行说着就把墨镜摘下来递给轼珩。

"不用,你戴着,过会儿就到了,太阳岛也不远。哎,你说,这里漫山遍野全是雪,张把式这样总跑山林的,也戴墨镜吗?"

厉行看轼珩不接墨镜,自己随手又戴上说道:"这我倒没注意,不过我不总去八大市买东西嘛,听卖野味的那些猎人说,他们总在山里,眼睛是贼,但不是不怕光。其实他们特别怕强光,大都是青光眼,雪晃的啊。有时候白天正午,都要戴墨镜的。但人家视力都能看出去好远,别说动,就是那动物趴着不动,一点声响没有,要真让好的猎手盯上,也是一枪的事儿,还都是土炮,都没安瞄准镜的家伙,邪性啊。"厉行羡慕地撇撇嘴。

"那我估计——他们视觉和听觉的协调是非常好的。"轼珩说。

"嗯——厉害!我跟你说,人家那感觉也准,这山里的猎人都是跟上天老爷子混饭吃的,斗的是兽性,那怪事儿多了去了。有空我带你去八大市逛逛,听他们说说,好玩儿的事儿多着呢,跟他妈听神话似的。别说,你是很多年没去过了吧?不过小时候肯定去过。"厉行看了一眼轼珩说。

这时车载电台传来呼叫,是跟厉行汇报的。厉行听说目标当场被击毙,也就没说什么,铁青着脸直接关了话筒。

"怎么,死了?"轼珩听到就问。

"哦,就是刚才。"厉行抬起手腕看看表说,"一个毛孩子,我就安排下边人去了。咱俩这事儿是大事。那边到底办砸了,那孩子也是个硬骨头。我的这帮人啊——就是吃饭行啊。"

"几个毛孩子敢大闹警察局局长母亲的生日宴?敢刺杀涩谷先生?这胆子太大了吧!"轼珩之前也听说今天下午有行动,但是不明就里。

"唉,盯着多少天了,我觉着应该是南京那方面派来的人。"厉行点燃根烟说,"别说,那几个刺客还真行,一个求生的也没有,最后剩两个都是给自己留颗子弹,当场自裁了。也挺好,咱们也省事儿了。"

"嗯,这个刚死的是接应的?"轼珩问。

"是,找了多少天,把那几个当场死的画了像,四处调查,说是在埃德蒙顿路附近一个房子有人见过这几个人。后来一查,发现是这个刚死的人提早租的房子,接应那几个人住过几天。盯了这么多天,看也没个接头的,我寻思着抓回来审审算了,要不过几天又有任务,那边一直耗着几个人也不是事儿。"

"算了,想开点。"轼珩说,"警察局还不如你呢,连个线索都找不到。"

"那倒是,好好一个生日宴,最后,涩谷也不高兴,蒋敏传肺都气炸了。"厉行琢磨一会儿说,"唉,不说这些事儿啦!堵心!死了好,咱们也算有交代了。我听说啊,"厉行往轼珩这边探探身子说,"就是这个彭,彭什么狗腿子,哈!"轼珩也笑了,"就是这个彭啊,好像说关东军的涩谷先生有意给安排到咱们这里做副局长,主管密电事务,直接管张侍尧。把缪局长这个分工给他了,你说这是不是分缪局长的权啊?"

"哦?这次正好就送过来了是吗?"轼珩问。

"好像是——"厉行嘴一撇,点点头做沉思状。

"我觉得,缪局长不一定在意,调整一下分工也很正常,情报工作毕竟重要,找个专门负责的副局长可能更好些。"

"人家缪道楚也是老情报出身——这十年,在哈尔滨正好是俄国人和日本人势力掉了个儿的年景啊!"

"此消彼长。"轼珩说。

"对,对!还是你有文化。这也就咱俩说,那帮小个子真他妈鬼精鬼精的。大大地——大大地——那什么,你懂吧?哈,哈!"

厉行摇摇头说着，又笑了。

"哦——"轼珩露出一点困惑的神情，也摇头说道，"不过，这个——我觉得有点不可能。这家伙是俄国的叛徒，无数人等着锄奸呢，他敢露面？来这一次，你不看看，咱们这费多大劲儿。我跟你说，等下到了，日本关东军你也能看到，咱们这是和日本人联合保卫。他这要去咱们那里上班，那不是天天风声鹤唳，这——不可能，除非——"

"我说你聪明，真聪明。"厉行笑着说，"对——喽！现在是警卫严密，但是，密电一破，把老毛子一网打尽，还锄他妈什么奸啊，上天上锄去吧。"

"这几天怎么没看见贻直？他和那帮手下跑哪儿去了，神神秘秘的，这么大的人物来，正缺人手！行动处失踪了？"轼珩调侃道。

厉行沉默了一会儿："我也搞不懂——也就跟你说，肯定有更为关键的任务。"厉行神神秘秘地说："丁局长亲自部署，开会开到后半夜，看来是了不得的秘密任务啊！咱们搞情报的谁不知趣，谁敢打听啊。"

轼珩不说话，一踩油门，车子在雪地上顿了一下，再猛一加速，上了太阳岛。这是位于松花江江心的一个岛屿，一面是松花江的主河道，另一面连着一望无垠的湿地，那里支流密布，植物繁茂，如果是夏天，简直就是野生动物的天堂。小时候轼珩经常和家人来此度假，这里也是小孩子的乐园。现在，他没有心思回忆，各路的说法和最高级别的警卫安排，还有自己的第六感都能证明一点：彭杉彬确实具备破译这份电文的能力。自己给莫斯科的情报出了大问题，这一切的根源是自己对这个人生死的误判。

横空出世、死而复生的人，使得目前的局面凶险莫测。

北国的冬天，大自然的景色很考验一个人。浅薄的人听到风声，感到寒冷，看到萧瑟；而智慧的人听到怒吼，感到热血，看到悲壮。

车子在太阳岛江堤附近停住。这是哈尔滨市公署的房产，一栋深色的别墅，有很大的庭院，以前属于一个沙俄的高阶将领。1912年，他回圣彼得堡述职后就消失了，他的家人也杳无音讯。这在那个年代太正常不过了，据说他参与了一起反抗沙皇的阴谋，他和家人被流放到北极圈附近的一个地方，所以这栋无主的房子就被收归公产。

此时，庭院内外都是身穿土黄色军装的关东军，还有一众厉行的手下，气氛紧张，戒备森严。

来之前，轼珩仔细研究过这栋房子的图纸。它落成于1905年，设计方是圣彼得堡一家建筑事务所，地上两层，地下一层，建筑面积三百七十五平方米。他观察着这栋楼的格局，装作不经意地四处看看，在脑子里则一一缜密地印证，思索着。

厉行工作起来也是有着秘密警察的谨慎和敏感，一边喋喋不休地谈着原来主人的阔绰，一边仔细斟酌，安排人员在别墅内警戒的位置，同时还在征求轼珩的意见。

"高处长，你看这间房怎么样？就让彭杉彬住这里吧，怎么样？"厉行进了二楼一个房间说。

轼珩没有说话，走进来贴近窗户看了一下。这个房间确实利于警卫，因为这并不是原来主人的卧室，没有宽阔的窗户对着江面，只有一扇对着庭院的小窗。视野内，窗外只有两棵园子里面的榆树，这个季节，也不是什么问题，枯树并不能隐藏什么潜在的危险，光秃秃的，一览无遗。粗大的枝干遮挡了射入房间的光线，但也完全遮挡了外面投过来的视线。其中一棵树上面有一个鸟巢，此刻立着一只乌鸦，正孤独地看着远方，并不搭理别墅内外来回走动的人，似乎也没有被这里紧张的气氛触动，自顾自想着心事。

轼珩推了推窗户，发现已经从外面被钉死，纹丝不动，往下面看，有限的视野内是几个持枪背对着别墅的日本兵，他满意地点点头。这个不大的房间陈设很简单，只有一张床和一个书桌，对于一个处于秘密保护中的人，正合适。

"把这个窗帘换一下，这种紫色的还是比较容易透光，请安排人，看看有没有黑色的，深黑色、厚一些的。"轶珩在房间里走了一圈，跟厉行说。

"好，对，我马上安排。"厉行忙答应。

"他进了这个房间，"轶珩指着头上的吊灯说，"就靠这个来照明，窗帘始终不要拉开。"

"嗯，我交代一下。"厉行表示同意，按动墙上的开关，试了一下光亮。

"这个房间是从楼梯过来比较靠里的，两边的房间都安排了弟兄，"厉行示意轶珩跟他走到楼道里，用手指了指两边说，"两侧都安排了人昼夜看守，让耗子都跑不进来。这一栋小楼里，我侦查处来了二十几个弟兄，整栋房子里面全是人。应该可以了！"

轶珩在楼道里来回看看，又探头看看临近的房间："他进了房间，就别出来了。"

"是，对！我都想好了，"厉行自信地说，"吃喝拉撒全让兄弟们进去服侍，哈！这帮小子成老妈子了，哈！"

"嘿，那就委屈大家。"轶珩笑着说，"也许很快，备不住一天就能解决问题。"

两人刚下到一层，轶珩发现客厅一角有一座巨大的落地钟，索性就走过去端详起来。这是一座做工精细的黄铜钟，外面是上好的桦木钟盒，红色的漆面有些暗淡，但颜色还是很匀称。轶珩看着刻盘上的拉丁文字母和三枚大小不一的黑色指针，从秒针有力的运行节奏看，这钟的准确度是有保证的，下面长长的钟摆左右运动着，黄铜色的光来回闪耀，伴着沉重、单调而凝重的声音。

"这钟有什么可看的啊？老东西了吧。"

轼珩的视线并没有移开，反而低头更仔细地看起来。

"你喜欢？要不搬走算了，就说碍事儿，兄弟们执行任务给撞坏了。啊？怎么样？"厉行小声说。

"我是想起以前在国外的时候，很多人家都有这东西，我怕吵——准点总响，不用这东西。"

"是啊，笨重！"厉行话音刚落，这钟的黄铜内腔里发出一声重重的响声，这声音其实是悠扬又悦耳的，只是两人离得近，厉行被吓了一跳。

"我以为炸了呢。哈，哈！"厉行有些尴尬，"跟他妈丧钟似的！"

轼珩和厉行来到地下室，这里更阴冷，里面的灯全是打开的。轼珩往里面走，穿过一个低矮的拱门，发现这里是个酒窖，凌乱的酒桶和红酒瓶随处都是。

"这里酒可不少啊，都是洋酒，我不喜欢这个味儿。"厉行拿起一瓶看看商标说，"这写的都是什么玩意儿啊，我就喜欢咱们东北的高粱酒。你留过洋，喜欢这玩意儿吧？"

轼珩也抽出一瓶酒，看到是西班牙产的雪莉酒。轼珩想起孟蕤，她就爱这种酒。一种因惆怅产生的难过迅猛地在心头升起，引起内心的一阵痉挛。轼珩控制着这种念头，他必须全神贯注，否则后果不堪设想。

"你喜欢，我让兄弟搬两箱放车里吧，你说呢？"厉行说。

"嗯——"轼珩抬头看着头顶，又仔细看看四周墙壁，白花花的奇怪结晶体像苔藓一样密布，透着一丝寒气。

厉行看轼珩不表态，也就往四处看，嘴里嘟囔说："靠江边近，真潮湿啊，我这穿着皮大衣，感觉都起鸡皮疙瘩，阴冷阴冷的。"

轼珩凝神屏息，不想说话——不想分散自己的专注力，厉行的抱怨就像离得很远。他环顾这个低矮的空间，在潮湿的墙壁上扫来扫去，似乎想看透什么，但好久，都没有确定的主意。

"走吧！"厉行因为这里的阴冷，有些不耐烦了，"高处长，这里有什么可看的啊，阴森森的。"

"我想——"轼珩边说边上到楼上，推开门出了别墅，跟身后的厉行说，"咱们也要安排几辆车，这几天，每天找一个任意时间，让兄弟们拉好车子窗帘，在这里进出几次。日本人谨慎，咱们也不能丢人。这样好试探一下情况，万一有什么埋伏，也可以打打掩护。"

"对！对！你想得周全。"厉行钦佩地说。

来到院子里，轼珩看见几个人抬着两箱红酒出来，放在了自己的车后备箱里。轼珩这时候才有机会仔细查看这栋别墅的周围，这是太阳岛位置最好的地方，周围有些达官显贵的度假别墅，风格各异，离这栋楼的距离也远近不一。最近的那栋也有差不多一公里的距离。中间的空地本都是私家花园，但早被这几个月的大雪覆盖了，看过去毫无遮挡，白茫茫一片。

"别看啦！没问题。"厉行把衣服领子竖起来，双脚在地上紧跺了几下，"这看着没什么问题，明天跟丁局长和缪局长汇报，人家有空就来视察一下，没空就算了呗。"

"那栋别墅是谁的？"轼珩指着相对最近的那栋大房子说。

"哎呀，住这附近的不都是哈尔滨有头有脸的人啊，那个——那是桃花巷齐家的，再远点那个是葛铁吾的，哈尔滨首富！"厉行又指着更远处的一栋说："那个是做贸易的严世岱家的。人家这日子过得，唉！咱只有羡慕的份儿！"

"嗯，都在狙击距离之外。"轼珩看看四周，长出了一口气，他就是喜欢寒冷的空气，尤其是哈尔滨的寒冷空气，"这地方还真不错。"

"成，放心吧！从那房子到这里，狙击子弹要飞上一会儿，都得被冻，冻僵了吧！哈哈！"厉行笑着说，"咱走吧！我也快被冻僵了。"

轼珩开车出了庭院,想顺着前面路口往松花江方向拐弯,原路回去。空旷冰封的江面,视线毫无遮挡,他远远看见一辆黑色轿车正从冰面上开过来。

这是个丁字路口。从江上过来,一边是往情报局选定的别墅,一边是往齐家那栋房子。轼珩不巧就在这里不小心偏了一下方向盘,车子在冰滑的路面打了个横,直接陷入了路基边上的雪堆里。积雪被车子的重量压低了一些,车轮就愈发打滑,进也不行,退也不能,挡住了来往车辆的路。

厉行下车想帮忙推一下,但是力气不够。他想着回去叫人,对面那辆黑色轿车却谨慎地在十多米开外就停下了,下来两个人,直接就掏出枪来,面色很紧张。

厉行盯着这两个人迟疑了一下,手上也要有动作。轼珩在后视镜里看了一眼,就下了车,冲着站住不动的两人招招手,喊道:"喂,车子抛锚了,能不能帮帮忙?"

那两个人还是迟疑的,但是轼珩能望见车后座那张苍白的脸,甚至感觉出这人脸上露出了难得的笑容。他打开车窗嘟囔了一句什么,两个人就把手枪收起来,跑过来帮忙。那人似乎想下车,但是看到轼珩转过身去,一只手臂在空中摇了一下。有人会觉得这是他在招呼后面过来的两个人,但是他的手臂在空中停顿了一下,轻轻地,不是前后而是左右摆动了一下,幅度不大。那个人愣了一下,关上刚刚打开的车门,坐了回去。

三个人帮忙就好办,轼珩在车里稍微踩了踩油门,车子就被推了出来。厉行上了车,等着帮忙的两个人回到车上,两部车就对向开动,缓缓地错过。轼珩在这个时候,无意地看了一眼那辆车后座上那张苍白的脸,一只手轻轻举了一下,表示感谢,厉行也在一旁举手示意打了招呼,可那张脸没有反应,只是在思量什么。

"你说,这是齐家的公子,还是葛家的什么人?"厉行好奇地说,"还挺热心。"

"谁知道啊——刚才是我的错,对不住了。"

"没有,没有。"厉行摆摆手,"刚才看那两人端着枪,我就想开火,亏着你下来。不过你也是,后面两人拿着枪,赤手空拳就敢下来,有你的啊。"

"唉,一看就是误会。"轼珩说,"现在局势不稳,风声鹤唳的,有钱人都害怕,估计以为遇到绑架的呢。"

厉行大笑说:"是啊,我们这样的,没人绑架,倒是穷得想绑架别人,不是说你啊,是说我,哈!"天色有些暗了,厉行索性摘下了墨镜:"哎,不过啊,你,你说这姓彭的啊,是坐飞机来,还是乘火车来啊?这也不通知啊。没几天了,沿途也得防备一下,设计一下啊。"

"嗯——飞机呗。"轼珩说。

"你咋知道是飞机?"厉行揣好墨镜,笑着看轼珩。

"厉行,你说这么一大宝贝,是宝贝吧?"轼珩小心开着车,"不知道多少潜伏在咱们系统的特工盯着呢,日本人敢叫他坐火车?日本人多谨慎啊,刚才在房子外面搞那么多人,好几十个啊。"

"反正明天,最晚后天,肯定知道了。"厉行又戴上墨镜,两手攥在一起,把身子慵懒地往下放了放,打着哈欠说,"咱得安排沿途警卫啊。再不通知,就没时间准备喽!"

轼珩能够断定,理由并不是他跟厉行所说的。那天丁向已经说得很明白,派遣方是日军参谋本部,那从日本本土过来的可能性就很大。而且丁向并没有特别交代在火车站的警戒工作。所有人物的保卫工作,最容易出现漏洞的场所就是火车站,因为地理条件太复杂,人流量又极大,防不胜防。这种不做交代对一向谨慎的丁向来说是不寻常的,虽然当时丁向的心里可能还有更重要的事情,但这种看似疏忽不符合丁向的性格。而让轼珩最终确定的原因是,哈尔滨站的日常保卫工作归哈尔滨警察局管，但是这几天根本没有指令让自己或者厉行去和警察局沟通此事。只有两天了，对于这样重大关键的任务，是不可能这么仓促的，这就说明应该是不需要的。那就只有一个选择——飞机场。而飞机场在东郊，只有军事用途，现在被关东军占着，根本没有闲杂人员。所以，保卫工作不需要提前很久准备。

　　太阳岛上看不到任何行刺的可能。如果彭杉彬安全抵达这里的话，丁向会马上送电文过来，可能很快就会有结果，毕竟之前王建宇已经做了很多基础工作。所以必须在他抵达这里之前解决问题，这才稳妥。在丁向交代任务那天晚上，他就和兮楠提出了一个要求，但是还没有得到回复。他需要早回去。如果她办不到，那该怎么办？轼珩这两天又研究了几种方案，都不是万全之策，甚至完全不可行。

　　这趟太阳岛之行，压力更大了。

第二十六章 必死之人

到了市区，把厉行送回家后，轼珩直接到了情报局。他进了资料室，请资料员小张帮忙找到1905年哈尔滨市的报纸存档，大概翻了翻。

丁向在情报资料方面一直很重视，资料室归档案处管，陆处长的资料搜集得相当完整，检索也很方便，给任何有需要的人都提供了很大便利。作为主管副局长的道楚也提供了很多建议，这两个人在业务方面配合很顺畅。虽说丁向没受过系统的教育，但是对人才的赏识和使用是非常精准和宽容的。

轼珩没有找到报纸上关于这栋别墅投入使用的信息，但是注意到有关原来的主人——那位沙俄将领的零星报道，他是当时在哈尔滨叱咤风云的人物。不过那时的哈尔滨是俄国人的天下，类似的权贵很多，这些报道也并没提供什么有价值的信息，大多是关于这位将领一些事后被证明毫无意义的公开讲话，私生活没有被提及。

轼珩找了许久，才注意到不起眼的一则小报道，说这位将领喜欢收藏红酒。这点之所以被记者捕捉到，写上一笔，是因为大多数俄国人更喜欢伏特加。而这一点，显然是在给大众传递一个信息：哈尔滨将通过"东清铁路"和欧洲更紧密地联系在一起，而不只是与俄国，这里将成为一个更为国际化的城市。

从资料室出来，已过了下班的时间。没有召开通气会，没有关于彭杉彬的新消息，不是说明上级不重视，而是说明很多事情还在思量中，在沟通中，又或者都已经决定，只是在等待最稳妥的时机向大家传达。

轼珩开车回家,在格祖诺夫音乐学校路边停下,琴声还没有响起。这时候是紫茵练琴的时间。泰初还在新京,这几天兮楠都没回家,在为轼珩的嘱托抓紧安排。两人约好今晚八点在家里见面,还有两小时,但愿会有好消息。

正想着,熟悉的门德尔松传来了。几天来神经都处在紧绷的状态,他需要音乐,需要音乐帮他放松,帮他沉静,思索。他不能在泰初家里拉琴,音乐不会说谎,有心人会听出琴声中的真实情感。虽然这种直觉无法作为证据,但会让自己被动。比如爱人间的情感出了问题,一个人感觉到,那么离揭开令人受到伤害的真相就不远了,这种直觉比任何证据都准确。所以,回到哈尔滨以后,他多次端起自己的"弥赛亚",精心抚摸擦拭之后,又小心翼翼放回到琴盒里。

紫茵的门德尔松,轼珩听过多次。琴声里的忧郁和压抑,轼珩非常熟悉。虽然只和紫茵聊过一次,但他对紫茵是没有陌生感的。这是个有灵性的姑娘,对音乐有种曼妙的直觉。《乘着歌声的翅膀》是对一个美好地方的憧憬,有的人演奏是鹰在盘旋,有的人就是翠鸟在徜徉,有的人则是仙女在凝目;而紫茵,好像是错落人间的天使在徘徊,在窥视,其中意味大大不同。她有秘密,有苛求,有坚持,也有犹豫,甚至害怕。今天,不出所料,轼珩听到了额外的一些东西,多了哀婉、惆怅,还有一点倔强,甚至是决绝。而这之后的选择,轼珩听不出来——可能演奏者本身也是迷惘的。

过了一会儿,音乐不知不觉停了,轼珩在车里低头回味了一会儿。这也是轼珩的习惯,对任何艺术欣赏之前和之后,都会留出一点空隙,让自己沉静平复,尽量把内心放松到一个相对"空"的状态,能更好地体会艺术的魅力。

他正准备开车离开,紫茵却站在了车旁。

紫茵打开车门上来,脸上带着有些羞涩还有点矜持的笑。她在音乐中的哀伤不见踪影了。轼珩想,不要轻易把女人琢磨透,那就没意思了。

"您才是音乐家吧?"

"难道您觉得我和音乐有渊源?"

"虽然您没跟我说起过,但看看您的手呀,"紫茵说,"是音乐家的手,这还瞒得过吗?"

"有不同?"轼珩饶有兴趣。

"我不记得在哪里读过一段话,"紫茵想想说,"说音乐家的手和别人不一样,是安静的、沉稳的,有一种工匠的气质,但是却超乎寻常地细腻。总之是能看出来的,而且,我也观察过很多从事音乐的人的手,是真的不一样哟。"

"那您的手也是一样喽?"

紫茵伸展开自己的十指,玩笑似的端详一下说:"那您觉得呢?"

"我以为是的。"轼珩看了一眼紫茵的手,年轻而沉静,美丽的手。

"哈,谢谢。"紫茵的笑声像响着的风铃,"怎么样,老师就是老师,不是白当的,很有观察力啊。"

"老师——这个职业好,"轼珩艳羡地说,"尤其是音乐老师,每天都在音乐中,被启迪,又去启迪别人。"

紫茵眼睛一亮,来了兴致:"其实,我们国家的音乐教育还不是很——怎么说,很先进,未来改进的空间还是很大的,需要很多人的努力。"

"哦?可能是局势的原因吧,各种不安的因素在影响着我们的国家,是吧?"轼珩说。

"那倒不是全部的原因。"紫茵犹豫一下说。

"何以见得呢?如果是安定的时代,一切都会变好的。"轼珩试探说。

"似乎——这不是全部的原因。我记得,一战以后,有一个知名的音乐教育家说过，"紫茵说起教育蛮有心得，"越是混乱的时刻，越要注重音乐教育。应该试图通过年轻人长期的共同生活和共同学习，在重建的工作中调整音乐教育的位置，从而调动团体形式的力量，唤醒我们人性中相同的力量，引导所有人去拥有一个共同的、鼓舞人心的目标。"

轼珩知道这是一个德国音乐家说过的话，索性接着紫茵的话复述下去："因为，音乐教育对于青年，如同徒步旅行的人第一次在清澈的泉水中喝到香甜的味道，一定像被来自天上的魔力迷住一样。在青年觉醒的时候，他们也要照管这美味的好东西，并为之同仇敌忾，鼓舞战斗。"

"哈，您好厉害。高先生，这您都知道，记忆力真棒！"紫茵有些出乎意料。

轼珩笑而不语。

"我想我猜对了吧，您一定是个受过很好教育的音乐家。"紫茵说，"这点我现在已经很确定了。您一定是在德国待过吧，所以才对德国教育家的话那么熟悉。在中国，只有像我这样的音乐教师才会了解这些。"

"不是说，艺术都是相通的吗。"轼珩的表情已经默认了。

"而且，有人还说过，音乐之为艺术，是作为一种超越人性而显现的'精神力量'，应该在社会中被扩大化地严肃对待，甚至成为青年运动中的一部分，这样所有的社会运动就会变得越来越显著和有意义，不是吗？"

轼珩听着她的话，思考着——紫茵说到音乐教育和其中蕴含的意义，有一种明显和她的年龄不相称的成熟，这是她对于音乐和音乐教育的热爱所造成的吗？

"还有一点时间，去江边走走？"紫茵说，"然后我再去巴甫洛夫——赚钱去！"

轼珩把车停在第九航运站的码头旁边，这是松花江进入哈尔滨市区的第一个江湾，江面尤为开阔。冬天，大船都会进入江北船坞等待漫长的停航期过去，码头边只有几艘小些的船只在寒风中瑟瑟发抖。

紫茵指着一处小亭子："那是做什么的？"

两人走过去，是一家代写书信的小店，一个老叟正在笔墨纸砚间安适待客。在繁忙的夏天，赶路的旅人会在这里拜托老先生写下报平安的书信，并让他代为邮寄。现在，则是生意最惨淡的季节。

店里挂满了各种书法条幅，还摆放着一些书籍，书香扑鼻。紫茵看看老叟，突发奇想："老先生，请问您会测字吗？"

"测字？泄露天机之事，余不敢尝试。"老叟颤颤巍巍地说。也许是许久没客人登门，他想想又说："不过，凡字必有因果来由，若体察一二，做敬天畏人之故，未尝不可妄谈一二，只是野夫之言，消磨之谈而已。"

紫茵极有好奇心，索性拿过纸笔，写下一个"茵"字。

老叟双手端起纸张，思忖了一会儿："小姐此字真乃青春烂漫之字，唯美矣。却不知小姐想问何事？"

"您随便说说！如您所言，消磨而已。"紫茵笑起来。

"此处为'因'，所谓依靠之意，是为会意之体。所谓口中一人为大。然后上草字，则有屋内之意，正意——老夫以为，小姐正安居一人，有所凭借。不知可对？"

紫茵笑着看看轼珩。轼珩跟着笑笑，没有说话。

"您看看我运程——凭这个字可以吗？"

老叟抬眼看了一下他们，又低头沉吟："汉朝许慎著《说文》一书，其中注释'因'字有一句：回风吹四壁，寒鸟相因依。我想，小姐命格中，要注意隔墙有耳。若问运程，则是寒鸟多飞之地，所谓冬日荒野郊外，慎去就好！"说罢，他摆手大笑，自叹胡言而已。

轼珩拿出一枚银圆，递给老叟，就带着紫茵出了门。他看着辽阔的江面，真有寒鸟划过，取笑一句："听老人言，快回去吧！"他心里却想着自己的小提琴，如果在这萧瑟之地演奏一曲，将是何等景象。

轼珩把紫茵送到巴甫洛夫咖啡馆，又拿出怀表看了一下，现在回去时间正好。他目送紫茵走进了不远处的咖啡馆，就把车掉头。他在后视镜看到一个瘦高的身影从反方向走到咖啡馆，推门进去了。自哈尔滨车站一别，这是轼珩第一次看见先诺，他背着一个单肩牛皮公文包，风度十足。很多文人都有在咖啡馆里写东西的习惯。

两人都心事重重，草草吃完了王妈准备的晚餐，轼珩就叫着兮楠出去走走。

"最近怎么说事儿都要出来？"兮楠走到街上就问，"泰初这几天也不在，你是怀疑王妈？她跟了我们很多年，应该没有问题，况且房子那么大，避着她，她也听不到什么。"

"王妈是一方面。"轼珩也觉得冷，就把衣领竖起来，"有的人之前值得信任，但是时间，时间能改变一切，还是小心点好。"轼珩的眼神冷了起来。

"也是啊，只是我不觉得王妈会——"

"那个人，"轼珩轻轻摇头说，"之前，也没人觉得他会出问题。"

"唉，是啊！咱们的损失太大了，潘多拉的盒子，时隔多年还是打开了。"兮楠露出一丝愤怒又无奈的表情，"还好，我出去这几天，基本上安排好了。"

轼珩这才看看兮楠，露出一点关切，想听兮楠说下去。

"有一个狙击手，"兮楠小声说，也观察着附近，晚上的高级住宅区非常安静，路上一个人都没有，"受过专门的远距离射击培训，是从外地调过来的，今天已经到哈尔滨了。"

"嗯——"轼珩说,"那个人的特征搞清楚了?"

"是,我明白,搞清楚了,"兮楠想起这几天的紧张周折,又因为事关重大,脸上带了一些罕有的严肃,"要不也不会耽误这么久。好不容易拿到他的资料,基本上和咱们的同志交代清楚了,到时候,应该能认出来。"说完,兮楠长出了一口气,她的身体因为紧张和专注变得有些僵硬,可想而知她这几天也面临着巨大压力。

"他是个什么样的人?"轼珩幽幽地问。

"这和现在有什么关系?"兮楠盯着轼珩,眼里有一丝紧张,"轼珩,这次任务不可能让你亲自执行的,你对组织很重要,很重要。这次太危险了。"

"我需要知道,这也很重要。"轼珩听到远处的尼古拉大教堂传来沉重的钟声,他想起了太阳岛别墅里的大黄钟。

兮楠思索了一下:"轼珩,无论如何你不能擅自行动,即便任务失败,最坏的结果出现了,你还有机会继续潜伏下来。那个名单上肯定不会有你的名字。你明白的,对吗?"她的语气有些严厉。

轼珩没有理会兮楠的语气:"我需要知道关于那个人的一切。"

"这个人身高一米七左右,有些胖,那时候是长头发,分头那种,不戴眼镜,是三角眼,大耳朵,走路外八字。"

"这些特征——"轼珩想想说,"除了身高,几乎全部可以改变,在瞬间认错的可能性非常大。没有照片吗?"

"有!"兮楠从手包里小心拿出一张照片,"莫斯科专门送来的,下午刚刚拿到。现在中苏边境态势很紧张,情报人员费了好大劲才送过来,但是这照片是十年前的,没有更新的照片。"

轼珩借着路灯迅速看了一眼,这是那人在一个房间内的照片。房间是西式陈设,人后面的墙上挂着一幅画,照片中只露出这幅画靠近画框的一小部分,好像是一个人的衣肩。他把这人的特征记住,就把照片还给了兮楠。这一瞬间,他脑海中浮现出自负、天才、偏执、薄情、急躁几个词，自己也说不清楚这种逻辑来自何处。

兮楠看着轼珩，感觉他在思索什么，也没说话。

"关于他，莫斯科还有什么资料？"轼珩问道。

"他喜欢昼伏夜出，而且性格敏感，对人感情很淡，是个很自我的人。"

"他和家人——"轼珩看着一栋栋别墅的灯光，在黑夜中显得非常温馨，"我的意思是，他和家人的感情怎么样？应该不怎么样吧？"

"好像是，听说很一般。"兮楠说，"对妻子，对孩子，对所有人，他都不是非常有感情。反正，资料上是这么说的。"

"他喜欢喝酒吗？红酒？威士忌？还是中国酒？"轼珩觉得，偏执和急躁总与酒精联系在一起，但是如果再加上薄情这个特征，那么结论可能就是相反的。

"滴酒不沾啊。"兮楠以为轼珩要在他的生活习惯上做文章，摇摇头说，"酒色不沾，生活非常自律，也不喜欢和朋友来往。"

轼珩暗暗验证着自己的判断，喃喃说："这些倒是不容易改变的。"他心里面有了一些不安，如果自己瞬间的印象都是对的，那么这个人确实具备某方面的超群才能。轼珩重重闭了一下眼睛，又暗暗做了一个深呼吸。

"东郊的马家沟机场也根据你提供的信息勘察过了，只是——"

"什么？"轼珩问。

"轼珩，你提供的地点，确实是在有效射程之内。但现在，那个地点，有点问题。"兮楠担忧地说。

"问题？"轼珩的眉头皱了一下，并不是对兮楠的话感到疑惑，而是对目前的方案有一种本能的困惑，但是说不出来，想不透彻。

"那个维修车间——"

轼珩说："目前看，只有那里能近一点，相对比较好设计撤离方案。"

"但是，今天白天，关东军在那里布设了很多人，根本接近不了。"

"关东军？"轼珩倒吸一口气，"他们布防应该在旅客楼，怎么会去维修车间？整个机场都提升了警备级别？"

"是的，非常严密。"兮楠说，"我们的人背地里偷听了机场工作人员的谈话，好像是说，这几天有日本新研究的什么飞机要降落哈尔滨，因为还在试飞阶段，要在维修车间里检测数据，对外完全保密，所以就加强了警备。他——会不会坐这架新型飞机来？"

"不会，日本人做事不会那么不稳妥，新型飞机不安全！"轼珩的眼神凝结成一道深邃的光，在黑夜中似乎要看穿什么，"日本人是有新武器了啊！"

"这些年，"兮楠也有一丝担忧，"他们的军力增长太快，这点确实让人佩服。不过现在，维修车间非常难进入，即便进去了也很难埋伏下来，这是目前最大的问题。"

轼珩看似悠然地四处望着街景，脑子在高速运转。

"只有一个办法，"兮楠似乎是深思熟虑后下了决心，"玉石俱焚！"

轼珩两手插在大衣兜里，仰着头，长长吸了一口凉气，又呼了出去，没有说话，也没有让兮楠看到自己的表情。

"莫斯科的意思是必须除掉那个人。"兮楠有些黯然地说道，"他们似乎对彭杉彬还活着的消息半信半疑，但是如果他还在，必须除掉他，并且他们应该已经制定了潜伏人员的撤退计划，只是不见得来得及了。不过，目前只有这么一个办法。"

"兮楠同志，"轼珩只有在非常严肃的状态下才会对兮楠叫这个称呼，"一个优秀的狙击手，非常难得，无论在什么战线上，都非常难得。维修车间离狙击目标足有五六百米，我想一个对于如此远距离外移动的目标有信心的狙击手,是万里挑一的。"

"对!但是——"

"机场附近一马平川,跑道附近更是毫无屏障,你们选择在雪地里伪装射击,即便击中目标,他——必死无疑。这,你知道的。这种牺牲——"轼珩知道兮楠说的"玉石俱焚"指的是什么,各种方案他事先都已经反复掂量比较过。

"是,"兮楠的眼睛中似乎有些亮晶晶的东西,"这位同志也知道的,但是,我们没有办法。你说得对,在其余路线上,东郊通往太阳岛的路上,车队没有任何停下的可能,即便能停下来,我们也不能找到准确的狙击位。他不会下车的,即便他在车里,两边也都会坐着人。这是不可能的啊。"

轼珩沉默不语。

"除非在太阳岛上。但是他到了别墅,就可能马上拿到密文,如果找不到机会,那就太危险了。撤退来不及了,你明白吗?即便侥幸逃走几个人,还会有巨大的损失!轼珩,我们在远东多年的蛰伏就全完了,全完了,你知道吗?!那是多少人的鲜血换来的!"兮楠的声音有些微微颤抖。

"太阳岛上不可能!那个别墅的房间被大榆树挡着,不可能有机会射击房间里面的人,而且他下车的地点离别墅入口只有两米的距离,还有雨搭,不可能!"轼珩已经知道丁向和日本情报机关准备了精干的队伍随时待命,就等密文破译的结果了,他一口气说着,"我们的人不能接近别墅,周围有很多关东军,不可能接近。"说罢自己也摇摇头。

"是啊,不可能,太多不可能了。"兮楠拿出手绢擦擦眼角说,"所以,只能,像我刚才说的,玉石俱焚。就是这样!"

轼珩知道兮楠是个很善良的人,她的决定是在无数煎熬和挣扎之后被迫做出的,这实际上是对自己本性的背叛。要一个人去违背自己的本性，是一个人生活里最难过的事情，也正是因为这种难过的起因不同，善良的人和邪恶的人才会被分辨出来。

"当初在学校，训练一个狙击手，"轼珩沉沉地说，"要用两年多的时间，还不包括实战之前复杂的心理干预训练，淘汰率达到百分之八十！"

兮楠把手绢放回口袋，慢慢走着，漫无边际地看着周围，神情焦灼而又无奈，低声道："已经是周四晚上了，周日必须要行动，什么都来不及了，没有，没有，没有别的办法。轼珩，我们需要面对现实，很残酷，可这就是战斗！"

"不要在家里说什么事情，"轼珩突然变换了话题，"房间里有监听器。"

"什么？什么？！"兮楠完全没有料到，声调都变了。

"不要怕，"轼珩抿抿嘴唇说，"是最近的事，那天枪击事件之后的事。客厅的在钢琴里，书房的在窗帘上，餐厅的在吊灯里，我房间的在床下面。你们卧室有没有，我不知道。"

到哈尔滨之后，他几乎随时都会不厌其烦地检查周边的环境。枪击事件后，轼珩果然发现了不同。

"谁干的？他们胆子太大了！"兮楠有些愤怒，脸上泛起了红晕，"监听政府要员，胆子太大了！"

"不要声张，不要急。"轼珩把手指放在嘴唇上示意一下。

"不行，必须告诉泰初！"兮楠急着说，"这还了得，是丁向吗？"

"不要说，姐夫未必不知道。"轼珩幽幽说。

"他怎么会——"兮楠突然想起，自从那天之后，泰初说话确实小心了一点。他平素就是慎言的，兮楠也没多想，但是轼珩这么一说，做了多年的夫妻，此刻她似乎真的感觉到了一点不同。于是，她止住话。

"他也许怕你担心，"轼珩宽慰说，"他很爱你……不要声张，等等看，应该不是针对你我的。"

"那，那泰初会不会有危险？"兮楠盯着轼珩希望得到答案，"是丁向吗？"

"不知道。现在刚刚建国，他们内部也斗得厉害。"轼珩看着前方，慢慢走着，心里想着应该不是丁向，他没那么愚蠢，"那两天，家里进进出出很多人。丁向？蒋敏传？或者他们身后的人？也许都不是。跟姐夫学学，慢慢看看。况且，是谁并不重要，我们见招拆招就好，那个人迟早要露面。"

兮楠有些冷静下来，重重点了点头，说："天，幸亏你发现，要不我们都要暴露了。"

"什么事都不会发生。"轼珩露出了他标志性的得体的浅笑，安慰地拍拍兮楠说，"回去吧，太冷了。"

轼珩把兮楠送回家，自己开着车在街上转了起来。他在站前广场慢腾腾绕行了一圈，这天旅客并不多，也没有看到卖报纸的三猴子，他母亲也不在。轼珩沿着广场往中东铁路医院开，就看见一栋红檐黄墙的庞大中式建筑，这是市立第三中学，它和铁路医院庞大的俄式建筑群中间隔着宽阔的果戈里大街。

这些熟悉的场景让轼珩起了惆怅的情绪，他马上放弃了在圣母升天教堂停车下去走走的打算，大幅转动方向盘向城市西北方向的高地开去。路过霁虹桥，轼珩才把车停下。这座桥刚经历过大修。原来的木桥栏换成了金属的，涂上了象征客运列车的青绿色油漆。桥栏中间装饰着硕大的中东铁路局局徽，庄严而精美。桥上安装的是从俄国专门进口的路灯，一个个看上去像威武的灯塔。沿着大桥散出去很远的灯光，能看见下面的铁轨闪着光，一直延伸到很远很远，最终消失在神秘的黑暗之中。

他步行走过大桥，前方是哈尔滨商务印刷厂，很多报纸都在这里付印。已经深夜了，这里还是车来车往，很多是送报纸清样的，然后等到拂晓,把刚刚出品的报纸及时送到城市每个角落。他抽着烟斗,端详了一会儿,然后过路,向地势更高的公爵大街走去。

这条街并不繁华,只有一处粉色的楼宇面前异常热闹。院子里停了不少黑色轿车,人们正陆陆续续结束一晚上的娱乐活动,尽兴而归。

他站在一棵树下,望着鼎鼎大名的"小疯马"夜总会——这是哈尔滨最昂贵的娱乐场,据说有各国最漂亮的姑娘,粉楼顶层还有相当奢华的房间供有需要的客人享用。蒋敏传的专车开了出来,往花园街的方向驶去。他对夜生活的热衷在哈尔滨官场人尽皆知。不一会儿,还能看到不少哈尔滨要员的车子从这里开走。轼珩把帽子压低一些,又装上些烟丝。

慢慢客人少了,轼珩觉得自己浑身冰凉,胃有点不舒服,决定回去。他走了几步,有几句争吵的声音传过来,他停住了。

轼珩听得出来,这是韩玫的声音,那个人间尤物,也是"小疯马"的老板。

"你他妈就是个骗子!你没找到人,还来问我要钱!"

一个瘦弱的人转身就走,韩玫穿着奢华的裘皮大衣,在后面跟了几步:"把钱还我!找不到,这钱凭什么给你!你这种骗子,这些年我见多了!"

那人走得急了,韩玫似乎也急了,声音大了些:"好!我现在就叫人!在哈尔滨,骗我?你找死!"说罢,她转身往"小疯马"快行了几步。

那人顿了一下,转身追上韩玫,捂住她的嘴,把她往角落里拖。轼珩看见韩玫美丽的长腿乱蹬着,露在了裘皮大衣外面。

看见轼珩过去,那人勒住快要窒息的韩玫,阴森森地说:"什么人?!过来我弄死她!"

轼珩看着韩玫伤心的眼睛,没有说话。轼珩和那人对峙着,韩玫嘴里"呜呜"地出着声,突然猛咬了那人手上一口。那人一松劲,还没等韩玫逃脱,头上已挨了轼珩重重一击,闷声倒在地上。

轼珩嘴里叼着烟斗,扶起韩玫,帮她把大衣重新穿好,又看看地上昏迷的人。

"算了,不管他了!就是个骗子!"好听又难过的声音。

第二十七章　报应将至

快中午的时候，厉行找到轼珩，通报刚接到机要室通知，周天下午彭杉彬的飞机会降落在东郊机场。在机场就和在太阳岛别墅的分工一样，日本兵负责外围警备，贴身保护由中方负责。到太阳岛的路上，关东军会派两辆军用卡车，中方要派出十辆黑色轿车，由总务处协调安排车辆。

轼珩安排好，和厉行匆匆吃完午饭，开车到了东郊机场。

机场空旷，风大，温度很低，两人先开车在机场转了一圈，又下车进了旅客楼。整个机场只有一条跑道和四个建筑，分别是旅客楼、指挥塔和油料库，还有一个检修车间。

"后天快点到吧！这几天累死了，到时候可得好好歇歇。轼珩也辛苦了！"厉行觉得这几天和轼珩亲近了些，索性换了称呼。

"看一眼，"轼珩知道他不愿意过来，"心里踏实些。"

"嘿！你就是小心。"厉行无奈地摇摇头说，"回去扫一眼图纸算了，档案室里都有，咱那里的东西全着呢。"

轼珩之前仔细查阅过东郊机场的平面图纸，对这里的布局了然于心，但还是想实地感受一下。他需要灵感，和演奏时一样，曲谱是现成的，但演奏者没有灵感，演出就乏味极了。这个粗陋的灰色建筑没有给轼珩什么启示，他站在旅客楼的窗户望着跑道，期待中的灵光一现没有发生。

轼珩指着油料库问："咱们车队的路线是要经过那里吧？"

"对。"厉行由着轼珩的性子，耐心说，"你看啊，在西侧跑道接到他，咱们沿那条南北路往南，路过油料库，往东边，就是咱现在的旅客楼这边,在那个路口往南转,直接就从大门出了机场,估计就三四分钟的事儿。唉,可能七八分钟吧,这么多车的车队速度提不起来。"

"油料库要安排人,"轼珩盯着孤零零的油料库说,"到那里我们会离得很近,可能也就二百米不到。"轼珩知道实际距离是三百米。

"二百米不止。"厉行也望着油料库说,"那个小楼光秃秃的,藏不了人。不过我也得多安排几个人,你提醒得对,这他妈俄国人万一搞个定时炸弹,不把咱们全轰了,哈!咣——一下子,咱们全精忠报国了。"

"定时炸弹倒不会,"轼珩眯着眼睛说,"他们掌握不了车队经过的准确时间,不过要是埋线遥控,可以。"

"那是跟1928年皇姑屯炸张作霖似的了。"厉行说,"咱这儿不能。他那是把炸弹埋在了跨线桥上面,老张走的京奉铁路我跟你说,是一百米一个兵,看得死死的。但是百密一疏,皇姑屯铁路上面的跨线桥他们给忽略了。"厉行压低声音说,"唉,也不是忽略,上面的跨线桥属于南满铁路,他们没有管辖权,归日本人管。"

轼珩觉得厉行说得有道理,但是这件事牵扯到日本人,在满洲是非常敏感的话题,索性没搭腔。

"咱这儿没问题。那遥控炸弹,导线很长,好几根儿,"厉行不屑地说,"这油料库咱们派人守着,哪可能明目张胆地?这不是俄国人的地盘,也不怕买通谁,这他妈要是一炸,那是多少吨燃油啊,好像有二百吨啊,车队,还有油料库周围一百米所有人都得飞天上去。导线最长也就拉个几十米,所有人都活不了,他们也得全军覆没。不可能,不可能的。"

"万无一失最好,"轼珩点点头说,"上面问起,也知道咱们细心。"

"那对,那对,还是你们读书人琢磨领导心思厉害,整得明白。"厉行连连点头,"以后跟你混,没错儿,哈。"

轼珩看看厉行刚才指着的路口,车队路过油料库,在那里转南向再出机场。那个点离旅客楼只有二百七十米,图纸上也有说明的,但是这种移动的目标对狙击手来说难度太大,即便车队速度不快,经过这个路口也只是二十秒左右的事情。狙击手怎么能在十辆一样的黑色轿车里找到目标?况且这个人两边都是安排好的护卫,车上一定还有窗帘。

"跑道西北边那个建筑是——修理厂?"

"哦!对!"厉行顺着轼珩手指的方向,望着那个硕大的方形灰色建筑说,"检修车间,也是机库。"

两人开车过去,路过跑道北侧的指挥塔,轼珩看到这个指挥塔只有一个小门,只能容一个人上下。上面是个小小的瞭望台,顶上密密麻麻是无线电天线和一个雷达,这里无论如何不可能隐藏狙击手。

车子往西北方向的检修车间开去,被路上的关东军拦了下来。

厉行下车沟通了好一会儿,悻悻回来说:"日本人说那边有新飞机在检测数据,属于军事任务,绝密,最近都不能过去。"

轼珩仔细观察着远处的检修车间,附近有几列巡逻的日本兵,透着强烈的紧张气氛。

轼珩把车子掉头回去,又绕着油料库转了一圈,看见路上有很多崭新的车辙印,而且很深。

厉行下了车,进油料库转了一圈,轼珩又仔细看了看机场的环境。一会儿,厉行就回来说:"不知道见什么鬼了!咱们这儿提前来值班的人说这油料库是满载的,二百吨!而且听说这几天消耗特别快,每天都有关东军的油罐车来补充。我跟他们说了一下,千万别他妈抽烟,容易闯大祸啊。"

"估计和那个检修车间的任务有关系。"

"有可能。"厉行咽了一下唾沫，又看看远处来回巡逻的关东军说，"听看管油料库的人说，平时能储存一半燃油就不错了，但最近半个月都是这样的，有新飞机总过来加油。"

"人家可能真有重要任务呗？"

"嘿，咱们的人没看到，我就问那飞机啥样的。管着油料库的机场员工也不说，跟我态度还不好。咱这地方的老百姓真他妈奇怪，无论咱们咋管，好说歹说，转身就出幺蛾子。小日本儿一吓唬，麻溜儿地，痛快儿地。你说，你说说，这他妈什么臭毛病！"厉行嘴里恨恨地说。

"那我真要去看看是什么人！"轼珩拿定了主意。

油料库里面几个情报局的特工百无聊赖到处转着，其余几个人在忙着清洗有关设备。轼珩和一脸不情愿的厉行走了过去，一番对话下来，确实没什么有价值的信息。其中一个年轻人看着他们两个，表情非常冷漠，言语也很不礼貌。

轼珩摸了摸烟斗，还是放回了兜里。他知道厉行是看这些人在给日本人做事，不想和他们产生公开冲突。

"你去那边办公室，给局里打个电话，问一下十辆车落实好了没有。"

厉行听了，如释重负地过去打电话。

"你来这里上班多久了？"轼珩盯着那个冷峻倔强的年轻人问。

"怎么？这有必要跟你说吗？！我们只听机场和宪兵队的，没接到指示让你们盘问。你们又不是警察局的。这是侵犯公民权，懂不懂？"

轼珩笑笑，把他搜到一边，拍拍他的肩膀："闲聊天，小伙子！怎么这么大火气呢？"

"怎么着？我证件都有！"年轻人身子抖动一下，甩开了轼珩的手。

他看着这个年轻人，心里五味杂陈，他的记忆从不会出错。

"驾驶证有吗？"

"不——会——开！"年轻人翻了轼珩一个白眼，然后好像想起什么，突然转头，惊讶地直勾勾盯着轼珩。

轼珩用身体挡住他的脸，这样厉行转回来也不会轻易注意。"没什么，不会开也是好事。"他在心里感叹了一下，感觉到一种悲悯的苦味，不由得嘴里咽了咽，"不会开——也好。"

年轻人被轼珩的身影遮住，他的表情很复杂。

"我们没别的意思，也是为了任务。好！"轼珩伸手拍了拍他的肩膀，"好！"然后转身走了。

出了机库，厉行也打完电话走了过来。轼珩看到一架日本飞机正在降落，落下后他看清楚那是一架寻常的九五式双翼军机，地面引导员打着旗语引导飞机到跑道尽头再转向停机坪。

"车子安排好了。机库那边咱们也别管了，日本人在，也没咱的责任！"厉行和一般官僚一样，遇事先理清责任，再想办法把自己摘出来。

"也行——"轼珩心头快速闪念，又说，"但是——有个问题，咱们那么多人，都要到跑道那头，"轼珩说着，指向刚才飞机转弯的地方，"在那头接彭杉彬，对吧？"

"是啊，怎么呢？"

"可是，那里离检修车间很近，我们的人是能挨近车间的，对不对？"轼珩沉静地说。

"哦——"厉行说，"你是怕我们的人这两天执行任务，有意无意过去，万一日本那什么新飞机机密泄露了，找咱们麻烦是不是？"

"对！这有问题，我们得去指挥塔看看。"轼珩似乎找到了灵感。

轼珩和贻直到了指挥塔，亮明身份。引航员是中国人，对面前的两个特情人员多少有些忌惮。聊了一会儿，轼珩跟他确认了跑道的长度和飞机最短的制动距离，和轼珩预想的一样，为了避开瞭望检修车间的视线，可以通过无线电让周日的飞机在降落后缩短平时所需的制动距离，让地面引导员把飞机引到跑道中间停稳，这样车队可以改变等候地点，也就能尽量离检修车间远一点。代价只是飞机的刹车会有点急，并没有大碍。这个地点离旅客楼只有大概四百七十米，对于狙击手来说，距离、方位、视野简直是完美的。

"用不用跟领导汇报一下咱们接机位置改变。"轼珩问。

"那，那就算了吧——弄不好又节外生枝，你刚才不是还说咱们自己解决嘛。"厉行有些凉到了，打了个喷嚏，嘀咕道，"这是小事情。还是你聪明，确实想得周全，我跟兄弟们招呼一下就行了。"

……

贻直晚上定的是荟芳里的一家东北菜馆。荟芳里在傅家甸——中国人聚集的地方，离大家平日活动的场所比较远。轼珩想，他不想引人关注。

包间里，轼珩喝着昨日从太阳岛别墅搬来的红酒，很克制。贻直的高粱酒可是没少喝，他打着哈哈自顾自一杯接一杯。不多时，贻直不只脸上红通通的，眼睛里也有了血丝。

"轼珩兄弟啊，咱们这个单位，"贻直感慨地说，"论油水比不上警察局，就是一点工资，其他啥也没有。社会上的人倒是不敢惹咱们，可是不敢惹咱们的，也他妈的都是没用的，对不对？"

"什么意思？"轼珩眼中全是笑意。

"哼，不来钱儿啊。"贻直愤愤地说，"人家达官显贵，根子硬的，把咱当啥——？不敢见光的人！说好听了是情报人员，是特工，不好听的，什么秘密警察，什么特务，还有的加个'狗'字，什么'狗特务'。妈的，什么东西！"贻直把酒杯重重放下。

"光听这些，"轼珩夹了口菜，慢条斯理吃着，"日子没法过了。

都是为国家尽力,他们——达官显贵怎么了啊,不见得干净,也不见得敢惹你。"

"是,不惹,不惹,躲着呗。把咱们当夜壶,用的时候偷偷用,不用的时候藏床底下,上不了台面。哪个牛人正大光明交咱们啊,"贻直抱怨的眼神在酒精的作用下显得粗鲁,看着好像要发火,"还不如人家警察局。别说王巨鹿,就你家那个邻居,蒋敏传那家伙,一个副局长,老妈搞个寿宴,咱哈尔滨头头脑脑都得去捧场,连丁局长都去了,还有涩谷先生!"贻直的语气不自觉就压低了些,"当然,抓瞎了,完蛋了,他妈的惹祸了。听说那晚上是国民党干的,冲着蒋敏传去的。这没完了,我看和你家遇到的那起案子都是连着的,那明摆着,就是要给咱满洲国下马威啊。"贻直说着,敲敲桌子。

轼珩心想,那可不一定。

"唉——怎么样呢,不还是无功而返啊?"轼珩看着贻直说,"他们自己还损失了不少人。"

"哼,那也不能小瞧,现在南京那边的特工也厉害着呢。"贻直粗着嗓子说,"我跟你讲,听说陈立夫针对满洲国下了重注,大把银子供着呢,这都不好说。你,你看看蒋敏传家那天晚上,来了七个人,打死咱们几个人?他们一个不剩啊,全军覆没!日本人真狠,冲进去见人就打,管你什么这个那个,都是重武器。那涩谷三郎什么人啊,带去的,全是关东军的精锐,那武器装备,不是咱们敢想的。"

"哎,你说七个人全死了,他们上哪里找了那么多年轻人?"

"谁知道啊!岂止是一般年轻啊,我看都是一群毛孩子。"贻直端起杯跟轼珩比画了一下,自己一仰脖儿喝干净,说道,"他妈的,二十啷当岁,一看就是学生。我看,和跳楼那小子是一帮子。南京政府也就会忽悠这帮年轻人,好骗呗!"

贻直酒气十足，眼神迷离，但轼珩知道他很清醒，有的人爱喝酒，也会借着酒劲。

"唉，咱们不管人家，过好自己的日子就行。"轼珩阻止贻直说下去，"最近大家都很忙——"

贻直的惺忪醉眼闪过一丝光亮，轼珩知道是警觉。

他端起一杯酒喝净，放下，从上衣兜里摸索出个小包，直接起身过来塞到轼珩衣兜里，然后做手势让轼珩别动，小声嘟囔一句："这里安全，哥哥一点儿意思。"

轼珩伸手摸了摸，应该是两根金条。轼珩觉得贻直不知道，钱能买船票不假，黑钱却只能买到单程票。

随着敲门声，进来一个人，这是贻直处心积虑约他出来吃饭的真实目的。

"轼珩，这个人是我多年的兄弟——张佑恩。"贻直压低声音说，"他平时在马迭尔的时候多，别的我不多说了，反正，哥哥今天跟你撂实底儿了。"

轼珩自然知道，马迭尔是远东最活跃的情报交易地点，他利用情报交易中饱私囊，而这个人自己也见过——在音乐学校门前纠缠紫茵的那个人。

"就是混日子呗！"佑恩似乎是万分想巴结轼珩的，"秦处长经常跟我说起您，以后还要您多关照，务必多关照！您看我能不能借这里的酒，敬您一杯。"佑恩卑微到了骨子里，一看就是个社会上讨生活的人，没有依凭，腰身就像芦苇一样。

轼珩不动声色，喝了几杯酒，又借故出去，到账房借用了一下电话，用暗语跟夯楠通报了今天单位的新情况。后天就是周日，时间很紧，需要跟组织及时沟通。他目前判断，狙击手潜伏在旅客楼顶，只要计划得当，行动迅速，从楼宇一侧的消防楼梯下去，可以避开跑道上警卫人员的视线，完全可以全身而退。旅客楼门前就是大马路,想撤离很方便。而今晚——他可能要回家很晚。

"对不住,两位兄弟!以后我高某人定会尽力。我堂姐今天早上说身体不太舒服,我刚才打电话问了问,还是不见好转。我得回家照看一下,毕竟姐夫在新京公干,还没回来。"

轼珩在傅家甸低矮的贫民区穿行。这里当然没有路灯,到处是生活垃圾和脏水,混在一起冻成了冰坨,月光下反射着乌七八糟、让人作呕的颜色。满眼是低矮的民房,有些房子已经塌陷在路基下面足有一米,凭借着屋檐下几根木柱撑住墙面。窗板在晚间都关上了,也有缝隙,却少有光线透出来。这里的居民连煤油的价格都很难承受,何况昂贵的电费。

这是一个幽灵般清冷的世界,没有温暖的景象。轼珩不时想起妻子和孩子,他挣扎着把他们从内心的世界中推开,否则不断掀起的波澜会让自己分心,直至被淹没。

他到了贻直家楼下,把车停在阴暗偏僻的角落里,抽起了烟斗。一会儿,秦太太下了楼,往另一个方向匆匆走去。他看了眼表,现在是晚上八点二十分。九点过五分,贻直出现在视线里,上了楼。

轼珩把烟斗收好,按了按腰间的手枪,尾随过去。他刚上二楼,正琢磨着如何敲门,贻直家的门打开了。"怎么着?哈,孩子领回来了?"

贻直看见门口站着轼珩,微张着嘴,一脸错愕。

轼珩用枪把贻直逼进房间里。没想到,贻直突然转身,不顾枪口对着自己,猛扑过来,同时对门外大喊:"快跑!快——"

轼珩抄起一个枕头死命捂住贻直的嘴,手枪也掉在了床上。两个人厮打起来。几个回合下来,轼珩明显感觉气力不支,受过专业训练、膀大腰圆的贻直功夫相当了得。轼珩知道只要一有空隙,他就会继续大喊。情急之下,轼珩放弃了问话的打算,正好摸到身下的手枪，隔着厚厚的枕头，对着他的脑袋，闷闷地开了一枪。地上飞满了羽毛，有一些带着血。贻直瘫在床上，瞪着血红的眼睛，视线钉在自己脸上。

轼珩在房间里快速搜查了一圈，找到了一些涉密文件，显然这是贻直的财源。他把那几页王建宇的演算文件小心收好——上面有"哈尔滨工业大学用笺"的字样。他已经断定，王建宇遇害那天，桌子上的草纸失窃和秦贻直有关。其他的文件中很多都是关于国民党的监听、侦查情况，价值并不大或者过了时效，他把这些文件凌乱地甩在地板上。其中，有一张写着速写文字的纸引起了轼珩的注意，他捡起来，端详一下，放进了口袋。之后，他费力把尸体拖拽了一下，找到穿透了头颅的子弹，然后伸手在衣服口袋里拿出一个小纸袋，从里面拿出颗子弹，小心替换了。这颗子弹是他在火车车厢的枪击现场捡到的，要不是有郭魏氏帮忙，子弹可能就会打进自己身体里。

他忙完，用手背擦了一下额头上的汗，走到门前，突然看到门开着，门口站着用手捂住嘴的秦太太。他用最后一点力气把秦太太勒住，然后放倒在地板上，直到她彻底窒息。

轼珩重重闭了一下眼睛，他没料到秦太太会马上回来，心里充满了负罪感。好一会儿，他哆嗦着自言自语了一句："人——是各得其所的。"这时，他才发现，秦太太身旁掉落了几个玩具，抬起头，他看见贻直刚上幼稚园的女儿正呆立在身前，失神地看着地上一动不动的妈妈。

轼珩在警察街跨线桥下把王建宇的文件全部烧毁，借着火光，他看到其中一页上写着"成果清单"——所有的文件上都是凌乱的数学公式，唯独这张例外。上面只有一行规规整整的小字："借鉴他的思路，只有'乌鸦'的身份大概是能确认的，其他的还无从判断。"他仔细看了一下这行字后面的落款日期，是在情报局开会见到王建宇之前半个月。

他又回到车里,拿出那张记着速写文字的纸,捏了捏,观察了一下撕纸的茬口——非常新,他判断这是不久前从一个小笔记本上撕掉的。他认识速写文字,只是这些文字相当潦草,似乎记述的是一段断断续续的对话:"武器……我派人亲自护送……被劫……换了标牌……快到哈尔滨……"下面还特别写着:"警察局蒋敏传,另一个不认识……像文人,戴眼镜……"

车子在许公路打了个弯,他准备走果戈理大街回家。在一个小路口,轼珩看见了刚下火车那天认识的三猴子,就停了车。

三猴子扶了扶遮住两边耳朵的棉帽子:"先生,我们又见面了。"

"去卖报纸了?你妈妈呢?"

他看到孩子的脸色相当憔悴,没了上次见时那种青春洋溢的气息。

"妈妈得了重病,不能动,住院了。"三猴子委屈地说,"我现在又找了别的活,偶尔才来卖报纸。我要赚钱,妈妈看病要许多钱!"

"我需要跟你订一些报纸,小兄弟。"他想,也许平时,自己会被感动,为这孩子多想一些,可现在自己已经很麻木,很累。

"老爷,什么报纸?新京?哈尔滨的?还是《满洲评论》?"三猴子说,"我这里都有的。"

轼珩掏出钱包,把里面的银圆和所有钞票全拿出来,递给三猴子:"这是定金。《满洲评论》,还有其他报纸,你看着有好新闻的,就给我留几份好了,我抽空去火车站取,行吗?"

"这么多?!太多了!"三猴子的眼睛瞪得溜圆,手里拿着银圆一枚枚在月光下仔细看,"太多了吧!"

"先给妈妈看病!"轼珩说着,拍了一下三猴子,就转身准备上车。

"谢谢老爷!"三猴子深深鞠了个躬,"老爷,好人有好报!"说完,他又在地上蹦了几下:"正愁地上没有招,天上掉下个黏豆包!"

轼珩背对着三猴子,笑不出来,脸上露出奇怪的表情,他低下头,重重摇了几下,差点把帽子甩在地上。

"那我要不在车站,就放到王大爷那里,他是拉黄包车的,天天在出站口等客,他大名叫王春雨。"三猴子看轼珩上了车,急忙说。

"谁?!"轼珩身子突然一震,想起了这个听同事提起过的名字。他感觉自己真是变迟钝了,一股懊悔和惊喜同时涌上心头。

"王大爷!王春雨!前几个月他还得赏钱了,可走字儿了!说是捡到一枚什么神秘的银圆。"三猴子的话印证了,这个人就是捡到银圆上交到警察局的人。

他开着车,手指在方向盘上面轻轻敲打着,就像在敲打发报机的键盘。快到家了,他看见兮楠的卧室还亮着灯。他想起什么,眉头皱起来,取出那两根金条,摇下一点车窗,看也没看,扔了出去,扔在一个让人作呕的垃圾堆里。

第二十八章　关川夏央

宴宾楼，哈尔滨最好的中餐馆。一栋三层楼，占了石头道街上最好的街角。门前不小的花园主要由喷泉、灌木和草坪组成，衬着宽广的车道，简洁开阔。

"轼珩，我刚才和涩谷先生说了明天的安排，"道楚的神色有种习惯性的拘谨，似乎总有些担忧，"涩谷先生很满意。"说罢他又回头看看丁向。

"嗯——"轼珩想，很多做副手的人都这样，不像副手像下手，"谢谢缪局长。"

"你是高——轼珩？"涩谷端坐着，他的脸色很平和，眼神也淡定。日本人很少有霸气十足的，即便手握重权。

"是，涩谷先生。"轼珩想站起身，涩谷伸手往下按了按，示意不必客气。

"刚才——丁局长、缪局长都说起了你，"涩谷看轼珩的眼神有几分欣赏，"新国家需要人才，你从欧洲回来，正好可以报效国家。我们日本，从明治以来，很多政治人物都有留学欧美的经历，这很好。"涩谷的中文非常地道。

"承蒙涩谷先生欣赏，我只是协助丁局长、缪局长还有诸位同仁而已。"轼珩不卑不亢。

涩谷端起茶杯，吹了吹茶水上面的浮沫，喝了一口："日本茶都是事先磨成粉末，不像中国茶是叶子直接泡在水里，会有很多浮沫。这是文化的不同。是吧？丁局长，缪局长。"

两人自然点头。

"你们听说过'巴登巴登三羽乌'吧,就是在德国,三个日本政界人物结成了同盟,之后这个政治团体影响或者说导致了今天在满洲的一切。"涩谷露出了崇敬的神情,似乎很感慨,"这一切都来源于高先生曾经生活过十年的地方啊。"

"不是说外国的都好,但是很多事情,只有站得远一些,才能看得清楚一些。"涩谷放下茶杯,拿起桌上的毛巾擦擦手,说道,"比如,我们现在在满洲,看日本,就不一样!"涩谷手一摊,顺手把毛巾叠好放回了原处,"就尤其知道我们的圣谕、我们的天命是多么光芒万丈,在改变世界,改变无数人的命运。"他居高临下打量着众人,"最近三羽乌最精锐的战士就要莅临哈尔滨——关川夏央先生,他是我崇敬的人,真雄才也!一定会为满洲带来天皇陛下的福泽!"

轼珩扫了丁向一眼,发现他也暗暗瞄了自己一下。

涩谷扭头跟助手岛崎说:"岛崎君,请你背诵一下天皇陛下的《军人敕谕》,其中关于诺言和义务的一段。"

岛崎马上站起身来,整理一下衣装,轻咳一声,朗声道:"天皇陛下训导我们军人:如果你希望遵守诺言并且履行义务,必须一开始就慎重考虑你是否能够胜任。如果你让不明智的义务所束缚,你会发现自己处于进退不能的境地。如果你确信自己不可能遵守诺言、维持正义,你最好立刻放弃你的诺言。很多伟人和英雄惨遭不幸,死后留下污名,只因为他们信守小节、不辨大义,把私人情谊凌驾于天下大道之上。"

"好,你坐下。"涩谷满意地点点头,"从今往后,我希望丁局长和诸位中国同仁能以此来监督我们日本军人。如有违背,诸位可以随意耻笑谩骂,我等心服口服!"涩谷义正词严,掷地有声。

"涩谷先生,哪里话。"道楚觑着面无表情、始终不发一言的丁向,说道,"日后一同奋进,共勉,共勉。"

"长官,"岛崎插话,"既然刚才缪局长跟您说了明天的情况,有个问题,不知道您注意到没有?"

涩谷的神情更专注了。

"明天飞机停靠的地点有变化,和往常不同。"岛崎打开随身公文包,拿出东郊机场的平面图纸,送到涩谷的茶桌上,弓身在图纸上指点了一下。

"哦——为什么?"涩谷看了看,用手在图纸上比量一下,沉思一会儿说。

"这,这是因为我们考虑到跑道尽头的检修车间有贵方的新飞机停放,戒备森严,"厉行汇报说,"所以我们商量了一下,想尽量避开那个地点,毕竟明天过去的人很多,您说是不是?"

轼珩想着这个人倒是两面三刀,最终还是怕出问题,跟日方汇报了。

"嗯,是——"涩谷显然清楚东郊机场有特别的情况,"那也好,但是飞机的降落安全吗,和指挥塔沟通没有?"

"沟通了,沟通了,"轼珩本想开口,厉行倒急着说,"我和高处长亲自去沟通的,保证安全。"

岛崎刚要把图纸收好,涩谷突然又要了过来,两手端起图纸仔细研究了一会儿,之后放在茶桌上,表情凝重地思量了一下,发出一声意味深长的吐气声:"好吧,就这样吧!"又转身对丁向说:"请务必万无一失!"

丁向对涩谷的眼神丝毫不回避,稍重地点点头,嘴里"嗯"地应允一声。

涩谷悠悠说:"一事变,百事变,才能万无一失。"

晚宴结束之后,轼珩回到花园街,没急着上楼去,他端着烟斗,在街上抽着,散起步来。

轼珩之前没有和日本人过多接触过,他当年离开的时候,哈尔滨的日本人不多，如今，俄国人反而逐渐被取代了。无论俄国人，还是中国人，都缺少日本人的细致，这种细致到了极致，就是难以击败的精明。他没有感觉到什么深奥的智慧，因为这实在没什么玄的，只是细致，细致到了极致，一分一秒、一路一街都在计算之内。他们对哈尔滨地形的熟悉甚至超过了自己，超过了情报局一众在哈尔滨生活、工作多年的中国人。涩谷刚才重新拿起图纸，眼神和在图纸上滑动的手指都说明他在测量、计算什么。出门的时候，涩谷、丁向和道楚三人在一旁小声说了多时，这不能不让他警觉。

此刻，开弓没有回头箭，一切改变都来不及了。

今晚看不到月亮，夜色全黑，空阔的街道显得瘆人。轼珩抽着烟斗，看着烟丝燃烧的那一点火光，觉得尤为刺眼，有些张牙舞爪。他感觉自己处在一个巨大的、深不见底的漩涡中心，他并不恐惧，但是四周的急流快速旋转，好像要把所有一切卷入脚下的深渊里，让人头晕目眩。轼珩没有时间考虑自己的命运，也不想考虑，只是安静地凝神听着——周围的急流在咆哮、呼号、轰鸣。巨大的漩涡在颤抖，在逼近。

周日，哈尔滨东郊，马家沟机场。艳阳高照，万里无风，最适合飞行。

"嘿，你还别说，还真是从日本过来的。"厉行拍拍轼珩的肩膀，满脸堆笑，"高处长，有脑力啊，哈！"

"嗯——"轼珩用手遮住阳光，抬头看看西边的天空，又低头拿出怀表看看，长出了一口气，"可算是要到了。"他看见一架从未见过的战斗机降落到跑道上，缓缓开向远处的检修车间，周围包围着数辆日本军车和数十个跑步前进的关东军军人。

"听说，好几天前就从横滨出发了，今天凌晨才到旅顺，"厉行对这架战机似乎没兴趣，抽了下鼻子说，"直接就转坐飞机过来了，日本人也着急啊。"

"缪局长怎么没来,不是说一起过来吗?丁局长不是安排他过来全程陪同?"轼珩问。

"唉,累病了,今早上在家里突然晕过去,送医院了。"厉行说,"毕竟是艺术家,不抗折腾啊!已经安排得很周全了,反正出不了什么岔子。"厉行赶忙又解释:"高处长可别多想,我可没说你,你还年轻着呢。"说罢两个人都笑了。

岛崎和一众人早早就到了机场,之前他们一再确认过接机的细节。

厉行远远看着关东军各个环节一丝不苟,嘴里嘟囔着说:"这些玩意儿真细啊,难伺候啊。"

轼珩扫了一眼长长的车队,沉思一下,无意地问:"这也不是十辆啊?"

"哼,你眼睛还挺尖。又加了两辆,"厉行看一眼轼珩,又扭身扫了一眼车队说道,"他们临时自己增加的。要不说日本人事儿多,净出幺蛾子。"

轼珩看着车队,又看看远处的旅客楼。

萧瑟的冬季,东郊的景色乏善可陈,唯有远处从市区流过来的马家沟河,部分没有被积雪覆盖的冰面偶尔闪动几下刺眼的光亮。

昨晚幻觉中的巨大漩涡转瞬又出现了,他定了定神,控制情绪是此时最关键的,任何意外都有化解的办法。不能分神,否则自己会被吞噬。

"哎,来啦!"厉行指着西方天空对轼珩说,"快看!来啦!"

一个小黑点从云层中出现,不一会儿,轰鸣声就传过来,近一些就能看清是一架涂着日本军旗图案的螺旋桨运输机。此时,地面引导员已经就位,开始打旗语以配合无线电通讯,保障飞机降落。

飞机因为从西方来,所以在空中转了个大圈,以便按照东郊机场的方位从东向西在跑道降落。这时轼珩看到,一辆运油车从油料库开出来，驶向检测车间，这是要给停放在那里的飞机送油的，它要绕好大一个圈才能绕过跑道。

日本运输机很顺利地落在跑道上，显然得到了塔台指示。飞机仰角控制得比较大，降速的过程就有些急，所以落地时机身有些颠簸，不过很顺利，飞机制动距离比正常减少了三分之一，在离轼珩一行人不远处停下。

片刻，舱门打开，先是两个关东军士官出来，和一路小跑迎上舷梯的岛崎说了些什么。厉行也跟了过去，刚开始摸不着头脑，岛崎似乎给他翻译了几句，厉行这才听明白，回头和站在跑道边上的轼珩撇撇嘴，做出了一个怪异的夸张表情。

轼珩面色沉静，他已经判断出临时增派两辆轿车的用意，心里急速地计算着。突然，他想到一点，心中一紧，眼睛微微闭了一下，又轻轻地呼出一口气，把内心的火焰压了下来。他伸手摸了摸腰间的柯尔特手枪。轼珩无意地往旅客楼方向看了一眼，恰好看到楼顶上有一个镜面反光，瞬间就没了，这是狙击手在测试距离。他注意到岛崎也往那边看了一眼，似乎也注意到了那个光点。

他突然想起毕业典礼时长官的训话："一个特工，因为忠诚才有存在的高尚意义，也唯有忠诚才代表特工的终极意义。忠诚——代表着可以随时告别一切！"

几个人下了舷梯，厉行和岛崎在刚才两个士官递过来的文件上签了字。然后，士官朝机舱里喊了句什么，随即，一个奇怪的场面出现了：两个士兵扶出来一个人，西装革履，但是他戴一个黑色的头罩，之后，又是一个身着西装的人，也戴着一个头罩，然后是第三个。这三个人被关东军士兵搀扶着，分别上了车队不同位置的轿车——这就是增派两辆轿车的真实用意。厉行这时凑到轼珩身边，小声嘀咕一句，不知道是赞扬还是嫉妒："这帮玩意儿，真他妈鬼啊！日本鬼子！哈！"

轼珩回头看了一眼旅客楼，一列日本兵正跑过去，确切地说，是狂奔过去。已经很近了，楼顶的反光并没有再出现。

他的心收紧了，手有些轻微的颤抖，索性收进大衣的袖筒里。忽然，他听到短暂、微弱的"啪"的一声。还没多想什么，检测车间方向猛地传来一声轰天巨响，冲击波非常大，停机坪上的飞机都震动了一下，几个瘦弱的士兵没有站住，趔趄了几步。一股热浪随之而来，现场气氛登时凝固了。轼珩随即往爆炸方向看去，机库冒出一团巨大的黑烟，什么也看不到，之后又是几声略小的爆炸声，然后是建筑物倒塌的声音。那边没有人喊叫，这样威力的爆炸，方圆几十米不会有幸存者。

"忠诚才代表特工的终极意义！"

轼珩瞬间想起前几天在油料库遇到的年轻人，他就是郁新被跟踪那天早上，在真美照相馆前徐徐开过的轿车的驾驶员。郁新为了不连累他，放弃了逃跑的机会。此时这个年轻人又做出了一样的选择。

这边，很多人都掏出了手枪，紧张地环视着周围。轼珩也拿出了枪，目光狠狠盯住车队。

轼珩也做好了打算，这两天早已做好了打算。

可是，他无法确定目标在哪辆车上……

第二十九章　江畔之鬼

车队在两个小时之后准时抵达太阳岛上的别墅，大家才算舒了一口气。

"哪个是彭杉彬？"轼珩看了一眼车队，一脸秉公办事的严谨神态，还带着一点新奇，拿着笔并不急着在岛崎递过来的交接单上签字。

岛崎回头指着刚刚下车的一位戴眼镜的胖子，他正使劲甩着头，又用手捋捋头发，显然一路戴着黑头罩让他有点不适应外面的光线。"就是那位，高处长。到了别墅里面，就是贵单位的任务了！"

"哦，那好！"轼珩签上名字。

别墅内的黄钟正好沉沉敲了一下，似乎在迎接客人。

厉行上前招呼着把彭杉彬护送到了别墅二楼的预留房间。轼珩没急着跟上去，看岛崎的车子走远了，又看看院子内外，日本兵荷枪实弹，戒备森严。他抬头看看别墅，所有的窗户都换上了黑窗帘，看不到里面一丝光线。顺着打开的大门，客厅的黄钟在慢慢走着，似乎对众人的忙碌习以为常，硕大的黑色指针"滴答"走着，这声音是屋内屋外唯一的联系。

轼珩深深呼吸了一口冷空气。

他来到后院，这个别墅的位置确实很好，在太阳岛江堤上一块突出的地方，三面都一览无遗。这里能看到江上的风景：一马平川的江面，对岸繁华的哈尔滨城区，还有江面上冬季下网的渔民，两侧是星罗棋布的别墅区。除了偶尔有几声乌鸦叫，就只剩江边的风声了。轼珩远远看见齐家别墅的院子里停着一辆轿车，院子里几个保镖在闲逛。刚接近黄昏，屋内却早早亮了灯，虽然看不清楚，但他想屋内一定是温暖豪华的。轼珩伸了伸懒腰，他需要放松一下，通过身体的舒展给自己的神经系统一点空间，让血液的流动通畅一些。轼珩的脑海里总出现那座黄钟，感觉就像在催促自己行动的某位老人。

这时，传来汽车的声音，一辆车进了院子。轼珩走到前院，看到道楚和侍尧正好下了车。

"缪局长不是身体有恙？"轼珩打了招呼，困惑地问。

"唉，还是不放心，刚刚吃了药，还是要过来看看。"道楚很虚弱，侍尧在一旁时而帮忙搀扶一下。

"缪局长可真是鞠躬尽瘁，让我们情何以堪啊。"轼珩想着什么，恭维地说。

"唉，都是尽力办事，应该的！"道楚有些虚弱地笑笑。"再说，"道楚指了指侍尧说，"给彭先生送密文，我实在是不放心。"

轼珩带着道楚二人上了二楼，仔细看了看彭杉彬，和照片上差不多。如果没有刚才的意外，狙击手应该能认出来，他现在应该在法医室里接受解剖，他的眼睛应该和现在一样睁着，只是因为泪腺干涸、角膜氧化而变得无神。

彭杉彬只跟进来的人点点头，并不说话。道楚自我介绍了一下。轼珩看着彭杉彬，他听到道楚的声音，表情似乎发生了变化，死盯着道楚，好像在思索什么，是一种在记忆深处努力搜索而难以确认的神情。但是道楚没有给他时间，接着说："以后咱们合作机会很多，还请多关照。"

也许是彭杉彬被道楚提醒了，疑问日后有的是时间解答，又或许是被副官随后拿出来的密电所吸引，他扶了扶眼镜，犹豫地收回疑惑的神情，把注意力放在了密电上。

轼珩在一旁看得很清楚：一张微缩胶片，附带扩印后的大幅照片，还有一张手写电文，写在一张普通草纸上，并无稀奇。轼珩特意留意了一下，那张纸颜色暗淡，是市面上随处可见的普通草纸。

彭杉彬把文件放在桌子上，叮嘱眼前诸位说："这个手写电文，似乎都是乱码，也许是用来迷惑我们的，不重要。所以，起初你们没把注意力放在这上面——是正确的。"

"那您看——这张胶片？"侍尧在一旁说。

彭杉彬倒吸一口气，琢磨了一会儿，双眉紧蹙，端起水杯，喝了一口："破译这种电文，关键在找到密匙。"

大家都沉默了，觉得没什么新意，这是王建宇早说过的。只是这个人能这么快做出判断，倒也让人高看一眼。

"你们再给我加一盏台灯，今天晚上我要通宵了。"彭杉彬又果断地说。

道楚在一旁说："彭先生，您觉得今天晚上——能有结果？"

彭杉彬摆摆手，突然停住，扭头看了道楚一眼。他可能觉得自己疑神疑鬼，随后又惭愧地笑了一下。他又把注意力集中在电文上，手指放在嘴前擦了擦，说："好久——好久没见到这么熟悉的电文了，莫斯科的东西，一看就是莫斯科的东西，这个确定，没错。也许是难的，但是——"

大家屏息听着，屋内安静得连根针掉在地上都会被听到。

"嗯——我年轻的时候，曾经在国外专业的学术期刊上，看到过一个署名'质数'的人发表的几篇关于高斯方程的论文，前后大概是一年时间吧，总共四篇。这些论文的天才性让人羡慕，作者不拘泥于高斯本身，而是从笛卡尔的理论出发，把'形'和'数'统一起来，再引入变量，阐述高斯的数学理论。非常精彩！你们知道笛卡尔也是哲学家，那个作者的思维也是哲学的思维，但是又把数学的思路变幻出了艺术性。我研究了一辈子数学，数学尽头，就是艺术！艺术到了尽头，其实也是数学。就这么玄！之所以想起来，我看备不住对解开这种加密方式有帮助。"

"那个作者去哪里了？"道楚问。

轼珩坐在沙发上，冷冷盯着彭杉彬。

"我——我也不知道，因为我特意写信给国外的期刊询问，希望能和他交流，但是人家告诉我，作者用假名发表，就是不想让人知道自己。当然啦，很多数学天才都是这样的。后来，很多年以后，我也通过一些人试图寻找这个人，因为——"彭杉彬诡异地一笑，"如果有他帮忙，那密电就真的无法破译了。"

侍尧说："难不成是'风息城'？"

"你别说，我还真这么怀疑过。"彭杉彬扶扶眼镜说，"要说无法破译，我真想不到还有什么人，能有那种在哲学和艺术之巅审视数学之美的天才大脑了。不过，也说不好，你们都是搞情报的，知道'风息城'本身因为极少出现，到现在都没被完整截获过，都是东一块、西一段，大家手里都缺少每段电文的最后一部分。那是最关键的，因为凭此能够整理出他电码的整体风格！没有东西，无法判断。"

"是啊。"道楚摇摇头，他今天的话特别少，可是看精神，似乎还不错。

"谁要得到'风息城'完整的电码，谁就可能建立一个无坚不摧、风雨不透的密电网络。况且那里面还有价值连城的电文内容呢。可惜啊——"

轼珩正想问他寻找的结果，彭杉彬突然一拍脑袋："笛卡尔！我想起'质数'的一篇论文了，那种思路应该源自笛卡尔对高斯的另一种解读，用这个思路说不定就能解决这个问题！"

没有人说话，但屋内的气氛突然躁动起来。

"请转告领导，还有日本军方，最迟明天早晨，明天早晨！我不吃饭了,请不要打扰我,加盏台灯就好。"

一众人恭恭敬敬退了出来。道楚看看轼珩,轼珩并没有说什么,若无其事。"轼珩、厉行,还有侍尧,今晚你们就辛苦了!有什么消息,马上通知我,我再汇报给丁局长!"

轼珩和厉行答应着,就把道楚送下楼,看着他上车离开。

"也好,好事!"厉行击了一下掌,"搞一晚上就出结果,明天就能撤了,好事!对了,走之前我再给你搬几箱地下室的红酒啊?放心,我忘不了!哈!"

"唉,你以为这就能解脱了?"侍尧说,"出了结果,马上就要抓人,然后再审讯,闲不住啊!"

轼珩也坐下,点上烟斗说道:"明天哈尔滨真的就是血雨腥风了,不知道多少人会被牵连,不亚于一场官场地震啊。"

"那是,这还用说。"厉行说,"真是邪门儿,你说,那个车夫竟然能碰巧捡到这枚银圆,哈,该着俄国人倒霉!"厉行又指指楼上小声说:"又弄来这么一位,咱们叫投诚功臣,人家叫叛徒,真是太倒霉了!"

轼珩吐出浓重的烟,把自己的脸藏在了烟雾后面。

钟声这时又响了,屋子里非常安静,不像容纳了很多神经紧绷的人。此刻只有这钟声悠悠传来,有点刺耳。

侍尧上了二楼,准备连夜守在彭杉彬门前。厉行喝了些地下室的红酒,躺在客厅沙发里,不一会儿,就开始打鼾。轼珩抽完了烟,收起烟斗,轻轻站了起来,看到值守客厅、楼梯、大门的人都还精神着,所有人都知道责任重大。

他慢慢走到院子里,看没有人注意自己,就趁着月色,在厚厚的雪地上深一脚浅一脚往齐家别墅走去。

不一会儿,轼珩一身寒气坐在齐家客厅里,看了一眼客厅的座钟,又拿出怀表,对了对,已是九点多了。轼珩感觉手里"滴答滴答"的声音好像在推着自己走向丧钟敲响的时候。

"你终于露面了，高先生。"彦强被人引着下楼来到客厅，坐到轼珩对面，笑着说。

"是啊，还担心你不会见我呢。"轼珩也笑笑，端起茶喝了一口。

"高先生，我齐彦强——有恩必报。"

"最近还好？"轼珩看彦强还是面色如纸，黑眼圈极重，手的抖动倒是好了一些。

"哼！感觉十面埋伏——危在旦夕。"彦强冷笑一声，"对了，你——是不是抽烟啊，你自便，要不我让人送雪茄过来？"

"谢谢。"轼珩摆摆手，掏出烟斗点燃，也想借助烟草安定一下情绪。

轼珩觉得彦强准确来说不是自信，而是不羁，这是一种有些浪漫的性格，如果一个四十岁的人身上还有的话，那这人一定有着优渥生活和不小权势。

"韩小姐跟我说了，那天晚上你救了她。"彦强盯着轼珩，"欠你两条命——"他抬了下头，扫了一眼，客厅内的保镖知趣地退到了屋外。

这个人的眼睛其实是锐利和无情的，只是恰巧生在苍白病色的脸上，才显得不那么咄咄逼人。他并没有邪气，应该是个有情有义的人，只是对待敌人无情，而不像有些人——人挡杀人，佛挡杀佛。

座钟的钟摆发出一声鸣响，轼珩想着，那个别墅的老黄钟应该也敲响了。

他终于下了决心："齐公子，我需要一把火。"

彦强没有说话，抬头看了看窗外，之后又看着轼珩，咧嘴笑了笑。

"您的别墅和那间下面是相通的。"轼珩知道彦强肯定注意到了那个重兵驻防几日的沙俄军官别墅,也多少能判断出这里有重要任务,况且那天遇见,自己还有反常举动。彦强举重若轻或者说含糊不清的这一笑,更让自己觉得,这个人看着柔弱,其实是个见惯大场面的聪明角色——这种人值得信任。

"嗯,"彦强思索了一下,脸上有了一丝红润,"下水道。"

"对,我研究过图纸,这个别墅区的下水道都是通往松花江的,先在沙俄军官别墅汇合,再流到江边暗沟里。您这里和那间别墅在一条管线的两头,非常近。"轼珩迎着彦强的目光说道。

"在那个地下室放一把火。齐先生,你明白我的意思。"

"只是一把火?"彦强缓缓说,眼神在审视,在询问。

"是!"轼珩干脆心一横说道,"那个地下室是沙俄军官以前的红酒窖!"

彦强脸色一变。

轼珩知道,在欧洲过惯奢华日子的人当然明白,红酒窖一般会使用大量硝石布满四壁,这种矿石时间久了会在墙壁表面结出苔藓一样的白色晶体,它们可以让空气中的水分结冰,在炎热的夏季保持酒窖低温,以免红酒变质。硝石是火药的主要成分,一旦遇到高温,就会发生剧烈爆炸,威力极其巨大,在失火的时候,红酒窖就是个火药桶。

彦强不说话,手开始轻轻抖动。双方又陷入了沉默。

"张把式死了。"轼珩突然沉沉地说,他知道已经没有时间。

"你——"彦强的眼睛一亮,又笑了,"他是我弟弟林振铎多年亲信,最近告老还乡了。"

"他死了!尸体周三在江边的暗河出口被发现。你可以去江沿警察局查那天早上的出警记录。"关于齐家大公子回国,还有他和齐家养子关系微妙的各种传言早已在哈尔滨不胫而走。轼珩了解过,知道张把式对于齐家是非常重要的人,他的马队运载过齐家乃至整座城市的无数秘密。

看彦强斟酌着，轼珩又说："火车上暗杀你的人——又出现了！"

彦强的手抖得更厉害了，脸色又变得苍白。

"他暗杀了王建宇——我们请来破译密码的专家，他用斧子的手法和在火车上一模一样！"

"林振铎——"彦强笑笑，又摇摇头。

"那个人是谁我不确定，但他身材极瘦，而且喜欢穿名贵的青色长衫。"轼珩心一横，"他是在山林里生活过的人，会用猎人在冰面上疾行的爬犁，这种东西能利用刀刃在冰面快速滑行。另外，只要是雪天，几分钟落下的雪就能覆盖住冰刃留下的细细痕迹，无法追踪。"

彦强双手紧紧握在一起，不知道什么时候，他手里多了那个轼珩帮他找回来的十字架。他的眼神变得困惑、愤怒，最重要的是，多了一点信任。

"我不只能救你一次，齐公子！"

彦强慢慢点了点头。

"点火以后，硝石发生反应需要时间，有足够时间原路脱身。那里储存的硝石总量，相当于三吨 TNT 炸药，在狭小空间里爆炸，能消除一切痕迹。"

彦强脸上的凝重消失了，眼中露出一丝诡谲的光："什么时间？"

"现在！"轼珩冷冷盯着彦强。

轼珩慢慢走出彦强的客厅，听见身后传来虔诚的祷告声："我在天上的父，愿你的国降临，愿人都尊你的名为圣，愿你的旨意行在地上，如同行在天上……"

此时已经接近午夜，星星点点的别墅都已经熄了灯，太阳岛上的路也没有安装路灯，只有月光阴冷地照在雪地上，一片惨淡死寂。轼珩孤独地走着，他能感觉到，在另一个方向的一栋官邸——大富商葛铁吾的外宅，三层一个房间厚厚的窗帘小小地掀开一角，似乎一个烟头或有或无慢慢燃着一点光亮——那是一支雪茄？可他顾不得了。

轼珩回到别墅，在院子里徘徊。他审视着这栋房子，从外面看如同铁块一样黑暗森严，不透一丝生气。房间内紧闭的黑色窗帘在月光下让人有些毛骨悚然，好像死神游荡其中。他知道，一切没发生的时候，都有出现意外的可能。他已经做好准备，义无反顾。

"忠诚才代表特工的终极意义！"

这时候，他又想起彭杉杉在楼上关于"质数"的那些话，他的手指不小心按到了燃着的烟丝里，许久，才发现。

钟声又敲响了，树上的乌鸦似乎被惊扰，突然从巢中飞了起来，落在不远处的树枝上。它的仪态是庄重的，眼神却像魔鬼一样，不安、躁动，怒火在积蓄着，似乎要燃烧。

厉行这时候睡眼惺忪地推门走了出来："怎么里面有点热啊，是不是兄弟们往壁炉放的煤太多了啊？你也热醒了？"

"我没睡，在外面走走。"轼珩放好烟斗，"外面待会儿吧，屋子里那么多人，空气也不好。"

"不行，我还得睡会儿，这几天太累了。"厉行伸伸懒腰说，"就是出来找找你，你进去不？"

"陪我聊会儿天吧，一会儿再说。"轼珩拍拍厉行。

"唉，行吧！你这人怎么不怕冷啊你。对了，你发现没？之前那个姓彭的看缪局长的眼神怎么有点——"

又一声沉闷的钟声传来，好像走到生命尽头的老人，竭尽全力的一声悲凉叹息。

二楼突然传出一阵骚动，院子里的人都紧张起来。所有日本兵都把背在身上的步枪卸下,迅速打开枪栓,摆出射击姿势。

厉行止住话,愣了一下,想往里去,轼珩拉了他一下,冲着门口一仰头:"喏。"

一个特情人员冲了出来,跑到两人身前,兴奋异常:"译好了!译好了!张处长正在看,在给局长打电话!很多名字!非常确切!"

轼珩的眼角抽动一下,手伸向了腰间的手枪,摸了摸。他抬起头看着树枝上的乌鸦缓缓说:"哎呀,连乌鸦都兴奋得睡不着了。"

"走吧!赶快进去看看!"厉行睡意全无,搓着手说。

轼珩盯着二楼那个黑漆漆的房间,缓缓抬起了脚。

"走啊!快!"厉行已走出了几步。

话音未落,别墅似乎抖了一下,接着就整个儿晃动了起来。没有大的响声,耳边只有令人耳鸣的尖锐声音和回响。轼珩被一股巨浪掀起,好像要和这栋房子一起飞到天上去,但马上又被重重摔在雪地上。一阵剧痛袭来,轼珩眼前一片漆黑。

第三十章 乌鸦

某些特别的人,是老鼠,又是狐狸。谁又是狼——?

第二天黄昏,一辆黑色车子反射着落日衰败又迷离的光辉,在格祖诺夫音乐学校门前停下。

"怎么非要今天来,人家要练琴呢。"紫茵上了车。

丁向瘫坐在车里,手里端着望远镜,往街上四处比量着,东看看西看看,有气无力地吐出两个字:"江边。"

他把脸藏在望远镜后面,紫茵看不见他的表情。

车子飞速行驶,不一会儿,从新城大街穿过巡船胡同,就到了江畔公园。一路上丁向默不作声,两手端着望远镜放在腿上,直勾勾地看着窗外。

"眼神好像能杀人,是要把街上每个人就地正法?"紫茵身子靠到了丁向身上。

他感觉自己要窒息。

丁向今天只用了一辆车,车内除了紫茵,只有前排的司机和副官。

天地间只剩垂死挣扎的残阳。

丁向拉着紫茵到江堤凭栏处,拿着望远镜往对面的太阳岛看去。那栋别墅的火烧了很久,现在差不多全熄了。地上乌七八糟的废墟是浓重的黑色,残存的浓烟阵阵升起,在白色的寒天冰地中极为扎眼。

他的嘴因为某种情绪被强烈地压抑而变形,露出了黑黄不一的牙齿,似乎愤怒而痛苦地互相咬着。丁向伸出舌头舔舔嘴唇,又深吸了一口气，嘴唇轻轻开合，发出"啪、啪"的声音。

"那边失火了，是吗？"

"是吧——"他觉得紫茵的问话显得生硬而胆怯，他的眼神逐渐涣散开，好像正在做着什么梦一样。猛地，他又清醒过来，想到是在问自己。"爆炸——是爆炸！"

"很吓人。"小鸟一样委屈可怜的声音。

"哼，好啊！"丁向的嘴向上微微扬了一下，眼睛里又有了一种不在乎的讥笑，"一天搞两次，哈尔滨，昨天可真是热闹啊。好，好啊！好！"说罢，竟开始干笑起来。

他看到紫茵流波闪动的眼眸里流露出怯意，反而显得楚楚动人。丁向眼中一闪，仿佛拿定了什么主意似的。他一手拿着望远镜，一手拽着紫茵沿江边往松花江铁路桥走去，副官在后面远远跟着。

丁向拉着紫茵顺着岸上桥墩旁的步行铁梯上了大桥，这是一座人车两用桥，在两侧各有一条人行道，可供行人步行过江。冬天的夜晚，桥上温度极低，也没什么人，只有两头站着执勤的守桥部队卫兵。副官跟着上了桥，在桥头停下脚步。

天全黑了，丁向把望远镜放进大衣兜，和紫茵在桥上走着。两个人都不说话，气氛似乎有些尴尬。他们走出去很远，一直到了大桥的中间，月亮高悬江上，天地一派静寂。两人不约而同停住脚步，四目对视，良久……丁向的感受是微妙而强烈的，他的心中形成了一种压迫和对峙感。他想着紫茵是什么样的？应该是残忍而诱惑的，她的心中一定形成了一种致命的、要死的欲望。

长笛远远地响起，划过最后一抹夕阳刚刚消失的天空，从江面传出去很远，在城市上空飞过，提醒着城市，远方有客来。

一列火车正从江北方向驶上桥，大桥的钢梁因为共振而扩大了车轮在铁轨上的声音，一阵阵巨大的轰鸣声由远及近。火车车头灯在江桥上打出一道强烈的光，桥体本身隐入黑暗，变成横亘江面上的一道光之桥，神奇而玄幻。长龙见首不见尾，轰鸣声愈加刺耳。列车很长，在桥上，速度又变得慢了一些。这才是哈尔滨最让人印象深刻的景象，哲学家、历史学家、文学家乃至建筑家和音乐家都能从中解读出只属于这座城市的荣耀与悲伤。

他看到远处的江面上，出现了一只狼，它顾盼着，看着火车，最后站定了，两只鬼火般的眼睛盯着桥上的两个人，一动不动。突然，它扬起脖子，对着苍穹，对着月亮，吐出一股热气，亢奋地长鸣着。声音像来自远古的象征厮杀开始的号角一般传到了桥上，即便在列车的轰鸣声中，也尤为刺耳。

他的眼睛骤然亮了起来，看着远方的狼，猛然意识到，这狼嚎是属于自己的，是在召唤自己。

他们突然紧紧抱在一起，热烈而疯狂地吻着，把激情狂野地释放到桥上的凛冽寒风中。丁向突然把紫茵按在大桥的扶栏上，紫茵转身就把手包掉了。她的头低着，隐约看见包在空中翻了几下，就徒然放弃和重力的对抗，许久，才重重落在冰面上。

丁向喘着粗气，不顾紫茵的阻挡，粗野地把自己和紫茵紧紧贴合在一起，玩儿命地喊着，癫痫般地抽动。他扬起脖子，喘息声在黑暗中升腾再升腾。紫茵看着江面，动作从散乱变成顽强地追随，开始的呻吟也变成了高亢的、肆无忌惮的喊叫。

两人的声音和身后的轰鸣声交织在一起，许久，才在天地间跟着那匹孤独的狼一起消失。

紫茵瘫倒在满是积雪的桥上，喘着，看着丁向。

他仰天大笑，好像一个重获新生的人。丁向大汗淋漓跪倒在地，又抽出腰间的皮带，爬到紫茵身边，猛地掀开紫茵的大衣，抡起皮带猛抽起来。紫茵惨叫着，在雪里不停扭动，皮肤上的血印和雪形成了鲜明的对比。丁向愈加兴奋，嘴里狠狠地骂着，手中的皮带更虎虎生威起来。

过了许久，两人搀扶着下了桥，拖着沉重不堪的步伐，晃晃悠悠，桥下不远处的副官怯怯地跟着。丁向又把紫茵搂在怀中，探着头，眼皮低垂地看着四周的黑暗，似乎洞察秋毫。他突然对着副官怒喝，就像旷野中发怒的狼，嘶哑的声音因为亢奋和急切而更像尖叫："把资料室管理员叫来！现在！"

午夜时分。哈尔滨市郊一处废弃的仓库里，一辆闪耀着刺眼光线的派克牌黑色轿车——丁向的座驾，正龟速开动着。躺在地上的人，双腿并拢，双手则被最大限度地伸展开，紧紧捆绑在地上两个牢靠的铁棍上。

空旷的空间内，派克轿车显得格外高大，它的三眼灯凶猛阴森，前方硕大的进气格栅就像张开的怪兽獠牙，让人不寒而栗。

丁向看地上那人使劲抬起头盯着轿车，心想，他一定恨不得昏死过去，可又不敢稍有分神，他的眼前被恐惧的阴影遮住了所有光亮。车子的黑影逐渐盖住了他的脚面，这个人一定感到一阵凉意从脚部升起，寒彻透骨，因为他的身体开始痉挛般扭动起来。这车的前轮胎，将在三米之后从两只胳膊上压过。他被固定着，头抬不起多高，但他能清晰看到轮胎漂亮的花纹，甚至能闻到橡胶的气味。

丁向看着露在衣服外面赤裸的胳膊，觉得那儿有股阴森森的死尸的味道。

道楚和轼珩、厉行几个人也站在周围，他们俯视着地上的人，表情各不相同。

厉行的表情有些狰狞，语气则有一些欲擒故纵的客套和残暴无良的威胁："老陆啊，这事情你脱不了关系。你是档案处的负责人啊，一把手啊，那么多人可盯着呢，这是毁尸灭迹啊！我们同事一场，你，你别犯糊涂啊，好不好？"

老陆听到这话，似乎才回过神来想起求饶。他盯着迫近的轮胎,六神无主、声嘶力竭地喊道:"丁,丁局长啊,缪局长啊,我没有啊,我真,真没有!小张的死我和大家是一起知道的啊!昨天晚上丁局长要找他,我们才发现他失踪了,我和大家一样时间发现的啊!"

轿车在地上轻晃了一下,似乎停了下来,是某个人用手势示意了司机。

"他妈的,那个小张——资料室的书记员,平时就没什么不对劲的地方?哎哟,你作为领导,还不知道啊?你骗谁呢啊!"一天前太阳岛的爆炸案让厉行损失多名下属,他的语气因为羞愤至极而显得阴阳怪气。

"小张平时就负责借阅资料、图书的登记,谁有心思放在他身上啊。"老陆的脸上大汗淋漓,死盯着不动的轿车,身子死命想往后挪挪,但是动弹不得,"再,再说,他也没什么不正常的,您看过他的档案,背景很简单,很简单的。"

"就他妈不巧遇到了车祸,在王爷街家门口被车撞死,横尸街头。哼,肇事的车还下落不明。这太巧了吧,你——你也不信吧,老陆?"厉行的脸狰狞扭曲,其实也有些害怕和不安。这次暗杀恰巧赶在自己行动之前,实在是奇耻大辱。作为下属的每一个人都意识到了这一点——丁向不会放过任何一个人。

"肯定有鬼,但是和我,和我没有关系!"老陆也知道此刻能救他的只有丁向,他蹭着地面左右扭着头,找不到丁向的脸,他只能看到丁向沾着雪的裤脚和皮鞋在地上来回移动。

"你,你不知道?好!"厉行又说,"这几个月所有的资料登记册还有备案——全消失了,这都赖小张?你——你没有责任?"说罢他不自觉冷笑起来。

"处长大人,这个资料保管是有制度的,有严密制度的。"老陆盯着蹲下身的厉行说,"一定是小张销毁了,或者偷偷转移了。这些登记册都在小张的档案柜里的,他有钥匙的,按制度,他也有钥匙的啊。"

"那——那备案呢?也没了?"

"处,处长,咱们是半年一次统一备案,这还没到六月份,所以,没有备案啊。这,这冤死我了啊!"老陆痛苦地来回扭着头。

"那就是死无对证呗?"厉行带着恨意问,拿着手中的皮手套反复几下重重摔在老陆脸上。

"和我没关系啊,我有多大的胆子啊,我不敢啊!缪局长可以证明,缪局长可以证明,我,我是老实人,忠心耿耿啊!"老陆哽咽起来。

此时,丁向慢慢停住脚步,看着一旁的道楚,眼神是一种凌厉的问询——你要表态。道楚赶忙趋上一步小声说:"局长,档案处是我分管的,我有责任。至于——"道楚扭头看了一眼地上的老陆,对他刚才的哀求不置一词。

丁向拿起手中的烟,仰头抽了一口,又把双臂张开活动了几下。他的头仰着,使人看不到他的表情。

轼珩走到老陆旁边,皮鞋几乎贴近了老陆的嘴,他叹了口气,平静地说:"你有什么就说了吧——丁局长看你这么多年,没有功劳也有苦劳的份上,会高抬贵手的。"

"高处长您刚来,但您也知道啊,我是老实人。你说,我姓陆的哪有那么大的胆子啊!"老陆因为轼珩的平静而稍止住些哭声,"这么多年,我风里来雨里去,真是啊——唉!"

就在这时,轿车又开动起来,轼珩侧身让开,车头已经快盖住老陆的脸。老陆的下巴不自觉地收紧了,五官挤在一起。他仓皇恐惧地左右看着,车轮离他的手很近了,他不由自主、不顾一切地叫了起来:"说!我说——"

车轮轻轻停住了。

"那个档案柜,档案柜是,是被钥匙打开的。是的,钥匙!钥匙就小张、我，还有缪局长有。您给我作证啊，缪局长！"老陆语无伦次，惊慌失措。

丁向看着道楚，道楚两手一摊，无奈地看着丁向，没有说话，丁向也露出一个无奈的表情，带着一点苦笑。过了半晌，道楚说："我可以接受审查，我这两天没有去过资料室，一直忙着彭杉杉的保卫工作，真没有时间啊。唉！"道楚走到老陆身旁，说道："老陆啊，我们干这行的，抬头三尺有神明啊！咱们三个人各自有一把钥匙，局里面谁不知道。你，这个时候这么说，我觉得——无地自容啊，老陆。"

"我害怕啊，可这是事实啊！就我们三人有钥匙，那是南斯拉夫的进口档案锁，是您特批经费购买的，绝对不可能完好无损地打开的！这情况您知道啊！"

"嗯，好，你说得对啊！"道楚显得有些语重心长，不自觉把手攥成了拳头。

车轮又轻轻晃动一下，老陆因为惊慌而面色如纸，他的瞳孔放大，眼珠似乎要爆出来，喘着粗气说："对，对，我想起来了，想起来了——"车子没有动，他紧忙说："那天，高处长来资料室借机场的平面图，我正好遇到了高处长。那个图纸很大，所以，所以我记得啊。是不是，高处长？"一个人在极度受惊的情况下会失去对敌我、对错的分辨能力，他已经不顾忌任何该与不该，只想着尽快摆脱困境，而这种反应，通常就是崩溃的信号。

丁向踱了几步，走到老陆跟前。他低头看着地上混合着哀求和恐惧的双眼，脸色沉静如水，眼睛里有着一种情绪——深夜的湖面被一束鲁莽的强光照射然后反射出来的模糊、复杂和游离。

"三把？"丁向伸出三根手指，他变形的手指在灯光的照射下显得苍白诡异。

老陆惊慌地抻长脖子点着头。

车子又动了。老陆似乎平静下来，一直在扭动的紧绷着的身子有些放松，他的瞳孔有些发散，呼吸却更急促了些，说明他的求生欲还是很强，在全身心地想着什么。

厉行又走过去，手中的皮手套不断重重抽打在老陆的脸上："那是我和轼珩商量好借来的，为了一起研究接机时的任务安排。我是，高处长也是，缪局长也是，那丁局长是不是？就他妈你是好人！对了，那个机场爆炸案和你是不是也有关系？"

"我没有啊，我——"老陆张着嘴，无力地说。

这时跑过来一个情报局的部下，在道楚旁边耳语几句。道楚凑到丁向身边，丁向琢磨一下，轻轻点头。

道楚这才高声说："刚才在你老婆娘家找到了两千银圆，不少钱啊，哪来的啊？咱们一个月才赚几十块啊！"

"老兄，非他妈不能给你留一点脸！"厉行一听又火冒三丈。

"什么，什么，什么银圆？我哪有那么多钱？冤死我了，跳到黄河也洗不清啊，有人陷害我！"老陆突然用力挣扎，四肢玩儿命似的要摆脱地上的铁镣铐，他猛晃着头好像要把脖子扭断，"丁局长，'乌鸦'！一定是'乌鸦'！找到'乌鸦'我有功劳！你的秘密就我知道！有我一功啊！"他声嘶力竭地狂喊着。

丁向盯着老陆露出的胳膊，血流上涌，耻辱又愤懑，然后马上又想起来那件事已有端倪，不禁又眯着眼复仇似的笑了。

他的手轻轻抬起来，在空中划了一个骄傲的漂亮弧线。

车子旁若无人地向前开了，两三吨的重量通过轮胎冷酷无情地压向地面。

第三十一章　智者与勇者

　　古希腊的庇塔库斯说，智者在灾难之前预知灾难，勇者在灾难之后应对灾难。而有关灾难的定义和产生的根源，则是更深层次的哲学问题。

　　只是，灾难面前并无仁者。

　　轼珩来到资料室，看见新来的管理员，想着所有借阅记录的消失也顺便帮了自己。

　　他借了几份近期的《满洲评论》，坐着翻起来。

　　先诺的连载报道《俄国纪行》在满洲乃至全国持续引发了不小的关注。红色俄国本来就是所有人眼中强大而又神秘的国度，人们渴望了解它理所当然。对于轼珩，其中还有更为复杂的意味，他喜欢用别人的角度或者隔着一段距离观察事物。

　　报道中的几段文字吸引了轼珩的注意，他从最近紧张的情绪中解脱出来，思索开始变得深沉、严谨而专注。

　　小时候父亲就跟他说，很多事情都是相互关联的，都不是无源之水，无本之木，这其中的关联和默契其实并不那么神秘莫测，只是人们难以或者说不可能在渺如烟海的碎片化事实中寻找到内在的关联——不是所有的联系都遵循人脑中的线性逻辑。当时在一旁的哥哥还插了一句："世事的因素更多是不规则分布的，就像离散数学的分布图。"

　　　　列车在广袤的土地上奔驰，好像是这世界唯一的存在。
　　我们的访问团并不常见到村庄、牲畜，反而是日夜不间断地看到自然景色，河流、山谷、森林、戈壁、荒漠，让人几乎忘记了人类缔造的世界。从一个城市到另外一个城市，都像横跨日本本州那么遥远，甚至是更遥远。这种阔大的地理空间感，在日本是不可想象的，除非来到满洲，这块和俄国接壤的土地，你才能感同身受。当我们的帝国军队在满洲战胜俄国人的时候，我们所付出的一切，因为从没有见到过的广袤、富饶而具有了非比寻常的意义。

……

我知道，很多人在研究俄国革命成功的秘密，并且希望看到这种成功带来的福祉有多么空前。无论在日本、中国，还是在满洲，还是在这个世界其他很多地方，工人阶级和农民阶级都在翘首以盼社会主义学说的伟大实践，当然也包括资产阶级，因为这些政治学说的蛊惑力之强在世界史上似乎前所未有。

我们的日本文化访问团拜日苏关系所赐，受到了热情的接待——虽然同行的人说这种接待在某种程度上应该让人警惕。我自然对这种对于东道主的非议感觉有些不满，因为所到之处都是鲜花、美酒、宴席，还有彬彬有礼的地方官，虽然他们的个别言行稍显粗鲁，但我宁可认为这是一种文化差异。

但是，在旅行过半的时候，我开始对这种款待有了某种新的认识。当我从开始的受宠若惊变得习以为常时，我能够更细致认真地来观察接待方的行为。这时，我发现对我们的欢迎和讲话都是出奇地一致，环节、礼节，甚至晚宴的时间和参观的单位，都是千篇一律、毫无新意。与其说这是一种文化现象，我更愿意认为这是来自某种个人意志的安排。我们的行程被严密地限定在行程表上，不能做任何临时的修改。我们像舞台上的演员,所有行为都是剧本限定好的。更为紧要的是,我们听到的欢迎词都是一样的用语,我怀疑这些欢迎词也用在其他不同的地方,只是更换了发言方的单位名称。而对于我们的提问,他们的回答也是惊人地一致。我认为这是一种特别不礼貌的态度,尽管回答者满怀真诚、满脸笑容,他们不知道我们在别的地方得到过一样的回答,或者他们觉得这不重要。正因如此,我开始怀疑这种真诚和笑容。好吧,他们很多的回答都以"制度"为注脚,那我也只能认为这一切是制度使然。

读者诸君,当你意识到一种制度在幅员辽阔的多民族国家产生某种整齐划一的效果时,不知道你们会不会和我一样,并没有感觉到伟大,而是感觉到不安,甚至恐怖。

我不断否认自己的判断,因为良心告诉我,我在占用人家的时间、食物和各种资源,这种心底的质疑是不道德的。直到有一天,发生了一件事,让我良心的不安好受了些,但是之后却被另一种更强烈的不安所占据。

那天,在招待访问团的晚宴快结束的时候,我临时起意去了一次卫生间。无论多么严谨的安排和殷勤的招待都无法顾及这个问题——我突然从人群中挤出来去卫生间,没有人注意到。当我出来,又想挤过围观的人群回到队伍里时,有人往我的衣兜里面塞了一封信。意识到这个问题的时候,我已经回到了队伍里,找不到是什么人塞给我这封信。摸了摸口袋,我确定这可能涉及什么不好张扬的事情。

于是,回到酒店房间后,我打开了这封信,它的内容让我豁然开朗:

尊敬的女士或者先生,我想告诉你的是,你

们所见到的一切都是事先排练好的,用了我们一周的时间。你看到的笑容和谈话都是组织培训的,这一切都是假的。你们在宴会上享用的食物对我们来说很少见,它们过于丰盛了,你们却可以随便品尝,这不公平。上级为了接待你们拨出了专门的经费,他们也乐此不疲,因为这样的费用一般都绰绰有余,很多人因此还有中饱私囊的机会。我想你离开俄国的时候,应该告诉大家这里的真相,很多人的生活都不像你们看到的那么美好,很多人被镇压、被流放甚至处决,只是因为一些言行、祖辈的出身,或者只是某些领导的好恶。希望你明白,希望你不要被欺骗。我们有时候很饿,有时候又很气愤。请你去告诉别人,不要再被欺骗。

署名:一个有一点良心的人

当我读完这封信的时候,读者诸君一定会明白,我良心的不安为什么会消退,而另一种不安反而会升腾。在俄国这些日子里,我听到了太多关于免费的事情——教育免费、医疗免费,甚至食物免费。在某一刻,我疑惑这样一个国家为什么还要印制钞票呢?货币还有用处吗?这是自相矛盾的不是吗?我曾经像很多人一样困惑,从而怀疑自己受过的点滴经济学教育是不是已经过时了,甚至是荒腔走板的呓语。但从那天以后,我就觉得这种自我怀疑是不必要的。因为,真理就是真理,规律就是规律。免费的神话是不存在的,这种神话大行其道的时候,并不是分配方式发生了划时代的变化,而是掌握分配权力的人在说谎。

当然，这一切是因为相信这种神话的愚蠢的人太多，做出了荒诞的选择，就像《利维坦》中所说的，为了寻求国家的庇护而失去了自由。正因如此，在这次旅行的过程中，我竭尽全力地记录了很多细节，不但是为了今天来写这些稿子，更是希望能够对某种政治理念为什么能大行其道进行一些思考。最终，笔者奢望尽可能地认知一个国家、一个民族到底如何在政治上选择正确的道路，才能走向幸福。这事关中国，事关满洲，甚至事关日本。

……

我是新闻界的初来者，但我始终对新闻报道中任何有关人的高贵和兽性的内容有浓厚的兴趣。的确，读者诸君和我一样，都希望能够发现一种内幕，世界的内幕，无论是可悲的英勇，粗野、扭曲的价值观，还是幼稚可笑或可歌可泣的奉献。于是我在俄国的思考一直在继续，我让自己陷入一种痛苦的思考和辩证中，假设能对花上几个铜板买我们刊物的人有所启发，那就最值当不过了。

我在俄国旅行的时候，并没有过多地思考所遇到的一切的真与假的问题，这可能和那位悄悄塞给我信的人的初衷背道而驰，因为存在就是合理的，包括假象，任何假象都是真相的表露，任何真相也都是假象的外衣，难道不是吗？不错的，真的不错的，现代文明一方面闪耀着灿烂的华美和光辉，另一方面又隐藏着黑暗的贫困和罪恶。如果不是这种两面性，所谓革命的动力又来源于何处呢？我们的工人阶级和农民阶级也是这样想的吧。翱翔在真理天空的，千万人中哪有一人；而辗转于阴暗沟壑的，确是千万人中的千万人，这——不是人类的自豪。

日本的幸野秋水先生在《社会主义神髓》中说，不要以为社会主义是要废除竞争,社会主义只是要废除衣食的竞争,而这仅仅是为了进一步开展高尚的道德的竞争;不要以为社会主义阻碍勤奋和活动,社会主义要铲除的只是人世的苦恼和灾难。社会主义不是阶级的国家,而是平等的社会;不是专制的国家,而是博爱的社会。社会主义一方面是民主主义,同时又意味着伟大的世界和平主义。

可是对不起,不只在俄国的旅行中,即便在之前,我始终坚定地认为任何寄万般美好希望于政府的思想学说,都难以经得起推敲。又或者,这种美好,在当今的世界上,是大大超前了。不想"积跬步以至千里"者,通常是最先摔倒的,必要付出惨痛代价。中国之事、满洲之事,若能以《建国宣言》的精神所昭示,以民众为圭臬,以法制为缰绳,这才是目前国家真正的出路,而不是以制度之争、国号之争、国体之别而兴言废事。

……

笔者一直以为,所谓国之治理,但凡以所谓"公共精神"的道德情怀来试图或者蛊惑去建立一种美德至上的繁荣社会,那只是浪漫的、幼稚的、可笑的幻想。笔者以为,民为根本,而所谓"民",首先为"人"。这个人,就是无法去除私欲、贪婪的人,亿万人都有这本性之恶。窃以为,读者诸君不可就此沉沦;恰恰相反,正是这私欲、这贪婪才是社会繁荣、历史发展的根本原因。好的政治家也必须正视这人性的虚伪、自私才能设计出良好的规则,才能建设一个人人有爱并愿意付出爱,享有权利并为之骄傲的社会。通过俄国的旅行,笔者深信一点:一个人的孤寂心灵是我们人类唯一的有创造性的东西。两个人可以创造出一个孩子,而一个团体所能做的是创造还是毁灭呢?团体不由其中每一个人支配，这是团体最恐怖的破坏性规则。个人灵魂极为宝贵——这个基督教理念乃是过去两千年间人类思想最重大的变革之一。所以，建立一种正视人的劣根性的机制，不把权力赋予某一个人或某一个组织，这才是尊重每一个孤寂心灵的办法。当列车奔驰在这无边无际的土地的时候，我做了很多思考，在此与读者诸君分享，希望能对我们的民众有所裨益，希望我们的土地能和平美好，希望我们的人民能安康享乐。

轼珩字斟句酌地读完先诺的文章，虽然并不完全认同，但还是暗自击节赞叹，对作者的才华产生崇敬之余，还有些惭愧。世上总有些人具备天生的大格局，拥有别人无法企及的视野，从而在各自领域创造出让世人受益的成就，比如先诺，还有哥哥。他们是和平时代国家之幸，可眼下呢？

转念想到那天在巴甫洛夫咖啡馆见到先诺行色匆匆后，轼珩迅速恢复了一个特工的思维状态。他想着要做些什么，却又觉得有心无力。

管理员蹑手蹑脚走到轼珩面前："高处长，缪局长请您去他办公室。"

屋内没开灯，清晨的阳光照进来，可以看见无数微小的颗粒在空气中飘浮着，这是真正的自由自在、随遇而安。

一粒灰尘，任何人都不认识它，它却认识所有路过的人。

这是轼珩第一次来道楚的办公室，他坐在办公桌前的椅子上，拿着烟斗，慢慢抽着，静静对着墙上挂着的巨幅溥仪肖像。

过了好一会儿，道楚还没回来。

他换了个坐姿，另一面墙上挂着道楚的自画像。

画像挨着窗边，正对着东方。晨光打在上面，画中人的脸显得柔和平静。轼珩盯着这张脸，看得出神。

自画像这东西最能看出人的内心，往往和旁人眼中的自己有很大不同。比如自画像里没有人是猥琐、懦弱、阴险或者吝啬的，都像一个智者或勇者。有功力的画家可以准确表现自己在那个时期的最佳状态。不过，画家会撒谎，而画不会。和常人一样，画家会真诚地认为自己就是画中的那个形象，也不能说是错觉，只是混淆了期望和现实。这幅画像里的缪道楚，一看就是个艺术家，清高、骄傲，还有几分淡然；眼神很沉重，里面有抱负，也有哀怨，还有几分善良。

轼珩又想起先诺的文章，他说：一个人不把善良当作追求或者做人的一种标准，是堕落的。千万不要以为这是一个人的事，这种堕落就像瘟疫，会传染，传染率还高得吓人，一旦流行开，先是族群，后是国家，就沦陷了，历史上的先例多不胜数。

"轼珩老弟，不好意思，让你久等，在局长那里耽误了一会儿。"道楚推门进来，亲切又有些歉意地说，他的笑容总带着谦卑，"正好，刚才局长让我跟你说，贻直的工作你先代一下。你说秦处长一家怎么——唉。"说着，又摇摇头。

轼珩也遗憾地苦笑了一下："我怕我管不好，现在工作都满负荷了。听说，关东军参谋部要出面重组我们？"

"还是你消息灵。"道楚说，"你看，新京这不刚成立了中央警务司，据说要对满洲各地的警察局进行统一管理，好像说以后要叫警察厅了。一字之差，权力就要重新分配，各种纠葛不知道要耗费多少工夫！咱们，应该也快了。"

"嗯。谁能想到老陆那里——"轼珩想，丁局长是刚才通知道楚去的，而一早他就叫自己过来，显然不是为暂代贻直的事。

"是，我分管那里啊，怎么都说不过去喽——"道楚拖着长声，"你说，也没看出来啊，这老陆看着老实本分，怎么就——？还把小张也——"

轼珩盯着道楚，丁向最近一败再败，难道眼前这个人的能量如此之大？"要真是他，搞清楚了也好。"

"是啊，清楚了就好，要不，大家心都悬着。现在这样，也好。"

"只是，老陆怎么知道王建宇给咱们解密码的事儿？那件事情可不是一个档案处处长能知道的啊，难道不是一个人？"

"嗯——"道楚说，"可能是两个吧。"说罢，两人都笑了。

"还有一个，叫'乌鸦'，老陆不是都说了嘛。"轼珩说。

"这个——"道楚说，"当时王建宇刚介入的时候，老陆给他提供了大量近些年的电码资料，也和王建宇私下进行过多次交流探讨。不知怎么，就搞出个什么'乌鸦'，也可能是他被逼急了乱说的。局长不也没表态，谁知道啊！"

"丁局长不会让他跑了的，要真有，飞不了的。"

道楚话里有话："嗯，是。这审内奸，都不在咱自己的审讯室，要弄到郊区去，是怕影响不好啊。"

"是。丁局长还是慎重。"轼珩说，"现在这形势，你说老陆能和机场那爆炸案也有关系吗？这日本人可倒大霉了，一天之内，两次啊。"

"是啊，谁说不是。人——太阳岛上给炸没了，"道楚也感慨万千地说，"新飞机，刚研制成功的，据说日本三菱花了重金才搞出一架样机，也给炸飞了。据说啊，再重新搞出一架样机来，起码要半年多。现在局势这么紧张，上海快打成一锅粥了！这下子，可是耽误大事儿了。再说，秦处长遇害的事情，丁局长虽然没表现出什么，一定也糟心透了。真是多事之秋。"

轼珩静静听着，淡淡地说："早晚水落石出。"

"那是！"道楚站起来走了几步，走到自画像前面，端详着，好像在自我欣赏,"丁局长本事大着呢。"他那双艺术家般保养精致的手背在了身后:"哎,上次求你办的事情怎么样了啊?"

轼珩恍然大悟,轻拍脑门说:"我都给您办了,这几天忙,我忘记跟您说了。这两天我姐夫在家的时候都可以,您过来,当面和姐夫沟通,熟悉一下!"

道楚没有回身:"最近出的事——都是我分管的,老弟不能亏待了老哥我啊!那明晚我过去,你看,我准备点什么啊?"

"他清廉!"轼珩对着他的背影摆摆手说,"别弄巧成拙。"

这时太阳已经略微移动了,照在自画像上的光也偏左了一点。轼珩的心沉了下去,好像慢慢沉入一片虚空里,变成了一粒谁也不认识的微尘。画面的左边,上面是淡蓝色的背景,下面是一片衣肩——精致的纹理,他见过的,在兮楠给他看的彭杉杉的照片上。

轼珩赶到犹太会堂的时候,行动刚刚结束。十几个参与"反满抗日"活动的活跃分子被抓,挨个儿蹲在会堂一层大厅里。

"行动处这次立了大功!"轼珩勉励着同事,逐一审视着这些嫌犯。

"高处长,有一个人掏了枪,被我们击毙了。"

轼珩走到尸体前面,看见是个高个子,眼镜甩在了地上,身上背着个单肩皮包——他见过的。他蹲下身,把这个人的头慢慢转过来,松了一口气,然后走到皮包前面,拎起来翻了翻。里面有几本《满洲评论》,他随手拿出来,甩给了一边的同事,指着站在远处拍摄现场照片的人:"赶快交给情报处的人!"

他从皮包夹层里摸到一本证件,没拿出来,在皮包内单手打开,看了看,趁没人注意,放在了怀里。

这时,现场又炸了锅:"还有余党!堵住各个出口!"

轼珩判断了一下形势,走到西门方向,这里另有一个不引人注意的小门,并没有被同事们守住,大家的注意力都在东翼。不一会儿，轼珩听到隐秘处一串急促的脚步声传来，然后停住。他感觉到了这个人的呼吸。轼珩随手点燃了手里的烟斗，对着赶过来的几个人命令着："上那边！跟我来！"

但是，门口还是响起了枪声。轼珩跟着出去，然后上了车。对着犹太会堂西门的一个小路口，他看见了张皇失措的先诺。轼珩摇下车窗，笑着喊道："大作家，好久不见！出来采访啊？我送你去。"

上车后，先诺语无伦次，死盯着轼珩，大喘着气："在，在街上随便看看。"

轼珩开着车穿过中央大街，先诺干呕起来，轼珩并没有停车，一直开到城郊九站码头附近，这里还是和往日一样萧条。车里的无线电渐渐不再传来行动处紧张的协防通讯，距离有些远了。先诺从开始的紧张无措，慢慢变得放松了。

"就是漫无目的的街头采访？"在车上，轼珩第一次开口说话，第一次看了一眼先诺，"我还有公干，你下车自己看吧。往南第一个路口，有往秋林公司的班车，那里人多，素材多。四点半有一班，还有五分钟。你走过去，刚刚好！"

先诺连连道着谢，看着轼珩，眼神里全是疑惑，似乎完全不知道发生了什么。他下了车，没走几步，轼珩摇下车窗喊："别走！"

他缓缓转过身来。

轼珩胳膊伸出窗外，眼睛却注视着车辆前方。"证件，"他若无其事地说，"落座位上了。"先诺跑过来接到手里，轼珩踩动油门，撒在风里一句："乱动别人东西不好！"

江畔的风格外大，车子微微颤着，轼珩又来了沉浸于风雪的瘾。开着车，没几分钟，就到了江堤。他下了车，看见那个代写书信的店铺还开着。

"老先生，能否帮我测个字？"轼珩递过去一张崭新的满洲银行

"黄帝"纸币。

"年轻人,写来看看。"从老叟的表情看不出他是否还认识轼珩。

他推开老叟递过的纸笔:"缪——姓缪的缪。"

老叟放好纸笔,把纸币仔细收起来:"秦国嬴姓十四氏之一,好啊——这个字的字根是'翏',右边加戈为杀,左边加偏旁为这个字,古语同'缭',是为云里雾里,让人无从置喙。"

风雪吹进了店里,轼珩扭头看了一眼江畔。

"'翏'为形字,是为两只翅膀绞在一起之形——羽毛交织在一起,分不清了。庄子曰:'其名为风……独不闻之翏翏乎?'"

轼珩倒想起来欧洲的神秘图腾——"双头鹰",源自拜占庭帝国,左顾右盼、阴晴不定的神鸟。

他走出小店,慢慢走到江堤上,迎着冰封的松花江,江上几只寒鸟匆匆飞过。

不一会儿,下雪了。他把眼睛重重闭上,享受着寒风像刀子一样割在脸上,汹涌的冷空气不断冲入喉咙。他的胃因为猛然受凉,有些疼了,他却不舍得离开,伸开双臂,在风雪里缓缓转着圈,耳畔响起自己演奏的小提琴曲。他想着拥抱什么,又想着迎接漫天的雪,慢慢把自己淹没。

第三十二章 猎人的故事

彦强的个性天生无拘无束,喜欢轻侮地面对命运。他的自信乃至自恋曾因年轻而显得轻浮,因生长于富贵之家而显得放荡,因不愿沟通而充满争议。他还曾是个淡漠无情的人,愿意只爱自己,直到弟弟第一次把小冬领回家。

彦锡——彦强的弟弟,是个在众人眼里更像父亲的孩子,强悍而精明。他喜欢不顾一切地玩弄手段以达到自己的目的,从不甘居于人后,也不低头认输,像饕餮一样吞噬着周遭的一切,从不觉得厌倦。他生命中引以为傲的标志就是从不掩饰的勃勃野心。

他的人生过于顺利,因此他不可能具备坚忍和悲悯。比起父亲,他更缺少胸怀和睿智。有的人一厢情愿地说,这需要时间、需要岁月、需要磨砺,事实是,这些禀赋是天生的,只是因为世事跌宕、沧海横流才最终浮出水面而被确认。如果一个人不具备这些,那么世事加给他的所有遭遇,无论好坏,都只会让他变得更差。

这也是林振铎被重用的主要原因,一个偶然在森林里救了齐之山夫妇而被命运垂青的孤儿,具备很多彦锡没有的特质——一个山野中老辣猎人的特质,比如铁一般的意志、血一般的残忍、冰一般的忍耐、雪一般的平静。他能遇虎以勇,碰狼以狠,见狐以诈,猎鸟以谋。彦锡是白天的人,振铎是夜间的兽。父母希望他二人能协力,这样家业才更让人放心。世上所有的设计都是美好的——和现实大相径庭的美好。

小时候,一场针对齐家的爆炸案让少年彦强患上了奇怪的病症,他噩梦连连,甚至痉挛,严重时接近癫痫。这让他顺理成章也心甘情愿地放弃了任何接班的可能。在欧洲旅居后他才知道，这种病叫"应激反应综合征"，发病的人多是战争或者灾难的幸存者。可怕的病症如同梦魇，会缠绕一生——吗啡会在关键时刻救命。

世事从来出乎意料，形势可能突然进入紧急时刻或者说至暗时刻。几个月下来，彦强感觉自己变了，变成了另一个人。

那天，父亲攥着他的手，爱怜地说："你——也像我。"

三月份，松花江上随时会出现冰排景观。波涛汹涌、巨冰潜行，到处暗藏凶险，让人防不胜防。江上渔人稍有不慎，顷刻间就会殒命。

他，此刻坐在太阳岛别墅的客厅里。

他的脸很平静，因为过于苍白而显得有一些傲慢。他的眼睛并不明亮，因为独处，就更加暗淡下来。他从不想强打精神去表现出某种气场，他不想那么疲惫，可事实是，他确实很疲惫，并不是精神上的仓皇无措、殚精竭虑所导致的，而是身体，他的身体很容易疲惫。父亲以为，他近期的变化，是骨子里天生的东西慢慢释放出来了。

他觉得，人的身体无时无刻不在影响心灵，从而塑造灵魂成为命运所期望的样子。他跟外人说，身体正在变好，实际上，恰恰相反。他眼前时常出现重影，严重的时候他甚至会眩晕以致产生幻觉。他经常失眠，在房间里走来走去，直至变得郁闷、忧伤，甚至愤怒，而他的身体会在高压之下出现抽搐、痉挛的症状，甚至完全无法呼吸。要不是身边常年有人服侍，给他及时服下吗啡，他早死了好几次。

很多事情，人一生中都有定数，享受多了，就到头了。

韩玫不声不响地坐在他的身边，轻轻吻他的脸庞，又吻他的耳朵。他咽了一下唾液，扭头开始吻韩玫。

这女人拿出一个深色小药瓶，打开，扶起他的头，再慢慢喂到他嘴里。

韩玫穿着真丝睡衣,这时候她的美丽是一种性感之上的性感。任何事物在差一点点的时候都是最让人心动的,她穿着薄如蝉翼的裙子,让眼前人在某种若有若无的阻隔下尽情想象。

"亲爱的,"韩玫呻吟着说,"你可以吗?现在,不是——"

彦强的眼睛因为涣散迷离更显得惨淡无光,他不说话,只是贪婪地吻着,直到韩玫用力地抱紧自己,才慢慢抽开手,稍稍地稳定了一下已经开始燃烧的身体,留恋地说:"嗯——是,他要来。"彦强的眼睛开始聚焦,在雾蒙蒙中发出一丝摇曳光亮。

"该来的,总会来。"彦强坐起身,幽幽地看着韩玫,轻轻摸着这女人的脸,有些意味深长,还有些玩世不恭。

"高先生今晚和你聊得很开心。吃完饭,你们神神秘秘又说了半天!"

"他很细心——注意到了你的吊坠。"他看着韩玫脖上挂的一个朴素的圆形小吊坠,仔细看,有着岁月的痕迹,也能判断出是成色不佳的金饰品。这和韩玫的财富还有艳丽风格完全不相符。

"这个样式有点和现在的流行不搭。"

和轼珩见面时,他跟轼珩说,韩玫是为了纪念母亲才在每年生日这一天戴上这个吊坠。轼珩轻轻说了一句:"我们都一样,爱着妈妈。"这一句话,让两个人又亲近不少。

他又开始搂着韩玫,两个人轻轻晃着,像在荡秋千。她脸上泛起淡淡的红晕,这种羞涩如果巧妙且不露声色地出现在一个少妇脸上,是让人把持不住的。

"对了,今天早上,郑墨郑警官来了,送了好多东西。"

"哦。"彦强缓缓晃着头,端详着韩玫的脸。

"讨厌!讨厌死了!"韩玫的红晕更深了,说道,"他意思好像是说,你带着人抄了王巨鹿小舅子的家,还把那人腿打断了。你,你怎么这么狠啊!"韩玫用手指按了按彦强的鼻尖。

"王子犯法与庶民同罪,与庶民同罪啊——"彦强拖长声音说,有些幸灾乐祸。

"那可是哈尔滨的警察局局长啊,"韩玫声音里有些焦急,"这,这,他会不会报复你啊?"

"他是秋后的蚂蚱,蹦不了几天喽。张学良现在都是丧家之犬,他?!做官没有靠山,位子就是火炉,坐上面,那是生不如死。"

韩玫被逗笑了,看着他的手伸进了自己的上衣。

"他和蒋局长打得火热,这很好。你告诉他,不要总来,跟紧蒋就行了!以后,我会找他。"说罢,彦强拨弄着韩玫垂下的头发,诡异地咧开嘴笑了一下,然后又止住了。

轼珩临走时,说起他刚接手行动处的工作,得知有一批进口军火可能进入了哈尔滨,希望彦强能帮助留意相关信息。

夜已经很深了,太阳岛的别墅区在冬日的萧瑟中愈发显得静谧。

彦强和振铎坐在客厅里,屋里和屋外一样安静。相对而坐的两个人离得很近,又感觉距离很远,因为毫无温情的气氛。心如深渊的两个人让客厅显得冰凉彻骨,虽然壁炉里的火烧得正旺。

彦强瘦,给人的感觉是弱;振铎更瘦,但给人的感觉是强。他的身体似乎具备无穷的能量,就像峭壁的岩石一样,冰冷、锋利又坚硬。振铎脸部的线条如刀刻一样清晰,一双眸子在房间里散发着精光,让人不安,似乎在寻找,又似乎在挑衅。他的眼波流动不是舒缓的,而是迅疾的,似乎不需要过多的思索,瞬间就有判断。无疑,这样的人给人以很强的侵犯性,动与不动,都是逼人于无形。

世事总是五行相生相克,四海自成一体,人也一样。

彦强的"弱"似乎不输给振铎的"强",他舒服地坐在沙发上,一副慵懒的表情,似乎眼前这人在他面前只是摆设,是一把找错了锁的钥匙。

振铎说话有浓重的东北口音，这本是寻常的事，但是在这人身上却给他增添了一种特别的魅力："大夫说，父亲的身体不知怎么的，似乎出了些状况。他的头发一个多月前就快掉光了，精神也大不如前了。"

彦强的脸不由地抽搐了一下。

"你在火车上的事情，还在调查，父亲也很关心，但，你知道，咱们家这些年难免会有一些仇家，有时候，也难免。"振铎摆弄了一下身旁的拐杖。

"过去了，"彦强的脸上倒有了一丝笑容，他挥了下手说，"都过去了，算了——"说完，他想想又加上一句："你说呢？"

"父亲的意思是要追查到底，但是，那事情发生在国境外，俄国的地界，不是咱的地盘。我听说那人的凶器是斧子——这是栽赃！雕虫小技。我——在春节前半个月就去了山里，然后摔坏了腿，一直在哈尔滨养病，今天刚能走路，所以——之前也没来看你。"

"嗯，父亲说了，所有人都知道，你一直在休养，这个没假。你——去押运什么？"

"客户的事，我从来不问。"

彦强记起二十多年前，他跟自己玩，在山林中布套子捕鸟。自己从来都是空手而归，但他每次都是最少收获十几只。他解释说，因为鸟在天上或者树上，猎人很难不被发现，所以他会匍匐着一动不动，自己的眼睛绝不看那些鸟，而是看着别处。避开鸟的眼光，它们就会在迟疑很久后，放松警惕，被地上的诱饵引到套子里，而自己只要用耳朵和其他器官感知猎物的动作，就不会失手。诀窍和考验就是猎人绝对不能看鸟活动的方向，更不能和它们对视。听着容易，但彦强发现自己根本学不会。后来他觉得，在环境恶劣的野外，在处心积虑准备多时之后，最后时刻完全做到是非常难的，除非是老道的猎人。

振铎现在就不愿意和自己对视。

"嗯，就像你捕猎。"彦强似乎看穿了振铎的心思。

"什么？"

"捕猎啊，林子里，也是各有各的办法，要不活不了啊，是吧？"

振铎笑了笑。

彦强跟着也笑，屋内的空气这才流动起来。

"大哥啊，"振铎很少这样称呼彦强，从小时候就是这样，偶尔称呼一下，似乎也并不表达什么特别的感情，"咱们兄弟，总是要合作。我也是齐家人，我们和妈妈一起，追随着上帝！我有多爱彦锡的孩子，每个人都知道！"

彦强并不搭话，表情有些倨傲。这些年，在同自己身体的搏斗和对抗中，他早学会了怜悯自己，怜悯自己比寻常人多受了那么多苦，比寻常人多了那么多焦虑，他已经够可怜了，不会再接受失败，绝不接受。

振铎无奈地笑笑，笑容转瞬即逝，然后他微微低下头，又皱起眉从下而上地看彦强，这时候他露出的眼白多过黑色的眼仁，眼中就显得寒光四射。这是两个本不会在一起对话的人，连难以捉摸的命运都不会想让他们棋逢对手、针锋相对，否则怎么会让这样的两个人生长在截然不同的世界呢？总之，胜利者只有一个，最后剩下的才配称作胜利者——新的王者。

"父亲知道我们谈过了，就放心了。"彦强迎着振铎的眼神，无所谓地笑了笑，这是刻意的笑，而且是故意让振铎看出来。

"告辞了！"振铎挂着拐杖费力地起身，但还是带着一股神秘莫测的风，瘦弱的身体中似乎藏有万钧之力。他拿起放在身旁的圆形礼帽戴在头上，脸上现出一道深深的阴影。他穿的是中式青色长衫——并不是男人通常喜欢的藏青色。他已坐了一段时间,起身时长衫还不见褶皱,一是料子好,二是他仔细利索,也注意仪表。他起身离开,给坐着的彦强留下一个长长的、一瘸一拐的背影。彦强想,这人是有多耐寒啊,这么冷的天一身单衣,连夹袄都不穿,猎人——就是不一样。

彦强带人走进杜医生诊所的时候,他正在耐心地给一个患者问诊。彦强想起小时候,他对自己也是这样耐心,好几次陪着高烧的自己度过整个夜晚。他曾经怕杜医生,因为这个人出现时总是给自己打针吃药。而那次爆炸之后,又是这个人的精湛医术把自己从死神手中夺了回来。他在昏迷数天之后,睁开眼睛,看见的第一个人就是他。那天之后,他开始信任这位体贴细心的医生。杜医生好像从来不会着急,似乎已看淡生死。

他站着,想着往事,等着杜医生问诊结束,才冷冷地把一个来自日本医院的化验单放在了杜医生面前。

杜医生不发一言,这已说明了一切。

他盯着那份化验单,最终还是拿了起来,只是扫了一眼。

"你——杀了他!"彦强指着化验单,抖得厉害。

杜医生突然双手抱头,重重压在办公桌上,哭了起来。

"林振铎胁迫你!对吗?"彦强的眼睛好像在冒火。

杜医生痛苦地摇摇头,他并不直视彦强的眼睛:"少爷,大少爷——"语气相当悲切,好像有鞭子在抽打他的良心。

彦强长长吐了一口气,让自己平静下来。他从随从手里抢过一把枪,哆哆嗦嗦地用枪管敲打着桌面:"他胁迫你!胁迫你!是吗?说!"他终于控制不住情绪,歇斯底里地大喊。

杜医生哭着:"我对不起,对不起齐家,对不起二少爷!求求您!"他似乎真的在忏悔。

彦强对着一旁的药柜狠踢了一脚,柜子上的药品纷纷掉落在地上，一片狼藉。他在柜子里胡乱翻腾着，他拿起一个药瓶，里面是粉末状的东西，标签上写着"铊"。他看了一眼，一皱眉，扔在了一边。

他对着杜医生大步走过去："我父亲，是不是——？"

杜医生的脸色又变了，从刚才的恐惧、惭愧变成了震惊，旋即又变得麻木，还有一点破釜沉舟的凶狠。他盯着桌子上自己家人的照片，然后扭头死死注视着彦强。

"是吗？"彦强的声调扬了起来，"是不是！"声调变得迫切，"他能杀你，我——也能！"他的声音又变得悠长了起来。

杜医生突然跳起身来，一把抢过彦强手上的枪，双手握住枪颤抖地对着彦强说："来不及了！大少爷，你不该离开家！"

彦强根本没什么力气，本来拿着枪也是虚张声势，此刻他感觉自己的血都凝住了，这是他第一次面对黑洞洞的枪口。

他轻轻后退，周围的随从也盯着杜医生的枪，悄悄向彦强移动。

有人喊："你别激动！都可以商量！把枪放下！"

杜医生痛苦地呜咽着，又看了一眼家人的照片，使劲眯缝着眼睛，咬紧牙关，双手把枪口死死顶住下巴，在众人的惊呼中，"砰"的一声。

第三十三章　音乐会之战

这是备受全城关注的一天，音乐家小凯斯普的钢琴独奏会。

莅临哈尔滨演出的知名音乐家不少，但是小凯斯普——在哈尔滨出生、长大的音乐家，马迭尔宾馆的继承人，一位韵事不断的风流公子办独奏会，就不同寻常了。

今天，是凯斯普先生如愿以偿的一天。花了二十多年的时间，他终于让儿子成了一名音乐家，而建造闻名遐迩的马迭尔，他只用了三年的时间。对于父母来说，没有什么比这更重要了——因为物质和环境而丧失的梦想，在后代身上成真。为了传承的成功，人们付出数不尽的努力和心血，寻求珍贵的机缘，比起当初自己追求梦想实现的过程，更多了无数的艰辛和侥幸。生活最怕绝望，慈悲的上帝以此将永失青春的人们带出绝境，给予安慰，让他们还能在苦难面前消耗掉剩下的时光。

音乐会在托塞里的《小夜曲》中拉开帷幕，这并不是一首著名的曲子，但是演奏难度不小，似乎更符合年轻钢琴家的自信，也呼应着求之不得、难度极大的爱情。

全场只有一束圣洁的光芒，辉映在钢琴家身上。

对于艺术，天赋是第一重要的事情，紧随其后的是成长环境。有天赋的演奏者是上天成全的，类似于天生丽质、温柔贤淑的姑娘，生活的苦难和家境的窘迫是不合时宜的，甚至会毁了她与生俱来的禀赋。只有这两点得到保证，那么这个人才配得上最优秀的音乐。就好像一个美好的女子，一旦被生活玷污和折磨，那么她的某些特质就残酷地打了折扣。

世上没有什么艺术，只有艺术家而已。

音乐之城最挑剔的听众们，此刻也如痴如醉。他的才华在乐曲中张扬，灵感在音符中闪耀。不由得让人感叹，有人天生为艺术而生，并非凡尘俗物。

中场休息的时候，人们利用十分钟的时间在走廊的雅座坐一会儿，点上一杯红酒或者咖啡，相熟的就聊几句，或是有关音乐，或是寒暄，总之在音乐的氛围中，大家情绪都很好。

"刚才您座位上有一个信封——又是一封情书？"慕维端着红酒，兴致盎然。

"如您所说。"娜莎笑着说，"他说那首开场的托塞里是送给我的。"

"那位瘦瘦的先生看着像犹太人，也是你们俄国人吧？"慕维扫视着全场，虽然大多不认识，但也能判断出今晚的嘉宾非富即贵。

"哦，刚才《满洲评论》的唐先生给我介绍了一下，他来自立陶宛。"

"他叫卡莱斯，"慕维清清嗓子，"是哈尔滨老巴度烟草公司的老板。"

"哇，"娜莎眼睛一亮，"你认识他吧？"

"哈尔滨有一千多个立陶宛人。"慕维说，"立陶宛，首都叫维尔纳——犹太人这么称呼这座城市，这里有许多犹太人，其中有一个很富裕的家族，做很多生意，在立陶宛很有名气。一战后，他们对维尔纳的重建也出了不少力。这个家族恰巧在英国有很多投资，而这个家族的主人在一战后迁移到哈尔滨来了，兴建了哈尔滨，不，应该是亚洲最大的卷烟厂。"

"他们为什么不去英国呢？距离很近啊。"娜莎很喜欢慕维扬扬自得、侃侃而谈的样子。

"因为一战后，英国的经济很差，而且卷烟市场竞争很激烈，所以他们来到了哈尔滨。很多英国人对远东感兴趣！"慕维对娜莎眨了一下眼睛，又说，"至于为什么我知道他就是卡莱斯——这个烟厂的老板，其实很简单，因为他看着五十多岁，和资料上的年纪相仿。而且刚才我偶然听到他说他不喜欢被称作俄国人，显然他是个民族主义者，而卡莱斯家族在这方面是出了名的啊。在哈尔滨的立陶宛人都不是很富裕，他们也过惯了卑微的生活。而卡莱斯自然是个例外，他很富有，他的香烟在远东很畅销。这样一个人——被凯斯普先生请来，又能与哈尔滨大名鼎鼎的作家和记者相谈甚欢，我想应该就是卡莱斯先生。"

娜莎点点头，扫视了一圈人群。

"不过这还不是最重要的。他很瘦，眼神充满警惕，显然是一个经历过苦难，而且手段极其果决的人，这点我说不出来，但能感觉出来，苦难给人的印记远比富贵要深刻。这和我听说的有关这位先生的传言相印证。"他喝了口红酒。

娜莎自然扭头看了一下卡莱斯先生，发现一个像艺术家的帅气男士也走了过去，他一手端着烟斗，另一只手和先诺亲密地握手。

"那位男士——"慕维也注意到这个气质不凡的男人，"很英俊，很有魅力。他手里的烟斗是不多见的好东西。你知道——有些东西只是昂贵，只有很少的物件，能看出主人真正的品味。虽然没有闻到他烟草的味道，但——他一定是个爱生活的人。"

"您似乎总是比我知道得多一些，还有什么——？"娜莎做出一种好奇的表情。

"嗯——"慕维收回自己的眼光，他看着娜莎，思考着什么，又用试探的语气说，"也许，他刚才是坐人力车来的。"

"这又何以见得？看来，你比我知道的不只是多一些。我知道你来自福尔摩斯的家乡，白先生。"

"我很荣幸。那个福尔摩斯先生的故事大大增强了侦探这个职业的魅力,这很不错,只是——让人觉得侦探无所不能,这又是不好的一面。其实,我们很辛苦,要付出艰苦卓绝的努力,而不像福尔摩斯先生——他的一切似乎太容易了。做这一行,只有观察力是不够的,还要有运气和很多因素。"

娜莎今晚的兴致很不错——美丽的女人在光鲜奢华的场合应该有的兴致:"不过,您的观察力——"

"娜莎小姐,请您不要回头看他,"慕维说,"这很不礼貌。但是,晚点您可以注意一下,对于这个很注重生活品质的人来说,熨烫平整的大衣是很正常的。不过,他的大衣后身有一点褶皱,新压出来的褶皱,这不符合他的身份和气质。为什么会这样呢?我判断,他坐在了一个他不熟悉的狭窄的地方,这让衣服产生褶皱,而他并不知道。剧院的座位?肯定不是,因为在里面有些热,大家都会把大衣脱下来,或者寄存,或者挽在手臂上。而出租马车或者轿车,里面空间很大,像他这样看着严谨的先生不会让自己的衣服被坐出褶皱来。只有一种交通工具能造成这种情况,就是人力车。这种东西的乘坐空间很小,而且并不符合这位先生的身份,他不常坐的,所以没有注意到自己的衣服被压出了褶皱。"

"也许您是对的,但我觉得,这实际上就是一种观察力,重要性超过推断力。"

"没有观察的推断是无源之水,只有很好的观察力,才能让推断变得有意思,也有意义。"

"比如呢?"

"比如这位先生刚才去了站前广场,如果他是个拥有自己车子的人,那显然他不是去接人,而是为了某种私人的、不想张扬的目的,才没有开车去。"

"这个是推断,有点意思。"娜莎饶有趣味地说。

"在哈尔滨的冬天,很少有人用人力车。"慕维说,"很简单,因为天气太冷了，坐在人力车上面的人会感觉像飞行在寒冷的风中。所以，冬天的时候，找不到其他谋生渠道的人力车车夫会聚集在哈尔滨火车站的站前广场，那里客人多，有时一时找不到出租车，会不得已使用他们的服务。还有一点，火车站里没有积雪，因为走的人多，清理得又及时，所以走过那里的人鞋子上会有一点泥土。我之前曾经在那里走过，我的鞋子上沾了一些黄色的泥，不好清理。哈尔滨其他地方，地上都是黑色的泥，而站前广场曾经用黄土铺盖过。现在，他也一样。"

"您是在炫耀自己的观察力吗？不知道你们两个谁更聪明？"

"我是侦探。"慕维小声说，"没办法，男人不像女人，有的炫耀是藏都藏不住的，比如今晚的您很漂亮，还有——"慕维看着娜莎的红色礼服，她脖颈处的蓝宝石项链璀璨夺目。

"这是哈里先生送给我的那件，已经告诉过您了，白先生。当然，虽然我很喜欢，不过如果——"娜莎轻轻摸了一下自己的项链。

"哦，不，不，这是礼物，是那位先生的心意。"慕维忙说，"无论多么贪婪的人，都不该对一件礼物有觊觎之心。"慕维端着酒杯往演奏厅的方向举了一下，语调轻松地说："我想，您今晚的盛装，可能有某种特殊的意义。"

娜莎露出一丝让人捉摸不透的笑意："要小心。"

"你指桃花巷？嗯——对了！我对门的房间住着一个客人，他，他好像是个公子哥，但是生活很有规律，而且他看上去品性不赖，长得很——怎么说，看着很有正义感。"慕维觉得红酒味道不错，把杯子举在亮光下，仔细打量着醇厚的红色，似乎想辨认它的产地，"他每晚都在十二点左右回到房间，当然，身边少不了不同的女伴，否则我也不能说人家是个公子哥，对吧？"

"是的，侦探先生，你总有道理，这就是侦探。"

"嘿，这个定义很不错，总有道理就是侦探，侦探就是总有道理。"慕维说，"所以我在十一点下楼等凯斯普先生，当然，我不知道一起来的还有他的音乐家儿子。我呢，用了差不多一分钟，把房间弄成一片狼藉，就像被小偷光顾了一样，然后打开房门。你知道，十一点了，很少有人经过走廊最里面的房间，没有人会注意到的，除非到了十二点，那位先生和他的猎物回来。是的，他很有正义感，他一定会通知一楼保安的，一定会，娜莎小姐。"

"哦——原来如此。"娜莎做出恍然大悟的表情，"你在一楼等他们，一楼保安会知道这个房间的客人和凯斯普先生去了办公室，到时自然会去办公室找你们，而这就大大保证了你的安全，如果有什么情况，你可以就此脱身，是吗？"

"娜莎小姐，你这么聪明，这么美丽，我想，这是你身上两个永恒的问题。"慕维看着娜莎漂亮的眼睛还有睫毛，"已经有人在这几天翻腾了我的房间，对自己的客人做这种事，有违商业道德。当然，他们一无所获，因为我早有预料，所以，将计就计喽！他们要是知道还有人盯着我的话，会投鼠忌器。他们——这叫做贼心虚。如果他们觉得我是故意的，那也算——敲山震虎。"

开场的铃声打响了，人们陆续结束社交，回到自己的座位上。

慕维没有回到演奏厅，他放下酒杯，去了卫生间。他听到了贝多芬的《命运交响曲》，强烈的节奏仿若雷霆万钧、山河之怒，让人血脉偾张。他决定去完卫生间再喝一杯，还有时间，况且只能等一曲终了才能再进去了。

慕维走进一处甬道，推开卫生间的门，同时掏出了腰间的枪。他感觉到了后面不远处和自己保持同样节奏的脚步声，尽管那声音很轻。慕维沉着地打开手枪保险，悄悄站在门后。卫生间里空无一人，他能听到小凯斯普的演奏声——命运的咆哮，琴键被修长的手指如急雨般敲击，或长或短，或重或轻，它们要表现疾风骤雨般的人生起伏,命运蹂躏下的钢铁意志。贝多芬赋予高雅的钢琴高傲的气质,犹如苍茫暮色下飓风呼啸中的劲草,彰显着绵亘万年的顽强生命力,凄美而坚强;它因凄美而悲壮,因坚强而永恒。

门外的人也小心,他似乎在听着什么,揣摩着什么,他也注意到了自己已被察觉。他停住了脚步,并没有推开门,但也没发出动静。慕维双手握枪,看着卫生间里面的环境——洗手台,还有几个封闭式的空间,很干净。他考虑是不是要推开一个小门躲进去,但是这样他就要移动,从门口过去有几步距离,而且这种躲藏似乎毫无意义,反而让那人有机会进来,而自己就陷入了一个狭小的空间,不好施展。所以,最好还是在这里,看他下一步的动作。他的直觉很准确——这人是敌人。

慕维努力摆脱着耳边的《命运交响曲》,他需要全力以赴对付门外的人,他甚至觉得应该向门外射击,但是现在还无法判断他的方位,命中的可能性非常小,而且这人身份不明,自己的枪声会打断音乐会——枪并没有安装消音器,之后可能给自己引来无尽的麻烦。他还在想着,消音手枪尖锐但不高亢的别扭声音穿透门板而来,慕维的手臂一阵剧痛,手枪落在地上,接着他因为疼痛叫了一声,还徒劳地想弯腰捡起手枪,自己却顺势倒在了地上。

卫生间的木门被一脚踢开,速度之快让人咋舌。慕维瞬间怀疑,就算自己拿着枪也没有能力对这么大力度的破门而入做出及时的反应。接着一个身影出现了,他没有多看倒在地上失去抵抗的慕维——这一点他似乎早有预料。他先在卫生间扫视了一圈,然后站在慕维的脸旁,准确地说,他的鞋尖顶到了慕维的鼻子,他把枪垂下,黑洞洞的枪口稳稳地对准慕维的头部。

转瞬的工夫,慕维感觉过了很久很久,天旋地转,眼前的光变成了年轮一样密集的线,各种颜色的线环绕着自己。他想抬头,但是只能看见眼前的枪口,逆光看去,更是黑黢黢的,令人害怕。他知道有一双眼睛在盯着自己,但是藏在枪口后面,他看不到,也不想看到。

耳边的《命运交响曲》彻底消失了,变成一阵阵耳鸣。手臂的痛感逐渐模糊,只有额头流着汗珠。他已丧失抵抗能力,心理状态接近濒死之人。

就在慕维准备直面那地狱之门般黑黢黢的洞口闪出一团火光,带自己进入另一个世界的时候,他听到一声响动,"嘎吱"一声,看来是那几个小门中的一扇打开了。自己之前误判了,这里面有人。这声音非常小,那人开门一定用了最小的力气,打开尽可能小的、只够一人挤出的缝隙,显然那人也意识到这个敌人非同小可,行动加倍小心。慕维感叹,濒死之人的视觉、听觉等感觉其实是非常敏锐的。

接着,那枪口突然离开慕维抬了起来,剩下慕维放大的瞳孔对着天花板上直射下来、明晃晃的照明灯。枪声又响了两下,似乎没有击中目标,因为都是打在木门上的声音,接着就是一阵快速而杂乱的脚步声。

慕维看到两个人扭打起来,他这才看清那个身着长衫的人极其瘦削,戴一顶圆形礼帽遮住了脸,但是没有遮挡住他阴鸷的目光。

距离很近,长衫人没有射击的空间,他极快地使出让人眼花缭乱的功夫,拳脚如雨打芭蕉般招呼在后来人身上,尤其是左手,灵活非常。后来人也不示弱,他同样敏捷地躲过长衫人来势汹汹的进攻,试图在找机会卸力反击。后来人站位非常精准,注意力完全在长衫人左侧,反攻则打向右路,他应该也迅速地判断出了这是个善使左手的人。他的拳脚是西方格斗术,慕维对此是熟悉的,但长衫人的中国功夫却让慕维眼花缭乱,看不明白。

长衫人连续躲过反击,两腿之敏捷让人匪夷所思,动作有如中国侠义小说里写的"风过山林,鸟掠险峰",沉着而轻盈。长衫人飞起一脚，干脆跃起丈余踩到洗漱台上，又翻身，腾空，再落地，绕到后来人身后，还未等他转身，狠狠踢出一脚。这一脚踢中，那人必重重撞击在大理石洗漱台上，再难起身。没想到，那人虽有些气喘吁吁，但反应也快，似乎识破长衫人的伎俩，及时收力，向旁边一跃，愣是躲了过去。而这一脚用力过猛，长衫人的重心不稳，倒向前踉跄了几步。那个后来人反应更快，霜落荷叶般连续几拳直接打在长衫人头上，那长衫人自然眩晕，身体一颤，招架不住摔了出去。不料他身体刚一着地，竟又凭借落点腾跃而起，甚至还顾及捡起摔落一旁的礼帽扣在头上，这等动作非有极端充沛的体力和经年苦训是绝不可能做到的。

慕维一瞬间觉得，死在这人手里不丢人。

正当两人定住心神，再想趋前相斗的时候，门外传来一阵凌乱的脚步声，听起来人数众多，看来这场搏斗还是惊动了执勤的警察。长衫人略微思索一下，看了一眼身旁的窗户，一个翻身撞开玻璃窗，飞身而去。利落果决，实在绝妙。

危机解除，警察们蜂拥而入，慕维也在旁人的搀扶下站起身。他感激地看着这位适才被自己评头论足的英俊男子，想说些感谢之类的话，却觉得这些话太草率了，这是救命之恩。

他看着那男子屈身掸掸身上的灰尘，风度翩翩地拿出烟斗点燃，抽了一口，浅浅地对自己笑着，好像刚才惊心动魄的场面不是危险的较量而是一次愉快的对话。

他过来拍拍慕维的肩膀，不动声色地说："音乐这东西，从来不分是敌人，还是朋友。"

第三十四章　黄雀

这是一个令人沮丧的清晨，风疾雪骤，阴沉的天空好像穷人般愁苦。天际隐隐露出一丝微明，反而加重了阴沉的氛围。微弱的曙色使得中央大街上的灯光显得苍白耀眼，无数积雪覆盖的屋顶和白茫茫的街道镀上一层欲说还休的悲伤颜色。街道上行人寥寥，路边商铺门窗关得严严实实，铺天盖地的雪把风韵无边的中央大街也裹挟到一片苍茫惨淡的世界中。

教堂的钟声幽幽响起时，城市才逐渐醒来。

马迭尔酒店的一个房间里，慕维躺在床上，意识在逐渐复苏，就像外面晦暗的天色，一点点的光亮就代表白日的来临。他处在梦境和现实交错的地带，梦里的事物清晰、温暖，很多以为错过的人和事在这时候告诉自己其实没有错过，无论泪流满面还是温馨甜蜜，都是让人唏嘘的。意识里的迷幻和明亮突然暗淡下来，逐渐变成一条线在远处逐渐消失，他猛地跑过去，但是什么也抓不到，只是手里不知什么时候拿着一本祈祷书——小时候在教堂看过。他借着朦胧的光线翻开，竟然是《约伯记》的一章，他盯着看起来："我看见一个鬼魂在我面前走过，我听见一声轻微的呼吸，我的头发直竖起来……"慕维对梦境的留恋一扫而空，被惊悚感推回现实里，他的眼前清晰起来。

慕维听到一声门铃，起身问了一句，知道是娜莎，他挪步小心地开了门。

"应该没有大问题吧？"两个人坐在客厅的沙发上，娜莎关切地问。

慕维喝了一口水，低头看着左胳膊缠绕着的厚厚绷带，脸上带着一丝戏谑说:"谢谢您的关心,只是皮肉伤。尤其是这两天,在您的关怀下,应该没问题了。"

"我想您是不是需要休息一段时间?"

"当然不用,侦探要的只是法律框架下的真相,而特工要的是政治意义上的胜利,甚至是消灭敌人,这不一样!"慕维看娜莎并没有说话,继续说,"我们正在逼近真相。他们急了。"慕维和很多男人一样,都是自尊心的奴隶,他甚至更为敏感。哈尔滨音乐厅的那颗子弹瞬间让慕维受到了莫大的凌辱,并因为生平第一次中弹而恐惧。他觉得,这几天的卧床与其说是因为枪伤,不如说是因为受到伤害的自尊心像一条黑色毒蛇,不断地在啃噬他的骄傲和自信。

"我觉得——"娜莎关切地说。

"哦,对不起。"慕维注意到洗手间的门半开着,就想起身去关上,对于他这样的绅士来说,这种疏忽非常不礼貌。

娜莎离得近一些,就轻轻按住慕维,过去把洗手间门关上。他病房的洗手间窗户开在东侧,她特意往外看了一眼,外面没有遮挡,这里应该没什么安全隐患。

"我觉得——"娜莎继续刚才的话,"其实,哈尔滨的局势很复杂,您可以考虑休息一段时间。不过,您别误会,我其实很需要您的帮助。"

"不,不,不,"慕维本有些犹豫的心反而因为娜莎善意的提醒变得坚定,他抬起右手果断地摆摆,"不能半途而废,我——为此付出了很大的努力。"从他的神态中,可以看到铤而走险和孤注一掷。

"您很敬业,可是——"娜莎看着慕维胳膊上的绷带。

慕维坦诚磊落、富有感情地说:"我想我没必要跟您隐瞒什么。我需要对工作负责,这是一个至高的原则,但正因为对于工作的尊重,这个至高的原则还有一个根本的前提——我的安全。显然,要不是那位朋友出手相救,我会失去所有。所以,我现在的处境就和寻常的工作有了一点区别。"

"我本以为，"慕维说，"拿到了有关凯斯普父子的一些证据，他们就会就范，就会交还哈里先生的财产，起码会和我谈些什么。他们没有，这是一种利欲熏心——也许我们不能在巨大的财富面前要求别人什么，就像不能要求自己什么。"

娜莎看着慕维，不自觉凑前了一点，轻轻地吻了慕维。他感觉自己的脸红了。娜莎又吻着，嘴唇在慕维一侧脸上轻轻滑动，起伏着。

慕维犹豫着，最终闪开一点。他有些不安，还有些不知所措，扭头看着娜莎疑惑又委屈的眼神，说不出话来。

娜莎的神态中无疑有尴尬，甚至还有一丝羞辱，他判断，这样过不了一会儿，就会有愤恨的情绪产生。慕维迟疑一下，拿起茶几一角的钱夹，小心而犹疑地打开，看着钱夹里的一张照片，似乎在想着什么。慕维迟疑了一会儿，然后把照片展示给娜莎说："我有爱人，这是事实。没有人能抵抗您的诱惑，这也是事实。可，可每个人都有自己的——我不能背叛我的信仰。"

娜莎接过钱夹，看了看，然后淡淡地笑了笑。

慕维耸耸肩也笑了，露出了坚毅的神情，右胳膊抵在腿上，用拳头支撑着下巴，思索了好一会儿，说："钱是万能的！今天晚上，我们需要去一次桃花巷，去会一会——林振铎！"

桃花巷有一栋平平无奇的两层建筑，是和街上其他建筑连在一起的，挨着它的两侧都是些饭馆、戏院和浴池，但这栋建筑外面装饰素净且没有招牌，少有人出入。

在离这栋建筑不远处一个临街的房间里，慕维和娜莎通过望远镜观察着。

望远镜里是一个不大的房间，靠天花板上一个灯泡照明。这里简单到了极致，一张床、一个桌子、两把椅子，此外别无一物，空荡荡的，没有烟火气，甚至可以说没有人味。慕维觉得，人生活的地方总是有些和基本生存无关的、多余的东西，何况一个家底殷实的人。可这里，就是没有。

一个人坐在桌边，鹰钩鼻子占尽了脸上的气势，两只眼睛冷飕飕的、透着寒气，一双剑眉向着鹰钩鼻斜着，带着一种肃杀之气。他是长脸，因为冷峻的神色，就显得更长了。振铎看着刚端上来的一盆肉，热气腾腾。他抬起右手，拿起筷子夹起一大块嚼了起来，他的咀嚼迅速而粗鲁。慕维听到他嘴里发出和身上的名贵长衫不太相称的、没有教养的声音。他嘴中嚼着肉，眼睛还死盯着盆里的肉，似乎有什么仇恨。

他的晚餐也和这屋子里的陈设一样简洁，饭桌上只有一盆肉和一双碗筷，亦无他物。

慕维皱着眉，挠挠耳朵，有点想作呕。

"我从英国专门带过来的设备，好是好，可这声音——"

娜莎笑笑，赞许地看了一眼桌子上摆着的做工精良的监听设备，然后又端起了望远镜。

"这东西的收音设备非常小，可安装在他陈设简单的房间里还是费了不少工夫。线人可是跟我要了不少钱！"

"你还真是可以，能用钱买通哈尔滨地面上所有的情报贩子。"

"就是——就是那东西运转起来，有点微弱的电流声，不过，人耳是听不到的！"

"你确认他听不到？"

"他功夫厉害，不见得耳目也厉害。再怎么样，还能有我的望远镜和监听机厉害？那是我的千里眼，顺风耳。"慕维想起之前差点死于此人之手，还是有点胆寒，这话似乎是给自己壮胆。他觉得姓林的有一些不对劲，但想不明白，说不上来。

过了一会儿，振铎边嚼着肉边嘟囔了一句："进来。"说着，嘴里自顾自享受地发出很大的声音。他吃得很香，很投入，表情虽是寡淡的，但是嘴的动作说明了一切。

话音落地，进来一个人："林少爷，杜医生死了！"

振铎停顿了一下，脖子伸长了一点，然后咂咂嘴，发出更让人厌恶的声响，不时还往地上"呸、呸"地吐着什么。他夹起一块大肉，看准了，猛一低头咬下去，就像野兽在进食，根本不抬头看眼前人一眼。"什么也没说？"说罢他又往地上"呸"了一下。

"自杀死的，所以，应该不敢说什么，毕竟要顾及家人。"

振铎似乎吃到一块肉筋，牙齿暗暗用力，用筷子帮忙撕咬了几下，之后就吞了下去，然后才缓缓说："那个——没发现吧？"

慕维在望远镜里看着他锋利的牙纠缠在肉中，还是没想出自己感觉到的不对劲来自什么细节。

"没有，因为我们查看了现场，他药柜里的那个药，并没有被搜走。要是发现了，肯定是要带走的！"那人说话战战兢兢，看起来十分畏惧。

"今天几号？"慕维看振铎对话中一直没有抬头，却似乎知道杜医生临死前的表情。

"三月十日，少，少爷。"

"嗯，还有几天？按之前预计的。"

"大概半个月，最后的剂量。"

"差不多到'复活节'了。"振铎看看墙上，又低头在盆子里挑拣着肉，阴森森地说。

慕维觉得自己判断有误，这人也算千里眼，因为慕维注意到墙上的年历表字体很小，离林振铎起码有三米远。

振铎在吃肉的间歇喘了一口气，像是叹息，但又不太像。他的神情没有任何变化，但是他的耳朵突然动了一下，是一种无意识的动。之后，他的耳朵又动了两下。他盯着面前盛肉的盆子呆坐了半响，然后面无表情地端起盆子，一仰脖把剩下的肉汤全都喝了下去。

"需要提前准备人手吗？"那人走近了一些，说话声音也更轻了。

振铎放下肉盆，整个人怔了一会儿，轻轻抬起手，在半空停了一会儿，眼睛盯着前方，嘴里一字一顿地说："你走吧，还有人。"慕维的手一哆嗦，差点把望远镜掉在地上。林振铎的手臂慢慢放下，向门口方向挥了一下。

这时一个厨师打扮的人进来，悄无声息撤下肉盆，又端上来一条清蒸的大鳇鱼，肥厚壮硕。

振铎盯着鳇鱼，轻轻打了个嗝，脸上显现出意犹未尽的神色。

"来，来了个外国人，叫凯——凯——"

慕维和娜莎同时放下望远镜，兴奋又惊讶地对视了一眼。

振铎吃起了鱼，他熟练地拨开鱼身上的佐料，一筷子下去，就是一块肥厚的白肉。他吃东西虽然声音粗俗不堪，动作却利落，嘴边也保持得干净。

"三少爷，现在的货不愁卖啊！您能不能跟他们说说——"凯斯普春风满面地进来，开门见山地盯着振铎说。

振铎一边听着，一边低头吃鱼，似乎对凯斯普递来的善意没有特别的兴趣，看起来甚至有点漫不经心。

凯斯普的眼睛滴溜转了几下，有些讪讪地说："要不——"

"嗯。"振铎迅速咽下嘴里的鱼肉，用手摸了摸鼻子，才应了一声。

"三少爷，我做生意一贯讲诚信，这在哈尔滨也是公认的。"凯斯普拍着胸脯说，"就说这么多年，我亏待过谁？又有什么秘密到我这里后来传了出去？三少爷，您说，是不是！"

"后天凌晨一点。"振铎似乎打定了主意，他绕过鱼骨，精准地用筷子撕下一块鱼肉送到嘴里。

"好，我等着，我那天亲自在马迭尔接货。"凯斯普的语气里有一丝激动，"这是近期最大的一笔货，我搞完这笔，也可以考虑退路了，三少爷。"

"不要出错。"振铎不在意地说。

"我，我给您准备全部现金，后天，我一定准备齐。三少爷，您放心！"凯斯普眼中满是被金钱引燃的贪婪而盲目的火焰。

"交货地点，不要在马迭尔，现在人多眼杂，找个清净的地方更安全。"振铎为鳇鱼的味道陶醉，神情自得。

"要不——"凯斯普加倍小心地说，"大直街上的耶稣圣心教堂怎么样？"

"不要出错就好。"振铎很爽快。

"我以我的性命担保！"

振铎把鱼翻了个面，用筷子打量一下鱼身，认真琢磨了一会儿，瞅准部位，箭似的落了筷子。

"那我——"

"以你儿子的命担保！"

慕维看到，凯斯普的脸僵住了。这时，林振铎罕有地抬头，注视着对面的人，从下往上盯着。

"好！以我儿子的命发誓，不会出错！"

林振铎低下头，抬起筷子果断又不耐烦地向门外掀了两下。

凯斯普告辞之后，林振铎继续低头享受着自己的美味，好像什么也没有发生过。

慕维和娜莎对望一眼，都露出了一丝久旱逢甘霖般释怀又期待的笑容，然后紧紧拥抱了一下。这时，他们又同时扭头盯着监听机，里面传来林振铎的自言自语，像不知名的鸟叫："人有时候该死不死，也是好事。"

也许是因为那次枪击，慕维今天接连犯错，无论观察还是分析。

第三十五章　未来的阴影

未来将来，阴影先至。

天空飘起轻雪，无风也无晴。

轼珩爱雪，这天气去街上走走，心里就清爽许多。他这样爱干净的人此时也并不打伞，雪落在身上，反而觉得更干净了。

他到单位的时候还早，办公楼静悄悄的，他看见两个陌生人拎着些东西下楼。

"你们是哪里的？"轼珩站住问。

"我们——"其中一个人看见轼珩义正词严，有点畏缩。

"上级派来的，"另一个人中国话说得生硬，语调却不客气，"公干！"

轼珩趁着说话的工夫，仔细看了一下他们拎着的东西，袋子里露出了扳手和钳子的手柄，还有一些不同颜色的导线。

中午吃饭看见厉行，轼珩无意间问："咱们单位有没有懂爆破的？"

"没有啊，哪有？前段时间咱们让人一通炸，这不，还是关东军派爆破专家来了之后才出的调查报告。咱们中国人搞这个不行，还是日本方面专家多！"

"哦——"轼珩点点头，接着吃东西。

"对了，你最近有麻烦！"

"哦，是，现在管的事情太多，总是有点手忙脚乱。"轼珩烦心地晃晃头。

"也不知道昨天晚上，贻直办公室都丢了什么？你说说，咱们办公室都不挂名牌,用数字代替,并没有规律。要不是内鬼,怎么知道他办公室在哪里,而且知道他人不在了,还没来得及委任新处长,房间里肯定没人。"

"嗯,等着挨训吧。"轼珩无奈地说,"咱们办公室的锁从外面看也是一样的,无论级别高低,一撬就开,也是该换换了。"

轼珩吃完午饭,到附近的生活书店逛了一会儿。他一到这种地方就有困意,心里自嘲和哥哥完全不同,哥哥热爱阅读——科学、历史、政治……涉猎很广。哥哥从小就手不释卷,只要是一本书,不管多么艰涩,都能读上好久。哥哥的很多书都是妈妈带着他们兄弟二人逛这家书店时买的。

他知道,这家书店卖的文具也是最齐全的。

年轻人的江湖,丈量岁月的刻度短些。十四年,对于轼珩可算漫长,从一个翩翩少年成为一个成熟男士。往昔岁月早已随风而逝,沧海桑田,故人不在。

"高先生,这是不是上次您问的那种纸?"书店老板是位女士,她已不认得轼珩了,"您上次走后,我回头找了找,好像就是这种日本纸,叫竹尾纸,就剩这几张了。这种纸只要放上樟脑丸,无论多少年都洁白得像新的一样。"

"这种纸在哈尔滨很少有吧?"生活书店和哈尔滨很多地方一样,都让轼珩有一种物是人非的苦涩感,而面对曾经和母亲客套寒暄的旧人,这种苦涩就显得尴尬。这位女士忘记了自己,轼珩有一点侥幸,但也有一种莫名其妙的悲伤,甚至产生了某种脆弱感和对自己的怜悯。

"哈尔滨啊,好像就我们有。前几年偶然从日本一家商社进过一些,卖了很久,这种纸没什么人认识。后来,来了个人,跟你似的,一看就是大画家,一次全买走了。"老板思维很快,立刻答复道。

轼珩找这种纸的借口就是画画用。他摸了摸，捏了捏，又仔细端详了一会儿。他确认是这种纸，一样的。

　　轼珩一回头，竟看到紫茵在对着自己笑，她两手垂在身前，并拢拎着女士包，头上还是那顶紫色的蝴蝶结圆帽。

　　轼珩出了书店，两人并排走着。

　　"我在逛街，隔着大橱窗，看到你在里面。本来在外面等，太冷了，才进去的。你买那种特别的纸干吗，画画？"

　　"随便问问，帮朋友问问。"轼珩神态自若。

　　"你看着那种纸的眼神，很专注啊，感觉在看无价之宝。"紫茵扶扶帽檐说，"你要再不看我，我就走了，飞——走——了！"说罢她像个孩子似的向前轻跃了一下。

　　"好啊，"轼珩说，"人要是像鸟一样，能飞就好了。"

　　"是啊，可惜不能。"紫茵说，"对了，你——买的什么书，音乐方面的书吗？那天音乐会，我听丁局长说，你是个小提琴家，从德国回来的，舒曼的故乡啊，真了不起！你看，我当初没猜错吧。"紫茵说着就发出银铃般的笑声，在寒冷的空气里格外悦耳。

　　轼珩笑笑，想起那晚上小凯斯普的独奏会，他入场时撞到了相当亲密的他们，丁向给她引荐了自己，两人还装模作样寒暄了几句。紫茵不会说的，也许丁向还不知道他们认识。

　　"那是什么书？你之前在那里看得很入迷啊。"紫茵好奇地说。

　　轼珩从口袋里掏出来递给紫茵，紫茵接过看看——《爱伦·坡探案小说集》。"你们这行当的，是不是都喜欢看这种小说，很吓人的啊，我是不敢看。"

　　"女孩子一般不喜欢的。"轼珩若有所思，想着什么。

　　紫茵似乎看出轼珩的心思，嘴唇抿了一下，索性说："我去丁先生家里玩的时候，看到过这本书，一样的，也是这人写的。"

　　轼珩似问似答地说："丁局长也喜欢看。"

"嗯，好像这里面有个故事叫《金龟子》，我看他的书签放在那一页，估计他很喜欢吧。"

"可能是刚好看到那里，"轼珩轻轻笑了一下，"也不见得是特别喜欢，对吧？"

"我看那几页都翻皱了，书的其他页都很新的，所以估计他很喜欢吧。"她琢磨了一下说，"我记得一个心理学家说，很多男人年纪稍微大些就会得一种睾丸素自闭症，这其实是一种自我思想塑造的障碍，他们会变得沉默寡言，在沉思中迷失自我，好像还会对机械、工具什么的变得更有兴趣。他们会逐渐失去读小说的能力，更吸引他们的都是些政治家或者恶棍的轶事之类的。"说罢，她自己脸红了。

轼珩开车载着紫茵到公寓楼下，说让紫茵上去取琴，自己再送她去巴甫洛夫咖啡馆上班。

紫茵答应着下了车，走出去几步，又回身，轼珩看见就把车窗摇下来，紫茵说："要不，上来坐坐吧？"

紫茵煮咖啡的工夫，轼珩看见桌子上有本书，就拿起来翻看。书中掉落一张照片，里面有很多人，他扫了一眼，看见其中有个人是郁新，在最角落。他拾起照片夹回书页，把书放回了原处。

紫茵的公寓和轼珩在莫斯科的家有点像，只是更小些，一样的整洁、规整。房间都是深色的地板，同样的嵌入式玻璃窗，窗户上面都是半圆形，和墙面相连处有六七层勾勒的线条。高寒地区的楼房墙体都很厚，这些线条让墙体比窗户宽出的部分变得生动起来。房型紧凑加上布置合理就显得温馨舒适，不像泰初家——空阔，顶棚极高，让人感觉疏离和冷清。紫茵家中的餐台、书桌，还有桌上熟悉的琴谱，都让轼珩重温在莫斯科时的感觉，只是房间的女主人不是孟蕤。

这时，他竟觉得刚才在书店的困意卷土重来。

两人喝着咖啡，都没说话，房间里只有咖啡与碟子碰撞的清脆响声。

轼珩余光看到窗外有只小猫，对着室内的紫茵"喵喵"叫了几声，然后就侧卧躺下，怡然自得地用舌头清理起自己来。紫茵看着轼珩，因为专注，同时也因为她习惯了小猫的叫声，所以一时没有反应。

那小猫有些不耐烦，又急促地叫了几声，紫茵才听到，扭头看去，轻声一笑："哈，它知道我回来了。"说罢连忙起身去厨房取些吃的，打开窗户送出去，看着小猫迫不及待地吃起来。可能是闻到了味道，又过来几只小猫。

轼珩看着紫茵刚刚匆忙放下的咖啡杯，杯子边沿有个红唇印。

紫茵招待好几只小猫，又清理干净，才把窗户重新关上说："是不是有点冷？外面下雪了。"

轼珩看着窗外，哈尔滨的雪，和莫斯科的一样，又有些不同。

"要不要过来，一起——一起赏雪。"紫茵站在窗前说。

"你是苏州人？"轼珩看着雪花在天上飞舞，远处的、近处的街道，红色的、绿色的屋顶，圆顶的、尖顶的教堂，都似乎安静下来，想好好睡一觉。

"我是啊，你去过吗？"紫茵爽快地说。

轼珩摇摇头。两人站在窗前，和两人在车上或在街上的感觉完全不同，也许是因为这是一个私人空间，没有外来的干扰，轼珩可以相对专注地感受紫茵身上的香水味。

"那是个很美丽的城市，小桥、流水、小舟、亭楼、绿树。"紫茵也看着窗外的雪，她的眼光随着雪花轻柔地飞舞、变幻，显得灵动而温情。

"听说，格祖诺夫音乐学校的学费非常贵，并不比欧洲便宜，他们很多老师都是英国过来的。"

紫茵双手抱着肩，若有所思地说："一个女孩子，去欧洲，太远了。这里毕竟还是中国，而且是音乐名城，我觉得和欧洲也差不多。"

"嗯，是。"轼珩喝了一口咖啡，"不过，现在是满洲了，满洲国。在你家人眼里，我们大概是'亡国奴'。"说着，他自己笑了笑。

"音乐家先生，您的音乐，我还没领教过。"说着，她看了看放在一旁的琴盒，眼神中有一种让人甘之如饴的梦幻。

轼珩端详着，一把不错的琴，在音乐学校读书的孩子，家中非富即贵，这把琴虽说不上非常名贵，也不是一般家庭能轻易负担的。

轼珩摆弄着提琴，对于乐器，他的恋物癖更无法克制。

"音乐——"轼珩把琴又放回琴盒里，"音乐是纯洁的，也是复杂的，让人上瘾。可是上瘾的事情，哎，你发现没有，上瘾都是因为身体产生了依赖，身体先依赖，精神才会沦陷。"

"身体？身体的依赖也没什么不好，为什么要抵触身体的依赖呢？有时候，人们不知因为什么，总是排斥身体的依赖，或者不愿意承认这一点。"

轼珩意味深长地说："其实，是没什么不好的，无论身体还是精神，音乐都能轻松征服它们。"说罢，他又伸手摸了摸琴盒里的提琴。琴盒的上盖是竖着打开的，这就遮蔽了紫茵的视线，轼珩的手自然而顺滑地打开琴盒上盖的一个口袋，不经意地看了一眼，那是一把奥尔斯手枪，6.35口径，射距很短，枪身很轻，适合不擅长射击的女士使用。

轼珩重新拿起提琴，搭在左肩上，右手拿起琴弓，动手试了音，感觉不错——上好的巴西伯南布哥木，完美的"图特尔"琴弓。

他拉响了《乘着歌声的翅膀》，透过和莫斯科家里一样的半圆窗户，看着飘雪。和孟蕤在家时，他们曾无数次这样，一样的雪、一样的音乐、一样的景色，还有——一样的心事。

轼珩在很多时候都会提醒自己，这座城市对他而言，已不再是满载童年的快乐、单纯和温馨的城市，永远都不会是了。

轼珩呵护这琴，就像对"弥赛亚"一样细致，一样温柔，一样尊重。随着乐声，他转向一旁的紫茵，这女子为他天才的演奏而折服，目光充满崇敬和倾慕。音乐很奇怪，同一首曲子，听者和演奏者会产生不同的感受，虽然都沐浴在美的光辉里，可是因为一来一往，就造成了奇怪的差异，两者间会发生一种奇妙的反应，产生一种无法解释的沟通和交流。这种情感的交流因为音乐的神秘性，反而尤为率真、直接而且纯粹。这一切的原因都是音乐——没有伪装，没有欺骗，因此人们相信，也就没有伤害。

这曲子，紫茵演奏的时候，轼珩在路边的车里感动，而此刻，紫茵也为轼珩的音乐而感动。

轼珩看着紫茵，眼前的人在某一时刻似乎不能具象成某一个人，而变成一种感觉，一种让自己为之疯狂的感觉。

曲子就要结束了，轼珩想起新年时，妻子俏皮的话："永远不要与别人调情，因为血液里的欲火一旦被点燃，就会熊熊燃烧，所有过往的海誓山盟都会像干草一样被摧毁。"那时候，孟蕤也像紫茵一样看着自己，只是她问："你——能做到吗？"

人生有一种悲哀，感觉是感觉，现实是现实。

一曲终了，轼珩长舒一口气，左手拿着提琴，右手举着琴弓，长长舒展了一下身体，看着还在音乐里陶醉的紫茵，笑着把琴放回琴盒，小心盖上盖子。

这时屋子里一片寂静，被琴声召唤到窗边的几只小猫轻轻叫了几声，就跳跃着不见了，似乎不想打扰他们。

紫茵从身后抱紧轼珩，喘息声逼入他的内心。他呆立着，告诉自己早已是职业特工——很多年前的选择，不是，也不应该是一个音乐家。轼珩转身搂紧她,看她流着泪,让人垂怜。轼珩一手摸着紫茵的头发,一手在紫茵的身后轻轻滑动着,想着她需要安全感。

紫茵贴得更近了,轼珩能明显感觉到她的诱人曲线,比那晚在酒吧还清晰。轼珩猛地抽回手,双手捧住紫茵的脸庞,看着她。轼珩眼里似乎有些鲁莽的怒气,这对于他来说是极为少见的。但是,紫茵并不怕,她此时的惊恐更多来自对某种理想幻灭的担忧。她的身体微微抖着,盯着轼珩,嘴唇有点发干,不自觉地轻轻颤合了几下。

轼珩的眼神就像攀上悬崖,在头顶的崖缝间看到一株美丽、柔弱的花朵,他冰冷而沉毅地说:"我不做,会后悔,做了,会去死……"

他没有再说下去,小心推开了紫茵。

轼珩送紫茵到咖啡馆,天擦黑了。街对面碰巧有家"老都一处"饺子馆,他索性停好车,走了进去。轼珩爱吃饺子,想到世界上竟然只有自己知道这件事了,他不自觉地叹了口气,轻轻摇摇头,有些失落。

这家饺子馆是哈尔滨的老店,桌椅用具都有些旧色了。轼珩坐在靠窗的座位上,点了份饺子,又要了份溜肉段,还有一盘虾仁白菜——冬天,哈尔滨市面上的蔬菜极少,只有白菜、土豆,寥寥几样。

轼珩点燃烟斗,店员殷勤送来热茶,他的眼睛却一直看着对面的巴甫洛夫咖啡馆。

周迪是坐着马车来的,这女人从来不开车,听说她其实是会的,但是不方便开。要是真有个女人开车行驶在哈尔滨的大街上,估计会像稀有动物一样被围观,这在柏林、莫斯科也是一样的。

没多久,先诺不知道从哪个路口出来,走到咖啡馆门前,向四周打量一下,下意识地往下拉了拉帽檐,也走了进去。

周迪似乎是贵客，进去就被安排在靠窗的位置，这种位置一般都是预留给贵客的。不过，西方还有一丝余晖照射进来，周迪看轼珩的方向是逆光。

演奏间歇，紫茵收到了客人想点的曲目单，其中一个是先诺的，她看得尤为仔细。

第二天下班之前，丁向召集几个处室负责人开会，轼珩就坐在沙发上对着局长办公桌的位置。丁向交代了一通工作，倒也没说情报局被窃的事情。轼珩想，这也确实不好说出口，毕竟以单位的性质，这种事情不好张扬。轼珩觉得自己管总务处，还是应该找个机会跟丁向检讨一下。

轼珩低头喝水的工夫，看见丁向办公桌抽屉下面露出一样东西，但他看不清楚。过了一会儿，丁向站了起来，走到地图前面，比画着说了几句话。阳光穿过空座位照了过来，轼珩看清楚了，那是一段导线，和早上在日本人袋子里看到的一样。

开完会，大家陆续走了出去。轼珩走到门口，打定了主意，又退了回去。

"局长！"

丁向抬起头，短眉深锁，看着他。

"局长，"轼珩上前一步，"不要动抽屉！好像有问题！"

丁向没说话，脸上露出一种轻松的神色，眉头渐渐舒展开。他站起身，走过来，重重地拍拍轼珩的肩膀，又走了几步，绕到轼珩身后："关川夏央，涩谷先生提到过的那位帝国精英，这几天就要到哈尔滨。据说是来考察哈尔滨学院的筹备工作，并确定最终选址。他非常关心啊！那里一定会成为培养满洲谍报人才的圣地。关川先生在新京进了国家议会，又关心我们哈尔滨的情报工作，真是吾辈无上荣光啊！"

轼珩没有答话。

"对了，单位的安全保卫工作要注意一下。最近我们疏于防范，损兵折将，小毛贼都进来了！"丁向踱步到窗前，看着院子大门口，背对着轼珩，突然换了话题。

"是！明天开始，加强戒备！"

轼珩知道时间不早了，出了局长办公室，直接下楼开车。车开到门口卫兵处，他看见卫兵用一把崭新的莫辛甘步枪拄在地上，身子斜歪着，靠在步枪上。他把车子停下，下车来到卫兵前面。

在情报学院，这种步枪伴随了他全部的训练课程，并助他赢得了学院狙击课程第一名。他一直觉得这种最常见的步枪是那么漂亮、英武。

他低头注视着莫辛甘步枪，慢慢抬起头，向四周看了一圈，然后拿起皮手套点点卫兵，逼视着他，用仿佛能绞死人的语气说："你——脚疼啊！"

他知道，身后有双眼睛在注视。

轼珩陪兮楠吃完晚餐，在镜子前又刮了胡子，就出了门。

他开车到高谊街上，找到一处人头攒动的酒吧，把车停在了路边。

酒吧里更是摩肩接踵，一层连站着喝酒的吧台都没有位置。他沿着狭窄的楼梯挤上二楼，才在窗边找了个位置。一个小小的二人台，客人刚刚离开，桌面一片狼藉。他干脆自己收拾了一下，才要了杯苏威，没加冰块，仰脖儿一口气喝完，顿感全身舒畅，放松下来。

他时而不经意地打量着周围的人群，留心听着传到耳朵里的只言片语，这些碎片化的东西有时候会带来意想不到的收获。这个城市弥漫在空气中的一切，都可以被有心人利用，变成财富。当然，也可以让人不明所以就惹来杀身之祸。

此刻，除了一些家长里短的琐事和零零散散的商业信息，没有什么收获。满洲国对于言论尺度的收紧产生了效果。就在一个月以前，关于溥仪、张景惠的事情，都是这种场合人们张口就来的谈资。泰初说过，有一次开会一个日本官员也说过：中国人，似乎并不那么难管。轼珩又要了第二杯，一口一口慢慢品尝着。

他看着外面的街道，不时朝街口望望。现在已经是十点四十分了。街口出现了一个女孩，长得干净清秀，也就十七八岁模样，在路上匆匆走着，不一会儿就消失在面包街的路口。在那里拐弯，可能是去往中央大街。没多久，一群深色衣服的人路过酒吧，大概六七个人，穿着像中国人，但是个头又不像，普遍矮一些，也许是在哈尔滨长大的日本侨民。街道昏暗，他盯着其中一两个人，端起酒杯，发现没酒了。

酒吧客人多，都是点一次结一次。第三杯酒上来的时候，他掏出钱包，发现仅剩一张小额纸币。他把钱包倒过来，在桌子上倒出几枚硬币，低着头，仔细辨别着硬币的数值，嘴里算着，一枚枚按着划到那张纸币边上。侍者凑前扫了一眼，把桌子上的钱全扫到手中的酒盘上："先生，给您打个折！"说着，又抄起酒瓶，往杯子里多加了一些。

轼珩旁边换了一桌客人，他们一身寒气，是刚从外面进来的。

"天杀的，现在治安怎么这么差！"

"是啊！唉，有没有王法了！这姑娘被这么祸害——估计活不成了！"

"中国人欺负中国人，真是不像话！"

"罢了，罢了！今朝有酒今朝醉！"

轼珩听着，一口喝尽杯中酒，重重放在桌子上，随后收起烟斗，把桌面简单清理了一下，起身，下了楼。

深夜的街头，冷风格外无情。他的帽子落在了车里，头发被吹得凌乱。他把双手使劲搓了两下，又紧紧捂在脸颊两侧，还是感觉冻得生疼。

他走到面包街的路口,沉思了一下,低头看了看地上的薄雪,把手放下,耳朵动了动,然后往外国三道街走去。

在一个居民楼的门洞旁边,他听到里面传来阵阵喧杂声响。附近住户每一盏灯都熄了,可能都休息了。门洞中一阵阵浪笑传来,还夹杂着几句"反满抗日"的口号,一个人说着:"老子不要命干这个,享受个姑娘怎么了!你有什么可反抗的!"女孩撕心裂肺的哭声传来,轼珩探头看了看,几个人在系着裤子,刚才那个姑娘赤身裸体躺在地上,一朵花已经被摧残凋零。

这时,外国四道街的街口传来急促的脚步声,他躲到一扇大门后面。那是一个穿着日本军服的普通军官,他跑到门洞口,停住脚步,大声喊着:"杜鹃!杜鹃!"门洞里传出绝望的哭声,接着是一阵打斗和叫骂声,然后是一声枪响。很快,一辆黑色轿车停在了路边,几个人拖着一动不动的日本军官上了车。轼珩观察着这辆无牌车迅速消失在夜色里,耳边只剩下女孩一阵又一阵无助的哭声。

轼珩感觉身体被冻僵了,双手插在兜里,沿着来的路线慢慢往回走。他要拐弯的时候,回头看了一眼,看见两个人正在街上跑着,其中一个是娜莎。他们喊着:"杜鹃!杜鹃!"街上寂寥无人,焦灼的呐喊在黑暗的楼宇之间回荡。他心里极度难过,可又必须遏制住,嘴里轻声嘟囔了一句,继续走着。

进了酒吧,等的人已经到了。

"高处长,"佑恩从侍者酒盘上端起酒杯,双手捧到轼珩面前,讪讪地笑了笑,怯生生地说,"您有什么吩咐,在下在所不辞,万死不死,不,不,万死不辞!"

轼珩面无表情,双手在桌上机械地反复转动酒杯。

双方沉默着,在酒吧的喧嚣里显得格外奇怪。

轼珩看到佑恩的额头渗出汗滴,就端起酒杯和他碰了一下,也不说话，只是大口喝酒，边看着佑恩小口抿着。

"高处长，"佑恩鼓起勇气说，"人为财死，鸟为食亡，我也是为了赚点小钱。您有什么吩咐，我在所不辞。"

"言重了吧。"轼珩玩味地说。

"没有的，高处长。"佑恩闷声说，"前些天，您不是不知道，贻直处长是个什么下场。那彭杉彬又怎么样，大特务啊！一家人在旅顺给他殉葬，多惨烈啊！他躲了多少年，你们和日本人厉害，层层保护，可最终呢？刚一露头，就被炸个尸骨无存。这，这是教训啊！"说罢，他眼角竟有些泪花。

"嗯，"轼珩想想说，语气依然冷峻，"还是暴露了。"

"对啊！您以后的情报，我绝对给最高的价钱，比给秦处长的还高。两条小金鱼，不算什么。"说着，他掏出一个胖乎乎的钱包，抽出一张大额纸钞，递给吧台的侍者："加酒！"又潇洒地摆摆手说："不找了！赏你了！"

"其实我情报来源也多。"佑恩看到轼珩抽起了烟斗，接着说，"这周五，我跟您说，在大直街东边那个教堂，听说有笔东西要交接，数额特别巨大。这事儿——听说马迭尔那边都参与了。"说罢，佑恩指指马迭尔宾馆的方向："这情报，别人买，起码这个数！"他伸出一个巴掌，里外翻了翻。

"什么东西？"轼珩想起在哈尔滨驻留日久的神秘的娜莎。

佑恩凑到轼珩耳边："这我不知道，但一定很重要！很值钱！"

轼珩知道娜莎的任务似乎和马迭尔宾馆有着隐秘的联系。这种涉及重大秘密的情报被一个普通的情报贩子得知，而且有详细时间地点——他重重抽了一口烟，眼睛眯了起来。

"几点？"轼珩淡淡地问。

"您对这个感兴趣？我说嘛，人都爱钱！听说是凌晨一点，但我也不能确定，这事儿真真假假的。情报的事情，您也知道的，有的能保证真实性,有的啊,也就是个烟幕弹。"他观察着轼珩的脸色。

"桃花巷传出来的吧?"

轼珩看着张口结舌的佑恩,轻蔑地一笑:"这种东西——没人信!"

轼珩品尝着上好的苏格兰酒,抽着烟,好久不说话。佑恩在一旁站也不是,坐也不是,双手在身前不断摆弄着。

"秦处长办公室的东西,给我看看。在你身上!"

"我——我——"

轼珩突然扭头死盯着佑恩,他立马张皇起来,像被架在火上烤。

"昨晚你才拿到的,今天一定带着。再晚点,马迭尔的舞会里,会有客户。我就看看,不耽误你卖。"

"您——您要这个做什么?"佑恩妥协了。

轼珩轻吐一口气,说:"单位的人事复杂,我要了解一些事情。"

轼珩接过他从衣服口袋里掏出来的文件,简单扫了几眼,发现都是些过期的资料,价值不大。他抽出一张行动处的秘密联络点清单,在烟缸里点燃,把剩余的还给了佑恩。

佑恩忙不迭地表示感谢:"明天,明天我把东西给您送去!今天没带硬通货。"

他们出了酒馆,看起来熟络了许多。

"高处长,您以后就是我老板!我肝脑涂地,万死不辞,死不悔改!不,不,死不招供!死不叛变!"

轼珩要上车,佑恩赶过来给他开了车门:"高处长,您放心,那天晚上咱们见秦处长的事情,我绝不会说出去!"

轼珩停了一下,转过身来,露出了信任的笑:"明天开始,情报局要加强戒备,别去了!"

"嗯！谢谢高处长！我去也没用啊，你们办公室全是代码，我也不知道哪个有用啊！"

轼珩看看佑恩，又用手指指暗淡的天空，神秘地说："今晚——天色不错，千金难买好时光啊！"

佑恩眼睛一亮："您——"

"四楼右数第四个门，E513。"轼珩看看周围，"可以发财。"

佑恩似乎被吓到了，有些犹豫："那不敢说吧——谁的办公室啊？"

轼珩看见车前面停着个自行车，就走过去把自行车搬到一边，佑恩在后面帮着搭手。轼珩挪动好，看见自行车横杠上有个铮亮的响铃，随手按了一下，发出"叮——"的一声。

第三十六章　血色夜晚

　　灾难面前，每个人都无辜，都不幸。
　　真正的痛，在于灾难之后的漫长岁月，无边无尽的边际效应可以长久地啃噬一个人的热血之心。这种变故带来的希望幻灭，把并没有奢望的灵魂撕裂成一条条、一块块，像一张江面下密布的渔网，错综复杂、环环相扣，把不幸落入其中的猎物逼得走投无路、惊慌失措，最终束以待毙，却不知道始作俑者是冥冥天意还是哪方神明。假设知道某处有人泰然稳坐、狰狞得意，这痛苦将更具雷霆万钧的邪恶之力，让承受者在敲骨吸髓的炼狱中不得救赎，不得生，也不得死。
　　在大直街的诸多教堂里，位于东段南侧的耶稣圣心主教座堂是颇具特色的一座，不是因为这座教堂两个高耸的绿色哥特式尖顶，也不是因为白色的墙体别具一格，在雪景里圣洁不凡。世界上的很多事物，比起一目了然的差别，细微之处的不同其实更具有让人铭记的魔力，也更让人遐思。
　　教堂花园的一角，月光透过一片树林在雪地投下道道阴影，显得黑暗诡秘。
　　这里有一座不起眼的矮小建筑，只有不到一米见方，高度也不过一人之高，考虑到建筑上方的圆弧形设计，实际的高度就更低了。这个建筑三面石墙，背街面向教堂的一侧，是一扇窗，准确地说，是一扇铁窗，几根生铁条牢牢嵌在石墙里。
　　娜莎带着慕维走近了一点，透过铁窗看进去，她发现小建筑下面有一个洞。这个洞窟的面积似乎稍微大一点，如果一个矮小的人在里面的话，努力伸直身体，双手刚好抓住铁条，可以勉强看到外面的景象。但是挪到洞窟其他地方的时候，人是站不起身的，只能匍匐在下面，因此无法在这空间里走路。人在里面待着，努力地贴紧冰冷的洞壁，也许能稍微躲避一下从铁窗灌入的风、雨、雪。

此刻，月光透过铁窗照在洞窟里面，地上有积雪和各种污秽之物。突然站起一个人，直瞪着娜莎，眼中透着一种木讷的绝望，眼珠似乎不会动了。那人只是直勾勾地盯着娜莎，她的嘴唇干裂，已无血色。勉强能蔽体的衣服棉絮外翻、破烂不堪，早没了原来的颜色，变得和地上的泥土一般。

娜莎惊愕地退了两步，躲开了这人的眼神，她隐约发现这人的脖子下面好像有一个闪着金光的东西。

"隐修女。"慕维用受伤的手勉强拉开手枪的保险，又费力握紧手枪，"就是犯了大罪的——一般是女性，在教堂设置的隐修所隐居赎罪，经年累月，无休无止，大多一直待到死。"

娜莎似乎想起来了："好像听说过，很多都是自愿的，来赎罪。"

"看来这批黄金真的跟凯斯普家有联系。"慕维看看娜莎手里的春田半自动步枪，"最先进的半自动步枪，还有——你的两个宝贝，'咣'的一声，估计能解决所有问题。"

娜莎腾出一只手来摸摸挂在前胸的两枚在黑市买的走私手榴弹，这是在许公路的地下军火商那里买的，心里才稍微安定了些："但愿吧，我只是感觉有点不太好。"

"可能是那个隐修所影响了你的情绪。"慕维安慰着娜莎。

"对了，要跟您说声抱歉。我曾经通过关系，就是日本总领馆的朋友，调查你，因为我怀疑你的身份。虽然你没有明说，但是我觉得我的猜测是对的。该向你道歉。"慕维一字一句地说。

"嗯。"

"所以,我又找到了那个朋友,撤回了这个请求,说我是追求你不成,昏了头脑,希望能够动用关系来调查你,然后找到什么证据逼你就范。"慕维做出了一个请求原谅的表情。

这时一辆黑色轿车停在了教堂外面,小凯斯普下了车,带着两个护卫装扮的人。

没多久,路上开过来一辆卡车,在教堂门前小凯斯普的轿车前面停住。两个人屏息看着,但是卡车上并没有下来人。教堂周围空无一人,卡车也熄了火,好像在等着什么,一切静得可怕,只有月光在地上缓缓移动,时间仿佛停止了。娜莎觉得后背发凉,感觉到一种危险在空气里蔓延,嘴里眼里鼻子里似乎都有一种苦涩的味道,好像有一股鬼火就要在哪个角落燃烧起来。

"我怎么感觉不对劲。"慕维死死地盯住那辆卡车,身体稍微有些抖动,"不对!我的情报说他们一直是用马车运送的,他们有精良的马队!他们不喜欢卡车,噪音大,目标大,而且麻烦事多,齐家都没有专门的维修队伍。"

他的明智太迟了,卡车似乎得到命令,突然跳下许多人,有二十几个,都带着武器。

娜莎拍拍慕维,示意他跟着自己蹲下来。她背靠在树上,双手握紧春田步枪,重重地闭了一下眼,又急促调整了一下呼吸。

"冲进去。"慕维看了一眼教堂,教堂大门上方有一盏照明灯,前方是长长的台阶。

娜莎扫了一眼,摇了摇头,这么冲过去,没等跑上台阶就会被打成筛子。她看了看这座白色的教堂,心中有一种不祥的预感,自己的血不会要染红它吧?

这些人手里都拎着枪,穿着同样款式的深色大衣,显然并不是寻常的散兵游勇。有的人手里还有手电筒,在庭院里晃来晃去,发出让人心惊胆战的苍白光束;还有一些人守住了教堂和院子的不同出口。

娜莎摘下胸前的一颗手榴弹递给慕维。"人太多,"娜莎压着嗓子说,"看看能不能冲出去。"

娜莎摘下另一颗手榴弹,一手握紧,大拇指推住保险盖。娜莎确认自己正处在极度危险之中,白色教堂带来了她的至暗时刻。

她判断,两个人,面对足有二三十人的包抄,而且在一个封闭的院子里,任何想逃跑的企图都是愚蠢的,只会白白送命。这种情形下,以躲避为目的的战术也是徒劳的,因为对方人数众多,密不透风地搜查,早晚会发现他们。那么就只有拼死一搏,即便牺牲也会让敌人付出代价,甚至可能有奇迹发生,否则别无出路。

对方今天的埋伏气势汹汹,如果他们束手就擒,绝不可能有一线生机。事关那笔巨大的财富,那些人绝不会留活口,她会受虐而死,被毁尸灭迹。一个张把式,只是稍微暴露,就被扔进了暗河里,可想而知,这些人敏感到了何种程度。

他们再近一点,手榴弹这个最有震慑性的武器就没有施展的空间了。她握着手榴弹的手在慕维眼前比画了一下,两颗手榴弹同时在夜空中划出一道弧线。

几个电筒的光束同时聚焦在娜莎和慕维身上,两人本来适应了漆黑的环境,这时被晃得完全看不清对方。她听到数把枪支迅速上膛的声音。

这时,院子里如鬼火爆燃,通红的两团火焰在黑暗中瞬间升腾,两声接连的爆炸声响起,教堂似乎都震动了一下。同时,照在两人身上的光束也熄灭了。

这个先发制人的战术显然是成功的,那伙人瞬间失去了目标,胡乱开火,枪声夹杂着惨叫声。娜莎拽着慕维猛地站起来,借着夜色向教堂一侧的墙角跑去,枪声密集起来,刚才躲藏的地方,几棵树被打断,倒了下去。

教堂的墙角有个凸起，这就形成了一个掩体，正好挡住两个人。电筒的光线几次照过来，都被这个掩体恰好挡住了。

娜莎本想让慕维向相反方向移动，因为刚才她看到那里有个小小的楼梯，上去几步就是个不起眼的小木门，慕维可以很容易地破坏那个门，进去之后起码就有躲藏的空间了。而且在他移动的时候，她手里的春田步枪可以提供强有力的掩护，这种步枪弹夹容量大且射击速度极快，瞬间压制对方的手枪是没有任何问题的。

她感觉到慕维的颤抖之后就放弃了这个想法，半蹲在地上，看到几个人已经注意到了自己所在的建筑死角，正跑过来，而其余的人似乎在别的方向搜寻。娜莎单膝跪地，调整好姿势，持枪的支点稳稳放在右膝盖上。她今天特意穿了平底皮靴，这样可以提供稳固的支撑，毕竟春田步枪弹夹满载足有八公斤重。娜莎下颌和右肩夹住枪托，毫不犹豫地扣动扳机，子弹就像水银爆裂一样打向跑过来的人，那几个人瞬间就倒在地上，有中弹的，也有本能闪躲的。对方的手枪立刻招呼过来，与此同时，其他几个方向的人也朝他们的藏身处聚拢，但是面对娜莎的重火力，他们并不能迅速近身。娜莎孤注一掷地不停扫射，身子一侧紧紧靠住墙壁，而慕维拿着手枪也零星射击了几次。

几发子弹打在娜莎旁边的墙上，迸出的石屑打在娜莎脸上，让她的脸上多了几道血痕。她已经顾不得慕维了，一种重火力带来的嚣张杀气完全控制了她，娜莎几乎在很短的时间内就打完了弹夹里的全部子弹。效果是不错的，刚才在院子里嚣张跋扈的电筒一个都没有了，只有手枪射击时的火焰。

娜莎扔下了步枪，完全躲藏在掩体后面。这是一个过于狭小的空间，慕维把靠里的位置给她留了出来。娜莎掏出了鲁格P08手枪，她大口喘着气，双眼血红，扫了一眼慕维，这个自信的男人此刻慌了神，眼睛里有一丝因为高度紧张而产生的无助。娜莎抿抿嘴唇，凭经验判断，周围起码还有十几个射击点，凭他们两个人，凶多吉少。

"看，看来，身在没有祖坟的土地就是不行啊。在，在中国，没有祖先的庇护不行啊。"他的声音粗粗的，这是心跳过快、呼吸急促导致的。

娜莎用手把散落的头发固定在耳后，没在意慕维的话。她紧张地思索着，听脚步声，那些人越来越近了，射击声也越来越大。她向身后看了一眼那个小楼梯上面的小门，那是唯一的希望。

慕维的弹夹掉落在地上，他没子弹了，索性把手枪也丢在了地上。他的神情已经变成一种绝望，而且他似乎在慢慢失神。娜莎暗想：这样他会死！

娜莎知道手中的鲁格手枪不可能是敌人的对手，总共六发子弹，即便一枪换一个，剩下的人也可以轻松把他们两个打成筛子。那扇小门离自己起码有七八米的距离，就算悄无声息急速跑过去，也不能没有任何动静地打开那扇门，破门的工夫就会丧命。但是，她还是决定试一试，她用身子推了推慕维，示意了一下，告诉他：冲过去，这是最后的机会。

耶稣圣心主教座堂有三个门，前后各一个，再就是这个小门，是供工人修缮维护教堂时使用的。而敌人今晚显然策划缜密，三处应该都安排了人在持枪把守。

慕维绝望地看着那扇门，似乎已经做好了赴死的准备。他们孤注一掷冲上了台阶，冲向那扇小木门，这时身后的脚步声已近在咫尺。她的理性告诉她：她会死在这里，这扇门前。

就在这一刻，那扇小门像天堂之门一样在白色墙壁上轻轻向里打开了，只是一眨眼的工夫。这一刻，时间似乎都停止了，世界都消失了，只剩这一扇门。虽然这扇门里面是一团漆黑，可是他们感觉那里面是金碧辉煌、光辉万丈。

娜莎和慕维闪身就进了教堂，身后传来轻轻一声，轼珩反锁住木门。他手里拿着心爱的芬兰刃，娜莎想起他说它有名字——"闪电熔岩"。娜莎被绊了一下，地上三具尸体躺在血泊里，她弓身捡起两把枪，递给慕维一把。

轼珩并没说话，拽住娜莎直接沿着墙角跑到教堂一侧的圣母像后面，慕维紧随其后。他们离开那扇木门的一刹那，无数子弹就把那扇木门打得稀烂。

这阵枪声使得教堂内部紧张的气氛瞬间爆裂，无数脚步声响起来，外面的人也冲了进来，还有人从铁梯上急速下来。娜莎看轼珩抬起食指，指了一下不远处另一尊神像，意思是他躲藏在那里，他们分成两个火力点，同时应对。

轼珩在地上一个翻身，藏在了另一处。他掏出了柯尔特手枪，熟练地把左臂横在胸前，撑住右手肘，毫不迟疑地向处在最合适位置的敌人连续射击，娜莎则同时向另一个方向开火。这种位置上的交叉使得作战效果出奇地好，虽然火力不强，但是因为两个位置交叉形成辐射最大的扇面攻击区，敌人无论在哪个位置都很难避开。

世上从没有完人。娜莎早知道，轼珩的射击能力相对于他在专注力、记忆力等方面的天纵之才而言，逊色得多。他独特的射击姿势大大减缓了射击速度，也使得身体在移动中容易失去平衡，使得射击者横切面变大，更容易暴露自己。她听说，在学校，针对这个天才特工射击姿势所有的矫正都失败了，因为换个姿势，轼珩几乎无法准确地击中目标。但心理素质和形势判断方面的超强天赋，弥补了他技术的不足，比如此时。

轼珩和娜莎因为战术合理得到了短暂的射击优势，不过并没有打死几个人，两个人的准头都差了一些。如果面对的是训练有素的顶级枪手，他们真的会命悬一线。目前的优势是因为轼珩的速度，他在藏身处打出几发子弹后，又迅速移动，毕竟大厅内的各式神像可是不少，而他选择的位置都以娜莎为定点，这就使得他在移动的同时并没有失去对娜莎的掩护。

有人似乎等不及了。

娜莎看见一个长衫身影从二层的铁梯上急速逼近，不是跑下来，而是在曲折的铁梯中穿行。他没有一刻踩在楼梯上，而是完全用铁梯窄窄的扶手借力，飞一般落下来。

轼珩的反应真是够快，同一时间已向着那飞影连打数枪。那飞影在下落过程中，一手拽住楼梯铁条，悬空中竟掏出了枪冲着轼珩接连还击。每一次射击，他又几乎同时移动。月光透过教堂的彩色玻璃窗照在这人身上，他长衫飞舞、身形灵动，有如鬼魅。轼珩的射击完全落空，都打在铁梯上，迸出点点火光，发出"当、当"的响声。

那人似乎意识到，这样下去自己并不占便宜，又或许他还有别的打算，总之他干脆又翻身回到二层，消失在黑暗里。

轼珩隐蔽的神像却被那长衫人接连打中，石块迸飞，快要倒了下来。

娜莎看到慕维无声无息瘫倒在地上，长衫人最后一枪换了方向，直接打中了他。

这个时候，教堂外传来汽车驶近的声音，很多辆，然后是一阵阵急促的口哨声——警察。

郑墨举着手枪带着很多人冲进院子，站在教堂正门，他带头向空中打了一枪，跟着的警察也举起枪向空中射击。这种警告显得义正词严、不容争辩，教堂内马上陷入了沉寂。

郑墨并不急着进来，只是大声喊道："哈尔滨警察局！放下武器！放下武器！"

一声尖锐嘹亮的口哨声蓦地响起，教堂内一众人似乎得到了命令，迅速抛下对手，从教堂后门稀稀拉拉撤了出去。

娜莎看见长衫人正是那晚他们窃听的林振铎。

他带着小凯斯普从后门疾步走了出去。突然，他又在门口回过身来站定，望向了轼珩藏身的那尊已破烂的神像，似乎看到了后面的人。月光下，他的眼睛透出一种迷离的光，他长身挺立，并不见慌张，反而从容平静，似乎刚才没有经历一场殊死搏杀，只是刚刚宴席散场。

娜莎被眼前的情景惊呆了。林振铎的眼神稍变，转瞬又恢复了那种不可捉摸的迷离，只是还多了一丝阴冷和不屑。

轼珩站起身来，直愣愣盯着林振铎。他们仿佛第一次对视，两道目光在硝烟弥漫的教堂对峙，互不相让。

偌大的教堂似乎凝固了。两人的对峙好像使得教堂里出现了一个魔幻而怪异的场域，似乎这里只有这两个人在阴寒空气里对视。冷冷的月光照在两人身上———高一矮但同样瘦削的两个人。他们身上好像散发出某种幽灵般的气息，一股强大的气旋在两人中间迅速翻滚，说不清那是杀气还是什么，总之让人胆寒。这种对峙是凶残和放肆的，似乎他们各自身后都有千军万马，一定要拼个你死我活才算罢休。

没多久，轼珩竟轻轻吹了几声口哨，这种本来轻松的表现在此刻显得诡异莫名。他面无表情，只是轻轻吹着口哨，长一声，短一声，似乎很有节奏，而声音远没有刚才林振铎那声嘹亮。

振铎一动不动，好像教堂门口的一尊雕像。他伸出舌头舔舔嘴唇，似乎也想吹口哨，但最终没有，他抿了抿嘴唇，淡淡地笑了一下。

这时，身材粗壮的郑墨带着警察走了进来，叉开腿，气势汹汹，手里挥舞着警察专用的TT-33手枪："你——就是火车上的人吧？你狠，你放马过来！"

话音未落，林振铎鬼一般地一转身，瞬间消失在夜色里。

"能找神父吗？他要神父！快点！"娜莎惊慌地喊着，怀里抱着瘫坐一团的慕维,她用手捂着慕维脖子一侧,眼泪落了下来。

轼珩跑上楼,很快就领出了一个身着黑衣的神父。慕维脸色煞白,这是接近天国的颜色,让人感到悲哀和心疼。他圆睁着眼睛,直直地看着娜莎,身子偶尔痉挛一下,生命在向他告别。

神父忙从怀里掏出《圣经》,他知道此刻对慕维召唤意味着什么。神父把慕维的手放在《圣经》上,轻轻抚摸着慕维,想要把安慰和温暖传递给这个人,因为此刻,他在发抖,体温在快速下降,就像坠落的星星。

"娜莎——娜莎!"他大喘着气,呼吸失去了节奏,"那天晚上,哈里的房间,威士忌有破绽,我发现,喝了足有将近两瓶威士忌,那是两个人喝的!哈里喝一瓶之后就会不省人事——我知道。"

娜莎蓦地想到,那天处理现场,自己确实疏忽了威士忌酒瓶这一点,此前她也不了解哈里的酒量。她已经说不出话,含着泪,对慕维使劲晃了晃头。

"神父,神父,请——请——"慕维痛苦地闭上眼睛,又马上睁开,脖颈处的血不断从娜莎指缝间涌出来,他的声音疲惫而微弱,"约翰——福音——"

神父眼帘低垂,神情庄严,爱怜地看着眼前这个人。有时候,对于同一种信仰的虔诚可以让人不分彼此,亲如家人。

神父严肃地背诵起来:"复活在我,生命也在我;信我的人,虽然死了,也必复活。凡活着信我的人必永远不死……我到世上来,乃是光,叫凡信我的,不住在黑暗里……"

失魂落魄的娜莎被轼珩带到了一处靠近中央大街的小公寓里。

"不要回马迭尔了,非常危险。这是刚租的房子,还没整理,你先休息一下。"轼珩抽着烟斗,打量着简陋的屋子。他找到一些煤块,在小壁炉生了火。

娜莎投到轼珩怀里,放声哭了起来。她感觉这个曾经的下属变得亲切、强大甚至性感。她无法抑制自己心中的波澜。

轼珩轻轻拍着她,和她坐在了床边。

她盯着轼珩看,想起六年前,他顶着"成绩最优异毕业生"的光环进入内务委员部那天。那时候,他还年轻,甚至还有些青涩。在和领导谈完话后,她带着他到办公室填写一些表格。这个过程很长,他面色沉静地站在自己办公桌前,毫无波澜,没有一句多余的话,也不到处乱看,那双让人心动的手垂在身旁,她填写的时候抬头就可以看到。她从没见过哪个男同事有那样一双修长漂亮的手,当时她想,这双手还能拿枪?心里有一些轻视。现在回想起来,他的宁静、沉毅、坚忍,在那时已经触动自己。只是他的级别太低了,不可能引起自己足够的重视。后来,他反而变得默默无闻,虽然依然跻身"顶级特工"之列,但是相比之前耀眼的毕业成绩和当时教授"惊为天人"的评语,这并不让人瞩目。同时他的晋升极为缓慢,这和他寡言的性格有关,他似乎把自己藏了起来,藏在一个隐秘的角落里。所以,共产国际跟内务委员部点名要人的时候,首长也就顺水推舟。

以前偶尔遇见,他总是彬彬有礼,但是她知道,这个男人也和别人一样,为自己的魅力心动,因为她能准确感知到他眼神里那种说不清的东西。有时候,她还能敏感地察觉到,他在远处打量自己。可是,这样的人太多了。

现在,她有些孤单,甚至有些害怕,而因为他,一种冲动在体内沸腾,她期待着被占有,这会让她觉得安全,仿佛找到一处通往光亮的隧道出口。她太压抑了,不能把任务告诉他,这是职责,也是最高纪律。可她需要他,需要他抚慰她空寂的灵魂。

他压在了她身上,手迟疑地移动着,然后又停住了。她能感觉到他的活力和汹涌,她轻轻摩挲着轼珩的身体,知道他马上就会无法克制。她把嘴贴近轼珩的耳朵,轻轻吻着,呼吸变得急促起来。

她又把脸对着轼珩，吻了过去。

轼珩躲了一下，然后站起身来，穿上大衣，头也没回，走了出去。

娜莎听到房门关上的一刻，陷入了巨大的空虚和痛苦。她的身体并没有冷却下来，脑海里又出现了慕维的样子，一种无法抑制的愤怒开始冲击她的心。她想了又想，站起身，不理会轼珩的建议，走入夜色里。

在马迭尔七层，娜莎听到房间内凯斯普正在训斥儿子："我们只是为了赚钱！林振铎这次利用了我们！没关系，我们的钱也够了，你不必为一个女人这么痛苦，好吗？我的好儿子。"他的声音带着愤慨和心疼，还有屈辱。

她判断房间内只有父子二人，拎着枪走了进来。

短暂的平静。

小凯斯普满脸是泪缩在沙发里。他看见她进来，没有错愕，而是用双手无助地抱着肩膀，任眼泪不断地流下来。他盯着娜莎，娜莎能感觉到，他眼神中是被欺骗带来的耻辱，是错爱带来的痛苦，是无条件的付出带来的委屈。

她举起枪对着凯斯普，冷冷看着，不发一言。

"我什么都不知道？你——你要干什么？"凯斯普因为害怕，满脸通红。

"黄金在哪里？"她把枪凑近了，顶在凯斯普的额头。

"我那么爱你，你——为什么骗我？！"小凯斯普在一旁失神，慢慢地、恨恨地说着。

"好吧！"凯斯普双手在胸前摆动着，"你冷静！"他看了一眼儿子。娜莎扫了小凯斯普一眼，他正在煎熬中。这音乐家一定认为，与其遭受这种撕心裂肺的痛苦，不如去死。

"先生，你的儿子会死！"娜莎不为所动。

"好——好！其实我之前也不知道，我是刚才才知道，他没有黄金给我出售了。剩下的都是'龙堡'的，他们只是负责押运。他们收了很多钱，要让这批黄金顺利抵达目的地。"

"哪里？"

"……"

"目的地！"

凯斯普又看了一眼儿子："我——好！我只知道，好像这批黄金因为奉天事变之后的军事管制，还有接连的大雪，已经在路上耽搁了一个多月，最近会在哈尔滨中转。这是我今晚被骗以后，跟一个线人打听到的。"

"张把式死了，谁来负责押运？什么时候——到哈尔滨？"娜莎把枪死死抵在凯斯普头上，他的皮肤都陷了进去。

"不！具体的事我的线人也不知道！林振铎很狡猾的！对了，好像是火车！'龙堡'这次要求用火车！"

"火车？"娜莎眉头一皱。

"说要直接运——"

她的胳膊突然被重创，手枪险些飞出去。小凯斯普怒吼着把她撞到了角落里。这晚她一直非常紧张，此刻条件反射地立马扣动了扳机。

随着一声巨响，和慕维一样，一股血注从小凯斯普脖子上的洞喷涌而出。他倒在了地上，瞳孔瞬间扩散，凝视着娜莎。

凯斯普扑到了儿子旁边，傻傻地摸着他的脸。过了一会儿，凯斯普突然蹦起来，手舞足蹈，大叫道："我有很多钱！很多钱！你救救我儿子，快点！哈，不用！"他双手在身上摸索着，拿出一把钥匙，打开保险柜，恭敬地端出大把现金，两眼放光："嘿嘿，钱不会死！儿子也不会死！"

娜莎惊愕地看着，手里的枪掉落在地上。她确信，凯斯普的笑不是假装的，是真诚的、天真的笑。他认真而虔诚地跪在儿子面前，一张一张数着钱。

第三十七章　生死之卦

女人，一旦怕了孤独，阎王就会知道。

中午时候，巴甫洛夫咖啡馆。

丁向自己坐在窗边的座位上，摸索着面前的咖啡桌，又低头打量身下的椅子。好一会儿，才抬头注视着路上的行人，觉得比看电影有意思。

每个人都有故事，都有心事，更可笑的是每个人都自以为聪明，并因此有了很多烦恼。于是新事变成了心事，才有了很多忙碌。天下哪有新事情？连新情节都没有，新世界更没有。打碎旧世界？开玩笑，没有旧世界哪有你们！你们就是旧世界，怎么创造新世界？经常看到的审讯笔录，总有些乌七八糟的蠢话。每次回家躺在床上，收音机里传来的滴滴答答的电码或者内藏玄机的暗语播报，归根到底都是街上这些人有限的智慧用在了愚蠢的地方。

有朝一日，都会躺在棺材里，一切毫无意义。

副官拿着一个档案袋进来，小心放在丁向面前的咖啡桌上。丁向打开纸袋，抽出一张照片，仔细看了看，没说话，眼睛眯成了一条线，像瞄准时一样。他把照片和档案袋放在桌子上，一只手搁在桌面，攥成拳头用劲搓弄着，吩咐副官把咖啡馆的经理叫来。

"先生，您是情报局的？您找我什么吩咐。"经理的身子弯成了接近九十度。

"这个人，"丁向拿起面前的照片，递给经理，冷若冰霜又咄咄逼人，"认识吗？"

经理双手接过照片，贴近看了一会儿，说："先生，这，这位先生面熟,是常客,没错的。"

"知道叫什么吗?"丁向慢条斯理,似乎都在意料之中。他又看着窗外。

"不,不清楚。有时候来,好像是个文人。"经理小心翼翼地组织着语言,生怕遗漏什么,也生怕多说什么不必要的惹来麻烦,"他有时候在这里写东西。很多文人喜欢咱们店,说是环境好,容易有灵感,这样的客人挺多的。先生,怎么了?"

"什么时间?"丁向吐字突然变得很快、很清楚,虽然语气很淡,但不容置疑。

"什么'什么时间?'"经理被丁向吓到了,"我记不得啊。"

丁向双手搓了搓,又拎起一只手感觉疼似的甩了甩,皱眉望着窗外,又用手指按着太阳穴,似乎痛苦地思考什么。"四个!"他最终伸出四根手指。

四个响亮的耳光迅雷般打到经理脸上,他嘴里流出血。

"哦!对!什么时间过来——?周三和周五,一般是这个时间。晚上,好像大都是晚上,但是也不固定。"经理拍着脑袋使劲想,还带着哭腔,"来就是这两个时间,但不是每个周三周五都来,熟客——我一般心里有数,差不多,不会记错。"

丁向的目光转移到面前的资料上,不再看经理,他用手捋了下头发,又揉了一下眼睛,手一挥赶走了经理,叫过副官低语了几句,然后又呆呆地坐在座位上,看着窗外穿梭往来的行人。

丁向离开咖啡馆,准时到了生活书店门前,紫茵早到了一会儿,正在里面选书。丁向在橱窗外面站着,看着紫茵,面无表情。

紫茵注意到丁向在外面等,就匆匆到前台结账。

"来,我给你拿着。"丁向看紫茵的眼神很温柔。

"不用,不重的。"紫茵抱着书,拎包就挂在胳膊上,"报纸上说,昨晚上你们情报局办公楼发生爆炸了,还炸死了一个人。听说是小偷。你——你没事吧?"

"我能有什么事,哪有小偷。锅炉爆炸,意外事故。"丁向一笑,云淡风轻,然后扫了一眼紫茵买的书,"你对昆虫感兴趣?"

"哦,"紫茵低头看一眼自己胸前的书,"随便翻翻,看到一个故事,觉得不错,就买了本。"

"哦?什么故事?"丁向点燃一支烟,抽了一口问。

"哈,很有意思的。"紫茵说,"有一种毛毛虫,产卵在一种紫色的叶子上面,说是一种很漂亮、在当地很常见的植物——"

"然后呢?"丁向说。

"然后,风吹来的时候,这种叶子就会落在泥土里。然后,你猜怎么着?"紫茵俏皮地说。

"嗯,被蚂蚁什么的吃了?"丁向露出坏笑。

"什么呀,讨厌!"紫茵皱着眉说,"就是啊——很神奇,虫卵会发出一种蚂蚁的味道,路过的蚂蚁就会认为这是它们的卵,就会把它们带回家孵化。"

"鸠占鹊巢?"

"真难听,哎,不过好像是有点这个意思。"紫茵说,"等卵孵化成虫子,它们就玩命地往外面爬,必须要快,否则会被蚂蚁发现,就会被吃掉。直到爬到巢穴外面,一见到阳光,它们就会化成蝶,飞上天空了。哈,是不是很精彩啊?丁先生。"紫茵的眼睛闪出一丝光亮,她是真为这种生命的逃出生天感到庆幸。

"里维奇裁缝店——怎么样?"丁向往空中吐了几个烟圈,提议道。

"不去!不去!"紫茵说,"衣服多得穿不过来。"

丁向看着紫茵,她不是十分高,和哈尔滨的女人不一样,是苏州女子的个子,和自己倒相配。

丁向看见轼珩正从一家商行出来,迎面走过来。丁向冲他笑了一下,轶珩站定,拘谨地笑笑,然后侧身,让他和紫茵先过。两人向前几步就是外国头道街和中央大街的交叉口,是红灯,他们就和一众人在路口站住。丁向感觉到轶珩似乎在回头观察自己和紫茵,就扭头看看紫茵,她脸上有些红晕,正专心看着身前接连过去的车子。丁向伸手贴住紫茵的腰,往下一点,伸开五指,在她屁股上抓了一把。紫茵惊讶了一下,脸更红了,就把手中的书抱得更紧,低下头躲着旁人,看着自己的鞋尖,不自主地轻轻晃了几下头。丁向脸上露出一丝坏笑。

夜晚,寒月清冷,孤星伶仃。

丁向的车队在哈尔滨街头行驶。卡莱斯坐在他身边,有些拘谨,丁向闭目养神,似乎没有注意到这个奉命坐在他车里的立陶宛犹太人。

车开到果戈理大街的时候,丁向才慢慢睁开眼睛,缓缓打了个哈欠,扭头扫了一眼身旁的卡莱斯,又用手拨开窗帘,向外看看,眼睛连续眨了几下,清了一下喉咙:"停车,我要谈点事。"

司机打了转向灯,三辆轿车缓缓停在了路边。前座的司机和护卫都下了车,分别站在车两侧稍远的地方,这样就不会听到车里的谈话。

"你这两年给我提供了不少德国货。"丁向在昏暗里端详着手里精良的步枪。

"丁局长,您哪里话。"卡莱斯的中国话半生不熟,"您再看看这个瞄准镜,在德国也是最新科技,非常罕见。"

丁向看他神情拘谨,甚至有些卑微,但是眼神还很沉着,并且有一种让人信任的诚恳,点点头:"花了你不少钱。"

"丁局长,我们家族在哈尔滨都要靠您的庇护,您随时吩咐。需要用钱,说个数目,送到哪里,我马上办!"卡莱斯爽快地说。

"嗯。"丁向对卡莱斯的恭维毫无反应,"你德国那个亲属可靠吗?"

"可靠,可靠,堂兄。我们当年一起从立陶宛出走,他去了德国，我去了英国。"

"对了，你说他在柏林军界很有势力？"

"嗯，要不他怎么能搞到德国最先进的瞄准镜，都是军用的。"

丁向点点头，点燃支烟，慢慢抽了几口，又从口袋里拿出一张叠成方形的纸，递给卡莱斯说："这个，你来跟他联系，让他查查这个人。纸上是名字和他在德国的学校，还有军事培训单位。要一一核实，还要打听关于他所有能得到的消息，然后给我一个实打实的可靠回复。"

"好！请丁局长放心，我明天就发电报给俄国，由莫斯科中转到德国。"卡莱斯小心收好。

丁向拿着烟的手轻轻摇摇："不要用电报，会被俄国人监听。写信。"

卡莱斯连连点头。

丁向吐着烟，盯着手里有一种工艺之美的瞄准镜，爱不释手。"我们叫'阎王爷'，你们叫——'死神'。"他又抽了一口烟，长长吐在卡莱斯的脸上，"都一样。死神从来不挑剔，既不要求英雄，也不要求奴隶，给什么，吃什么。"

丁向在比利时街有一处隐秘的居所，只有几个人知道。他素来不喜欢公共场所，有极个别重要的见面，都会安排在这里。

这个房间也是一览无遗、简单至极，只有他和周迪，坐在沙发一角，距离暧昧，但气氛又有些严肃。

"你说——那天晚上——就是大直街教堂枪击案，咱们在警察局那个线人，真的看到了高轼珩？"

"他说光线太暗了，看不清楚，但他觉得像！高处长那个大个子，非常像。"

丁向点燃一支烟，沉思了一会儿，又起身在房间里走了几圈，想着，有的事开弓没有回头箭。

"有个叫郑墨的警官——蒋敏传的人,他带队过去的。"

"郑墨——"丁向沉吟着,他有印象。

"这个人以前是中东铁路警察局的,春节后被调到了哈尔滨市警察局,资历还是有一些的,并不是新人。去了之后,蒋敏传就带在身边,现在在警察局炙手可热。"

丁向接过周迪递过来的酒杯,喝了一口:"郑墨要是早有背景,也不会去当铁路警察,那差事很辛苦。能够调动,是靠上了大树啊。"他又放下酒杯:"那趟吓死人的列车,成全了他!"说着,他眼中射出一丝精光。

周迪轻轻咬着手指,妩媚动人:"您的意思是——那趟火车也许有什么线索?"

丁向想,冰美人脸上的妩媚是性感的:"那晚枪击案,你们说到郑墨,我就调阅了旅客名单。找中东铁路局真是麻烦,多亏了日本人协调。那趟列车上有齐彦强、郑墨,还有高轼珩。也许,还有——"

"还有?"

丁向双手插兜,低着头踱步沉思:"那个落在伊尔库茨克的行李车厢,被俄方前些日子转交给了哈尔滨中东铁路局,我叫厉行逐个审查那些行李之后,再发还给旅客。"

"有发现?"

丁向不说话,周迪也不问了。

"那批军火,全是国外最先进的东西,数量庞大,是现在满洲最需要的东西,上面很重视,我密令秦贻直带人悄悄搞了差不多一个月。"丁向抽起了烟,"他汇报说,可能和蒋敏传有关。可惜,没深入查下去就死了。厉害啊,我们的对手厉害啊。"

"秦处长的信息来源于一个会唇语的人,已经找到了,他不知道秦处长死了,还在继续监视着蒋敏传,那老家伙喜欢留恋各个夜场，并不难找到。"

丁向眼前一亮："听他说，这个人和聋哑母亲相依为命，所以精于此道，唇语了不得啊。他在哪里？"

"这小子很警惕，我的人跟他聊了聊，他觉得不对，就找了个机会跑了。不过，我们已经找到了他家。"

"明天带他来见我！"丁向站到窗前，看着月光下马家沟河两岸的雾凇树挂，还有哈尔滨新区鳞次栉比的各色建筑，又盯着《满洲评论》报社的小楼，距离只有一百米左右。过了一会儿，周迪打破沉默说："这外边风景不错。"

丁向扭头打量了一下周迪身上的旗袍，心中摇荡，但是忍了忍。"你说建筑嘛，"他微抬手指轻蔑地指着外面，"建筑这东西，外表富丽堂皇，内里都是藏污纳垢，哪里都一样。人和建筑，外表都是骗人的，谁信谁是傻子。"说着他面目竟然狰狞起来，转身在烟灰缸里熄灭烟头，不是和平时一样在烟灰缸里一下按灭烟头，而是把烟头在烟灰缸里死命扭动了几下，才算罢了。

他盯着周迪的胸部曲线，舔舔嘴唇："泰初就喜欢旗袍，一见旗袍就兴奋是吗？"

"你——你不说你不会再动我？他会感觉到。"周迪看着丁向的眼睛，竟有些羞涩。

丁向被提醒，猛然止住念头，懊悔自己刚才的话。他回身从桌子下面小心翼翼取出一把步枪，上面安装着一架三十厘米左右的瞄准镜，炫耀地跟周迪说："看看这个，赛德莱瞄准镜——这里有一种特殊的合金，是用放射性镭线处理过的，能在没有光线的情况下准确识别物体，可以搭配各种步枪。新东西，了不起。好！好！"说罢，丁向起身来到窗前，外面月亮正圆。他一只眼睛对准镜筒，调整好距离和焦距，视野里出现了神奇的绿色光芒，能很清楚地看到外面的景象，尤其是行人。

《满洲评论》报社每天都加班,他们因先诺的系列文章已洛阳纸贵。这时陆续出来一些员工,丁向在绿光里逐一窥视。不一会儿,他看到一个戴着眼镜的高个子背着单肩包走了出来,脸上有些愁容,似乎为什么所困扰。丁向在瞄准镜里端详着先诺,直到有十足把握,才扣动扳机。先诺倒在了地上,艰难地爬着,背包甩在了一旁,雪地上是殷殷血迹。丁向听不到现场的声音,他皱皱眉,又打了一枪。先诺顿了一下,完全趴在了地上。不一会儿,他又开始挪动身体。三三两两的目击者已吓得四处逃散。丁向有了怒气,把脸颊贴在枪把上使劲蹭了蹭,嘴里骂了一句,然后拉栓,上膛,开枪,接连重复了五六次,才看见先诺终于不动了。然后,他长长舒了一口气,盯着目瞪口呆站在一边的周迪:"先试试枪!"

他端起茶杯,猛喝了几口水。刚刚沉静下来,桌子上的电话响了。他的心猛地一缩,脸上出现了畏惧的神情。

"最近啊,天气冷。"泰初开门见山,声音一如往常,而罕见的没带称呼让丁向心惊肉跳,"你啊——不要总光身子,要穿好衣服。生病了,就不好了。"丁向挺拔地站着,凝聚全部心神点着头。"我——也一样。"泰初莫名其妙又说了一句,没等丁向说话就挂了。

丁向听着电话里的忙音,半响才慢慢放下电话,死死地盯着那部红色电话机,瘫坐在沙发上。

这通电话的每一个字都像重锤一样敲打着丁向羸弱的身躯。他的额头开始出汗,心中感叹,搞政治的人把语言用到极处,含糊微妙、不露声色的表达中暗藏穿心万剑,这才是真正的高手。丁向脸色煞白,神色从拘谨冷静变成凶狠狰狞,眼中燃起一股怒火和恨意,似乎要把面前的红色电话机点燃,引爆。他的手慢慢攥紧成一个拳头。

隔了好久,他才把目光转移到桌子上的国际象棋。他拿起"王后",两只手小心地抚摸着,感觉是喜爱的、动心的。他依依不舍地把"王后"落在了黑白格外面。然后，拿起一枚"兵"，慢慢向前移动着，直到对方的底线才停住。接着又拿起一枚"兵"，重复着直捣黄龙，抵达敌方生死线。他提醒自己，只要击穿敌方最后防线，按照规则，每一个"兵"都可以化身"王后"，具备超强威力。他可以有更多的"王后"。

他猛然抽出手枪来，把周迪吓了一跳，她疑惑地看着丁向。他抽出弹夹，一把把周迪搂了过来，把手枪从旗袍下面伸了进去，然后看着周迪的眼中露出崇拜，服从，哀求，魅惑，濒死。他不断抽动着，像狼一样低沉地吼起来。

第二天清晨，丁向叫副官给周迪打电话，说陪她一起去香坊白毛将军府。那是靠近孙家屯的一处商业区，因为一位长着白胡子的中东铁路局局长在这里修建了庄园而得名。此处毗邻去往阿城的公路，人气很旺。

轼珩和属下早到了，这里截获了一部电台，怀疑是"反满抗日"分子的一个据点。现场没什么特别，也没有太多线索。丁向草草看了一圈就和周迪到附近的通乡市场转起来，轼珩一直跟在后面陪同。

市场人不少，各种店铺鳞次栉比。

"丁局长，记不记得我跟您说过，这里有一个算命的，特别灵，连我家里的情况都能看出来。"

"记得，你不是总找他算卦。叫什么来着，金——？我是不感兴趣，轼珩呢？"说着他扭头看下轼珩，轼珩赶忙摇摇头。

"你们还别不信，这个人特别有名，很多市区的人都专门赶来算卦的，叫金铁嘴。"

他们走到金铁嘴闻名遐迩的卦摊，确实有不少人在排队。

"这叫什么，轼珩，怎么说来着？"丁向问轼珩。

"不问苍生问鬼神？"

"哈哈！对！"

周迪倒自嘲地笑了一下："还是试试，毕竟都到这里了。"

丁向和轼珩在一旁转。过了一段时间，看到队伍快排到周迪，他们就过去看热闹。

金铁嘴端坐桌前，聚光小眼，白色长须，满面红光，头戴瓜皮小帽，一身黑色长褂，倒也算有些仙风道骨模样。他徐徐开口，自信非常："女士——"

"随便问问，先生给随便说说就好。"

"你！"金铁嘴抬头端详周迪，脸上蓦地变了颜色，鼻尖抽动，眼中也出现了一丝恐惧。

周迪不解："您这是怎么了？"随后又不在意地笑笑。

"你——你——"金铁嘴慌忙摆手，好像看见瘟神，"你自便！老夫不敢说！不能说！"

"你倒说说吧，没关系，钱照付！"周迪豁然。

"这——"金铁嘴看着递过来的钞票，"也罢！也是好事！你这也是命数，让你提前做个准备，也是老夫积善。"他仔细端详着周迪的脸庞，目光炯炯。

"您请讲。"周迪有些忐忑了。

"俗话说，天为宝盖地为池，上为定数下修行；阎王叫你三更死，谁敢留你到五更。你——命数不过今晚子夜了！自作打算吧！"

"你——你——"周迪竟说不出话来。

"老夫问卦一生，从未出错，更绝少见你这般蹊跷寸劲儿。唉，也是命数。"金铁嘴脸上露出哀伤之色，言辞却信誓旦旦，"若老夫此言不准，明天，砸了我的摊，取了老夫性命，老夫家人绝不追究，左近之人可为老夫证言！"

丁向走到近前："我就是阎王，让你活不过今夜！"

第三十八章　命数

周迪开始慌里慌张，手足无措。准备先去医院检查，说要住在医院里，然后又决定今晚住在情报局，最后又疑神疑鬼地说还是家里最安全。轼珩看丁向苦笑一下，安排人选了两个东北大学毕业的精干人员，带着枪从今天开始守在周迪家楼下。

正是发饷日，轼珩从香坊回到单位，领了薪水。他抽出来一张纸币，放在内侧口袋里，然后拉开抽屉，找出个信封，把剩下的钱装到里面。随后又想了一下，还是把钱从信封里抽出来，把信封扔在一边。他看看手中的钱，又拿出一张放在内侧口袋，其余的放进外衣，走出办公室。

轼珩在火车站没看到三猴子，但刚巧遇到正拉着客人出站前广场的王春雨，便把外衣口袋的钱交给他，请他帮忙转交。

贵宾室，泰初和兮楠正坐着聊天。

"最近总在新京和哈尔滨跑来跑去，你们还要来送。"泰初端起杯子喝了一口水。

"反正也没事，正好一起聊聊家常，最近总看不到你影儿，难得坐在一起。"兮楠嗔怪着说。

轼珩心里想着，其实兮楠每次都要来送泰初，但是泰初都不允许，是怕妻子太疲劳了。这次，倒有点奇怪。

"没办法啊，张司令当了议长，还兼着东省主席，现在一堆事儿，"泰初笑笑说，"就是我们这几个贴身的给管着，不得跑来跑去？这几天，哈尔滨其实有大事情，就得麻烦经方接待了！"说罢无奈地拍拍沙发扶手，似乎别有深意地看了一眼轼珩。

所有人都知道瞿经方是泰初的政治盟友，哈尔滨特别市的副市长，时下的实权人物。

"我看，张公馆人家搬家了，前几天来了好几辆车拉东西，晚上也不见点灯了。"兮楠说。

"都搬新京了。"泰初说，"我们也许也要搬家了！要辛苦轼珩自己找房子。"

轼珩笑笑："找好了！这两天就搬过去。"他想着，昨天晚上他在东省行政署见到了道楚，但是泰初并不提起，自己也不好问。

"哎，轼珩啊，"泰初想起什么问道，"你那边怎么样啊？"

"哦，姐夫，您都知道了，"轼珩惭愧地说，"最近两起爆炸案震翻了天，大家都是手忙脚乱。"

"太被动喽——"泰初拖着长音说道，"丁局长，要力挽狂澜哟。建国之初，应该是一派欣欣向荣的开国气象，这炸个没完没了的，开国第一天，好嘛，连我都要动了。"说罢笑出声来，其中有一种说不清楚针对什么的蔑视。

"是，是，我们正在抓紧。"轼珩揣摩着答道。

"'夫材之用，国之栋梁也，得之则安以荣，失之则亡以辱。'"泰初感叹着说，"人才，人才！国家和平时，没有人才不行；国家危急时，没有定国安邦之忠心之士，也是万万不能的。"

"姐夫，我一定回去转告丁局长。"轼珩说。

"算了，不用。"泰初手一挥，"对了，最近啊，郑孝胥总理发表了一篇《满洲建国溯源史略》，你们都读了没有啊？"泰初不经意地问。

"读了的，这不是明摆着要和南京政府打擂台吗？"兮楠说，"南京说咱们这边是叛逆，直接把这个'满洲国'称为'伪满洲国'，还制定了什么收复计划。我看，这是郑孝胥总理在和这些舆论针锋相对啊。"

"嗯，不错，还不错，兮楠有长进。"泰初循循善诱，"轼珩，你——怎么看？你说你不懂政治，哦，是不感兴趣。但是啊，每次说得都不错。说来听听，怎么样？"

"好。"轼珩笑道，又看看兮楠，"我觉得是这个理，堂姐说得对啊。郑孝胥总理一方面从满洲的三千年历史说起，批驳南京政府对历史认识有误，从肃慎国、渤海国，一直到辽、金的建国历史，还有满洲和元、明、清的关系，说得多好啊。很多我都是第一次知道，不管对不对，总理还是有学问啊。"

"他这个人是幕僚出身，又是帝师，学问是好的。你接着说。"

"其次啊，好像说什么建国目的在于'剪除军阀恶政''救济疲敝人民'什么的，都是针对南京政府的。还强调我们满洲国是'民本制'，非贪渎无能的南京政府可比。不知道对不对？姐夫。"轼珩虚心地问。

"是，你说得好，兮楠说得也好，这篇文章是近期最受关注的文章。"泰初笑笑，"我看他是从历史学的角度，第一次对以往有关满洲地域的传统认识——只承认被汉族等异族统治过的历史，把满洲和高句丽等地域混为一谈——进行了通盘批判，从而建立一种新的认知。这招确实高明。"泰初今天的谈兴不同以往。

"如果啊，张司令当上总理，"兮楠压低声音说，"有你们这些人帮衬着，写出来的文章不见得比郑孝胥总理的差。"

"文章容易，文章后面的背景可不容易啊。"泰初说，"这个文章在张司令执掌议院、拿出《六法全书》的立法动议时放出来，有深意啊！"

兮楠问："这后面还有文章？"

"嗯，新国家的《六法全书》实际是根本大法。"泰初看看贵宾室里并无旁人，接着说，"我们这个国家，是要行政权和立法权并立，但是这个事情，总有个先后，有个轻重，世上的事情都是这样的。

郑孝胥是内阁总理，拿的是行政权，而张司令呢，是议长，拿的是立法权。我们立法权还没开始用呢，他们行政权就出了个《史略》，这名头这么大，表面上纲举目张，实际啊，是针对正拟定的《六法全书》来个下马威，要争个高低啊。这个就是我刚才说的，文章之后的文章哟！"说罢，他抬起手看看手表。

"你们男人的事情，绕来绕去，真是麻烦。"兮楠有些不解地说，"那郑孝胥是个外来户，还能和张司令经营多年的根基比吗？连人都认不全吧！"

"哼，"泰初笑着说，"咱们中国人啊，脑子快着呢。每个中国人心里都有几本账，你看透了一本，他还藏着掖着好几本呢，这可说不好！况且还有日本方面，那才是——"

副官推门进来，是火车到了。

泰初最后叮嘱轼珩说："你要送堂姐回去。"看轼珩点点头，又说："这几天哈尔滨的安保升级了，千万不要出差错。"说完拍拍轼珩肩膀。

送走泰初，他们没急着回家，而是一起在站前广场散步。哈尔滨火车站中央穹顶上方立了几个硕大的字牌，写着"大满洲国"，上面还装饰了五颜六色的霓虹灯，在夜晚相当刺眼。

"最近，泰初很少回家，偶尔才能和他聊上几句。"兮楠看看那几个字牌，眉头轻皱了一下说，"我对他的生活习惯、说话方式太熟悉了，所以我能断定，他应该是知道房间里被装上监听器了。"

"知道了好，姐夫非常聪明，"轼珩欣赏地说，"他是真正的大才，洞若观火。"他心里想着今天泰初的不同寻常，还有最后的那句话和拍在自己肩膀上的重重一下。

"是啊，有时候我就想，"兮楠感慨，"如果是在国泰民安的时代，那有多好啊，泰初这样的人会做出多么利国利民的事情。"

"人生漫长，"轼珩看着远处霍尔瓦特大街上的车水马龙，"以后的事情，谁知道呢？谁也不知道。"

"上级来了指令，"兮楠认真地说，"对你的工作给予高度认可，说你在关键时刻力挽狂澜，为组织减少了损失，是'英勇的战士'。"

轼珩面无表情，未发一言，心里在急速琢磨着。小凯斯普办音乐会那天下午，他已从火车站的王春雨那里知道，他上交的银圆中，除了那个微缩胶片，另一面那张叠出好几折的纸是种极为特殊的纸。核实后，王春雨断定就是他在生活书店找到的那种极白而且手感特别的纸。轼珩大胆推测，就是丁向在那个画家家里意外找到的纸，并不是道楚交给彭杉彬的那张普通白纸。可是丁向根本不会在电文上造假，这绝不可能，彭杉彬的反应也证明了这一点。

"银圆中的那张纸，莫斯科没有明说，据说是耗巨资购买的，但是没有最终鉴定，所以也不能确定。"

轼珩抬头看看兮楠，好像是想听她怎么想，也不出声。

"还有一个好消息啊！"

"嗯。"轼珩这才开口。

"26日，你就能看见妻子和孩子了，他们会在哈尔滨停留一夜，第二天南下。你们可以好好见见。组织上都安排好了，他们坐夜里的火车到。"

"好。"轼珩想，还有三天，但是他的心蓦地被一种力量揪起来，悬空着，怎么也放不下。

"你好像——不那么高兴？"

"没什么。"轼珩想起今天早上周迪奇异的遭遇，感觉目前就好像是在黑夜里赶路，不遇到鬼倒奇怪。他突然升起个念头：他们可以不来，最好不来。可是无时无刻的思念又抑制他说出这些话。

轼珩看到广场中央有一些人在抓紧施工，走近了一些，方才看清楚是在往一个崭新的纪念碑上悬挂大字。纪念碑很高，轼珩仔细看了看地上排开的大字标牌，应该是"满洲国建国纪念碑"八个字。

他轻声说:"人为什么要做这些,没有不会被毁掉的纪念碑。"

"你这么想?"兮楠好奇地看看他。

"我太太。"

轼珩指指远方一处白色和红色相间的建筑群问:"那个是医院?中东铁路医院?"

"嗯,是。"

轼珩觉得他最终会走进那座医院,那里是站前广场的制高点。他想进去。十年前,哥哥突发重病,在那间医院去世。可是,墓穴里却没有他。

两人坐着出租车,拐上了花园街。轼珩握握兮楠的手说:"没什么,别担心。"

公寓楼下停着几辆警察局的车子,一些警察里外穿梭,气氛很紧张。

"这是什么情况?"

轼珩和兮楠下了车,他拉住兮楠:"等一下。王妈——"

兮楠看见蒋敏传走了出来,正在门口和属下交代着什么。不一会儿,抬出了一个担架,上面的人纹丝不动,似乎已死了。兮楠再熟悉不过,正是跟随自己家多年的保姆王妈。

"这,这怎么回事?"兮楠倒吸一口凉气,声音有些颤抖。

轼珩没有说话,只是抬起手点点自己的耳朵。

"窃听器?难道是她装的?"兮楠半信半疑地说,"怎么会?"

"怎么会?"轼珩冰冷地说,"很多'怎么会',都是'一定会'。"

"那是什么人指使的?"兮楠说,"为什么没有审讯?"

"怎么审讯?牵出什么人,那就太麻烦了。"轼珩在想,满洲的政斗刚刚开始,一场比战争更残酷的厮杀正拉开帷幕。泰初的城府远超自己想象,怪不得让丁向都敬畏。

比魔更魔,是千古驭人的不变法则。

"难道——就查不出是什么人指使吗？"

"心知肚明。"轼珩说，"或者，后面的鱼太大，还没到时候呢。这是给某些人的一个警告，如果审讯，反而显得心虚了。"他心里想的，还是泰初适才在自己肩膀上拍的一下。

"他是爱你的，让我们送他去车站，以免你在家遇到，受惊吓。叮嘱我送你回来，还能安慰你。"轼珩注意到，泰初刚刚在火车站看了两次表，对于一个身居高位的人，这很不寻常。平素，门外的副官会提醒上车的时间，他不上车，车也不会开。

轼珩安顿好兮楠，已经很晚。丁向来了电话，让他赶到情报局。

丁向头也没抬，正在办公桌上操作着什么，桌上摆着两颗子弹。轼珩不好仔细看，就坐在沙发上看他对面的柜子，里面比之前多了几样东西。他感觉到自己的热血猛然涌上来，他随之悄悄控制了自己的情绪，但还是感觉后背升起阵阵凉意。

他无法判断其他的小东西，也许是证件，或是小本子，但是那个竖着的伏特加酒瓶他再熟悉不过。那种牌子在俄国也很少有人买，是廉价但是极为猛烈的伏特加，酒瓶口有个特别的弯曲造型。他的前同事——佐西莫夫独爱这种酒，即便执行任务也要带上几瓶。这种酒没人稀罕，这个瘾君子却视若珍宝。他每次都买上好几瓶，然后在酒标上用墨水笔打一个大大的勾，表示这是自己的酒，生怕被人偷去。天知道这个粗心的人还在托运行李里带了什么能泄露身份的东西。轼珩和娜莎没有托运行李，佐西莫夫应该是携带了大量伏特加，所以才托运了行李。他们都忽视了那个在伊尔库茨克被丢弃的行李车厢。

轼珩看着那个大大的黑勾，感觉像处死人的勾决。

"这个你熟悉吗？"丁向还是没抬头，突然问了一句。

轼珩身子微震了一下，才起身看着丁向的办公桌，这让他更受震动。

"叫你来,是跟你也确认一下我的方法。"

"局长,我知道,这是德国二十年代兴起的弹道分析技术。"

"嗯,不错,你该知道。"

"就是子弹沾上墨水,在吸水的纸上慢慢滚动,就会出现不规则的痕迹曲线图,就像您手里的这张一样。"

"然后呢?"丁向满意地点点头,又拿出一张纸,上面还是这种痕迹图。

"如果两颗击发过的子弹,用这种方式分析对比,轨迹相同的话,基本可以认定是同一把手枪击发的。如果轨迹不同,即便是相同型号的子弹,也来源于不同的枪支。"

"嗯,"丁向举起两张纸,递给轼珩,"你看看!"

"是,同一把手枪击发的,弹道相同。痕迹短,不是步枪。"轼珩左右比较了一下,非常确定地说。

"嗯。今天早上,我的一个线人被人打死了。"丁向嘴里哼了一声,"是一个人,一个人!"

轼珩疑惑地看着丁向,他的眼神在凶狠之外总有一种幽深的鬼气,这是最让人畏惧的。

"和打死秦贻直的是一个人!"

轼珩如坠云里雾里,盯着丁向,他在把玩着两颗子弹:"是——一个人!"

"对!完全相同的弹道!"

"打,打死了谁?今天——"轼珩有些失态,长官不说,自己先问是不合适的。

丁向把子弹甩在桌子上,看着它们来回滚动着,撞在墨水瓶上停了下来,才抬起头,盯着轼珩:"一个会唇语的,叫什么三猴子。"

之后，丁向跟轼珩谈了他的思考，认为秦贻直身死一定和他当时受命调查的军火案有关。他分析了地图之后，综合各种因素认定，这批军火应该是通过火车经哈尔滨运往目的地。轼珩调动了最大的克制力，专注于和丁向的谈话。

"这何以见得？"秦贻直死后，轼珩以为丁向会马上跟自己交代正在进行的秘密任务，让自己负责，可直到现在他才提起。

"这批军火是在美国采购的，张家采购的，本来想途经日本海在渤海湾关东州靠岸，然后送往奉天。但是其间发生'奉天事变'，在日本海，这艘船离奇消失了！日本方面知道这批军火的采购情报之后，派侦察船在日本海，甚至渤海、黄海领域多次搜寻过。你知道，现在那边是日本海军的天下。直到两个月前，在日本海靠海参崴一带发现了一艘可疑船只，但是因为天黑，海上风浪特别大，跟丢了。但是他们认为，应该就是这艘军械船。"

"那您判断是在东北沿岸登陆，因为肯定不会往南，那里的日本军舰太多了。海参崴？或者朝鲜半岛？"

"对！只要往南，日本海军不会放过任何一艘船只，他们不会不知道。但——海参崴，俄国人见利忘义，也不会放过它们。朝鲜半岛，日本人更是虎视眈眈。所以，我觉得只会在长白山以南，三国交界处，鸭绿江、图们江附近某处海岸卸货。只有那里最安全。"

"数量有多少呢？"轼珩不得不佩服丁向的分析力。

"我不确定，据说是非常多。"丁向说，"所以我分析，登陆后他们一定会用火车运输，因为马车根本运载不了多少。这几年，运输业发展极快，用火车运更容易瞒天过海。"

"会不会已经运走了，去往关里，或者已经被国军的潜伏队伍接收了？"

"应该不会。"丁向摇摇头，"根据日本的情报，这批货的登陆时间最早也是今年一月初。但是一月以来，大雪封山，日军调动频繁,几乎所有的货运线,能用的都已被征用,运兵,运粮。最近几天才逐步恢复正常。"

"一定会来哈尔滨?"

"哼。"丁向点点桌子上的子弹,"蒋敏传参加过北伐,和南京政府有千丝万缕的关系,虽然跟满洲表了忠心,但我不得不怀疑他。而且,秦贻直最近招募的这个会唇语的小孩子,在夜场监听到了蒋敏传的谈话,提及他有重要东西最近运抵哈尔滨。"他又长叹一口气:"可惜他们都死了,我只能依靠自己了,还有你!"

"封锁车站,逐一摸查。"

丁向叹口气:"谈何容易。中东铁路涉及满洲国、日本和俄国,三国演义!三个国家的睾丸,一捏保不齐谁叫,要么就一起叫!我已越过警察局,向泰初提交了报告,看能不能让关东军和新京一起出面,给俄国人压力。行不行——还要等。"听到"睾丸"两个字,轼珩想起了紫茵提到的睾丸素自闭症。

轼珩判断,秦贻直拿到那张撕掉的速写纸之后,还没来得及汇报给丁向,他只是之前从三猴子嘴里听到过简短信息,那时正是秦贻直命令三猴子加紧追踪的时候。轼珩感叹,丁向对蛛丝马迹的追踪力和对碎片信息的整合能力让常人望尘莫及。要不是三猴子突然死掉,他也不会跟自己交底,还会继续观察形势。这不是信不信任别人的问题,别人只是棋子,只是他棋盘上的一个工具。不过,蒋敏传的事情,是他无意间发现的,丁向最初应该只是和蒋敏传有宿怨,想让秦贻直找到把柄,然后伺机下手扳倒他。

轼珩下了楼,开着车子在街上漫无边际地转,才敢想起三猴子,内心方才敢隐隐作痛。他不知道怎么形容今天遇到的一切,痛苦、难过,甚至诡异。他感觉自己像个孤魂野鬼。他现在真想看到妻子和孩子,可是又不想他们来,不知道自己能不能活过这几天。

他把车停在江边,抽着烟斗,盯着浓重黑夜,心事万千。

抽了两斗烟之后,他的神思慢慢清明起来。江边传来流水声。近期温度有所升高,再加上排水沟不断排入废水,江岔子已有一些河道开始解冻了。

就要到子时。周迪住在附近,江边,巡船胡同。

轼珩一踩油门,没几分钟就到了周迪住的公寓楼,还有五分钟到子时。

楼下两个警卫在门口捂着耳朵,跺着脚,相当不耐烦。他熄了火,从暗处盯着楼上,只有一间窗户亮着灯,他猜测这可能是周迪家。

轼珩观察了一下,周围万籁俱寂,没有发生意外的兆头。匪夷所思的一天。他想着,还有两分钟。

突然,一阵女人的尖叫刺破宁静,在静谧的午夜听来惊骇无比。轼珩借着微弱的夜光,看到一个穿着旗袍的女人披头散发从门里冲了出来,像疯子一样狂奔向江边。被惊呆了的警卫才回过神来,在后面跟着喊:"周局长!周局长!你上哪里?"

轼珩嘴里叼着烟斗,望见周迪光着脚玩命地奔跑着,跑到江边,猛地一跳,"扑通"一声消失了。

轼珩掏出怀表,一看,正好,子时。

他盯着烟斗慢慢燃着,升起一缕细烟。他和天地一样,陷入无尽漆黑里。

第三十九章　遗言

轼珩醒来，屋子内一片寂静。

他看看镜中的自己，回哈尔滨才短短两个多月，已经苍老了许多。

洗漱完毕，他发现兮楠没有起床，王妈的死给了她很大冲击，昨晚她在卧室里唉声叹气，翻来覆去，到天亮才入睡。

轼珩蹑手蹑脚出了门，沿着花园街走到领事街街口，进了一家烟囱冒着浓烟、东倒西歪的小饭店。吃早餐的人不少，他拣个座位，要了一碗豆腐脑、两个烧饼，低头吃了起来。轼珩没有食欲，可是不吃早餐，胃就会疼。

一个报童坐在他旁边，缩着脖儿两手捧碗滋溜滋溜喝着豆腐脑，旁边的大口袋里放着崭新的报纸，还有油墨的味道。轼珩看见相似的大口袋，想起三猴子，嘴里一小块烧饼就没咽下去。他不经意看了一眼报纸露出的标题：干探郑墨放言，必侦破教堂大案。

"小兄弟，打扰一下，能不能卖我张报纸看？"

"唉，都是奔日子的人，要不能在这种地方吃饭？"报童没抬头，随手抽出一张，甩给轼珩，"看完给我就行！"他又抓起烧饼，瞅了一眼，大大咬了一口，嚼了起来。

这篇头版报道占了很大版面，配着郑墨的照片。轼珩心头有种不祥的预感，而看到郑墨腰间别着的 TT-33 手枪，他嘴角微微抽动了一下，这是火车上被自己击毙的大个子警察的配枪。郑墨在火车上时就拿在了自己手里，记得他还说过一句："这是新枪，还有油呢！真好！"

来小店吃早餐的贩夫走卒更多了，一个人在轼珩边上挤着过去，他叼着烟斗往里面躲一下，报纸在两人中间被夹住，撕开一道。轼珩盯着报纸撕开处的毛茬，不祥的预感更清晰了：郑墨！

他撂下碗筷出门，回到花园街取车，但是车子打不着火。他和楼下门卫一起，用烤灯折腾了许久。轼珩到了哈尔滨警察局，又被告知郑墨一早就去傅家甸警局开会。他开车沿警察街一路向东，穿过市立儿童医院，在许公路转南。进了傅家甸，轼珩迷了路，他之前很少来这边。一番打听后，车子堵在正阳大街上。这条街是哈尔滨除了中央大街以外商业最繁荣的地方，熙熙攘攘，一派热闹。直到过了同济商场，人流、车流才稍微少些。轼珩刚要踩油门，奔向傅家甸警署，就看见了郑墨。

郑墨在人群中很惹眼，一身警服，挺胸叠肚，背着手在街上逛着。他走到亨得利钟表店门前，抬头看了看，又低头抬腕敲敲自己的手表，然后又抬头望了一下钟表店的招牌，顿了一下，抬步往里去。

轼珩在情报学院进行观察力培训时，曾在老师的帮助下，在深奥的理论研究和持续的实践中，对观察力的形成以及反馈机制进行过系统性学习。所有的天才都需要被雕琢修正，甚至接受炼狱般的磨砺，否则是对天才不可原谅的浪费。难度极大的训练曾让轼珩一度迷失方向，他在很长时间内无法将原理、路径和自己对客观事物的惊人观察力联系起来，甚至怀疑课程的必要性。直到训练团队根据轼珩自身的特点，从一个故事中受到启发，师生一起最终找到了驯服观察力和控制观察力的决胜之路。罗马教廷曾经在几百年的时间里将阿雷格里的《求主垂怜》奉为秘密，凡听过的人无论是记忆力多么惊人的天才，都不能完整复原这首旋律极为复杂的神曲。十四岁的莫扎特偶然听过一次，随后就将乐谱完整记录并传播开。数年后，莫扎特回忆起这段经历的时候，他说："我听的不是音乐，而是客观本身,就像一幅幅生动的画面,在我的脑海里铺展开,最后形成一处绝美的风景。我没有听到复杂的旋律,更没有刻意去铭记。那是段漫长的音乐,人家都这么说,可当我回想起来,只是一秒钟,或者更短,那是静止的,只是一处静止的风景。没有时间,没有声音,只是在脑海里出现了一个瞬息的画面。我的复述,不过是把这个画面说出来。我没有记住什么,只是观察到了。"

此刻,轼珩调动了天纵的观察力,一切都是静止的,或者说瞬息的画面。所有无关的都被剔除,只剩下一帧帧静止的、最终组合到一起的必要画面。声音也一样,瞬息间,声音似乎来不及传播。

那是一辆毫不起眼的无牌货车,在北七道街的街口拐到正阳大街上,向轼珩的方向开来。街上人不少,它开得并不快,但也不慢。停在路边,车上飞下一人,没有任何迟疑,朝着马路对面的郑墨走去。

郑墨刚迈上钟表店第一个台阶。

林振铎脸上多了一副墨镜。他步伐稳健,并不着急,不快也不慢,刚刚好。他在路上间或停一下,一辆车从身前急速开过,他似乎一直盯着前方——郑墨。一个头上叠着高高东西的朝鲜妇女跌跌撞撞走过,他灵活侧身,看也不看,绕了过去,步伐不停。一个抱小孩子的人匆匆走到面前,他身形一闪,衣衫未动,点滴未沾。一个独轮车挡在他面前,车夫低头咬了一口手中的冻梨,他突然跃起,从独轮车上方轻松掠过。车夫再抬头,继续推车,没有注意到他的存在。

风,掀起长衫一角。

郑墨迈上第三个台阶。

林振铎上了人行道,面前两个野夫互相指着,在争吵什么,他们越挨越近,马上要拳脚相向。林振铎上前两步稍一弓身,从两人胳膊下钻过,那两人浑然不觉,还在怒目相对。

风，落下长衫一角。

郑墨上了第四个台阶，手向钟表店的门把手伸去。

一辆三轮车旁，几个伙夫正在装卸巨大的麻袋，稍不留神，那麻袋滚了出去，冲到林振铎面前。他依然看着郑墨，并没他顾，影子般轻盈跃起，这是他这一系列动作中唯一一次接触到物品。跃起后，他单脚踩在滚动的麻袋上，然后跃起更高，对着郑墨。

郑墨手握着门把手，许是被麻袋的摔落声惊动，回了一下头。

林振铎正巧从上而下扑落，右侧一晃，手中白光闪过。他落地之后，"咔嚓"一声，郑墨仰面倒在钟表店前面，身子一半在门里，只有两条腿叉开在街面上。

林振铎看都没看，转身。

刚才拥挤的人群像受惊的鸡群一样，尖叫阵阵，四处逃散。转瞬间，热闹的街面不见人影，地上一片狼藉。他不急不缓地向卡车走去，突然双手向天伸展，右手多了把流着血的斧子，呼啸长街："放马过来！"

话音未落，卡车转瞬间无影无踪。

同一时间，轼珩的柯尔特手枪刚刚上膛，还没来得及举起瞄准。

轼珩下了车，走到亨得利钟表店门前。

一阵大风刮来，门上系着的迎客铃响得更起劲。刀口从郑墨天灵盖往下贯穿，到了脖颈处。红色和白色的液体顺着台阶热气腾腾地流淌着。

他看到郑墨上衣口袋有个凸起，弯下身，取出一个小笔记本来。他打开翻了翻，注意到一处纸茬，这里曾撕下过一张纸。另一页画着个女人，很美丽，很慈祥，轼珩感觉一股苦涩在嗓子里泛出。他又找到一页，定睛细看，上面是速写："蒋敏传跟《满洲评论》唐先生说，火车将于3月29日晚间抵达哈尔滨……车次是

N376……届时将消灭劫匪。"

这时，地上传来一阵声音。一张报纸在郑墨身旁随风仓皇翻了几下，然后飘到郑墨头部。散发着油墨味的郑墨肖像，安静地盖在他脸上。

轼珩转了几家平民医院，都没有找到三猴子母亲。他最后找到一所偏僻的简陋医院，刚准备进门，就停下了。门口停着一副担架，上面是个已僵硬了的人，瘦骨嶙峋，和笔记本上的素描判若两人，也不似他曾在车站见过的样子。

寒风无情刮过，她身上破旧的衣衫不时翻动着。

轼珩站在担架前面，蹲下身，一手拄着地，低下头，重重摇着，然后仰起头，对着天空，良久。

最后，他伸出手帮她合上了眼睛。

轼珩仔细回想了之前在资料室研究过的哈尔滨铁道图，以及货车运输编号表，最终决定去哈尔滨南部城郊的进城线路看一看。在"60 km"到"70 km"路标之间，为了避开阿什河的大河湾，铁道线也有个大的转向，需要降速才能安全通过。

他开着车，叼着烟斗，脑海里一遍遍分析局势。他掏出怀表看了一下，今天是 23 日，于是又决定先去自己新的住所。

轼珩按照事先商定的方式，车喇叭按了三短一长。一会儿，娜莎坐到了车里，看上去憔悴了许多。

轼珩开车疾驶。

"我真的要感谢你，轼珩。"娜莎言辞恳切，神色疲惫而失落，她深色的着装也说明了这一点。

轼珩看着窗外说："不需要悲观。"

"我失去了一个好朋友，他的推理能力非常强。我知道，你和佐西莫夫一样，瞧不起侦探，认为他们玩的是'填字游戏'。"娜莎咬着嘴唇。

"并不是。"轼珩脑子里思索着出城最近的路,看了一眼颓废的娜莎,"推理很重要,只是——不是全部。"

"他能推理出你去过火车站。你当时是执行任务吧?坐了人力车。"

轼珩确认好路,车子风驰电掣开动起来。"我也知道他的卫生间窗户在洗漱镜的右侧。"

"这——你跟踪了他?早发现了他?"

"他是个很干净的人,这点一般人一打眼就能看出来,这不难。"轼珩觉得每个人都会因为仁慈而变得脆弱,他重重抽了一口烟斗,心里觉得,这就是失败的前兆,"他的胡须也刮得很仔细,但是呢,他的左腮下面,有一点地方有几根不起眼的胡须。不过这丝毫不影响他的形象,没有什么人能注意到。在现在这个季节,考虑一下太阳光照射的方向和时间,就会得到答案。他清晨刮脸的时候,太阳光只有从右边照射,才会出现这样的情况:他正对着镜子刮胡须,可因为光的折射,他会忽视左边的胡须,或者说是看不清,因为那儿会有阴影,所以会遗漏一点胡须,这很正常。这并不算什么推理。"

"你是和他在卫生间偶遇的?"娜莎想起了什么。

轼珩眉头皱起来:"正因为这一点,他在音乐会间歇和你谈话的时候,一直在用手摸自己左脸颊。我想,他也注意到了这一点,并且很在意,一定会去卫生间处理一下。"

"那你怎么知道他会遇到危险?"

"娜莎同志,只要你仔细观察环境就会发现,在端详他这个举动的人不只是我,还有别人。"

"逻辑这东西太过于复杂了,本身就是一个迷宫。"

"逻辑是荒唐的解药。法国有个古生物学家,叫居维叶,他有一个特长,就是在深思默想之后,可以根据一块发掘出的骨头——

亿万年前的骨头，描绘出一头完整的动物。后来，新的考古发现屡次证实了他的推测。"

娜莎惊奇地说："这也是逻辑？"

"我们根据某个事实，推断出其后的一连串事件，再去处理之后的一系列后果。'后果'，这两个字很重要。"轼珩抽着烟斗，死盯着前方，"我们和那些侦探不一样，因为后果不同。他们可以辞掉工作，躲避工作。我们不能！我们没有选择！"

"人总有目的，或者像我们，有信仰。现在的哈尔滨太危险，连日本人都会遭遇不测！"

轼珩知道娜莎所指。"我看到了，那天晚上我路过。"他加快语速，"那几个人我见过其中两个，是日本侨民。当时他们说着日语，转头跟店员吵架时说的却是中国话。他们冒充反满抗日人士，凌辱她。"

"怎么会？！那天晚上，她的爷爷找到我，要我帮忙找失踪的孩子，我们都快急死了！"娜莎的声音高起来。

"如果我没猜错，这是日本人的手段！她的男友，那个日本兵没有死，他们只是空打一枪，这样做的目的是让单纯的中国姑娘为自己所用，效忠日本帝国，成为死士。"

娜莎冷笑一声，摇摇头，不屑地说："她会成为人体炸弹，去炸反满抗日的人？"

"也许是满洲政府的政敌，亲南京的人，都有可能！"

娜莎重重摇摇头，好像把刚才对轼珩的尊重甩没有了："你要去哪里？"

"也许和你的任务有关。"车已行至荒郊野外，在一个路口，轼珩左右张望一下，义无反顾选择了一条路。

"对不起，无论怎么样，我没有接到指示，不能透漏任何信息。"娜莎语气非常坚定。

轼珩知道佐西莫夫的线索已被丁向拿到,可能很快就会找到娜莎。内务委员部在国外已没有太多资源,他们对待暴露的特工已无计可施,只要求一点——忠诚。他看着比自己军衔高三级却并不成熟的娜莎长官,一时拿不准要如何说起。

车子里陷入了沉默,除了风噪声,只能听到河水湍急的声音,部分河段已经开化了。轼珩看到了铁路线的"50 km"路标,离得不远了。车子现在在河流和火车道线之间的狭窄公路上。

"那天晚上,"娜莎迟疑着开了口,"在教堂那天,我遇到一个隐修女,她处在恐惧之中,遭受着无法想象的痛苦,她一定在赎罪!"

轼珩又加大了油门,他要仔细观察那处转弯,之后再做打算。那里可能有解开所有谜题的钥匙。

"但是,我发现那位污浊不堪的老人脖子上挂了一个闪闪发光的坠子,我想是金的。这样绝望的人,都对金子恋恋不舍。"

"什么样子的金坠?"轼珩心里一震,想起了韩玫佩戴的那枚和她特别不相配的金吊坠,扭头看着娜莎。

"好像,好像是个圆形的小盒子——"

一辆卡车不知道从哪里出现,对着他们冲过来,一片阴影骤至。轼珩猛打方向盘,向左打死,刹那间,他感觉到自己车子尾部被卡车刮到了一点。他飞了起来。车子在空中翻了几个圈,"哗"的一声,砸落到了河水里。他头部一阵剧痛,眼前一黑,没了知觉。

轼珩感到有人在大声喊他,不断拍打着他。他使劲闭了几下眼睛,才挣扎着从方向盘上抬起一点头。他看到娜莎惊恐的脸,猛地一抬头,车窗外是污浊湍急的河水。车内,河水一点点涨了上来,到了腰部。

他和娜莎开始死命推打车门。轼珩用脚猛踢着,但是车门纹丝不动。他们嘶喊着一起用力,没有任何效果。他们用拳头四处击打玻璃，只是造成了一点点裂纹，两人的手已血迹斑斑。河水到了脖子，他们再也无从发力。

轼珩猛地清醒过来，迅速摇下车窗，扭动身体钻了出来，用力划了几下，蹿出了水面。回头看，没见娜莎。他猛然一惊，大喘着气，快速游上岸，但岸上只有几根干树枝，没有坚硬的、能当作工具的东西。

他怒吼着，左右看着，只有一列火车快速经过。

他大喘一口气，憋住，赶忙跃身又跳了下去。他找到车子，里面已经完全充满水，娜莎在昏暗里徒劳地挣扎着。他看到，娜莎的腿被车门和座椅牢牢扣死，挣脱不了。轼珩游到娜莎面前，他把嘴里的氧气传递给娜莎，以便延缓一点点时间。同时他紧抱住娜莎，使出全部力气，试图帮她摆脱。他又死命搬动座椅，但是没有任何效果，她动弹不得。

他感觉自己就要窒息，急速划上水面，大吸一口气，再回来吻住娜莎。他已经绝望了，娜莎的腿一点都没有能抽出的迹象。

所有折腾都徒劳无功，死神已至。

轼珩大脑一片空白，再想回身上去换气时，胳膊被拉住了。他回头看见娜莎的脸突然变得平静、悲凉，还有一丝奇怪的安详和感恩。她急速摆摆手，抓住轼珩的胳膊，手指快速打出一串莫斯科特工都熟悉的电码："找到黄金。索菲亚敲钟人，代码'乌鸦'。"

轼珩痛苦地看着娜莎，看到她的手慢慢离开自己。那双让轼珩凝视过很多回、冠绝卢比扬卡的美丽眼睛突然放大，她大张开嘴，吐出几个气泡，头重重地抽动了几下，然后就失神地漂浮在水里。

在水下，他能听到自己声嘶力竭、绝望的号叫。

第四十章　丧家之犬

　　埠头区花圃街，哈尔滨市的绝佳地点。
　　中央大街和新城大街中间有一条安静的东西小路，只有二三百米长，往北面穿行过一片大花园，再过了警察街，就是松花江。前段时间，是紫茵帮着轼珩一起参谋，租赁了这条街上的一个小公寓。轼珩家的老屋——一栋美丽的红色小别墅就在隔着几条马路的霞光街上。
　　轼珩在"潮湿的鱼"缠绵到午夜。
　　他清晨一起身，就打开了皮箱。他脸色惨淡，但腰挺得很直，不是刻意挺拔，是艺术家那种骄杨一样的挺拔。虽然他看上去有些委顿，但因为特有的忧郁而有内涵的眼神，神情还是生动的。
　　轼珩把珍爱的物件一件件整理了一番：小提琴、芬兰刃、方便带回哈尔滨的影集、意大利羊绒大衣、德国集邮册。他又用一块鹿皮仔细擦拭了小提琴，直到光洁闪耀得让自己满意了，才放入琴盒，在新房间摆好，还把羊绒大衣挂在了门口。
　　他认真地洗漱完毕，整理好头发，然后坐在床上，拿起一本《叶芝诗选》翻了起来。这是1923年的德语初版，红色封皮、压花烫金，书页边还镀了金粉，看起来金光闪闪的，书不厚但很重，体面而精美。孟蕤不喜欢俄国出版的书，装帧单薄草率，印刷粗糙。她说，这好像给尊贵的姑娘穿上粗陋的布裙，阅读的神圣感荡然无存。这本书是她送给轼珩的生日礼物。那天，孟蕤小心翻开一页，轻轻地给他读了起来。
　　轼珩——记得这些天才的句子。临行前一天，轼珩给她背起那首诗："唯独一人曾爱你那朝圣者的心／爱你哀戚脸上岁月留痕／在炉罩边低眉弯腰／忧戚沉思，喃喃而语／爱情是怎样逝去，又怎样步上群山／怎样在繁星之间藏住了容颜。"

孟蕤看着他，含情脉脉："天才的世界都有神秘至极的深度，人总是慢慢地懂，也就慢慢老了。"

他从窗户看出去，是自己毕业的小学。熟悉的三层楼房，红砖、灰线、尖顶，线条优美又古典，类似于欧洲常有的肯辛顿风格的教堂。

建筑前面是铺着砾石的大操场，大门前是一棵高大粗壮的榆树。小时候，轼珩觉得它像寒风中接自己的爸爸。父母们正从四面八方走过来，轼珩知道，这是家长会。人心里非常在意，脸上自然就显出忐忑。他笑笑，也说不清是回忆还是期待。

兮楠给自己的消息是今晚八点十分。

新装的电话意外地响了，按照纪律，他搬家、申请电话号码都要提前跟情报局备案。

"下午到我办公室来。"电话那头吐了一口痰。

听丁向嘶哑的声音，好像黎明永远不会来。

夜晚，中东铁路医院。

轼珩站在房间靠窗户一侧，眺望着远处的火车站。他想抽烟斗，四处看了看，心想算了。广场上来往的旅客不少，但他还是看到一些情报局的便衣三三两两在广场徘徊。警察也比平时多了不少，三五成群凑在一起抽烟闲聊。偶尔一阵风吹过，就凑得更紧了，毕竟广场上的温度还要低一些。隔着很远，他能感觉到一阵阵肃杀气氛。

他判断，出站口离站台最近。到时候那个人应该会直接下车，不走候车楼贵宾室，直接进站台上车。不少关东军士兵笔直站在出站口的黄色大门前面。他们背着费德洛夫步枪，这种步枪虽说可以自动射击，但精度极差。

丁向下午只是简单交代了几句，让轼珩执行命令，枪支和照片厉行都会在现场给他，从始至终只字不提要射杀何人。他傍晚五点钟就到了这里，等了许久，还不知道行动的具体时间。

晚上八点零五分。"咚——咚——咚"，敲门声两长一短，间隔两秒。轼珩稍一应声，厉行就推门进来。

"房间不错啊，院长办公室都征用了啊！"厉行一身寒气，拎着一个硕大的长方形皮箱，黑色真皮散发着迷人的光泽。

他把箱子平放在桌上打开，敲敲皮箱外壳："真重！这玩意儿！"他又看看轼珩，走近一点："你这大衣漂亮啊！没见你穿过！"

轼珩打开箱子："看看枪！"

他端起枪，在手里转了几个圈，仔细打量，眼中流露出欣赏和喜爱："不错啊，莫辛甘步枪PE高精度版，罕见！"轼珩心里想，在莫斯科，只有专业狙击学校的优秀毕业生才有机会用。他又双手横举起枪来，端详弹夹一侧用六个崭新螺丝固定的瞄准镜。他肘部用力，熟练地把枪放在肩头，用眼睛瞄着，对着广场，左右扫视，又停顿一下："八倍PT瞄准镜，有夜视仪功能，号称'绿光之鬼'。好东西！"说罢，他放下枪，把这支步枪在手里使劲握了握，拿起枪匣里的消音筒，熟练拧紧在枪管上，这才看着厉行。

他接过厉行递来的照片，盯死了照片上这张瘦削狭长的脸，并迅速找出这个人异于他人的特征——眼角右下方一颗黑痣。这是声名显赫的关川夏央，日本政坛实力派，出身谍报系统，他的照片最近几天在哈尔滨的报纸上经常看到。

轼珩每周都有固定的一天光临"潮湿的鱼"。卡巴莱音乐里有复杂的伴奏，对于天才的音乐家来说，那些伴奏里微弱的某种乐器的节拍，是传递和接收指令最好的方式。来时火车餐车里提前设置的背景音乐，也是发挥了他的这点特长。

他是行动特工，为了万无一失，有两个指令来源。一个是兮楠的情报通道，另外一个就是这里。这里一般不会启用，昨晚是第一次启用："关川夏央，谍报权威，危害极大，残害我多名同志，血债累累。明晚离哈，机会千载难逢，格杀。"

他庆幸，机会就在眼前，满洲张景惠的势力蓄谋已久，这次终于将其牢牢锁定。但是一种不安却升上心头，现在是八点十一分，孟蕤和孩子的火车应该快到站了，正在收拾行李，准备下车。他心情有些起伏，又告诫自己，这对狙击手是致命的。

"还有几分钟，应该。"厉行耸耸肩，凑到窗前，稍微拨开窗帘看向火车站，"今晚是瞿经方带着哈尔滨大小人物来送行吧？"

轼珩又拿起步枪，对着出站口目测一下，距离八百三十到八百四十米，是这把步枪的有效射程。他看到一侧稍远的一个小楼，一个微小反光点闪着，那应该是另一个狙击位，也对着出站口方向晃了一下。

"今晚有备份？"

"我也不清楚——"厉行支吾着，又想了一下，小声说，"我有个同学是警察局的，跟我悄悄说，今晚上有任务，要狙击什么人。"

轼珩听着笑了一下，摇摇头。

"不是，我觉得吧，警察局根本没有像样的狙击手，连手枪都打不准，步枪都是土枪。"

"那——？"轼珩不明所以。

"听说，他们那个目标是姓瞿的，还说是要引发人群慌乱之后冲姓瞿的打。不用打准，受伤最好！还必须用莫辛甘步枪。"厉行又想起什么，"说万一打死也没事。反正打死打不死，只要跑得快，就嘉奖！我估摸着——"

轼珩点点头，他们需要现场呈现刺杀瞿经方未遂，误杀关川的假象。

"你有一次机会,只有一次!"说罢,厉行摸出一颗子弹在眼前晃了晃,递给轼珩。

轼珩接过子弹,在手里摩挲了一会儿。七点六二毫米的子弹,曲线虽然并不光滑,轮廓却有一种流体力学天然的美感。世界上很多东西都要有强大的速度和足够的重量才具备破坏力,但是还要有锋利的前端,要找到由小到大,由弱到强的爆发点,还要有完美的进入曲线。美学、哲学,甚至他最爱的音乐,都是如此。

他想着,现在是八点二十分,把子弹小心压入弹匣。

双方陷入了沉默,不抽烟不喝酒,男人间话就少了。

轼珩走到房间一角的留声机,拿起一张唱片,放上唱针,房间内响起了李斯特的《死亡之舞》。沉寂的屋子转瞬就有了某种气氛,乐曲在整个房间雀跃。

轼珩伏在窗前,左手托紧枪膛,右手握紧枪匣,食指随着音乐轻轻敲打扳机指环,好像在沉吟什么,或者是安慰什么。

他贴近瞄准镜,透过让人着迷的绿色光芒,看到警察开始驱赶广场上的闲杂人等。轼珩锁定出站口,计算着距离。距离约八百五十米,莫辛甘步枪极限射程。秒速八百六十米,加上今晚空气湿度大,约飞行一点零三秒。子弹在水平仪测准的横线下会下沉约零点八五厘米。外面风速不大,横向气流变化可以忽略。车辆停下后,目标必须下车上人行道台阶,步行四米。这是唯一的机会,对方应该不会像丁向那样,走路如风一样诡异,因为他要和瞿经方这类送行人员告别。但是八倍镜有个缺点,这种高倍调焦的瞄准镜,目标移动一米距离,需要几秒钟的枪管位移时间并重新聚焦。四米,在重新聚焦的时间,对方就会进了站台,目标会丢失。所以,只能瞄准一次!唯一一次!

对于一般狙击手来说,狙击本来就是掷硬币,运气是射手、枪械、环境以外最重要的因素。

对于轼珩，不是如此。

八点二十四分，霍尔瓦特大街驶来长龙般的车队。

轼珩沉浸在小提琴的乐声里，进入一种忘我般沉静的状态，呼吸也慢慢均匀起来。他深知，愈复杂愈需要冷静，冷静到极致，复杂会无比简单。

音乐的节奏展开，曲子的高潮如约而至，和弦如百灵鸟在歌唱，最恰如其分的节奏被天才音乐家一丝不差地表现出来。曲调的动人与虔诚，就像人类给上帝的歌唱。

车队如轼珩所料，在出站口停下。

小提琴的曲调一转，艺术的新境界扑面而来，急切的、兴奋的、欢呼的，像对人类的赞美，但是又有一种山雨欲来的不安在音乐中升腾。

关川夏央从居中的车辆下车，瞿经方还有一众官员，以及应景的记者们簇拥着。他一身黑色礼服，和乘坐的高级轿车相得益彰。他个子很高。

透过八倍镜，轼珩清晰地看到他在人群中慢慢移动。

完美的合奏，也是曲子中最动人心魄的音调，好像天降死亡之舞，震撼、威严。

轼珩在阴森的绿光中锁定着目标。终于，夜视仪把他的脸完整地送到轼珩要的瞄准点。轼珩的心跳和呼吸，还有枪支的微小起伏，完美地结合在一起。这就是人们称道的"人枪合一"。

这段乐曲，喧嚣、高亢、勇敢，让世间万灵为之悲戚、臣服——死亡之舞。

轼珩闪电般想着，心脏肯定不是首选，受力面积过大。对方位置在八百四十五米外，穿的是冬装，如果救治及时，那就会有问题了。额头——他的礼帽檐在转身的时候耷拉了一些，也不是很完美。脸部三角区——这时乐曲的高潮部分已近极致，死亡的舞步交织着命运的绝响，让人胆怯——就这里。

他突然意外转身。不过，没关系。一点零三秒之内，子弹会穿透他后脑下部的软骨，不会马上爆炸，进入头颅内，穿透脑组织，直到最后一刻，撞击颅骨。因为上颌骨坚硬，子弹会爆开，在他脑前开出一个大洞，脑浆、热血会喷涌射出，同时炸开大量致命弹片。如果他的骨质疏松，子弹还有约百分之十的概率穿透射出。

绿光之鬼，就是鬼，轼珩遇见了鬼。朝思暮想的孟蕤和孩子出现在绿光里，目标回头看着这个漂亮的小男孩，产生了兴趣。

无论是之前设想的哪一种方式，碎弹片都不可控，很大可能对于目标周围的人是致命的，而子弹从原定位置穿透，那就是两条命。还有一点，轼珩的儿子从出生就敏感胆小，经常梦魇，去过多次医院都没有明显好转。轼珩知道，这孩子如果看见那个将死的人可怕的模样，被鲜血和脑浆飞溅到脸上，他脆弱幼小的心灵将会面临什么。

音乐哀鸣着进行到了最后部分，这是一段悲切到极点，让人如堕九层地狱般绝望的曲调，所有的乐器化身为魔鬼，在虚幻中，在诅咒中，功败垂成，跪迎死神。

目标微微移动了。对于一般狙击手来说，这个几乎看不见的移动对子弹方向的影响可以忽略不计，对轼珩，并不是。

他根据孩子在目标身后露出一些的脸蛋重新计算了轨迹。千钧一发，他在脑中飞速计算。从后脑左下部击中，从三角区右上方射出，可以擦着孩子一侧耳朵飞过。这能保证不会爆炸，前提是风向不能变，气压不能变，目标也不能动，而自己的微微调整要绝对精确，有一点偏差，就会前功尽弃。

他的调整也可以大一点，也许成功概率会更大一些，但这要求关川本身体质不好，头盖骨松脆，否则就有可能出现头骨被打碎而不是整个掀起的情况。这样，急救之后，目标有存活的可能。

高傲的轼珩生平第一次，而且是唯一一次哀求、请求、祈求。

音乐在一阵让人心惊胆战的疾风骤雨中猝然结束。死神走了，好像一切都没有发生过。

他只听见血液在血管里流动的声音，还有月光洒落地上的声音。他的血液忠实地布满必要的肌肉纤维，不多也不少，刚刚好，然后，静静地等着什么发生。他又听见一朵浪花溅落的声音，然后是无数个悠然神秘的声音像涟漪在水面绽开一样不断远去。

轼珩扣动了扳机，并非有意识的，是血液用无数个神秘的神经反射弧送来讯息，忠于职守地送出一股神不知鬼不觉的莫测之力。

用生命之力于万分之一的瞬息，于万分之一的毫末，这是世上最难的事。

此时，轼珩人枪合一，是为神。

子弹如他所愿，在飞行五百米后达到最高点，然后刺破空气发出尖锐声音，向下狂降，在三百四十五米后正中此前预测的目标准确位置，不差丝毫。

然而，世上的主观和客观永远无法达到高度统一，这个折磨着无数哲学家的问题也让轼珩在余生为之痛苦。

小孩子腼腆，也许是为了躲过目标伸过来的手，他动了一下。对于一秒钟来说，他是没动；对于十分之一秒来说，他是将动未动；但对于百分之一秒来说，他动了，产生了位移，致命的位移。

子弹穿透了目标的头部，从三角区射出。目标缓缓对着小男孩，跪倒在了地上。

绿光中，轼珩看到脑浆和鲜血喷射在儿子脸上，一点点顺着可爱的脸流下去。孩子睁着眼睛，盯着前方，张着嘴，没有任何表情。轼珩祈求他能哭出来，但是没有。

他童真的左眼眨了一下，但是没有再睁开。轼珩看见月亮掉了下来，掉在他的灵魂上，一声巨响，剩下一片黑暗废墟。

儿子左眼角一侧,一道裂开的伤口正慢慢渗出血来。那是左眼神经肌的位置。

不知道等了多久,旁边有个人重重推他:"瞿经方也中弹了!警察局的打中了!快走吧!"

轼珩独自在车里抽完了一斗烟,手伸进烟草袋里,抓起一把烟草,直接塞进了嘴里,剧烈地嚼着。

他知道傍晚五点钟之后有行动,但无法确定几点能脱身。他赶回花园街和兮楠定了应急预案,如果在火车站看不到轼珩来接,孟蕤会带着孩子在其他同志的护送下坐八点五十的火车离开哈尔滨去往关里,确保安全无虞。

此时,火车站已经戒严,他无法靠前,也来不及了。而且,理智痛苦而无情地告诉他,覆水难收,什么也做不了。

他嗓子里泛出烟草强烈的苦味,他希望再苦一些。此刻,就像有巨人抡起石锤重重地砸着他敏感的神经,那种为天崩地裂而绝望的呼号传到身体的每个细胞,一种不知道哪里来的耻辱感在欺凌着他的尊严。他很快就变得粉碎,感觉受到烈火烹油的煎熬,变成一股冲天的黑烟。他真想一声尖叫,随之死过去。

轼珩不知道把车开到了哪里,下了车,进了一个酒行,买了两瓶威士忌。他一手一瓶,在寒冷的路上走着,喝着。不知道走了多远,已经是脏乱污浊的地方。他喝干净一瓶,扔在了散发着臭气的垃圾堆上。他又打开一瓶,仰着脖子喝了半瓶。这时一只老鼠从脚边跑过,轼珩抬起脚,一脚踢空,整个人摔倒在地上,倒在一堆垃圾上面。

他不说话,一句醉话也不说。他冷冷看着黑夜,低着头,像面前有一个要和他促膝长谈的鬼。他站了几下,没站起来,又喝了两口酒,在臭气熏天中打了个酒嗝,坐了好久。

他的头发全都耷拉下来,但面色还是沉静的,甚至更冷峻,只是有了从未有过的茫然。他好不容易爬了起来,拎着酒瓶,在黑暗里跟跟跄跄走着。

一条土狗冲了过来,冲他猛吠。轼珩回头看了一眼,晃晃头,又转身往前走,抬起头,举着酒瓶,大喝了一口。

土狗跟着又狂吠,轼珩脚下一滑,又跌倒在地上。他端着酒瓶,看着身上的大衣变得肮脏,苦笑了一下,站起身,没有搭理那狗,继续边喝边走。

拐过了一条街,那狗又冲了过来,吠声更猖狂。轼珩捧起酒瓶,喝了一口,盯着那条狗。他们对峙了一会儿,轼珩转身离去。

他喝干净了最后一点酒,把酒瓶揣在大衣兜里,不知道要往哪里去。一阵狗吠在身后响起,他一激灵,直接摔在了路边的污水沟里。

轼珩在污水里打了几个滚,没爬起来。

那狗冲到沟边,更加起劲地对他连吠不止。轼珩掏出酒瓶,扔了过去,那狗夹着尾巴转身跑走。

轼珩在沟里待了一会儿,那狗又回来,盯着轼珩,龇着牙,一声一声吠着。

一身臭气的轼珩爬了过去,盯着那狗,面无表情。狗向后退了几步,看轼珩不动,又急吠起来,作势要冲上来。

轼珩突然一跃,把狗按在身下,牢牢卡住狗脖子,死命用力。那狗猝不及防,声音变成了尖锐的惨叫。

轼珩侧头看了一下,它的爪子抓破了他心爱的大衣。他猛低下头,冲着狗脖子恶狠狠咬过去。

第四十一章　梦一场

大雪覆盖了城市，不知道下了多久，还在不停下着，一片白雪皑皑。本就水墨一样的景色，此刻颜色更淡漠，景色反而更浓重了，似乎有一种幻灭的预兆。观前街上渺无人烟，好像从来没有人来过，谁也不知道厚厚的白雪下面是千年历史的石板路。剑湖没了踪影，那从小就熟悉的塔眼看着就塌了，她却并不为它心疼。家门前的小河，几条乌篷船无奈地停泊许久了，要熬过罕见的冰冻期才能再动起来，此刻是没人在意它们的哀婉和孤独的。远处的山岭在大雪中若隐若现、空寂缥缈，让人怀疑这看了千百年的山是真的存在，还是幻象。此刻也没人在意它们的冷漠和威严，"千山鸟飞绝，万径人踪灭"，什么都会被遗忘。

临河的小窗，有人帮她剪去发黑的烛芯，这样光就热烈些，正在看琴谱的孩子就舒服些。她的怀里还抱着一只酣然入睡的小猫。如果爱，就会忽略很多东西，也可以遗忘很多东西，是个度过人生的好办法。她和同学们在教室里拉着心爱的小提琴，没有名师，没有专门的琴房，没有异域风情的城市，就在古道西风的小城，就在小桥流水的街衢，就在白墙黑瓦的小院，在井台边，在道观旁……时光像此刻外面的雪，梦幻迷离，清扬如歌。

那时候，她还不知道，纯粹的人在越汹涌的人海中就会越孤独，在越远大的理想中就会越失落，越执拗就越容易被伤害……

苏州怎么会有这么大的雪，铺天盖地的，越来越烈，慢慢地看不到乌篷船了，慢慢地又看不到窗外了。灯油耗尽了，大雪漫过了窗棂，似乎要冲进屋子里，不，是已经冲进屋子里，慢慢地在把一切淹没。

雪那么大，却没有风。

人，只能眼睁睁看着自己在雪中被淹没，还有旁边浑然不觉的小猫，是一点点地，慢慢地，让人有充裕的时间看着自己被淹没，让人有时间思考自己的离去并且承受着无边的黑暗和冰冷，还有无可避免的绝望……

起风了。

"他救了我，替我报答。"男人的声音，再熟悉不过，"他救了你，替我报答。"

一个人走下江堤，走向一座大桥下方的宽阔江面。

这是哪里？

借着月光，他蹲下身来，静静看着打鱼人下网的冰窟窿。雪下个不停，这个窟窿升腾起一阵阵迷离的白雾。他单膝跪地，摘下手套，把一只手并拢伸直，恭敬地轻轻平放在水面上，纹丝不动。

他在哀悼……

紫茵的身体轻轻震动了一下，她慢慢睁开眼睛，屋子里有一点光亮。丁向起床点亮了床头灯。她不确定他是从噩梦中拯救了自己，还是让自己进入了噩梦。她身下一阵剧痛，这么久，已经有些习惯了。

丁向注意到紫茵醒了，用手扳了扳她的手臂，拉着她起身，去到浴室。他打开花洒，试了试水温，又脱掉紫茵的睡衣，把她置入温暖的水流中。

也许是因为刚才的梦，也许是一向对狭窄空间的恐惧，紫茵瑟瑟发抖，可一想起刚才的景象只是噩梦，她又有些侥幸。

水流在紫茵的身上，在不同部位展现出不同的样态，反着或明或暗的光。丁向痴痴地看着，观察着水的流淌。他一直是个仔细的人，此刻也不例外，他从上到下赏玩着美丽、青春又洁净的胴体，细腻地感受着，贪婪地享受着。丁向的眼神直直的，没有任何温柔，像黑洞一样无情无欲。但是除了眼神，他身体的其他部分都不是冷酷的。他只有工具，对了，除去那一次。

丁向把紫茵搂在怀里，两人在水流中融为一体，放纵着自己的欲望。

紫茵不断呻吟着问道："你爱我吗？爱我吗？"

丁向狠狠咬住紫茵的耳朵，让她的呻吟变成更大声的惨叫。

他把紫茵从浴室抱了出来扔在床上，压了上去。丁向此时的眼神很奇怪，他从来没在这时候流露过怜惜、心疼、犹豫等情感。紫茵想，他的眼神根本就不是让人读懂的，因为根本没有任何情感的外露，反而是吞噬的、索取的、欲消灭一切的。

她慢慢不害怕了，开始心甘情愿。

丁向折腾了许久——比平时要久些，然后重重地倒在床上。他把枪扔在一旁，装上弹夹，喘着粗气，盯着天花板。

"你怕吗？"丁向的喉结动了几下，"我只带你回家。"

紫茵握住丁向在自己身上的手。

"世事艰难，危机四伏。"

"如果这么说，谁不怕啊？谁知道明天会怎么样，大家都是凭希望活着。"

"这世道，最怕希望。"丁向有些嘲讽的意味，"希望都是骗人的。"

"你的意思是，如果害怕，就是被骗了是吗？你说希望都是骗人的？"

丁向抚摸着紫茵湿漉漉的头发："越害怕，越容易上希望的当。"他又攥住她的手。

丁向的手在她身上留恋地抚摸，她感觉到这双手冰凉僵硬，熟练地在她身上滑过。她端详着把弄丁向的手，细长瘦削，好像经历过无数沧桑，晦暗的颜色和丁向身体其他部分大不一样，似乎被血液经久地浸泡过。这手一旦弯曲就感觉不像人的手，凶残暴虐。紫茵不自觉地想把手抽回来，却被丁向抓住。

"怕了？"丁向问。

紫茵于是和他靠得更近了些："原来，世上真有不会害怕的人啊。"

丁向冷笑："怕有什么用，人生就是弈棋啊，一步错，步步错，满盘皆输。可惜呢，又不是弈棋，弈棋可以重来，人生就不能重来了。"

"那，那不是太残酷了？"紫茵的眼睛像极了暮色中的湖水，淡影暗山，于天地无辜，对天地留恋。

"对，残酷才有意思，残酷啊——就更不能怕。"丁向拖着长声说，"人这个东西，总是在牢里的。"

"你——"紫茵盯着丁向，"你爱我吗？"

丁向舔舔嘴唇，长叹了一口气："还去那里！"他松开紫茵，起身进了浴室。

紫茵稍稍侧头，看见床头柜子上零散地放了几本书，其中有一本《爱伦·坡探案小说集》，落了些灰。紫茵抽出这本书，翻到其中一篇，叫《金龟子》。那张特殊材质的纸还在，一张写满天书般字符的纸。

紫茵的手指并拢着在掌心轻轻搓动了几下。

紫茵在街上闲逛了许久，街上飘起了雪，这让她舒适。初来哈尔滨，遇到雪天，她会打伞出去，总会吸引很多人的目光，自己可就尴尬了。后来她试着不用伞，才发现雪花落在身上的好。身上落些雪的人看着美，走起来也更轻快。雪花反光，生灵凡能闪光的，都金贵着呢。

她又叫了个出租车，在城区绕了个圈，然后停在空旷的新城大街上。她确认，这寒冷的天地间，自己是孤独的。她穿过两条小街，来到花圃街上，进了一栋公寓楼。上了二楼，敲门，等了许久，没有人。他曾说，不要给他家里打电话。

她咬了咬嘴唇，打开手里的女士包，合上，然后又慢慢打开，抽出一个精美的信封，她蹲下身，从门缝里塞了进去。

她下楼，等了许久才等来一辆出租车。到格祖诺夫音乐学校门前，她让车停下，她注视着自己经常练琴的那间房子，窗户紧闭着。她走到附近的商店，拿起公用电话，拨通了。

"今晚去？"

"……"

"要不——改天吧！"

电话那头沉默许久，下了决心："就今晚！"

紫茵放下电话，身子晃了几晃，感觉要晕倒。她靠在柜台上，手有点抖，镇定了一会儿，连拨几次，都弄错了。最后，终于拨通了一个号码。

起风了，雪下得很大。后来有人说，这是哈尔滨1932年开春之前的最后一场雪，也是最大的一场雪。

江边的温度很低。

因为这场大雪，天和地，江和城，都融为一体，一片白茫茫，没有一点人间烟火气。松花江铁路桥还是岿然不动，黑色的巨大桥身在这样的天气中显得格外沉重压抑，为城市平添了一丝忧愁。

他们在江畔公园碰面，下到江堤上，这里风很大，走在这里似乎更能融入这大雪之中。

一列火车正从江面驶过，两人对视了一下，似乎想起了什么。丁向把紫茵搂得紧了一些，看着紫茵红润的脸庞，他又从手套里抽出手来，给她暖了暖。紫茵笑了，看着丁向，又依偎在他怀里。

两人都没有说话，只听着火车轰隆隆的巨响，似乎能感受到桥身的震动。一种巨大的能量笼罩在他们周围，他们真切地感受到，却说不出来，或许是不想说出来。

雪势不减，反而更狂暴了，大片的雪花伴着江畔的朔风呼啸而来，前仆后继，好像千军万马般英勇激昂。

就这么走了很久，苍茫的江面只有这两个人，他们一步一步走着，偶尔会一起趔趄倒地，又互相搀扶着起来。

紫茵突然抬头看着丁向，脸色更红了，不知道是因为天冷还是什么。她有些瑟瑟发抖，像下了很大决心似的说："我们——回去吧。"

丁向看着紫茵，神情变得宁静而温柔，这是紫茵从没见过的，她感到一丝怪异。丁向嘴角动了一下，没有说话，带着她上了铁路大桥。

火车来了，和那天晚上一样的环境。天色浓重，远处，一匹狼神奇地又出现了。

丁向疯狂起来，又一次进入了她。她感到刺骨的冷，刺骨的疼，刺骨的兴奋。

枪声在铁路桥两端同时传来，之后变得非常密集。丁向叫了起来，紫茵也叫了，她感觉到从未有过的亢奋和迷醉。

她在迷离中，像看一场戏一样，看到江面上，黑暗中不断有枪击的火焰，不断有人惨叫倒地。她叫得更响了，为自己而澎湃起来。

火车轰隆隆在身后驶过，桥仿佛要陷落。

过了许久，丁向在身后骂着，更加狂野，好像一个疯子。他拽着她的长发，就像汹涌的巨浪在她身后，推着她，又留着她。

狼嚎一声又一声。那狼在江面上死盯着他们，往桥的方向奔了几步，听到枪声，又裹足不前，扬起脖子，对着月亮嚎了起来。

丁向似乎不知疲倦。

紫茵看着下面无底的深渊，听到枪声减少了。没有人冲上桥来。没有人，只有一个男人和一个女人。

第四十一章 梦一场

丁向结束了，他捡起自己的腰带，死命地抽起来。紫茵精疲力尽，但是仍顽强地承受着。

狼终于消失在茫茫江面上。

丁向瘫倒在地上，抱着紫茵。他的面色和此时的天气一样冰冷："你爱我吗？"

"你呢？"紫茵浑身都在疼，她裸身坐在雪地上。

"嗯。"丁向像雕塑一样僵硬。

紫茵大哭起来，使劲拽住丁向，把他推来搡去。再之后，她又平静下来，木然地看着丁向。

他站起来，嘴角不自觉地抽动了两下，然后抽了自己两个耳光。他把紫茵拉了起来，给她披上衣服。然后，他缓缓举起了枪，又匆忙抬起了另一只手，双手握紧手枪，眼睛重重地合上。

紫茵的神色突然平和了，她直视着黑洞洞的枪口，也直视着丁向，嘴里发出了一点声音，好像复杂的乐曲最后一个音符结束之后让人遐思和扼腕的余音。

眼前一团火焰炸开，丁向的眼睛睁开了，狼一样的眼睛，好像流着泪。"砰"的一声，就像耳旁一个琴弦倏忽崩断，盖过了寒风的呼啸。她雕像般僵直地从丁向面前仰落。

她眼前变得亮起来，荒芜的景色历历在目。几只寒鸟在耳边飞过，跟她埋怨着什么。风声在耳边呼啸，好像安慰着什么。天上的星星一颗颗离她远去，在跟她作别。

她感觉自己在飞，身上的衣服里灌满了风。要是会飞该多好啊！

她看见，辽阔的江面上，很厚的雪正在接近她，慢慢把她淹没。

她听见，零星传来几声枪响，然后是一声重响……

从古到今，枪是最无用的东西，除了生命，从来没有真正终结过什么。

第四十二章　复活节

彦强在这家装修豪华的医院大发雷霆。

他揪住面前医生的衣领，撕扯着，狰狞地说："一个小时以前，你的助理给我的人打电话，说化验出了我父亲体内的有害成分，让我来取化验单！"

"齐公子，那是，那是搞错了。"医生连连摆手，惶恐地说，"真的是搞错了！就是这张化验单，上面写得很清楚，您说的——是不存在的！"

彦强拿起桌子上写着这家医院抬头的纸，一条一条撕碎，揉在一起，扔在他脸上："你在骗鬼！"说完掏出枪指着医生。

"您杀了我，可以！我想您知道，全市没有几家医院有我们的进口设备和化学试剂，我们已经尽力了！您在别人家得到的一定也是一样的结果！"医生变得坚定、真诚，注视着彦强。

彦强恨恨地从医院出来，手下们一个个噤若寒蝉。

第二天，彦强来到桃花巷的大宅，一进屋，就感觉天旋地转，不断抽搐，连续服用了两小瓶吗啡。父亲的病情急转直下，各路名医都请了，稀奇古怪的治疗方法都试尽了，毫无起色。前几天，他不得不默许家人们准备了各种身后事所必需的东西。

今天，他发现一楼大客厅的沙发等家具不知道什么时候被搬了出去，换成了触目惊心的黑白色陈设。

他使劲挠挠头，盯着楼上。父亲在二楼卧室里，大多数时间都在昏迷之中。他想着，双手揪着自己的头发，不断用力。他不信任何人的解释，父亲的衰败太快了，是身体机能的整体崩溃，根本不正常。一个多月前，父亲的头发、胡须就快掉光了，这太诡异了。他记得在欧洲时，偶然听说过中毒会导致类似的症状，可是他不是学医的，完全摸不着头脑。他给所有西医医院送去了父亲的血液样本，但是医院也毫无头绪。他明明从那个医生那里得到了一丝希望，但是，又是这种结果。他觉得医生在说谎，但无计可施。或许他和杜医生一样，被人以家人要挟。他双手紧紧握起来。

一阵脚步声传来，下人们低声喊着号子。这是一具红色楠木棺椁，十来个人用碗口粗的绳索抬在肩上，冰凉天气他们穿着褂子，却已大汗淋漓。

彦强看着棺椁上不知道刷了多少遍漆才有的富贵光辉，怔怔出神，不由得蜷缩着，双手捂脸哭了起来。

"大少爷，"过来了一个手下，凑在他耳边说，"市立第二医院也有很好的设备。"

"不是送过了，说没异样吗？"彦强咬着牙。

"是这样，但那个医院有个李医生，很有名气，他刚才打来电话，说之前的结果可能有问题，他希望您亲自去，当面谈。"

"他要多少钱？带去。"彦强顿时起身。

"李医生说不用钱，只要保密就好。"

彦强问了一下父亲的情况，就带着这个人悄悄出了门。

市立第二医院和往日大不相同，多了很多警察，戒备森严。彦强没带证件，用警察的对讲机周折联系到蒋敏传，才进了医院。

医院里各个楼层都站满了神情严肃的警察。彦强顾不了这么多，在三楼办公室找到李医生。

"李医生，什么结果？"彦强急切地问，语气比平时放低了不知多少。

李医生一脸敦厚，学者模样。他站起身，走到窗前："齐公子，您确定样本是您父亲的血液？"

"是！"

"老人家年事已高，这不妙。我不能出化验单，因为——"李医生摇摇头，"但是，我这几天都休息不好，出于医生的职责，还是决定找你当面说。"

一阵急促的敲门声，李医生走过去开门："好，我马上去。"

他扭头跟彦强说："瞿市长夫人来了，大喊大闹的，说市长的创面缝合不好，有点感染的迹象，让我马上去解释。"说罢他摇摇头："这几天，医院都成他们家的了。"

"那——"彦强跟着李医生急促的步伐。

"我应付一下，出来给你细说，齐公子。"

李医生头也不回上了四楼，彦强想跟着，被楼梯口的警察拦住。他看到李医生转身进了尽头一个病房，里面传来一个女人的训斥声。

彦强站在楼梯口，像只热锅上的蚂蚁，他感觉自己失态，干脆靠在墙上，盯着远处的病房发呆。

他看到身边走过一个护士，推着小医护车，跟警察打了个招呼，就径直进了尽头处的病房。彦强羡慕着，突然觉得这个人在哪里见过，一拍脑袋，想起她就是自己去做过衣服的里维奇裁缝店的小姑娘。他又挠挠头，觉得自己是魔怔了，但又想了想，还是觉得就是那个漂亮小姑娘，当时他还多看了几眼。

"轰"的一声巨响，彦强浑身一抖，被一股热浪猛地掀翻在地上。等他抬头，尽头的病房已成火海。

彦强刹那间什么念头也没有。当有人抱着他往外拖的时候，他才确定无疑，那个病房里无人生还。

连续不分昼夜地奔波，还是徒劳无功，他感觉自己被一个密闭的东西牢牢罩住，没有一点光线。一天晚上，彦强回了小冬的住处。他呆呆地坐在房间里，一句话也不想说。小冬递来一杯酒，他摆摆手，瘫倒在沙发上，怔怔出神。

小侄子不知道什么时候回家了，看见他在，就跑到了另外一个房间。不知过了多久，一架纸飞机落在他脸上，他拿起来就想撕掉，但是想想对自己充满敌意的孩子，又把飞机扔在了一旁。这个孩子最近常在振铎家玩，不愿意回家。他和振铎最亲近，从小就是。彦强又冷笑一下，也许是因为自己最近常来这里。孩子没过来取飞机，他想，这是有多讨厌自己。

没一会儿，他感觉自己快睡着了，有什么东西落在身上，他摸了一下，又是一架纸飞机。抬头，发现小侄子站在门口，怒视着他。

"就两架啊？"

孩子点点头。

"自己叠的吗？"

孩子点点头，眼神里满是敌意。

彦强坐起身来，两手摆弄着纸飞机："过来，过来就给你。"

孩子一跺脚，转身去了别的房间。

彦强叹了一口气，低头看看手中的纸飞机。他的眼睛一亮，上面明明印着之前去的那家医院的抬头。他马上拆开飞机，把纸平展开，豁然是一张化验单。那个医生果然在撒谎，纸上写着："发现剧毒成分——铊。无色无味，长期微量摄入可致死。"

他怒视着这张纸，紧攥住，纸张瑟瑟发抖，发出清脆的响声。彦强想起来，这不是自己第一次看到这个字，以前就曾见过的——"铊"，在杜医生的办公室里，当时他完全不知道这是剧毒，没有重视。

他冲出屋外，大叫一声，对着小侄子喊："这张纸哪里来的？说！"小孩子吓得哭着躲在小冬身后，半天才探出头，怯生生说："三叔家。"

彦强转头出门，想找医生了解是否有解决方法。他重重摔上门，火速下了楼。到楼下，又想起什么，转身跑上楼，猛敲开门，不顾一脸茫然的小冬，冲进刚才的房间。小侄子刚捡起一架纸飞机，在手里玩着。彦强一把夺过来，打开，上面写着：“电文接收译文：我将顺利启程，按照预定日期抵达哈尔滨。3428 车厢，请来接。”

风烛残年的之山虚弱地半躺在床上，他的眼睛干涸无神，直勾勾地看着天花板。这是他最近一周唯一清醒的时候。

彦强这几天遍寻名医，所有医生都说对这种毒素没有办法，尤其是发现得太晚，病人中毒时间太长，且又值高龄，回天无术。

他坐在父亲面前，强作镇定，脸上却挂着心疼、委屈和悲伤。

父亲抬抬手，他正不明所以，管家从书架上取下来一张全家福照片给彦强，示意让他举给老爷看。之山缓缓抿抿嘴唇，眼睛勉强放出一点光来，似乎带了点湿润，他扭头看着儿子。

"父亲——"彦强带着哭腔，已有不祥预感。

"没，没事，儿子。老了，都有这一天的。去见你妈妈和弟弟了——"他用力换着气，气息若有若无。

"父亲——"彦强眼泪流了下来。

"你——"老人闭上了眼睛，过了好一会儿才睁开，看着儿子，那是这个强人流露的最可贵的不舍，"好好的，我放心。还有——"

"振铎——会好好的。"彦强忍着悲愤，已无暇他顾。

"儿子——"老人把苍老的手放在彦强手里，"有发觉……晚了——晚了。"

彦强哭出声来，看见老人的眼里是让他心疼不已的悔意。"没有！什么都没有！父亲！"

"报——有报应——有——"他似乎醒悟了什么，但是太晚了，和彦强查出真相一样，晚了。他的手垂落，张开着，撒手了。

冰凉的灵堂里，点着很多蜡烛，居中还有一个大缸装满煤油，上面燃着硕大明亮的烛心。巨大的棺椁前面，彦强孤零零跪着，显得瘦小可怜。他告诉下人，明天早上开始吊唁，今晚，他想一个人。因此，偌大的齐家宅院，一片寂静，只有院门外站着几个人。几只乌鸦在院子里，偶尔不祥地叫着。

"少爷，情报局的人说，高轼珩高处长，今早上被送去医院洗胃了。我们去了医院，他麻药劲还没过，睡着呢。"

彦强点点头，悲哀地认定，一切都是命数。他问下人要了把枪，枪递过来，他却又推开了。"多叫些保镖来！"下人刚答应，他又沮丧地摆摆手："不用了！"下人刚推门离去，他又喊了一句："谁也不要进来！"外面答应了，可他又觉得多余。

午夜时候，眼泪已经干了，他红着眼，对着眼前的火盆，麻木地一张张扔着纸钱。

门开了，一个人悄无声息地走了进来。

彦强没有回头，他知道，这世上好像只有这个人能走路如此之轻。

振铎在灵堂前拜了三拜，上了一炷香："父亲，我来晚了。"

彦强的平静被这一声"父亲"打破了，他扭头注视着林振铎，把嘴唇咬出了血。

"上次你说，我们小时候捉鸟——"振铎望着灵堂中央父亲的遗像，声音低沉，缓缓说。

彦强手里攥着那个美丽的十字架，缄默不语。

"你——记不记得，我们每次的工具都一样，都——带的什么？"

彦强从牙缝里挤出话："棍子、绳子、箩筐、一个大铁桶。对，还有浪费的粮食！"

"记性不错！"振铎轻轻笑了一声，"你有一次好像扣住了几只鸟，但是还是没带回来。你记得吧？"

"记得！"彦强喘了口粗气，"我一打开箩筐，鸟全飞了，抓不住。"

"为什么？"

"怎么？"

"因为有个秘密我没告诉你！"

"好啊——你秘密太多！太多！"

"你以为那个桶是装鸟的——"振铎似乎对彦强的愤怒浑然不觉，语带嘲讽。

彦强瞪着振铎，他没有低头看自己一眼，反而背起了手。不知什么时候，他戴上了墨镜，更让人厌恶。

"其实呢——告诉你也没用，反正你也抓不到！"振铎哼了一声。

"你说说！"

"秘密是那个桶！每次箩筐扣住鸟，我就把铁桶罩在上面，用棍子狠敲，没几下，它们都会被吓死！震死！"

彦强想，怪不得他带回来的很多鸟身上都有血迹，浑身顿时起了鸡皮疙瘩。

"让它们七窍流血！"说罢，他呵呵阴笑起来，"无处可逃！"

彦强望着父亲的遗像，感到心力交瘁，万念俱灰，暗叹齐家命数已尽。

"明天是复活节，"振铎看了一眼他手里的十字架，"一切重新开始！复活了！"

彦强站起身来，上前摸着楠木棺椁："好！也好！"他的语调凄凉，几欲求死。

振铎挪动了一下，对着彦强。彦强看到墨镜之后的眼睛，宁愿自己看不到。他暗自祈祷："这人是犹大！他不得好死！"

振铎又近了一些，彦强能闻到死亡的味道，而不是刚才让自己痛彻心扉的告别的味道。

门"吱呀"一声开了。

他们同时扭头看过去，轼珩走了进来。他脸色蜡黄，憔悴不堪，只是一双眼睛沉静如水。而他走路的步子，不急不缓。他走到齐老爷的棺椁前面，弯下身子，深深鞠了三个躬，虔敬地上了三炷香。

彦强站到一旁，注视着，然后跟轼珩恭敬还礼。

礼毕。彦强注视着轼珩，他转过身对着振铎，笑得沉静含蓄，好像似曾相识。

"见过。"振铎一直观察着他。

"一次。"

"好多次。"振铎嘲讽一笑，"等警察来？"

轼珩笑出声来，掏出手枪，伸开双臂，右臂晃了晃，然后蹲身，把枪放在地上，轻轻一送。

振铎看手枪滑到墙角，不知怎么，手上多了把斧子，没见他动，"咚"的一声，劈在棺椁上，楠木竟流出"血汁"来。这是最好的楠木，价值连城，数百年生命的精华累积在躯干的纹路里。

彦强没有看清楚两人怎么缠在一起，只听到长衫在急速运动中发出的清脆声响。没几个回合，轼珩被连续击中，趔趄起来。彦强听保镖说起过西方格斗术，在欧洲时也了解过，轼珩用的完全是西方格斗术。格斗术的第一要义是站位，也就是结合自己的招式和对敌方的判断，斟酌下一步动作，选定向对方出手的合适站位。只有占据合适的位置，才能获得先机，也可以有效躲避敌手。但是轼珩的站位完全反了，几乎招招算错，拳拳落空，步步危急，被多次凌厉一击，所有的即时反击也是错的。他总是右侧身体贴近，以躲避振铎左拳。但是振铎明显右拳更快，反而因为轼珩的贴近使出更重的力量。轼珩正着了道。

轼珩不一会儿就气喘吁吁，脸上带了伤。振铎毫发无伤，步伐愈发敏捷，甚至腾空跃起，给了轼珩胸口重重一脚。当他再度跃起想踢出右腿的时候，轼珩脸上露出惊骇神色，随即恍然大悟，似乎刚刚反应过来。轼珩突然向右侧闪身，鱼一般滑动，挥拳打向振铎太阳穴。这是他第一次踩准节奏，奈何振铎速度之快完全出乎意料，竟然在步伐向前的同时，上身鬼使神差往后仰去。毫厘之间，振铎的墨镜被打落在地，摔得稀碎。

振铎猝不及防，眼睛猛眨了几下，抬起右臂在面前遮挡。闪念间，轼珩纵身连出数拳，接连命中，然而力度似有不足。振铎连闪几步，身形不见减缓。轼珩没有丝毫停顿，又连下重手，瞅准振铎破绽，大喝一声，一脚飞出，狠狠踢在振铎胸口，他这才连续退出几步，勉强站定。

彦强知道，振铎少年时就怕强光，在特别亮的地方总是戴着墨镜。此刻彦强心里不觉生出一丝希望。说时迟那时快，就在轼珩再度向前时，振铎突然原地向后翻起一周，腾空足有两三尺之高。彦强以前曾亲眼见过他这么向后翻腾出五六米，然后落地转身，使出闪电一脚，直接踢毙一个不知死活挑衅的无赖。他心里一紧。但是振铎并没出腿，他落在楠木棺椁上，瞬间，那棺椁发出一阵响动，似乎摇晃了一下。未及彦强感觉羞辱，振铎借力再跃起，直接从灵堂中央的巨大长明灯上面蜻蜓点水般掠过。烛芯随之熄灭，房间内昏暗了不少，应是他踢落了灵堂内最亮的一盏烛火。

振铎再落地后，轼珩完全陷入被动，被振铎快如闪电的身形逼得无处可去，连续被踢中，最终翻了个身，摔倒在地上。

振铎沉默不语，在轼珩身前站定，一脚踩在他头上，狠狠踩躏几下，然后盯着轼珩修长的手，猛踩下去。这时，彦强不知哪里来的勇气，猛地跃起，撞到振铎身上。谁想，他早有防备，顺着彦强飞来的力道，闪身，出腿，把彦强踢了出去。彦强撞到悬挂着的父亲遗像上面，感觉万箭钻心，五脏六腑瞬间炸开，然后落在地上。被砸落的遗像和棺椁碰撞，形成了一个空间，彦强正躲在里面，感觉剧疼无比，就要窒息。他瞅着墙角的手枪，挣扎着，慢慢爬出去，想悄无声息抓住那把枪。一个声音冷冷传来："拿枪，你会死无全尸。"

也就是这工夫，轼珩突然站起身来，连续出招。振铎没有出拳，却背起手来，脚步没有移动，只是闪躲几下。轼珩却移动到了空荡荡的灵堂正中，周围并无躲避处，离身后的油缸还有三四米之远。

"你再来！"说罢，满脸是血的轼珩轻笑出声，然后浑身凝力，但并无动作。

振铎似被激怒，动了起来。房间已没有主要照明，只有不同位置的数十支小蜡烛。他的身影在四周墙壁上形成了无数条快如闪电的长长黑影，形同鬼魅。

他似乎也没料到，轼珩毫不躲闪，甚至没有试图抵挡，只直直站着，伸开双臂。振铎的千钧之力最终落在轼珩胸膛，他向后飞了出去，砸在大油缸上。那缸立时破碎，满满的煤油流淌在灵堂的地面上。轼珩瘫倒在地上，手捂着胸口，挣扎了几下都没站起来，后背也渗出了血。

振铎缓步走在油滑的地面，冷笑："我们要一起烧死？"话音未落，一脚踢起，轼珩飞起来，又重重摔在地上。"是吗？"又是一脚，轼珩再被重创，他已经完全丧失抵抗能力。彦强看着平素高贵优雅的人，此刻像条死狗一样狼狈，心里一阵难过，他还是爬向了那把角落里的手枪。

"你会上膛吗？"

彦强望着轼珩被鲜血覆盖的眼睛，咬牙切齿，哭出声来。轼珩对着他，似乎摇了摇头。

轼珩又被踢起，落下后，在地上干呕起来、

振铎突然发现了什么，俯身从轼珩身上抽出一道蓝光，放在眼前，仔细看着。他被刀柄发着蓝光的石头吸引。"这是——"说着，他动手要把那块石头掰下来。

轼珩眼里冒出了火，向振铎死命扑去："还我！"

振铎没料到，手一抖，刀掉在地上。定睛看轼珩袭来，他稍一蓄力，想轻松跃起。刹那间，他发觉地上全是煤油，无法着力。这一犹豫，他脚下乱了方寸，勉强闪身躲过轼珩猛扑后，竟向后摔了出去。振铎的确天赋神功，他在摔倒的同时，应是担心倒地后被轼珩再度攻击，所以摔倒的一刹那，脚后跟摸准地面着力点，把自己反向推出。果然，倒地后，他身子向远离轼珩处迅速滑出去。那是齐老爷子棺椁所在，庄严的棺椁被放置在一个专门搭建的木台子上面。"咔嚓"一声，振铎的头部撞碎了木栅栏，身子倒摔到棺椁下面。一声闷闷的巨响，棺椁似乎又动了一下。

彦强死盯着棺椁，灵堂内一片死寂。振铎似乎意识到危险，他定住身子，缓缓地，静静地，一点点从棺椁下面向外挪动。

彦强看轼珩也在盯着振铎，一动不动。

又是一声巨响，数吨重的棺椁压垮了木台，重重落在了地上。

振铎的脖子才刚刚露出来。

隔了许久，彦强捡起那把地上的刀，递给了轼珩，然后瘫坐在了地上。他感激地看着轼珩，没说话，又望着棺椁下面的血，好多，好多。

又过了一会儿，他看轼珩沉默不语，只低头爱惜地看着手中的刀："这蓝光是什么宝石？"

"闪电熔岩。"

"是什么？"

"雷电恰巧击中某种矿石，瞬间高温裂变产生的，其中蕴含着来自上天的神秘力量。"

"就像你。"彦强盯着那闪着蓝光的漂亮石头，"买的？"

"哥哥的。"

彦强注视着庄严的棺椁，确信上天有灵。"我有弟弟。小时候，父亲教我们游泳，我学不会，他呢，一天就会了，每天都能往返横渡松花江。"

"我哥哥是天才，他是闪电熔岩！"

彦强突然哭了一声，又笑了一声："我是无根之人了。"

"我也是。"

彦强在身上掏了一会儿，摸出一张电报纸，递给轼珩。

"这是什么？"轼珩看了看。

"不知道，你找的军火吧？我没用，都要靠你！"

"谢谢你。"

彦强止不住笑了，然后眼含热泪，看着鼻青脸肿却一本正经的轼珩，感觉浑身都在疼。

彦强又拿出了那个十字架，仔细看着，又给轼珩看了一眼，和他手里的刀比了一下："我妈妈给我的，亏你捡到。"

轼珩笑笑，又捂住了肿起来的脸颊。

"一切都结束了。"彦强又感叹。

轼珩扶着墙勉强站起来，拍拍彦强，意味深长地说："齐公子，你有兄弟，别人也有！"

彦强没听懂，想了想，姓林的绝无兄弟，自己不是。

可是他错了。

第二天，复活节。

早晨，天气干冷，人人欲哭无泪。齐家大院被肃穆悲伤的沉重气氛笼罩着。彦强和一众人站在灵堂西侧，对接连而至的吊唁人群侍礼。

耳畔响起几声狼嚎般的哭声，他木然抬头，看见是林振铎，墨镜后面，流出两行热泪。

第四十三章　人与神

一切政治始于神权而终于民权。

一切文明始于梦想而终于狂想。

一切艺术始于自然而终于自我。

一切的一切都是为了自由。

为了自由而放弃，为了自由而争取，为了自由而救赎，为了自由而失去自由。

轼珩清晨才回到家，已有两天没回来了。

他在医院洗胃时，兮楠来看过他，悄悄告诉他，妻子和孩子根据应急预案离开了哈尔滨，已经南下。其他的情况，还没有消息。他什么也没有说，躺在病床上，轻轻摇摇头。

轼珩取出钥匙开门，刚拧动，推开，又带上门，重新锁上。他把钥匙换到左手，伸进锁眼，拧了一圈，门开了。用左手感觉很不舒服，他使劲甩了甩左手。

林家兄弟骗了齐家几十年。从一开始，林振铎就包藏祸心，隐瞒自己有个孪生兄弟。他们虽然很像，但一个习惯用左手，另外一个则相反。

刚进屋，他发现地上躺着个信封——生活书店卖的那种款式。

他坐在椅子上，点燃烟斗，刚吸了一口，胃就疼起来，索性把烟斗放在了一旁。信封正面没有字，里面只有一张纸。轼珩的手指刚碰到，就知道是那种日本纸。他抽出来看，这张纸上有旧的折痕，如果重新叠起来，正好放在一枚银圆里。

轼珩注视着纸上的字，有如天书，复杂的数学符号和数字凌乱地排在一起，毫无章法。他知道这是被监听到的电文，而且是一段完整的电文。因为电文结尾连续出现空格，这一般是信息收尾的发电人代码和日期代码。

轼珩有一些密电知识，他仔细看了半天，觉得这种电码简直无从下手破译。电码完全没有规律，每一段都像远古的符号一样神秘莫测，连起来，让他蓦地想到风。情报学院的密电专家曾向往地说，真正顶级的密电像风一样，无影无踪，无从揣摩，无从破译，无可抵挡，无坚不摧，是天堂的风，也是地狱的风。

现在，轼珩第一次因为密电，想到风。

彭杉彬临死那天说，完整的"风息城"电文，价值连城，可抵千军万马。

密电专家感慨地说，那像风一样的电码，我们捉不到，只能祈求风息的那天。

轼珩被电文近结尾的一串字吸引，相对简单，只是两个不同的数学符号、一个拉丁文字母，还有罗马字的"1"和"2"。轼珩觉得，这似乎是名字或日期，或者是特别的印记，就像画家的名章一样。他倒吸一口凉气，眼中露出了紧张的光芒，他拿起烟斗，又抽了起来。他必须要想起来，他要确认，要核实，他不要做无根人。

他需要冷静。

许久，他把电文放在一边，把信封拿起来，翻过来，后面画着一串五线谱——门德尔松的《乘着歌声的翅膀》。他早有预料，但是也许是最近几天太多意外发生，轼珩完全控制不住，他的眼泪不停地落下来，怎么也止不住。

他起身拿出"弥赛亚"，轻轻拉响了——《乘着歌声的翅膀》。

轼珩在音乐里是陶醉的，同时也会思考，但是这种思考更多时候是一种想象，某种灵性光辉下无边无际的想象，这想象有时候是充满希望的，有时候又是哀伤的。他想，即便是悲恸的过往，也会因为沐浴着音乐的光辉而被笼罩上一丝温暖的光晕，变得安详而且静谧。

音乐会帮助他思考。

他想起老师说过，一个人在某种冥想的状态下与思考对象互动时，可以放下日积月累的全部压力与人性枷锁。一个特情人员必须时时刻刻处理不确定的情况，而处理这种不确定性最关键的就是专注力，能容忍痛苦和困惑，放下深层记忆和欲望，发掘不确定中的可能性和希望，找到底层的真实逻辑，才有在神秘、危险和怀疑中生存和反杀的机会。

轼珩知道，自己在音乐里的想象以及一切情绪从来都是流畅的、舒缓的，即便看不到尽头，也不觉得劳累。但是，突然在某个音符处，他还是感到一种刺痛，这种感觉似乎脱离了以往对音乐的感知，显得生硬而且现实。这太不寻常了，这让轼珩拿着琴弓的手有了一点抖动，这实在是前所未有。

音乐帮助他进入了记忆的深处，时光的远方。

"哥哥，你画的什么啊？"

"古人除了签名，还有画押。这是我给自己设计的。"

"这是啥？"

"这是数学符号，这是拉丁文，这个呢，是罗马数字。我十二岁，爱数学，这就是我的画押。"

"哥哥，那这代表什么意思啊？"

"嗯，数学里最神秘的是——质数，我的代码叫'质数'。"

轼珩忘我地演奏，眼泪忘我地流着。

彭杉彬唯一一张照片的背景里露出那一角的原画作，就是缪道楚的自画像。这是一张更为隐秘、庞大的网。他们和哥哥的失踪有关吗？……

他在房间里静静坐着，一字一字记下了全部电码，然后掏出火柴，恋恋不舍地点燃了这张纸和信封。之后他又拿起桌子上的一本书——《爱伦·坡探案小说集》，也点燃扔在铁桶里。

火焰一下一下跳动着，他眼神里是一种说不清楚的东西，但绝不是失望。

他下了楼，启动车子，知道还有时间，开车到了江边。他在暴虐的大风中走下江堤，在积雪中跋涉着，往铁路大桥的方向走去。

他在八点钟抵达哈尔滨北满铁路线S2南支线"60 km"路标。这是铁道线拐弯处的最大半径点，火车速度最慢。

路上，无线电中传来消息：丁局长已经通过关东军和中东铁路局达成一致，今晚俄国局长从外地抵达哈尔滨铁路局大楼之后，就会签署命令，允许关东军进入货运交换站，检查每一列途经的货车。请他到时去车站接洽。

N376将在二十分钟后途经这里。

轼珩埋伏在路基下，屏息等待。

火车的咆哮声从很远就可以听到，轼珩知道，是N376。列车在身旁减速，但是掠起的风还是让他有些站不稳。

他全力奔跑着，借着月光，跃身攀上了挂着3428标牌的车厢。在寒风中，轼珩费力推开了车厢门。车厢里面漆黑一片，全是装满粮食的麻袋。他摸黑挤到里面，嘴里咬着微型手电，掏出芬兰刃，找到一个麻袋扎下去。他在稻谷里摸到坚硬的东西，拽了出来，打开油毡纸，是一把崭新的擦满黄油的美式冲锋枪。一个麻袋里有六把。

丁向并没有跟他透露这批军火有多少，但是他觉得不应该都在一个车厢，否则不至于在公海上大动干戈。他判断，整列车都有，3428车厢可能只是一个掩护。

列车很快驶入哈尔滨火车站货运交换线，已是深夜，这里十分僻静。轼珩觉得不对劲，但是不明所以。此时站台没有关东军，铁路局局长还没有到达办公室。

火车刚停下，轼珩就透过车厢的缝隙观察外面。车头跳下几个兴致很高的人，一个人手里拿着文件，跑到站台上的运输办公室，应该是和里面的人办理下一站运输手续。

这时，他看见远处来了两个人，一胖一瘦，有些熟悉的身影。他们走到站台上，和几个列车员亲切地打招呼，那个肥胖的身影扭头跟很瘦的那个低声说着什么。这一刻，记忆迅速把轼珩带到1月14日的莫斯科站台，一样的站台，一样的昏暗灯光，一样的说话姿势，胖的那人盯着轼珩一家，然后和一个瘦子同样说了几句。只是当时那个瘦子是山口，而此时是罗再成。那人就是陈怀山，他和山口在列车上装作不认识。只是，他现在健步如飞，没有了拐杖。那根拐杖自己曾在手里拿过，异常轻，是空心的，里面应该藏着秘密文件。陈怀山——根本不需要拐杖。

轼珩正在思考，站台上多了一些人，双方厮打起来。两伙人玩命斗在一起，但是都不用枪。他们都知道，在车站开枪会惹来警察，这将功亏一篑。他们厮打的工夫，陈怀山和罗再成跑了过来。

轼珩听到他们的脚步近了，到自己所在的车厢前面停了下来。门开了，再成搀着怀山爬了上来。

再成在怀山的命令下连着打开了数个麻袋，都是枪支弹药，还有手雷。怀山喝道："这是见鬼了！黄金呢？我们的黄金呢？！"他的口气相当着急，和再成一起在车厢翻腾着。

"谁？"

轼珩知道陈怀山手中的枪指着自己，他没有看清楚，慢慢挪到车厢口。

轼珩没有说话，暗暗抽出芬兰刃，没有犹豫，一道蓝光对着怀山手腕甩了出去。没想到一个身影闪现，挡住了芬兰刃，和怀山一起摔到了车厢外面。

怀山站起身就跑，再成趴在血泊里一动不动，芬兰刃掉落一边。

轼珩听到远处传来卡车的轰鸣声，同时外面闪着很多灯光。显然，关东军来了。他们首先会封锁货运站，然后由情报局的人进入车站检查。

打斗中的人好像听到命令似的，瞬间齐齐消失在夜色里。怀山身躯肥胖，跑得倒是飞快。

轼珩下了车厢，捡起芬兰刃，看看再成，发现他脸色煞白，昏了过去，动脉似乎被划破了。

轼珩急步跑到站台上的货运办公室，发现里面没有人，应该是出门和关东军还有情报局交涉相关事宜了。他闪身进去，发现桌子上摆着一沓文件，是 N376 的运输单，大多数填写的抵达地都是张家口，那里现在是和关里国统区唯一的铁道联系通道。其中一张，写着关东州，转运货轮，目的地是伊斯坦布尔。车厢号，3428。轼珩想了想，把这张运输单抽了出来，塞在了口袋里。

他在站台上挨个看着二十余节的车厢，完全一样。秦贻直身上那张纸的内容，"换了标牌"，郑墨笔记本上写的"劫匪"，这些词不断在他脑海里闪过。他决定去最后一节车厢看看。

轼珩走到最后一节车厢前面，发现了不同，其他的车厢都是用铁丝固定门闩，然后车门的凹槽牢牢扣死，而这个上面是一个深色大锁。

轼珩回身看看，站台外的嘈杂声近了。他焦急地在周围地上捡到一根铁丝，熟练地打开了锁，拉开门，跳了进去。

这里还是一样堆满麻袋，全是稻谷的气味。轼珩摸到一个麻袋，发现相当重，几乎无法移动。他干脆割开了袋子，虽然在黑暗里，他还是被惊呆了，落出一地的稻谷，其中是无数的大金条，闪着激动人心的光芒。轼珩使劲晃晃脑袋，又打开一袋，更多的金条。轼珩觉得自己呼吸急促,甚至有些窒息。

他站了一会儿,环视着黑暗中的麻袋,感觉无数个太阳在闪光,在他身上凝聚起无数能量。

轼珩看到外面的灯光越来越刺眼,缓步出去,回头看了一眼,关上门,把大锁挂上,锁死了。

他快步走到站台办公室,看见工作人员已经回来。他亮了证件,拿起电话:"丁局长,我是轼珩。车站戒严就好,不要让无关人员进来了。东西已找到,现在去跟您汇报。"

然后,他告诉旁边的工作人员,情报局任何人进到站台,都需要先请示丁局长。

之后,他又拨通医院的电话:"货运站台有个受伤的日本关东军线人,非常重要,是满洲国的功臣!全力抢救,否则要向你们兴师问罪。"他撂下电话,又扔下一句话就走了:"3428车厢前面,大功一件。"

……

索菲亚教堂的弥撒正在进行中。

信徒们衣冠整肃,整齐站立,阳光透过画着圣经故事的雕花玻璃窗照在每个人的脸上,宁静而圣洁。他们虔诚地望着教廷中央的圣像,双手捧在胸前感受着心脏的共鸣,他们的歌声低沉而坚定,悠远而清晰。

"我绝不怕包围我的人们,主啊,求你起来,救救我吧——我陷在淤泥之中,没有立脚之地。"

在合唱之间,有一个声音从主神坛上传来,也是一首悲哀的献歌:"谁能听到我的话并深信我派来的人,谁能永生,不受审判,并且死而复生。"

教徒用歌声回应,让人动容:"我从阴间的深处呼求,你就俯听我的声音。你将我投下深渊,就是海的深处,大水环绕我。你的波浪洪涛,都漫过我身。"

神圣的歌颂里,轼珩绕过大厅,就像一条潮湿的鱼,在那扇不起眼的小门处消失不见了。

他走上狭窄弯曲的楼梯,然后走过一条弧形的回廊,又上了一段有十个台阶的小楼梯,再推开门,是一个低矮的空间,他不得不弯下身来,生怕蹭到头顶的天花板。这里,信徒的歌声就听不见了,安静得似乎空气都没有流动。轼珩从一侧的半圆飘窗看到商市街上的景象,车水马龙,一派繁华。

他敲敲低矮的小门,说:"'乌鸦'。"

这个人只有一只眼睛可以表达愤怒或者喜悦,但是他似乎也放弃了这种权利。两个人说了几句,然后就这么坐着,许久许久。敲钟人枯坐在那里,好像神游天外,只是盯着墙上一个小小的挂钟,挂钟下方不停运行的钟摆好像也没有让他的眼神有一丝生气。

这人周身都是冷冽而衰败的气质。

"终于找到了。"敲钟人慢慢扭转身子,"谢天谢地,我还活着。等到了。"他的语气跟屋子里的空气一样冰冷。

"丁向没有让任何人接近那列火车。明早,按照原来的计划,列车八点启程,只是目的地是新京。"

敲钟人的脸不自觉地抽动了几下。

轼珩看着窗外的大钟,钟体表面有一处处轻微的凹陷。巨大的黄钟在阳光的照射下显得愈加庄严。"他要用这些军火跟新京邀功!他生怕有意外,所以目前只有我和他两人知道。他会带上两个亲信,还有我,四个人在一个车厢,秘密随行。但是到了新京车站,会有新京高官接收。所有人都想要这批军火,这是万全上策。"

"他一直很狡猾,他是老鼠、狐狸,也是——狼。"

轼珩觉得这个人很了解丁向。

"丁向在,没有办法抢到黄金。"他看着敲钟人凝思的表情,知道无须解释。

"我们的人会在农安铁道线交叉口出现,在那里有距新京'30 km'标牌,交叉线也容易认出来。"

"丁向在,办不到。一旦开枪,后果不堪设想。哈尔滨到新京是北满军事重地,铁道线更是重中之重,几乎是目前全世界军队部署密度最大的区域。"

轼珩站起身。

敲钟人说:"我曾经遇到过一个炼金师,他跟我说太阳生于火,月亮生于太阳。火是宇宙的灵魂。他说所有的原子不断形成无数细流,向我们的世界流淌。这些细流遇到空气,遇到我们的眼睛,就形成了光;这些细流遇到闪电,遇到自然,就成了黄金。"敲钟人似乎并没有理会轼珩起身,平静地说:"光和黄金是同样的东西,他们都由火焰凝集而成,在这相同的物质之间,只有可见和可触。照在我们手里的光,变成了黄金。黄金也能为人类带来光!"

轼珩向外走了两步。

"丁向——他不会去。"敲钟人最终带着浊音重重地说,似乎在关上一道陈旧的大门。

轼珩推开小门,突然回头:"为什么派他们两人来,这该是共产国际的任务。他们没有经验!"

敲钟人没有说话。

"因为托洛茨基!共产国际是他一手创办的,这批黄金是被托派控制的,要送给托洛茨基。他对我们不放心。"轼珩有些愤怒。

"你——怎么知道是送给托洛茨基的?"

"伊斯坦布尔,谁都知道那里现在唯一的大人物是谁,有无数人愿意为他献上性命。"轼珩硬硬地说。

"你很聪明,'蝉'。你是天上的蝉,地下的蝉,丛林中的蝉。"

钟声传来了,厚重而高贵,身后信徒们的合唱进入了尾声。

轼珩走到广场的风中，没有回头。

钟声在钟楼的穹顶回旋之后，不急不缓地传出去。在黄昏时分古铜色的天空里，越过尖顶、高塔、城市里人们的私语、无处不在的音乐和呼啸而过的风声，混合在一起。之后，一大片响亮的颤音从无数的钟楼里升起，飘浮着，波动着，跳跃着，一直扩散出去，到天边和落日的余晖一起缓缓消失，成为这一天中最辉煌壮丽的合奏。

他突然明白，"乌鸦"说的是："你是蝉，天上的禅，地下的蝉，人间的缠。"

第四十四章 灭

又来了。

他耳边响起整齐的歌声,他却觉得刺耳。不出所料,还有哭声。

他也哭了起来。

他翻身起床,下身一阵剧痛。

疼会过去,痛,从来不会。

他摸出枕头下的手枪,端在手里,来回转着头,环视着漆黑寂静的房间,身子却不动,犹如狼顾。

好一会儿,他放下枪,手伸向床头那本《爱伦·坡探案小说集》,刚碰到封皮,他皱皱眉,又放下了。

他谨慎地掀开窗帘一角,警惕地观察了好一会儿。

从他的住处向西几公里,有条小街——"柳町"。顾名思义,这里柳树很多,成行成列,还有些三三两两聚在一起。哈尔滨多的是笔直参天的大榆树,柳树就数这里最多。这街的名字还有一层意思——"町",日本人对住宅区的称呼。

日本的房子比西洋的瘦些,也矮些,小小的,立于柳树之间,冬天看着,精致素净。在柳町里面更僻静的地方,有栋稍大些的房子,可能是园子小,就显得大。围墙是石砌的,用的不是红砖,是那种不规则的花岗石,接缝处用水泥,瓦工活做得很细致。房子主体是木结构,上面是深色的瓦檐,地板也是木质的。这房子的特色是比地面高些,一层伸出去就有一圈悬空走廊,头顶有探出来的屋檐。有个半大孩子拉开客厅的大门,坐在走廊上面,腿伸到院子里，惬意地晃着，回头喊："爸爸，春天快来了！"孩子坐了好一会儿，才回到屋子里。

丁向放下手中的望远镜，折身向不远处的早市走去。

他第一次一个人出现在哈尔滨的街头。

七点钟，天已经大亮了。那个孩子说得对，春天快来了。

市场里面人不少，丁向并不过去，只是站在僻静的角落，端起望远镜。

一个小女孩，穿得有些单薄，却很干净。她十一二岁模样，面容清秀，乌黑头发整齐地梳在脑后，额前还有可爱的齐刘海儿。女孩怀里抱着一堆长方形的蓝色枕头，枕头两侧绣着花纹，有的写着"在家吉庆"这类的话。她在卖枕头，她身形瘦小，却抱着足有八个大枕头，只能蜷着坐在路边。她的位置在市场拐角，最不惹人注意的地方。

许久无人光顾，她露出可怜神情，眼巴巴看着前面熙熙攘攘的人群。过来几个人，在她面前指指点点，一个人手舞足蹈起来，大声挑逗着。他们的意思大概是：女孩站起来跳个舞，就买她一个枕头。

小女孩脸红了，默默把头扭向了一边。

丁向把望远镜放在衣兜里，转头走了。

七点三十分，楼下已停着情报局的轿车。高轼珩，还有两个部下，共三人站在车前面，警惕地观察着四周，等着丁向下楼。他选的人，今天将见证他职业生涯最光辉的时刻。他终于长舒了一口气，嘴角一撇，冷笑一声。

他并不着急过去，拿着望远镜远远观察了一会儿，发现并无异样，才脱掉身上的棉大衣，摘掉头上厚厚的棉帽子，扔在了路角，然后整理一下头发，抖了抖毛呢西装，面容瞬间严肃起来，风一样在街角闪过，没几步就出现在一脸错愕的下属面前。没等他们反应过来，丁向就上了车。

车子风驰电掣穿过城市的大街小巷，经过一列长长的送葬队伍，纸钱飘落在车窗上，车子并不减速，径直向前，把送葬的人群远远地抛在后面。

丁向回头看了一眼瞿经方的大幅遗像，转身点了一支烟，思考着什么。轼珩刚刚也看了一眼，淡淡地抽着烟斗。

车内的广播是城市新闻："昨天，温度骤升。一个拾荒者在巡船胡同附近的垃圾站看到有血水流出，发现一袋子碎肉，带回家准备洗干净食用，意外发现有类似人指甲的东西，吓得魂飞魄散，去警局报案。江沿警署同时接获多起报案，称在附近垃圾站发现类似的碎肉袋子，其中还发现女人长发。初步认定，是一名年轻女性遇害并被碎尸。但因作案手法残忍，现场没有留下任何有价值的线索，警方表示破案机会渺茫。如有市民发现线索，请……"

丁向扭头看了轼珩一眼，他的脸藏在烟雾里，看不清楚。车内四人，一片安静，只听到风噪声。

"轼珩看过《唐人笔记小说》吗？"丁向那天接到泰初的电话，对如何除掉周迪动了好一番脑筋。情报局接连受挫，自己的得力助手再意外身亡，那自己根本交代不了。但是又能如何？泰初手里的权力是自己最为恐惧，也是唯一恐惧的东西。他忍痛割爱，一定是面临着巨大的政治风险。自己不敢问，也绝不敢不服从命令。

他读过那本笔记小说里的故事，淫妇勾结算命先生，给夫君下了套。夫君以为要死了，躲在家里不出门，半夜被奸夫淫妇合伙杀了。奸夫披头散发扮作夫君模样，在午夜时惨叫一声跳了河。人们都以为算命先生准，天命不可违。

丁向觉得：什么天命？都是骗局。只要你不信，世上一切都是局。

轼珩抽着烟斗，好久才说："没读过。"

丁向又望向窗外。

"只是，小时候，哥哥给我讲过里面的故事。"

……

丁向走到那列停在机库的火车前面，从新来的司乘人员手里接过一沓运输单，仔细看了看："一共十九节车厢。"

"嗯——是，应该是。"

"去启动火车吧，按照原计划，准时，不要耽误。"

丁向说完就看着远处火车的尾部，思量了一下，想起近期让自己受了重创的爆炸案："走，咱们数数去。小心驶得万年船！"

后面跟着三个人，从车头拿运输单挨个对着车厢标牌核实。

"时间差不多了！"轼珩掏出怀表看了一眼。

丁向又前后扫了一眼长长的火车，叹了口气，接着往后走。

"所有人都不知道，应该没问题。"一个下属低头看看表。

车头处一声巨响，丁向哆嗦了一下，险些把运输单扔在地上，看见车头冒出了烟，才回过神来。

他继续一个个车厢核对着。

一辆轿车突然出现在机库里，向着四个人急速开过来。

四人刚拔出枪，看到是道楚的车子。

道楚蹦了下来，谁也没看，奔着丁向跑过来。

"局，局长，"道楚非常急躁，感觉他一路都处在紧张情绪里，"出事了！"

丁向想，最近泰初对他格外关照，虽没具体动作，但言语之间已有亲近表露。他很确定，多了一个对手。老话说，咬人的狗不叫。丁向断定，这批军火自己直接交到泰初手里，由张景惠亲自处置，就是最大的功绩。张景惠不会不青睐自己。这是最大的筹码。

"你怎么知道我在这里？"

"我听人说，您，您要出差，在火车站站台好一通找。然后，遇到个执勤的警察,说见到一个情报局的黑车子特别快,开到了这边,我就来碰碰运气,没想到真是您。"他有些语无伦次。

"什么事?"丁向的戒备心不减反增。

"'乌鸦'!'乌鸦'出现啦!"

"你,你说什么?"丁向眉头一皱,咬牙再问,"什么?"

"'乌鸦'今早出现了,技术部门截获情报,我就赶了过去,是七年前在南京消失的密电格式,我们早破译了。谁想都消失七年了,这个密电又出现了。"

丁向右脚用力,突然原地转了个圈,手攥成拳头,在空中猛甩了一下:"定位了吗?"

"定了!在索菲亚教堂!"道楚语气相当肯定,"刚刚派人去了,应该跑不了!"

"'乌鸦'。"丁向突然冷静下来,"'乌鸦'?"他脚步没有停,已经走到了倒数第二节车厢,思索着。

丁向在想,这是不是一个圈套?他会不会知道了今天的秘密,设了圈套,来抢功。丁向默然不语,看了看车厢的标牌。

"今天早上,咱们的无线电频率被破解了,所有的情报局隐藏频道,全都在放一首歌。"

"什么?!放什么歌?"丁向又扭头盯着道楚,张着嘴没合上。

"是!破译的电文说,今天以歌曲为令,要有大行动!"

"胡说!如今关东军守城,警察局警力充沛,情报局运转高效。大行动?以为是三四年前?以为张学良还在?笑话!"丁向倒不信了,转身抬步向车尾走去,又翻起运输单,心里翻江倒海。

"什么歌?"丁向突然停步。

道楚扭头让司机调到情报局隐藏波段,丁向惊恐地听到,是一首磅礴的《国际歌》。

他怒视道楚,好像要咬死这个人。他告诉自己,要冷静,但还是死死攥住了手中的一张运输单。

丁向走到最后一节车厢，但没有观察这节车厢。他低着头，听了一会儿，琢磨着歌词，这让他彻底下了决心。

丁向把运输单甩在地上，上前踩了几脚："是他！'乌鸦'！"

他转身向道楚的车子走去，突然猛回身，指着轵珩："你！"紧接着又喊了一句："你！"

"保证完成任务！"轵珩昂首挺立，硬声说。

一路上，丁向听着《国际歌》，双手攥紧，没松开过。

索菲亚教堂已被死死包围，情报局、警察局，荷枪实弹的足有上百人。

"打死他！"丁向端着望远镜，望着教堂最上面，十字架下有一个年轻人的身影。

数声枪响，十字架上溅起几个火星。

"这太高了！局长，咱们的人步枪不灵啊！轵珩哪去了？得他啊！"厉行凑上前，脸上相当焦急。

"局长，国际歌应该是从他身下的电台发出的。这家伙在最高点，短波电台覆盖面最大！怪不得连咱们双城电台都能收到。现在全城所有电台，全在放《国际歌》。"道楚在望远镜里观察着说。

"打死他！"

无数枪声又此起彼伏，教堂上的红砖被打碎无数块，十字架岿然不动，也遮挡着那个神父打扮的人。

"上去！"

"正在每个角落排查，钟楼上发现个人！"

"什么人？"丁向一愣。

"就一个残疾老人，特别丑，已经控制住了！"一个下属拿着步话机跑过来，报告说，"我们的人马上从那里爬上去。"

"哦——"丁向盯着下属，那人好像看到了什么，露出害怕神色，躲在一旁。

这时，那个神父突然站起身来，对着丁向这边，毫不迟疑地跳了下来，正落在丁向脚边不远。他连退几步，血还是飞溅在他脸上。

丁向正惊呆的工夫，又一个下属跑过来："局长，已经排查完毕，只有教堂钟楼里面有个残疾人，并无其他人。"

"一只眼，一条胳膊？"

"是！一个残疾人，相当丑陋的敲钟人。"

"那——"丁向也觉得有些紧张。

"局长，没有隐藏其他人，没有爆炸品，那个残疾人也没有枪。"

丁向率一众人冲上了钟楼。

敲钟人枯坐在那里，屋子里一片狼藉，一个台式收音机在地上被砸得粉碎。

丁向死盯着敲钟人，看到他脚下的钟槌，仰了仰头，过来一个属下，捡起来，重重甩在墙上，钟槌摔成了两段。

"坐！丁先生。"熟悉的声音。

"别来无恙？"丁向突然冷静了，他感到很奇怪，还是坐在了敲钟人面前。

"托你的福。辛苦你了！"敲钟人剩下的一只眼睛好像充满故友重逢的喜悦。

丁向抽出支烟，也递给敲钟人一支，帮他点上。

"没想到还能见面。"丁向抽了口烟，觉得没有味道。

"只要想，就一定能见。为了我，从南京来了哈尔滨。六年，让你等太久了。"敲钟人的语气平静如水。

"1928年，那么多人，我一直等，等你出现。但是——他们为你而死。'乌鸦'，值钱啊。"

敲钟人笑了一下，脸变得更为丑陋。

"你不怕吗？"

丁向冷冷摇头。

"你是恶魔。"

丁向哼笑一声，又正色道："只怕权力。"

敲钟人沉默了。

"钟再也不能响了。"丁向瞧了一眼地上断成两截的钟槌。

"不一定。"敲钟人轻声说。

丁向哈哈大笑。两人再不说话，对着抽烟。

"我没有女儿。可惜，不能理解你。"敲钟人看看被扔在地上、还在走着的挂表，打破了沉默。

丁向的眼神变得凌厉起来，脸部开始狰狞。他觉得愤怒就要爆发，身体不住地摇晃起来。

"没办法！你手上有太多我们的人命，我们要为同志报仇。"

丁向咬着烟头，死盯着敲钟人。

敲钟人嘲讽地笑了："还有那重重一脚！虽然你的人赶来及时救了你，哈哈，那一脚，丁先生一辈子都忘不了吧？无后了啊！"

丁向感觉下身一阵疼痛，却挤出了笑，吐掉了烟头，狠狠说："有狼，就行！"

"我们没有要隐藏什么，否则也不会在那时候高唱《国际歌》。"敲钟人只是盯着地上的表，"歌词还是陈乔年先生翻译的版本。"

丁向的眼神变得失焦，他努力控制着自己。

敲钟人大笑不止，空荡荡的衣袖晃动着。

"你少了一条胳膊，还有一只眼睛。我的——'乌鸦'！"丁向露出毫不退让的吃力的笑，鹰爪般的手在空中抓挠着。

"丁先生，你的情报总是差之毫厘，谬以千里。"

丁向心头一震，表情突然凝固了。

敲钟人手落下来，伸到一条腿下，慢慢掀起斗篷下摆："手术失败，还少了一条腿。"

丁向看到一条假肢慢慢露出来，彻骨寒意突袭而至。他未及细想，身体却迅疾如狼般跃起。

同一时刻，一声巨响。巨大的冲击波敲响了黄钟，厚重的钟声在浓烟和火焰中响起，传播到城市的每个角落。

过了许久，钟声才慢慢消失。索菲亚教堂的钟楼一片火海，只有顶端的十字架还闪闪发光，如神矗立。

又过了一阵，一个比钟楼矮一些、稍小的"洋葱头"后身平台上，一个浑身漆黑、衣衫破碎的人挣扎着站起来。

丁向身上剧痛，感觉已被碎尸万段。他嘴角流着血，脸上是极端痛苦的表情。他奇怪地想大哭一场，却又呵呵笑起来，露出参差的牙齿。他艰难抬起胳膊，用手比出手枪的样子，对着天上惊慌失措的乌鸦，用力抬了一下，"啪——"

第四十五章　风息，城现

风，最寻常，也最不寻常。

风，洪荒八方，无处不是起点，无处不是终点。

风，生而万古，百代不落。于无形发千力，于无声受万力。

清晨，这风在哈尔滨上空飘荡着，转瞬间纵深俯冲，掠过城市，追上一列疾行的火车，沐光而行。

轼珩和两个人在冰凉的车厢里坐着聊天。他从身上掏出三小瓶威士忌，一人一瓶，畅快地喝了几口，又热火朝天继续聊着。

风从缝隙进了车厢，蓦地减缓，在散发着浓厚酒气的昏暗里徜徉着。

没多久，两个人昏昏睡着。

轼珩掏出一块手帕，帮两人擦了擦嘴，还仔细擦干净了地上和衣服上洒落的一点酒。他拿起两人手中的酒瓶，打开一点车厢门，和手绢一起扔了出去。然后，他用自己手中的酒瓶往睡着的两个人嘴边倒了一点，衣领上又洒了一点。

他打开车厢门，更多风刮进来，带进一阵寒气。

轼珩长舒一口气，瞭望一下前方，又观察着路边偶尔闪过的路标，攀到了车厢外面。

风把他的衣领吹了起来。

他一步步挪动着，到了火车尾部，在最后一节车厢接驳处停了下来。他又等了一会儿，看到不远处铁道线交叉纵横，于是俯身搬动连接锚，发出让人精神一振的清脆一声。

尾部车厢渐渐失速，脱离了火车。

风吹着轼珩的头发,他抬手整理了一下。

轼珩一手攀住车厢,远眺着。东南方向的铁路线上,一阵喷薄向上的蒸汽机浓烟随风劲舞,一列车正向这个方向驶来。

他又望着渐渐远去的车厢,抬起一只手,举得高高的,迎着风,挥了挥。

轼珩回到车厢,在风的安抚下,睡着了。

风也在梦里。

西伯利亚火车快速奔驰着。装修豪华的餐车中,那些熟悉的人在推杯换盏,所有人都在。他们衣着光鲜,彬彬有礼,笑容满面。轼珩有了醉意。

突然,所有人的脸都变成骷髅,手里的酒杯成了手枪,黑洞洞的,对着轼珩。他们张牙舞爪、怒气冲冲向他奔来,他眼前是无数个黑洞洞的枪口。

他猛然惊醒。

风一惊,又围绕在他身边。

他随即眨眨眼睛,看到觥筹交错,人们娓娓而谈,偶尔礼貌地看轼珩一眼,一派奢靡祥和。无人缺席。

他额头出了汗。

风没有停,一直吹着,吹落黄昏,吹起白昼。

轼珩从哈尔滨车站出来。风噼里啪啦吹响他手里的报纸。

"哈尔滨警察厅成立,王巨鹿获任首任厅长。"

"传蒋敏传涉嫌贪赃枉法,已被羁押。"

"亚洲唯一情报专门学校——哈尔滨学院今日动工。"

轼珩到了情报局,一众人正在门口迎接,鲜花和掌声一时盖过风声。

他来到丁向办公室。丁向坐在轮椅上,一只胳膊和一条腿都打着石膏,额头上还缠着厚厚的白纱布。

道楚领进一人。这人个子不高,五官并不出奇,只是眉宇间有股罕有的雍容贵气。

道楚介绍了几句。

那人朗声说道:"卑职郭稽唐,特来报到。"

丁向兴致很高,严肃说道:"致崇敬于天照大神,尽忠诚于溥仪陛下。"

郭稽唐一下立正,敬了个标准军礼,眼含热泪:"卑职将为国而战,为上而荣,为道而枯,为爱而死。"

风,无所不到,无所不能,无所不知。

轼珩盯着郭稽唐,心中满是震惊。

……

丁向坐在轮椅上,和轼珩下着国际象棋。

丁向的棋喜欢阴风,轼珩的棋喜欢随遇而安的风。

轼珩不是对手,丁向完全占了上风。

风轻柔地在棋子中徘徊,处变不惊,任起落厮杀,你死我活。

轼珩的脸色变了,似乎输了。

风慢慢升起,注视棋盘。

风,无所不知。

棋盘上,丁向的黑棋所剩极多,形成了有意思的分布。黑白格消失了,黑棋和白棋就像摩斯电码一样,长短间隔,煞是规整。

风,在轼珩这一面,他看得清楚,是摩斯电码,代表一个字——"蝉"。

风,突然消失得无影无踪。

轼珩抬起头,眼睛掠过丁向,望向窗外,一片朗朗乾坤。

哈尔滨的冬天,已尽。

风息,城现。

2020年04月10日　初稿

2021年12月30日　二稿
2022年06月10日　三稿
2022年12月01日　定稿

后记

这是我的第二部小说。

感谢阿来老师的悉心指导、耳提面命。正是因为他的意见，小说从初稿五十万字大幅增删，直到最后定稿于三十余万字。这部小说占用了阿来老师大量时间，他对文坛后来者的殷殷之心令人感动。

感谢浙江文艺出版社的虞社长和曹社长，他们古道热肠，一派士人之风。来自出版家的热忱、专业、精准的意见令我同样如获至宝，受益匪浅。

感谢自强师兄、小慧师妹等好朋友。在这本书周折的创作过程中，他们每个人虽诸事缠身，但都对我充满耐心，给予我无数勉励、支持、理解和关爱。这一切因为无私而尤显珍贵。朋友的情谊是我创作和生活得以维系的最不可或缺的因素。

本书的最后一章有一句话：“他又望着渐渐远去的车厢，抬起一只手，举得高高的，迎着风，挥了挥。”

这句话写给所有的读者。

我一向觉得，读者是文学的第一要义；作家和读者的关系是文学的本质。

谢谢大家，谢谢您。

刘轼聿
2022 年 12 月 01 日

一本书打开一个世界

欢迎订购、合作
订购电话：0571-85153371
服务热线：0571-85152727

KEY-可以文化　　浙江文艺出版社　　京东自营店

关注KEY-可以文化、浙江文艺出版社公众号，及浙江文艺出版社京东自营店，随时获取最新图书资讯，享受最优购书福利以及意想不到的作家惊喜